LA TRAHISON
PROMÉTHÉE

ROBERT LUDLUM

LA TRAHISON PROMÉTHÉE

roman

Traduit de l'américain
par
DOMINIQUE DEFERT

BERNARD GRASSET
PARIS

L'édition originale de cet ouvrage a été publiée par St Martin's Press, à New York, en 2000, sous le titre :

THE PROMETHEUS DECEPTION

Prométhée quitta les cieux
pour apporter le feu aux hommes.

Grave erreur.

Prologue

Carthage, Tunisie.
3 h 22

La pluie tombait sans relâche, fouettée par les vents hurlants, les vagues écumantes s'écrasaient contre la côte – un maelström dans la nuit noire. Dans les eaux peu profondes à une centaine de mètres du rivage, une dizaine de silhouettes sombres dansaient sur la houle, s'accrochant à leurs sacs étanches comme des naufragés à leurs bouées. La tempête avait surpris les hommes, mais constituait un atout de plus pour eux : elle leur offrait un camouflage idéal.

Sur la plage, une lumière rouge clignota deux fois. Le signal annonçant à l'équipe que l'accès était sans danger. *Sans danger !* Quelle plaisanterie ! Même si cette portion de rivage tunisien n'était pas surveillée par la Garde nationale, la nature était, pour l'heure, bien plus dangereuse que les gardes-côtes !

Ballottés en tout sens par les grandes vagues, les hommes progressèrent vers la côte. Dans un mouvement coordonné, ils prirent pied sur la plage à côté d'anciennes ruines puniques et se débarrassèrent de leur combinaison en néoprène ; ils étaient vêtus de vêtements sombres. Leurs visages étaient noircis. On sortit les armes des sacs et la distribution commença : des mitraillettes subaquatiques Heckler & Koch MP-10, des kalachnikovs, des fusils longue portée. Derrière eux, d'autres hommes arrivaient par vagues successives.

Toute l'opération était orchestrée par l'homme qui avait entraîné le commando durant les derniers mois, faisant travailler sans répit chaque soldat, répéter chaque geste jusqu'à ce qu'il soit devenu automatique. Ils étaient les combattants de la liberté Al-Nahda, originaires de Tunisie, venant délivrer leur pays de ses oppresseurs. Mais leurs véritables chefs étaient étrangers – des terroristes expérimentés qui adoraient le même Allah, issus de la branche extrême du Hezbollah.

Le commandant de cette faction, comprenant une cinquantaine de Tunisiens, était un chef terroriste connu sous le nom d'Abou. Son nom de guerre complet était de temps en temps utilisé : Abou Intiqab – le père de la vengeance.

Secret, insaisissable et féroce, Abou avait entraîné les guerriers du Al-Nahda dans un camp de Libye, à la périphérie de Zuwara. Il avait à sa disposition une maquette grandeur nature du palais présidentiel pour peaufiner son plan d'attaque et avait enseigné à ses hommes de nouvelles techniques de combat, toutes plus violentes et plus tortueuses.

Trente heures plus tôt, au port de Zuwara, le groupe avait embarqué sur un vieux cargo russe de cinq mille tonnes, un bateau qui d'ordinaire faisait la navette entre Tripoli et Bizerte en Tunisie pour transporter des textiles tunisiens et des produits manufacturés libyens. Le vieux et puissant cargo, aujourd'hui décrépit, avait remonté les côtes de Tunisie par le sud-sud-est, doublé les villes portuaires de Sfax et Sousse, contourné le cap Bon pour pénétrer dans le golfe de Tunis, en passant devant la base navale de La Goulette. Connaissant l'horaire et l'itinéraire des patrouilles des gardes-côtes, les soldats avaient lâché l'ancre à sept kilomètres au large de Carthage et mis à l'eau des Zodiac, équipés de puissants moteurs. En quelques minutes, ils avaient gagné les eaux turbulentes de Carthage, l'ancienne ville phénicienne si prospère au Ve siècle avant Jésus-Christ qu'elle faisait de l'ombre à la grande Rome. Si le cargo était repéré sur les radars, les gardes-côtes ne verraient qu'un bateau de marchandises faisant une courte pause avant de reprendre sa route vers Bizerte.

Sur le rivage, l'homme qui avait émis le signal rouge lançait ses ordres à voix basse, d'un ton sans appel. Il portait la barbe, une parka militaire sur un keffieh : il s'agissait d'Abou.

— Silence! Fermez-la! Vous voulez alerter toute la garde tunisienne ou quoi! Allez, remuez-vous! Plus vite que ça! Tas de mollassons! Votre chef moisit en prison pendant que vous traînassez! Les camions vous attendent!

A côté d'Abou, un homme scrutait en silence les alentours à l'aide de lunettes infrarouges. Pour tout le monde, il était le Technicien, l'un des experts du Hezbollah en matière d'armes de pointe; c'était un homme séduisant, au teint olivâtre, avec de gros sourcils et des yeux noisette pétillants d'intelligence. Les soldats en savaient encore moins sur le Technicien du Hezbollah que sur Abou lui-même, sinon qu'il était le fidèle conseiller de leur chef bien-aimé. Selon la rumeur, on disait qu'il était issu d'une riche famille syrienne, qu'il avait été élevé à Damas puis à Londres, où il avait appris les arcanes des armes et des explosifs.

Finalement, le Technicien parla, de sa voix calme et douce, en serrant le col de sa parka noire contre la pluie battante.

— Je dois dire, mon frère, que l'opération se déroule sans problème. Les camions avec le matériel étaient cachés exactement à l'endroit prévu et les hommes n'ont rencontré aucune résistance sur l'avenue Habib-Bourguiba. On vient de recevoir le signal radio de la première vague. Ils viennent d'atteindre le palais présidentiel – le Technicien consulta sa montre –. Le coup d'Etat est en marche!

Abou hocha la tête d'un air hautain. Pour cet homme, l'échec était une éventualité inconnue. Une série d'explosions retentit au loin. La bataille avait commencé. Le palais présidentiel tomberait d'un instant à l'autre ; dans deux ou trois heures, les guerriers islamiques prendraient le contrôle de Tunis.

— Ne nous réjouissons pas trop vite, répondit Abou d'une voix tendue.

La pluie faiblissait. En quelques instants, le grain cessa aussi vite qu'il était apparu.

Soudain le silence fut brisé par des éclats de voix en provenance de la plage, des voix stridentes en arabe. Des silhouettes sombres approchaient en courant sur le sable. Abou et le Technicien se raidirent et portèrent la main à leurs armes, mais il s'aperçurent qu'il s'agissait de leurs frères du Hezbollah.

— Un zéro-un !

— Une embuscade !

— Par Allah, ils sont encerclés !

Quatre Arabes arrivèrent à leur hauteur, hors d'haleine, pâles d'effroi.

— Un signal de détresse zéro-un, hoqueta celui qui portait une radio de campagne PRC-117. Tout ce qu'ils ont eu le temps de nous dire, c'est qu'ils étaient cernés par les forces de sécurité au palais et qu'ils allaient être faits prisonniers. Puis la transmission a été coupée. Ils ont dit qu'il s'agissait d'un traquenard !

Abou se tourna vers son conseiller.

— Comment est-ce possible ? articula le chef arabe d'une voix blanche.

Le plus jeune du groupe venu leur apporter la nouvelle prit la parole :

— Le matériel laissé pour les hommes... les armes antichars, les munitions, le C-4... tout était défectueux ! Rien ne marchait ! Et la garde les attendait ! Nos hommes sont tombés dans un piège, depuis le début !

Abou accusa le coup, sa sérénité habituelle partant en lambeaux, et fit signe à son conseiller d'approcher.

— *Ya sahbi*, j'ai besoin de tes conseils avisés.

Le Technicien ajusta sa montre sur son poignet et rejoignit le chef terroriste. Abou passa un bras autour de ses épaules.

— Il doit y avoir un traître dans nos rangs, une taupe. Nos plans ont été donnés à l'ennemi.

Abou fit un petit signe, presque indétectable, de l'index et du pouce. C'était un code ; ses fidèles s'emparèrent aussitôt du Technicien, le saisissant aux bras, aux jambes et aux épaules. Le Technicien se débattit comme un diable, mais il ne pouvait se défaire des terroristes qui le ceinturaient. Rapide comme l'éclair, la main droite d'Abou jaillit. Il y eut un éclat métallique et Abou plongea un couteau à la lame courbe et dentelée dans le ventre du Technicien, imprimant un mouvement de haut en bas pour causer le maximum de dégâts.

— Le traître, c'est toi ! cracha-t-il.

Le Technicien hoqueta. La douleur était terrible, évidemment, mais son visage restait un masque imperturbable.

— Non, Abou, protesta-t-il.

— Sale porc ! lâcha Abou en fondant de nouveau sur lui, la lame visant cette fois son entrejambe. Personne d'autre ne connaissait le plan, les horaires exacts ! Personne ! Et c'est toi qui as vérifié le matériel. Le traître ne peut être que toi !

Soudain, la plage fut illuminée par des projecteurs à arc. Abou se retourna ; ils étaient encerclés par des dizaines de soldats en uniforme kaki, bien supérieurs en nombre. Le groupe de commandos de la Garde nationale tunisienne, mitrailleuses pointées, venait d'apparaître tous azimuts ; un grondement dans le ciel annonçait l'arrivée de sept hélicoptères d'assaut.

Les rafales fauchèrent les hommes d'Abou, les transformant en pantins désarticulés. Leurs cris déchirants cessèrent brusquement, leurs corps s'effondrant au sol dans des positions grotesques. Une nouvelle salve, puis tout s'arrêta. Un silence surnaturel suivit. Seul le chef terroriste et son spécialiste des armes n'avaient pas été abattus.

Mais Abou semblait n'avoir qu'une idée en tête ; il fit volte-face vers le supposé traître et leva son couteau en forme de cimeterre pour porter un nouveau coup. Grièvement touché, le Technicien tenta d'esquiver l'attaque, mais trop faible, il commença à s'écrouler au sol. Il avait perdu trop de sang. Au moment où Abou se penchait sur lui pour l'achever, des mains puissantes saisirent le chef barbu du Hezbollah par-derrière, le plaquèrent au sol, face contre le sable.

Les yeux d'Abou étincelaient de fureur pendant que les soldats s'emparaient des deux hommes. Abou ne craignait aucun gouvernement. Les responsables politiques étaient des lâches, disait-il souvent ; on le relâcherait sous quelque prétexte – droit international, extradition, rapatriement... –, il y aurait des négociations en coulisses et Abou retrouverait rapidement la liberté. Aucun gouvernement ne tenait à essuyer les foudres du Hezbollah.

Le chef terroriste ne se débattit pas, mais il se laissa tomber, forçant les soldats à le traîner. En passant devant le Technicien, il lui cracha au visage et lança :

— Tes jours sont comptés, traître ! Porc ! Tu paieras pour ton crime !

Une fois Abou emmené, les soldats, qui avaient saisi le Technicien, le relâchèrent doucement et l'installèrent sur un brancard. Obéissant aux ordres du capitaine du bataillon, il se reculèrent à l'arrivée de leur supérieur. Le Tunisien s'agenouilla à côté du Technicien et examina sa blessure. Celui-ci tressaillit de douleur, mais ne poussa pas une plainte.

— Mon Dieu, c'est un miracle que vous soyez encore conscient ! articula le capitaine en anglais avec un fort accent oriental. C'est une vilaine blessure et vous avez perdu énormément de sang.

L'homme que l'on nommait le Technicien répliqua :

— Si vos hommes avaient répondu à mon signal à temps, ce ne serait pas arrivé.

Il toucha, par réflexe, sa montre équipée d'un émetteur haute fréquence.

Le capitaine ignora la pique.

— Ce SA-341 – il montra un hélicoptère qui s'apprêtait à atterrir – va vous emmener dans un centre médical du gouvernement au Maroc. Je ne suis pas autorisé à connaître votre réelle identité, ni celle de vos employeurs, alors je ne vous poserai aucune question, mais à mon avis, j'ai dans l'idée que...

— Couchez-vous ! lança le Technicien d'une voix rauque.

Il sortit un pistolet de son étui caché sous son bras et fit feu à cinq reprises. Un cri retentit dans un bois de palmiers et un homme, mort, tomba au sol, son fusil à lunette à la main. A l'évidence, un soldat du Al-Nahda avait échappé au massacre.

— Par Allah ! lâcha le capitaine en se relevant. Je crois qu'on est quittes, tous les deux.

— Dites à votre président que son ministre de l'Intérieur est un sympathisant du Al-Nahda, ordonna l'agent occidental déguisé en Arabe, et qu'il conspire pour prendre sa place. Il est de mèche avec le ministre de la Défense. Il en a d'autres qui...

La perte de sang était trop importante. Le Technicien s'évanouit avant d'avoir pu achever sa phrase.

Première partie

I

Washington, DC.
Cinq semaines plus tard.

Le patient fut emmené par jet privé vers un aérodrome situé à une trentaine de kilomètres de Washington. Bien qu'il fût le seul passager à bord, aucun membre de l'équipage ne lui parlait, excepté pour satisfaire ses besoins immédiats. Le vol n'apparut sur aucun écran de contrôle civil ni militaire.

Une berline banalisée emporta le passager anonyme au centre-ville et le déposa, à sa demande, près d'un parking dans les environs de Dupont Circle. Il portait un costume gris passe-partout et une paire de mocassins au cuir usé ; il ressemblait à un employé de ministère quelconque, un membre parmi tant d'autres de l'armée morne et sans visage qui sillonnait Washington.

Personne ne lui accorda un regard lorsqu'il sortit du parking et se dirigea, d'un pas raide et quelque peu claudiquant, vers un bâtiment grisâtre de trois étages au 1324 K Street, près de la Vingt et Unième Avenue. L'immeuble, tout en ciment et vitres teintées, se fondait à merveille dans l'enfilade monotone de constructions cubiques de ce quartier du nord-ouest de la capitale. Il s'agissait d'immeubles de bureaux – lobbies, syndicats et commissions diverses, agences de voyages et sièges sociaux de grandes sociétés. A côté de la porte d'entrée du bâtiment, deux plaques de cuivre annonçaient que l'endroit abritait les bureaux de l'INNOVATION ENTERPRISES et de l'AMERICAN TRADE INTERNATIONAL.

Seul un expert, doué d'une sagacité rare, aurait pu remarquer quelques anomalies : le fait, par exemple, que toutes les fenêtres étaient équipées d'un oscillateur piézoélectrique, interdisant toute tentative de surveillance acoustique au laser depuis l'extérieur, ou encore qu'une « douche » de bruit blanc haute fréquence enveloppait tout le bâtiment dans un cône d'ondes radio, mettant en défaut la plupart des systèmes d'écoute électroniques.

Sans nul doute, le 1324 K Street n'avait jamais attiré l'attention des occupants des immeubles voisins – des avocats dégarnis défendant les intérêts de sociétés agroalimentaires, des conseillers à la mine sinistre avec cravates et chemises à manches courtes travaillant dans le secteur, en grande perte de vitesse, du *consulting* d'entreprise. Les gens du 1324 K Street arrivaient le matin et s'en allaient le soir, les poubelles étaient jetées dans la benne à ordures les jours de ramassage. Qui aurait cherché à en savoir plus ? C'était la situation préférée du Directorat : être caché en pleine lumière.

L'homme esquissa un sourire à cette pensée. Qui aurait supposé que l'agence de services secrets la plus *secrète* du monde choisirait d'établir son quartier général dans un immeuble anodin au beau milieu d'une rue, au nez et à la barbe de tous ?

La CIA à Langley, la NSA à Fort Meade s'étaient retranchées dans des forteresses qui proclamaient haut et fort leur existence ! *Je suis ici,* semblaient-elles dire. *Eloignez-vous! Passez votre chemin!* Elles mettaient leurs ennemis au défi de percer leurs défenses – ce qui arrivait inévitablement. Le Directorat avait choisi, quant à lui, de rendre ses locaux secrets en apparence aussi ouverts qu'un bureau de poste.

L'homme pénétra dans le hall du 1324 K Street et consulta le panneau de cuivre dans lequel était encastré un téléphone à l'air parfaitement innocent avec sa série de touches ad hoc, comme c'était le cas dans la plupart des immeubles de bureaux à travers le monde. L'homme décrocha le combiné et composa une série de chiffres – un code secret. Il garda son index pressé sur le dernier bouton, la touche *Dièse,* pendant quelques secondes, jusqu'à entendre une faible sonnerie, indiquant que ses empreintes avaient été scannées, analysées, comparées avec celles contenues dans le fichier central et enfin authentifiées. Après trois sonneries, une voix de femme, électronique et désincarnée, lui ordonna de déclarer les raisons de sa visite.

— J'ai rendez-vous avec Mr. Mackenzie, répondit l'homme.

En quelques secondes ses paroles furent transformées en données informatiques et comparées avec un fichier d'empreintes vocales. Un petit bourdonnement dans le hall lui apprit que le premier jeu de portes était déverrouillé. L'homme raccrocha, poussa les lourds battants vitrés à l'épreuve des balles et pénétra dans un petit vestibule. Il se tint immobile le temps que ses paramètres faciaux soient relevés par les trois caméras à haute résolution et reconnus par le système expert ayant en mémoire les caractéristiques des personnes autorisées à entrer dans le bâtiment.

Le second jeu de portes donnait sur un hall de réception aux murs blancs, tapissé d'une moquette grise synthétique. Une batterie de capteurs dissimulée dans les parois pouvait détecter la présence de la moindre arme. Sur le comptoir de marbre placé dans un coin de la salle, une pile de dépliants portant le logo de l'American Trade International, une société qui existait uniquement sur le papier. A l'intérieur des brochures, une succession fastidieuse de rapports d'activités, émaillée de platitudes à propos du marché international. Un vigile à l'air sévère fit signe à Bryson de passer de nouvelles portes pour rejoindre une seconde salle plus chaleureuse cette fois, lambrissée de ronce de noyer, où une dizaine d'employés travaillaient derrière leur bureau. On aurait pu se croire dans une galerie d'art huppée de Manhattan ou dans un cabinet d'avocats prospère.

— Nick Bryson, mon meilleur limier ! s'exclama Chris Edgecomb, en se levant d'un bond derrière son écran d'ordinateur.

Né en Guyane, Edgecomb était grand, longiligne, la peau noisette et les yeux verts. Il travaillait au Directorat depuis quatre ans, dans l'équipe de communication et de coordination ; il recevait les appels de détresse et imaginait le meilleur moyen de transmettre l'information aux agents sur le terrain. Edgecomb serra la main de Bryson avec enthousiasme.

Nicholas Bryson passait pour une sorte de héros aux yeux de gens comme Edgecomb, qui rêvaient d'être envoyés en mission.

— Rejoignez le Directorat et changez le monde ! lança Edgecomb avec son accent des tropiques.

C'était au travail de Bryson qu'il pensait en prononçant ces paroles. Il était rare qu'un employé du Directorat vît un agent en chair et en os ; pour Edgecomb, c'était une aubaine.

— Vous avez été blessé, à ce qu'on m'a dit. – Le visage d'Edgecomb prit une expression compatissante. Il avait devant lui un homme qui sortait tout juste de l'hôpital. Il enchaîna aussitôt, sachant qu'il valait mieux ne pas poser de questions. – Je prierai saint Christophe pour vous. Je suis sûr que vous allez retrouver cent pour cent de vos capacités en un rien de temps !

Le credo du Directorat, par-dessus tout, était le cloisonnement et le cloisonnement. Tout agent ou employé devait en savoir le minimum, afin d'être dans l'incapacité de mettre en péril la sécurité de l'ensemble. L'organigramme interne était gardé secret, même à l'égard de vétérans comme Bryson. Nick Bryson connaissait certaines personnes clés, certes, mais les agents de terrain opéraient en solo, avec leur propre réseau de contacts. Si deux agents devaient travailler ensemble, ils ne connaissaient l'un de l'autre que leur pseudo provisoire, leur couverture. Cette règle n'était pas une simple procédure, elle constituait, au Directorat, les Saintes Ecritures.

— C'est gentil de votre part, Chris, répondit Bryson.

Edgecomb esquissa un sourire timide, puis pointa son doigt vers les étages supérieurs. Il savait que Bryson avait rendez-vous – invitation ou convocation ? – avec le grand chef en personne, Ted Waller. Bryson lui retourna son sourire, lui donna une tape amicale sur l'épaule et se dirigea vers l'ascenseur.

*

— Reste assis, lança Bryson en entrant dans le bureau de Waller au deuxième étage.

Waller se leva tout de même pour le saluer, du haut de son mètre quatre-vingt-dix et de ses cent cinquante kilos.

— Nom de Dieu ! lança Waller en regardant Bryson de la tête aux pieds d'un air affolé. On dirait que tu sors d'un camp de prisonniers de guerre !

— Passe donc trente-trois jours dans une clinique au Maroc et tu seras dans le même état ! Ce n'est pas le Ritz.

— Il faudrait peut-être que je me fasse, moi aussi, éventrer par un terroriste un de ces jours. – Waller tapota sa généreuse bedaine. Il était encore plus gros qu'à leur dernière rencontre, quoique son embonpoint fût élégamment dissimulé par un costume en cachemire bleu roi, son cou de taureau mis en valeur par le col ouvert d'une chemise Turnbull & Asser. – Nick, je n'en dors plus depuis que c'est arrivé. C'était une lame dentelée Verenski provenant de Bulgarie, à ce qu'on m'a dit. Enfoncer et tourner. Une technique primaire, mais terriblement efficace. Quelle histoire ! Mon Dieu, quelle histoire ! C'est toujours le loup que tu n'as pas vu qui te met à terre !

Waller se réinstalla dans son fauteuil derrière son grand bureau en chêne. Le soleil du début d'après-midi filtrait à travers les vitres teintées. Bryson tira un siège et s'assit en face de Waller – une formalité inhabituelle entre les deux hommes. Waller, qui d'ordinaire était écarlate et en pleine forme, paraissait aujourd'hui pâle, avec des cernes de fatigue autour des yeux.

— Ils disent que tu as recouvré très vite la santé.

— Encore deux ou trois semaines, et je serai comme neuf. Du moins, d'après les toubibs. Ils m'ont dit aussi que je n'aurais plus à craindre une crise d'appendicite, un petit plus auquel je n'avais pas pensé...

Tout en parlant, il sentait une douleur sourde irradier dans son basventre.

Waller hocha la tête distraitement.

— Tu sais pourquoi tu es ici ? demanda-t-il.

— Quand un gosse reçoit une convocation du proviseur, il s'attend à une réprimande, répondit Bryson d'un ton léger, bien qu'il fût tendu en son for intérieur.

— Une réprimande... répéta Waller d'un air énigmatique. – Il resta silencieux un moment, laissant courir son regard sur ses rayonnages de livres reliés de cuir. Puis il reporta son attention sur Bryson et articula d'une voix douce et chargée de regret : – Le Directorat ne publie pas à proprement parler d'organigramme, mais je crois savoir que tu as quelques idées sur la façon dont tourne la maison. Les décisions, en particulier celles qui concernent nos éléments clés, ne passent pas toujours par mon bureau. Même si toi et moi sommes attachés à la loyauté – comme la plupart des gens qui travaillent dans cette boîte –, c'est le pragmatisme d'airain qui prévaut de nos jours. Tu t'en doutes.

Bryson n'avait eu qu'un seul travail sérieux dans sa vie : celui-ci, mais il reconnut aussitôt la finalité de ce petit laïus. Il eut la brusque envie de défendre sa cause, mais n'en fit rien, sachant que ce n'était guère l'usage au sein du Directorat. Cela aurait été inconvenant. Une maxime de Waller lui revint en mémoire : *Inutile d'incriminer la malchance ; la malchance est une vue de l'esprit.* Puis une autre, plus universelle...

— Tout est bien qui finit bien, lâcha Bryson. Et c'est justement la fin.

— On a failli te perdre, répliqua Waller. *J'ai* failli te perdre, rectifia-t-il, prenant des airs de professeur s'adressant à un étudiant prometteur ayant rendu une mauvaise copie.

— Ce n'est pas le problème, répondit Bryson avec bonhomie. De toute façon, le mode d'emploi n'est pas inscrit sur le côté de l'emballage lorsque tu es sur le terrain ; tu le sais. C'est toi qui me l'a appris. Il faut savoir improviser, suivre ses intuitions, et ne pas se cantonner au protocole prévu.

— Te perdre équivalait pratiquement à perdre la Tunisie. Il y a un effet boule de neige : lorsque nous intervenons, on s'y prend suffisamment en amont pour être sûrs de gagner. Les actions sont mûrement réfléchies, les réactions calibrées, tous les paramètres analysés et pris en compte dans le calcul. Or, tu as failli fiche en l'air plusieurs opérations que nous avons en cours dans le Maghreb et ici et là autour du Sahara. Tu as mis d'autres vies en danger, Nicky – d'autres opérations et d'autres vies. La couverture du Technicien était intimement liée à d'autres couvertures que nous avons inventées de toutes pièces ; tu le sais. Et pourtant, tu t'es laissé démasquer... des années de travail d'infiltration réduites à néant à cause de toi !

— Attends une seconde...

— Leur donner des munitions défectueuses ! Tu ne pouvais pas trouver plus louche pour leur mettre la puce à l'oreille.

— Nom de Dieu, ce n'était pas prévu !

— Pourtant toutes les armes étaient HS. Pourquoi ?

— Je n'en sais rien !

— Tu les as vérifiées ?

— Oui ! Enfin non. Je ne sais pas. Il ne m'est jamais venu à l'idée que ces armes et ces balles pouvaient être bidon.

— Voilà une négligence regrettable, Nicky. Tu as mis en péril des années d'un travail de fourmi à infiltrer l'ennemi, à placer nos meilleurs agents... *nos meilleurs agents*, nom de Dieu ! Ils ont tous failli y passer. Tu y as songé ?

Bryson resta silencieux un moment.

— On m'a tendu un piège, déclara-t-il.

— Et comment ?

— Je n'en sais rien encore.

— Si tu as été « piégé », c'est que tu étais déjà dans leur collimateur, correct ?

— Je... je n'en sais rien.

— *Je n'en sais rien ?* Ce ne sont pas exactement des mots qui rassurent... ni que j'aime entendre. Tu étais notre meilleur élément sur le terrain. Qu'est-ce qui s'est passé, Nick ?

— Peut-être n'y a-t-il pas de réponses – pas encore, du moins.

— On ne peut se permettre de telles bévues. Ni ce genre de négligence. Aucun d'entre nous ne peut se le permettre. Nous acceptons une certaine marge d'incertitude, mais on ne saurait aller au-delà. Le Directorat ne tolère pas les erreurs. Tu le sais depuis le premier jour.

— Qu'est-ce que tu crois ? Que j'aurais pu faire autrement ou que quelqu'un d'autre s'en serait mieux sorti ?

— Tu étais notre meilleur agent, tu le sais. Mais comme je te l'ai dit, ces décisions sont prises au niveau du consortium, pas dans mon bureau.

Un frisson parcourut Bryson, comprenant que Waller avait déjà pris ses distances concernant son cas. Ted Waller était le mentor de Bryson, le patron et l'ami... et avait été son professeur, voilà quinze ans. Il avait supervisé sa formation, pris le temps de préparer avec lui ses premières missions. C'était un immense honneur, et Bryson lui en était reconnaissant encore aujourd'hui. Waller était l'homme le plus brillant qu'il lui avait été donné de rencontrer. Il pouvait résoudre de tête une équation différentielle, il était un puits de science pour tout ce qui touchait aux arcanes de la géopolitique. Dans le même temps, son apparence gargantuesque dissimulait des aptitudes physiques étonnantes. Bryson l'avait vu un jour au stand de tir, logeant, à vingt-cinq mètres, une série de balles en plein centre de la cible tout en parlant du triste déclin des couturiers anglais. Le 22 semblait un jouet d'enfant dans sa grosse main potelée ; il semblait si peu concentré par le tir qu'on avait l'impression que c'était quelqu'un d'autre qui pressait la gâchette.

— Tu as utilisé le passé, Ted, remarqua Bryson. Cela veut dire que la partie est déjà jouée et que j'ai perdu.

— Cela ne veut rien dire d'autre que ce que j'ai dit, répliqua Waller. Je n'ai jamais travaillé avec quelqu'un de ta trempe, et je doute de rencontrer ton égal de mon vivant.

Par instinct et par expérience, Nick savait rester impassible, mais son cœur tambourinait dans sa poitrine. *Tu étais notre meilleur agent.* Cela sonnait comme un hommage, et l'hommage constituait la pierre de touche du processus de séparation. Bryson n'oublierait jamais la réaction de Waller lorsqu'il avait mené à bien sa première mission : empêcher l'assassinat d'un candidat libéral en Amérique du Sud. Il avait eu droit à un taciturne *pas mal.* Waller avait serré les lèvres pour s'empêcher de sourire et pour Nick, cela avait été la plus chaleureuse des accolades. Quand on commençait à vous dire vos mérites, c'est que vous étiez bon pour la retraite.

— Nick, personne n'aurait pu faire ce que tu as accompli aux Comores. Les îles auraient été aux mains de ce dingue de Bob Denard. Au Sri Lanka, des milliers de personnes, des deux camps, te doivent la vie, parce que tu as découvert les réseaux de trafic d'armes. Et rappelle-toi ce que tu as fait en Biélorussie. Le GRU[1] ne sait toujours pas ce qui s'est passé, et ils n'ont pas fini de chercher ! Laissons les politiciens faire du coloriage... les lignes, c'est nous qui les avons tracées, c'est *toi* ! Les historiens ne sauront jamais, et c'est tant mieux pour tout le monde. Mais nous, nous savons la vérité, n'est-ce pas ?

Bryson ne répondit rien ; ce n'était pas une vraie question.

— Et dans un tout autre domaine, certains ici n'ont toujours pas digéré ce qui s'est passé avec la Banque du Nord.

Waller faisait allusion au travail d'infiltration de Bryson dans une banque de Tunis qui fournissait de l'argent blanchi à Abou et au Hezbollah pour financer le coup d'Etat. Une nuit, plus d'un milliard et demi de dollars avait disparu, évanoui dans le cyberespace financier. Après des mois d'enquêtes, on n'avait toujours pas retrouvé l'argent. C'était un regrettable imprévu, et le Directorat détestait les imprévus.

— Tu ne sous-entends tout de même pas que c'est moi qui me suis servi ?

— Bien sûr que non. Mais tu dois comprendre qu'on se posera toujours des questions. Lorsqu'on ne trouve pas de réponses, les doutes demeurent.

— J'ai eu plein d'occasions de m'enrichir, bien plus lucratives et bien plus discrètes.

— Oui, je sais, on t'a mis à l'épreuve et tu t'en es sorti haut la main. Mais c'est la méthode qui me pose problème... ces fonds transférés aux collègues d'Abou sous de fausses identités pour financer l'achat d'informations.

— Cela s'appelle de l'improvisation. C'est pour cela qu'on me paye, pour agir selon mes instincts lorsque c'est nécessaire – Bryson s'arrêta net, saisi par une idée subite – : Mais je n'ai jamais fait de rapport là-dessus !

— Tu as donné tous les détails, Nick.

— Bien sûr que non, je m'en... Oh Seigneur, vous m'avez drogué, c'est ça ?

Waller hésita une fraction de seconde, juste de quoi faire comprendre à Bryson qu'il avait mis dans le mille. En tant que haut responsable du Directorat, Ted Waller pouvait mentir, sans remords, si nécessaire, mais cela heurtait la sensibilité du vieil ami et du mentor qu'il était pour Bryson.

---

1. Services secrets militaires russes (*N.d.T.*).

— La façon dont nous obtenons nos informations est top secret, Nick, tu le sais.

Bryson comprenait à présent les raisons de son séjour prolongé dans une clinique américaine de Laayoune. Le penthotal devait être administré au patient à son insu, de préférence par perfusion.

— Nom de Dieu, Ted ! Qu'est-ce que cela signifie ? Que l'on ne me fait pas confiance dans un débriefing classique, que je ne suis pas fiable ? Que seul le sérum de vérité peut vous donner ce que vous voulez ? Et tout ça, sans que je sois au courant ?

— Parfois, les interrogatoires les plus fiables sont ceux menés à l'insu du sujet, lorsque celui-ci ne peut songer à son propre intérêt.

— Vous me croyez capable de mentir pour me couvrir ?

Waller répondit d'une voix tranquille et terrifiante :

— Une fois établi qu'un individu n'est pas fiable à cent pour cent, on part du principe, du moins provisoirement, qu'il l'est à zéro pour cent. Tu détestes ça et moi aussi, mais c'est la dure loi de tous les services secrets de la terre. En particulier lorsqu'il est, comme le nôtre, aussi replié sur lui-même – aussi paranoïaque, devrais-je dire.

La paranoïa... En fait, Bryson avait découvert depuis longtemps que pour Waller et ses collègues du Directorat, il était avéré que la CIA, la DIA et même la redoutable NSA étaient infestées de taupes, entravées par les lois, embourbées dans la course à la désinformation avec leurs homologues des pays ennemis. Waller avait un surnom pour toutes ces agences de services secrets dont l'existence s'affichait clairement sur toutes les lois de finances du Congrès et les répartitions de budget : les « mammouths ». Au début de sa carrière au Directorat, Bryson avait innocemment demandé s'il ne pouvait pas être utile d'envisager une certaine collaboration avec les autres agences de services secrets. Waller avait éclaté de rire. « Tu veux faire connaître aux mammouths notre existence ? Autant envoyer un communiqué de presse à la *Pravda* ! » Mais la crise qui touchait les services secrets américains, selon Waller, allait bien au-delà des problèmes d'infiltration. Le contre-espionnage était le véritable mal, un effet feed-back infectieux ; « Tu mens à ton ennemi et dans le même temps, tu l'espionnes, lui avait un jour expliqué Waller, et ce que tu apprends est du mensonge. Mais aujourd'hui, le mensonge est devenu vérité, parce qu'il a été réétiqueté comme du "renseignement". C'est comme la chasse aux œufs de Pâques. Combien de carrières se sont faites – et des deux côtés – parce que des gens, avec beaucoup d'efforts, avaient déterré des œufs que leurs collègues venaient d'enfouir avec tout autant d'acharnement. De jolis œufs, avec plein de couleurs et de jolis rubans, mais des œufs de pacotille néanmoins. »

Les deux hommes étaient restés à parler toute la nuit dans la bibliothèque du sous-sol du QG du 1324 K Street, une pièce décorée de tapis kurdes du XVIIe siècle, de vieux tableaux anglais représentant des scènes de chasse, avec des chiens fidèles rapportant un faisan dans leur gueule.

— Tu saisis le caractère unique et merveilleux de notre situation. Toutes les opérations menées par la CIA, qu'elles soient loupées ou non, finissent, tôt ou tard, par être connues du public, avec les tracasseries et les problèmes qui en découlent. Ce n'est pas le cas pour nous, parce que personne ne connaît notre existence.

Bryson entendait encore le tintement des glaçons dans le verre de Waller au moment où il buvait une gorgée de son bourbon préféré, garanti vieilli en fût de chêne.

— Mais opérer hors piste, pratiquement comme des hors-la-loi, ne constitue pas forcément les meilleures conditions pour travailler, avait protesté Bryson. En outre, il se pose le problème du financement...

— C'est vrai. Nous n'avons pas de financement officiel, mais nous n'avons pas non plus la bureaucratie sur le dos... pas la moindre contrainte. Tout calcul fait, c'est un avantage, étant donné notre champ d'action. Nos états de services l'attestent. Lorsque tu sais trouver un terrain d'entente avec les bonnes personnes à travers le monde, lorsque tu ne rechignes pas à des interventions musclées, alors il te suffit d'un tout petit nombre d'agents super-entraînés pour mener à bien une opération. Nous tirons avantage des forces sur place. Nous œuvrons en influençant les événements, en coordonnant les facteurs pour arriver au but recherché. Nous n'avons pas besoin de toute l'infrastructure du monde de l'espionnage. Notre arme à nous, c'est la matière grise.

— Et le sang, avait ajouté Bryson, qui en avait déjà versé sa part à l'époque. *Le sang.*

Waller avait haussé les épaules.

— Comme l'a dit un jour l'ogre Staline, tout à fait justement : on ne fait pas d'omelette sans casser des œufs.

Il avait parlé ensuite de la lourdeur des empires quels qu'ils soient, comme celui de la Grande-Bretagne à son âge d'or du XIXe siècle, lorsqu'il fallait six mois au Parlement pour savoir s'il fallait ou non envoyer un corps expéditionnaire se porter au secours d'un général assiégé depuis deux ans en Nouvelle-Angleterre. Waller et ses collègues du Directorat, avec ferveur et sans équivoque, croyaient à la démocratie, mais ils savaient également que pour assurer sa pérennité, on devait parfois s'écarter des règles de Queensbury. Si l'ennemi préparait des coups indignes, mieux valait attaquer à son tour sous la ceinture.

— Nous sommes un « mal nécessaire », mais n'en tire aucune gloriole, c'est le premier mot qui est important. Nous sommes en marge de la loi. Nous n'avons ni autorité de tutelle, ni code de déontologie. Parfois, j'ai moi-même les foies à la simple idée que le Directorat existe.

Il y avait eu un nouveau tintement de glaçons, lorsque Waller avait vidé son verre de bourbon.

Nick Bryson avait connu des fanatiques – dans les deux camps – et l'ambivalence de Waller avait quelque chose de réconfortant à ses yeux. Il ne cernerait jamais tout à fait le personnage, son esprit brillant, son cynisme, mais surtout son idéalisme, aussi ardent que des rayons de soleil filtrant à travers les lattes d'un store.

— Mon cher Nick, avait conclu Waller, nous sommes là pour créer un monde où notre présence ne sera justement plus *nécessaire*.

*

Aujourd'hui, une lumière grise baignait le bureau de son supérieur. Waller écarta les bras et posa ses mains à plat sur la table, comme s'il se préparait à accomplir un travail désagréable.

— Nous savons que tu as traversé une période difficile, depuis qu'Elena est partie, commença-t-il.

— Je ne veux pas parler d'Elena, lâcha Bryson.

Il sentait déjà son sang battre sous ses tempes. Pendant des années, elle avait été sa femme, sa confidente et son amante. Six mois plus tôt, alors que Bryson, de Tripoli, lui passait un coup de fil sous brouilleur, elle lui avait annoncé qu'elle le quittait. Discuter ne servait à rien. C'était une décision mûrement réfléchie. Il n'y avait rien à en dire de plus. Les paroles d'Elena l'avaient plus meurtri dans sa chair que la lame d'Abou. Quelques jours plus tard, lorsque Bryson était revenu au pays faire son rapport au Directorat – un voyage officiellement destiné à négocier l'achat d'armes pour le Hezbollah –, il avait trouvé la maison vide. Elena était bel et bien partie.

— Ecoute Nick, tu as fait plus de bien pour ce monde que n'importe qui dans tous les services secrets réunis – Waller marqua un silence, puis reprit d'une voix lente, comme s'il pesait chaque mot : – Mais si tu continues, tu vas défaire tout ce que tu as fait.

— J'ai peut-être commis une erreur, répliqua Bryson d'une voix lasse. Une fois. Je veux bien le reconnaître.

Il était inutile de plaider sa cause, mais il ne pouvait s'en empêcher.

— Et tu en commettras d'autres, rétorqua Waller d'un ton égal. C'est ce qu'on appelle des « signes ». Des mises en garde. Tu as été extraordinaire pendant quinze ans. Extraordinaire. Mais *quinze ans*, Nick... Pour un agent, les années comptent triple sur le terrain. Ton acuité diminue. Tu es fatigué, et le plus terrifiant, c'est que tu ne le sais même pas.

Est-ce qu'il y avait eut aussi des « signes » dans son couple ? Un mélange de sentiments contradictoires envahit Bryson, l'un d'entre eux étant de la colère.

— Mes compétences n'ont pas...

— Je ne parle pas de ça. Il n'y a pas plus compétent que toi comme agent, aujourd'hui encore. Ce qui m'inquiète, c'est ta capacité à te réfréner, à ne *pas* réagir. Chez un agent en mission, c'est ça qui disparaît en premier. Et une fois cette chose partie, on ne peut jamais la récupérer.

— Peut-être me faut-il quelques jours de congé...

Malgré lui, il y avait du désespoir dans sa voix.

— Le Directorat n'offre pas d'années sabbatiques, répondit Waller d'un ton acerbe. Tu le sais. Tu as passé quinze ans à écrire l'Histoire. Tu vas pouvoir l'étudier à présent tout à loisir. Je vais te rendre ta vie.

— Ma vie ? répéta Bryson d'une voix atone. Il est donc question de me mettre à la retraite.

Waller se laissa aller au fond de son siège.

— Tu connais l'histoire de John Wallis, ce grand espion anglais du dix-septième siècle qui travaillait pour le Parlement ? C'était un génie pour décrypter les messages des Royalistes. C'est lui qui a permis l'établissement de l'English Black Chamber, la NSA de l'époque. Lorsqu'il s'est retiré du métier, il a utilisé ses dons pour enseigner la géométrie à Cambridge, et a posé les fondements des mathématiques modernes ; il a été un artisan du progrès pour la civilisation. Qui a été le plus important : Wallis l'espion, ou Wallis le mathématicien ? Cesser d'être espion n'a pas signifié, pour lui, être hors jeu.

C'était du grand Waller – une parabole historique ! Bryson faillit éclater de rire devant l'absurdité de toute cette situation.

— Et que m'as-tu préparé comme reconversion... gardien de nuit dans un entrepôt, à surveiller des poutrelles métalliques avec un six-coups et une matraque ?

— *Integer vitae, scelerisque purus non eget Mauris jaculis, neque arcu, nec venenatis gravida sagittis pharetra* – L'homme intègre, qui ne connaît pas le péché, n'a pas besoin du javelot des Maures, ni de l'arc, ni du lourd carquois de flèches. Horace, comme tu le sais. Dans ton cas, tout est déjà arrangé. L'université de Woodbridge cherche un maître de conférences, spécialiste de l'histoire du Proche-Orient, et ils viennent de tomber sur la perle rare. Ta formation et ta maîtrise des langues font de toi le prétendant idéal.

Bryson avait l'impression de ne pas vivre réellement l'instant présent, comme si c'était son double qui était assis à sa place dans ce bureau – une sensation qu'il éprouvait souvent en mission –, il flottait au-dessus de la scène, observant les événements d'un œil froid et clinique. Il avait souvent envisagé sa propre mort : c'était une éventualité à laquelle il s'était préparé. Mais il n'avait jamais imaginé, un jour, être mis à la porte. Et le fait que ce soit son maître et ami qui lui montrait la sortie rendait la chose encore plus difficile – plus *personnelle*.

— Dans tout plan de reconversion, poursuivait Waller, l'oisiveté est l'Hydre à éviter. On en a fait trop souvent la regrettable expérience. Donne à un agent une coquette somme et rien à faire, et les ennuis vont pleuvoir, aussi sûrement que le jour succède à la nuit. Il te faut un but, un projet à mener. Quelque chose de réel. Et tu es un professeur dans l'âme – c'était d'ailleurs l'une des raisons pour lesquelles tu te débrouillais si bien sur le terrain.

Bryson ne répondit rien, faisant son possible pour chasser le souvenir douloureux d'une opération dans une contrée d'Amérique latine, – le visage d'un jeune homme dans la mire de la lunette de visée d'un fusil. *Le jeune homme était l'un de ses « étudiants » – un gamin nommé Pablo, un Indien de dix-neuf ans qu'il avait formé à l'emploi et à la pose d'explosifs. Un garçon dur mais honnête. Ses parents étaient paysans dans un village de montagne qui était depuis peu aux mains des guérilleros maoïstes : si ces derniers venaient à apprendre que Pablo travaillait pour leurs ennemis, ils tueraient ses parents, et sans doute d'une façon des plus cruelles et imaginatives – c'était là leur signature. Le gosse avait paniqué, s'était battu avec sa conscience, et avait décidé finalement qu'il lui fallait changer de camp. Pour sauver ses parents, il dirait aux guérilleros tout ce qu'il savait sur leurs adversaires, ainsi que les noms de tous ceux qui coopéraient avec les forces du gouvernement. C'était un brave garçon, honnête et courageux, pris dans une situation où il n'y avait pas de bonne réponse. Bryson cadra le visage de Pablo derrière le réticule de la mire – le visage d'un jeune homme pâle, misérable et terrifié – et ne détourna les yeux que lorsqu'il eut appuyé sur la gâchette.*

Le regard de Waller restait imperturbable.

— Tu t'appelles Jonas Barrett. Un professeur indépendant, auteur d'une dizaine de publications très remarquées dans des revues spécialisées – dont quatre dans le *Journal of Byzantine Studies*. Un travail collectif... nos spécialistes du Proche-Orient ont planché là-dessus pendant leur temps libre ! On commence à être des cracks pour inventer un personnage de toutes pièces.

Waller lui tendit une chemise. Elle était jaune canari, ce qui signifiait que la pochette était entrelardée de bandes magnétiques et ne pouvait sortir des locaux. Il y avait là une chimère – une biographie fictive. *Sa* biographie.

Il parcourut les pages imprimées en caractères serrés : la vie, dans le menu, d'un professeur solitaire dont les connaissances linguistiques étaient identiques aux siennes et dont le savoir pouvait aisément être acquis. Sa biographie était facile à mémoriser – du moins dans ses grandes lignes. Jonas Barrett était célibataire. Jonas Barrett n'avait jamais connu Elena. Jonas Barrett n'était pas amoureux d'Elena. Jonas Barrett ne se languissait pas d'elle, aujourd'hui encore. Jonas Barrett était une invention, une illusion. Rendre ce personnage réel, c'était faire le deuil d'Elena.

— L'embauche a eu lieu il y a quelques jours. Woodbridge attend l'arrivée de son nouveau professeur pour la rentrée de septembre. Et, soit dit en passant, ils peuvent se féliciter de t'avoir.

— Je n'ai donc pas mon mot à dire dans l'affaire ?

— Oh, on aurait pu te trouver un bon poste dans un gros cabinet de conseil d'entreprise. Ou encore dans une compagnie de pétrole ou de haute technologie. Mais ce travail est fait pour toi. Tu as toujours su manier les abstractions aussi bien que les faits. Je craignais, au début, que ce ne fût un handicap, mais cela s'est révélé, à la longue, l'un de tes grands atouts.

— Et si je ne veux pas prendre ma retraite ? Si je ne veux pas disparaître bien gentiment dans la nuit ?

Sans trop savoir pourquoi, il revit l'éclat de l'acier, le bras sec et noueux, plongeant la lame vers son ventre...

— Ne fais pas ça Nick, répondit Waller, avec un visage de marbre.

— Nom de Dieu... souffla Bryson.

Il y avait de la douleur dans sa voix. Bryson regretta encore une fois de laisser paraître ses sentiments. Il connaissait les règles pourtant. Ce qui faisait mal, ce n'était pas les mots eux-mêmes, mais le fait que ce soit son mentor qui les prononce. Waller n'était pas entré dans les détails – à quoi bon ? Bryson n'avait pas le choix et il savait ce qui arrivait aux récalcitrants. Un taxi faisait une brusque embardée, fauchait un piéton et disparaissait. Ou une piqûre quasiment indolore pendant que le sujet déambulait parmi la foule, puis c'était l'infarctus fatal. Ou encore une agression banale, comme il y en avait tant dans une ville qui avait le taux de criminalité le plus élevé du pays.

— C'est la carrière que nous avons choisie pour toi, répondit Waller d'une voix douce. Nos responsabilités passent avant toute considération affective. J'aurais préféré qu'il en soit autrement. Tu n'imagines pas à quel point. Moi-même, un jour, j'ai dû... sanctionner trois de mes hommes. Des hommes qui avaient rendu de bons et loyaux services et qui avaient mal tourné. « Mal » n'est pas le bon terme... ils avaient juste perdu leur rigueur professionnelle. Je vis avec ce souvenir chaque instant de ma vie, Nick. Mais je le referai si c'est nécessaire. *Trois hommes.* Je t'en prie... je ne veux pas de quatrième à la liste.

C'était quoi ? Une menace ? Une supplique ? Les deux ? Waller poussa un long soupir :

— Je t'offre la vie, Nick. Une vie très agréable.

*

Mais ce qui attendait Bryson, ce n'était pas la vie, du moins pas encore. C'était une sorte de fuite en avant, une demi-mort. Pendant quinze ans, il avait consacré tout son être – chaque neurone, chaque fibre de son corps – à ce sacerdoce stressant, recelant mille périls. On n'avait désormais plus besoin de ses services. Bryson n'en ressentait aucune amertume, juste un immense vide. Il rentra chez lui, dans sa jolie maison style colonial de Falls Church – un lieu qui lui était devenu presque étranger. Il contempla la bâtisse comme un simple visiteur, jetant un coup d'œil sur les tapisseries qu'Elena avait choisies, sur la chambre aux couleurs gaies du premier étage, réservée à l'enfant qu'il n'aurait jamais. L'endroit était vide et plein de fantômes. Il se versa un grand verre de vodka. Il ne dessoûlerait plus pendant des semaines.

La maison était pleine d'Elena, pleine de son odeur, de son empreinte, de son aura. Jamais il ne pourrait l'oublier.

Ils étaient assis sur le quai devant leur bungalow dans le Maryland, regardant le voilier... Elle lui servit un verre de vin blanc frais, et l'embrassa.

— *Tu me manques, murmura-t-elle.*

— *Mais je suis là, chérie.*

— *Aujourd'hui, oui. Mais demain, tu seras parti. A Prague, en Sierra Leone, à Jakarta, à Hong Kong... Dieu sait où. Et pour combien de temps ?*

Il lui prit la main, touché par son désarroi.

— *Mais je reviens toujours. Tu sais ce qu'on dit, « l'absence nourrit les cœurs ».*

— Mai rãrut, mai drãgut, *dit-elle doucement, l'air pensif. Comme tu le sais, ce n'est pas ce qu'on dit dans mon pays.* Celor ce duc mai mult dorul, le pare mai dulce odorul. *L'absence aiguise l'amour, mais la présence le renforce.*

— *C'est joli.*

Elle leva un doigt et l'agita sous le nez de Bryson :

— *On dit aussi autre chose :* Prin depãrtare dragostea se uitã. *Comment on dit déjà... longtemps absent, vite oublié ?*

— *Loin des yeux, loin du cœur.*

— *Combien de temps avant que tu ne m'oublies ?*

— *Mais tu es toujours avec moi, mon amour – il tapota son torse –. Ici.*

*

Il était sûr que le Directorat le surveillait, mais il s'en fichait. S'ils décidaient qu'il constituait une menace pour leur sécurité, la sanction ne se ferait pas attendre. Peut-être qu'en ingurgitant suffisamment de vodka, songea-t-il amèrement, il pourrait même leur épargner cette peine. Les jours passaient ; il ne vit personne, ni n'eut aucune nouvelle. Peut-être Waller avait-il intercédé en sa faveur auprès du consortium, leur demandant de lui laisser la bride sur le cou, parce qu'il savait que ce n'était pas son renvoi qui le mettait dans cet état, mais le départ d'Elena ? Elena, l'ancre de son existence... Des amis s'étonnaient du calme de Nick, mais ce n'était qu'un calme de surface. La vraie paix, c'était Elena qui l'avait apportée. Qu'avait dit Waller à son sujet ? *Une sérénité passionnée.*

Nick ne se pensait pas capable d'aimer autant quelqu'un. Dans le tourbillon de mensonges où l'emportait son métier, elle était la seule chose vraie et authentique de son existence. Et pourtant, elle aussi était une espionne. C'était elle qui avait su, pierre à pierre, leur construire une vie ensemble. Elle avait dû offrir ses compétences au Directorat, pour avoir une chance de vivre avec lui. En fait, comme elle travaillait au service de cryptographie, elle avait accès à pratiquement tous les dossiers. Personne ne pouvait imaginer ce qui leur passait entre les mains. Les messages ennemis contenaient souvent des renseignements sur les Etats-Unis classés secret-défense ; les décoder signifiait prendre connaissance de ces secrets d'Etat – secrets auxquels la plupart des responsables des grandes agences de renseignement du pays n'avaient pas accès. Les analystes comme Elena passaient leur vie derrière leur bureau, avec pour seule arme leur clavier d'ordinateur ; et pourtant leur pensée sillonnait le monde aussi librement qu'un agent sur le terrain.

*

Seigneur, comme il l'aimait !
En un sens, c'était grâce à Ted Waller qu'ils avaient fait connaissance, même si la rencontre avait eu lieu en des circonstances guère propices à l'amour – Bryson était en fait en mission, sur ordre de Waller.

Il devait faire quitter le pays à quelqu'un, une opération de routine, surnommée par les gens du Directorat une « course de taxi ». Les Balkans étaient à feu et à sang vers la fin des années quatre-vingt ; Andrei Petrescu, un brillant mathématicien, devait fuir Bucarest avec sa fille et son épouse. Petrescu était un vrai patriote roumain, professeur à l'université de Bucarest, spécialiste des algorithmes de décryptage. Les célèbres services secrets roumains, la Securitate, le pressaient de rejoindre leurs rangs pour concevoir les codes des messages s'échangeant dans le cercle restreint du gouvernement Ceausescu. Il avait écrit les algorithmes de cryptage, mais avait refusé leur offre d'emploi : il voulait rester à l'université, continuer à enseigner et il était révolté par les méthodes de répression de la Securitate. C'était ainsi qu'Andrei et sa famille s'étaient retrouvés en quasi-état d'arrestation – voyages interdits, faits et gestes épiés. La fille, Elena, promettait d'être aussi brillante que le père ; elle étudiait les mathématiques à l'université, et espérait suivre la voie paternelle.

En décembre 1989, la crise roumaine atteignait un paroxysme ; les protestations populaires commençaient à éclater contre le tyran Nicolae Ceausescu, la Securitate et la garde prétorienne ; les manifestations étaient réprimées dans le sang et par des arrestations massives. A Timisoara, une foule gigantesque se rassembla sur le boulevard du 30-Décembre ; des manifestants s'introduisirent dans le bâtiment du Parti communiste et jetèrent les photos du tyran par les fenêtres. L'armée et la Securitate tirèrent sur les émeutiers durant un jour et une nuit ; les morts furent emportés et jetés dans des fosses communes.

Ecœuré, Andrei Petrescu décida d'apporter sa petite collaboration à cette guerre contre la tyrannie. Il possédait les clés des codes de transmission les plus secrets de Ceausescu et était prêt à les fournir aux ennemis du despote. Ceausescu ne pourrait plus communiquer en secret avec ses hommes de confiance – ses décisions, ses ordres, tout serait connu dans l'instant.

Andrei Petrescu hésita longtemps avant de prendre cette responsabilité. Allait-il mettre en danger sa femme Simona et sa fille chérie, Elena ? Lorsqu'on aurait découvert son forfait – il était le seul, hormis les membres du gouvernement, à connaître les codes de transmission – Andrei et sa famille seraient sans nul doute arrêtés et exécutés.

Il fallait donc quitter la Roumanie. Mais, pour ce faire, il avait besoin d'un concours extérieur, de préférence celui des services secrets d'une nation puissante, tels que la CIA ou le KGB, des organisations qui avaient les moyens de sauver sa famille.

La peur au ventre, il avait mené son enquête, discrètement. Il connaissait des gens ; ses collègues en connaissaient d'autres. Il fit savoir son offre et ses exigences. Mais les Anglais comme les Américains refusèrent de s'impliquer dans l'affaire. Ils avaient adopté une politique de non-intervention à l'égard de la Roumanie. Son offre fut rejetée.

Et puis, un matin, très tôt, Andrei fut contacté par un Américain, un membre d'une autre organisation de services secrets – pas la CIA. Ils étaient intéressés ; ils allaient l'aider. Ils avaient le courage qui manquait aux autres.

L'opération avait été conçue par les logisticiens du Directorat, affinée par Bryson sous la houlette de Ted Waller. Bryson devait faire quitter la Roumanie au mathématicien et à sa famille, ainsi qu'à cinq autres personnes, deux hommes et trois femmes, tous détenteurs d'informations essentielles. Se rendre en Roumanie était la partie aisée de la mission. De Nyirabrany, à l'est de la Hongrie, Bryson traversa la frontière en train et arriva en Roumanie à Valea Lui Mihai, avec sur lui un passeport hongrois, le présentant comme chauffeur routier ; avec sa salopette terne, ses mains calleuses, on lui accorda à peine un regard à la douane. A quelques kilomètres de la ville, il trouva le camion qu'un contact du Directorat avait laissé pour lui. C'était un vieux camion roumain qui empestait le gasoil. Le véhicule avait été astucieusement modifié sur place par des employés du Directorat. Lorsqu'on ouvrait les portes arrière, la remorque semblait emplie de caisses de vin roumain et de *tzuica*, un alcool de prune. Mais il n'y avait, en réalité, qu'un seul rang de caisses ; derrière, se trouvait un compartiment secret, occupant les trois quarts de la remorque, où pouvaient se cacher sept des huit transfuges roumains.

Le groupe de fuyards devait retrouver Bryson dans la forêt de Baneasa, à cinq kilomètres au nord de Bucarest. Ils étaient au lieu de rendez-vous prévu – une aire de pique-nique ; ils ressemblaient à une famille nombreuse sortie en promenade. Mais Bryson voyait bien la terreur sur leurs visages.

Le chef du groupe était évidemment le mathématicien, Andrei Petrescu, un homme de petite taille, âgé d'une soixantaine d'années, accompagné de son épouse, une femme au visage résigné et pâle comme la lune. Mais ce fut sa fille qui attira l'attention de Bryson ; il n'avait jamais rencontré une jeune femme aussi belle. Elena Petrescu avait vingt ans, des cheveux de jais, un visage fin et délicat, et des yeux noirs étincelants. Elle portait une petite jupe noire et un pull-over gris clair ainsi qu'un foulard coloré noué autour de sa tête. Elle le regardait en silence, d'un air suspicieux.

Bryson les salua en roumain :

— *Buna ziua. Unde este cea mai apropiata staie Peco ?* – Où est la station d'essence la plus proche ?

— *Sinteti pe un drum gresit*, répondit le professeur. – Vous êtes sur la mauvaise route.

Ils le suivirent jusqu'au camion, qu'il avait garé sous le couvert des arbres. La jolie jeune femme monta avec lui en cabine, comme le plan le prévoyait. Les autres prirent place dans le compartiment caché. Bryson y avait laissé des sandwiches et des bouteilles d'eau en prévision du long voyage jusqu'à la frontière hongroise.

Elena ne desserra pas les dents pendant les premières heures de route. Bryson tenta de faire la conversation, mais elle restait taciturne – impossible de dire si c'était par timidité ou simple angoisse. Ils traversèrent la province de Bihar et s'approchèrent de la frontière au point de passage de Bors. Une fois passés en Hongrie, ils devaient mettre le cap sur Biharkeresztes. Ils avaient roulé toute la nuit, et ils étaient dans les temps ; tout semblait se dérouler comme prévu – ce qui était presque anormal, songea Bryson, car dans les Balkans mille petits problèmes pouvaient survenir à tout instant.

Il ne fut donc guère surpris lorsque, à huit kilomètres de la frontière hongroise, il aperçut le gyrophare d'une voiture de police garée sur le bord de la route et un policier en uniforme bleu surveillant la circulation. Il ne fut pas surpris non plus lorsque le policier lui fit signe de se ranger sur le bas-côté.

— Qu'est-ce qui se passe encore ? lâcha-t-il d'un ton faussement blasé tandis que le policier en bottes s'approchait du camion.

— Juste un contrôle de routine, répondit Elena.

— J'espère. – Il descendit sa vitre.

Bryson parlait roumain couramment mais avec une pointe d'accent ; son passeport hongrois justifierait ce détail. Il se prépara à montrer sa mauvaise humeur au policier, comme tout chauffeur routier agacé par le moindre contretemps.

L'agent lui demanda ses papiers et ceux du véhicule. Il les inspecta ; tout était en ordre.

— Quelque chose ne va pas ? demanda Bryson en roumain.

D'un air zélé, le policier tendit le doigt vers les phares du camion.

L'un d'entre eux ne fonctionnait pas ; il ne semblait pas décidé à les laisser partir. Il voulait inspecter la marchandise.

— C'est pour l'exportation.

— Ouvrez les portes, répondit le policier.

Avec un soupir ostensible, Bryson descendit de la cabine et alla déverrouiller les portes arrière. Un pistolet était glissé dans son dos, caché sous sa veste matelassée ; il s'en servirait uniquement en cas d'absolue nécessité – tuer un policier était très risqué. Non seulement, ils pouvaient être vus par un automobiliste, mais l'officier pouvait avoir donné par radio le numéro d'immatriculation du camion ; le central s'attendait donc à ce qu'il rappelle. Si l'appel ne venait pas, ils enverraient d'autres agents sur place et le numéro du camion serait diffusé à tous les postes frontières. Bryson préférait donc ne pas tuer cet homme, mais il risquait de ne pas avoir le choix.

Lorsque Bryson ouvrit les portes arrière, une lueur d'envie éclaira les yeux du fonctionnaire à la vue des caisses de vin et de *tzuica*. C'était plutôt rassurant ; peut-être que quelques bouteilles d'alcool suffiraient à s'attirer les bonnes grâces du policier et l'inciteraient à les laisser partir. Mais celui-ci commença à tripoter les caisses, comme s'il en faisait l'inventaire ; il découvrit rapidement la double paroi, qui se trouvait à soixante centimètres derrière la marchandise. Ses yeux se plissèrent de suspicion ; il tapota du doigt la paroi. Les coups sonnaient creux.

— Qu'est-ce que c'est ça ? s'exclama-t-il.

Bryson glissa la main vers son pistolet, mais soudain Elena Petrescu apparut derrière eux, s'approchant d'une démarche chaloupée, une main posée sur la hanche. Elle mâchait du chewing-gum, et son visage était maquillé à outrance – rouge à lèvres, mascara, et fard à joues. Elle devait s'être maquillée à la hâte dans la cabine. Elle ressemblait à une prostituée. Tout en mastiquant, elle s'approcha du policier et lança d'un air de défi :

— *Ce curu' meu vrei ?* – Qu'est-ce que vous fichez ?

— *Fututi gura !* rétorqua le policier. – Va te faire foutre !

Il passa les mains derrière la rangée de caisses, le long de la paroi, à la recherche d'une poignée ou de quelque système d'ouverture. Bryson se raidit lorsque le policier attrapa la fente qui permettait d'ouvrir la cachette. Comment expliquer la présence de sept passagers clandestins ? L'homme devait être abattu. Et qu'est-ce que fichait Elena, à continuer ainsi à le titiller ?

— J'ai une petite question à te poser, camarade, poursuivit-elle d'une voix basse et pleine d'insinuation. Est-ce que tu tiens à ta vie actuelle ?

Le flic se retourna, furieux.

— Qu'est-ce que tu insinues, la pute ?

— Je te demande si tu tiens à ton existence... parce que tu es sur le point de mettre fin à ta jolie carrière chez les flics. Insiste, et tu es sûr de gagner un aller simple pour l'asile psychiatrique, ou même pour la fosse commune.

Bryson devenait tout pâle ; elle fichait tout en l'air ! Il fallait arrêter ça !

Le policier ouvrit la sacoche en toile suspendue à son cou et en sortit un gros téléphone de campagne des années soixante et commença à composer un numéro.

— Si tu veux vraiment passer un coup de fil, je te conseille d'appeler la Securitate directement et de demander à parler à Dragan en personne.

Bryson n'en croyait pas ses oreilles. Le major général Radu Dragan était vice-commandant en chef de la police secrète roumaine, un *apparatchik* corrompu ayant une vie sexuellement « dissolue ».

Le policier cessa de presser les touches, ses yeux scrutant le visage d'Elena.

— Tu oses me menacer, sale pute ?

Elle fit claquer son chewing-gum.

— Hé, si je dis ça, c'est pour toi. Si tu veux mettre ton nez dans les affaires les plus secrètes et confidentielles de la Securitate, ça te regarde. Moi je fais juste mon boulot. Dragan aime les vierges magyares ; quand il en a fini avec elles, je relâche mes filles de l'autre côté de la frontière, comme on me demande de le faire. Si tu veux nous barrer le chemin, vas-y. Tu seras le grand héros qui aura rendu public le péché mignon de Dragan. A toi de voir. Mais je n'aimerais pas être à ta place, personne ne le voudrait – elle roula des yeux – allez, vas-y, appelle le bureau de Dragan.

Elle récita un numéro portant l'indicatif de Bucarest.

Lentement, le policier composa les chiffres, puis il porta le combiné à l'oreille. Ses yeux s'écarquillèrent et il raccrocha en toute hâte. Il avait eu effectivement la Securitate au bout du fil.

Il fit demi-tour, s'éloigna du camion en marmonnant des excuses, remonta dans sa voiture et disparut.

Plus tard, lorsque les douaniers à la frontière leur firent signe de passer, Bryson demanda à Elena :

— C'était vraiment le numéro de la Securitate ?

— Evidemment ! répliqua-t-elle, d'un air revêche.

— Comment est-ce que...

— J'ai un certain talent avec les chiffres. Vos amis ne vous l'ont pas dit ?

*

Au mariage, Ted Waller fut le témoin de Nick. Les parents d'Elena avaient été relogés, sous une nouvelle identité, à Rovinj, en Istrie, sur la côte de l'Adriatique, sous la protection du Directorat ; pour des raisons de sécurité, Elena n'était pas autorisée à leur rendre visite – une nécessité qu'elle avait acceptée, la mort dans l'âme.

On lui avait offert un poste de cryptographe au QG du Directorat, où elle devait intercepter et décoder des messages. Elle était très douée – peut-être la meilleure cryptographe qu'ils avaient jamais eue, et elle adorait ce métier. « Je t'ai toi, et j'ai mon travail. Si seulement j'avais mes parents avec moi, ma vie serait parfaite ! » avait-elle dit un jour. Lorsqu'il avait annoncé à Waller que son histoire devenait sérieuse avec Elena, Bryson avait eu l'impression qu'il lui demandait l'autorisation de l'épouser. Une permission paternelle ou d'employeur ? Comment savoir ? Quand on consacrait sa vie au Directorat, les frontières entre affaires privées et professionnelles étaient forcément bien ténues. Mais il avait rencontré Elena dans le cadre d'une mission pour le Directorat et il lui semblait normal de tenir Waller informé. Waller avait paru réellement ravi. « Tu as enfin trouvé ton égal ! » avait-il lancé avec un grand sourire. Une bouteille de Dom Pérignon était apparue dans ses mains, comme un magicien sortant une pièce de derrière l'oreille d'un bambin.

Bryson songeait à leur lune de miel, passée dans une minuscule île quasi déserte des Antilles. La plage de sable rose... plus loin, un petit torrent... un labyrinthe de tamaris... Ils allaient s'y promener dans le seul but de se perdre – ou de feindre d'être perdus – et pour se perdre eux-mêmes, l'un avec l'autre. Du temps volé au temps, disait Elena. Bryson songeait encore à leurs errances dans le dédale de verdure – c'était devenu un rite entre eux, un rite pour se rappeler que tant qu'ils seraient l'un avec l'autre, ils ne s'égareraient jamais.

Mais aujourd'hui, Bryson avait perdu Elena pour de bon, et il errait comme une âme en peine, sans racines, sans but. La grande maison vide était silencieuse, mais il entendait encore sa voix au téléphone lorsqu'elle lui avait dit, avec une sérénité glacée, qu'elle le quittait. Cela avait été un véritable choc, pourtant, il aurait dû s'en douter... Non, ce n'était pas les mois de séparation, avait-elle insisté ; le mal était plus profond, plus fondamental. *Je ne te connais plus. Je ne te connais plus et je n'ai plus confiance en toi.*

Il l'aimait, nom de Dieu, il l'aimait ! Cela ne suffisait donc pas ? Ses suppliques furent bruyantes, enflammées. Mais le mal était fait. Le mensonge, la dureté, la froideur – c'était un comportement qui garantissait la survie d'un agent en mission, mais qu'il avait commencé à rapporter à la maison, et à cela, aucun mariage ne pouvait résister. Il lui avait caché des choses, un fait en particulier, et pour ce seul écart, il se sentait tellement coupable.

Elle allait donc s'en aller, refaire sa vie sans lui. Elle avait demandé son transfert au Directorat. Sa voix sur la ligne téléphonique confidentielle paraissait à la fois si proche, comme si elle s'était trouvée dans la pièce à côté, et si lointaine. Il n'y eut pas un mot plus haut que l'autre, mais ce fut justement ce manque de colère chez Elena qui lui fit le plus mal. Apparemment, il n'y avait rien à dire, rien à discuter. C'était le ton de quelqu'un ne faisant que décrire des faits avérés – aussi irréfutables que deux et deux font quatre ou que le soleil se lève à l'est.

Il se souvenait encore de l'étau qui avait enserré sa poitrine.

— Elena, avait-il articulé, sais-tu ce que tu représentes pour moi ?

Sa réponse, lourde comme du plomb, définitive, résonnait encore dans sa tête :

— Tu ne sais pas même qui je suis.

Lorsqu'il avait, à son retour de Tunisie, trouvé la maison vide, toutes ses affaires envolées, Bryson avait tenté de la retrouver ; il avait supplié Ted Waller de l'aider, en faisant appel à ses contacts et à ses relations. Bryson avait des milliers de choses à lui dire... mais Elena paraissait avoir disparu de la surface de la terre. Elle ne voulait pas que l'on puisse la retrouver, et elle avait pris ses dispositions pour ça... Waller voulait respecter sa décision. Son chef disait vrai : Bryson avait trouvé, *et perdu*, son égal.

*

L'alcool, en quantité suffisante, est la Novocaïne de l'esprit. Le problème, c'était que la douleur revenait dès l'arrêt du traitement. Seule solution : augmenter les doses. Les jours et les semaines qui suivirent son retour de Tunisie devinrent des successions de flashes, d'images éparses et sans suite. Des images sépia. Lorsqu'il voulait sortir la poubelle, il était saisi par le bruit – le tintement strident des bouteilles vides. Le téléphone sonnait, mais il ne répondait pas. Une fois, on sonna à la porte : Chris Edgecomb venant lui rendre visite, violant toutes les consignes du Directorat.

— Je m'inquiétais, avait-il dit, et il paraissait sincère.

Bryson n'osait pas penser à la tête qu'il avait : un zombie hagard, sale et pas rasé.

— Ce sont eux qui vous envoient ?

— Vous plaisantez ? Ils me passeraient une sacrée danse s'ils apprenaient que je suis venu.

Aurait-on décidé d'intervenir en haut lieu ? Bryson ne se souvenait pas de ce qu'il avait dit à Edgecomb, il se souvenait juste de l'avoir éconduit d'un ton sans appel. Le jeune homme n'était plus jamais revenu.

Bryson se réveillait après une soûlerie, le ventre et la tête en compote, ayant mal dans tout le corps. Dans sa bouche, le goût vanillé du bourbon, le genévrier acide du gin. Devant le miroir le matin, un visage creusé, des cernes noirs, des capillaires enflammés. Puis quelques œufs, qu'il fallait bien avaler, malgré l'odeur qui lui soulevait le cœur.

Quelques sons isolés, quelques images dissociées. Pas un simple week-end perdu, trois mois entiers...

Ses voisins de Falls Church montrèrent peu d'intérêt pour son cas, soit par indifférence, soit par discrétion. Officiellement, Bryson travaillait comme directeur financier dans une société agroalimentaire.

Pour les gens du quartier, il avait dû se faire licencier ; il allait reprendre le dessus ou pas. Les revers de fortune des cadres supérieurs incitaient rarement à la compassion ; en outre, dans les banlieues chics, chacun préférait s'occuper de ses propres affaires et garder ses distances.

Et puis un jour d'août, un changement s'opéra en lui. Il remarqua que les asters pourpres commençaient à éclore, des fleurs qu'Elena avait plantées l'année passée ; elles avaient poussé d'un air de défi, comme si le fait d'avoir été négligées les avaient incitées à survivre. Il ferait donc de même. Les sacs-poubelles ne tintaient plus comme des cageots de bouteilles lorsqu'il les sortait sur le trottoir. Il se mit à manger décemment, et même trois fois par jour. Il était encore patraque les premiers jours, mais au bout de deux semaines, il se coiffa, se rasa de près, enfila son costume de cadre sup et se rendit au 1324 K Street.

Waller afficha un détachement tout professionnel, mais Bryson lisait le soulagement dans ses yeux.

— Qui a dit qu'il n'y a pas de deuxième acte dans la vie ? professa Waller.

Bryson lui retourna un regard calme et serein. Il attendait, enfin en paix avec lui-même.

Waller sourit – une simple esquisse de sourire à peine discernable pour un profane – et lui tendit la chemise jaune canari.

— Passons à présent au troisième acte !

II

Cinq ans plus tard.

Le Woodbridge College, en Pennsylvanie, était une petite université, mais il émanait de ses murs une aura de prospérité tranquille – un lieu protégé et privilégié. Cela se voyait à la verdeur de ses pelouses manucurées – le gazon émeraude, les parterres de fleurs coupés au cordeau... un établissement qui avait les moyens de se soucier du décorum. L'architecture était de style gothique, brique et lierre, typique des universités des années vingt. De loin, on aurait pu se croire à Cambridge ou à Oxford, si ces universités illustres avaient quitté leur petite bourgade anglaise pour s'installer au milieu de l'Arcadie. C'était un établissement traditionaliste, isolé du monde extérieur, un endroit où les familles aisées ne craignaient pas d'envoyer leurs tendres rejetons. Les boutiques du campus faisaient fortune en vendant du lait chaud et des paninis. Même dans le feu des années soixante, Woodbridge était resté, comme l'avait souligné le doyen de l'époque avec humour, « un foyer de repos et non d'agitation ».

« Jonas Barrett », à sa propre surprise, se révéla un professeur émérite ; ses cours étaient curieusement populaires compte tenu des sujets abordés. Certains de ses étudiants étaient réellement brillants, les autres, pour leur grande majorité, se montraient plus studieux et plus respectueux de leur professeur qu'il ne l'avait été lui-même pendant ses études. Comme le lui avait fait remarquer l'un de ses collègues, un physicien timide, originaire de Brooklyn qui avait travaillé à l'université d'Etat de New York, enseigner à Woodbridge donnait l'illusion d'être un précepteur du XVIIIe siècle, ayant la responsabilité d'éduquer les enfants d'un lord anglais. On vivait ici au milieu du luxe et de la splendeur, mais en simple invité.

Il n'empêchait que Waller avait dit vrai. C'était une vie agréable.

Jonas Barrett contemplait son amphithéâtre bondé, une centaine de visages, pleins d'attente, rivés sur lui. Il avait été amusé lorsque le *Campus Confidential* avait dit de lui, après seulement sa première année d'exercice à Woodbridge : « Un maître de conférence au charisme glacé, plus Pr Pince-sans-rire que M. Rigolade. » Ils parlaient de son « visage imperturbable, teinté d'une ironie malicieuse ». Quelles qu'en soient les raisons, son cours sur Byzance comptait parmi les plus prisés du département d'histoire.

Bryson consulta sa montre : il était temps de conclure ce cours et d'annoncer le suivant.

— L'Empire romain a été l'une des grandes réussites géopolitiques de l'histoire humaine. La question qui a hanté nombre d'historiens est bien sûr celle de sa chute. – Son ton purement professoral était empreint d'un soupçon de second degré. – Vous connaissez tous cette triste histoire. La lumière de la civilisation a vacillé, puis s'est éteinte dans la nuit. Les barbares étaient aux portes. Avec la fin de ce monde disparut un grand espoir pour l'humanité, n'est-ce pas ? – Un murmure d'approbation parcourut l'assistance. – Peau de balle et balai de crin ! lança-t-il soudain. Il y eut des petits rires dans la salle, puis des chuchotements étouffés. – Pardonnez ma verdeur ! – Il jeta un regard circulaire dans l'amphithéâtre, d'un air de défi ironique. – Les Romains s'étaient effondrés sur un plan moral bien avant de s'effondrer sur un plan terrestre ! Ce sont les Romains qui, en représailles d'une première échauffourée avec les Goths, supplicièrent les enfants germains qu'ils détenaient en otages ; ils les massacrèrent un à un sur les places des grandes villes de l'Empire, lentement, en leur faisait subir de longues souffrances. En termes de cruauté pure, les Goths étaient des amateurs comparés aux Romains. Tout l'Occident était une vaste arène de sang et de torture. Devant cette décadence, l'aile orientale de l'Empire faisait figure d'éden ; elle a, d'ailleurs, survécu à cette *chute* prétendue de l'Empire romain. Byzance était une lointaine province pour les Occidentaux. Mais les Byzantins se considéraient, eux, comme les seuls héritiers de l'Empire romain ; ils ont su préserver la culture et les valeurs morales que nous chérissons aujourd'hui. L'Ouest n'a pas succombé aux ennemis extérieurs, mais à la vermine dans ses murs : voilà la vérité. La civilisation n'a donc pas chancelé et s'est encore moins éteinte dans la nuit... elle s'est simplement déplacée vers l'Orient. – Bryson marqua un silence. – Le cours est terminé, vous pouvez ramasser vos affaires. Profitez du week-end, en vous autorisant quelques excès. Souvenez-vous de ce que disait le grand Pétrone : de la modération en toute chose. Y compris dans la modération.

*

— Professeur Barrett ?

La jeune femme était blonde et jolie, l'une de ces étudiantes qui vous écoutaient d'un air solennel, toujours assises au premier rang. Bryson avait rangé ses notes et refermait sa serviette de cuir. Il l'écoutait d'une oreille distraite... il était question d'une mauvaise note... une voix urgente, des paroles banales, entendues des centaines de fois : *j'ai tra-vaillé si dur... j'ai fait vraiment le maximum... j'ai vraiment, vraiment essayé...* Bryson se dirigea vers la porte ; elle lui emboîta le pas. Elle le suivait encore lorsqu'il sortit du bâtiment, traversait le parking pour re-joindre sa voiture.

— Pourquoi ne venez-vous pas discuter de tout ça dans mon bureau, demain matin, aux heures réservées aux entretiens avec les étudiants ? lui répondit-il gentiment.

— Mais, professeur...

Quelque chose ne va pas.

— Je crois que c'est ma note qui ne va pas, professeur.

Il ne s'était pas rendu compte qu'il avait parlé à haute voix. Mais tous ses signaux d'alerte étaient passés au rouge. Pourquoi ? Un brusque ac-cès de paranoïa ? Allait-il finir comme ces traumatisés du Vietnam qui sursautaient de terreur à chaque fois que retentissait la moindre sirène de pompiers ?

Un *son*, quelque chose d'incongru, totalement hors contexte. Il se tourna vers l'étudiante, mais ce n'était pas pour l'observer. Son regard passa au travers d'elle, au-delà d'elle, vers quelque chose qui avait bougé à la périphérie de son champ de vision. Oui, il y avait quelque chose de bizarre dans le paysage... Un homme aux larges épaules, déambulant d'un pas trop nonchalant, feignant de savourer l'air pur, de contempler les pelouses verdoyantes, marchait dans sa direction, vêtu d'un costume de flanelle anthracite, d'une chemise blanche et d'une cra-vate au nœud impeccable. Ce n'était pas un enseignant de Woodbridge, ni même un membre de l'administration... et il faisait trop chaud pour porter de la flanelle. C'était quelqu'un de l'extérieur, mais qui tentait – maladroitement – de se fondre dans le milieu.

Tous ses instincts d'agent annonçaient « danger ». Ses cheveux se dressèrent sur sa tête et ses yeux commencèrent à épier les alentours, de gauche à droite, comme un photographe testant différents angles de vue – les vieilles habitudes revenaient toutes seules –, une sorte de ré-flexe conditionné, totalement déplacé en ce lieu paisible.

Mais pourquoi ? Il n'y avait aucune raison de s'inquiéter de la présence d'un visiteur sur le campus – un parent, un fonctionnaire du ministère de l'Education nationale, peut-être même un représentant ? Bryson jeta un second coup d'œil sur l'homme. Sa veste était ouverte. Bryson aperçut le reflet de bretelles marron soutenant le pantalon. L'inconnu portait pourtant une ceinture... La coupe du pantalon était curieusement longue, le revers tombait bas et plissait sur les chaussures, des chaussures noires à semelles de crêpe... Une montée d'adrénaline envahit Bryson : il avait revêtu lui-même ce genre de tenue, dans une vie antérieure. Parfois, il fallait l'action combinée d'une ceinture et d'une paire de bretelles pour soutenir un objet lourd placé dans l'une ou l'autre de vos poches de pantalon – par exemple, un pistolet de gros calibre. Et aussi des ourlets un peu longs pour dissimuler un holster de cheville. *Savoir s'habiller pour la victoire*, disait Ted Waller lorsqu'il expliquait comment un homme en tenue de soirée pouvait cacher un véritable arsenal, si le vêtement était bien coupé.

Je suis hors jeu ! Fichez-moi la paix !

Mais il n'y avait pas de paix possible ; il n'y en aurait jamais. Une fois entré dans l'arène, on ne pouvait plus en sortir, même si les chèques ne tombaient plus et que la couverture sociale expirait.

Les factions ennemies à travers le monde avaient soif de vengeance. Peu importaient les précautions prises, peu importaient la solidité de la couverture, la complexité de sa trame. *Si on veut vraiment me retrouver, on le peut.* Penser le contraire était illusoire. Et dans les hautes sphères du Directorat, on le savait tout aussi bien.

Comment savoir si ce quidam n'était pas envoyé par le Directorat lui-même, achever la stérilisation complète ou, pour reprendre cette métaphore cynique de barbouzes, retirer les échardes et nettoyer la plaie ? Bryson n'avait jamais rencontré d'anciens du Directorat ; il devait forcément exister des gens qui avaient pris leur retraite. Mais si quelqu'un, au niveau du consortium, commençait à douter de la loyauté dudit retraité, une stérilisation complète serait ordonnée ; à cet égard les « anciens » n'étaient pas mieux lotis que les membres actifs.

Stop ! Je suis sorti du jeu !

Mais qui le croirait ?

Nick Bryson – car il était redevenu l'agent Nick Bryson, exit le Pr Jonas Barrett – regarda attentivement l'homme en costume. Des cheveux poivre et sel, coupés en brosse, le visage large et hâlé. Bryson se raidit alors que l'inconnu s'approchait, sourire aux lèvres, découvrant une rangée de petites dents blanches.

— Mr. Barrett ? lança l'homme encore au milieu de la pelouse.

Le visage de l'inconnu était un masque d'assurance – un détail révélateur, la marque du professionnel entraîné. Un civil hélant un inconnu montrait toujours quelques signes de nervosité.

Le Directorat ?

Non, les agents du Directorat étaient meilleurs que ça, plus habiles, plus discrets.

— Laura, dit-il à voix basse à son étudiante, il faut que vous me laissiez maintenant. Retournez dans le bâtiment et allez m'attendre dans mon bureau.

— Mais...

— Maintenant !

La jeune fille obtempéra sur-le-champ. Sans voix et rouge pivoine, elle fit demi-tour et se dirigea à pas vifs vers le bâtiment. Un changement s'était produit chez le professeur Jonas Barrett – comme Laura le raconterait plus tard à sa camarade de chambre, « ce n'était plus le même homme, tout à coup. Il était devenu *terrifiant* ».

Des bruits de pas étouffés se firent entendre venant de la direction opposée. Bryson se retourna. Un autre homme : un type plus jeune, roux, avec des taches de rousseur sur les joues, vêtu d'un blazer bleu, d'un pantalon en twill beige. Plus crédible comme membre du campus, à l'exception des boutons du blazer qui brillaient comme des sous neufs. La veste ne suivait pas parfaitement la ligne du torse, un petit renflement était visible sur le côté, à l'endroit où se trouvait le holster d'épaule.

Si ce n'est pas le Directorat, alors de qui s'agit-il ? Une puissance étrangère ? Des gens de chez nous – la CIA, la NSA ?

Soudain Bryson identifia le bruit qui lui avait paru suspect et l'avait mis sur le qui-vive ; c'était le son d'une voiture tournant au ralenti, un bourdonnement grave et continu. Une Lincoln Continental, avec des vitres teintées, non pas garée sur le parking, mais arrêtée dans l'allée, juste devant sa voiture, interdisant tout espoir de fuite.

— Mr. Barrett ? répéta le premier inconnu, rivant cette fois ses yeux dans ceux de Bryson, réduisant à grands pas la distance qui les séparait. Il faut absolument que vous veniez avec nous. – Il avait un accent doux et rond du Middle West.

L'homme se planta devant Bryson et montra du doigt la Lincoln.

— Ah oui ? lâcha Bryson, d'un ton de glace. Je ne crois pas vous connaître, pourtant.

La réponse de l'inconnu fut muette et gestuelle : il posa ses mains sur ses hanches, bombant légèrement le torse pour mettre en évidence le holster qui se trouvait sous la veste. Un code discret entre deux professionnels, l'un armé, l'autre pas. Brusquement, l'homme se plia en deux de douleur, ses mains refermées sur son estomac. Avec la vitesse de l'éclair, Bryson avait enfoncé la pointe d'acier de son stylo-plume dans les abdominaux de l'intrus. Le professionnel avait réagi cette fois d'une manière très amateur, quoique parfaitement humaine. *Chercher à saisir son arme, jamais à blesser !* – Encore l'un des nombreux préceptes de Waller ; un réflexe, totalement contre nature, qui avait sauvé la vie de Bryson bien souvent. Son adversaire avait, visiblement, encore des choses à apprendre.

Pendant que l'inconnu portait ses mains à sa chair meurtrie, Bryson plongea le bras sous la veste de l'homme et en sortit un Beretta bleu acier, une arme de petites dimensions mais très puissante.

Un Beretta – cela ne vient pas du Directorat ; mais de qui alors ?

Du bout du canon, il donna un coup sur la tempe de son agresseur et entendit le craquement de l'os sous le métal. Alors que l'homme s'écroulait, Bryson fit volte-face vers le roux au blazer bleu.

— Mon cran de sécurité est enlevé ! lança Bryson d'un ton décidé. Le tien aussi ?

L'air de confusion et de panique qui traversa le visage du jeune homme en disait long sur son inexpérience. Il était en train de réaliser que Bryson avait une longueur d'avance et qu'il appuierait sur la gâchette sitôt qu'il entendrait le *clic* du retrait de la sécurité. Les probabilités n'étaient pas en sa faveur. Mais un novice pouvait se révéler le plus dangereux des adversaires, précisément parce que ses réactions ne suivaient aucune logique, aucun bon sens.

Mieux valait ne pas forcer le destin. Son arme toujours braquée sur ıe jeune homme roux, Bryson recula lentement vers la Lincoln qui tournait au ralenti. Les portières n'étaient pas fermées à clé, évidemment, pour permettre de monter rapidement à bord. D'un mouvement fluide, tout en gardant le Beretta pointé sur le rouquin, Bryson ouvrit la portière côté conducteur et s'installa au volant. Au premier coup d'œil, il sut que les vitres et le pare-brise étaient à l'épreuve des balles – une précaution élémentaire. Il lui suffit d'enclencher la première, et la voiture s'élança. Il entendit une balle heurter l'arrière de la voiture – la plaque minéralogique, à en juger par le bruit. Une autre frappa la lunette arrière, formant un petit éclat sans autre conséquence. Ils tentaient de viser les pneus, dans l'espoir d'empêcher sa fuite.

Quelques secondes plus tard, il franchissait le grand portail de fer forgé, laissant derrière lui un assaillant au sol et un autre, tirant à qui mieux mieux, avec une efficacité parfaitement médiocre. Les idées se bousculaient dans la tête de Bryson. *Les vacances sont finies, d'accord. Et maintenant, c'est quoi la suite ?*

*

S'ils avaient voulu me tuer, il l'auraient déjà fait.

Bryson roulait sur la nationale, surveillant ses arrières et les voies adjacentes pour s'assurer qu'on ne le suivait pas. *Ils sont venus me trouver par surprise, alors que je n'étais pas armé. C'était délibéré...* Cela signifiait qu'ils avaient un autre but en tête. Mais lequel ? Et comment l'avaient-il retrouvé, tout d'abord ? Quelqu'un aurait pu avoir accès aux fichiers top secrets du Directorat ? Trop de variables, trop d'inconnues dans l'équation. Mais Bryson n'éprouvait aucune peur, seulement la froide concentration de l'agent qu'il avait été. Il ne se rendrait dans aucun aéroport, où on l'attendait sûrement ; il allait rentrer chez lui, au campus de l'université, là où on aurait le moins imaginé le trouver. S'il devait y avoir une autre confrontation, qu'elle se fasse ! Toute confrontation était, par définition, de courte durée. La fuite pouvait durer indéfiniment. Bryson n'avait plus la patience requise – sur ce point, au moins, Waller avait raison.

Au moment de s'engager sur Villier Lane, la rue du campus où se trouvait sa maison, il entendit, puis vit, un hélicoptère traverser le ciel, se dirigeant vers la petite aire d'atterrissage installée au sommet de la tour des sciences – don d'un généreux milliardaire ayant fait fortune dans les logiciels informatiques –, le plus haut bâtiment du campus. D'ordinaire, l'aire était utilisée exclusivement par les plus riches donateurs, mais il ne s'agissait pas d'un appareil civil. Sur ses flancs, Bryson reconnut les insignes fédéraux. Cet hélicoptère était pour lui, évidemment. Bryson se gara devant sa maison, une construction d'inspiration élisabéthaine, avec un toit en mansarde et une façade enduite de plâtre. La maison était vide ; le système d'alarme, qu'il avait installé lui-même, indiquait que personne n'était entré depuis son absence.

Sitôt arrivé, il s'assura que le système n'avait pas été neutralisé. Le soleil tombant d'une petite fenêtre projetait une flaque de lumière sur le plancher de pin, répandant une douce odeur de résine dans le salon. C'était la principale raison qui l'avait motivé à acheter cette demeure : l'odeur... qui lui rappelait une année heureuse de son enfance, passée dans une maison de rondins dans la région de Wiesbaden, lorsque son père était en poste à la base militaire. Bryson n'était pas un fils de militaire comme les autres – son père, après tout, était général et d'ordinaire la famille avait droit à une demeure confortable et à des gens de maison. Et pourtant, son enfance fut consacrée à faire ses valises et à les poser successivement aux quatre coins du monde. Les déménagements étaient facilités par ses grandes aptitudes linguistiques, qui émerveillaient tout son entourage. Se faire de nouveaux amis était toutefois une tâche plus ardue, mais à force de ténacité, il y était parvenu à chaque fois. Il avait vu trop de fils de militaires se replier sur eux-mêmes et devenir aigris, pour être tenté de suivre leur exemple.

Bryson était désormais chez lui. Il allait attendre. Et cette fois, la rencontre se ferait sur son territoire, selon ses propres modalités.

L'attente fut de courte durée.

Quelques minutes plus tard, une Cadillac noire aux insignes fédéraux, décorée d'un petit drapeau américain, se gara dans son allée. Bryson, qui observait la scène depuis la fenêtre du salon, sut aussitôt que cette officialité ostensible était destinée à le rassurer. Le chauffeur, en livrée, sortit de l'habitacle et alla ouvrir la portière arrière ; un petit homme sec descendit de voiture. Bryson connaissait ce visage ; il l'avait entraperçu sur CNN. Un cadre de quelque agence de services secrets. Bryson sortit sur le perron.

— Mr. Bryson, lança l'homme d'une voix enrouée, avec un accent du New Jersey. – Il avait une cinquantaine d'années, une touffe de cheveux blancs sur le crâne, un visage anguleux et creusé, et portait un costume marron passe-partout. – Vous savez qui je suis ?

— Quelqu'un qui a un tas d'explications à me fournir.

L'homme hocha la tête, joignant les mains en un signe de contrition.

— On a fait une bourde, Mr. Bryson, à moins que vous ne préfériez que je vous appelle Mr. Barrett ? J'en assume l'entière responsabilité. Je suis venu vous présenter des excuses personnellement, c'est là la raison de ma visite. Et aussi vous fournir des explications.

Une image TV lui revint en mémoire, une légende en lettres blanches sous l'homme-tronc...

— Vous êtes Harry Dunne. Le directeur adjoint de la CIA.

Bryson l'avait vu témoigner, une ou deux fois, à des commissions d'enquête du Congrès.

— Je dois vous parler, insista Dunne.

— Je n'ai rien à vous dire.

— Je ne vous demande pas de parler, mais de *m'écouter*.

— J'en conclus que les deux autres clowns venaient de chez vous...

— C'est exact, reconnut Dunne. Ils ont été trop loin. Et vous ont aussi grandement sous-estimé... Ils se sont imaginé, à tort, qu'après cinq ans hors course, vous étiez rouillé. Vous leur avez, en fait, donné une leçon tactique qui leur servira toute leur vie, même si elle s'est faite, aujourd'hui, à leurs dépens. En particulier pour Eldridge, qui doit se faire recoudre ! – Il émit un rire, une sorte de bruit de crécelle éraillée. – Je vous demande encore une fois de m'écouter. Je vous dirai tout, sans rien cacher.

Dunne marcha lentement vers lui. Bryson, sur le perron, était adossé à l'un des poteaux de bois supportant l'auvent, les bras dans son dos. Le Beretta était glissé dans le creux de ses reins, à portée de doigts. A la télévision, il émanait de Dunne une sorte d'autorité naturelle ; en chair et en os, il paraissait plutôt malingre et ratatiné, nageant dans des vêtements trop grands.

— Je n'ai aucune leçon à donner, protesta Bryson. Je n'ai fait que me défendre contre deux individus louches qui ne semblaient pas me vouloir du bien.

— Le Directorat vous a parfaitement entraîné, c'est le moins que l'on puisse dire.

— J'ignore de quoi vous parlez.

— Allons, vous le savez très bien. Mais nous nous attendions à cette réaction.

— Je crois que vous vous trompez de bonhomme, répliqua Bryson tranquillement. Une erreur dans vos fichiers, sans doute. Je ne comprends rien à vos sous-entendus.

Le responsable de la CIA poussa un soupir sonore, suivi d'une quinte de toux.

— Malheureusement, tous vos anciens collègues n'ont pas votre discrétion, ou vos principes, ce qui serait un terme plus approprié.

— Je ne comprends pas un traître mot de ce que vous racontez.

— Nicholas Loring Bryson, né à Athènes, fils unique du général George Winter Bryson, récita Dunne, d'une voix monocorde. Diplômé de St Alban, de Stanford et de l'Ecole des Affaires étrangères de Georgetown. Recruté à Stanford par une agence de services secrets quasiment invisible, connue d'une poignée d'élus sous le nom de Directorat. Formé aux missions de terrain, quinze ans de bons et loyaux services, décoré en secret pour hauts faits d'armes, ayant mené à bien des opérations telles que...

— Une sacrée bio ! l'interrompit Bryson. Dommage que ce ne soit pas la mienne. Nous autres, universitaires, nous nous prenons souvent à rêver d'une vie d'action, hors de ces murs vénérables.

Il parlait avec un air de défi. Sa couverture était conçue pour éviter la suspicion, pas pour y résister.

— Ni vous ni moi n'avons de temps à perdre, répondit Dunne. En tout cas, j'espère que vous savez que nous ne vous voulions aucun mal.

— Cela n'a rien d'aussi évident. Vous autres de la CIA, d'après ce qu'on lit partout, avez mille et une manières de causer de la souffrance. Une balle dans la tête par-ci, douze heures sous perf de Scopolamine par-là. Dois-je vous rappeler ce qui est arrivé à ce pauvre Nosenka, qui a commis l'erreur de rejoindre votre camp ? Il a eu droit au grand jeu, n'est-ce pas ? Deux ans dans une cellule capitonnée. Tous les moyens étaient bons pour le presser comme un citron.

— C'est de l'histoire ancienne, Bryson. Mais je comprends et accepte votre méfiance. Que puis-je faire pour vous rassurer ?

— Il n'y a rien de plus inquiétant que quelqu'un qui cherche à vous rassurer.

— Si je voulais vraiment vous avoir, nous n'aurions pas cette conversation, vous le savez très bien.

— Cela ne serait peut-être pas aussi facile que vous le croyez, répliqua Bryson d'un ton blasé.

Il lança un sourire glacial à Dunne, pour lui faire comprendre que c'était une mise en garde. Il n'était plus nécessaire de jouer les innocents.

— Nous savons ce que vous pouvez faire avec vos mains et vos pieds. Une démonstration est inutile. Tout ce que je vous demande, c'est de m'accorder votre attention un moment.

— C'est ce que vous dites.

Que savait au juste la CIA sur sa carrière au Directorat ? Comment tous les verrous de protection avaient-ils pu sauter ainsi ?

— Ecoutez, Bryson, à ma connaissance, les kidnappeurs ne supplient pas leurs futures victimes. Vous vous doutez que je ne suis pas du genre à rendre visite aux gens chez eux. J'ai quelque chose à vous dire et cela ne sera pas agréable à entendre. Vous connaissez notre centre de Blue Ridge ?

Bryson haussa les épaules.

— Je veux vous emmener là-bas. Pour que vous puissiez entendre ce que j'ai à vous dire et voir ce que j'ai à vous montrer. Ensuite, si vous le désirez, vous rentrerez chez vous et nous ne vous importunerons plus jamais. – Il désigna la Cadillac. – Venez avec moi, je vous en prie.

— C'est de la folie pure, ce que vous me proposez là ! Vous vous en rendez compte, n'est-ce pas ? Deux brutes de troisième zone font irruption à la sortie de mon cours et tentent de me faire monter de force dans une voiture. Puis un homme que je n'ai vu qu'à la télévision – un haut

responsable d'une agence de services secrets aux pratiques des plus dou-
teuses – débarque chez moi pour me sortir un savant mélange de menaces et d'incitations mielleuses. Comment voulez-vous que je réagisse ?

Dunne soutint son regard.

— Quoi que vous puissiez dire, je sais que vous allez accepter.

— Qu'est-ce qui vous fait croire ça ?

Dunne resta silencieux un moment.

— Parce que c'est la seule façon de satisfaire votre curiosité, déclara-
t-il enfin, la seule façon pour vous de savoir la vérité.

— La vérité sur quoi ? lâcha Bryson d'un air revêche.

— Pour commencer... répondit le responsable de la CIA à voix basse,
la vérité sur vous-même.

III

Dans les monts Blue Ridge, en Virginie, près de la frontière avec le Tennessee et la Caroline du Nord, la CIA possédait une portion de forêt de feuillus ponctuée d'épicéas, de sapins et de pins, couvrant une superficie de cent hectares. Cette zone protégée se trouvait dans une partie sauvage de la Jefferson National Forest, un territoire accidenté, parsemé de lacs, de torrents et de cataractes, loin des sentiers battus de randonnée. Les villes les plus proches, Troudale et Volney, étaient à plus d'une heure de voiture. Cette nature préservée, défendue par des barbelés et une clôture électrique, était appelée, au sein de la CIA, « le Parc » – un nom anodin et passe-partout, vite dit et vite oublié.

Certains équipements exotiques, comme des explosifs miniaturisés, étaient testés parmi les rochers. Emetteurs et systèmes de pistage étaient peaufinés dans cette enclave, leurs fréquences calibrées pour échapper aux écoutes des parties ennemies.

On aurait pu se promener dans le Parc indéfiniment sans jamais remarquer la petite construction de verre et de béton qui faisait office de QG, de centre d'entraînement et de formation, ainsi que de gîte pour les résidents. Le bâtiment était installé à une centaine de mètres d'une clairière aménagée en aire d'atterrissage pour hélicoptères ; l'endroit, cerné par la végétation et situé sur une élévation de terrain, était quasiment indétectable.

Harry Dunne n'avait guère été loquace pendant le voyage ; le seul moment où les deux hommes eurent l'occasion d'échanger quelques mots fut durant le court transport en limousine jusqu'à l'hélicoptère qui les attendait au campus. Une fois à bord de l'appareil, on leur avait fait coiffer des casques antibruit qui les avaient isolés dans une bulle de silence. A leur sortie de l'hélicoptère vert bouteille de l'Etat, Bryson et Dunne accompagné de son aide de camp taciturne avaient été accueillis par un assistant lambda.

Bryson et Dunne, suivis des deux adjoints, avaient traversé le hall parfaitement anodin du bâtiment, puis descendu un escalier menant à une pièce en sous-sol, spartiate et basse de plafond. Sur les murs blancs étaient montés, comme deux tableaux de peinture moderne, une paire d'écrans à plasma. Les deux hommes s'assirent derrière une table en acier anodisé ; l'un des assistants disparut en coulisses, l'autre se posta à côté de la porte.

Sitôt qu'ils furent installés, le directeur adjoint de la CIA parla sans détour :

— Avant toute chose, résumons l'état actuel de vos pensées... commença-t-il. Vous pensez être une sorte de héros de l'ombre. C'est en fait la conviction fondamentale qui vous a permis d'endurer quinze ans d'une vie de stress qui en aurait fait craquer plus d'un en un rien de temps. Vous croyez avoir passé quinze ans à servir votre pays, à travailler pour un service de renseignement ultra-secret nommé le Directorat. Pratiquement personne, même au plus haut niveau du gouvernement, ne connaît l'existence de cette organisation, à l'exception peut-être du président du conseil des services de renseignement et de quelques membres clés de la Maison-Blanche. Un petit cercle d'initiés – du moins, aussi petit que faire se peut dans ce monde déchu.

Bryson prit quelques lentes inspirations, bien décidé à ne pas laisser filtrer ses sentiments. Il était pourtant sous le choc ; la CIA savait des choses qui étaient sous le sceau du plus grand secret.

— Il y a dix ans, vous avez même reçu la Médaille du Mérite de la part du Président pour services rendus à la nation, poursuivit Dunne, mais vos missions étaient si clandestines, qu'il n'y a eu ni cérémonie, ni Président, et je parie que vous n'avez pas même eu le droit de garder la décoration.

Ce souvenir lui revint en mémoire : Waller ouvrant la boîte et lui montrant l'objet doré. Bien sûr, il aurait été trop risqué de laisser Bryson se rendre à la Maison-Blanche pour la cérémonie ; mais sa poitrine s'était néanmoins gonflée de fierté. Il était, certes, quelque peu frustrant de recevoir ainsi la plus haute distinction civile de la nation sans que personne soit au courant... mais Waller savait ses hauts faits, le Président aussi ; son travail avait aidé à rendre le monde un peu plus sûr, et cela suffisait à son bonheur. Bryson le pensait sincèrement. Telle était la gloire du Directorat : une gloire confidentielle.

Dunne enfonça un bouton sur le tableau de commande enchâssé dans la table ; les deux écrans à plasma se mirent à scintiller. Une photo de Bryson apparut, du temps où il étudiait à Stanford – ce n'était pas une photo officielle de promo, mais un instantané, pris à son insu. Une autre, ensuite, le montrait dans les montagnes du Pérou, en treillis, une autre encore, la peau basanée, la barbe grisonnante, incarnant un certain Jamil Al-Moualem, un Syrien expert en munitions.

Bryson ne pouvait plus contenir ses émotions, l'étonnement se muant en agacement, puis en colère. De toute évidence, il était pris en otage au sein d'une lutte intestine entre divers services secrets, où l'on mettait en cause la légalité des méthodes du Directorat.

— Fascinant, lâcha-t-il avec acidité, rompant finalement son mutisme, mais à votre place je montrerais tout ça à des gens mieux placés que moi pour en parler. Ma seule activité à l'heure actuelle est l'enseignement, comme vous le savez très bien.

Dunne se pencha vers Bryson et lui tapota l'épaule, cherchant sans doute à le tranquilliser.

— Cher ami, l'important n'est pas ce que nous savons, c'est ce que *vous* savez... et plus encore, *ce que vous ne savez pas*. Ainsi, vous pensez avoir offert quinze années de votre vie au service de votre pays...

Dunne regarda Bryson avec intensité. Calme, glacial, l'ancien agent du Directorat répondit :

— Je sais que c'est le cas.

— Et c'est là que vous vous trompez. Et si je vous disais que le Directorat ne travaille pas pour le gouvernement américain, qu'il n'a jamais travaillé pour lui mais, au contraire, contre lui ? – Dunne se laissa aller au fond de son siège et passa sa main dans ses cheveux blancs. – Je sais, c'est dur à avaler... ce genre de révélation n'est ni agréable à entendre, ni agréable à dire, je peux vous l'assurer... Il y a vingt ans, j'ai eu le même cas avec l'un de mes agents. Il était persuadé de travailler pour Israël, et il prenait ça très à cœur. J'ai dû lui expliquer qu'on l'avait berné. C'étaient les Libyens qui louaient ses services. Tous les contacts, les informateurs, les rendez-vous dans des chambres d'hôtel de Tel-Aviv, tout était monté de toutes pièces. Cela lui a fichu un sacré coup. Cet idiot n'aurait pas dû accepter de nous doubler pour commencer, même avec les Israéliens. Et pourtant, je n'ai pas pu m'empêcher d'avoir de la compassion pour ce pauvre type lorsqu'il a appris qui était son véritable employeur. Je n'oublierai jamais son visage.

Celui de Bryson était rouge de fureur.

— Quel rapport tout cela a-t-il avec moi ?

— On devait le conduire au tribunal le lendemain matin pour une audition à huis clos. Mais le gars s'est fait sauter la cervelle.

Sur les écrans, une autre image apparut.

— C'est bien le type qui vous a recruté, n'est-ce pas ?

C'était un cliché d'Herbert Woods, le professeur principal de Bryson à Stanford, un éminent historien. Woods avait toujours apprécié Bryson ; il admirait son don pour les langues – plus de dix langues parlées couramment – ainsi que sa mémoire étonnante. Le fait que son étudiant n'ait rien d'un gringalet avait sans doute pesé aussi dans la balance. Un esprit sain dans un corps sain, Woods y tenait beaucoup.

Les écrans passèrent au noir puis affichèrent une photo, avec beaucoup de grains. On y distinguait un jeune Woods dans une rue que Bryson reconnut au premier regard : c'était la rue Gorki à Moscou qui, après la fin de la guerre froide, avait retrouvé son nom d'origine, la rue Tverskaïa.

Bryson lâcha un rire sarcastique.

— C'est ridicule. Vous comptez m'apprendre le « scoop » qu'Herb Woods a été un coco dans sa jeunesse ? Désolé, les gars, mais c'est un secret de Polichinelle. Il n'a jamais caché son passé. C'est pour cette raison qu'il est devenu un anticommuniste aussi radical ; il était bien placé pour savoir à quel point leur blabla humaniste était de la poudre aux yeux.

Dunne secoua la tête, d'un air sibyllin.

— Ça va peut-être un peu trop vite pour vous... Reprenons. Je vous ai dit, en préambule, que tout ce que je vous demandais, c'était de m'écouter. Vous enseignez l'histoire à présent, n'est-ce pas ? Eh bien, faites-moi le plaisir d'écouter mon petit cours d'histoire contemporaine, sans m'interrompre. Vous connaissez le Trust, j'imagine ?

Bryson acquiesça. Le Trust était considéré comme la plus grande duperie dans le monde de l'espionnage au cours du XXe siècle. Une opération se déroulant sur sept ans, l'œuvre du grand espion de Lénine, Feliks Dzerjinski. Peu après la révolution russe, la Tcheka, la police secrète qui devait donner naissance au futur KGB, inventa un faux groupe de dissidents, le Trust, impliquant, soi-disant, d'anciens membres du gouvernement soviétique – des gens qui annonçaient, comme le prétendait la fausse rumeur, l'imminence de l'effondrement de l'URSS. Finalement, les groupes contre-révolutionnaires, en exil, furent amenés à collaborer avec le Trust ; par suite, les services secrets occidentaux devinrent de plus en plus dépendants des informations – totalement erronées, bien sûr – que le Trust leur fournissait. Non seulement la supercherie induisit en erreur les Occidentaux qui souhaitaient l'effondrement de l'Union Soviétique, mais elle permit à Moscou d'infiltrer les réseaux d'espionnage de leurs principaux ennemis. Le leurre fonctionna à merveille ; à tel point que le Trust devint un cas d'école, un exemple de tromperie étudié dans le détail par tous les services secrets de la planète.

Lorsque le subterfuge fut découvert, vers la fin des années vingt, il était trop tard. Les chefs contre-révolutionnaires en exil avaient été kidnappés et assassinés, les réseaux d'informateurs démantelés, les traîtres à l'intérieur de la Russie, exécutés. Comme l'avait dit un éminent analyste américain : « Le Trust est la duperie planétaire qui a permis l'établissement de l'Etat soviétique. »

— Vous versez dans l'histoire ancienne, railla Bryson, en remuant avec impatience sur son siège.

— Les bonnes idées ne vieillissent jamais, répliqua Dunne. Au début des années soixante, il existait au GRU un petit cercle de visionnaires de génie. Ces types s'étaient rendu compte que leurs différents services de renseignement étaient devenus inopérants parce qu'ils s'abreuvaient tous à la même source de désinformation que chacun avait créée pour se protéger – autrement dit, on récoltait beaucoup d'encre mais pas beaucoup de seiches. Ces types étaient de vrais génies avec des QI hors échelle, des perles rares. Bref, leur conclusion fut que les services secrets soviétiques passaient leur temps à courir après leur propre queue. Ils décidèrent de fonder un groupe alternatif, les *Chakhmatisti* – les joueurs d'échecs –, une sorte de club d'élite. Ils méprisaient leurs propres chefs russkofs, ignares et maladroits, et méprisaient plus encore les Américains qui coopéraient avec eux – de pauvres types sans intérêt, selon leurs critères. Ils étudièrent alors de nouveau l'opération Trust, se demandant s'il n'y avait pas quelque leçon à tirer de ce vieux canular planétaire. Ce que voulaient les *Chakhmatisti*, c'était recruter les *meilleurs* éléments dans le camp ennemi – exactement comme nous ; ils conçurent donc un moyen ingénieux pour obtenir leur coopération : faire appel à leur sens de l'aventure et leur promettre une vie exaltante.

— Je ne vous suis pas.

— Nous étions, nous aussi, un peu perdus, je dois dire, jusqu'à récemment... cela fait seulement quelques années que la CIA connaît l'existence du Directorat – et plus important, ce qui se cache derrière.

— Allez-y, éclairez donc ma lanterne.

— Je vous parle du plus grand gambit de l'histoire de l'espionnage moderne. Toute l'opération était un gigantesque coup monté. Comme le Trust. Le coup de génie de nos amis du GRU fut d'établir une base d'opérations en plein sol ennemi – *chez nous*. Un service de renseignement ultra-secret, n'embauchant que les meilleurs dans chaque domaine, des gens qui ignoraient tout de l'identité de leurs véritables patrons, appelés laconiquement le « consortium », et à qui l'on demandait de garder le secret absolu. Aucune autorité américaine ne devait avoir vent de leurs activités. C'était là, la grande astuce. Ils ne pouvaient parler à personne, et encore moins au gouvernement même pour lequel ils travaillaient si durement ! Tous ces gens étaient de bons et braves Américains qui se levaient le matin, buvaient leur café Maxwell, grillaient leur tranche de pain de mie Wonder Bread et se rendaient au travail dans leur Buick ou leur Chevrolet pour parcourir le monde au péril de leur vie – et tout ça sans jamais connaître l'identité de leurs véritables employeurs. Une machine parfaitement huilée qui tournait comme une horloge. Le grand coup.

Bryson ne pouvait entendre ces inepties plus longtemps.

— Allez vous faire foutre, Dunne ! Tout ça, c'est des bobards, un ramassis de conneries ! Si vous croyez que je vais gober tout ça, vous vous mettez le doigt dans l'œil ! – Il se leva, furieux. – Ramenez-moi chez moi ! Tout de suite ! J'en ai assez de cette mascarade.

— Je savais que vous n'alliez pas me croire sur parole, pas au début, du moins, répondit Dunne avec flegme, imperturbable sur sa chaise. Je n'y croirais pas davantage, si j'étais à votre place. Mais je vous demande encore quelques minutes de patience. – Il se tourna vers les écrans. – Vous connaissez ce gars ?

— Oui, c'est Ted... Edmund Waller, soupira Bryson.

C'était une photo de Waller jeune homme, costaud, mais pas encore obèse, portant un uniforme de l'Armée rouge, lors d'une sorte de cérémonie sur la place Rouge. Une partie du Kremlin se profilait à l'arrière-plan. En bas de l'image, s'inscrivait la biographie de Waller. Nom : GENNADI ROSOSVSKI ; né en 1935 à VLADIVOSTOK. Champion d'échecs dans son enfance. Parle couramment l'anglais depuis l'âge de sept ans (langue apprise auprès d'un Américain). Diplômé par le Parti en instruction politique et science militaire. Décoré plusieurs fois pour services rendus à la nation.

— Un champion d'échecs, répéta Bryson pour lui-même. Qu'est-ce que c'est que cette histoire ?

— On dit qu'il aurait pu battre Spassky et Fischer, s'il avait fait carrière, répondit Dunne d'un ton amer. Dommage qu'il ait choisi un autre échiquier pour exercer ses talents.

— Les photos peuvent être truquées, les pixels manipulés par ordinateur... commença Bryson.

— Qui cherchez-vous à convaincre, moi ou vous-même ? l'interrompit Dunne. Dans la plupart des cas, nous avons les originaux, et je suis prêt à vous laisser les inspecter à loisir. Je peux vous assurer qu'on a tout passé au microscope. On aurait pu ne jamais découvrir le pot aux roses. Mais la chance nous a souri. Il se trouve que nous avons eu accès aux archives du Kremlin. L'argent a changé de mains, et des dossiers enterrés ont refait surface. Un ou deux bouts de papier contenaient des informations troublantes. Pour être honnête, on aurait pu passer complètement à côté si on n'était pas tombés sur deux transfuges de second plan qui nous ont dit tout ce qu'ils savaient... Prises séparément, leurs dépositions ne présentaient guère d'intérêt. Mais en rapprochant ces renseignements avec les documents trouvés au Kremlin, le motif général a commencé à apparaître. C'est ainsi que nous avons appris votre existence, Nick. Mais il manquait encore beaucoup de pièces au puzzle, car l'opération était verrouillée de partout, compartimentée presque à l'infini, à la manière des organisations terroristes.

« On a donc commencé à cogiter, à se demander ce que l'on pouvait ignorer... Cela a été un dossier prioritaire pendant les trois dernières années. Nous n'avions pas la moindre idée de l'identité des cadres dirigeants – à l'exception, bien sûr, de votre ami Gennadi Rosovski, qui a un certain sens de l'humour, cela dit en passant ; vous savez d'où vient son pseudo ? Edmund Waller était un poète du dix-septième siècle qui connaissait sur le bout des doigts les arcanes du double jeu. Il ne vous a jamais parlé de la révolution anglaise ?

Bryson déglutit, la gorge nouée, et hocha la tête.

— Vous allez comprendre l'ironie de tout ça. Pendant l'interrègne, ledit Edmund Waller a écrit des poèmes à la gloire de Cromwell, le Lord protecteur. Mais, en secret, il était le principal instigateur d'un complot royaliste. Après la restauration, il fut reçu à la cour avec tous les honneurs. Cela ne vous met pas la puce à l'oreille ? Un type qui prend pour pseudo le nom du grand agent double de la poésie anglaise... Je suis sûr que, vous autres, érudits, êtes sensibles à ce genre d'humour.

— Vous prétendez donc que j'ai été recruté à l'université par une organisation ennemie, que tout ce que j'ai fait ensuite était bidon, c'est bien ça ? lâcha Bryson, sceptique.

— Mais la machination n'a pas commencé là. Elle a débuté avant. Bien avant.

Il pianota sur le clavier et une autre image apparut sur les écrans. Sur la gauche, Bryson reconnut son père, le général George Bryson, robuste, séduisant, la mâchoire carrée, à côté de sa mère, Nina Loring Bryson, une femme douce et réservée qui donnait des cours de piano et suivait son mari aux quatre coins du monde au gré de ses affectations, sans jamais proférer la moindre plainte. Sur la droite, une autre image – un cliché avec beaucoup de grains provenant des fichiers de police – montrant une voiture écrasée sur le bas-côté d'une route de montagne enneigée. Un éperon de douleur serra le ventre de Bryson ; malgré toutes ces années, ce souvenir restait insupportable.

— Une seule question, Bryson : vous croyez vraiment qu'il s'agissait d'un accident ? Vous aviez quinze ans à l'époque ; vous étiez déjà un élève brillant, un bon athlète, le fleuron de la jeunesse américaine... Vos parents périssent brutalement. Et vous voilà recueilli par votre parrain...

— L'oncle Pete, articula Bryson l'air absent, encore plongé dans un monde de douleur et de regret. Pete Munroe.

— Un nom d'emprunt, pas celui de sa naissance. C'est lui qui a choisi l'université où vous avez suivi vos études, ainsi que nombre de choses dans votre vie. Tout cela pour s'assurer que vous tomberiez entre leurs mains – celles du Directorat, s'entend.

— Mes parents auraient été assassinés lorsque j'étais adolescent ? marmonna Bryson, ne sachant plus que penser. Toute mon existence aurait été une vaste... supercherie, c'est ça ?

Dunne eut une grimace de regret.

— Si cela peut vous consoler, vous n'êtes pas le seul dans ce cas. Il y en a des dizaines comme vous. Vous êtes simplement leur plus belle prise.

Bryson aurait voulu défendre son point de vue, batailler ferme avec Dunne, lui démontrer que son raisonnement ne tenait pas debout, mettre en évidence les failles dans son dossier... Mais au lieu de ça, une sensation de vertige l'envahissait, un sentiment intense de culpabilité. Si ce type de la CIA disait la vérité – ou tout au moins une bonne partie –, qu'est-ce qui était alors réel dans sa vie ? Qu'est-ce qui était vrai ? Qui était-il lui-même ? Qui était le véritable Nick ?

— Et Elena ? articula-t-il, d'un ton de glace, ne voulant pas entendre la réponse.

— Oui, Elena Petrescu aussi. Un cas intéressant, d'ailleurs. Nous pensons qu'elle a été recrutée par la Securitate, et assignée à vos côtés par le Directorat afin de pouvoir mieux vous surveiller.

Elena... non, c'était inconcevable, elle ne faisait pas partie de la Securitate ! Son père était un ennemi de la police secrète roumaine, un mathématicien qui s'était retourné contre Ceausescu. Et il avait sauvé Elena, elle et ses parents... ils avaient marché main dans la main pendant des années...

*

Ils se promenaient à cheval sur une plage déserte et sans fin des Caraïbes. Ils passèrent du galop au petit trot. La lune était une pièce d'argent, la nuit douce et parfumée.

— Toute l'île est donc à nous, Nicholas ? exultait Elena. J'ai l'impression que nous sommes seuls ici, que tout nous appartient !

— C'est le cas, ma chérie, répondit Bryson gagné par son exubérance. Je ne te l'ai pas dit ? J'ai détourné des fonds sur des comptes de réserve et j'ai acheté toute l'île !

Son rire était une musique.

— Nicholas, tu es incorrigible !

— Nick-o-las – j'adore ta façon de dire mon nom. Où as-tu appris à monter aussi bien ? J'ignorais qu'ils avaient des chevaux en Roumanie.

— Bien sûr qu'il y en a ! J'ai appris à monter dans la ferme de ma grand-mère Nicoleta, au pied des Carpates, sur un poney Hutsul. On les élève là-bas comme bêtes de bât dans les montagnes. Ce sont des animaux si agréables à monter, si pétillants de vie, si endurants, et ils ne perdent jamais l'équilibre, même sur les chemins les plus accidentés.

— On dirait une description de toi-même.

Les vagues déferlaient derrière eux dans un fracas assourdissant. Le rire d'Elena résonna de nouveau dans l'air nocturne.

— Tu ne connais pas vraiment mon pays. Les communistes ont défiguré Bucarest, mais la campagne, la Transylvanie, les Carpates, sont des régions si belles, si préservées. Ils vivent encore là-bas comme à l'ancien temps, avec des charrettes tirées par des chevaux. A chaque fois qu'on en avait assez de la vie en ville, on allait chez Nicoleta à Dragoslavele, et tous les soirs elle nous faisait une mamagliga, *une soupe avec du maïs grillé et de la* ciorba, *mon plat favori !*

— Tu as la nostalgie du pays.

— Un peu, oui. Mais ce sont surtout mes parents qui me manquent. Beaucoup. C'est si dur pour moi de ne pas pouvoir les voir. Un coup de fil une ou deux fois par an sur une ligne confidentielle, ce n'est pas assez !

— Mais au moins, tu sais qu'ils sont en sécurité. Ton père a beaucoup d'ennemis, des gens qui le tueraient s'ils savaient où le trouver. Des an-

ciens de la Securitate, des tueurs professionnels, qui lui en veulent d'avoir précipité la chute de Ceausescu, et par conséquent la fin de leurs privilèges. Ils se cachent un peu partout, en Roumanie et ailleurs, mais ils n'ont pas oublié. Ils se sont organisés en bandes – ils se surnomment « les Nettoyeurs » ; ils traquent leurs vieux ennemis et les exécutent. Ils brûlent de prendre leur revanche sur celui qu'ils considèrent comme le plus grand traître du pays !

— Papa a été un héros !

— Bien sûr. Mais pour eux, c'est un traître. Et ils sont prêts à tout pour assouvir leur vengeance.

— Tu me fais peur !

— C'est juste pour te rappeler à quel point il est vital que tes parents restent cachés, dans le plus grand anonymat.

— Mon Dieu, pourvu qu'il ne leur arrive rien.

Bryson tira sur les rênes, pour arrêter son cheval, et se tourna vers Elena.

— Je te le promets, Elena. Je ferai tout ce qui est humainement en mon pouvoir pour qu'il ne leur arrive rien.

*

Une minute de silence s'écoula, puis une autre encore. Finalement, Bryson battit des paupières, comme s'il sortait d'un rêve...

— Mais cela n'a aucun sens. Je faisais du bon travail. Des dizaines de fois...

— ... vous nous avez foutus dans la merde, l'interrompit Dunne, jouant avec une cigarette sans l'allumer. Toutes vos grandes victoires étaient des bérézinas pour les intérêts américains. Et je vous dis ça avec la plus grande considération pour vos talents de professionnel. Un simple exemple : ce « candidat modéré et réformateur » que vous protégiez... il était payé en fait par le Sendero Luminoso, les terroristes du Sentier lumineux. Au Sri Lanka, vous avez mis en pièces une coalition qui était sur le point de trouver un accord de paix entre les Tamouls et les Cinghalais.

Une autre image s'affichait sur l'écran à haute définition, les contours et les couleurs apparaissant pixel par pixel. Bryson reconnut le visage encore à moitié flou.

C'était Abou.

— La Tunisie... articula Bryson, le souffle court. Il... il allait faire un coup d'Etat, avec ses fidèles... ses fanatiques. Je me suis infiltré, j'ai soutenu divers groupes d'opposition, et ai fini par découvrir qui, au palais présidentiel, jouait pour les deux camps...

Ce n'était pas un souvenir agréable. Il n'oublierait jamais le carnage sur l'avenue Habib-Bourguiba. Ni le moment où Abou l'avait démasqué et presque tué sur place.

— Examinons la suite des événements. Vous l'avez fait tomber et livré aux autorités tunisiennes.

C'était la vérité. Il avait confié Abou à un groupe de confiance de la Garde nationale, qui l'avait mis en prison avec des dizaines de ses partisans.

— Et qu'est-il arrivé ? demanda Dunne, d'un ton plein de sous-entendus.

Bryson haussa les épaules.

— Il est mort quelques jours plus tard dans sa cellule. Je n'ai pas versé une larme sur son sort.

— Je ne peux pas en dire autant, répliqua Dunne d'une voix soudain glaciale. Abou était l'un de nos agents, Bryson. Un homme à moi, pour être précis. Je l'ai entraîné, formé. C'était notre atout maître dans toute la région. Et je parle de tout le Sahara !

— Mais le coup d'Etat... rétorqua Bryson faiblement, les pensées se bousculant dans sa tête.

Plus rien n'avait de sens !

— Un leurre, pour qu'il puisse conserver la confiance des autres fanatiques. Il dirigeait le Al-Nahda, soit – un exercice périlleux. Abou travaillait pour nous en secret. Il était obligé de se mouiller avec le Al-Nahda s'il voulait survivre. Vous croyez qu'il est facile de pénétrer les groupes terroristes, en particulier le grand Hezbollah ? Ils sont si suspicieux. S'ils ne vous connaissent pas depuis le berceau, ils veulent vous voir faire couler des litres et des litres de sang – et du sang israélien – avant de vous accorder leur confiance. Abou était un enfant de pute aux manières brutales, mais c'était notre rejeton ! Et il n'avait pas le choix. L'important, c'était qu'il s'approchait de Kadhafi. Très près. Si Abou réussissait son putsch, Kadhafi comptait annexer la Tunisie, en faire une sorte de province libyenne. Abou allait devenir le grand copain du colonel. Nous étions sur le point d'avoir une influence directe sur tous les groupes terroristes du Nord-Sahara. C'est alors que le Directorat lui a tendu un piège, et donné de fausses munitions ; le temps que nos hommes découvrent le traquenard, il était trop tard. Vingt ans de travail réduits à néant. Un coup de maître. Chapeau bas aux petits génies du *Chakhmatisti* ! Une idée magnifique, vraiment : une agence de services secrets américaine allant ruiner le travail d'une autre ! Vous voulez que je continue ? Songez au Népal et à ce que vous avez réellement accompli là-bas... Et à la Roumanie... vous pensez avoir aidé le pays à se débarrasser de Ceausescu... quelle bouffonnerie ! Tous les membres de l'ancien régime ont changé de veste du jour au lendemain pour constituer le nouveau gouvernement, vous le savez ! Les vassaux de Ceausescu complotaient contre le Vieux depuis des années ; ils ont livré leur chef aux loups pour rester au pouvoir. C'est exactement ce que voulait le Kremlin. Et que s'est-il passé ? Un faux coup d'Etat, le dictateur et sa femme tentent de s'échapper en hélicoptère qui, comme par hasard, est victime d'une avarie de moteur. Ils se font arrêter et sont jugés par un tribunal fantoche. Le jour de Noël, ils sont fusillés. Tout ça était un coup monté, et qui en a profité ? Une à une, les républiques d'Europe de l'Est s'écroulaient comme une enfilade de dominos, se débarrassaient des vieux apparatchiks, optaient pour la démocratie et se détachaient du bloc soviétique. Mais Moscou ne voulait pas lâcher la Roumanie. Ceausescu devait partir, il était néfaste pour leur image. Il était un caillou dans leur chaussure, et cela ne datait pas d'hier. Moscou voulait conserver la Roumanie, garder ce fief important pour sa sécurité, installer au pouvoir une nouvelle marionnette. Et qui était là pour faire le sale boulot ? Qui d'autre que vous et vos amis du Directorat ? Nom de Dieu, vous en voulez encore ?

— C'est absurde ! s'emporta Bryson. Vous me prenez pour un demeuré ou quoi ? Le GRU, les méchants Russes, tout ça c'est du passé. Peut-être que vous autres cow-boys de la guerre froide à Langley n'avez pas la télé... Je vous rappelle que la guerre est finie !

— Oui, la guerre est finie, répliqua Dunne d'un souffle rauque, presque inaudible. Et pourtant, pour des raisons étonnantes, le Directorat est toujours bel et bien vivant.

Bryson le dévisagea en silence, ne sachant que répondre à ça. Il sentait son cerveau en ébullition, ses neurones palpiter, les synapses en surchauffe, lâchant des gerbes d'étincelles.

— Je vais être honnête avec vous, Bryson. Il fut un temps où je vous aurais bien tué de mes propres mains. Mais c'était avant que je ne découvre le pot aux roses, la façon dont fonctionne le Directorat. Aujourd'hui, jouons cartes sur table. Ce serait un mensonge de vous dire que nous avons tout compris. Nous n'avons que des bribes, des morceaux épars, rien de plus. Pendant des dizaines d'années, il y a eu des rumeurs, rien de plus tangible que des aigrettes de pissenlit emportées par le vent. Après la Détente, toute l'organisation s'est mise au ralenti, du moins autant que nous puissions en juger. C'est comme cette vieille histoire de l'aveugle et de l'éléphant. On parvient à tâter une trompe ici, un bout de queue ici, mais on n'a aucune idée de la bête à qui l'on a affaire. Ce que nous savons en revanche – car nous vous avons surveillé toutes ces dernières années – c'est que vous vous êtes fait abuser. C'est pour cette raison que je vous parle gentiment et que je ne vous étrangle pas à mains nues. – Dunne lâcha un rire aigre, qui se mua instantanément en quinte de toux, une toux de fumeur. – Pour l'instant, nous en sommes réduits à faire des spéculations ; tout porte à croire qu'après la guerre froide, l'organisation a coupé les ponts avec ses premiers maîtres et que le pouvoir est passé dans d'autres mains.

— Lesquelles ? demanda Bryson d'un air soupçonneux et renfrogné.

Dunne eut un haussement d'épaules.

— On n'en sait rien. Il y a cinq ans, le Directorat a paru entrer dans une phase d'hibernation. Vous n'êtes pas le seul agent à avoir été mis sur la touche. Ils ont été légion à se retrouver dans votre cas. La maison avait peut-être décidé de mettre la clé sous la porte ; c'était une éventualité... Mais aujourd'hui, nous avons de bonnes raisons de croire que la bête s'est réveillée.

— Comment ça « réveillée » ?

— Nous ne sommes sûrs de rien. C'est la raison pour laquelle nous sommes entrés en contact avec vous. Nous avons entendu des bruits de couloir. Vos anciens patrons s'emploient à acquérir des armes en quantité, pour des raisons que nous ignorons encore.

— Que vous ignorez... répéta Bryson d'un ton monocorde.

— C'est comme s'ils se préparaient à initier une déstabilisation planétaire – c'est du moins ainsi que nos savants analystes formulent la chose, avec leur cul pincé et leur air supérieur. Mais une question demeure, pourquoi ? Dans quel but ? Nous n'en avons pas la moindre idée. Et comme je dis toujours : ce qui me fait peur, c'est justement ce que j'ignore.

— Intéressant, lâcha Bryson, sardonique. Vous entendez des « rumeurs », vous faites des « spéculations », vous me projetez un diaporama comme un conseiller en communication, mais vous n'avez aucune preuve de ce que vous avancez.

— C'est justement pour cette raison que j'ai besoin de votre concours. Le vieux système soviétique a peut-être disparu de la planète, mais les généraux sont toujours de ce monde. Prenez le cas du général Bouchalov : il est encore sur le devant de la scène politique en Russie. S'il se produisait un événement fâcheux qu'il puisse imputer aux Etats-Unis, je suis sûr qu'il serait catapulté aux commandes du pays. La démocratie ? Un tas de Russes diraient « bon débarras ». A Pékin, il y a un mouvement réactionnaire très puissant à la fois au sein du Congrès du peuple et du Comité central. Sans parler de l'ALP, l'Armée de Libération du Peuple, qui est une force autonome en elle-même. Il y a beaucoup de yuans en jeu, et un grand pouvoir à la clé. Une faction a peut-être fait fusionner les restes de l'équipe des *Chakhmatisti* avec une poignée de leurs frères pékinois. Mais on nage en plein brouillard. Personne ne sait rien, à l'exception des méchants, et ce n'est pas eux qui vont vendre la mèche.

— Si vous croyez vraiment que je suis un pantin qui s'est fait avoir dans la plus grosse arnaque du siècle, je ne vois pas en quoi je peux vous être utile.

Les deux hommes se regardèrent un long moment sans sourciller.

— Vous avez fait vos classes avec l'un des chefs, l'un des pères fondateurs ! Gennadi Rosovski. En Russie, son surnom était « Volchebnik », le Sorcier. Cela vous met sur la voie ? – Dunne se risqua à rire et essuya une nouvelle quinte. – Vous êtes l'apprenti sorcier.

— Allez vous faire foutre ! explosa Bryson une fois encore.

— Vous savez comment fonctionne Waller. Vous étiez son meilleur élève. Vous devinez ce que j'attends de vous, n'est-ce pas ?

— Ben voyons, répliqua Bryson d'un ton aigre. Vous voulez que je retourne dans l'arène.

Dunne hocha la tête lentement.

— Vous êtes notre meilleur atout. Je pourrais faire appel à votre patriotisme, à vos bons sentiments, à votre sens de la justice... Mais nom de Dieu, après tout le tort que vous nous avez fait, vous nous devez bien ça !

Bryson ne savait plus que penser, ni de la situation en général, ni de Dunne en particulier.

— Ne le prenez pas mal, poursuivit le responsable de la CIA, mais si nous voulons débusquer les loups du bois, nous devons envoyer sur leur piste le meilleur limier que nous puissions trouver. Il n'y a pas trente-six façons de vous le dire. – Il jouait toujours avec sa cigarette éteinte, si bien que des brins de tabac commençaient à tomber sur le bureau. – Vous êtes le seul à pouvoir reconnaître leur odeur.

IV

Le soleil ardent de midi baignait de lumière la petite portion de la K Street, faisant miroiter les baies vitrées des immeubles. Nicholas Bryson observait attentivement le numéro 1324, un bâtiment autrefois familier, mais qui, aujourd'hui, lui paraissait totalement étranger. Des gouttes de sueur perlaient dans sa nuque, mouillant le col de sa chemise. Il se tenait à la fenêtre d'un bureau désaffecté, de minuscules jumelles rivées sur les yeux, qu'il cachait de sa main. L'agent immobilier qui lui avait confié les clés de cet espace commercial à louer avait dû trouver bizarre qu'un homme d'affaires de renommée internationale veuille passer quelques minutes seul dans son futur bureau pour s'imprégner de l'atmosphère du lieu, des vibrations positives et négatives. L'homme devait prendre Bryson pour un de ces entrepreneurs New Age, mais l'important c'était qu'il le laisse tranquille un moment.

Son pouls s'accélérait, son sang battait sous ses tempes. Il n'y avait plus rien de rassurant ou d'accueillant dans cet immeuble moderne qui abritait autrefois le QG de ses employeurs, un lieu qui avait été son camp de base, un sanctuaire, un lieu de ressourcement, un îlot de calme et de sérénité dans ce monde violent en perpétuel changement. Bryson observa ainsi le bâtiment pendant un bon quart d'heure, caché dans la pénombre du bureau désert, jusqu'à ce que l'on toque à la porte. L'agent immobilier venait s'enquérir du verdict.

Il était évident que quelque chose avait changé au 1324 K Street, quoique les modifications fussent très subtiles. Les plaques sur le fronton, annonçant la raison sociale des occupants, avaient été remplacées par d'autres, tout aussi anodines que les précédentes. Harry Dunne lui avait dit que le Directorat avait déménagé, mais Bryson voulait s'en assurer *de visu*. L'organisation était passée maître dans l'art de se cacher en pleine lumière. « La nudité est le meilleur des déguisements », disait souvent Waller.

Ils étaient donc réellement partis ? L'AMERICAN TEXTILES MANU-FACTURES BOARD et le UNITED STATES GRAINS PRODUCERS BOARD semblaient aussi crédibles que les sociétés qui figuraient sur les anciennes plaques, fabriquées par les orfèvres du camouflage du Directorat. Mais pourquoi en changer ? Il y avait également d'autres nouveautés au 1324 K Street. En un quart d'heure de surveillance, Bryson avait vu beaucoup de personnes franchir les portes de l'immeuble – beaucoup trop pour être des employés, directs ou indirects, du Directorat. Quelque chose avait bel et bien changé.

Peut-être Dunne disait-il vrai ? Mais les sens de Bryson restaient en alerte. *Ne prends rien pour argent comptant, vérifie tout ce qu'on te dit.* Encore un autre conseil de Ted Waller. C'était bon pour Waller, pour Dunne, et pour tout le monde dans ce milieu.

Comment entrer dans ce bâtiment sans se faire repérer ? Voilà une question qui avait accaparé son esprit pendant des heures. Un problème classique qui se posait à n'importe quel agent en mission ; il avait trouvé des dizaines de subterfuges ingénieux pour entrer dans la place, mais tous comportaient une part de risques, sans offrir des chances de succès optimales. Puis il s'était souvenu d'une maxime de Waller – de *Gennadi Rosovski...* il ne s'y ferait jamais ! *Quand tu hésites, passe par la porte d'entrée.* La meilleure tactique serait d'entrer dans le bâtiment au vu et au su de tous.

Toutefois, une petite touche de dissimulation restait nécessaire – c'était toujours le cas. Il remercia l'agent immobilier ; oui, il était intéressé, il fallait préparer un contrat de location. Bryson lui tendit l'une de ses fausses cartes de visite et prit congé, prétextant avoir un rendez-vous urgent. Il marcha vers la porte d'entrée du 1324 sur le qui-vive, à l'affût du moindre mouvement suspect, de la moindre variation de densité dans la foule, qui puisse être un signal de menace.

Où était donc Ted Waller ?

Où était la vérité, la réalité ?

Le bruit de la circulation l'entourait comme une bulle, une cacophonie assourdissante. *C'est la seule façon pour vous de savoir la vérité.*

— *La vérité sur quoi ?*

— *Pour commencer, la vérité sur vous-même.*

Mais où était la vérité ? Où était le mensonge ?

— *Vous pensez être une sorte de héros de l'ombre... Vous croyez avoir passé quinze ans à servir votre pays, à travailler pour un service de renseignement ultra-secret nommé le Directorat ?*

Assez ! C'était de la folie pure !

Et toi Elena ? Toi aussi ? Toi, l'amour de ma vie, toi qui es partie aussi brusquement que tu es arrivée...

— *Vous pensez avoir offert quinze années de votre vie au service de votre pays ?*

Tout ce sang que j'ai fait couler, toute cette peur au ventre, toutes ces fois où j'ai failli y laisser ma peau, où j'ai pris la vie des autres ?

— *Je vous parle du plus grand gambit de l'histoire de l'espionnage moderne. Toute l'opération était un vaste coup monté.*

— Toute ma vie aurait été une vaste... supercherie, c'est cela ?

— Si cela peut vous consoler, vous n'êtes pas le seul dans ce cas. Il y en a des dizaines comme vous. Vous êtes simplement leur plus belle prise.

De la folie !

— Vous êtes le seul à pouvoir reconnaître leur odeur.

Quelqu'un le bouscula ; Bryson fit volte-face, fléchi sur ses jambes, les mains à plat le long des flancs, prêt à frapper. Ce n'était pas un tueur professionnel, mais plutôt un cadre commercial, portant sur l'épaule une sac de sport et une raquette de squash. L'homme dévisagea Bryson avec une expression agacée mêlée de crainte. Bryson présenta des excuses ; le cadre lui jeta encore un regard et poursuivit son chemin d'un pas vif et nerveux.

Vas-y, affronte le passé, affronte la vérité en face !

Va trouver Ted Waller qui n'est pas Ted Waller ! Bryson en avait la confirmation à présent. Il avait son propre réseau d'informations, des membres de l'ancien KGB, de l'ancien GRU, des hommes à la retraite ou qui avaient changé de métier après la fin de la guerre froide. On avait fait des enquêtes, consulté des archives, vérifié des faits. Des coups de fil anodins avaient été passés, des faux noms utilisés, des propos, apparemment innocents mais lourds de signification, avaient été échangés. Des personnes avaient été contactées, des hommes et des femmes que Bryson avait connus dans une vie passée, une vie qu'il pensait avoir laissée définitivement derrière lui... un revendeur de diamants à Anvers, un avocat d'affaires à Copenhague, un conseiller et « apporteur d'affaires » pour des multinationales à Moscou. Autrefois des éléments clés du réseau, d'anciens officiers du GRU qui avaient émigré, abandonnant derrière eux le monde de l'espionnage, comme avait cru le faire Bryson. Tous autant qu'ils étaient conservaient des documents dans des coffres, gardaient des enregistrements cryptés ou simplement archivaient des données dans leurs cerveaux labyrinthiques. Tous furent surpris, parfois inquiets, voire effrayés, d'être contactés par un homme qui avait été une légende vivante dans son autre existence, qui les avait autrefois payés grassement pour obtenir leurs informations, leur coopération. Par des sources différentes, l'identification avait été fournie, vérifiée et confirmée à plusieurs reprises.

Gennadi Rosovski et Edmund Waller étaient bien une seule et même personne.

Ted Waller – le témoin du mariage de Bryson, son maître, son confident et son employeur – était en effet un agent du GRU. Une fois encore, le type de la CIA, cet Harry Dunne, avait dit vrai. *De la folie !*

*

Une fois arrivé dans le sas extérieur, Bryson découvrit que l'interphone, où il entrait jadis son code d'accès, avait été retiré ; à la place, était fixé un panneau vitré où était listée une série de cabinets d'avocats et de groupements d'intérêts qui avaient élu domicile dans l'immeuble ; sous chaque nom, le nom des responsables de service était indiqué avec leur numéro d'étage et de bureau. A la surprise de Bryson, la porte d'entrée était ouverte, sans système de sécurité, ni serrure, ni barrière d'aucune sorte. N'importe qui pouvait entrer et sortir du bâtiment à sa guise.

Derrière les portes vitrées, qui n'étaient visiblement plus à l'épreuve des balles, le hall était resté quasiment le même : une zone d'accueil classique avec un vigile-réceptionniste installé derrière un grand comptoir circulaire en marbre – un jeune Noir en blazer bleu et cravate rouge qui le regarda avec un intérêt purement formel.

— J'ai rendez-vous avec... – Bryson hésita une fraction de seconde, le temps de se souvenir d'un nom lu dans l'entrée sur le panneau vitré – avec John Oakes de l'American Textiles Manufacturers Board. Je suis Bill Thatcher, du bureau du sénateur Vaughan.

Bryson avait pris un léger accent texan ; le sénateur Rudy Vaughan était un membre puissant du Congrès, originaire du Texas et dont l'influence et les responsabilités au sein des commissions parlementaires ne pouvaient laisser indifférent un consortium d'industries textiles.

Les préliminaires habituels commencèrent. Le réceptionniste téléphona au directeur du groupe textile ; son assistant n'avait aucun rendez-vous prévu avec un représentant du sénateur Vaughan mais il ne demandait qu'à recevoir cet éminent représentant du Congrès. Une jolie blonde platinée vint chercher Bryson dans le hall et l'accompagna jusqu'à l'ascenseur, en s'excusant mille fois de l'avoir fait attendre.

A leur sortie de cabine, au deuxième étage, ils furent accueillis par un type aux cheveux blonds, sans doute teints, portant un costume élégant, juste un peu trop raffiné pour sa fonction. Mr. Oakes courut pratiquement vers Bryson les bras ouverts.

— Nous sommes si heureux du soutien du sénateur Vaughan ! lança le directeur du groupe, en prenant la main de Bryson dans ses deux paumes. – Il ajouta, sur le ton de la confidence – : Je sais que le sénateur Vaughan tient à garder une Amérique forte et à la protéger des importations textiles bon marché venant de l'étranger. Je fais allusion à la Mauritanie. C'est une concurrence déloyale. Je sais que le sénateur en a pleinement conscience.

— Le sénateur Vaughan aimerait savoir ce que coûte à votre société de vous aligner sur le code international du travail, répondit Bryson en regardant autour de lui tandis qu'ils longeaient le couloir qui lui était autrefois si familier. Aucune tête connue, ni Chris Edgecomb, ni aucun des autres employés que Bryson connaissait de vue. Exit les postes de communication, les moniteurs de contrôle des images satellite. Tout avait changé, jusqu'au mobilier de bureau. Même l'implantation des locaux avait été modifiée, comme si tout l'étage avait été rasé puis reconstruit. La réserve des armes légères avait disparu, remplacée par une salle de réunion avec des vitres fumées et une grande table en acajou.

Le cadre trop bien habillé le conduisit dans son bureau d'angle et lui offrit une chaise.

— Nous savons que le sénateur brigue un nouveau mandat aux prochaines élections, annonça Oakes d'un air de conspirateur, et il nous apparaît *vital* de soutenir les membres du Congrès qui tiennent à protéger notre économie.

Bryson opina du chef d'un air absent, le regard errant dans la pièce. C'était autrefois le bureau de Ted Waller. Plus aucun doute n'était possible ; il n'y avait plus d'organisation secrète ici, plus de sociétés paravents.

Le Directorat s'était évanoui dans la nature. Il n'y avait plus trace de Ted Waller, le seul homme qui pouvait confirmer – ou infirmer – les dires de Dunne.

Mais qui mentait ? Qui disait la vérité ?

Comment allait-il pouvoir contacter ses anciens employeurs maintenant qu'ils semblaient avoir disparu de la surface de la terre ?

Bryson était dans une impasse.

*

Vingt minutes plus tard, Bryson était de retour dans le parking où il avait laissé sa voiture de location. Il pensa à effectuer tous les contrôles de routine – une précaution qui était, autrefois, une seconde nature chez lui. Le petit filament entortillé sur la poignée de la portière était toujours intact, de même que celui laissé sur la portière côté passager ; quiconque tentait de forcer la serrure aurait délogé ces indicateurs sans s'en rendre compte. Il s'agenouilla rapidement et jeta un coup d'œil sous le bas de caisse ; aucune bombe ou mouchard n'y avait été placé. Bryson n'avait pas eu la sensation d'avoir été suivi lorsqu'il était dans la rue, ni lorsqu'il était venu se garer dans ce parking, mais il ne pouvait se fier à cette seule impression, connaissant l'adresse de certains limiers. Au moment de démarrer le moteur, un nœud d'angoisse lui serra l'estomac – ce bon vieux point au ventre qui ne s'était pas manifesté pendant ces cinq dernières années. Le moment de vérité se passa sans heurt ni fracas : pas d'explosif relié au contact.

Bryson descendit les niveaux de stationnement successifs jusqu'à la sortie ; il inséra sa carte dans le lecteur magnétique qui actionnait la barrière. Le ticket ressortit de la fente : refusé. Il jura intérieurement. C'était presque comique – presque, seulement – qu'après toutes ces précautions, il se retrouve coincé par un stupide problème mécanique. Il inséra de nouveau sa carte ; encore une fois, la barrière ne se leva pas. Le gardien du parking, l'air agacé, sortit de sa guérite et s'approcha de la vitre ouverte de Bryson.

— Laissez-moi essayer, m'sieur.

Le gardien inséra dans la fente la carte qui fut éjectée aussitôt. Il examina le ticket bleu, hocha la tête d'un air entendu, et s'approcha de nouveau de la vitre de Bryson.

— C'est bien le ticket avec lequel vous êtes entré ? demanda-t-il, en rendant la carte à Bryson.

— Evidemment ! Qu'est-ce que vous voulez dire ? lâcha Bryson, irrité.

Supposait-on qu'il n'était pas dans son véhicule, qu'il s'était introduit dans une autre voiture que la sienne ? Bryson redressa la tête pour observer le gardien de parking ; un détail attira son attention : ses mains.

— Non, m'sieur, vous m'avez mal compris, répondit le gardien, en se penchant à la fenêtre. – Bryson sentit soudain le contact dur et froid de l'acier contre sa tempe gauche. Le gardien avait un petit calibre à la main, et plaquait l'extrémité du canon contre sa tête. – Ce que je veux, m'sieur, c'est que vous posiez les mains sur le volant, déclara l'homme d'une voix basse et égale. Ne me forcez pas à tirer.

Nom de Dieu !

C'était donc ça ! Les mains ! Les ongles manucurés, les mains douces et soignées de quelqu'un de très soucieux de son apparence, quelqu'un qui voyageait en classe affaires, qui fréquentait le gratin et se devait de ne pas dénoter – ce n'étaient pas les mains d'un gardien de parking. Mais Bryson s'en était rendu compte une seconde trop tard ! L'homme ouvrit brusquement la portière arrière et s'installa sur la banquette, le pistolet revenant aussitôt presser son museau contre son crâne.

— Roulez ! Roulez ! lança le faux gardien, sitôt que la barrière fut levée. Laissez vos mains sur le volant. Je ne voudrais pas presser la gâchette par accident... Allons faire un petit tour, tous les deux. Prendre un peu l'air.

Bryson, ayant laissé son arme dans la boîte à gants, n'avait pas d'autre choix que d'obéir. Il quitta le parking et rejoignit la rue, suivant les indications du faux gardien. Au moment où ils s'engageaient dans la circulation, Bryson sentit le canon s'enfoncer plus fort dans sa tempe ; la voix posée et monocorde de l'homme résonna dans son oreille.

— Vous saviez qu'un jour comme ça allait arriver, n'est-ce pas ? dit le tueur professionnel. Un jour, la chance cesse de nous sourire ; cela nous arrive à tous, à un moment ou à un autre... On fait un pas de trop, on pousse le bouchon juste un peu trop loin. On va à droite alors qu'on devait aller à gauche. On met son nez là où il ne faut pas, alors que ce ne sont plus nos affaires.

— Cela vous dérangerait de me dire où nous allons ? demanda Bryson, faisant de son mieux pour garder un ton léger. – Son cœur tambourinait dans sa poitrine, son esprit était en ébullition. Il demanda l'air détaché – : Je peux mettre les infos ?

Il avança nonchalamment sa main droite vers l'autoradio. Le canon cogna aussitôt contre sa tête.

— Nom de Dieu ! Laissez vos mains sur le volant ! rugit le tueur.

L'homme ignorait que le Glock de Bryson était glissé au creux de ses reins, dans son étui de ceinture. Mais Bryson ne voulait prendre aucun risque.

Et comment le sortir, de toute façon ? Le tueur sous contrat – car c'était un professionnel, soit un permanent du Directorat, soit un indépendant – semblait tenir à ce que les mains de Bryson restent visibles. Bryson devait donc suivre ses instructions à la lettre, en attendant que l'homme ait un instant d'inattention. Tout dans son comportement, pour l'instant, traduisait le professionnel aguerri : un plan d'action sûr, une rapidité d'exécution, un phrasé calme et neutre.

— Disons que nous allons quelque part hors de la ville, un endroit tranquille où deux gars peuvent discuter sans être dérangés. – *Discuter*, songea Bryson, était la dernière chose que voulait faire le tueur. – Deux gars dans le même business, l'un devant un pistolet, l'autre derrière, c'est aussi simple que ça. Il n'y a rien de personnel, je suis sûr que vous comprenez ma situation. C'est purement professionnel. Un jour vous regardez le viseur, un autre vous regardez la gueule du canon. C'est la vie. La roue tourne... on m'a dit que vous étiez un crack dans votre temps, c'est pour ça que je suis sûr que vous allez affronter cette épreuve comme un homme.

Bryson choisit de ne pas répondre. Il s'était trouvé dans des circonstances similaires un nombre incalculable de fois, quoique jamais, à l'exception des entraînements, du mauvais côté de l'arme. Il savait l'état des pensées de l'homme assis derrière lui, son esprit passant en revue tous les cas de figure prévus : *si A, alors B*... le moindre mouvement brusque de la part de Bryson, la moindre désobéissance quant à la direction à suivre ou la façon de conduire, engendrerait une contre-mesure radicale. Le tueur préférerait ne pas se servir de son arme tant qu'il serait en pleine circulation, de crainte que la voiture n'emboutisse un mur ou un autre véhicule. Le fait que Bryson connaisse toutes les options possibles de son ennemi était l'une des rares cartes qu'il pouvait jouer.

Toutefois, Bryson était certain que l'homme n'hésiterait pas à lui tirer une balle dans la tête en dernier recours, quitte à plonger pour attraper le volant et éviter un accident. Les probabilités n'étaient donc pas du côté de Bryson.

Ils traversaient à présent le Key Bridge.

— A gauche ! aboya l'homme, en indiquant la direction de l'aéroport Ronald-Reagan.

Bryson s'exécuta, veillant à se montrer soumis et résigné – le meilleur moyen de tromper la vigilance de son agresseur.

— Prenez cette sortie, ordonna le tueur.

La bretelle menait à un secteur derrière l'aéroport où avait élu domicile la quasi-totalité des loueurs de voitures.

— Vous auriez pu me descendre dans le parking, marmonna Bryson. Vous auriez *dû* le faire.

Mais le tueur avait trop d'expérience pour répondre à cette pique et permettre ainsi à Bryson de mettre en doute ses compétences. L'homme, à l'évidence, avait été bien préparé ; il connaissait les ruses possibles de Bryson.

— Pas même en rêve ! répondit le tueur avec un petit rire. Pas avec toutes ces caméras de surveillance, ces témoins potentiels. Vous le savez mieux que moi. Vous ne l'auriez pas fait non plus là-bas. A ce qu'on m'a dit, vous étiez un bon.

Un indice peut-être ? L'homme était donc bel et bien sous contrat, un indépendant, ce qui voulait dire qu'il agissait en solo, sans équipe de soutien. Un membre du Directorat ne serait pas venu seul, mais protégé par d'autres. C'était une information essentielle.

Bryson se dirigea vers l'extrémité d'un ancien parking désaffecté. Il se gara comme le lui ordonna l'homme. Alors qu'il tournait la tête pour s'adresser à son agresseur, il sentit le canon se plaquer brutalement contre sa tempe : visiblement, l'inconnu n'avait pas apprécié cet écart.

— Ne bougez pas !

Bryson regarda de nouveau bien sagement devant lui.

— Pourquoi vous n'en finissez pas rapidement ?

— Vous ressentez à présent ce que les autres éprouvaient, lança le tueur, amusé. La peur, la futilité de la vie, le désespoir. La résignation.

— Vous philosophez bien trop. Je parie que vous ne savez pas même qui signe vos chèques.

— Tant qu'on me paye rubis sur l'ongle, je me fiche du reste.

— Peu importe ce qu'ils sont, ce qu'ils font ? Même s'ils œuvrent *contre* les Etats-Unis ?

— Comme j'ai dit, tant que l'on me paye, je ne m'occupe pas de politique.

— C'est une vue à court terme.

— Le travail aussi est à court terme.

— Pas forcément – Bryson laissa planer un silence –, pas si nous arrivons à un arrangement. Tout le monde a des sous de côté. C'est normal et prévu. Comptes anonymes, défraiement gracieux, à l'insu du fisc évidemment, une bonne part de notre argent est blanchi et réintroduit dans la machine. On place tous notre argent pour qu'il fasse des petits. Je suis prêt à faire un nouvel investissement, aujourd'hui même.

— Vous voulez m'acheter votre vie ? déclara le tueur d'un ton solennel. Mais vous semblez oublier que mon niveau de vie ne dépend pas d'une seule transaction. Vous êtes peut-être un compte juteux, mais eux, ils représentent la banque entière. Vous ne pouvez rivaliser avec la maison mère.

— C'est vrai, je ne suis pas de taille, concéda Bryson. Il vous suffit d'aller leur dire que votre bonhomme s'est révélé encore meilleur que vous ne le pensiez, plus habile. Il a réussi à s'échapper le bougre, un vrai diable ! Il vous croiront sur parole, vous pouvez en être sûr ; c'est de toute façon ce à quoi ils s'attendent. Vous conserverez l'avance du contrat et de mon côté je vous verse le double du solde. Cela me paraît un marché honnête, non ?

— Les comptes sont surveillés de près de nos jours, Bryson. On n'est plus à votre époque. L'argent est virtuel, et les transactions virtuelles laissent des traces.

— Pas le liquide, pas s'il sort tout juste de la laverie.

— Tout laisse des traces, et vous le savez très bien. Désolé, mais j'ai un travail à faire. Il s'agit, en l'occurrence, d'organiser votre suicide. Vous êtes en dépression depuis plusieurs années. Vous n'avez plus de vie personnelle et l'enseignement ne peut rivaliser avec l'excitation de l'espionnage. Votre dépression nerveuse a été diagnostiquée par un bataillon de psys et de toubibs...

— Désolé, mais les seuls psys que j'ai vus étaient envoyés par le gouvernement, et cela remonte à des années.

— Non, à quelques jours, selon le dossier que possède la sécurité sociale, répliqua le tueur, avec une pointe de sarcasme. Vous êtes suivi par un psy depuis plus d'un an.

— Ce sont des conneries !

— Tout est possible, maintenant que tout est informatisé. Les ordonnances aussi sont en mémoire – antidépresseurs prescrits par votre médecin, achetés par vous, avec une cohorte d'anxiolytiques et de somnifères. Tout est là. Il y a même une lettre de suicide dans votre PC chez vous, à ce qu'on m'a dit.

— D'ordinaire, une lettre de suicide s'écrit à la main, jamais à la machine à écrire ou sur un ordinateur.

— C'est vrai. Nous avons l'un comme l'autre déjà organisé des suicides. Mais croyez-moi, personne n'ira chercher aussi loin. Il n'y aura pas d'enquête *post mortem* dans votre cas. Et pas de famille non plus pour réclamer une autopsie.

Les paroles du professionnel, quoique apprises par cœur, firent mouche, parce qu'elles décrivaient une réalité : Bryson n'avait pas de famille, plus depuis qu'Elena était partie. *Plus depuis que mes parents ont été tués par le Directorat*, pensa-t-il avec amertume.

— Mais je dois vous dire que c'est un honneur pour moi qu'on m'ait confié cette mission. Ils m'ont dit que vous étiez l'un des meilleurs agents.

— Pourquoi pensez-vous qu'on vous ait choisi pour cette mission ?

— Je n'en sais rien. Et je m'en fiche. Un boulot, c'est un boulot, point final.

— Vous croyez qu'on va vous laisser vivre après ça ? Vous croyez qu'ils vont prendre le risque que vous racontiez votre exploit à qui veut l'entendre ? Qui sait ce que je vous ai dit avant de mourir ? Vous pensez vraiment rester en vie après ce dernier contrat ?

— Je n'en ai rien à foutre, lâcha le tueur, sans grande conviction.

— Non, cela m'étonnerait que vos employeurs comptent vous laisser en vie, poursuivit Bryson, d'un ton sinistre. Encore une fois, qui sait quel secret j'ai pu vous confier ?

— Où voulez-vous en venir ? demanda le tueur à gages après un silence pesant.

Il sembla hésiter un instant ; Bryson sentit diminuer la pression du canon sur sa tempe. C'était le moment qu'il attendait, cette seconde de doute, d'indécision chez son assassin. Discrètement, sa main lâcha le volant et glissa dans son dos. Il avait le Glock !! En un éclair, il pointa l'arme vers le dossier de son siège et fit feu, au jugé ; il y eut trois déflagrations successives, tandis que les balles de gros calibre traversaient le capitonnage du dossier ; le bruit fut assourdissant dans l'habitacle. Avait-il touché l'homme ? L'instant suivant, la réponse vint : le canon du pistolet glissa sur sa tempe, le long de sa nuque puis tomba au sol. Bryson se retourna, brandissant son Glock ; le tueur était mort, un trou béant dans son front.

*

Bryson rencontra Dunne dans son bureau du septième étage à Langley. Les contrôles de sécurité furent court-circuités, Bryson fut admis au sein de la CIA avec un minimum de formalités.

— Cela ne m'étonne pas que le Directorat vous ait déclaré « irrécupérable » ! lança Dunne de son rire éraillé générateur de toux. Ils ont simplement oublié à qui ils avaient affaire.

— Comment ça ?

— Eh bien, que vous êtes meilleur que n'importe quel agent qu'ils puissent envoyer à vos trousses. Cette fois, ces cow-boys ne sont pas près de l'oublier, c'est sûr !

— Il est sûr aussi qu'ils n'aiment pas me voir dans ce bureau, dans ce bâtiment, à déballer tout ce que je sais.

— Encore faudrait-il que vous sachiez quelque chose, ce qui n'est malheureusement pas le cas. Ils vous ont maintenu isolé, comme dans une bulle. Vous ne connaissez aucun vrai nom, juste des pseudos et cela nous fait une belle jambe ! Des pseudos qui sont – ou étaient – purement internes au Directorat, dont nous n'avons aucune trace dans nos dossiers. Comme ce « Prospero » auquel vous ne cessez de faire allusion.

— Je vous ai dit que c'est sous ce seul nom que je le connaissais. En plus, cela date de quinze ans. Autant dire une ère géologique, dans le monde de l'espionnage. Prospero était hollandais, je crois, ou du moins natif de là-bas. Un collaborateur très efficace et plein de ressources.

— Les meilleurs dessinateurs de la CIA ont dressé un portrait-robot d'après votre description et nous cherchons dans nos archives une photo, un dessin ou une description verbale qui pourrait correspondre. Mais les logiciels de recherche ont fait chou blanc jusqu'à présent. C'est un travail ardu, on tombe dessus ou l'on passe à côté. Pour l'instant, nous n'avons qu'une touche, comme disent nos pêcheurs d'infos numériques. Un type qui aurait travaillé avec vous à Shanghai, sur une affaire très délicate où vous deviez récupérer des taupes.

— La mission Sigma.

— Ogilvy. Frank Ogilvy, d'Hilton Head en Caroline du Sud. Ou peut-être devrais-je dire ex-habitant d'Hilton Head.

— Il a été déplacé ? Muté ?

— Une plage bondée, un jour de forte canicule. Il y a sept ans. Une crise cardiaque, apparemment. C'est passé pratiquement inaperçu sur la promenade, nous a dit un témoin, avec toute cette foule.

Bryson resta silencieux un moment, contemplant les murs aveugles du bureau.

— Si vous voulez trouver des fourmis, cherchez le pique-nique, lança-t-il soudain.

— C'est-à-dire ?

Dunne tripotait une fois encore une cigarette sans l'allumer.

— C'était une maxime de Waller. Pour trouver des fourmis, il faut d'abord trouver le pique-nique. Au lieu d'aller les chercher là où elles étaient, mieux vaut aller les chercher là où elles sont. La question est : de quoi ont-elles besoin ? Quelle sorte de festin excite en ce moment leur appétit ?

Dunne posa sa cigarette mutilée et releva la tête vers Bryson, les yeux pétillants.

— Des armes, voilà ce qu'ils veulent ! Ils semblent s'activer à rassembler tout un arsenal. Ils se préparent à une opération de déstabilisation dans les Balkans, même si leur objectif principal doit se trouver ailleurs.

— Des armes, répéta Bryson, une idée germant dans son esprit.

— Des fusils, des munitions... mais du matériel dernier cri. Des trucs qui font « boum » dans la nuit. Lorsque les bombes et les balles commencent à pleuvoir, on se tourne vers les généraux, qui passent soudain pour les nouveaux sauveurs de l'humanité. Quel que soit le mauvais coup qu'ils mijotent, il faut y mettre fin, par tous les moyens.

— Par tous les moyens ?

— Vous savez comme moi ce que cela veut dire. Même si c'est une chose inconcevable pour un type droit comme Richard Lanchester. Mais il faut voir où nous mènent l'idéalisme et les bons sentiments ! Tous les saints sont morts. – Le vénérable et vénéré Richard Lanchester était le directeur du Conseil de sécurité de la Maison-Blanche. – Dick Lanchester croit aux lois et à la déontologie. Mais le monde ne suit pas les règles du jeu. Il faut parfois outrepasser les lois pour protéger leur péren-nité.

— On ne peut pas jouer selon les règles du marquis de Queensbury, c'est ça ? répondit Bryson, en citant les paroles de Ted Waller.

— Comment vous approvisionniez-vous en armes ? Vous ne pouviez passer par les arsenaux nationaux. Vous achetiez vos flingues dans la rue ou quoi ?

— En fait, nous opérions avec de grandes précautions pour acquérir nos « instruments », comme nous disions. Nos munitions aussi. Et vous avez raison, étant donné notre cahier des charges, notre caractère ultra-secret, nous devions nous débrouiller seuls. On pouvait difficilement rendre visite à un dépôt de l'armée et passer un bon de commande. Il fal-lait mettre sur pied une opération mettant en jeu de l'artillerie – comme celle aux Comores, en 82 ; l'idée était d'arrêter une bande de merce-naires qui voulaient prendre la place et de récupérer leur matériel.

— C'étaient des gens à nous, précisa Dunne, d'un ton presque las. Tout ce qu'ils voulaient, c'était délivrer une dizaine d'Anglais et d'Américains qu'un dingue dénommé le colonel Bob Denard avait kid-nappés contre rançon.

Bryson tressaillit, mais poursuivit :

— D'abord quelques centaines de kalachnikovs. Elles sont fiables, lé-gères et pas chères ; on les construit dans dix pays différents ; il est donc difficile d'en suivre la trace. Il nous fallait aussi des fusils longue portée avec des lunettes de visée nocturne – de préférence des BENS 9304 ou des viseurs Jaguar. Des lance-roquettes, aussi – des CPAD Tech par exemple. Quelques missiles Stinger sont toujours utiles également... les Grecs en construisent sous licence et ils sont faciles à avoir, grâce à vos guérilleros kurdes, le PKK, qui trouvent des fonds en les vendant aux séparatistes tamouls, le LTTE[1].

— Je ne vous suis pas.

Bryson soupira d'impatience.

— Quand vous envoyez des armes illégalement, une quantité non négligeable n'arrive jamais à destination. A chaque convoi, il s'en perd un peu.

— Vous récupérez ce qui est « tombé du camion » comme on dit.

— C'est à peu près ça. Et il vous faut, évidemment, des munitions, en pagaille. C'est là où les amateurs se plantent toujours : ils se retrouvent avec plus de fusils que de cartouches.

Dunne le regarda d'un air mi-figue, mi-raisin.

— Vous étiez vraiment bon, n'est-ce pas ?

Ce n'était ni une question, ni véritablement un compliment.

Bryson se leva d'un bond, les yeux écarquillés d'excitation.

— Je sais où les trouver ! Où commencer à chercher, au moins ! C'est

---

1. *Liberation Tigers of Tamil Eelam (N.d.T.).*

juste la bonne époque de l'année. – Il regarda la date du mois affichée à sa montre. – Nom de Dieu, dans dix jours, se tient une grande vente d'armes devant la Costa da Morte, dans les eaux internationales, au large de l'Espagne. C'est une tradition qui date de vingt ans, un événement aussi régulier que la parade de Thanksgiving. Un grand bateau porte-conteneurs, bourré d'armes et de munitions dernier cri, attirant les plus gros acheteurs du moment. – Bryson reprit son souffle. – Le bateau s'appelle le *Spanish Armada*.

— Le pique-nique ! articula Dunne avec un sourire torve. C'est là où seront les fourmis. C'est une bonne idée.

Bryson hocha la tête, ses pensées déjà ailleurs. L'idée de retourner dans ce monde – en particulier depuis qu'il savait qu'on l'y avait berné – l'emplissait de dégoût. Mais il y avait autre chose, une chaleur dans son ventre : la rage, un désir de vengeance. Et autre chose encore, une force plus ample, plus silencieuse : le besoin de comprendre, de fouiller dans sa propre histoire, de se frayer un chemin à travers tous ces secrets et mensonges pour approcher le Graal de la vérité, pour pouvoir vivre en paix jusqu'à la fin de ses jours.

— C'est vrai, ajouta Bryson d'un ton las, toute organisation, qu'elle soit clandestine ou mandatée par un gouvernement en secret, aime acquérir des armes sans avoir de comptes à rendre aux autorités. Sur le *Spanish Armada*, c'est le grand festin.

V

Océan Atlantique,
treize milles nautiques au sud-ouest
du cap Finisterre en Espagne

L'immense bateau sembla naître du brouillard comme par magie, démesuré, disgracieux, comme une cité flottante, long de plusieurs centaines de mètres. Le super-cargo était chargé de conteneurs d'acier multicolores, rangés par lignes de huit unités sur trois de haut. Sur le pont, Bryson compta plus de dix rangées, chaque caisson mesurant six mètres de long pour trois mètres de hauteur. Pendant que l'hélicoptère Bell 407 tournait autour du bateau puis amorçait sa descente vers le gaillard d'avant, Bryson fit un rapide calcul. Deux cent quarante conteneurs, et cela pour le seul pont supérieur ; les entreponts et les soutes pouvaient contenir jusqu'à trois fois plus de marchandises. C'était un immense chargement, rendu plus inquiétant encore par l'uniformité des caissons renfermant chacun des trésors mystérieux.

Les projecteurs de l'hélicoptère éclairèrent le pont désert que surplombait le bâtiment arrière, une superstructure qui s'élevait au-dessus des alignements de conteneurs, avec ses vitres fumées, sa passerelle de pilotage hérissée d'antennes radars et satellite dernier cri. On avait l'impression d'avoir affaire à deux vaisseaux en un, un yacht luxueux côté passerelle, un vieux cargo côté pont. Le bateau n'était évidemment pas un simple porte-conteneurs, songea Bryson tandis que l'hélicoptère se posait doucement sur l'aire d'appontage, estampillée d'un grand « H » blanc et installée sur le gaillard d'avant.

Non, il s'agissait du *Spanish Armada*, une légende dans le monde ténébreux du terrorisme et des opérations top secrètes, illégales ou semi-légales. Le *Spanish Armada*, pourtant, n'était pas une armada, pas une flotte : c'était juste le nom de baptême d'un grand navire croulant sous les armes, des plus communes aux plus exotiques. Personne ne savait où Calacanis, le mystérieux seigneur de cet arsenal flottant, obtenait sa marchandise, mais le bruit courait qu'il en achetait pour une grande part tout à fait légalement auprès de nations qui ne savaient qu'en faire et qui manquaient de liquidités, des pays tels que la Bulgarie, l'Albanie et des républiques d'Europe de l'Est ; la Russie aussi était l'un de ses fournisseurs, ainsi que la Corée et la Chine. Les clients de Calacanis venaient des quatre coins du monde, de l'Afghanistan au Congo, des pays où les guerres civiles faisaient rage, alimentées par l'afflux d'armes de contrebande acquises en toute impunité par les représentants officiels des gouvernements – tous venaient faire leurs emplettes sur ce bateau, ancré à treize milles nautiques de la côte espagnole, hors des mers territoriales et donc libre de faire tout commerce.

Bryson retira son casque en même temps que les trois autres passagers. Il avait pris un avion jusqu'à Madrid, puis un vol national sur Iberian Airlines jusqu'à La Coruña, en Galice ; Bryson et un autre passager avaient embarqué dans l'hélicoptère à La Coruña, fait une courte escale dans la ville portuaire de Muros, à soixante kilomètres au sud-ouest, avant de traverser les treize milles nautiques qui les séparaient du bateau. Les passagers n'avaient échangé que de rares propos, par pure politesse. Chacun supposait que son voisin venait faire son marché, négocier avec Calacanis – tout incitait à la discrétion et à la réserve. L'un des passagers était irlandais, sans doute Provo ; un autre venait du Moyen-Orient ; le troisième d'Europe de l'Est. Le pilote était un Basque, tout aussi taciturne que ses passagers. L'intérieur de l'hélicoptère était luxueux – sièges en cuir, grande baie en forme de bulle. Calacanis ne rechignait pas à la dépense.

Bryson était vêtu d'un costume italien, beaucoup plus élégant que le complet-veston qu'il portait d'ordinaire – fait sur mesure spécialement pour l'occasion, aux frais de la CIA. Il avait voyagé sous l'identité d'un personnage fictif, qu'il avait lui-même créé voilà plusieurs années lorsqu'il travaillait pour le Directorat.

John T. Coleridge était un homme d'affaires canadien, connu pour être impliqué dans des marchés douteux, servant d'intermédiaire pour plusieurs syndicats du crime en Asie et dans quelques pays rebelles du golfe Persique, parfois même faisant office de pourvoyeur de tueurs à gages. Même si Coleridge était un personnage très discret, son nom était bien connu de certains milieux, et c'était cela l'important. En fait, personne n'avait vu Coleridge depuis plus de sept ans, mais cela n'avait rien d'exceptionnel dans ce secteur d'activité.

Harry Dunne tenait à ce que Bryson utilise une autre couverture, tissée pour lui par les magiciens de la CIA, maîtres ès faux papiers regroupés dans un département appelé de façon euphémique « service d'authentification et de validation ». Mais Bryson avait refusé. Il ne voulait pas de fuites, pas de traces dans les méandres de la bureaucratie. Peut-être pouvait-il avoir confiance en Harry Dunne – la question restait encore d'actualité... – en revanche, il se méfiait comme de la peste du mammouth CIA. La liste des gaffes et fuites imputées à l'agence de services secrets américaine était trop longue à son goût. Merci bien, mais il préférait prendre sa propre couverture.

Bryson n'avait jamais rencontré Calacanis, ni mis les pieds sur le *Spanish Armada* ; et la méfiance de Basil Calacanis était légendaire. Il ne se laissait pas approcher facilement. Dans sa branche, on pouvait vite se faire avoir. Bryson avait donc fait le nécessaire pour que le vendeur d'armes l'accepte à bord.

Il avait passé un contrat d'achat d'armes. L'argent n'avait pas encore changé de mains – on en était encore aux pourparlers préparatoires – mais il avait rencontré plusieurs fois un négociant allemand qui vivait dans un hôtel luxueux de Toronto et qui s'était retrouvé incriminé, dernièrement, dans une histoire de pots-de-vin versés aux responsables du Parti démocrate-chrétien. L'Allemand vivait aujourd'hui au Canada, dans la crainte perpétuelle d'être extradé vers son pays, pour y être jugé, et sûrement condamné. Ses finances étant au plus bas, Bryson, alias Coleridge, ne fut guère surpris de le voir très intéressé par sa proposition.

Bryson lui avait dit qu'il représentait un groupe de généraux du Zimbabwe, du Rwanda et du Congo, désirant acquérir des armes puissantes, modernes et très chères – du matériel que seul Calacanis était en mesure de fournir. Mais Coleridge savait qu'il ne pourrait conclure la vente sans avoir son entrée dans le grand bazar de Calacanis. Si l'Allemand, qui avait déjà été en affaires avec Calacanis, parvenait à le faire admettre dans la Mecque, il aurait un pourcentage sur le contrat, une jolie commission en échange d'un travail qui se résumait à envoyer un fax à Calacanis pour qu'il accepte d'inviter Coleridge à bord.

A leur descente d'hélicoptère, Bryson et les trois autres passagers furent accueillis par un jeune homme roux aux cheveux clairsemés, bâti comme un bûcheron, qui leur serra tour à tour la main avec un grand sourire. Il veilla à ne pas prononcer leurs noms, mais leur fournit le sien : Ian.

— Je vous remercie infiniment d'avoir fait le voyage jusqu'ici, déclara Ian avec un accent oxfordien, comme s'ils étaient de vieilles connaissances venues rendre visite à un ami malade. Vous avez choisi une belle nuit pour honorer ce bateau de votre présence – une mer calme, la pleine lune, on ne peut rêver de plus douce soirée. Et vous arrivez juste à temps pour le dîner. Si vous voulez bien me suivre... par ici. – Il indiqua un passage où trois gardes monumentaux, mitraillette à l'épaule, étaient postés. – Je suis absolument désolé de vous faire endurer ce désagrément, mais vous connaissez Mr. Calacanis – il esquissa un sourire contrit –, il est très à cheval sur les questions de sécurité. Mr. Calacanis se doit d'être très prudent par les temps qui courent.

Les trois gardes fouillèrent d'une main experte les nouveaux arrivants, leur jetant des regards suspicieux. L'Irlandais était outragé et râla contre le gorille qui lui palpait les vêtements, sans toutefois faire un geste pour l'en empêcher. Bryson s'attendait à cette fouille, il n'avait donc apporté aucune arme avec lui. Le garde explora les endroits habituels, et d'autres plus incongrus, et bien sûr ne trouva rien de suspect. Il demanda ensuite à Bryson d'ouvrir sa mallette.

— Des papiers, constata le garde avec un accent sicilien.

L'homme poussa un grognement d'assentiment et se radoucit quelque peu.

Bryson jeta un regard circulaire, aperçut le drapeau panaméen qui flottait en proue et remarqua les étiquettes annonçant « Produits explosifs/classe Un » collées sur de nombreux conteneurs. Certains acheteurs privilégiés étaient autorisés à inspecter la marchandise et pouvaient ouvrir les caisses. Mais rien n'était pris sur place. Le *Spanish Armada* ferait escale plus tard dans des ports choisis pour leur sécurité et leur discrétion, tels que Guayaquil en Equateur – le port d'attache de Calacanis, disait-on – ou encore Santos, au Brésil, les deux plus grands repaires de pirates de tout l'hémisphère. En Méditerranée, le bateau jetterait l'ancre à Vlorë, en Albanie, l'un des hauts lieux de la contrebande européenne. En Afrique, il y avait à disposition les ports de Lagos, au Nigeria, et celui de Monrovia, au Libéria.

Bryson avait passé le contrôle de sécurité.

Il était dans la place.

— Par ici, s'il vous plaît, répéta Ian, en les entraînant vers la dunette, qui abritait le quartier de l'équipage, la passerelle, les salles de réception de Calacanis et ses bureaux. Pendant le trajet jusqu'au bâtiment, les gardes les suivirent comme une ombre, quelques mètres derrière eux. L'hélicoptère décolla. Lorsqu'ils atteignirent la superstructure, le grondement des pales s'évanouissait déjà dans la nuit. Bryson entendait le bruit familier de la mer, les cris des goélands, le clapotis des vagues contre la coque ; un parfum iodé mêlé aux relents âcres du mazout chatouillait ses narines. La lune gibbeuse se mirait sur les eaux de l'Atlantique.

Les cinq hommes tenaient tout juste dans la cabine de l'ascenseur qui les emmena au pont numéro 6.

Lorsque les portes s'ouvrirent, Bryson ne s'attendait pas à découvrir un tel luxe. Le décorum était digne du yacht du milliardaire le plus dispendieux. On n'avait pas rechigné à la dépense. Les sols étaient dallés de marbre, les murs lambrissés d'acajou, rehaussés de cuivres rutilants. On leur fit traverser une aire de détente, une salle de projection, une salle de gymnastique équipée de machines dernier cri et d'un sauna, une bibliothèque, pour arriver enfin dans un gigantesque salon, la salle d'apparat du maître des lieux, dont les baies donnaient sur la poupe et sur bâbord. La salle était haute de deux étages ; on se serait cru dans le hall de réception d'un grand hôtel.

Quatre ou cinq personnes se tenaient au bar, devant un serveur en chemise blanche et cravate noire. Une hôtesse en livrée blanche – une blonde magnifique avec des yeux d'un vert envoûtant – leur offrit une flûte de champagne avec un sourire timide. Bryson prit le verre qu'elle lui tendait et la remercia, tout en observant discrètement les lieux. Les sols étaient ornés de tapis persans ; des canapés moelleux étaient répartis en aire de repos ; des murs entiers étaient couverts de livres qui, après examen, se révélèrent être des trompe-l'œil. Du plafond, descendaient des lustres de cristal. Le seul élément incongru dans cette magnificence parfaite était les gros poissons empaillés, accrochés au mur – trophées, sans doute, de parties de pêche au gros.

En regardant les autres invités, dont certains bavardaient avec leurs voisins, Bryson s'aperçut qu'il en connaissait quelques-uns. Mais les noms lui échappaient... Il fouilla ses souvenirs, faisant appel à sa mémoire prodigieuse. Peu à peu, des dossiers lui revinrent à l'esprit, des documents où figuraient ces visages vaguement familiers. Ici, un intermédiaire pakistanais, là, un haut dirigeant de l'IRA provisoire, ici encore, un financier et marchand d'armes qui avait été le premier pourvoyeur de canons pendant la guerre Iran-Irak. Tous ces gens étaient des intermédiaires, des revendeurs, venus acquérir leur marchandise au prix de gros. Bryson se raidit. Et si l'un d'entre eux l'avait rencontré au cours de son ancienne vie, que ce soit sous la couverture de Coleridge ou sous l'une de ses nombreuses autres identités ? Il y avait toujours un risque d'être démasqué, d'être hélé par quelqu'un, prononçant un autre nom que celui qu'il avait donné pour montrer patte blanche. C'étaient les risques du métier, l'un des nombreux aléas avec lesquels il fallait composer. Bryson devait rester vigilant et s'attendre à ce genre d'incident.

Pour l'instant, les gens ne lui accordaient que des regards curieux, le genre de regard qu'on jette à tout rival potentiel. Aucun invité ne sembla le reconnaître. Il ne ressentit pas non plus ce picotement caractéristique derrière la nuque lorsque l'on croise du regard une personne que l'on a déjà vue, mais dont le souvenir vous échappe. Lentement, Bryson se tranquillisa.

Il surprit quelqu'un parlant à voix basse de « radar doppler multimode », un autre de chasseurs de chars Scorpion, de missiles sol-air Striela de fabrication tchèque.

Bryson croisa le regard de l'hôtesse blonde ; il lui lança un sourire.

— Où est votre patron ? demanda-t-il.

Elle sembla un instant embarrassée.

— Oh ! fit-elle. Mr. Calacanis ?

— Evidemment ! De qui d'autre pourrais-je parler ?

— Il va rejoindre ses invités au dîner. Voulez-vous un peu de caviar, Mr. Coleridge ?

— Je n'ai jamais trop aimé ça. Al-Biqa ?

— Je vous demande pardon ?

— Votre accent. Il vient d'un dialecte arabe du Levant, originaire de la Bekaa, je me trompe ?

— En plein dans le mille.

— Je vois que Mr. Calacanis choisit son personnel sur tous les horizons. Voilà un patron égalitaire, du moins quant à l'origine de ses employés.

— C'est vrai. Le capitaine est italien, les officiers sont croates, l'équipage philippin.

— On se croirait à l'ONU !

Elle esquissa un sourire.

— Et les clients ? insista Bryson. D'où viennent-ils ?

Son sourire disparut de son visage aussitôt, son ton devint distant et froid.

— Je ne leur pose jamais la question, Mr. Coleridge. Maintenant, si vous voulez bien m'excuser...

Bryson avait été trop loin. L'équipage devait se montrer amical avec les clients, mais avant toute chose, discret. Il n'aurait jamais posé de question sur le maître des lieux, bien entendu, mais entre les explications de Dunne et ce qu'il avait appris durant ses années de mission avec le Directorat, Bryson avait une certaine idée du personnage. Vasiliou Calacanis était grec, né en Turquie, fils de bonne famille, envoyé à Eton faire ses études. Il fit, là-bas, la connaissance du rejeton d'un grand manufacturier d'armes anglais. Par la suite – personne ne savait trop comment –, Calacanis conclut une alliance avec la famille de son ancien camarade de classe et se chargea, pour le compte de celle-ci, de vendre des armes à la Grèce qui guerroyait contre Chypre. Dans l'aventure, il versa des pots-de-vin à des hommes politiques anglais et s'acheta leur bienveillance ; des réseaux d'influence furent ainsi tissés et Vasiliou devint Basil, puis Sir Basil Calacanis. Il fréquentait les meilleurs clubs de Londres. Ses liens avec la France étaient plus étroits encore ; l'une de ses résidences était un immense hôtel particulier avenue Foch à Paris où il régalait régulièrement les hauts dirigeants du Quai d'Orsay.

Après l'effondrement du mur de Berlin, Calacanis fit fortune dans le négoce des surplus d'armement avec des pays de l'Europe de l'Est, en particulier avec la Bulgarie. Il tira d'immenses bénéfices en approvisionnant les deux camps pendant la guerre Iran-Irak, leur vendant des cohortes d'hélicoptères de combat. Il fit également des affaires juteuses avec les Libyens, les Ougandais. De l'Afghanistan au Congo, plusieurs dizaines de guerres civiles éclatèrent, des luttes ethniques ou nationalistes, que Calacanis alimentait, en vendant aux belligérants des fusils d'assaut, des mortiers, des pistolets, des mines antipersonnel et des roquettes. Il avait rempli les cales de son cargo-yacht avec le sang de milliers de victimes innocentes.

L'un des serveurs commença à passer d'invité en invité, pour leur souffler quelque chose à l'oreille.

— Le dîner est servi, Mr. Coleridge, annonça-t-il à celle de Bryson.

La salle à manger était encore plus somptueuse, plus extravagante que le salon de réception. Sur chaque mur étaient peintes des fantaisies marines, si bien que les convives avaient l'impression de dîner en plein air, par un beau soleil d'après-midi, entourés de gracieux voiliers. La longue table était couverte d'une nappe de lin, décorée de vaisselles fines, de verres en cristal et de chandeliers, le tout éclairé par un lustre monumental.

Un serveur escorta Bryson vers le bout de table, pour l'installer juste à côté d'un homme corpulent au visage basané, orné d'une barbe poivre et sel, coupée court. L'employé inclina la tête vers le grand barbu et lui murmura quelques mots à voix basse.

— Mr. Coleridge ! lança soudain Basil Calacanis de sa voix de baryton russe en tendant la main vers Bryson. Soyez le bienvenu. Pardonnez-moi si je reste assis.

Bryson serra la main de Calacanis et s'assit.

— Je vous en prie. Je suis ravi de vous rencontrer. J'ai tellement entendu parler de vous.

— Moi de même. Je suis surpris qu'il nous ait fallu autant de temps pour nous rencontrer.

— Il y avait beaucoup d'intermédiaires à éliminer, répliqua Bryson d'un ton acide. J'en avais assez de payer le prix fort.

Calacanis partit d'un grand rire, tandis que les autres convives feignaient de ne pas entendre ce qui se disait entre leur hôte et cet invité mystérieux. Bryson remarqua un homme à table qui écoutait attentivement leur conversation, un homme qu'il n'avait pas vu au bar. Un costume croisé à pointillé élégant, une crinière de cheveux argent qui lui tombait sur les épaules. Un frisson glacé traversa Bryson. Ce type ne lui était pas inconnu. Ils ne s'étaient jamais rencontrés, mais Bryson avait déjà vu ce visage sur des cassettes vidéo et des photographies dans divers dossiers. C'était un Français qui nageait comme un poisson dans ces eaux troubles, un intermédiaire travaillant pour des groupes terroristes. Le nom ne lui revenait plus en mémoire, mais il se souvenait que ce type aux longs cheveux était un émissaire d'un vendeur d'armes richissime proche de l'extrême droite, un dénommé Jacques Arnaud. Cela signifiait-il qu'Arnaud approvisionnait Calacanis, ou l'inverse ?

— Si j'avais su qu'il était aussi plaisant de faires ses emplettes ici, je serais venu plus tôt, poursuivait Bryson. C'est un bateau extraordinaire.

— Vous me flattez, répondit le trafiquant. « Extraordinaire » n'est pas le terme que j'emploierais pour ce tas de ferraille. Il flotte à peine ! Il fallait le voir, il y a dix ans, lorsque je l'ai acheté à la compagnie Maersk. Ils s'apprêtaient à mettre à la retraite ce vieux rafiot, et je ne suis pas du genre à rater une bonne affaire. Mais je crois que la Maersk m'a roulé. Ce bateau avait besoin de grosses réparations et d'être repeint des cales aux pointes de mâts. Une tonne de rouille a dû être grattée – il claqua dans ses doigts et la jolie hôtesse blonde apparut avec une bouteille de Chassagne-Montrachet ; elle remplit le verre de Calacanis, puis celui de Bryson, sans lui accorder un regard. Calacanis leva son verre en direction de Bryson et lança avec un clin d'œil :

— Aux butins de guerre ! – Bryson trinqua avec lui. – En attendant, le *Spanish Armada* vogue à une allure décente, entre vingt-cinq et trente nœuds, mais engloutit deux cent cinquante tonnes de fuel par jour. C'est ce que vous autres Américains appelez les frais généraux.

— Je suis canadien, en fait, répondit Bryson, soudain sur le qui-vive. – Calacanis n'était pas homme à commettre ce genre d'erreur. – Je doute, également, que le bateau fût meublé ainsi à l'origine, ajouta-t-il comme si de rien n'était.

— Les quartiers d'habitation ressemblaient à un vieil hôpital public. – Calacanis regarda les convives assis à sa table. – Mes hôtes méritent un autre décorum. J'ai cru comprendre que vos clients sont africains, c'est bien cela, Mr. Coleridge ?

— Mes clients, répondit Bryson avec un sourire poli, en signe de discrétion, sont des acheteurs extrêmement motivés.

Calacanis lança un nouveau clin d'œil.

— Les Africains ont toujours été parmi mes meilleurs clients – le Congo, l'Angola, l'Erythrée. Il y a toujours chez eux une faction pour faire la guerre à une autre ; je ne sais pas comment ils font, mais il y a toujours plein d'argent dans les deux camps. Laissez-moi deviner : ils veulent des AK-47, des caisses de munitions, des mines antipersonnel, des grenades. Peut-être des roquettes, des fusils longue portée avec visée infrarouge. Des armes antitanks. Je brûle ?

Bryson haussa les épaules.

— Vos kalachnikovs, elles viennent de Russie ?

— Oubliez les Russes. Ils font de la merde. J'ai des caisses entières de kalachnikovs bulgares.

— On n'a vraiment que du premier choix chez vous, à ce que je vois.

Calacanis sourit de satisfaction.

— On s'y emploie. Les kalachnikovs fabriquées par les arsenaux nationaux bulgares sont toujours les meilleures sur le marché. C'étaient les préférées du Pr Kalachnikov lui-même. Comment connaissez-vous Hans-Friedrich, au fait ?

— Je l'ai aidé à vendre à l'Arabie Saoudite un lot de chars Thyssen équipés de système de détection Fuchs. Je l'ai présenté à des amis du Golfe baignant dans le pétrole. En ce qui concerne les kalachnikovs, je vais m'en remettre à vos précieux conseils, ajouta Bryson de façon diplomatique. Et pour les fusils d'assaut...

— Dans ce domaine, il n'y a pas meilleur que les Vektor 5.56 mm CR 21 d'Afrique du Sud. Ils sont d'un confort extraordinaire. Une fois que vous avez eu cette arme en main, vous ne jurez plus que par elle. Avec sa visée reflex intégrale, les probabilités de faire mouche au premier tir sont optimisées de soixante pour cent. Même si vous n'êtes pas une fine gâchette.

— Vous avez des obus d'uranium appauvri ?

Calacanis fronça les sourcils.

— Je peux vous trouver ça. C'est un choix intéressant. C'est deux fois plus lourd que le plomb, il n'y a pas meilleur contre les blindés. Cela vous traverse un char comme un couteau chaud dans du beurre. Et en plus, c'est radioactif. Vous dites que vos clients viennent du Rwanda et du Congo ?

— Je crois n'avoir rien dit de la sorte.

Ce petit jeu mettait les nerfs de Bryson à rude épreuve. Ce n'était pas une négociation, mais une gavotte, un pas de deux savamment orchestré, chaque partenaire surveillant le moindre mouvement de l'autre, guettant un faux pas. Calacanis semblait en savoir plus qu'il ne le laissait paraître. Le vieux renard acceptait-il la réalité de ce John T. Coleridge ? Et si les contacts du trafiquant d'armes s'étendaient plus loin que prévu, jusque dans le tréfonds du monde des services secrets ? Et si, depuis que Bryson avait quitté le Directorat, la couverture John T. Coleridge avait été percée, mise en pièces et révélée au monde entier comme une supercherie, par le précautionneux Ted Waller ?

Un petit téléphone portable, posé à côté de l'assiette de Calacanis, se mit à sonner. Le marchand décrocha et lança d'un ton sec :

— Qu'est-ce qu'il y a ? Oui, Chicky, je sais... mais on ne lui fait plus crédit, désolé.

Il raccrocha et reposa le téléphone sur la table.

— Mes clients sont aussi intéressés par des missiles Stinger.

— Ah oui, on m'en demande beaucoup en ce moment. Tous les groupes terroristes ou de guérilla en veulent une caisse. Grâce aux Américains, on en trouve un peu partout sur la planète. A une époque, les Ricains les distribuaient à leurs amis comme des chewing-gums. Puis, vers la fin des années quatre-vingt, certains de ces engins ont fait leur apparition sur des vedettes iraniennes ; ils ont descendu des hélicos de l'US Navy dans le Golfe. Et les Etats-Unis se sont retrouvés devoir racheter leur propre matériel. Washington offre cent mille dollars pour chaque Stinger récupéré, c'est-à-dire quatre fois le coût d'origine. Evidemment, j'ai surenchéri.

Calacanis resta un moment silencieux ; Bryson s'aperçut que l'hôtesse blonde se tenait à la droite du Grec, apportant un plat. Au signe de tête du marchand, elle commença à le servir ; il s'agissait d'une timbale de tartare de saumon constellée de caviar.

— Je crois savoir que Washington est aussi l'un de vos bons clients, avança Bryson.

— Ils ont, comment dit-on déjà... de grandes poches, murmura Calacanis.

— Mais je me suis laissé dire que le volume des ventes a grimpé en flèche avec eux ces derniers temps, poursuivit Bryson à voix basse. Certaines organisations, certaines agences de services secrets qui peuvent

opérer sans avoir de comptes à rendre, vous auraient passé de grosses...
commandes.

Bryson avait tenté de prendre un ton détaché, mais Calacanis avait vu
clair dans son jeu ; il lui lança un regard oblique.

— Vous êtes intéressé par ma marchandise ou par mes clients ? répliqua le marchand d'un ton de glace.

Bryson se sentit se liquéfier, s'apercevant de sa maladresse.

Calacanis commença à se lever.

— Si vous voulez bien m'excuser. Je ne voudrais pas négliger mes
autres... invités.

Rapidement, sur le ton de la confidence, Bryson répondit :

— J'ai posé cette question pour une seule raison. Une raison
d'affaires...

Calacanis le dévisagea avec circonspection.

— Quel genre d'affaires pourriez-vous avoir avec des agences de services secrets ?

— J'ai quelque chose à vous offrir. Quelque chose susceptible d'être
d'un grand intérêt pour un joueur qui n'est pas relié officiellement à un
gouvernement mais qui a, comme vous l'avez dit, de grandes poches,
avec plein d'argent dedans.

— Vous avez quelque chose à m'offrir ? J'avoue que j'ai du mal à
vous suivre. Vous n'avez pas besoin de moi, pour mener ce genre de
transactions.

— En ce cas présent, répondit Bryson, en baissant encore la voix,
vous êtes le seul négociateur possible.

— Le seul *négociateur* ? s'impatienta Calacanis. Mais de quoi parlez-vous au juste ?

Bryson répondit presque dans un murmure. Calacanis dut se pencher
pour entendre ses paroles.

— Des plans, souffla Bryson. Des schémas et des spécifications techniques qui pourraient intéresser grandement certaines personnes qui ont
des fonds, disons, quasi illimités. Mais je ne peux en aucun cas laisser
mes empreintes sur ces documents. Je ne dois apparaître nulle part.
Votre concours comme négociateur, comme intermédiaire, dans cette affaire qui fera avancer le monde dans le bon sens, sera très généreusement rétribué.

— Vous m'intriguez, répondit Calacanis. Je crois que nous devrions
poursuivre cette discussion en privé.

*

La bibliothèque de Calacanis était décorée de délicats meubles
anciens, discrètement boulonnés au sol. Des stores vénitiens et
des tentures couvraient les deux baies vitrées, les autres murs étaient
ornés d'anciennes cartes marines. Au milieu d'une paroi, une porte en

chêne. Bryson n'avait aucune idée du type de pièce qui se trouvait derrière.

La rapidité avec laquelle le Grec avait quitté la soirée en disait long sur l'intérêt que Calacanis portait à ces plans. Ils avaient été préparés par les artistes de la CIA, conçus pour tromper l'œil aguerri d'un vendeur d'armes d'expérience.

Calacanis ne cherchait pas à cacher son excitation en examinant les documents. Lorsqu'il releva la tête, ses yeux brillaient de cupidité.

— C'est une nouvelle génération du JAVELIN, le système antichar, articula-t-il. Où diable avez-vous eu ça ?

Bryson esquissa un sourire modeste.

— Vous ne divulguez pas vos sources, permettez-moi de faire de même.

— Léger, portable, discret. La munition de base est la même – le missile de 127 mm, bien sûr – mais l'unité de lancement semble bien plus sophistiquée, particulièrement résistante aux parades classiques. Si je lis bien ces documents, le taux de réussite par tir est pratiquement de cent pour cent !

Bryson hocha la tête.

— C'est ce que j'ai cru comprendre.

— Vous avez les codes sources ?

Calacanis faisait allusion au logiciel qui permettait de « déconstruire » l'arme, et donc, pour son utilisateur, d'être à même d'en déduire le processus complet de fabrication.

— Bien sûr.

— Je ne vais pas manquer de demandes pour ce genre de matériel ; le seul problème, c'est de trouver celui qui a les fonds nécessaires. Ce genre d'engin n'est pas donné.

— J'en conclus que vous avez un acheteur potentiel à l'esprit.

— Il est à bord en ce moment même.

— Au dîner ?

— Il a très poliment décliné mon invitation. Il préfère ne pas se mélanger. Il inspecte la marchandise, en ce moment – Calacanis prit son portable et enfonça une touche. En attendant d'avoir la communication, il ajouta à l'intention de Bryson – : l'organisation à laquelle appartient cet homme semble prise d'une frénésie d'achat dernièrement. Ils ont acheté des quantités impressionnantes d'armement mobile. Une arme comme celle-ci devrait les intéresser, et l'argent ne semble jamais un problème pour eux – il s'interrompit et parla dans le téléphone – : Pouvez-vous demander à Mr. Jenrette de passer me voir à la bibliothèque, s'il vous plaît ?

*

Le dénommé Jenrette, comme l'avait appelé Calacanis, apparut à la porte de la bibliothèque à peine cinq minutes plus tard, escorté par Ian, le rouquin dégarni qui avait accueilli Bryson à sa descente d'hélicoptère.

« Jenrette » était un nom de couverture, sans doute le dernier d'une longue série, devina aussitôt Bryson. L'homme avait une quarantaine d'années, il avait les traits tirés et des restes de cheveux gris. En traversant la bibliothèque vers le bureau de Calacanis, il jeta un regard vers Bryson.

Kowloon !

Le bar panoramique de l'hôtel Miramar !

Jenrette était un agent du Directorat, connu à l'époque sous le nom de Vance Gifford.

« *L'organisation à laquelle appartient cet homme semble prise d'une frénésie d'achat dernièrement. Ils ont acheté des quantités impressionnantes d'armement mobile. Une arme comme celle-ci devrait les intéresser, et l'argent ne semble jamais un problème pour eux.* »

L'argent n'est pas un problème... l'organisation à qui appartient cet homme... une frénésie d'achat.

Vance Gifford travaillait toujours pour le Directorat ; Harry Dunne avait donc raison : le Directorat était encore en activité.

— Mr. Jenrette, lança Calacanis, j'aimerais vous présenter un homme en possession d'un nouveau jouet, qui pourrait, je crois, vous intéresser vivement, vous et vos amis.

Ian, le garde du corps et aide de camp, s'était posté devant la porte, observant la scène en silence.

Vance Gifford, une fraction de seconde, parut sous le choc, puis son expression se radoucit aussitôt ; il lança un grand sourire à Bryson – un sourire de pure composition.

— Mr... Mr. Coleridge, je présume ?

— Appelez-moi John, répondit Bryson d'un air détaché, bien que tout son corps fût paralysé et son cerveau en ébullition.

— C'est curieux, j'ai l'impression de vous avoir déjà rencontré, lança l'homme du Directorat, avec une fausse jovialité.

Bryson émit un petit rire ; cela aida à diminuer sa tension interne. Mais c'était une feinte, une ruse, car il en profita pour sonder le regard de Jenrette, repérer les changements minimes dans son expression, trahissant la vérité derrière le mensonge. *Vance Gifford est un agent actif du Directorat.* Bryson en était certain.

Il était déjà en activité lorsqu'ils s'étaient rencontrés huit ou neuf ans plus tôt dans le Secteur Est, un rendez-vous de travail au Miramar de Kowloon. *On se connaissait à peine ; on a passé une heure à parler affaires, comptes anonymes, dépôts d'argent, ce genre de chose. Etant donné le fonctionnement compartimenté du Directorat, nous n'avions aucune idée du rôle exact de l'autre au sein de l'organisation.*

Gifford devait toujours être en service, sinon Calacanis ne l'aurait pas fait venir ici pour examiner les plans du prototype – le leurre.

— Ce n'était pas à Hong Kong ? demanda Bryson. A Taipei peut-être ? Votre visage ne m'est pas inconnu, non plus. – Bryson prenait un air détaché, presque amusé par cette histoire, mais son cœur martelait sa poitrine. Il sentait la sueur perler sur son front. Ses instincts d'agent en mission étaient toujours alertes, toujours aiguisés, mais son mental n'était plus en condition pour supporter ce genre de pression. *Gifford joue le coup parfaitement. Il sait qui je suis, mais il ignore ce que je fais ici. En vieux routier des services secrets, il n'attaque pas bille en tête, Dieu merci.* – Quel que soit le lieu ou la date de notre rencontre, je suis ravi de vous revoir.

— Je suis toujours intéressé par les nouveautés, annonça l'agent du Directorat à brûle-pourpoint.

Les yeux de Gifford/Jenrette brillaient d'une lueur intense ; il regardait Bryson à la dérobée. *Il sait que je suis hors jeu.* Lorsqu'un agent du Directorat était grillé, la nouvelle se répandait à la vitesse de la lumière, pour éviter tout risque d'infiltration de la part de l'employé mis à pied. *Mais que sait-il au juste de mon limogeage ? Me considère-t-il comme un ennemi ? Ou un personnage neutre ? Pense-t-il que je me suis mis à mon compte, comme bon nombre d'agents après la fin de la guerre froide, que je me suis reconverti dans l'approvisionnement militaire ? Mais Gifford est intelligent : il sait qu'il s'agit de technologie top secrète volée, et que ce n'est guère à la portée du trafiquant lambda, même dans ce monde bizarre de la vente d'armes clandestines.*

Il peut se passer plusieurs choses : il peut flairer le piège, se dire qu'on cherche à l'appâter pour mieux le ferrer. Auquel cas, il va en déduire que j'ai changé de camp, que je travaille pour une autre agence de services secrets – ou même que je suis passé chez l'ennemi ! L'appât est une tactique classique utilisée par la plupart des services secrets étrangers. Les pensées se bousculaient dans la tête de Bryson. *Il peut aussi se dire que je participe à une lutte intestine entre divers services secrets américains, qu'il s'agit d'une sorte d'arnaque.*

Ou pire encore : Gifford pourrait me prendre pour un imposteur, penser que je mène une opération contre Calacanis, voire contre ses clients ?

De la folie pure ! Impossible de prévoir la réaction de Gifford, impossible d'anticiper. La seule solution, c'était de se préparer au pire.

Le visage de Calacanis restait imperturbable. Le Grec fit signe à l'envoyé du Directorat de s'approcher de son bureau sur lequel il avait étalé les plans, les fiches techniques et les codes sources pour l'assemblage de cette arme sophistiquée. Gifford se pencha sur la table de travail et inspecta avec minutie les documents.

Les lèvres de Gifford bougèrent à peine lorsqu'il murmura quelque chose à l'oreille de Calacanis, sans regarder Bryson. Calacanis hocha la tête, releva les yeux vers Bryson et dit d'un ton affable :

— Voulez-vous bien nous excuser quelques instants, Mr. Coleridge ? Mr. Jenrette et moi-même avons à nous entretenir en privé.

Calacanis se leva et ouvrit la porte en chêne que Bryson avait remarquée à son arrivée ; elle semblait conduire à un bureau. Jenrette lui emboîta le pas et la porte se referma derrière eux. Bryson s'installa dans l'un des fauteuils Louis XVI du maître des lieux, se sentant pris au piège comme un insecte emprisonné dans de l'ambre. De l'extérieur, il semblait attendre patiemment, un intermédiaire savourant d'avance les richesses promises d'un marché juteux sur le point d'être conclu. A l'intérieur, son esprit tournait à toute vitesse, cherchant désespérément à prévoir la prochaine action. Tout dépendait du coup qu'allait jouer Jenrette. Qu'avait-il chuchoté à Calacanis ? Comment Jenrette pouvait-il dire ce qu'il savait sur Bryson sans dévoiler ses liens avec le Directorat ? Jenrette était-il prêt à courir ce risque ? Jusqu'où pouvait-il aller dans la confidence ? La couverture de Jenrette pourrait-elle résister à cela ? Pouvait-il parler sans se découvrir lui-même ? Par essence, personne ne pouvait répondre à ces questions. L'homme qui se faisait appeler Jenrette ne pouvait savoir ce qui amenait Bryson sur ce bateau. Tout ce qu'il pouvait conclure, c'était que Bryson œuvrait en free-lance et vendait des plans d'armes. Gifford/Jenrette ne pouvait en savoir plus.

La porte du bureau s'ouvrit ; Bryson releva la tête. C'était l'hôtesse blonde, portant un plateau avec des verres et une bouteille – apparemment du porto. De toute évidence, elle avait été appelée par le Grec et était entrée dans son bureau privé par un autre accès. Elle ramassa les flûtes de champagne usagées et les verres à vin qui encombraient la table de travail sans prêter attention à Bryson, puis elle s'approcha de son siège. Elle fit une courte halte à côté de lui, le temps de récupérer, sur une desserte, un gros cendrier en verre, encombré de mégots de havanes. Sa voix se fit entendre soudain, des mots chuchotés, presque inaudibles.

— Vous êtes un homme populaire, Mr. Coleridge, murmura-t-elle sans lui accorder un regard. – Elle posa le cendrier sur son plateau. – Quatre de vos amis vous attendent dans la pièce à côté. – Bryson releva la tête vers elle, vit les yeux de la jeune femme se tourner fugitivement vers la porte en chêne. – Essayez de ne pas saigner sur le tapis de couloir. C'est une pièce rare et l'une des favorites de Mr. Calacanis.

La seconde suivante, elle avait quitté la pièce.

Bryson se raidit, l'adrénaline irradiant tout son corps. Mais il ne fallait pas bouger, ne rien laisser paraître.

Qu'est-ce que cela voulait dire ?

Une embuscade se préparait dans le bureau à côté ? Cette fille faisait-elle partie du piège ? Dans le cas contraire, pourquoi l'avait-elle prévenu ?

La porte du bureau de Calacanis s'ouvrit soudain. Le marchand en personne apparut sur le seuil, Ian, son garde du corps, planté derrière lui. Gifford/Jenrette se tenait en retrait dans la pièce.

— Mr. Coleridge, lança Calacanis, voudriez-vous vous joindre à nous, je vous prie ?

Pendant une fraction de seconde Bryson resta figé sur place, tentant d'imaginer les intentions du Grec.

— Mais certainement, répondit-il. Je viens dans une seconde. Je crois avoir oublié quelque chose d'important au bar.

— Mr. Coleridge, le temps presse, je le crains, répliqua Calacanis d'un ton urgent.

— Je n'en ai que pour une minute, répondit Bryson en se dirigeant vers la porte donnant sur la salle à manger.

L'accès était désormais bloqué par un autre garde armé. Bryson continua à avancer comme si de rien n'était. Il se trouvait à moins de deux mètres du garde qui venait de se poster devant la porte.

— Je suis désolé, Mr. Coleridge, nous devons absolument avoir une discussion, vous et moi, insista Calacanis avec un petit signe de tête – un signal à l'intention du gorille.

Une nouvelle giclée d'adrénaline envahit Bryson lorsqu'il vit le garde se tourner pour refermer la porte.

Maintenant !

Il plongea en avant, projetant le garde contre le chambranle de la porte encore ouverte, prenant l'homme par surprise. Le garde se débattit, tentant de dégainer son arme, mais Bryson lui donna un coup dans le ventre.

Une sirène se mit à hurler, un son assourdissant, visiblement déclenché par Calacanis, qui criait un ordre. Profitant de la perte d'équilibre du garde, Bryson lança son genou dans le ventre de son adversaire, tout en l'attrapant par les cheveux pour le plaquer au sol.

— Arrêtez-vous ! tonna Calacanis.

Bryson se retourna rapidement et vit que Ian, l'autre garde du corps, avait sorti une arme, un pistolet calibre 38, et qu'il le mettait en joue de ses deux mains.

A cet instant, l'autre gorille à terre tenta de se relever, en poussant un cri, pesant de toutes ses forces pour déséquilibrer Bryson au-dessus de lui. Mais Bryson se servit de cette poussée contre son adversaire, tira l'homme en arrière, refermant ses doigts sur ses yeux, de sorte que la tête du garde lui serve de bouclier, juste devant son visage. Ian ne tirerait jamais avec une si forte probabilité de blesser son collègue.

Soudain, il y eut une déflagration, et Bryson fut aspergé de sang. Un trou rouge apparut dans le front du garde ; l'homme s'effondra, mort. Ian avait tué, sans doute par accident, son confrère.

Bryson fit volte-face, plongeant sur le côté, évitant in extremis une autre balle, et s'engouffra par la porte ouverte. Des balles sifflèrent autour de lui, faisant voler des éclats de bois et constellant d'impacts les cloisons de métal. Dans un concert tonitruant de sirènes, Bryson s'éloigna en courant dans le couloir.

*

Washington, DC.

— Voyons les choses en face. Vous n'allez en faire qu'à votre tête, quoi que je dise, n'est-ce pas ?

Roger Fry regardait le sénateur James Cassidy avec inquiétude. Depuis les quatre années que Fry était son secrétaire général, il l'avait aidé à rédiger ses projets de loi pour le Capitole et ses discours pour ses passages en tribune. Le sénateur s'était tourné vers lui à chaque fois que survenait un problème épineux. Fry, un grand type roux d'une quarantaine d'années, n'avait pas son pareil pour sentir ce qu'attendait l'opinion publique ; fallait-il oui ou non voter une aide aux producteurs de lait ? Les autres groupes d'influence crieraient l'hallali si le sénateur prenait position en faveur des fermiers, et dans le même temps le lobby de l'agroalimentaire lui tomberait dessus s'il prenait la décision contraire. Que faire ? Parfois, Fry disait simplement : « Jim, votez selon votre conscience », sachant que Cassidy avait fait carrière en agissant de la sorte.

Le soleil de la fin de l'après-midi filtrait à travers les stores vénitiens, projetant des lames de lumière sur le parquet, faisant luire dans la pénombre le bureau d'acajou ciré. Le sénateur du Massachusetts releva la tête de ses papiers et soutint le regard de Fry.

— Vous savez, n'est-ce pas, à quel point vous m'êtes précieux, Rog, dit-il avec un petit sourire sur les lèvres. C'est justement parce que vous savez mieux que personne quand temporiser, quand retenir le cheval dans la course que, de temps en temps, je peux me permettre de me cabrer sur mes pattes arrière et de clamer haut et fort ce que je crois.

Fry était toujours surpris par la prestance, l'air *sénatorial* de Cassidy : ses cheveux argent ondulés, ses traits anguleux, sa grande taille – près d'un mètre quatre-vingt-dix ; le sénateur était photogénique avec son visage ciselé et ses pommettes saillantes, mais de près, c'étaient ses yeux qui étaient le plus étonnants ; ils pouvaient se montrer chaleureux, complices, faire croire à ses électeurs qu'ils venaient de trouver le frère d'âme, ou bien devenir de glace, inflexibles, perçants comme deux vrilles face à un témoin indécis venant déposer devant sa commission.

— *De temps en temps ?* – Fry secoua la tête de dépit. – Cela arrive bien trop souvent, à mon avis. Bien trop pour votre santé politique. Un de ces jours, cela va vous retomber dessus. Les dernières élections n'ont pas été une partie de plaisir, je vous le rappelle.

— Vous vous faites trop de soucis, Rog.

— Il faut bien que quelqu'un ait les pieds sur terre, ici.

— Les électeurs veulent des actes. Je vous ai montré cette lettre ?

Elle était écrite par une femme du nord de l'Etat. Elle avait poursuivi une société de marketing et découvert que cette dernière possédait trente pages de renseignements sur elle, remontant sur les quinze dernières années de sa vie. La société détenait, et revendait, plus de neuf cents éléments d'informations sur cette femme – jusqu'à la marque de ses somnifères, de ses pilules anti-brûlures d'estomac, de sa pommade contre les hémorroïdes et du savon qu'elle utilisait sous la douche. On y trouvait les détails de son divorce, son dossier médical, son taux d'endettement, et la liste de toutes ses amendes et infractions. Mais tout cela était monnaie courante ; la société avait rassemblé ce genre de dossier sur des millions d'Américains. Ce qui était inhabituel, c'était que cette femme avait découvert le pot aux roses.

C'était l'existence même de cette lettre, ainsi que d'une dizaine d'autres du même acabit, qui inquiétait le sénateur Cassidy.

— Vous oubliez, Jim, que j'ai répondu personnellement à cette lettre, répliqua Fry. Je vous dis juste que vous ne savez pas, cette fois, dans quoi vous allez vous fourrer. Vous allez toucher au cœur même du système. Tout marche comme ça aujourd'hui.

— C'est justement pour cette raison que cela vaut le coup d'en parler, répondit le sénateur tranquillement.

— Il vaut mieux parfois vivre et remettre le combat à plus tard.

Mais Fry connaissait Cassidy. Il pouvait être plus têtu qu'un âne. Quand il était question de principes moraux et de dignité humaine, il faisait fi de tout calcul politique. Le sénateur était loin d'être un saint : il forçait quelquefois trop sur la bouteille, en particulier à l'époque où il avait encore de beaux cheveux bruns et courait les jupons. Dans le même temps, Cassidy avait toujours conservé une sorte d'intégrité politique : autant que faire se pouvait, il avait toujours tenté de faire le choix de la justice, du moins tant que le jeu en valait la chandelle. C'était un reste d'idéalisme que Fry combattait d'arrache-pied, mais que dans son for intérieur, il ne pouvait s'empêcher de respecter.

— Vous vous souvenez comment Ambrose Bierce définit un homme politique ? lança le sénateur avec un clin d'œil. Un politicien, c'est un homme qui, soumis à des pressions de toutes parts, reste debout.

— J'étais dans les toilettes du Sénat hier... vous connaissez votre nouveau surnom ? demanda Fry avec un petit sourire. Vous allez l'apprécier, j'en suis sûr : le sénateur Cassandre.

Cassidy fronça les sourcils.

— Personne n'a écouté Cassandre, mais ils auraient dû, maugréa-t-il. Du moins, on peut dire qu'elle les aura prévenus...

Il s'interrompit. Ils s'étaient tout dit ; la discussion était close. Fry avait tenté de le protéger et Cassidy avait écouté tous les arguments de son conseiller. Mais sur ce sujet, rien ne saurait le faire changer d'avis.

Le sénateur Cassidy allait faire ce qu'il avait à faire, et rien ne l'arrêterait.

Quel que soit le prix à payer.

VI

Des bruits de pas résonnèrent derrière lui sur le pont d'acier, tandis que Bryson courait vers l'escalier principal. Apercevant l'ascenseur, il s'arrêta une demi-seconde avant d'abandonner cette option ; l'ascenseur se déplaçait lentement, et une fois à l'intérieur, il serait piégé dans un cercueil vertical, une proie facile si l'on bloquait le moteur. Non, il prendrait les escaliers, même si ses bruits de pas allaient s'entendre dans tout le bateau. Il n'avait pas le choix. Il n'existait pas d'autre moyen de sortir de la dunette. Et maintenant ? Monter ou descendre ? En haut, la passerelle, la salle de timonerie, on ne s'attendait sûrement pas à ce qu'il prenne cette direction, mais il risquait de se retrouver coincé sur le pont supérieur avec peu d'issues de secours. Non, c'était une mauvaise idée ; il fallait descendre, c'était la seule solution raisonnable, quitter le pont principal et s'enfuir.

S'enfuir ? Mais comment ? Il n'y avait qu'une façon de quitter le bateau, l'océan ! Soit sauter du pont principal, ce qui était un suicide étant donné la hauteur de la coque, soit descendre par la passerelle d'embarquement, ce qui était une voie trop lente et trop exposée. Et de toute façon, il ne survivrait pas aux eaux glacées de l'Atlantique.

Nom de Dieu, il n'y avait aucune issue !

Non, il fallait rester positif ; il devait exister un moyen de s'enfuir et il devait le trouver !

Il était comme un rat de laboratoire dans un labyrinthe. Ne connaissant pas les lieux, ses poursuivants avaient un réel avantage sur lui. Toutefois, la taille même du bateau offrait des couloirs sans fin où il pourrait semer ses adversaires, ou, le cas échéant, se cacher.

Il descendit les marches quatre à quatre, tandis qu'au-dessus de lui résonnaient des clameurs. L'un des gardes du corps était mort, mais d'autres avaient dû arriver en renfort, alertés par les sirènes et les talkies-walkies. La cavalcade et les cris se faisaient de plus en plus puissants dans la cage d'escalier. Le nombre de ses poursuivants avait grandi et grandirait encore sans nul doute ; ils allaient fondre sur lui des quatre coins du bateau.

Les sirènes et alarmes étaient une cacophonie d'ululements, de sifflets et de crécelles. Un palier menait à une petite coursive qui semblait déboucher sur une section à l'air libre. Bryson ouvrit la porte sans bruit, la referma avec tout autant de précautions et courut droit devant lui ; il était sur le pont arrière. Tout autour, l'océan. Le ciel était d'un noir d'encre, les vagues léchaient doucement la poupe. Bryson se précipita vers le bastingage, et explora le flanc du navire, à la recherche d'une échelle d'acier ou d'échelons encastrés dans la coque qui faisaient office, sur certains bateaux, de sortie de secours. Il pourrait ainsi descendre vers un pont inférieur et les semer, songea-t-il.

Mais il n'y avait aucune échelle rivetée à la coque, aucun échelon. La seule issue était l'escalier.

Soudain une rafale de coups de feu retentit. Une balle ricocha sur un cabestan de métal en émettant un son aigu. Il s'écarta du bastingage et se tapit dans l'ombre, derrière un treuil d'amarrage ; le gros câble d'acier enroulé autour du tambour formait comme une pelote de laine gigantesque. Une autre rafale martela le métal, à quelques dizaines de centimètres de sa tête.

Ils tiraient sans restriction ici. Avec la mer derrière lui, ils pouvaient faire feu sans craindre d'endommager les délicats systèmes de navigation du cargo.

À l'intérieur du bateau, ils devraient être plus précautionneux. C'était là sa meilleure protection ! Ils n'hésiteraient pas à le tuer, mais ils y regarderaient à deux fois avant de risquer d'endommager le cargo – ou son précieux chargement.

Il fallait qu'il s'échappe de ces ponts en plein air et qu'il retourne dans les entrailles d'acier du géant. Non seulement les cachettes y seraient nombreuses, mais Bryson pourrait tirer avantage de leur réticence à faire feu.

Mais comment faire ? Il était pris au piège, à ciel ouvert, avec cette seule bobine de câble pour protection. C'était l'endroit le plus dangereux de tout le bâtiment !

Les tireurs semblaient être deux ou trois. Ils avaient l'avantage du nombre ! Bryson devait détourner leur attention, les entraîner sur une fausse piste... mais comment ? En regardant autour de lui, il repéra quelque chose derrière une poupée d'amarrage : un pot de peinture usagé, sans doute oublié par un matelot. Il rampa vers la poupée, un cylindre d'acier haut de près d'un mètre cinquante, et saisit le pot. Il était presque vide.

Une nouvelle salve éclata, le manquant de peu.

Il recula aussitôt à couvert, projeta dans le même mouvement le pot vers le bastingage, où il heurta le manchon d'écubier. Bryson jeta un coup d'œil par-dessus le treuil et vit ses poursuivants – ils étaient deux – tourner la tête vers le bruit. Le premier se mit à courir dans cette direction, tandis que le second balayait le pont de son arme, surveillant les alentours, en tireur expérimenté. Tandis que son collègue se dirigeait vers tribord, le tireur se déplaça vers bâbord, son arme toujours pointée sur le treuil d'amarrage où Bryson avait trouvé refuge. La ruse lui était connue ; il suspectait que Bryson avait fait une simple diversion et se trouvait toujours derrière sa cachette.

En revanche, il ne s'attendait pas à ce que Bryson contourne le treuil pour arriver dans son dos. Bryson ne se trouvait plus qu'à quelques mètres du deuxième garde. Un appel résonna soudain. Le premier homme lui faisait savoir que Bryson n'était pas à tribord – une initiative guère professionnelle. Le deuxième garde, à présent à quelques centimètres de Bryson, se retourna, son attention distraite.

Maintenant !

Action !

Bryson plongea et plaqua l'homme au sol, enfonçant son genou dans son estomac. L'homme hoqueta au moment où l'air s'échappait de ses poumons. Lorsqu'il voulut se relever, Bryson lança son coude dans son larynx et referma son bras sur sa gorge ; des cartilages craquèrent. L'homme poussa un hurlement de douleur. C'était l'opportunité que cherchait Bryson. Il attrapa l'arme du garde et tenta de la lui arracher des mains. Mais le soldat de Calacanis n'était pas un amateur ; il ne voulait pas abandonner son arme aussi facilement, malgré la douleur. Des coups de feu éclatèrent de l'autre côté du pont, tirés par le premier garde qui se précipitait à la rescousse de son collègue. Mais sa course rendait ses tirs imprécis. Bryson tordit l'arme jusqu'à entendre les ligaments du poignet céder. Le canon se retrouva pointé vers la poitrine du garde. Bryson chercha la gâchette du bout de son index, la trouva enfin. Il inclina encore un peu le poignet de l'homme et fit feu.

Le soldat fut projeté en arrière, la poitrine perforée. Le tir de Bryson était parfait. Malgré la confusion de la bataille, la balle avait trouvé le cœur.

Bryson ramassa l'arme des mains du mort, se releva et tira dans la direction de l'homme qui se ruait sur lui ; celui-ci cessa aussitôt de faire feu, sachant ses tirs trop imprécis. Il fallait profiter de cet instant de flottement, il ne se reproduirait pas. Bryson lâcha une nouvelle volée de balles. L'une d'entre elles toucha son assaillant au front. L'homme tomba sur le côté et termina sa chute contre le bastingage – mort.

Bryson avait gagné quelques secondes de répit... mais d'autres bruits de pas précipités résonnaient déjà sur le pont, s'approchant à grande vitesse, accompagnés de cris. Finalement, le répit serait de plus courte durée.

Où aller maintenant ?

Juste devant lui, il vit une porte où il était écrit : SALLE DES GROUPES ÉLECTROGÈNES. Ce chemin devait conduire aux générateurs diesels, ce qui semblait, pour l'instant, la meilleure option possible. Il traversa le pont en courant, ouvrit la porte et descendit un petit escalier métallique peint en vert. Il déboucha dans une vaste pièce où régnait un vacarme assourdissant. Les générateurs diesels auxiliaires tournaient à plein régime, fournissant de l'électricité au bateau, puisque les moteurs de propulsion était arrêtés. A grandes enjambées, il parcourut la passerelle qui faisait le tour des gros moteurs aux allures de pachydermes.

Malgré le bruit mécanique, Bryson entendit arriver ses poursuivants. La seconde suivante, il aperçut plusieurs silhouettes descendre à leur tour l'étroit escalier de métal, des ombres grises dans la pénombre verdâtre qui régnait dans la salle.

Ils étaient quatre, progressant avec une raideur et une gaucherie curieuses ; puis il comprit : deux d'entre eux portaient des systèmes de vision infrarouge, les autres des fusils équipés de lunettes de visée nocturne. La forme de ces engins était caractéristique, reconnaissable entre toutes.

Il leva son pistolet, visa le premier homme au bas des marches et...

... et ce fut les ténèbres !

Quelqu'un avait éteint les lumières, sans doute depuis quelque salle de contrôle éloignée. Voilà pourquoi ils portaient ces équipements ! Dans l'obscurité, ils auraient un avantage certain sur lui, avec ces appareils électroniques. Sur un bateau comme celui-ci, véritable arsenal flottant, on ne manquait pas de matériel.

Bryson fit feu tout de même, malgré les ténèbres, dans la direction supposée de sa cible. Il y eut un cri, puis le son d'une chute. Un homme de moins. Mais c'était de la folie de continuer à tirer ainsi dans l'obscurité et de gâcher ses précieuses munitions. Bryson ignorait combien il restait de balles dans le chargeur, et n'avait aucun moyen d'en trouver de nouvelles.

Gaspiller ses munitions était précisément le but qu'ils recherchaient.

Ils espéraient que Bryson réagisse comme un animal acculé, un rat en train de se noyer, qu'il se débatte avec l'énergie du désespoir et tire tous azimuts, qu'il utilise ses munitions sans discernement. Alors, aidés par leurs lunettes infrarouges, ils pourraient facilement en finir avec lui.

Totalement aveugle dans le noir, Bryson tendit les bras devant lui, à la recherche d'éventuels obstacles, soit pour les éviter, soit pour se cacher derrière. Les hommes coiffés des grosses lunettes de vision nocturne devaient également être armés, sans doute de pistolets. Les autres avaient des fusils équipés de visées infrarouges. Les deux systèmes permettaient à l'utilisateur de voir dans l'obscurité complète grâce aux capteurs percevant la chaleur émanant des objets animés ou inanimés. Ce type de lunettes thermiques à courte portée avait été utilisé avec succès durant la guerre des Malouines en 1982 et la guerre du Golfe en 1991. Mais ces systèmes-là étaient ce qui faisait mieux sur le marché, c'étaient des RAPTOR, des visées ultra-légères, ultra-précises, même à longue distance. Elles étaient souvent utilisées par les snipers, montées sur leurs redoutables fusils calibre 50.

Seigneur ! Les forces sur le terrain étaient bien inégales.

Le bruit du groupe électrogène semblait plus assourdissant encore dans l'obscurité.

Dans le noir, Bryson aperçut un petit point rouge traverser son champ de vision.

Quelqu'un l'avait localisé et lui visait la tête – les yeux !

Une triangulation, vite ! Estimer la position du tireur grâce à la direction du faisceau qui le frappait. Ce n'était pas la première fois que Bryson était la cible d'un sniper équipé d'un système de visée infrarouge et il avait appris à évaluer la distance à laquelle se trouvait le tireur.

Mais chaque seconde consacrée à cette évaluation donnait à l'ennemi, qui le distinguait dans son objectif comme une forme vert clair sur un fond noir ou vert sombre, le temps d'ajuster son tir. Le tireur savait précisément où se trouvait sa cible, tandis que Bryson ne pouvait se fier qu'à son instinct et ses réflexes un peu rouillés. Comment viser juste dans l'obscurité totale ? Comment savoir sur quoi ou sur qui il tirait ?

Il plissa des yeux dans le noir, à la recherche de quelques photons égarés pouvant lui montrer la voie, mais aucun ne vint frapper sa rétine. Il leva donc son pistolet au jugé et fit feu.

Un cri !

Il avait touché quelqu'un. Mais était-ce un coup fatal ou une simple égratignure ?

Une ou deux secondes plus tard, une balle s'écrasa contre le moteur à sa gauche, émettant un *ping !* strident. Lunettes infrarouges ou non, son adversaire l'avait manqué. Ses poursuivants ne semblaient guère se soucier d'endommager le générateur. La machine était protégée par un carter d'acier épais – un vrai blindage !

Peu importait donc qu'ils touchent ou non leur cible.

Combien étaient-ils au juste ? Si le deuxième tireur était hors course, cela signifiait qu'il en restait encore deux en piste. Le générateur était si bruyant que Bryson ne pouvait les entendre se déplacer, et encore moins distinguer les râles d'un éventuel blessé. En fait, il était aveugle *et* sourd.

Lorsqu'il se remit à courir le long de la coursive, une main tendue devant lui pour se protéger le visage, l'autre refermée sur la crosse de son arme, de nouveaux coups de feu retentirent. Une balle frôla son crâne si près qu'il sentit le souffle du projectile agiter ses cheveux.

Soudain sa main rencontra quelque chose de dur : une cloison ! Il avait atteint l'extrémité de la salle ; il sonda l'espace du bout de son arme, à droite et à gauche. Par deux fois, il rencontra la barrière de métal.

Il était pris au piège.

Puis il aperçut le petit rubis danser dans le noir, tandis qu'un des tireurs mettait en joue l'ovale vert qui, dans le viseur infrarouge, représentait sa tête.

Il brandit son arme devant lui, prêt à tirer au jugé et cria :

— Allez-y ! Si vous me manquez, vous risquez d'endommager le générateur. C'est bourré d'électronique et de micropuces là-dedans. Si vous bousillez le groupe, c'est tout le bateau qui sera privé de courant... cela m'étonnerait que Calacanis apprécie !

Il y eut un flottement. Bryson crut même voir le point rouge vaciller – mais cela pouvait être un effet de son imagination.

Il entendit un petit rire puis le spot rouge croisa de nouveau son champ de vision, se stabilisa et...

Un coup de feu assourdi. Suivi de trois autres tirs. Un cri dans la nuit et l'impact d'un autre corps s'effondrant sur le caillebotis métallique de la coursive.

Qui avait tiré sur ses adversaires ?

Qui ?

Bryson n'avait pas pressé la gâchette de son arme ! On avait fait feu à quatre reprises avec un pistolet équipé d'un silencieux.

Quelqu'un avait tiré sur ses poursuivants – et les avait peut-être tous éliminés !

— Ne bougez pas, cria Bryson dans l'obscurité, à l'intention du tireur.

Sa mise en garde n'aurait aucun effet, il le savait : pourquoi un adversaire, équipé de système de vision de nuit, prêterait-il attention à cette injonction ? Mais ce genre d'appel inattendu, illogique, pouvait toujours déstabiliser quelques secondes l'ennemi.

— Ne tirez pas ! cria une autre voix, ayant du mal à percer le vacarme des moteurs diesels.

Une voix de femme...

Une femme !

Bryson se figea. Il avait pourtant cru distinguer uniquement des hommes dans l'escalier, mais l'équipement et les armes encombrants pouvaient avoir masqué des lignes féminines.

Comment ça « Ne tirez pas » ?

— Posez votre arme, cria en retour Bryson.

Soudain un flash aveuglant l'assaillit. On venait de rallumer les lumières dans la salle. Elles étaient plus vives qu'à son arrivée.

Que se passait-il donc ?

Au bout d'une seconde ou deux, ses yeux s'acclimatèrent à la clarté. Sur une autre coursive au-dessus de lui, il distingua une femme. Elle portait un uniforme blanc – la tenue des hôtesses à la soirée de Calacanis, des festivités qui semblaient remonter à des lustres.

Sur sa tête, elle portait un casque et un harnais, l'objectif d'un système de vision infrarouge lui masquant la moitié du visage. Mais Bryson reconnut la jolie blonde avec laquelle il avait échangé quelques mots avant le dîner, celle-là même qui lui avait soufflé ces paroles étranges juste avant que la situation ne tourne au vinaigre – elle avait donc réellement tenté de l'avertir du danger, comprit Bryson.

Elle était là-haut, jambes écartées, en position de tireur, serrant dans ses mains la crosse d'un Ruger équipé d'un long silencieux, balayant l'espace de droite à gauche. Bryson distingua alors quatre corps gisant en divers endroits de la salle : deux au pied du générateur, un autre au début de la coursive et un quatrième à moins de deux mètres de lui – une proximité à donner la chair de poule.

Ce n'était pas lui que la femme visait. Au contraire, elle le couvrait de son arme, elle le protégeait ! L'hôtesse se tenait à côté d'un petit tableau de commande ; c'est ainsi qu'elle avait rallumé la lumière.

— Vite ! lança-t-elle tentant de se faire entendre derrière le grondement des moteurs. Par ici !

Mais qu'est-ce qui se passait ?

Bryson resta cloué sur place de surprise.

— Allez ! Vite ! s'irrita la femme. – Elle avait vraiment un accent libanais.

— Qu'est-ce que vous voulez ? répliqua Bryson, davantage pour gagner du temps que pour espérer une réponse.

Car il ne pouvait s'agir que d'un piège – un piège ingénieux, mais tout aussi mortel !

— A votre avis ? cria-t-elle en retour, en pointant son arme vers lui et se mettant de nouveau en position de tir.

Par réflexe, Bryson dirigea son arme vers la jeune femme. Au moment où il allait faire feu, il la vit pivoter le canon de quelques degrés sur sa droite. Il y eut une autre déflagration étouffée.

L'instant suivant, Bryson distingua un bruit de chute et vit un corps basculer d'une coursive juste au-dessus de lui.

Un autre tireur, équipé de lunettes infrarouges.

Mort sur le coup.

L'ennemi s'était approché de lui en silence, prêt à tirer, mais elle avait été la plus rapide.

— Tirons-nous d'ici ! cria-t-elle. Avant que les autres ne rappliquent. Si vous voulez rester en vie, bougez-vous le cul !

— Qui êtes-vous ? insista Bryson, encore sous le choc.

— Peu importe, pour l'instant ! – Elle remonta sur son front l'objectif infrarouge. – Je vous en prie, le temps presse ! Pour l'amour du ciel, regardez donc votre situation, évaluez vos chances ! Obéissez-moi, vous n'avez pas d'autre choix.

VII

Bryson dévisagea la jeune femme.

— Venez ! lança-t-elle, avec un agacement ostensible. Si je voulais vous tuer, je l'aurais déjà fait depuis longtemps. J'avais un avantage sur vous avec mes lunettes infrarouges, je vous le rappelle.

— Mais vous n'avez plus cet avantage à présent, répliqua Bryson, le canon de son arme pointé vers le bas mais le doigt toujours sur la gâchette.

— Je connais ce bateau sous toutes les coutures. Si vous voulez rester là à jouer au chat et à la souris avec eux, à votre guise. Moi, je suis à présent obligée de quitter le navire. Calacanis est bien protégé, le cargo regorge de gardes et ils vont tous débouler ici d'un instant à l'autre. – De sa main libre, elle désigna un objet installé en haut d'une cloison, à la limite du plafond ; une caméra de surveillance. – Il y en a beaucoup dans le bateau, mais pas partout. Alors soit vous me suivez et vous avez une chance de sauver votre peau, soit vous restez ici pour vous faire tuer. A vous de voir !

Elle se retourna et courut vers un petit escalier menant à une écoutille. Elle ouvrit le panneau, jeta un coup d'œil derrière elle, et d'un signe de tête ordonna à Bryson de la suivre.

L'ancien agent du Directorat hésita une seconde encore, puis s'empressa de lui obéir.

Les questions se bousculaient dans sa tête : que cherchait cette femme ? pourquoi lui venait-elle en aide ? que faisait-elle sur ce bateau ?

Et surtout... *qui* était-elle ?

Ce n'était évidemment pas une vraie hôtesse.

Elle lui fit encore signe. Il passa l'écoutille derrière elle, le doigt toujours plaqué sur la gâchette de son arme.

— Qu'est-ce que vous...

— Silence ! souffla-t-elle. Les sons portent loin sous la coque. – Elle referma la porte et remit en place un gros verrou. Le vacarme des moteurs diesels s'évanouit aussitôt. – C'est un vaisseau anti-pirates, heureusement pour nous, toutes les coursives et passages peuvent être bloqués et verrouillés de l'intérieur.

Bryson croisa son regard ; il fut saisi, l'espace d'un instant, par la beauté extraordinaire de la jeune femme.

— Vous avez raison, répondit-il à voix basse, mais avec détermination, je n'ai pas vraiment le choix en ce moment, mais j'aimerais savoir ce qui se passe au juste.

Elle lui retourna un regard lumineux chargé de défi et murmura :

— Ce n'est pas l'heure des explications. Je suis ici en mission secrète, moi aussi. Je surveille les ventes d'armes à certains groupes qui veulent faire revenir Israël à l'âge de pierre.

Le Mossad, songea Bryson. Mais à entendre l'accent de la jeune femme, elle était d'origine libanaise, de la plaine de la Bekaa ; quelque chose clochait. Comment un agent du Mossad pouvait-il être libanais et non israélien ?

Elle inclina la tête comme si elle avait entendu un bruit au loin.

— Par ici, ordonna-t-elle, en grimpant l'escalier.

Il la suivit jusqu'à un palier ; ils franchirent une nouvelle écoutille qui donnait dans un long couloir noyé d'ombres. La jeune femme marqua une courte pause, scrutant le passage dans les deux directions. Lorsque ses yeux s'acclimatèrent à l'obscurité, Bryson vit que le couloir s'étendait de part et d'autre jusqu'à perte de vue. Le corridor semblait longer le bateau sur toute sa longueur, de la proue à la poupe ; une coursive de service peu utilisée.

— Venez ! souffla-t-elle, en s'élançant soudain dans un sprint.

Bryson lui emboîta le pas, allongeant ses foulées pour ne pas se faire distancer. La démarche de la jeune femme était curieuse : vive et sautillante, quasi inaudible. Bryson était admiratif ; elle tentait de réduire au maximum la propagation des ondes sonores le long de la structure métallique – à la fois pour ne pas se faire repérer, mais aussi pour entendre l'approche d'éventuels poursuivants.

A peine une minute plus tard, alors qu'ils avaient parcouru une centaine de mètres dans le conduit obscur, Bryson entendit des bruits étouffés provenant de la poupe, derrière eux. Il se retourna et aperçut des ombres mouvantes à l'autre extrémité du corridor. Avant qu'il n'ait le temps de prévenir la jeune femme, il la vit faire un brusque écart sur sa droite et se plaquer contre la cloison, derrière un poteau métallique. Il l'imita, in extremis.

Il y eut une explosion, des rafales de tirs d'armes automatiques. Une volée de balles ricocha sur la cloison et le caillebotis, dans un tintement sinistre.

Risquant un coup d'œil au-delà du poteau, il distingua la flamme stroboscopique d'une mitraillette perçant les ténèbres à l'autre bout du couloir, la silhouette du tireur se noyant dans la pénombre. Il y eut une nouvelle rafale, puis le tireur courut vers eux.

La jeune femme s'arc-boutait sur la poignée d'une écoutille.

— Merde ! elle est coincée par la peinture ! murmura-t-elle. – Apercevant l'homme à la mitraillette courant vers eux, elle lança – : Par ici !

Sans crier gare, elle fonça dans le corridor, quittant le poteau qui la protégeait des balles. Elle avait raison ; ils risquaient de se retrouver piégés s'ils restaient dans leur cachette ; dans quelques secondes ils seraient devenus des cibles trop faciles. Bryson passa la tête derrière le poteau et vit le tireur ralentir le pas, lever son Uzi et viser la jeune femme devant lui.

Bryson n'hésita pas. Il mit en joue l'homme à la mitraillette et pressa deux fois la gâchette, en une rapide succession. Au premier coup il y eut une détonation, au deuxième le *clic !* du chien trouvant une chambre vide. Il n'avait plus de munitions.

Mais le tireur était à terre. L'Uzi tomba au sol dans un tintement de métal. Malgré la distance, Bryson savait que leur poursuivant était mort.

L'hôtesse se retourna avec une expression inquiète et menaçante, puis vit ce qui s'était passé. Elle lança un regard furtif vers Bryson en signe d'appréciation, mais ne dit rien. Bryson la rejoignit au pas de course.

Ils avaient gagné quelques instants de répit. Soudain, la jeune femme tourna sur la droite et s'arrêta devant une portion de cloison, flanquée de poutrelles verticales. Elle se pencha, saisit une barre fixée au-dessus d'une petite écoutille ovale de la taille d'une bouche d'égout, et s'élança dans le trou, pieds en avant, comme un enfant s'amusant sur des agrès. La seconde suivante, elle avait disparu. Bryson la suivit, quoique avec moins de souplesse ; malgré son agilité naturelle, il n'était pas habitué à la topographie des lieux.

Ils se retrouvèrent dans un petit réduit, bas de plafond, entièrement noir, le peu de clarté provenant de l'allée de service. Lorsque ses yeux se furent habitués à l'obscurité, Bryson s'aperçut qu'une autre petite écoutille sur le mur opposé, semblable à la première, menait à une autre salle, et ainsi de suite, en une succession vertigineuse, jusqu'à l'autre flanc du bateau. C'était un passage transversal, longeant deux compartiments de la coque, rigidifiés par de grosses poutrelles métalliques. La jeune femme jeta un coup d'œil dans l'autre pièce, saisit la barre, et d'un nouveau coup de reins s'y engagea les pieds en avant.

Il suivit le mouvement, mais au moment où il voulut se remettre debout, elle souffla : « Chut ! »

On entendait des bruits de pas au loin. Le son semblait provenir de la coursive de service qu'ils venaient de quitter, et aussi d'un niveau supérieur. A en croire le bruit, ils étaient cinq ou six à leurs trousses.

— Ils ont trouvé le garde que vous avez descendu, annonça-t-elle à voix basse. Ils savent à présent que vous êtes armé, et que vous devez être un professionnel... – Elle avait certes un accent, mais son anglais était remarquable. La dernière partie de la phrase avait été laissée en suspens, semblant attendre la confirmation de Bryson. – Bien sûr que vous êtes un pro, ajouta-t-elle, sinon vous seriez déjà mort depuis longtemps. Ils savent aussi que nous ne pouvons pas être bien loin.

— Je ne sais pas qui vous êtes, et pourtant vous risquez votre vie pour moi. Vous ne me devez rien, mais une petite explication serait la bienvenue.

— Si nous sortons vivants d'ici, nous aurons tout le temps du monde pour parler. Pour l'instant, chaque seconde compte. Vous avez une autre arme sur vous ?

Il secoua la tête.

— Non, juste ce pistolet et il est vide.

— C'est fâcheux. Ils sont déjà largement en surnombre. Ils peuvent passer au crible tout le bateau, chaque passage, chaque passerelle. Et comme vous l'avez vu, ils sont bien équipés.

— Ce n'est pas le matériel qui manque sur ce rafiot, fit remarquer Bryson. On est loin des conteneurs ?

— Quels conteneurs ?

— Les caisses, la marchandise.

Malgré l'obscurité, il perçut la lueur de son sourire lorsqu'elle comprit son intention.

— Non, tout près. Mais je ne sais pas ce qu'il y a dedans.

— Suffit d'y jeter un coup d'œil. Il faut retourner dans le couloir de service pour les rejoindre ?

— Non, il y a une ouverture à mi-chemin, qui conduit aux soutes, mais je ne sais pas où exactement, et sans lumière, on risque de tomber dedans.

Bryson fouilla ses poches et sortit une petite boîte d'allumettes. Il en gratta une et le réduit fut aussitôt baigné par une lumière ambrée. Ils passèrent à la salle suivante. Un courant d'air éteignit la flamme. Bryson en alluma une nouvelle. La jeune femme longea la cloison et s'approcha de l'écoutille suivante.

— C'est là, annonça-t-elle.

Bryson éteignit l'allumette juste avant qu'elle ne lui brûle les doigts. Elle tendit la main pour prendre la boîte ; puisqu'elle ouvrait la marche, il valait mieux que ce soit elle qui éclaire le chemin.

Dès que les ténèbres furent revenues, elle empoigna le barreau et s'élança dans le réduit suivant. Se tenant à un autre barreau, de l'autre côté de la cloison, elle sonda du pied le sol, à la recherche d'appuis sûrs.

— C'est bon. A vous. Mais faites attention.

Il s'élança dans l'écoutille, veillant à se tenir sur les bords du compartiment. Elle descendait déjà dans le trou, au moyen d'une échelle métallique soudée dans la paroi. Pendant que Bryson attendait de pouvoir la suivre, il entendit des bruits de pas se rapprochant, accompagnés d'ordres aboyés ; soudain un faisceau de lumière illumina la coursive de service qu'ils avaient quittée. Bryson s'aplatit au sol au moment où le faisceau balayait l'enfilade de pièces, le rond lumineux s'attardant sur chaque poutrelle.

Bryson se figea, la joue plaquée contre l'acier glacé. Il entendait les sirènes du bateau, qui continuaient de mugir, mais, paradoxalement, elles étaient devenues un simple bruit de fond, un son ambiant qui ne l'empêchait plus de distinguer d'autres bruits, plus discrets.

Il retint son souffle. La lumière se déplaça jusqu'au centre du passage, puis s'arrêta, comme s'ils avaient localisé Bryson. Son cœur tapait si fort dans sa poitrine qu'on devait l'entendre à des dizaines de mètres à la ronde ! Puis le faisceau reprit son exploration sur l'autre côté et disparut enfin.

Les bruits de pas parurent s'éloigner.

— Il n'y a rien ici, lança quelqu'un.

Bryson attendit une minute entière avant de se relever. Soixante secondes qui parurent durer une éternité. Puis il explora à tâtons le bord arrondi de l'ouverture jusqu'à trouver le premier barreau de l'échelle.

Quelques secondes plus tard, il descendait vers les étages inférieurs.

La descente sembla se poursuivre sur des centaines de mètres, bien qu'elle dût être moins vertigineuse que cela. Enfin, l'échelle s'arrêta. Sitôt retrouvé le sol, ils s'accroupirent. Ils se trouvaient dans un long tunnel noir dont le caillebotis était humide et sentait l'eau de cale. Le conduit était si étroit qu'ils ne pouvaient se tenir debout. Les bruits de pas de leurs poursuivants étaient à présent bien loin, à peine audibles. La jeune femme avança rapidement dans le tunnel, courbée en deux, marchant presque en crabe. Bryson dut adopter la même démarche tant l'espace était exigu. Une nouvelle échelle apparut sur leur droite. La jeune femme saisit les échelons et commença à grimper. Bryson suivit encore ; mais l'ascension fut de courte durée ; ils débouchèrent sur une autre coursive. La fausse hôtesse gratta une nouvelle allumette ; à la lueur de la flamme, deux parois d'acier rainurées se dressèrent de part et d'autre de la coursive. Au bout d'un moment, Bryson comprit qu'ils se trouvaient à la pointe extrême des soutes de fret et que les parois étaient en fait les flancs des derniers conteneurs. Deux longues enfilades de caissons s'étendaient de part et d'autre d'eux.

L'hôtesse s'arrêta, s'agenouilla et gratta une autre allumette pour examiner l'étiquette sur le dernier conteneur de la rangée.

— Steel Eagle 105, 107, 111... lut-elle à voix basse.

— Des couteaux de combat. Allons voir ailleurs.

Elle passa au conteneur suivant.

— Omega Tech...

— Des composants électroniques militaires... Nom de Dieu, c'est la Samaritaine ici ! Mais ce n'est pas ce que l'on cherche.

— Mark-12 IFF Crypto...

— Système de cryptage pour transpondeurs ou interrogateurs à distance. Allez voir au suivant. Vite !

Pendant ce temps, Bryson plissa les yeux pour tenter de lire l'étiquette du conteneur de la rangée opposée, dans la faible lueur dispensée par l'allumette que tenait la jeune femme.

— Je crois qu'on a quelque chose d'intéressant ici, souffla-t-il. Des XM 84. Des grenades à blanc. Sans fragmentation. Rien de mortel. Juste pour étourdir. Un gros flash, un bang et c'est tout. J'aurais préféré quelque chose de plus définitif, murmura-t-il pour lui-même, mais nous ne sommes pas en position de faire la fine bouche.

Elle lut à son tour, à voix basse :

— AN/PSC-11 SCAMP.

— Des terminaux de communication satellite multicanaux. Continuez à chercher !

Elle alluma une autre allumette.

— ANFATDS ?

— Des systèmes de données tactiques pour artillerie légère. Cela ne va pas nous aider beaucoup.

— AN/PRC-132 SOHFRAD.

— Ce sont des radios de campagne haute fréquence.

— Tadiran...

Il l'interrompit aussitôt :

— Un fabricant israélien de télécommunication. Cela vient de chez vous. Aucune utilité pour nous.

Il remarqua alors l'étiquette sur le conteneur suivant : des grenades M-76 et des charges anti-émeutes M-25 CS, utilisées par la police et l'armée pour la répression des foules.

— Voilà ! lança-t-il avec entrain, tout en veillant à garder le volume sonore de sa voix au minimum. C'est exactement ce qu'il nous faut ! Vous savez comment on peut ouvrir ces boîtes ?

Elle se tourna vers lui.

— Il suffit d'un coupe-boulons. Ces conteneurs sont plombés dans tous les sens pour dépister le moindre chapardage, mais ce ne sont pas des coffres-forts.

Le premier conteneur s'ouvrit sans problème dès que le sceau de sécurité fut forcé. Les liens d'acier entourant la face avant furent ôtés rapidement, libérant le panneau d'accès. A l'intérieur, des piles de caisses de grenades et autres engins : une vraie caverne d'Ali Baba pour les amateurs d'armes.

Dix minutes plus tard, ils avaient rassemblé une pile d'armes diverses. Une fois qu'ils furent familiarisés avec leur maniement et leurs systèmes de sécurité interdisant tout déclenchement accidentel, Bryson et la jeune femme enfilèrent des gilets pare-balles, récupérés également sur place, et fourrèrent dans les poches les objets les plus petits – grenades, munitions et autres. Pour les objets plus volumineux, ils les fixèrent sur leurs épaules ou dans leur dos au moyen de sangles, de cordes et d'étuis de fortune ; les plus grosses pièces seraient simplement portées à la main.

Ils avaient également trouvé des casques en kevlar avec des visières de sécurité.

Soudain, un grand fracas retentit juste au-dessus de leurs têtes, puis un autre. Le couinement du métal contre du métal. Bryson se glissa dans un interstice entre deux conteneurs et fit signe à la femme de faire de même.

Un rectangle de lumière blanche apparut au plafond tandis qu'une trappe était soulevée, un passage ménagé dans la coursive qui desservait cette portion des soutes. La lumière provenait de puissantes lampes électriques, manipulées par trois ou quatre soldats de Calacanis. Derrière eux, d'autres gardes, beaucoup d'autres – malgré son angle de vue oblique, Bryson pouvait voir que tous étaient lourdement armés.

Non ! Il s'attendait à une confrontation, mais pas ici, pas si tôt ! Il n'avait pas le temps de mettre au point la moindre stratégie, de coordonner ses mouvements avec la belle inconnue qui avait décidé, pour des raisons toujours obscures, de se battre à ses côtés.

Il serra la crosse de sa kalachnikov AK-47 *made in Bulgaria* et leva lentement le canon dans la direction de la trappe, passant en revue les possibilités qui s'offraient à lui. Tirer sur ces hommes revenait à lancer une fusée éclairante pour signaler leur position. Les hommes de Calacanis ne savaient même pas si Bryson et sa complice se trouvaient dans cette cale.

Puis Bryson aperçut leurs tas d'armes abandonnées sur le sol. Leurs ennemis savaient qu'ils avaient vu juste, ou du moins qu'ils avaient découvert l'origine des bruits qui se faisaient entendre sous leurs pieds. Ils savaient donc que leur cible était là, ou qu'elle s'y trouvait encore il y a quelques instants.

Mais pourquoi ne tiraient-ils pas ?

Quand on a l'avantage du nombre, on choisit l'offensive. Ses instincts lui disaient de tirer le premier, d'abattre le plus grand nombre de ses poursuivants, même s'il leur révélait sa présence.

Il leva encore sa kalachnikov, colla son œil dans la visée électronique et pressa la gâchette.

Une détonation, un cri, et un soldat de Calacanis bascula par-dessus le garde-fou et tomba dans la cale, à quelques mètres de lui. Le tir était précis. La balle l'avait atteint au front ; l'homme était mort sur le coup.

Bryson s'enfonça dans l'ombre, entre les conteneurs, se préparant à essuyer des rafales de mitraillettes.

Mais rien.

Silence total.

Un ordre fut lancé. Les hommes reculèrent d'un pas, se mirent en position de tir, mais ne firent pas feu.

Mais pourquoi ?

Stupéfait, Bryson leva de nouveau son arme et tira deux autres balles. Un autre homme s'effondra, mort ; un second tomba à genoux, hurlant de douleur.

Soudain Bryson comprit : on leur avait ordonné de ne pas tirer !

Ils ne pouvaient pas faire feu si près des conteneurs ! Les caissons d'acier cannelés étaient bourrés d'explosifs ou de produits hautement inflammables – pas tous évidemment, mais le risque était réel. Une balle mal placée, pénétrant la fine paroi métallique d'un conteneur, pouvait faire exploser une caisse de bombes, de plastique C-4, ou Dieu savait quoi encore, et déclencher une déflagration en chaîne si violente qu'elle pouvait couler le navire.

Tant que Bryson et sa partenaire de fortune se trouvaient sous le couvert des conteneurs, on ne leur tirerait pas dessus. Mais s'ils s'en écartaient, un tireur d'élite tenterait aussitôt de les descendre. Ils étaient en sécurité tant qu'ils restaient ici ; le problème, c'était qu'il n'y avait pas de sortie, aucun moyen de s'enfuir de cette cale et leurs ennemis le savaient aussi. Ils allaient attendre que leurs proies sortent de leur terrier, commettent une erreur, pour les tirer comme des lapins.

Bryson lâcha la crosse de la kalachnikov, laissant l'arme pendre au bout de sa bandoulière. De sa cachette, il apercevait la jeune femme recroquevillée entre deux conteneurs, à six mètres de lui ; elle l'observait, attendant de voir ce qu'il allait faire. Bryson agita son pouce vers la gauche puis vers la droite, en un questionnement silencieux : *Par où la sortie ?*

Sa réponse fut sans délai, exprimée également par signe. La seule issue était de quitter l'abri des conteneurs et de reprendre le chemin par lequel ils étaient venus. Nom de Dieu, ils allaient devoir se découvrir ! Bryson pointa son doigt vers son torse, pour lui dire qu'il allait passer en premier. Puis il leva son autre arme tactique, une Uzi de fabrication sud-africaine. Il quitta lentement sa cachette, remontant l'allée, dos collé aux conteneurs, jusqu'à sortir à découvert, sa mitraillette pointée vers les gardes au-dessus de lui. Le plus vite possible, malgré son chargement d'armes qui le ralentissait, Bryson se dirigea vers leur seul espoir de salut.

Lentement, la jeune femme sortit à son tour de sa cachette, et le rejoignit le long de la rangée de conteneurs. A plusieurs reprises, des lampes les prirent dans leur faisceau, éclairant directement leurs visages, les aveuglant, suivant leurs moindres faits et gestes. A la périphérie de son champ de vision, Bryson aperçut plusieurs tireurs prenant position sur les côtés, afin de pouvoir faire feu sans craindre de toucher un conteneur. Mais il leur faudrait un certain temps pour ajuster leur tir.

Et Bryson ne comptait pas leur en laisser le loisir.

Il tourna sa kalachnikov vers les tireurs ; au moment où il désengageait la sécurité, Bryson entendit du bruit derrière lui. Il fit volte-face et aperçut un groupe d'hommes débouchant par l'écoutille qu'ils avaient empruntée à leur arrivée – leur seule issue possible ! Ces hommes se trouvaient à meilleure distance que leurs collègues et leur angle de tir était encore plus sécurisé ; ils n'hésiteraient pas à tirer. Bryson et la jeune femme étaient cernés, leur seul espoir de fuite définitivement envolé !

Une soudaine rafale de mitraillette retentit. Elle provenait de sa partenaire, qui plongea aussitôt à couvert entre deux conteneurs. Il y eut des cris, des hurlements, et plusieurs hommes parmi le groupe qui avançait vers eux s'effondrèrent au sol, morts ou blessés. Profitant du moment de panique, Bryson sortit de sa poche une grenade à fragmentation, tira la goupille et la lança vers le groupe de soldats au-dessus d'eux. Il y eut un concert de cris ; les hommes s'enfuirent en tout sens au moment où la grenade explosa, projetant sur eux une averse d'éclats. Plusieurs furent fauchés. Des fragments de métal martelèrent la visière de protection du casque de Bryson.

La femme tira une nouvelle salve sur les hommes venus de la coursive qui commençaient à se disperser pour les encercler, pistolet au poing. Bryson lança une autre grenade dans l'ouverture au plafond ; celle-ci explosa beaucoup plus vite, avec des effets aussi dévastateurs. Puis il lâcha une rafale avec son Uzi sur les autres soldats qui approchaient. Plusieurs furent touchés. Deux d'entre eux, équipés de gilets pare-balles, continuèrent à avancer. Bryson fit feu à nouveau. L'impact des balles sur le kevlar fut suffisant pour en mettre un KO. Bryson continua à tirer, visant les parties exposées de son adversaire. L'homme fut touché à la gorge et s'écroula, mort sur le coup.

— Venez ! cria la jeune femme.

Elle reculait dans l'étroit passage entre les deux conteneurs, s'enfonçant dans l'obscurité. Elle semblait avoir un autre itinéraire en tête ; il n'avait pas d'autre choix que de lui faire confiance, la suivre les yeux fermés, comme on suit un guide. Après avoir lâché une nouvelle rafale en guise de tir de barrage, Bryson quitta sa cachette et sortit à découvert sur la passerelle. Il se mit à courir, tirant tous azimuts comme un forcené. Même si cela manquait d'élégance, la tactique fonctionna : il atteignit le passage entre les deux conteneurs, sain et sauf ; il aperçut la jeune femme à l'extrémité du conduit, tirant un objet volumineux derrière elle.

Bryson reconnut aussitôt l'arme. Juste avant de la rejoindre, il dégoupilla une nouvelle grenade et la lança vers les hommes de Calacanis – du moins vers ceux qui étaient encore debout.

Quelle folie ! L'objet ressemblait à un fusil géant... elle le traînait derrière elle comme un boulet, ralentissant leur fuite !

— Allez, souffla-t-il, donnez-moi ça !

— Merci.

Il souleva l'arme et la coinça sur son épaule, ajustant la sangle sur sa poitrine. La jeune femme descendit une échelle menant à un niveau inférieur de fret. Il la suivit alors qu'elle bifurquait derrière un nouvel alignement de conteneurs. Des bruits de pas résonnaient tout autour d'eux. Leurs poursuivants devaient s'être séparés en petits groupes. Où allait-elle donc? Pourquoi voulait-elle s'encombrer de cette arme énorme?

Elle suivait un itinéraire curieux, zigzaguant entre les grands caissons, descendant encore vers un étage inférieur. Il y avait huit niveaux de conteneurs dans les cales, et Dieu savait combien de rangées par niveau. Un vrai Rubik's Cube géant! Voilà ce qu'elle cherchait; elle tentait de les semer dans le labyrinthe! Bryson était déjà totalement désorienté; il n'avait aucune idée de l'endroit où elle l'emmenait; mais la jeune femme progressait d'un pas rapide, comme si elle connaissait le chemin par cœur; alors il continua de la suivre, ayant un peu de mal à tenir l'allure à cause du nouveau fardeau qui l'encombrait.

Enfin, ils arrivèrent devant un autre conduit vertical, équipé d'une échelle d'acier. Elle sauta sur les échelons sans même prendre le temps de s'arrêter. Bryson commençait à être à bout de souffle. Les vingt kilos de charge supplémentaires ne facilitaient pas ses mouvements. La jeune femme, quant à elle, était au meilleur de sa forme. Le conduit s'élevait sur une quinzaine de mètres pour déboucher dans un tunnel horizontal noyé d'ombre. Le boyau était suffisamment haut de plafond pour pouvoir s'y tenir debout. Dès qu'ils eurent quitté l'échelle, elle referma l'écoutille et la verrouilla.

— C'est un long couloir, expliqua-t-elle. Mais si nous arrivons jusqu'au bout, jusqu'au pont numéro deux, nous serons sortis d'affaire.

Elle s'élança dans un sprint – de longues foulées, rapides; Bryson suivit tant bien que mal le mouvement.

Il y eut un claquement métallique, qui se perdit en écho dans le conduit; une obscurité d'encre s'abattit aussitôt sur eux.

Bryson se jeta à plat ventre sur le caillebotis – un réflexe acquis au fil de toutes ces années de mission. Il entendit l'hôtesse faire de même.

Une détonation de fusil retentit, suivie immédiatement par un tintement métallique lorsque la balle heurta la cloison à quelques centimètres de lui. Le tir était précis, trop précis. Leur adversaire avait un système de visée de nuit. Une autre déflagration, et Bryson fut touché à la poitrine!

La balle frappa son gilet en kevlar avec la force d'un uppercut. Bryson n'avait pas de visée infrarouge; il n'avait pas trouvé le coffre ad hoc lorsqu'ils avaient fait leurs rapides emplettes dans cette caverne d'Ali Baba flottante. Mais la Libanaise, elle, en avait une paire.

C'était du moins son souvenir...

— Je ne les ai plus, répondit-elle, comme si elle lisait dans ses pensées. Je les ai laissées quelque part!

Des bruits de pas résonnaient à présent, s'approchant dans l'obscurité – des pas rapides, mais aucune précipitation; la marche sûre et déterminée de quelqu'un voyant dans le noir, distinguant sa proie comme sous le soleil de midi. Le pas tranquille du tueur s'approchant pour améliorer son angle de tir.

— Restez couchée ! souffla Bryson en levant son Uzi pour tirer une rafale dans la direction générale de l'ennemi.

Mais sans grand effet ; le tueur continuait à approcher de son allure tranquille.

Dans la poche gauche de son gilet pare-balles, se trouvait un assortiment de grenades à main. Utiliser l'une de ses grenades lacrymogènes M-651 CS n'était pas une bonne idée ; dans cet espace confiné, ils risquaient d'être pris au piège avec leur assaillant. Et ils n'avaient pas de masques à gaz. Ses M-90, des grenades pyrotechniques, ne leur étaient d'aucune utilité non plus... puisque la visée infrarouge n'était pas affectée par les écrans de fumée.

Mais il y avait une autre sorte de grenade dans sa petite collection : un modèle high-tech qui pouvait peut-être leur sauver la mise.

Bryson n'avait pas eu le temps d'expliquer à la jeune femme ce qu'il avait en tête sur le moment ; il s'était contenté de se servir dans les coffres de Calacanis, sans autre commentaire. Maintenant, il fallait qu'il la tienne au courant, sans que le tueur voie clair dans ses intentions.

Agir d'abord, expliquer ensuite !

Il trouva la grenade, aisément reconnaissable sous les doigts grâce à sa forme inhabituelle, son revêtement souple. Il retira la goupille, attendit les quelques secondes recommandées et lança l'engin à quelque dizaines de centimètres de l'endroit présumé du soldat de Calacanis.

L'explosion fut brève, mais aveuglante, ultra-lumineuse, flashant le tireur comme sous l'éclair d'un stroboscope. Bryson vit l'homme, son fusil en position de tir, relever la tête d'étonnement. Mais la lumière s'évanouit aussi vite qu'elle était apparue. Bryson sentit que l'air s'emplissait d'une fumée chaude. Le tireur fut pris de court. Bryson en profita pour ramasser la grosse arme et courir vers la jeune femme.

— Debout ! courez ! courez ! lui cria-t-il en arabe. Il ne peut plus nous voir en ce moment !

En effet, la grenade à fumée M-76 dégageait un épais brouillard chargé de limaille brûlante de cuivre qui flottait dans l'air et descendait vers le sol très lentement. C'était un filtre d'occultation dernier cri, spécialement conçu pour gêner les capteurs infrarouges des systèmes de visée nocturne à images thermiques. Les fragments de métal chauds trompaient l'appareil ; celui-ci ne pouvait plus distinguer la chaleur d'un corps humain d'un fond plus froid. L'air était à présent saturé d'une nuée de particules chaudes en suspension : le champ de vision du tireur n'était plus qu'un grand nuage vert pommelé.

Bryson courait, la jeune femme juste devant lui. Le temps que leur assaillant reprenne ses esprits et se mette à tirer au jugé, Bryson et sa compagne étaient déjà loin. Les balles sifflèrent autour d'eux, claquant en vain contre les cloisons d'acier.

Il sentit une main chercher son avant-bras : l'hôtesse blonde le guidait au travers d'une écoutille, puis vers une échelle d'acier ; elle ne le lâcha

que lorsqu'il fut capable de grimper les échelons dans l'obscurité complète. Derrière lui, une nouvelle salve éclata, le tireur faisant feu à
l'aveuglette, puis le silence tomba brusquement. *Il est à court de munitions*, songea Bryson, *il doit recharger.*

Mais ce sera trop tard.

La jeune femme ouvrit une porte et soudain Bryson recouvra la vue.
Dans le même instant, il sentit une bouffée d'air frais – l'air du large –
emplir ses poumons. Il était à l'extérieur, sur une portion de pont à tribord. Elle referma l'écoutille derrière elle et tira le verrou. La nuit était
sombre et sans étoiles, mangée par les nuages, mais semblait lumineuse
par contraste avec les ténèbres du cargo.

Ils se trouvaient sur le pont numéro 2, un niveau au-dessus du pont
principal. Les sirènes s'étaient tues. Les alarmes avaient cessé de retentir. La jeune femme se fraya un chemin entre des bobines de câbles
graisseux, enroulés sur eux-mêmes comme de grands serpents, pour atteindre le bastingage.

Elle s'agenouilla et détacha un filin sur un taquet, pour libérer le bras
d'un mât de chargement. Un bateau de sauvetage de sept mètres de long
était arrimé à la potence ; il s'agissait d'une vedette Magna Marine, un
canot parmi les plus rapides du marché.

Ils montèrent à bord ; l'embarcation se mit à osciller dangereusement
sur son unique point d'accroche. La femme tira un cordon, libérant le
frein, et le bateau sembla tomber dans le vide ; la coque heurta la surface
de l'océan dans une gerbe d'écume, libre de toute amarre.

Elle lança le moteur, mit les gaz, et la vedette s'élança dans un
rugissement mécanique, semblant voler au-dessus de l'eau. Elle prit la
barre tandis que Bryson armait l'énorme tube d'acier qu'il avait transporté durant tout leur périple. Ils filaient droit devant à une vitesse de
quatre-vingts kilomètres-heure. L'immense bateau de Calacanis s'élevait
comme un immeuble, imprimant sur le ciel sa forme noire menaçante.

Le bruit de la vedette avait dû alerter les soldats de Calacanis, car soudain le ciel fut zébré de faisceaux de projecteurs, l'air empli de détonations. Les gardes se regroupaient derrière le bastingage, certains debout derrière le garde-fou, d'autres juchés sur des perchoirs divers,
mitraillettes et fusils en action. Leurs tirs étaient inefficaces. Bryson et
la jeune femme étaient hors de portée.

Ils avaient réussi ! Ils étaient sauvés !

C'est alors que Bryson aperçut le canon... Ils installaient sur le bastingage un lance-roquettes, qu'ils pointaient déjà sur l'embarcation !

Ils vont nous faire sauter !

Un rugissement de moteur perça la nuit, un bruit strident s'amplifiant
d'instant en instant. Jaillissant derrière la poupe du navire, apparut un
bateau de patrouille, un Boston Whaler, une vedette de surveillance de
neuf mètres, équipée de mitrailleuses. Ce n'était évidemment pas la vedette des gardes-côtes espagnols !

Tandis que l'engin fondait vers eux, se rapprochant à grande vitesse, les mitrailleuses crachaient le feu sans discontinuer.

La jeune femme aperçut le danger. Elle poussa encore la manette des gaz, propulsant le bateau à la vitesse maximum. Ce bateau avait été choisi par Calacanis pour sa vélocité, mais la vedette à leurs trousses était rapide comme l'éclair.

Bryson et la femme se dirigeaient vers la côte, mais rien ne prouvait qu'ils y arriveraient les premiers. Leurs poursuivants étaient presque à portée de tirs à présent, les mitrailleuses toujours en action. Encore quelques secondes, et ils seraient pris sous leurs balles. La mer était mouchetée par les essaims d'acier qui s'abattaient à sa surface.

Et le lance-roquettes à bord du *Spanish Armada* était prêt à cracher le feu.

— Tirez! cria la femme. Avant qu'ils nous fassent sauter!

Bryson avait déjà levé le Stinger sur son épaule, la crosse dans sa main droite, le tube de lancement dans la gauche, la sangle bien serrée sur sa poitrine. Il colla son œil dans le viseur. Le logiciel de visée assurait une précision extrême, utilisant un système à capteurs infrarouges. Ils se trouvaient bien au-delà des deux cents mètres minimum recommandés par le fabricant.

Bryson aligna la cible dans la mire, shunta le système d'identification Ami/Ennemi, et activa le missile.

Un bip lui signala que le missile s'était verrouillé sur la cible.

Il fit feu.

Il y eut une explosion d'une force étonnante, un recul qui le renversa au sol au moment où le réacteur du missile s'alluma, propulsant l'engin au ras des flots. Le tube de lancement fut éjecté et tomba à l'eau.

Le missile à tête chercheuse fendit l'air, dessinant un grand arc vers la vedette, laissant derrière lui une longue traînée de fumée.

La seconde suivante, le bateau explosait dans une boule de feu, crachant dans le ciel un panache étincelant. L'océan s'agita, de grandes vagues vinrent frapper la coque du canot.

Dans l'air, résonna le son d'une sirène émise par le *Spanish Armada* – un long coup, assourdissant, suivi d'une série de coups rapides, puis un nouveau long. A bord, sonnait l'alerte générale.

La jeune femme s'était retournée et contemplait le spectacle avec une fascination horrifiée. Bryson sentit une vague de chaleur fouetter son visage, presque palpable. Il prit le second missile, le dernier, qui était attaché au premier et le glissa dans son logement. Puis il tourna le Stinger sur la gauche et mit en joue la superstructure du *Spanish Armada*. Il y eut un bip – cible verrouillée.

Le cœur battant dans sa poitrine, Bryson fit feu.

Le missile fila vers l'immense cargo, suivant une trajectoire légèrement courbe, pour affiner le tir, fondant vers le centre névralgique du bateau.

L'explosion retentit l'instant suivant – semblant naître des entrailles même du navire puis se propager vers l'extérieur. Des débris volèrent dans les airs, au milieu des flammes et des colonnes de fumée noire, puis comme une séquence pyrotechnique, il y eut une autre explosion, plus violente, puis une autre, et une autre encore...

Un à un, les conteneurs chauffés à blanc se désintégraient.

Le ciel tout entier sembla s'embraser en une immense sphère de feu, de fumée et de débris. Le bruit était si puissant, qu'il en était douloureux aux tympans. Une grande flaque couleur charbon s'étala sur l'océan qui s'enflamma à son tour. Et la mer et le ciel ne furent plus qu'un brasier, hérissé de vagues.

Le vaisseau amiral de Calacanis, à présent réduit à un amas fumant, s'inclina sur le côté, enveloppé dans son suaire de fumée noire, et disparut dans l'océan.

Le *Spanish Armada* n'était plus.

Deuxième partie

VIII

Ils accostèrent sur une côte rocheuse fouettée par de grands rouleaux qui se fracassaient sur les falaises. C'était la Costa da Morte, nommée ainsi à cause des bateaux innombrables venus s'abîmer sur les récifs de ce rivage sauvage.

Sans échanger un mot, ils tirèrent le canot sur le sable, le plus haut possible, pour le dissimuler au fond d'une petite anse, à l'abri des projecteurs des gardes-côtes et des regards avides des voleurs ; le bateau ne risquait pas ainsi d'être emporté par la prochaine grande vague. Bryson cacha l'AK-47 et l'Uzi à côté de l'embarcation, sous un amas de sable et de galets, arrangeant les pierres tout autour pour que la cache soit invisible, même de près. Il ne fallait pas qu'ils aient l'air de deux mercenaires en maraude ; en outre, ils avaient une belle collection d'armes de poing dans leurs poches.

Ils se frayèrent un chemin tant bien que mal parmi les rochers, encombrés par l'artillerie qu'ils transportaient. Leurs vêtements étaient trempés, évidemment, – la livrée blanche de la jeune femme, le costume italien de Bryson – et ils grelottaient sous leur étreinte glacée.

Bryson avaient une vague idée de l'endroit où ils avaient accosté, ayant étudié, avant son départ, les cartes détaillées de la côte galicienne, le rivage le plus proche du mouillage du *Spanish Armada*, à en croire les relevés satellites de la CIA. Selon ses estimations, ils devaient se trouver à proximité du village de Finisterre, ou de Fistera comme l'appelaient les *Gallegos*. Finisterre, la fin de la terre, la pointe la plus occidentale de l'Espagne. Jadis, la limite du monde connu des Espagnols, une contrée où nombre de bandits trouvèrent une fin horrible, mais soudaine, au pied de ses falaises déchiquetées.

S'accroupissant derrière un rocher, tremblante de froid, la jeune femme enfonça ses doigts dans ses cheveux et retira sa perruque blonde, révélant ses cheveux sombres aux reflets auburn, coupés court. Elle ouvrit un sac en plastique étanche, en sortit une petite boîte blanche – un boîtier pour lentilles de contact. Avec habileté, elle pressa son index sur son œil droit, puis sur le gauche, afin de récupérer les lentilles colorées

et de les ranger dans leur boîte de transport. Ses yeux, d'un vert émeraude étaient devenus d'un marron profond. Bryson, fasciné, la regarda
se métamorphoser, mais ne pipa mot. Elle sortit ensuite du sac une bous-
sole, une carte plastifiée et un stylet lumineux.

— On ne peut pas rester ici, évidemment, déclara-t-elle, rompant la
première le silence. Les gardes-côtes vont passer le coin au peigne fin.
Seigneur, quelle nuit !

Elle alluma sa petite lampe, dissimulant le faisceau derrière sa main
en coupe, et examina la carte.

— Quelque chose me dit que vous avez déjà connu des nuits comme
celle-là ? lança Bryson.

Elle leva son regard vers lui, l'œil étincelant.

— Vous croyez toujours que je vous dois des explications ?

— Vous ne me devez rien. Mais vous avez risqué votre vie pour moi,
et j'aimerais comprendre les raisons d'un tel altruisme. Et, soit dit en
passant, je vous préfère en brune qu'en blonde. Vous disiez tout à
l'heure que vous surveilliez des transferts d'armes, apparemment sur
ordre d'Israël. Vous êtes du Mossad ?

— D'une certaine manière, répondit-elle, laconique. Et vous ? Vous
êtes de la CIA ?

— D'une certaine manière.

Bryson aimait avoir des informations sans être obligé d'en délivrer
lui-même.

— Votre objectif ? Votre mission ? insista-t-elle.

Il hésita un moment avant de répondre.

— Disons que je lutte contre une organisation dont l'influence dépasse l'entendement. Mais une question me trouble : pourquoi ? Pourquoi avez-vous fait ça ? Ruiner ainsi votre couverture, votre travail
d'infiltration et mettre votre propre vie en danger ?

— Croyez-moi, je n'y tenais pas.

— Alors qui vous y a contrainte ?

— Les circonstances. La tournure des événements. J'ai commis
l'erreur de vous prévenir, j'ai oublié de prendre en compte les caméras
de surveillance que Calacanis avait placées partout dans le bateau.

— Comment savez-vous que l'on vous avait repérée ?

— Parce que après votre fuite, on m'a demandé de quitter mon poste
pour rendre visite à Mr. Boghosian qui désirait me parler. Boghosian est
– était – l'homme de main de Calacanis. Lorsqu'on m'a dit que ce type
voulait me voir, j'ai tout de suite compris. Ils avaient regardé les cassettes du système de surveillance. A partir de ce moment-là, je n'avais
pas d'autre solution que de m'enfuir.

— Mais cela ne répond pas à ma question première : pourquoi
m'avoir averti du danger ?

Elle secoua la tête.

— Ils avaient fait assez de victimes comme ça. J'ai jugé inutile de les laisser en ajouter une autre à leur liste ; d'autant plus que la finalité de mon travail est d'empêcher les terroristes et les fanatiques de faire couler le sang d'innocents. Je n'ai pas pensé que j'allais mettre ma propre sécurité en jeu. A l'évidence, j'ai commis une grave erreur d'appréciation.

Elle replongea le nez dans la carte, tout en masquant le faisceau de la lampe de la paume de sa main.

Touché par la candeur de la jeune femme, Bryson demanda gentiment :

— Vous avez un nom ?

Elle releva de nouveau les yeux, avec un demi-sourire aux lèvres.

— Je m'appelle Laïla. Et je sais que votre nom n'est pas Coleridge.

— Je suis Jonas Barrett, annonça-t-il, sans expliciter les raisons de sa présence sur le bateau.

Laissons-la dans le flou. On échangera des informations en temps voulu, *si* cela devient absolument nécessaire. Avoir recours au mensonge, aux couvertures diverses, aux fausses identités, était redevenu une seconde nature chez lui, comme autrefois. *Qui suis-je réellement ?* se demanda-t-il en pensée : le questionnement existentiel de l'adolescent transposé dans l'esprit torturé d'un ex-espion en pleine confusion. Les vagues éclataient tout autour d'eux, en un vacarme assourdissant. Le mugissement d'une corne de brume se faisait entendre au loin, s'élevant d'un phare surplombant les flots. Le célèbre phare du cap Finisterre.

— Je ne suis pas si sûr que vous ayez commis une erreur, précisa Bryson tout bas, avec une pointe de respect dans la voix.

Elle lui retourna un bref sourire, empreint d'un vague regret et éteignit son stylo lumineux.

— Je dois louer un hélicoptère ou un avion, n'importe quoi qui puisse m'emmener – nous emmener – loin d'ici, et vite.

— C'est à Saint-Jacques-de-Compostelle que nous avons le plus de chances de trouver notre bonheur. C'est à environ cent kilomètres d'ici, au sud-est. C'est un centre touristique, un haut lieu de pèlerinage, une ville sainte. Il y a un petit aéroport là-bas, je crois, avec quelques vols internationaux. On pourra peut-être trouver un avion ou un hélico. Cela vaut le coup de tenter.

Elle le fixa du regard.

— Vous connaissez le secteur.

— A peine. J'ai étudié quelques cartes.

Soudain, un puissant faisceau de lumière balaya la plage à quelques mètres d'eux. La jeune femme et Bryson se plaquèrent au sol, un vieux réflexe de professionnels. Bryson se cacha derrière un rocher et Laïla s'aplatit derrière une arête de roche. Bryson sentit le sable sur son visage, froid et humide ; il entendait la respiration régulière de la jeune femme, à un mètre de lui. Il n'avait pas souvent travaillé avec des femmes durant sa carrière ; son opinion, rarement exprimée, était que les femmes qui avaient réussi à surmonter les obstacles placés par les responsables des services secrets – pour leur plus grande part des machistes invétérés – devaient avoir des qualités exceptionnelles. En ce qui concernait cette mystérieuse Laïla, il ne savait pratiquement rien, sinon qu'elle faisait partie de ces perles rares : des talents hors pairs et un calme d'airain dans les moments les plus critiques.

Le projecteur balayait toujours la plage. Le faisceau s'arrêta un moment à l'endroit où Bryson avait caché le bateau, achevant de le dissimuler avec des pierres et des algues. Peut-être un œil expérimenté pouvait-il remarquer quelque discontinuité dans la succession des roches, des végétaux et autres détritus rejetés par la mer. Toujours caché par son rocher, Bryson risqua un coup d'œil pour scruter les alentours. Le patrouilleur longeait la côte, deux gros projecteurs fouillant chaque anfractuosité des falaises. Sans nul doute, tout le monde à bord avait les yeux rivés à des jumelles à fort grossissement. A cette distance, les systèmes de vision infrarouge étaient inopérants, mais Bryson ne voulait pas prendre de risques en se relevant trop tôt, même si les faisceaux de lumière s'étaient éloignés. Souvent, l'extinction des projecteurs marquait le véritable début des recherches : ce n'était que lorsque les ténèbres revenaient que les créatures sortaient de leur cachette. Bryson resta donc plaqué au sol pendant cinq bonnes minutes encore, après que la plage fut retombée dans l'obscurité. Laïla prit la même précaution, sans qu'il ait eu besoin de lui dire quoi que ce soit. Un détail qui éveilla son admiration.

Après avoir émergé de leur cachette, les membres tout engourdis, Laïla et Bryson commencèrent à grimper le versant des falaises, un flanc rocailleux et envahi de broussailles, jusqu'à rejoindre, au sommet, une petite route de gravillons. Sur les bas-côtés s'étendait une succession de petits champs ceints de gros murets de pierres, où trônaient de vieilles maisons de granit couvertes de mousse. Chaque parcelle avait la même réserve à grains, perchée sur des poteaux, le même râtelier à foin conique, les mêmes treilles croulant sous les grappes de raisins vertes, la même collection d'arbres noueux ployant sous les fruits. Les habitants de cette région vivaient et cultivaient la terre comme autrefois, une tradition préservée de génération en génération. Une contrée où l'étranger n'était pas le bienvenu. Une personne en fuite serait donc considérée avec la plus grande méfiance, la présence de tout inconnu repérée et rapportée aux autorités.

Soudain, des bruits de pas crissèrent sur les graviers, à une trentaine de mètres derrière eux. Bryson se retourna, un pistolet dans sa main droite, mais ne vit rien d'autre que les ténèbres et la brume. La visibilité était quasi nulle, et la route décrivait un virage abrupt de sorte qu'il était impossible de discerner ceux qui approchaient. Laïla, aussi, avait sorti une arme, un pistolet muni d'un long silencieux vissé à l'extrémité du canon. Sa posture de tir était parfaite, presque stylisée. L'un comme l'autre se figèrent, l'oreille aux aguets.

Il y eut un cri, montant de la plage en contrebas. Ils étaient au moins deux – sûrement plus. Mais d'où venaient ces gens ? Quelles étaient leurs intentions ?

Il y eut un autre bruit : une voix brusque, dans une langue que Bryson mit un certain temps à identifier ; puis de nouveaux claquements de pas sur les gravillons. C'était du *gallego*, comprit-il, la vieille langue de Galice, un mélange de portugais et de castillan. Il parvint à comprendre quelques phrases çà et là.

— ¡ *Veña! ¡ Axiña! ¿ Que carallo fas aí? ¿ Que é o que che leva tanto tempo? ¡ Móvete!*

Après un court échange de regards, Laïla et Bryson longèrent en silence un muret de pierres pour se rappocher de l'origine de ces sons. Des voix graves, des coups sourds, un tintement métallique. Au détour du virage, Bryson aperçut deux silhouettes chargeant des caisses à l'arrière d'un camion antédiluvien. L'un des deux compères était juché sur la plate-forme du véhicule, l'autre lui tendait les caisses empilées à côté de lui. Bryson consulta sa montre : un peu plus de trois heures du matin. Que faisaient ces hommes ici à une heure pareille ? Il devait s'agir de pêcheurs, des pêcheurs à pied qui ramassaient sur la grève des *percebes*, des bernacles, le coquillage du coin, ou encore qui venaient de récolter des moules sur les *mejillonieras*, ces radeaux flottants à la limite des basses eaux.

Ces gens étaient donc des autochtones, de rudes travailleurs, ne représentant aucune menace directe. Il rangea son arme et fit signe à Laïla de l'imiter. Pointer des armes sur ces personnes aurait été une erreur ; la confrontation violente n'était pas nécessaire.

En y regardant de plus près, Bryson s'aperçut que l'un des deux hommes avait une cinquantaine d'années, l'autre à peine vingt ans. Tous les deux avaient ce visage rude de paysan, buriné par le dur labeur ; ce devaient être le père et le fils. Le plus jeune se trouvait dans le camion ; le vieux lui passait la marchandise.

— ¡ *Veña, móvete, non podemos perder lo tempo!*

Bryson connaissait suffisamment le portugais, après ses nombreuses missions à Lisbonne et à São Paulo, pour comprendre ce que les hommes disaient : « Allez, dépêche-toi, disait le vieux, On a un horaire à respecter. Nous n'avons pas de temps à perdre ! »

Il lança un regard à Laïla puis cria en portugais :

— ¿ *Por favor, nos poderían axudar? Metimo lo coche na cuneta, e a miña muller e maís eu temos que chegar a Vigo cante antes.* – Pouvez-vous nous aider ? Notre voiture est sortie de la route, et ma femme et moi voudrions rejoindre Vigo au plus vite.

Les deux hommes échangèrent un regard suspicieux. Bryson distinguait à présent ce qu'ils chargeaient dans le camion ; ce n'était pas des

caisses de bernacles ou de moules, mais des cartons contenant des cigarettes, anglaises et américaines pour la plupart. Ce n'étaient pas des pêcheurs, mais des contrebandiers, important du tabac pour le revendre à
prix d'or.

L'aîné posa son carton au sol.

— Vous êtes étrangers ? D'où venez-vous ?

— Nous venons de Bilbao. On était en vacances, on visitait la région,
mais la voiture que le loueur nous a refilée est une épave. La transmission a lâché et on est partis dans le fossé. Si vous pouviez nous emmener, nous saurons vous récompenser de votre peine.

— On va vous donner un coup de main, c'est sûr, répondit le vieux en
faisant un signe au jeune, qui sauta du camion et s'approcha d'eux par le
travers, se dirigeant visiblement vers Laïla. N'est-ce pas, Jorge ?

Soudain le jeune homme sortit un revolver, un vieil Astra Cadix 38
Spécial, qu'il pointa sur Laïla. Il fit quelques pas vers elle en criant :

— ¡ *Vaciade os petos* ! ¡ *Agora mesmo* ! – Vide tes poches ! Toutes tes
poches ! Dépêche-toi ! Je veux tout ! Et pas d'entourloupe !

Le vieux avait aussi sorti un pistolet, qu'il pointait vers Bryson.

— Toi aussi, mon ami. Sors ton portefeuille et lance-le à mes pieds !
aboya-t-il. Ta jolie montre aussi ! Dépêche-toi. Ou on descend ta petite
femme, et toi après !

Le jeune saisit Laïla par l'épaule de la main gauche, l'attira à lui et lui
plaqua le canon de son arme sur la tempe. Il ne remarqua pas
l'expression imperturbable de Laïla – ni cri, ni masque de terreur. S'il
avait noté le calme de la jeune femme, cela aurait pu l'avertir du danger.

Elle chercha le regard de Bryson ; il lui fit un signe de tête presque
imperceptible.

En un brusque mouvement, elle dégaina deux pistolets, un dans
chaque main. Dans la gauche, un 45 Heckler & Koch USP compact et
dans la droite, un gros Desert Eagle israélien calibre 50, une arme
extrêmement puissante. Dans le même temps, Bryson sortit un Beretta
92 et le braqua sur le vieux contrebandier.

— Arrière ! lança Laïla en portugais au jeune, qui recula en trébuchant
sous le coup de la frayeur. Lâche ton flingue ou je te fais sauter la tête !

Le garçon retrouva son équilibre, hésita un moment, comme s'il
envisageait ses chances ; Laïla pressa la gâchette du gros Desert Eagle.
La détonation fut assourdissante, rendue encore plus impressionnante
parce qu'elle éclata tout près des oreilles du jeune homme.

— ¡ *Non* ! ¡ *Non dispare* ! lança le garçon en lâchant son vieil Astra
Cadix et levant les mains en l'air.

Le pistolet tomba lourdement au sol, mais le coup ne partit pas.

Bryson esquissa un sourire et avança vers l'homme.

— Pose ton arme aussi, *meu amigo*, ou ma femme va occire ton fils ou
ton neveu, ou je ne sais trop qui... comme tu l'as vu, c'est une femme
très impulsive qui a du mal à se contrôler.

— ¡ *Por Cristo bendito, esa muller está tola!* pesta l'aîné en s'agenouillant au sol et posant à terre son pistolet. – Dieu tout-puissant, elle est folle ! – Il leva à son tour les mains en l'air. – ¡ *Se pensan que nos van toma lo pelo, están listos! Temos amigos esperando por nós ó final da estrada.* – Si vous pensez nous tuer, vous êtes stupides. Des amis nous attendent en bas de la route...

— D'accord, d'accord, l'interrompit Bryson avec impatience. On se contrefiche de vos cigarettes. C'est votre camion qui nous intéresse.

— ¿ *O meu camión ? ¡ Por Deus, eu necesito este camión!* – Par Dieu, j'ai besoin de ce camion ! –

— Disons que ce n'est pas votre jour de chance, répliqua Bryson.

— A genoux ! ordonna Laïla au garçon, qui obtempéra dans la seconde.

Il avait le visage cramoisi et tremblait comme un enfant terrorisé, plissant des yeux de peur à chaque fois qu'elle agitait son Desert Eagle.

— ¿ *Polo menos nos deixarán descarga lo camión ? ¡ Vostedes non necesitan a mercancía!* supplia le vieux. – Pouvons-nous au moins décharger le camion ? Vous n'avez pas besoin de la marchandise !

— Allez-y, répondit Laïla.

— Non, intervint Bryson. Il y a toujours une autre arme cachée à l'intérieur, en cas de braquage. Vous allez faire demi-tour tous les deux et vous éloigner sur la route. Vous ne cesserez de marcher que lorsque vous n'entendrez plus le bruit du camion. Si vous tentez de nous poursuivre, de nous tirer de dessus ou de passer un coup de fil à vos petits copains en bas, on revient vous voir, et cette fois, avec de l'artillerie lourde. Alors un conseil, tenez-vous à carreau.

Il courut vers la cabine du camion et fit signe à Laïla de monter de l'autre côté. Il leva son Beretta vers les deux contrebandiers :

— Marchez !

Les deux hommes, le jeune et le vieux, se relevèrent maladroitement, les bras toujours en l'air et commencèrent à s'éloigner sur la route.

— Attendez ! lança soudain Laïla. Je ne veux prendre aucun risque.

— Quoi ?

Elle glissa le 45 dans sa poche et sortit un autre pistolet, aux formes étranges. Bryson reconnut l'arme aussitôt. Il hocha la tête en souriant.

— ¡ *Non!* hurla le jeune en se retournant.

—! *Non dispare!* cria à son tour le vieux, sans doute le père. ¡ *Estamos facendo o que nos dicen! ¿ Virxen Santa, non imos falar, por que íamos ?* – Ne tirez pas ! On fera ce que vous avez dit ! Sainte mère de Dieu, on ne dira rien, pourquoi ferait-on une chose pareille !

Les deux hommes se mirent à courir, mais ils n'avaient pas parcouru dix mètres que deux détonations assourdies retentirent. Laïla leur avait tiré dessus. Une charge de dioxyde de carbone avait propulsé une seringue contenant un puissant tranquillisant, qui s'infiltrait à présent dans le corps des deux hommes. Ce genre d'arme était destiné à neutraliser des animaux sauvages sans les tuer ; le tranquillisant ferait effet une trentaine de minutes. Les deux hommes s'écroulèrent au sol, rampèrent quelque secondes encore avant de s'immobiliser, inconscients.

*

La carcasse du vieux camion grinçait de tous ses boulons tandis que son moteur arthritique pouffetait sur la petite route de montagne. Le soleil se levait derrière les falaises déchiquetées ; l'horizon se parait de couleurs pastel, baignant d'une lumière laiteuse les villages de pêcheurs qu'ils traversaient.

Bryson observait la belle jeune femme endormie contre la vitre tressautante de la portière, une femme exceptionnelle à bien des égards.

Il y avait quelque chose de dur et d'impitoyable en elle, et dans le même temps, elle paraissait vulnérable, presque triste. C'était un mélange particulièrement attirant, mais ses instincts d'espion le mettaient en garde pour toutes sortes de raisons. Elle lui ressemblait trop, une rescapée dont la carapace cachait une personne torturée, souvent en lutte avec elle-même.

Et puis, il y avait Elena, il y avait toujours Elena... une présence spectrale, un mystère en soi. Une femme qu'il n'avait jamais réellement connue. Il devait la retrouver... ce serment était devenu une sirène au milieu de la tourmente de son esprit, un appel insaisissable, envoûtant et chimérique.

Laïla devait rester une partenaire de valeur, être associée à lui dans une simple alliance stratégique. Elle et Bryson profitaient l'un de l'autre, s'aidaient mutuellement ; il y avait quelque chose de froid, de clinique dans leur union. Rien de plus. Pour Bryson, elle n'était qu'un moyen d'arriver à ses fins.

La fatigue le gagnait à pas de géant. Il gara le camion dans un taillis et s'endormit. Il crut avoir sommeillé vingt minutes lorsqu'il s'éveilla en sursaut plusieurs heures plus tard. Laïla dormait toujours profondément à côté de lui. Il pesta contre lui-même ; il n'était jamais bon de perdre du temps. D'un autre côté, l'excès de fatigue engendrait erreurs de jugement et d'appréciation... le sacrifice en valait peut-être la peine, au fond.

En retournant sur la nationale, Bryson s'aperçut qu'une foule de plus en plus dense encombrait les bas-côtés, marchant en direction de Saint-Jacques-de-Compostelle. Au début, il ne s'agissait que de quelques pèlerins isolés, mais de kilomètres en kilomètres, leur nombre avait grandi pour former une file ininterrompue, puis un véritable flot humain. La plupart allait à pied, mais certains voyageaient à bicyclette, d'autres, même, à cheval. Leurs visages étaient brûlés par le soleil ; beaucoup progressaient avec des cannes, portant des vêtements simples taillés dans des toiles grossières, un sac à dos sur les épaules décoré de coquilles Saint-Jacques. Ces coquilles, se souvenait Bryson, étaient le signe de reconnaissance des pèlerins parcourant le *camino de Santiago*, une route de sept cents kilomètres depuis le col de Roncevaux dans les Pyrénées jusqu'aux reliques du saint conservées à Compostelle. Il fallait d'ordinaire un mois pour faire le trajet à pied. Çà et là, le long de la route, on trouvait des charrettes à bras, des gitans vendeurs de souvenirs – cartes postales, oiseaux en plastique battant des ailes, coquilles Saint-Jacques, vêtements de toutes les couleurs.

Mais bientôt, un phénomène nouveau se produisit, difficilement compréhensible. Quelques kilomètres avant d'arriver à Saint-Jacques-de-Compostelle, la circulation se trouva de plus en plus encombrée. Voitures, cars et camions roulaient au pas, pare-chocs contre pare-chocs. Plus haut sur la route, il devait se trouver un obstacle... peut-être un accident, des travaux sur la chaussée ?

Non.

Bryson aperçut bientôt des barrières de bois en travers de la route, des gyrophares tournoyant sur le toit de voitures de police... il s'agissait d'un barrage de police. Les autorités espagnoles inspectaient les véhicules, vérifiant l'identité des conducteurs et de leurs passagers. Les voitures et les cars passaient sans trop d'encombre, mais les camions étaient arrêtés et contraints de se ranger sur le bas-côté, plaque d'immatriculation et carte grise examinées avec minutie. Les pèlerins traversaient le barrage sans être inquiétés et jetaient des regards curieux devant ce spectacle.

— Laïla ! Vite, réveillez-vous !

Elle se redressa, tout de suite en alerte.

— Quoi ? Qu'est-ce qui se passe ?

— Ils cherchent notre camion.

Elle comprit aussitôt la situation.

— Seigneur ! Ces salauds ont dû nous donner, porter plainte à la police.

— Non. Ce ne sont pas eux, du moins pas directement. Ce genre de personnes évite tout contact avec les autorités. Quelqu'un a dû leur tomber dessus, leur offrir une coquette somme pour leur délier la langue. Quelqu'un qui a des relations avec la police espagnole.

— Les *guardacostas* ? Cela m'étonnerait qu'il puisse s'agir des hommes de Calacanis, si tant est qu'il y ait eu des survivants au naufrage.

Bryson secoua la tête.

— A mon avis, on a affaire à une tout autre entité. A une organisation qui était à bord du bateau...

— Un service secret ennemi ?

— Oui, mais pas exactement dans le sens où vous l'entendez.

Ennemi n'est pas le bon terme, songea-t-il, *Diabolique, peut-être. Une pieuvre ayant des tentacules dans les hautes sphères des nations les plus puissantes de la planète – le Directorat*. Bryson vira soudain sur la droite, repérant une trouée dans la masse des pèlerins. Il y eut des protestations de la part des colporteurs, des coups de klaxon.

Il sauta de cabine et dévissa rapidement les plaques minéralogiques du véhicule avec le petit tournevis de son canif, puis revint avec elles derrière le volant.

— Juste au cas où ils sont assez stupides pour ne s'intéresser qu'aux plaques. La vraie supercherie, ce sera nous : ils cherchent un couple, un homme et une femme ensemble, correspondant à notre signalement, portant peut-être un vague déguisement. Nous devons donc nous séparer et aller à pied, mais cela ne suffira pas... – Bryson s'interrompit en apercevant une voiture à bras passant devant le camion. – Attendez-moi ici.

Quelques minutes plus tard, il conversait, en espagnol, avec une gitane grassouillette vendant des fichus et autres vêtements locaux. Elle s'attendait à ce que son client – sans doute un Castillan, à l'entendre s'exprimer en espagnol sans le moindre accent – se mette à marchander ; mais l'homme lui lâcha sans sourciller une liasse de billets. Passant d'étal en étal, Bryson rassembla une collection de vêtements et remonta en cabine. Laïla écarquilla les yeux.

— Alors maintenant, me voilà pèlerine, constata-t-elle en hochant la tête d'un air solennel.

*

Un chaos, un indescriptible chaos !
Des klaxons de voitures, des jurons, des conducteurs furieux. Le flot des pèlerins s'amassant en une mer bariolée, une masse de gens de tous horizons, de toutes conditions, dont le seul point commun était leur foi dévote. Des vieux avec des bâtons de marche, semblant à peine pouvoir mettre un pied devant l'autre, de vieilles femmes toutes de noir vêtues, la tête couverte d'un fichu sombre, ne révélant que la partie supérieure de leur visage. Beaucoup de pèlerins portaient des shorts et des T-shirts. Certains allaient à bicyclette. Il y avait aussi des parents exténués de surveiller leurs marmailles braillardes, les plus grands criant d'excitation, courant en tout sens dans la foule. L'air sentait la sueur, l'oignon grillé, l'encens et toutes sortes d'odeurs humaines. Bryson avait enfilé une soutane médiévale et acheté un grand bâton de marche, une tenue ancienne de moine encore portée de nos jours par certains ordres isolés. On en vendait ici en souvenir. Cette tenue présentait l'avantage d'avoir une capuche que Bryson avait remontée, masquant la majeure partie de son visage et laissant le reste dans l'ombre. Laïla suivait, cinquante mètres derrière lui ; elle avait déniché une robe plutôt vilaine taillée dans un tissu ressemblant à de la mousseline, et parfait son déguisement avec un pull-over aux couleurs criardes, parsemé de paillettes, et un fichu rouge sur la tête. Malgré l'étrangeté de sa tenue, elle se fondait à merveille dans la foule.

Les barrières de bois étaient disposées de façon à laisser passer un grand nombre de piétons ; deux policiers en uniforme se tenaient de chaque côté des barrières, examinant pour la forme les visages dans le flot de pèlerins. De l'autre côté de la route, les voitures et camions passaient un à un le barrage. Les piétons avançaient à vitesse normale, à peine ralentis par le contrôle de police. Un soulagement pour Bryson. Au moment d'arriver à la hauteur des policiers, Bryson adopta une démarche maladroite, pesant de tout son poids sur sa canne, l'allure d'un homme exténué après un long voyage touchant à sa fin. Il veilla à ne pas regarder les policiers, ni à les ignorer trop ostensiblement. Ils ne parurent prêter aucune attention à lui. En quelques secondes, il était hors de danger, emporté par la masse humaine.

Soudain un flash de lumière. Le soleil du matin se reflétant sur du verre... Bryson tourna la tête et aperçut un autre policier, juché sur un banc, les yeux rivés à une grosse paire de jumelles. Comme ses collègues auprès des barrières, il scrutait les visages des pèlerins arrivant aux portes de la cité par l'avenue Juan-Carlos I°. Un homme posté en renfort, ou peut-être faisant office de second contrôle ; celui-ci fouillait méthodiquement du regard la foule compacte. Le soleil était déjà ardent, malgré l'heure matinale ; le visage pâle de l'homme semblait cuire sous la chaleur.

Bryson se retourna une seconde fois, troublé par la pâleur de ce visage, par les mèches blondes dépassant sous sa casquette. Les blonds n'étaient pas courants dans cette région de l'Espagne, mais on en croisait parfois. Ce n'est pas ce détail qui retint son attention, mais la pâleur extrême de cette peau, presque comme neige. Aucun policier ou garde-côte du cru ne pouvait rester longtemps avec une peau laiteuse sous ce climat méditerranéen... rapidement le soleil tannait la peau, ou tout au moins la cuivrait. Même un fonctionnaire dans son bureau ne pouvait éviter les rayons du soleil, ne serait-ce que pour se rendre à son travail le matin ou aller déjeuner à midi.

Ce policier n'était donc pas un natif ou quelqu'un du coin. Bryson doutait même qu'il fût espagnol.

Le policier blond suait abondamment ; il baissa un court instant ses jumelles pour s'éponger le visage du revers de sa veste. Bryson distingua alors ses traits.

Les yeux gris, gonflés de sommeil, luisant sous la concentration, les lèvres fines, la peau de craie, les cheveux blond cendré... Ce visage lui était familier. .

Khartoum.

L'homme, à l'époque, avait été envoyé dans la capitale soudanaise, en tant qu'ingénieur-expert de Rotterdam, en compagnie d'un groupe de spécialistes européens venus conseiller les autorités irakiennes sur la construction d'une base de missiles balistiques et prendre commande du matériel nécessaire à l'assemblage des Scud. Le blond était en fait une taupe, un agent infiltré. Il appartenait au Directorat. Il était aussi un expert des éliminations rapides, un tueur. Bryson se trouvait à Khartoum en mission de surveillance et devait obtenir des preuves de ces tractations pour pouvoir s'en servir contre les Irakiens. Il avait eu un contact fugace avec le tueur blond, le temps de lui fournir des dossiers concernant les objectifs de sa mission, le lieu de séjour des personnes en question, leur emploi du temps, et les failles possibles dans leur système de protection. Bryson ne connaissait pas le nom du blond ; tout ce qu'il savait, c'était qu'il s'agissait d'un tueur à sang froid, l'un des meilleurs sur la planète : un type très adroit, sans doute psychopathe. Le parfait nettoyeur.

Le Directorat avait donc envoyé l'une de leurs plus fines lames pour le tuer. Maintenant cela ne faisait plus aucun doute ; ses anciens employeurs l'avaient étiqueté « élément irrécupérable ».

Mais comment l'avait-on retrouvé ? Les contrebandiers devaient avoir parlé, furieux d'avoir perdu leur cargaison et trop ravis d'empocher quelques liasses de billets. Les routes n'étaient pas légion dans cette région, très peu venaient de Finisterre, toutes très facilement observables depuis l'air avec un hélicoptère. Bryson n'avait pourtant vu ni entendu aucun hélicoptère... mais il y avait toutes ces heures où il avait dormi... et le vieux camion était si bruyant qu'il aurait pu masquer n'importe quel bruit de turbine...

Le camion abandonné sur le bas-côté avait sans doute fait office de balise Argos pour leurs poursuivants : la preuve que Laïla et lui se trouvaient dans les environs immédiats. Il n'y avait qu'une seule route, et deux directions possibles : soit vers la ville de Saint-Jacques-de-Compostelle, soit vers la campagne. Sans nul doute, les deux possibilités étaient couvertes, des barrages placés aux points stratégiques.

Bryson brûlait de se retourner, pour s'assurer que Laïla était bien derrière lui, qu'elle était passée sans encombre, mais un tel mouvement aurait été suspect.

Son pouls s'accéléra. Il détourna la tête, mais un instant trop tard. Il y eut une lueur dans les yeux du tueur.

Il m'a vu. Il m'a reconnu.

Se mettre à courir, ou faire le moindre changement de trajectoire pour sortir de la foule revenait à agiter un étendard pour confirmer les doutes du tueur. Car, à cette distance, il ne pouvait être sûr à cent pour cent d'avoir parfaitement identifié sa cible. Non seulement, leur rencontre à Khartoum datait de plusieurs années, mais la capuche de Bryson dissimulait en grande partie son visage. Le tueur ne pouvait pas tirer sans être certain de son fait.

Le temps sembla suspendre son cours tandis que les pensées se bousculaient dans la tête de Bryson. Malgré l'adrénaline qui inondait son corps, les battements affolés de son cœur, Bryson continua à avancer comme si de rien n'était. Il devait veiller à se fondre dans la foule.

A la périphérie de son champ de vision, il vit le tueur pivoter dans sa direction, sa main droite plonger vers son arme accrochée à sa ceinture. La foule des pèlerins était si dense que Bryson était presque soulevé de terre et emporté par elle, mais à une allure de tortue. *Comment le tueur peut-il être sûr qu'il s'agit bien de moi ? Avec cette capuche...* Soudain, le ventre de Bryson se serra. C'était justement parce qu'il portait une capuche qu'on ne voyait que lui dans la foule ! Sous ce soleil cuisant, certaines personnes portaient des casquettes pour se protéger des rayons, mais en aucun cas une chaude capuche enserrant le crâne comme dans un bonnet de montagne... Aucun pèlerin portant des habits avec des capuches ne les avait relevées sur la tête. On ne voyait que lui !

Bien qu'il n'osât pas se retourner, il sentit un mouvement dans la foule du coin de l'œil, perçut l'éclat d'un objet métallique, sans doute un pistolet. Le tueur avait sorti son arme ; Bryson le savait d'instinct.

Subitement, il s'effondra au sol, feignant de s'être tordu la cheville, provoquant bousculades et trébuchements autour de lui. Des grognements agacés. L'appel d'une femme empreint de sollicitude.

Une fraction de seconde plus tard, retentit le claquement sourd d'un coup de feu – une arme équipée d'un silencieux. Il y eut des cris, aigus et terrifiés. Une jeune femme juste sur sa gauche s'écroula, le sommet du crâne arraché. Son sang projeté sur deux mètres autour d'elle. La foule fut prise de panique ; d'autres cris, des hurlements... Des gerbes de poussière jaillissaient du sol sous l'impact des balles. Le tueur tirait vite, en mode semi-automatique. Maintenant qu'il avait repéré sa cible, peu lui importait de blesser des innocents.

Pris dans le tumulte, Bryson faillit se faire piétiner. Luttant de toutes ses forces, il parvint à se remettre sur ses jambes, sa capuche rabaissée, pour être aussitôt de nouveau projeté au sol. Tout autour de lui ce n'était qu'une cacophonie de cris et de gémissements poussés par les blessés et les mourants. Réussissant enfin à se redresser, il s'élança tête baissée en avant, heurtant l'essaim humain qui tentait de fuir le lieu du massacre.

Bryson avait des armes sur lui, mais en sortir une et tirer aurait été du suicide. Ils devaient être nombreux. Faire feu revenait à tirer une fusée éclairante pour donner sa position aux meurtriers envoyés par le Directorat. Il préféra continuer à courir, la tête rentrée dans les épaules, au plus près du sol, pour se dissimuler derrière la forêt houleuse de corps s'agitant en tout sens.

Une série de balles ricocha sur un panneau indicateur à trois mètres de lui... le blond avait perdu sa trace, désorienté par les mouvements de la foule paniquée. A cinq mètres de lui monta un autre cri ; un homme sur sa bicyclette s'effondra touché dans le dos. Le blond tirait au hasard à présent ; cela servait Bryson, les tirs ajoutant encore à la panique, un méli-mélo où il pouvait se fondre. Il risqua un coup d'œil, profitant du fait que tout le monde cherchait du regard l'origine des tirs, et vit avec stupeur le blond propulsé en avant, comme si on l'avait poussé brutalement par-derrière. Une balle ! Une balle dans le dos ! Le tueur bascula par-dessus la barrière, soit mort, soit sérieusement touché. Qui avait tiré ? Un flash rouge : un fichu écarlate disparaissant dans la foule.

Laïla !

Soulagé, il se retourna et se laissa porter par la foule, comme un morceau de bois emporté par le courant. Il ne pouvait se rapprocher d'elle, remonter le flot humain. Il n'était pas question non plus de lui faire signe. Il savait comment procédait le Directorat pour les éliminations prioritaires, et la sienne en était une, à n'en pas douter. Ils ne lésinaient pas sur la main-d'œuvre. Les tueurs à gages, c'était comme les cafards ; si on en voyait un, c'est qu'il y en avait d'autres, beaucoup d'autres... Mais où ? Le blond semblait travailler en solo, ce qui signifiait que ses compères étaient là en soutien. Pour l'instant, il ne voyait personne pointer son nez. Bryson connaissait trop bien les méthodes du Directorat pour savoir que le blond n'agissait pas seul.

La foule des pèlerins était à présent en proie à une panique folle, une masse houleuse de gens terrifiés, certains descendant l'*avenida,* d'autres tentant de la remonter dans l'autre sens. Ce qu'il avait jugé être, un instant plus tôt, une couverture idéale, devenait une entité dangereuse, violente. Laïla et Bryson devaient s'arracher aux serres de ce monstre, disparaître dans la cité et trouver le moyen de rejoindre l'aéroport de Labacolla, à onze kilomètres à l'est.

Il sortit de la marée humaine, manquant de se faire renverser par un cycliste, et s'accrocha à un réverbère pour lutter contre le courant, en attendant que Laïla s'échappe de la presse. Il scruta la foule à la recherche de son visage, en particulier de son fichu rouge. Guettant, aussi, d'autres discontinuités dans le flot – un éclat de métal, une casquette de policier, le regard glacé d'un autre tueur. Bryson savait qu'il offrait un étrange spectacle ainsi juché sur son lampadaire. Il attirait l'attention. Un pèlerin, serrant apparemment une bible sous les plis de sa robe de moine, le regardait avec une curiosité évidente sur l'autre rive de l'Avenida Juan-Carlos I°. Bryson croisa son regard au moment où le moine levait sa bible – mais ce n'était pas une bible, c'était un objet long, bleu acier.

Un pistolet !

Une fraction de seconde plus tard, le temps que ses neurones convoient à ses muscles l'information, Bryson plongea sur sa droite, percutant un cycliste ; l'homme sous le choc poussa des jurons, tentant tant bien que mal d'éviter la chute.

Un claquement sourd. Une gerbe de sang éclaboussant le visage de Bryson. La tempe du cycliste fracassée, devenue un trou béant où palpitait une masse rose... Les cris montèrent d'un cran autour de lui. L'homme était mort, le tireur en habit de moine à quinze mètres de là, l'arme levée, tirait de nouveau.

Un cauchemar !

Bryson roula au sol, malgré la foule affolée qui piétinait sa tête et son dos comme un mille-pattes aveugle. Il saisit la crosse de son Beretta et le sortit de son étui.

Un homme hurla : « ¡ *Unha pistola!* ¡ *Ten unha pistola!* » – Il a un pistolet !

Des balles ricochèrent sur la hampe du réverbère, criblèrent le sol quelques mètres plus loin. Bryson se releva, repéra le faux moine et tira.

La première balle frappa le tueur à la poitrine ; sous le choc, l'homme lâcha son arme. La seconde, en plein centre du torse, terrassa le tueur pour de bon.

Sur sa gauche, luisant à la périphérie de son champ de vision, Bryson perçut la présence d'une autre arme. Il se retourna juste à temps pour voir un autre homme, à moins de dix mètres de lui, déguisé aussi en pèlerin, levant un petit pistolet noir dans sa direction. Bryson fit un bond sur la droite, pour sortir de la ligne de mire, mais il y eut une explosion de douleur dans son épaule gauche, irradiant des lignes de feu dans toute sa poitrine : il avait été touché.

Bryson perdit l'équilibre, ses jambes cédant sous lui et se retrouva en train de ramper au sol. La douleur était terrible ; il sentait son sang détremper sa chemise, son bras droit s'engourdir.

Des mains le saisirent. Désorienté, la vue brouillée, Bryson, par réflexe, voulut cogner son assaillant lorsque la voix de Laïla retentit :

— Non, c'est moi ! Par ici ! Par ici !

Elle l'attrapa par son épaule intacte, l'aida à se relever et le soutint.

— Vous n'avez rien ! lâcha Bryson avec soulagement, au milieu du chaos – réaction des plus illogiques puisque c'était lui le blessé.

— Oui, je vais bien. Allons-y, vite !

Elle l'entraîna vers le bas-côté, traversant la masse de pèlerins devenue hystérique. Bryson se força à bouger, accélérant le pas, malgré la douleur. Il aperçut un autre moine à quelques pas de lui, brandissant aussi quelque chose. Sous l'influx d'adrénaline, il leva son arme et s'apprêtait à tirer au moment où il vit que le moine tenait un livre – une vraie bible, qu'il levait à ses lèvres, en priant parmi la violence et la folie ambiantes.

Bryson et Laïla pénétrèrent dans un grand parc, offrant de grandes pelouses verdoyantes et des allées d'eucalyptus.

— Il faut trouver un endroit où nous reposer, annonça Laïla.

— Inutile. La blessure est superficielle.

— Le *sang* !

— C'est une simple égratignure. La balle a dû toucher quelques vaisseaux, mais ce n'est pas aussi grave que cela en a l'air. Nous n'avons pas le temps de nous arrêter ! Il faut continuer à avancer.

— Mais pour aller où ?

— Droit devant. De l'autre côté de la rue. Il y a une cathédrale, une place. La Praza do Obradoiro... c'est noir de monde là-bas. Nous devons rester dans la foule, profiter de ce camouflage le plus souvent possible. On ne peut pas rester à découvert. – Voyant son hésitation, il ajouta : – On s'occupera de ma blessure plus tard. Pour l'instant, c'est le cadet de nos soucis !

— Vous ne vous rendez pas compte de la quantité de sang que vous perdez ! – Avec un détachement presque clinique, elle déboutonna le haut de la chemise de Bryson et souleva délicatement le tissu imbibé de sang ; il tressaillit de douleur. Elle palpa doucement la blessure. – D'accord, déclara-t-elle, on soignera ça plus tard, mais il faut arrêter l'hémorragie. – Elle retira son fichu rouge et le noua fermement atour de l'épaule, en le passant sous l'aisselle, confectionnant un garrot de fortune. – Vous pouvez bouger le bras ?

Il le souleva en grimaçant.

— Oui.

— Ça fait mal ? Inutile de jouer les héros.

— Ce n'est pas mon genre. Je ne néglige jamais la douleur. C'est ma meilleure amie en cas de danger. Et oui, ça fait mal. Mais j'ai enduré bien pire, croyez-moi.

— Je vous crois. Il y a une cathédrale en haut de la butte et...

— C'est la grande cathédrale de Compostelle. La place, le parvis, c'est la Praza do Obradoiro, on la surnomme parfois la Praza de España, elle marque la fin du pèlerinage... il y a toujours une foule de gens là-bas. C'est l'endroit idéal pour semer nos poursuivants et trouver un véhicule. Il faut sortir de ce parc au plus vite. Nous y sommes trop à découvert !

Ils longèrent l'allée bordée d'eucalyptus. Soudain deux cyclistes fondirent sur eux et les évitèrent in extremis avant de poursuivre leur chemin. Sans doute des pèlerins voulant rejoindre au plus vite le cœur de la cité, mais leur brusque apparition surprit Bryson. Peut-être la perte de sang avait-elle amoindri ses réflexes ? Les tueurs envoyés par le Directorat étaient déguisés, avec ingéniosité, en religieux. N'importe qui parmi les touristes et les pèlerins, *n'importe qui* pouvait être un tueur venu éliminer l'« élément irrécupérable » qu'il était devenu aux yeux de l'organisation. Dans un champ de mines, au moins, l'œil aguerri pouvait repérer la mine enfouie, mais ici, il n'y avait aucun signe pouvant prévenir du danger.

A part le fait de reconnaître un visage familier.

Certains agents – mais pas tous –, en particulier les chefs d'équipe, ne seraient pas des inconnus pour Bryson. Il avait travaillé avec eux par le passé ; toutefois les contacts étaient restés rares ou fugitifs. On les avait affectés à cette mission parce qu'ils étaient plus aptes à reconnaître Bryson dans la foule. Mais l'épée était à double tranchant : s'ils pouvaient reconnaître Bryson, la réciproque était vraie. Ce n'était pas un grand avantage, mais il n'avait rien de mieux pour l'instant et il devait en tirer profit au maximum.

— Attendez, lança-t-il. J'ai été repéré, et par conséquent vous aussi. Ils ne savent peut-être pas qui vous êtes, pas encore, du moins. Mais moi, ils me connaissent. Et puis il y a ce sang sur ma chemise, votre fichu rouge en garrot. Non, on ne va tout de même pas leur faciliter la tâche...

Elle acquiesça.

— Je vais vous trouver des vêtements propres.

Ils étaient encore une fois sur la même longueur d'onde.

— Je vais attendre ici. Non, regardez ça... – Il désignait une petite église couverte de mousse, entourée de pelouses parsemées de fleurs exotiques. – Je vais vous attendre là-bas, ce sera mieux.

— Entendu.

Elle remonta l'allée pour rejoindre la foule tandis qu'il se dirigeait de son côté vers l'église.

*

Bryson attendit le retour de Laïla dans l'église froide et déserte. De temps en temps, les lourdes portes de bois s'ouvraient ; à chaque fois, ce n'étaient que des pèlerins ou des touristes. Des femmes avec leurs enfants, de jeunes couples... Caché dans une alcôve du narthex, Bryson observait chaque visage. Bien qu'il ne pût jurer de rien, il ne repéra aucun signe chez ces gens qui mît ses sens en alerte. Vingt minutes plus tard, les portes s'ouvrirent de nouveau ; c'était Laïla, tenant dans les bras un paquet.

Ils se changèrent, chacun de leur côté, dans les toilettes de l'église. Elle avait bien estimé sa taille. Ils étaient désormais habillés en touristes moyens : pour elle, une jupe et un chemisier, avec un chapeau de paille coloré à large bord pour se protéger du soleil, pour lui un pantalon de toile, un polo blanc et une casquette de base-ball. Laïla s'était procuré deux rouleaux de bandes et un désinfectant pour nettoyer la blessure. Elle avait même acheté les accessoires indispensables de la panoplie de touriste : un caméscope bon marché pour lui, et un appareil photo encore moins cher pour elle.

Dix minutes plus tard, lunettes de soleil sur le nez, marchant main dans la main comme deux jeunes mariés en lune de miel, ils pénétrèrent sur l'immense Praza do Obradoiro. La place grouillait de pèlerins, de touristes, d'étudiants et de vendeurs de souvenirs. Bryson s'arrêta devant la cathédrale, feignant de filmer la façade baroque du XVIIIe, dont le Portico de la Gloria, chef-d'œuvre de l'art roman espagnol du XIIe siècle, croulait sous une myriade d'anges et de démons, de monstres et de prophètes. Tout en gardant l'œil collé au viseur, l'objectif en position télé, Bryson panoramiqua pour explorer la foule, prétextant tourner un plan général du parvis.

Il baissa la caméra, et se tourna vers Laïla, souriant et dodelinant du chef comme un touriste fier de lui. Elle lui prit le bras et ils se mirent tous les deux à jouer les amoureux dans l'espoir de détourner les soupçons d'éventuels observateurs. Le déguisement de Bryson était réduit à sa plus simple expression, mais au moins, la visière de la casquette laissait dans l'ombre son visage. Peut-être serait-ce suffisant pour induire quelque doute, une petite dose d'incertitude chez les tueurs ?

Mais Bryson perçut des mouvements, des déplacements simultanés en divers points de la place. La foule tout autour de lui déambulait en tout sens, mais au fond, il y avait un mouvement coordonné et symétrique. C'était grâce à son sixième sens d'agent qu'il avait remarqué cette discontinuité dans le mouvement brownien des badauds. Mais la menace était là, belle et bien réelle.

— Laïla, souffla-t-il. Je voudrais que vous vous mettiez à rire, comme si je venais de dire quelque chose d'incroyablement drôle.

— Rire ?

— Maintenant. Je viens de vous dire quelque chose à se plier par terre.

Elle se mit à éclater de rire, renversant la tête en arrière en un total abandon. Une comédie parfaite qui l'agaça quelque peu, même si elle était jouée à sa propre requête. Laïla avait des talents d'actrice éton-nants... Elle était devenue en un instant une femme amoureuse trouvant les remarques de son mari particulièrement spirituelles. Bryson sourit d'un air modeste et reconnaissant, comme s'il était satisfait de l'effet produit par son trait d'humour. Tout en souriant, il leva son caméscope et colla son œil au viseur, explorant la foule comme quelques instants plus tôt. Mais cette fois, il ne panoramiquait pas au hasard ; il savait ce qu'il cherchait.

Toujours feignant de rire, Laïla demanda d'une voix tendue :

— Vous voyez quelque chose ?

Il trouva ce qu'il cherchait.

Le trio classique. En trois points de la place, trois personnes l'œil collé à des jumelles, regardaient dans la direction de Bryson. Pris séparemment, ces gens n'avaient rien de remarquable ; des touristes admirant l'architecture. Mais ensemble, ils représentaient un signe patent de danger. Sur un côté de la *praza* se trouvait une jeune femme, avec des cheveux blond filasse, portant un blazer bien trop chaud par cette journée de canicule, mais parfaitement adapté pour dissimuler un pistolet. De l'autre côté, au deuxième point d'un triangle isocèle, se tenait un barbu joufflu, vêtu d'habits de religieux ; les jumelles à fort grossissement détonnaient de l'ensemble. Ce n'était pas, d'ordinaire, le genre d'objet que l'on voyait suspendu au cou d'un ecclésiastique. Sur le troisième point du triangle, Bryson aperçut un autre homme, maigre, au visage bistre et anguleux, âgé d'une quarantaine d'années ; ce visage retint son attention, exigeant un examen plus minutieux... Bryson zooma, pour faire un gros plan.

Un frisson glacé traversa sa colonne vertébrale.

Il connaissait cet homme, il avait eu affaire à lui plusieurs fois pour des missions délicates. Bryson avait personnellement loué les services de cet individu au nom du Directorat. C'était un paysan nommé Paolo, natif d'un village de la région de Cividale. Paolo opérait toujours en tandem avec son frère, Niccolo. Les deux frères étaient des grands chasseurs dans les montagnes reculées du nord-ouest de l'Italie où ils avaient grandi. Sans grand effort d'adaptation, ils étaient devenus des chasseurs d'hommes très doués, des tueurs hors pairs. Les deux frères se vendaient comme chasseurs de primes, mercenaires, tueurs à gages. Dans son ancienne vie, Bryson les avait embauchés pour des missions à risque, dont une infiltration dans une société russe nommée Vector, qui, suspectait-on, faisait des recherches sur des armes biochimiques.

Si on voyait Paolo, c'était que Niccolo n'était pas loin. Il y avait au moins un homme de plus dans le groupe de traque, positionné quelque part hors du triangle.

Bryson sentit son cœur tambouriner dans sa poitrine ; ses cheveux se dressèrent sur sa tête.

Comment avaient-ils pu les localiser, lui et Laïla, aussi vite ? Ils avaient semé leurs poursuivants, il en était certain ; par quel miracle les avait-on retrouvés une fois encore, dans cette foule immense, malgré leur nouveau changement de costume et de comportement ?

Y avait-il quelque chose qui clochait avec leur tenue – quelque chose de trop neuf, de trop voyant, où d'incongru ? Bryson avait pourtant pris la peine d'érafler ses chaussures neuves sur le trottoir devant l'église où ils avaient fait halte. Il avait vu Laïla faire de même ; il avait même sali ses habits en se projetant de la poussière.

Comment les avaient-on repérés ?

La réponse arriva lentement, comme une bouffée de nausée, une certitude implacable... Il sentit la tiédeur de son sang sur son épaule gauche, qui avait imbibé le pansement ; il n'avait pas songé à regarder, ni à palper l'endroit. La blessure avait continué de saigner, maculant d'une grande auréole pourpre son polo blanc. Le sang avait été le signal, la balise, ruinant dans l'instant tous leurs efforts pour passer inaperçus.

Les chasseurs avaient localisé leur proie blessée, et approchaient à présent pour donner le coup de grâce.

*

Washington, DC.

Le sénateur James Cassidy sentait les regards de ses collègues posés sur lui – certains chargés d'ennui, d'autres circonspects – lorsqu'il se leva de son siège, posa ses mains sur la rampe de bois lustré et prit la parole de sa voix chaude de baryton.

— Dans nos chambres et salles de comités, nous consacrons beaucoup de temps à débattre de l'épuisement des ressources et de la protection des espèces en voie de disparition. Nous nous interrogeons pour trouver le meilleur moyen de gérer la diminution de nos réserves naturelles dans une époque où tout est à vendre, où tout a un prix et un code-barres. Eh bien aujourd'hui, je suis ici pour parler d'une autre espèce en voie de disparition, une entité en quasi-extinction : le droit du citoyen à la vie privée. J'ai lu dans le journal un article où un spécialiste disait : « La vie privée n'existe déjà plus sur Internet ; il faut tirer un trait dessus. » Ceux ici qui me connaissent savent que je ne suis pas homme à me laisser faire. Levez-vous et regardez autour de vous, je dis ! Qu'est-ce que vous voyez ? Des caméras de surveillance, des scanners de tout poil, des banques de données babyloniennes d'une précision qui défie l'imagination. Les sociétés d'études de marché peuvent connaître toutes les facettes de notre existence, de notre premier coup de fil le matin, jusqu'à l'heure à laquelle nous avons quitté notre domicile, via les puces de nos systèmes d'alarme ; elles suivent tous nos faits et gestes grâce aux caméras vidéo des péages d'autoroute, grâce aux données de nos cartes bancaires qui leur procurent le détail de ce que nous avons mangé au déjeuner. Connectez-vous sur n'importe quoi, la moindre transaction, la moindre communication est récoltée, enregistrée, archivée par les cookies. Des sociétés privées sont venues trouver le FBI pour qu'ils leur donnent accès à leurs dossiers, à leurs informations, moyennant rétribution – comme si *l'information* était un secteur d'activité comme un autre pouvant être privatisé... Alors je vois poindre l'émergence d'un nouvel Etat : une république mise à nu. Une démocratie de la surveillance.

Le sénateur regarda l'assistance et savoura ce moment d'exception ; il avait l'attention de tout son auditoire. Certains étaient bouche bée, d'autres plus sceptiques... mais tous étaient tout ouïe.

« Alors je vous pose une question, une seule : est-ce un endroit où vous aimeriez vivre ? Ne nous faisons pas d'illusions ; dans un monde semblable, le sacro-saint droit de l'individu à la vie privée n'a pas la moindre chance de survie face aux forces en présence – je parle des forces de l'ordre, nationales et internationales, toujours plus inquisitrices, des cabinets de marketing et des compagnies d'assurance, avides de chiffres et de données, je parle des nouveaux géants économiques gérant notre santé mais aussi des millions de tentacules insidieux fouillant notre intimité à chaque fois que les intérêts privés rencontrent ceux de l'Etat. En un mot, ceux qui maintiennent l'ordre, et ceux qui veulent vous prendre jusqu'au dernier de vos sous – les forces de l'ordre et les forces du commerce : quelle terrible alliance, mes amis ! Voilà contre quoi se dresse l'intimité des individus, notre intimité. C'est la grande bataille du siècle qui s'annonce, où les forces en lice sont bien inégales. Alors la question, aujourd'hui, que je vous pose, mes chers confrères, à vous tous qui siégez ici dans cet hémicycle, quelle que soit votre couleur politique, est toute simple : *de quel côté êtes-vous ?* »

IX

— Ne regardez pas, ordonna Bryson à voix basse, en explorant toujours la foule au viseur de la caméra. Ne tournez pas la tête. On a affaire à une triade, autant que je puisse en juger.

— A quelle distance? demanda-t-elle d'une voix blanche, faisant toujours mine de sourire – un mélange bizarre.

— Une vingtaine de mètres. Un triangle isocèle. A vos trois heures, une blonde en blazer, les cheveux relevés, de grosses lunettes de soleil. A six heures, un gros type barbu en soutane noire. A neuf heures, un type longiligne, proche de la quarantaine, le teint basané, chemisette noire, pantalon noir. Tous ont des jumelles, et à coup sûr des pistolets dans leurs poches. C'est noté?

— C'est noté, répondit-elle dans un souffle.

— L'un d'eux est le chef; les autres attendent son signal. Je vais faire semblant de vous montrer quelque chose et je vais vous demander de regarder dans la caméra. Lorsque vous les aurez repérés, dites-le-moi.

Il fit soudain un grand geste en direction du porche de la cathédrale, en un mouvement large de la main, comme un cinéaste amateur, et tendit la caméra à Laïla.

— Jonas, articula-t-elle, inquiète – c'était la première fois qu'elle employait son prénom, même si ce n'était pas l'authentique. Seigneur, le *sang*! Votre chemise!

— Je vais bien, répliqua-t-il. Mais c'est ça qui a attiré leur attention.

Elle métamorphosa aussitôt son air d'inquiétude en un sourire étrange, déplacé, suivi d'un gloussement. Elle continuait à jouer la comédie pour ses trois spectateurs. Elle se pencha, colla son œil dans le viseur, tandis qu'il faisait un lent panoramique, balayant toute la place.

— La blonde, vu, dit-elle, et quelques secondes plus tard elle ajouta: le prêtre barbu, vu; le jeune en chemise noire, vu.

— Parfait, répondit Bryson avec un grand sourire, jouant toujours la comédie. Je pense qu'ils ne tiennent pas à ce qu'il y ait une nouvelle tuerie. Ils se contrefichent de tuer des innocents, mais ils préfèrent éviter ça autant que possible, ne serait-ce que pour les retombées politiques. Sinon, ils auraient déjà tiré.

— A moins qu'ils ne soient pas sûrs qu'il s'agisse de vous, fit-elle remarquer.

— Leur position indique qu'ils sont persuadés de tenir leur proie, répondit Bryson tout bas. Ils se sont placés pour l'assaut final.

— Mais je ne comprends pas. Qui sont ces gens ? Leur présence ne semble pas vraiment vous étonner. Ce ne sont pas des inconnus pour vous.

— Je les connais, répondit Bryson. Je connais leurs méthodes ; je sais comment ils opèrent.

— Et comment savez-vous tout ça ?

— J'ai lu leur petit manuel, répliqua-t-il, laconique, ne voulant pas s'étendre sur le sujet.

— Si vous les connaissez si bien que ça, vous devez alors avoir une vague idée des risques qu'ils sont prêts à prendre. Vous parliez de « retombées politiques », seraient-ce des envoyés d'un gouvernement ? Des Américains, des Russes ?

— Je dirais qu'ils opèrent à un niveau transnational. Pas au sommet, ou alors au-dessus de tout le monde. Ce ne sont ni des Russes, ni des Américains, ni des Français, ni des Espagnols... il s'agit d'une organisation qui profite des brèches du système, qui opère clandestinement dans des zones où les frontières ne sont pas claires. Ils travaillent *avec* les Etats, mais pas *pour* eux.

« Nos amis semblent observer, attendre le moment où il y aura un trou dans la foule. Etant donné leur distance, ils veulent avoir du champ pour opérer, avec une marge d'erreur acceptable. Mais si je fais un mouvement brusque, comme si je m'apprêtais à m'enfuir, ils feront feu, et tant pis pour ceux qui se trouveront là.

Bryson et Laïla étaient entourés par les touristes et les pèlerins ; ils étaient si nombreux qu'il leur était difficile de bouger.

— Vous allez vous occuper de la femme, reprit Bryson, mais soyez discrète pour sortir votre arme ; ils ne nous quittent pas des yeux. Ils ignorent peut-être qui vous êtes, mais ils savent que vous êtes avec moi, et pour l'instant cela leur suffit amplement.

— C'est-à-dire ?

— Cela signifie qu'ils vous considèrent au minimum comme une couverture, sinon une complice consentante.

— Génial, gémit Laïla, en lançant un grand sourire pour tromper leurs observateurs.

— Je suis désolé... je ne vous avais rien demandé.

— Je sais, je sais. C'était mon choix.

— Tant que nous sommes au milieu de tous ces gens, ils ne peuvent voir nos mouvements sous la ceinture, mais souvenez-vous qu'à mitorse, ils voient tout ! – Elle hocha la tête. – Dites-moi lorsque vous aurez sorti votre arme.

Elle hocha de nouveau la tête. Il vit ses doigts plonger dans son grand sac à main en osier.

— Je l'ai.

— Maintenant, avec votre main gauche, levez votre appareil photo et prenez une photo de moi avec la cathédrale en arrière-plan. Cherchez un plan large, cela vous permettra d'avoir la femme dans le champ. Prenez tout votre temps ; vous êtes une amateur, et vous n'êtes pas très habituée à ce genre d'appareil photo. Alors pas de mouvements brusques, ni d'aisance professionnelle.

Elle porta l'appareil à son visage, ferma l'œil droit.

— Très bien. Maintenant je vais faire mine de vous taquiner et feindre de vouloir vous filmer pendant que vous prenez une photo de moi. Dès que j'aurai levé le caméscope, vous singerez l'agacement ; je vais gâcher la photo, etc... Vous lâcherez soudain l'appareil photo... un mouvement brusque qui prendra de court nos poursuivants. Visez bien alors et tirez. Descendez la blonde.

— A cette distance ? demanda-t-elle avec incrédulité.

— Je vous ai vue à l'œuvre. Vous êtes une tireuse d'élite ; je suis sûr que vous ferez mouche. Mais ne restez pas plantée sur place ; couchez-vous aussitôt après.

— Et vous ? Qu'allez-vous faire ?

— Viser le barbu.

— Mais il y a un troisième...

— On ne peut s'occuper des trois en même temps, c'est bien là l'intérêt d'une triade dans ce genre de situation.

Elle lança un nouveau faux sourire puis porta l'appareil photo à son visage – dans sa main droite, sous sa taille, elle tenait son Heckler & Koch 45.

Elle lança un sourire malicieux au moment où Bryson dirigea la caméra sur elle. Au même instant, en un mouvement à peine perceptible, il sortit son Beretta niché au creux de ses reins. Ses mains tremblaient, il avait du mal à respirer.

Juste derrière Laïla, visible dans le viseur de la caméra, à vingt-cinq mètres de distance, le faux prêtre barbu baissa ses jumelles. Etait-ce le signe qu'ils allaient s'abstenir de tirer, trompés par la ruse de Bryson ? Qu'ils avaient décidé d'épargner la vie de dizaines d'innocents ? Si c'était le cas, Bryson et Laïla venaient de gagner quelques secondes de sursis.

Sinon...

Soudain, le barbu secoua son poignet, un signe se voulant innocent, celui de quelqu'un voulant chasser des fourmis dans un membre ankylosé, mais un signal pour les autres, à n'en pas douter. Un signal qui arrivait juste un peu plus tôt que ne le prévoyait Bryson. *Non !*

Il n'avait plus le temps.

Maintenant !

Il lâcha sa caméra tout en brandissant son arme de l'autre main. Il pressa trois fois la gâchette, juste au-dessus de l'épaule de Laïla.

Dans le même instant, Laïla lâcha son appareil photo et leva son 45 magnum et tira au ras de la tête des badauds.

Il s'ensuivit une série de détonations, des tirs d'un côté et de l'autre en une rapide succession, soulevant un concert de hurlements dans la foule. Au moment de plonger au sol, Bryson entraperçut le barbu chanceler sur ses jambes et s'écrouler, visiblement touché. Laïla se jeta à terre à son tour, heurtant Bryson et les gens alentour. Dans sa chute, elle entraîna avec elle une jeune femme. Quelqu'un avait été touché par une balle perdue, mais ses jours n'étaient pas en danger. Un partout.

— Je l'ai eue ! lança Laïla en roulant sur le flanc. La blonde ! Je l'ai vue s'effondrer !

La fusillade cessa aussi brusquement qu'elle avait éclaté, mais les cris et la panique perdurèrent.

Deux étaient hors de combat, peut-être définitivement ; mais il en restait au moins un en piste : Paolo, le tueur de Cividale. Et il y en avait sans doute d'autres... le frère de Paolo était forcément dans les parages.

Des pieds affolés les heurtaient, les piétinaient. Une fois encore, la foule était devenue une mer furieuse. Tout en plongeant au cœur du chaos, Laïla et Bryson parvinrent à se remettre debout, courant avec les autres, disparaissant dans la folie ambiante.

Zigzaguant parmi les gens affolés, Bryson aperçut une petite rue pavée, s'échappant de la *praza*. Une ruelle étroite, une voiture pouvait à peine y passer. Il courut dans cette direction, s'arrachant tant bien que mal à l'essaim bourdonnant de corps humains, déterminé à s'enfoncer au plus profond de la ruelle jusqu'à semer les frères italiens ou Dieu savait qui encore. Il devait se trouver d'anciennes maisons dans cette rue, peut-être avec de petites cours donnant sur d'autres ruelles. Un labyrinthe où s'égarer...

Son épaule le faisait de nouveau souffrir, son sang s'écoulait de sa blessure, chaud et épais ; à peine refermée, l'entaille s'était rouverte. La douleur était à la limite du supportable. Mais il se força à continuer à courir. Laïla suivait le train sans problème. Leurs pas résonnaient dans la ruelle déserte. Il cherchait du regard un passage, une cour, une boutique où se cacher. Une petite église romane se dressa soudain devant eux, coincée entre deux bâtisses de pierre, mais un écriteau déclarait le lieu fermé pour cause de travaux. Dans cette ville d'églises et de cathédrales, les lieux de culte plus modestes n'attiraient pas les touristes et n'obtenaient guère de fonds pour assurer leur restauration.

En arrivant devant les portes, Bryson saisit la grosse poignée de fer et l'agita violemment.

— Qu'est-ce que vous faites ? lança Laïla. Le *bruit* ! Il faut aller plus loin !

Elle était hors d'haleine, sa poitrine se soulevait spasmodiquement, son visage était cramoisi. Des bruits de pas résonnaient dans la ruelle, s'approchant d'instant en instant.

Bryson ne répondit pas. Il donna une dernière secousse. Le pêne était vieux et usé; il sauta de son logement; la porte s'ouvrit enfin dans un grincement de bois et de fer rouillé. Les gens rentraient rarement par effraction dans les églises; la serrure était symbolique, ce qui était amplement suffisant dans cette ville de dévots.

Bryson franchit le portique noyé d'ombre, suivi par Laïla, qui referma la porte derrière eux avec un grognement d'agacement. La seule lumière éclairant le narthex tombait de petits vitraux perchés sous les voûtes. Il régnait une odeur de renfermé, l'air était humide et froid. Bryson jeta un regard circulaire dans la nef puis s'adossa contre un mur. Son cœur battait à tout rompre; il se sentait affaibli par la douleur lancinante qui irradiait de son épaule et par la perte de sang. Laïla arpentait la nef, sans doute à la recherche d'une autre issue ou d'une cachette.

Au bout de quelques minutes, Bryson avait repris son souffle; il revint vers les portes. La serrure fracturée aurait pu attirer l'attention; il fallait la remettre en place, ou la retirer totalement. Au moment où il approchait la main de la poignée, il tendit l'oreille, pour s'assurer que tout était calme dehors.

Mais il y avait du bruit! Une cavalcade, puis une voix, un appel dans une langue étrangère qui n'était ni du galicien, ni du gallego. Bryson se figea, regardant les fines bandes de lumière qui filtraient d'une bouche d'aération ménagée au bas de la porte. Il s'agenouilla, et plaqua son oreille contre les lattes de bois.

La langue lui était curieusement familière.

— *Niccolò, o crodevi di velu viodût! Jù par che strade cà. Cumò o controli, tu continue a cjalà la « plaza »!*

Il reconnut ce langage; il en comprenait les mots. *Je crois que je l'ai vu, Niccolo!* disait la voix. *Au bout de cette rue. Je vais jeter un coup d'œil, toi retourne surveiller la place!*

C'était un vieux dialecte, parlé par quelques poignées d'hommes, le *friuliano*; il ne l'avait pas entendu depuis des années. Certains disaient que c'était un ancien patois dérivé de l'italien, d'autres qu'il s'agissait d'une langue à part entière. Elle était encore en usage dans les confins de l'Italie du Nord-Est, à proximité de la frontière avec la Slovénie.

Bryson, dont le don pour les langues s'était révélé maintes fois aussi précieux que ses talents de tireur, avait appris le frioulan dix ans plus tôt lorsqu'il avait travaillé avec deux jeunes paysans des lointaines montagnes du Frioul dominant Cividale; des chasseurs hors pairs, des tueurs émérites: Paolo et Niccolo Sangiovanni. Lorsqu'il avait embauché les deux frères, Bryson s'était fait un point d'honneur d'apprendre la langue frioulane, en particulier pour les garder à l'œil et comprendre ce qu'ils se disaient – mais il avait veillé à ne jamais leur révéler ce détail!

Oui, c'était bien Paolo qui avait réchappé à la fusillade sur la Praza do

Obradoiro et qui s'adressait à son frère, Niccolo. Les deux Italiens étaient de fins limiers et n'avaient jamais failli à une mission. Il allait être difficile de leur échapper... mais Bryson avait une autre tactique en tête que la fuite.

Il entendit Laïla s'approcher.

— Trouvez-moi une corde ou du fil de fer, souffla-t-il.

— Une corde ?

— Vite ! Il doit y avoir une porte derrière le chœur, menant peut-être au presbytère ou à une remise. Allez y jeter un coup d'œil, vite !

La jeune femme acquiesça et remonta la nef au pas de course.

Bryson se releva, entrebâilla la porte et lança quelques mots en friou-lan. Ayant une bonne oreille pour les langues, Bryson savait que son accent serait assimilable à celui d'un natif. Mais le plus important, il adopta une voix aiguë, comprimant sa gorge, pour imiter le timbre de Niccolo. Ce don d'imitation était saisissant ; c'était l'un de ses nombreux talents d'agent. Quelques mots lancés de loin, assourdis par le bois et réverbérés par les pierres de l'église, suffiraient à convaincre Paolo qu'il s'agissait de son frère.

— *Ou ! Paulo, pessèe ! Lu ai, al è jù !* – Hé Paolo, viens vite ! Je l'ai eu – il est mort.

La réponse ne se fit pas attendre :

— *La setu ?* – Où es-tu ?

— *Ca ! Lì da vecje glesie, cu le sieradure rote !* – Dans la vieille église, avec la serrure cassée !

Bryson se plaqua contre le mur, à côté de la porte, le Beretta dans sa main gauche. Des pas précipités, puis ralentissant. La voix de Paolo était juste derrière le battant.

— Niccolo ?

— *Ca !* répondit Bryson, assourdissant sa voix en enfouissant sa bouche dans les plis de sa chemise. *Moviti !*

Il y eut une brève hésitation, puis la porte s'ouvrit toute grande. Dans le soudain rai de lumière, Bryson aperçut la peau cuivrée de l'Italien, sa silhouette anguleuse, les boucles drues de ses cheveux noirs. Paolo plissa des yeux, l'air féroce. Il entra à pas de loup, regardant à droite, à gauche, son arme contre son flanc.

Bryson plongea, heurtant Paolo de tout son poids. Sa main droite était un étau refermé sur la gorge de l'Italien, écrasant le larynx pour mettre hors d'état de nuire, pas pour tuer. Paolo poussa un cri de douleur et de stupeur. Dans le même temps, Bryson cogna la nuque de Paolo avec la crosse de son Beretta, en un point précis.

Paolo s'effondra au sol, inconscient. La commotion était superficielle, Paolo ne resterait dans les vapes que quelques minutes. Il prit le pistolet de l'Italien, un Lugo, et fouilla l'homme à la recherche d'armes cachées. Bryson ayant été le formateur des Sangiovanni, il se doutait que Paolo devait porter une autre arme ; il savait même où la trouver : sanglée sur la cheville gauche, cachée sous les socquettes. Il dénicha également un couteau dissimulé dans un étui de ceinture.

Laïla regardait Bryson s'affairer, l'air étonné; elle comprenait à présent l'ordre de Bryson. Elle lui lança une bobine de fil électrique. Ce n'était pas l'idéal, mais les brins de cuivre étaient solides – de toute façon, elle n'avait rien trouvé de mieux. Travaillant rapidement, Laïla et Bryson ligotèrent les pieds et les mains de l'Italien... plus le tueur se débattait, plus les nœuds se resserraient – un système ingénieux, inventé par Laïla. Bryson tira sur les nœuds et hocha la tête d'un air satisfait. Puis ils transportèrent Paolo dans une sacristie dans la section nord du transept. Il faisait encore plus sombre dans cette partie de l'église, mais leur vue, habituée à la pénombre, s'acclimata vite.

— C'est un beau spécimen, annonça Laïla à la façon d'une taxidermiste. Puissant – on dirait un ressort comprimé.

— Lui et son frère sont de grands sportifs. Des chasseurs, ayant l'habileté et l'instinct des pumas. Et tout aussi féroces.

— Celui-là a travaillé pour vous?

— Par le passé. Lui et son frère. Quelques petites missions et une grosse opération, en Russie. – Elle le regarda d'un air interrogatif. Il ne voyait pas de raison de lui cacher la vérité. Pas après tout ce qu'elle avait fait pour lui. – Il y a, en Russie, à Novossibirsk, un institut nommé Vector. Au milieu des années quatre-vingt, la rumeur courait parmi les services secrets américains que Vector n'était pas un simple centre de recherche scientifique, mais qu'ils étaient impliqués dans la fabrication d'armes bactériologiques.

Elle hocha la tête.

— Charbon, variole, même la peste. On en a beaucoup parlé...

— Selon un transfuge passé à l'Ouest à la fin des années quatre-vingt – l'ex-directeur adjoint du programme de recherche – les Russes visaient les grandes villes américaines pour une première attaque bactériologique. L'espionnage classique nous avait appris peu de chose. Un complexe de petits bâtiments, protégé par une clôture électrifiée et par des gardes armés. C'était tout ce que savaient les agences américaines de renseignement, que ce soit la CIA ou la NSA. Sans preuve concrète, ni les Etats-Unis ni aucun pays de l'OTAN ne pouvaient intervenir – Bryson secoua la tête : la réaction classique de la part des bureaucrates des services secrets. On m'a alors envoyé là-bas pour une mission d'infiltration, un opération à haut risque qu'aucun service secret n'oserait jamais organiser. J'ai constitué ma propre équipe d'experts et de gros bras, dont ces deux garçons. Mes employeurs m'avaient donné une liste de courses précises : photos à haute définition des systèmes de sécurité et de confinement... sas d'air, cuves de fermentation pour la cultures des virus et des vaccins. Et par-dessus tout, ils voulaient que je leur ramène des échantillons – des boîtes de Petri!

— Seigneur... vos employeurs... mais vous avez dit qu'aucune agence de services secrets ne voulait lancer une telle mission... Est-ce que la CIA...

Il haussa les épaules.

— Restons-en là pour le moment, répondit-il, tout en se disant : *Mais pourquoi garder le secret plus longtemps ?* Ces deux gars, les frères Sangiovanni, devaient neutraliser les sentinelles de nuit, éliminer des gardes armés vite et sans bruit. C'étaient mes gros bras, des perles rares dans leur genre.

Il esquissa un sourire sinistre.

— Comment s'en sont-ils sortis ?

— A la perfection.

En attendant que Paolo revienne à lui, Laïla se dirigea vers la porte de l'église et rajusta la serrure pour qu'elle paraisse intacte de l'extérieur. Pendant ce temps, Bryson surveillait le tueur italien. Au bout de dix minutes, Paolo commença à bouger, ses globes oculaires s'agitèrent derrière ses paupières encore closes. Il poussa un gémissement et ouvrit les yeux, la vue encore brouillée.

— *Al èpasât tant timp di quand che jerin insieme a Novosibirsk*, lança Bryson – cela fait longtemps depuis Novossibirsk – J'ai toujours su que tu n'étais pas un exemple de fidélité. Où est ton frère ?

Paolo écarquilla les yeux.

— Coleridge, espèce de salaud... – Il tenta de lever les bras mais grimaça de douleur lorsque les fils mordirent sa chair. Il jura entre ses dents rougies par le sang : – salaud, *tu mi fasis pensà a che vecje storie dal purcìt, lo tratin come un siôr, a viodin di lui, i dan dut chel che a voe di vè, e dopo lu copin.*

Bryson sourit et traduisit pour Laïla :

— Il dit que je lui fais penser à un vieux proverbe du Frioul sur le porc. On le traite comme un roi, on l'engraisse, on subvient à tous ses besoins, jusqu'au jour où on l'égorge pour le manger.

— Qui est le porc ? lança Laïla. Vous ou lui ?

Bryson se tourna vers Paolo, s'adressant en frioulan.

— On va jouer à un petit jeu tous les deux qui s'appelle : dis la vérité ou paye. Commençons par une question simple. Où est ton frère ?

— Je ne dirai rien !

— Parfait, tu viens de répondre à l'une de mes questions, à savoir que Niccolo est venu ici avec toi. Tu as failli me tuer sur la place. Quelle ingratitude pour ton ancien patron !

— *No soi ancjmò freât dal dut !* lança Paolo. – Je ne suis pas encore fini. – Il lutta contre ses liens et grimaça de nouveau de douleur.

— C'est vrai, répondit Bryson. Et moi non plus. Qui t'a embauché ?

L'Italien cracha au visage de Bryson.

— Va te faire foutre ! lança-t-il en anglais, l'une des rares phrases qu'il connaissait.

Bryson essuya la salive du revers de sa manche.

— Je vais te poser encore une fois la question, si je n'obtiens pas une réponse honnête – et « honnête » est le mot clé – je serais contraint d'utiliser la force...

Il leva son Beretta pour étayer ses dires.

Laïla s'approcha et annonça à voix basse :

— Je vais surveiller la porte d'entrée. Tous ces cris pourraient attirer l'attention.

Bryson hocha la tête.

— Bonne idée.

— Vas-y, tue-moi ! le nargua le tueur dans sa langue maternelle. Je m'en fiche. Il y en a d'autres à tes trousses, plein d'autres. Mon frère aura le plaisir de te tuer de ses propres mains – ce sera mon cadeau de funérailles !

— Oh, je n'ai nulle intention de te tuer, répondit Bryson avec flegme. Tu es un homme courageux ; je t'ai vu braver la mort sans sourciller. La Grande Dame ne te fait pas peur, c'est d'ailleurs l'une des choses qui te rendent si efficace dans ton métier.

Les yeux de l'Italien se plissèrent de circonspection, tentant de décrypter le sens caché de ces paroles. Bryson le voyait tirer en vain les entraves de ses chevilles, de ses poignets, espérant trouver un point faible. Mais il n'y en avait aucun.

— Non, poursuivit Bryson, au lieu de te tuer, je préfère te prendre la seule chose à laquelle tu tiennes : la chasse. Adieu la chasse au *cinghiale*, tes chers sangliers, adieu la chasse aux humains déclarés « irrécupérables » par tous ces menteurs qui dirigent les tentacules souterrains du gouvernement. – Il marqua une pause, et dirigea le canon du Beretta vers le genou de Paolo. – La perte d'un genou, bien sûr, ne t'empêchera pas de marcher, grâce aux nouvelles prothèses que l'on trouve sur le marché, mais tu auras du mal à courir. En revanche, la perte des deux genoux risque fort de te compliquer la tâche et de t'empêcher de battre les campagnes avec ton fusil, tu ne crois pas ?

Le visage du tueur pâlit.

— Sale traître, siffla-t-il.

— C'est donc cela qu'ils t'ont raconté ? Et pour le bénéfice de qui ai-je trahi ?

Paolo lui retourna un regard chargé de défi, mais ses lèvres tremblaient.

— Alors je te pose une dernière fois la question, et réfléchis-y à deux fois avant de décider de refuser de me répondre ou de me raconter des mensonges : *Qui t'a embauché ?*

— Va te faire foutre !

Bryson tira. L'Italien poussa un hurlement et une auréole de sang grossit sur son pantalon, à la hauteur du genou. La majeure partie – sinon l'entièreté – de l'articulation était réduite en bouillie. Paolo ne courrait plus derrière le gibier, qu'il soit animal ou humain. Le tueur grimaçait de douleur, tout en soufflant une série de jurons en frioulan.

Soudain quelque chose heurta violemment la porte d'entrée ; une voix d'homme se fit entendre ainsi qu'un cri guttural poussé par Laïla. Bryson fit volte-face pour voir ce qui se passait. Laïla avait-elle été blessée ? Il se précipita vers l'entrée... deux sihouettes se battaient dans la pénombre. L'une d'entre elles devait être Laïla, mais laquelle ? Il leva son arme et cria :

— Stop, ou vous êtes mort !

— C'est bon, répondit la voix de Laïla. – Une bouffée de soulagement envahit Bryson. – Ce petit salaud m'a donné un peu de fil à retordre.

C'était Niccolo, le frère de Paolo, les bras ligotés dans le dos. Autour de son cou pendait un fil de fer avec lequel elle avait tenté de l'étrangler dès qu'il avait franchi le seuil. A en juger par la ligne pourpre en travers de sa gorge, il était passé à deux doigts de la suffocation complète. Laïla avait l'avantage de la surprise et en avait profité pleinement ; elle avait attaché Niccolo de façon très ingénieuse de sorte que plus le tueur tirait sur ses bras, plus le fil comprimait sa gorge. Les jambes de l'Italien, en revanche, n'étaient pas ficelées ; tout en rampant au sol, il donnait de furieux coups de pieds, tentant désespérément de se relever.

Bryson sauta sur la poitrine de Niccolo, enfonçant son pied sous le sternum pour expulser tout l'air de ses poumons et le plaqua au sol pour que Laïla puisse lui ligoter les genoux et les chevilles. Niccolo jurait comme un goret que l'on égorge, ses cris se joignant aux plaintes de son frère dans la sacristie à vingt mètres de là.

— Ça suffit, lâcha Bryson avec dégoût.

Il déchira un pan de la chemise de Niccolo, en fit une boule qu'il enfonça dans la bouche du tueur en guise de bâillon. Laïla sortit un rouleau de ruban adhésif qu'elle avait déniché quelque part, sans doute dans le placard où elle avait trouvé le fil électrique, et en enroula une longueur autour du visage de Niccolo pour maintenir en place la boule de tissu. Bryson déchira un autre pan de la chemise et le tendit à Laïla, pour qu'elle aille bâillonner aussi Paolo.

Pendant qu'elle s'acquittait de cette tâche, Bryson traîna Niccolo le long de la nef jusqu'à un confessionnal qui trônait dans une alcôve. Il le jeta à l'intérieur de la cabine.

— Ton frère vient d'être blessé. Une sale blessure, lui expliqua Bryson en agitant son Beretta. Comme tu peux l'entendre, il est encore en vie. Mais il ne pourra plus jamais marcher.

Niccolo agita la tête d'avant en arrière, rugissant de rage dans son bâillon. Il tapait des pieds sur les dalles du sol en un signe de défi et de colère animale.

— Je vais essayer d'être le plus simple et le plus concis possible, mon cher Niccolo. Je veux savoir qui vous a embauchés. Je veux un rapport complet... les codes, le noms des contacts, les protocoles. Tout. Sitôt que je t'aurai retiré ce bâillon, je veux que tu me racontes tout ça dans le détail. Ne t'avise pas de me mentir, parce que ton frère m'a déjà raconté une bonne partie de l'histoire. Si tu me dis quelque chose qui ne colle pas avec sa version, je partirai du principe que c'est lui qui ment et j'irai le tuer. Parce que j'ai une sainte horreur des menteurs. C'est vu ?

Niccolo, qui avait cessé de marteler le sol, secoua la tête en signe d'assentiment, ses yeux écarquillés, cherchant le regard de Bryson. La menace avait, à l'évidence, fait mouche ; Bryson avait touché le seule point sensible du tueur.

A l'autre bout de l'église, montaient les plaintes de Paolo, étouffées par le bâillon que lui avait confectionné Laïla.

— Ma partenaire est dans l'autre aile, avec ton frère. Il me suffit de faire un signe pour qu'elle lui tire une balle dans le front. Tu as bien saisi la situation ?

Niccolo hocha de nouveau la tête avec davantage de frénésie encore.

— Parfait.

Il arracha le ruban adhésif qui couvrait la bouche de Niccolo, laissant une empreinte rouge sur la peau – une épilation sauvage. Puis il retira la boule de tissu.

Niccolo pris plusieurs inspirations, manquant d'air.

— Si tu commets l'erreur de me mentir, je te conseille de prier très fort pour que ton frère m'ait raconté exactement le même mensonge. Ou bien nous serons obligés de le tuer, et ce sera comme si c'était toi qui avais appuyé sur la gâchette. Compris ?

— Compris, hoqueta Niccolo.

— A ta place, je m'en tiendrais à la stricte vérité. Les chances sont de ce côté. Et souviens-toi que je sais où vit ta famille. Comment va la *nonna* Maria, au fait ? Et ta mère, Alma ? Elle tient toujours sa pension de famille ?

Les yeux de Niccolo étincelèrent de peur et d'outrage.

— Je vais vous dire la vérité ! cria-t-il en frioulan.

— Nous allons voir ça, répondit Bryson d'un ton détaché.

— Nous ne savons pas qui nous a engagés ! Les procédures sont les mêmes que lorsque l'on travaillait pour vous ! On n'est que des hommes de main, de la piétaille. On ne nous a rien dit !

Bryson secoua la tête.

— Rien n'est jamais totalement hermétique. Il y a toujours des fuites, tu le sais. Même si tu traites avec un intermédiaire, tu connais forcément le nom de couverture de ton contact. Tu as forcément dû glaner quelques bribes d'information, ici ou là. Ils ne t'ont peut-être pas dit le *pourquoi* de cette opération, mais ils t'ont forcément dit le *comment*, et cela peut être très riche d'enseignement.

— Je vous l'ai dit, nous ne savons pas qui sont nos employeurs !

Bryson haussa le ton, parlant avec une fureur sourde :

— Tu as travaillé avec une équipe, sous les ordres d'un chef ; on t'a donné des instructions ; et les gens parlent, c'est dans la nature humaine. Tu dois bien savoir qui t'a employé !

Bryson se retourna, comme pour faire signe à Laïla.

— Non !

— Ton frère m'a...

— Mon frère ne sait rien non plus. Je ne sais pas ce qu'il vous a dit, mais il ne sait rien ! Vous savez comment ça se passe... les compartiments séparés... vous le savez bien ! Nous ne sommes que de la main-d'œuvre et ils nous payent en liquide !

— La langue ! s'impatienta Bryson.

— *Che* ? Comment ça, la langue ?

— Dans l'équipe avec laquelle vous travaillez ici... Quelle langue est utilisée ?

Les yeux de Niccolo s'agrandirent.

— Mais plusieurs... français, espagnol, italien !

— Celle du chef !

— Le russe ! répondit-il au bord du désespoir. Le chef est russe !

— Le KGB, le GRU ?

— Comment voulez-vous que je le sache !

— Tu connais les visages ! répliqua Bryson, il se retourna : Laïla ?

Laïla arriva, comprenant le gambit de Bryson.

— J'emploie un silencieux ? demanda-t-elle avec détachement.

— Non ! tonna Niccolo. Je vous ai dit tout ce que je savais !

— Je lui donne encore une minute, répondit Bryson. Mais si je n'entends pas ce que je veux, tirez. Et oui, prenez un silencieux. C'est une bonne idée. – Il reporta son attention sur Niccolo. – Ils t'ont embauché pour me tuer parce que tu me connais, parce que tu connais mon visage.

Niccolo hocha la tête, les yeux fermés.

— Mais ils savent aussi que tu as travaillé une fois pour moi... ils ne seraient pas venus t'engager pour tuer ton ancien patron sans te donner une raison valable. Même si la loyauté n'est pas votre fort à tous les deux, il a fallu tout de même vous convaincre de retourner votre veste. Ils t'ont donc dit que j'étais un traître, c'est bien ça ?

— Oui.

— Et j'aurais trahi pour qui ?

— Ils ont juste dit que vous aviez donné des noms d'agents et de contacts... nous et tous ceux avec qui vous avez travaillé risquions d'être identifiés et éliminés.

— Eliminés par qui ?

— Par le camp adverse. Je ne sais pas, ils n'ont pas précisé !

— Et tu les as tout de même crus.

— Pourquoi pas ?

— Il y avait une prime spéciale sur ma tête ou c'était le prix habituel ?

— Non, il y avait une prime.

— Combien ?

— Deux millions.

— Lires ou dollars ?

— Dollars ! Deux millions de dollars !

— C'est flatteur. Toi et ton frère auriez pu vous retirer dans vos montagnes et chasser les *cinghiali* jusqu'à la fin de vos jours. Mais le problème avec les primes, c'est que l'équipe est moins efficace, parce qu'il y a moins de coordination ; chacun veut jouer cavalier seul. C'est une mauvaise stratégie, aboutissant toujours à l'échec. C'était le gros barbu, le chef ?

— Oui.

— C'est lui qui parlait russe ?

— Oui.

— Tu connais son nom.

— Par la bande. J'ai entendu quelqu'un l'appeler Milioukov. Mais je le connais de vue. C'est un gars comme moi, comme nous... payé à la tâche.

— Un indépendant ?

— Ils disaient qu'il travaillait pour un... un gros bonnet, un baron russe. Un type qui tire les ficelles au Kremlin. Un homme très riche ; il possède un conglomérat. Grâce à ça, on dit qu'il dirige en secret la Russie.

— Prichnikov.

Une lumière s'alluma dans les yeux de Niccolo. Ce nom ne lui était pas inconnu.

— Peut-être, oui.

Prichnikov. Anatoli Prichnikov. Fondateur et président de Nortek, un consortium géant russe aux activités occultes. Très riche et très puissant, en effet, le pouvoir derrière le trône. Bryson sentit son cœur battre plus vite. Pourquoi Anatoli Prichnikov aurait-il envoyé quelqu'un pour le tuer ?

Pourquoi ?

La seule explication logique était que Prichnikov dirigeait le Directorat, ou du moins qu'il faisait partie du corps décisionnaire. Selon Harry Dunne de la CIA, le Directorat avait été fondé et dirigé par quelques petits « génies » du GRU soviétique.

« Et si je vous disais que le Directorat ne travaille pas pour le gouvernement américain, avait dit Dunne, *qu'il n'a jamais travaillé pour lui, mais, au contraire, contre lui... Toute l'opération était un gigantesque coup monté... Une base d'opérations en plein sol ennemi – chez nous. »*

Et à la fin de la guerre froide, lorsque les services secrets soviétiques ont périclité, le contrôle du Directorat *est passé dans d'autres mains.* Les agents furent éliminés.

On m'a utilisé, puis jeté après usage.

Et Elena ? Elle avait disparu. Que fallait-il en penser ? Qu'elle avait décidé de le quitter ? Que les maîtres tenaient à les voir séparés pour certaines raisons ? Parce qu'elle et lui savaient des choses, et qu'ensemble il auraient pu assembler les pièces du puzzle ?

« Nous avons de bonnes raisons de croire que la bête s'est réveillée. Vos anciens patrons s'emploient à acquérir des armes en quantité, pour des raisons que nous ignorons encore... C'est comme s'ils se préparaient à initier une déstabilisation planétaire... Ils se préparent à une opération de déstabilisation dans les Balkans, même si leur objectif principal doit se trouver ailleurs. »

Leur véritable objectif est ailleurs.

Généralités, affirmations sans fondements, vagues conjectures. Le schéma général restait flou, incertain. Seuls les faits importaient, et pour l'heure, ils étaient rarissimes.

Fait numéro un : une équipe d'assassins rassemblée par les dirigeants du Directorat – passés ou présents, comment savoir ? – avait essayé de le tuer.

Mais pourquoi ? Les hommes de Calacanis pouvaient l'avoir considéré comme une taupe, un agent infiltré devant être éliminé. Mais la venue de cette escouade de tueurs, ici, à Saint-Jacques-de-Compostelle, semblait trop organisée, trop orchestrée, pour être une simple réaction à la destruction du bateau de Calacanis.

Fait numéro deux : les frères Sangiovanni avaient été engagés pour le tuer avant même que Bryson soit monté à bord du *Spanish Armada*. Les maîtres du Directorat avaient donc déjà décidé qu'il représentait une menace. Mais comment était-ce possible, et surtout pourquoi ?

Fait numéro trois : le chef de l'équipe de tueurs était aussi un employé d'Anatoli Prichnikov, un citoyen immensément riche et influent. Prichnikov était donc l'un des maîtres du Directorat. Mais quel intérêt pour un citoyen privé de diriger une organisation de services secrets quasi clandestine ?

Devait-on en conclure que le Directorat était passé aux mains du secteur privé, victime d'un putsch ennemi, organisé par Anatoli Prichnikov ? Etait-il devenu l'armée privée du plus grand magnat de Russie ?

Un autre détail vint à l'esprit de Bryson.

— Tu disais que les membres de l'équipe parlaient d'autres langues. Tu as cité le français...

— Oui, mais...

— Qui parlait français ?

— La blonde.

— Celle sur la place, avec les cheveux relevés ?

— Oui.

— Et qu'est-ce que tu me caches encore sur elle ?

— Rien du tout !

— C'est bizarre parce que ton frère s'est montré beaucoup plus loquace sur ce sujet, beaucoup plus loquace... – Le bluff était osé, mais
lancé avec certitude et force de conviction. – Peut-être a-t-il inventé des
choses, concocté une petite histoire... C'est cela que je dois en déduire ?

— Non ! Je ne sais pas ce qu'il vous a dit, on a juste entendu des
choses, des bribes. De vagues noms...

— Des noms ?

— J'ai entendu la fille parler en français à un autre agent qui était sur
le bateau chargé d'armes, celui qui a sauté. Le *Spanish Armada*. L'agent
était à bord ; il était en affaires avec le Grec.

— En affaires ?

— Ce Français est – était – un agent double, je les ai entendus dire.

Bryson se souvenait du Français dans la salle à manger de Calacanis –
cheveux longs, costume élégant. Il était officiellement un envoyé de
Jacques Arnaud, le plus gros marchand d'armes privé de l'Hexagone.
Faisait-il partie, lui aussi, du Directorat ? Travaillait-il pour eux de temps
en temps ? Si Jacques Arnaud, trafiquant d'armes notoire, membre de
l'extrême droite française, était en affaires avec le Directorat, il s'ensuivait
qu'il était en relation étroite avec le citoyen le plus riche de Russie...

Et si c'était vrai... si deux représentants de la société civile, deux
hommes d'affaires richissimes, l'un en Russie, l'autre en France, dirigeaient le Directorat et s'en servaient pour promouvoir le terrorisme
international... C'était donc cela leur objectif ?

*

Ils abandonnèrent, dans la vieille église, les deux frères ligotés et bâillonnés. A la demande de Bryson, Laïla, qui avait une formation médicale, limita l'hémorragie de la blessure de Paolo au moyen d'un garrot
de fortune.

— Comment pouvez-vous montrer autant d'égards pour un homme
qui a essayé de vous tuer ? lui demanda-t-elle plus tard, avec une réelle
incrédulité.

Bryson avait haussé les épaules.

— Il ne faisait que son travail.

— Nous ne procédons pas ainsi au Mossad, prostesta-t-elle. Si un
homme essaie de vous tuer et échoue, il doit payer. C'est une règle
d'airain chez nous.

— Ce n'est pas la mienne.

Ils passèrent la nuit dans un petit *hospedaje* de Saint-Jacques-de-
Compostelle. Sitôt arrivée dans la chambre, Laïla entreprit de panser la
blessure de Bryson. Elle la désinfecta avec de l'eau oxygénée achetée à
la *farmacia*, recousit la plaie et appliqua une pommade antiseptique. Ses
gestes étaient rapides et précis, ceux d'une professionnelle.

En le découvrant torse nu, elle fit courir son doigt sur une longue cicatrice. La blessure infligée par Abou, en Tunisie, lors de la dernière mission de Bryson, avait été soignée par le meilleur chirurgien sous contrat avec le Directorat. La plaie ne le faisait plus souffrir, même si le souvenir de cet événement restait toujours aussi douloureux.

— Un cadeau d'adieu... articula-t-il. D'un vieil ami.

Derrière la petite fenêtre, la pluie s'était mise à tomber et battait les pavés de la rue couverts de mousse.

— Vous avez failli mourir.

— On m'a bien soigné.

— Vous avez été souvent blessé – elle toucha une autre blessure, plus petite, une portion de chair froncée de la taille d'une pièce de monnaie sur son biceps droit –. Et ça ?

— Un autre souvenir.

Le Népal lui revint en mémoire, avec encore la même violence. Le souvenir d'un adversaire redoutable, nommé Ang Wu, un officier renégat de l'armée chinoise. Aujourd'hui, Bryson se demandait quels étaient les enjeux réels lors de cet échange de coups de feu. Qu'avait été au juste le but de sa mission, pour qui avait-il œuvré ? Avait-il été un pion, pris dans une conspiration malveillante qui lui restait, aujourd'hui encore, toujours aussi obscure ?

Tant de sang versé ; tant de vies volées. Tout ça pour quoi ? Qu'avait été le sens de son existence ? Plus il en savait, plus la vérité lui échappait. Il songea à ses parents, à la dernière fois où il les avait vus en vie. Avaient-ils été tués par les « génies » qui se cachaient derrière le Directorat ? Il songea alors à Ted Waller, l'homme qu'il avait le plus admiré au monde, et une bouffée de rage l'envahit.

Etait-il, lui aussi, comme Niccolo et son frère, de la *piétaille* ? Un serf, un pion au service d'un jeu odieux dont personne ne lui avait expliqué les règles ? Il n'y avait finalement guère de différence entre les frères frioulans et Bryson. Tous les trois étaient les instruments d'une force obscure et omnipotente.

Laïla se leva, laissant Bryson sur le lit, et se dirigea dans la minuscule salle d'eau. Elle en revint un moment plus tard avec un verre d'eau.

— Le pharmacien m'a donné quelques comprimés d'antibiotique. Je lui ai promis de revenir demain avec une ordonnance...

Elle lui tendit deux cachets et le verre d'eau. Un flash de méfiance envahit Bryson – un vieux réflexe – l'avertissant du danger. D'où sortaient au juste ces pilules, sans boîte ni emballage ? Mais la voix de la raison se fit entendre. *Si elle voulait vraiment te tuer, ce serait déjà fait... elle en a eu dix fois l'occasion au cours des dernières vingt-quatre heures. Au contraire, elle a mis sa propre vie en jeu pour sauver la tienne.* Il prit les cachets et les avala d'une gorgée d'eau.

— Vous paraissez perdu dans vos pensées, déclara Laïla en rangeant les bandes, pommades et pansements. Parti bien loin. Quelque chose vous chagrine ?

Bryson releva les yeux, hocha lentement la tête. Il y avait longtemps qu'il n'avait pas partagé une chambre avec une femme aussi belle – même si les arrangements qu'ils avaient passés pour la nuit étaient on ne pouvait plus chastes : elle, dans le lit, lui sur le canapé. Cela ne lui était pas arrivé depuis le départ d'Elena, des années plus tôt... Quelques occasions s'étaient présentées, de temps en temps, mais il était resté d'une réserve monastique, sans doute pour se punir d'avoir provoqué le départ de sa femme.

Quelle avait été l'ampleur du mal au juste ?

Dans quelle mesure toute leur vie commune n'avait-elle pas été un leurre, une chimère orchestrée par Ted Waller ?

Il songea alors à ce moment terrible où il avait menti à Elena, la seule et unique fois de son existence... Il lui avait caché quelque chose, pour la protéger... Waller, qui adorait citer Blake, aurait pu professer : « Nous sommes amenés à croire aux chimères lorsque nous ne regardons pas simplement avec les yeux. »

Mais Elena ne devait pas voir la réalité, ne pas savoir ce qu'il avait fait pour elle.

A présent, Bryson fouillait sa mémoire, ravivant le souvenir de cette soirée à Bucarest dont il ne lui avait jamais parlé.

Etait-ce d'ailleurs la vérité ? N'y en avait-il pas une autre ?

*

Le monde souterrain des services secrets est un tout petit monde. Malgré sa paranoïa et sa violence intrinsèques, les nouvelles s'y propagent plus vite que la lumière. Bryson avait appris, par des sources fiables, qu'une équipe de l'ex-Securitate, des « nettoyeurs », offraient une forte somme d'argent pour tout renseignement permettant de retrouver la trace du Pr Andrei Petrescu, le mathématicien et cryptologue qui avait trahi le Parti en livrant les codes confidentiels du gouvernement Ceausescu. Chez les anciens membres de la célèbre police secrète, la rancœur était grande ; le coup d'Etat qui avait renversé leur chef les avait écartés du même coup des rênes du pouvoir... Ils ne pardonneraient jamais aux traîtres, n'oublieraient jamais l'affront ; ils étaient déterminés à se venger, quels que soient le prix à payer et le temps que cela prendrait. Ils avaient concentré leurs efforts sur une poignée de transfuges – Petrescu faisait partie de leur liste. Des expéditions punitives allaient être organisées.

Par un contact clandestin, Bryson, à Bucarest, arrangea une rencontre avec le chef des Nettoyeurs, l'ex-numéro deux de la Securitate. Bien que Bryson, sous son nom d'emprunt, fût un parfait inconnu pour l'ancien responsable de la Securitate, le sérieux de sa démarche fut rapidement établi après quelques recherches. Bryson avait des informations urgentes à transmettre qui seraient sans nul doute d'un grand secours pour les Nettoyeurs... Il viendrait au lieu du rendez-vous seul, disait son message. Un fait aisément vérifiable. Le chef des Nettoyeurs devait faire de même.

Pour Bryson, c'était une affaire privée. Il avait organisé l'opération sans passer par le Directorat. Une telle rencontre « clandestine » n'aurait jamais été acceptée, les possibles effets secondaires étant trop nombreux. Mais Bryson ne voulait pas qu'on lui mette des bâtons dans les roues ; c'était trop important pour Elena et donc pour lui. Il fit savoir au 1324 K Street qu'après la fin d'une opération menée à Madrid, il prendrait des vacances, bien méritées, aussi courtes fussent-elles : un week-end prolongé à Barcelone. Cette faveur lui fut, évidemment, accordée. Cela faisait des lustres qu'il n'avait pas pris de congés. Bryson agissait en totale infraction au règlement du Directorat... mais il n'avait pas le choix. Il acheta ses billets d'avion en liquide sous un nom d'emprunt, inconnu des fichiers du Directorat.

Il ne prévint pas non plus Elena de sa démarche ; c'était là une réelle tromperie car Elena n'aurait jamais approuvé que Bryson rencontre le chef de ceux qui voulaient abattre son père. C'était dangereux pour son mari, et de plus, elle lui avait fait promettre qu'il ne devait en aucun cas se lancer dans quelque affaire impliquant ses parents. Elle était trop terrifiée à l'idée de perdre les deux, le mari et les parents, de réveiller la hargne de la Securitate. Jamais elle n'aurait autorisé une telle rencontre. Jusqu'à présent, Bryson avait respecté sa volonté à la lettre. Mais l'occasion, aujourd'hui, était trop belle pour la laisser passer.

Bryson rencontra l'ex-chef de la Securitate dans un bar sombre en sous-sol. Comme promis, il vint seul, mais il avait toutefois préparé son affaire avec minutie. Des faveurs avaient été demandées, de l'argent avait été versé.

— Alors, comme ça, vous avez des informations sur Petrescu ? lança le major général Radu Dragan lorsque Bryson vint s'asseoir à sa table dans une alcôve.

Dragan ne savait rien de Bryson, mais Bryson, grâce à son réseau d'informateurs, maîtrisait bien son sujet. Elena avait, pour la première fois, cité son nom la nuit de leur fuite de Bucarest, pour intimider le policier qui s'intéressait d'un peu trop près à la cache secrète du camion. C'était Dragan qui était venu trouver le père d'Elena pour lui demander son aide ; c'était la raison pour laquelle elle connaissait l'homme ainsi que son numéro de téléphone. La trahison d'Andrei Petrescu envers la Securitate avait donc été vécue par Dragan comme un outrage personnel.

— Absolument, répondit Bryson. Mais avant toute chose, je voudrais discuter des termes de notre marché.

Dragan, un homme d'une soixantaine d'années avec un visage anguleux au teint cireux, souleva les sourcils.

— Je serais ravi de discuter des « termes de notre marché », comme

vous le dites, une fois que je saurai la nature des choses que vous avez à me dire.

Bryson esquissa un sourire.

— Cela va de soi. L'« information » que je dois vous donner est toute simple.

Il fit glisser, dans sa direction, une feuille de papier. Dragan la prit et la lut avec incrédulité.

— Mais qu'est-ce que cela signifie ? Ces noms...

— ... sont ceux de votre famille, proche et éloignée, tous des parents de sang ou par alliance, avec leur adresse personnelle et leur numéro de téléphone. Vous avez déployé tant d'efforts pour protéger les gens de votre entourage et ceux qui vous sont chers, que le fait que j'aie pu avoir toutes ces informations sur eux vous donne une vague idée de l'étendue de mes ressources. Vous imaginez comme il nous serait facile, à moi et à mes partenaires, de retrouver chacune de ces personnes si d'aventure il vous prenait l'idée de les cacher une nouvelle fois.

— Nu te mai pis a imprás tiat ! *rugit Dragan.* Ne vous fichez pas de moi. Qui êtes-vous ? Comment osez-vous parler ainsi ?

— Je veux simplement que vous rappeliez tous vos Nettoyeurs.

— Ce n'est pas parce qu'un de mes hommes vous a vendu ces renseignements qu'il faut vous croire en position de me menacer !

— Comme vous le savez très bien, aucun de vos hommes n'a accès à ce genre d'informations ; même votre bras droit ne connaît que quelques noms, de vagues lieux. Croyez-moi, mes informations proviennent de sources bien plus fiables que celles que je pourrais trouver dans votre entourage. Faites une purge massive, passez-les tous par les armes ; cela ne changera rien à l'affaire. Alors écoutez-moi attentivement. Si vous, ou qui que ce soit travaillant pour vous ou ayant quelque contact avec vous, touche à un seul cheveu de Petrescu, mes amis iront torturer, puis abattre un à un, tous les membres de votre famille, sans exception.

— Sortez d'ici ! Hors de ma vue ! Je n'ai que faire de vos menaces !

— Je vous conseille de rappeler tous vos Nettoyeurs, maintenant, sur-le-champ. – Bryson consulta sa montre. – Vous avez exactement sept minutes pour passer l'ordre.

— Ou bien ?

— Ou quelqu'un qui vous est très cher va mourir.

Dragan éclata de rire et remplit son verre de bière.

— Vous perdez votre temps. Mes hommes sont dans ce bar et vous surveillent. Au moindre signe de ma part, ils vous tomberont dessus et vous emmèneront avant que vous n'ayez eu le temps de passer le moindre coup de fil.

— En fait, c'est vous qui perdez du temps, un temps précieux. La vérité, c'est que c'est vous qui allez avoir besoin que je passe un coup de fil. Il se trouve que l'un de mes amis est, en ce moment même, dans un appartement sur la *Calea Victoriei*, avec un revolver pointé sur la tempe d'une certaine Dumitra.

Dragan pâlit.

« *Oui, votre maîtresse, qui a un numéro de strip-tease au Sexy Club. Elle n'est pas seulement votre maîtresse du moment, cela fait déjà plusieurs années que vous la fréquentez... autant dire que vous devez nourrir quelques sentiments pour elle. Mon ami attend mon appel sur son portable. S'il ne le reçoit pas dans...* – Bryson consulta de nouveau sa montre –... *six minutes, non, dans cinq minutes, il a ordre de lui tirer une balle dans la tête. A votre place, je prierais pour que mon téléphone ne soit pas à court de batterie, et le sien non plus...* »

Dragan lâcha un rire méprisant, mais dans ses yeux s'était allumée une lueur d'angoisse.

— Vous pouvez lui sauver la vie en annulant l'ordre d'exécution sur la personne de Petrescu. Ou vous pouvez choisir de n'en rien faire... la jeune demoiselle mourra et vous aurez son sang sur vos mains. Vous pouvez passer le contrordre avec mon téléphone si vous n'en avez pas un sur vous. Veillez simplement à ne pas trop user la batterie, il serait fâcheux que je ne puisse plus joindre mon ami.

Dragan but une longue gorgée de bière, prenant un air détaché.

Mais il resta silencieux. Quatre minutes s'écoulèrent, très vite.

Alors qu'il restait à peine une minute avant l'heure de l'exécution, Bryson appela la *Calea Victoriei*.

— Non, dit-il lorsqu'on décrocha à l'autre bout de la ligne. Dragan refuse d'annuler l'ordre. Je t'appelle juste pour te dire que tu peux y aller. Mais rends-moi service ; passe le téléphone à Dumitra pour qu'elle puisse implorer son amant au cœur de pierre.

Lorsque la voix désespérée de la femme résonna dans l'écouteur, Bryson tendit le téléphone à Dragan.

Dragan prit l'appareil, lâcha un « allô » sec. De l'autre côté de la table, Bryson pouvait entendre les suppliques de la femme. Le visage de Dragan se crispa, mais pas un mot ne sortit de sa bouche. Il était pourtant évident qu'il reconnaissait la voix de Dumitra et qu'il ne s'agissait pas d'une mise en scène.

— C'est l'heure, prononça Bryson, en jetant un dernier coup d'œil à sa montre.

Dragan secoua la tête.

— Vous avez soudoyé cette salope, lança-t-il. J'ignore combien vous l'avez payée pour jouer cette petite comédie, mais je suis sûr que cela n'a pas dû vous coûter grand-chose.

La première détonation retentit dans l'écouteur. Elle résonna à un mètre à la ronde, suivie d'un cri étranglé. Puis un autre coup de feu ; cette fois, ce fut le silence.

— Vous la croyez si bonne actrice, Dragan ? – Bryson se leva et reprit son téléphone. – Votre obstination et votre scepticisme ont coûté la *vie à cette femme. Vos gens pourront vous confirmer ce qui s'est passé, ou mieux encore, allez donc vous-même vous rendre compte sur place, si vous avez les tripes pour ça. – Bryson était écœuré et horrifié par ce qu'il venait de faire, mais il n'avait pas d'autres façons de montrer à Dragan sa détermination. – Il y a quarante-six noms sur cette feuille. On en tuera un chaque jour, jusqu'à extinction complète de votre famille. La seule façon d'empêcher ce massacre, c'est d'annuler l'ordre sur les Petrescu. Je vous rappelle que si quoi que ce soit leur arrive, la moindre chose, toute votre famille sera exécutée en masse, sur-le-champ.*

Bryson fit demi-tour et quitta le bar. Il ne revit jamais Dragan.

Mais dans l'heure suivante, la nouvelle tomba que la famille Petrescu devait être laissée tranquille.

Bryson ne parla à personne de cette histoire, ni à Elena, ni à Ted Waller. Lorsqu'il rentra à la maison quelques jours plus tard, Elena lui demanda comment s'était passé son séjour à Barcelone. D'ordinaire, ils veillaient à ne jamais mélanger affaires privées et affaires professionnelles et évitaient d'interroger l'autre sur son travail ; mais cette fois, elle avait scruté son visage et lui avait posé des questions sur son séjour en Espagne, beaucoup trop de questions... Bryson avait menti, avec aisance et de façon convaincante. Etait-elle jalouse ? Pensait-elle qu'il avait un rendez-vous galant sur les Ramblas ? C'était la première fois qu'il voyait darder l'aiguillon de la jalousie chez Elena... il regretta d'autant plus de ne pouvoir lui dire la vérité.

Mais la savait-il lui-même la vérité ?

*

— Je ne sais presque rien de vous, annonça Bryson en se levant du lit pour aller s'asseoir sur le canapé. Si ce n'est que vous m'avez sauvé la vie plusieurs fois au cours de la journée.

— Vous avez besoin de repos, répondit-elle.

Laïla portait un pantalon de jogging gris et un maillot de corps d'homme dont les formes amples mettaient davantage en valeur ses seins qu'elles ne les cachaient. N'ayant plus d'affaires à déballer, et rien de particulier à faire, elle s'assit en tailleur sur le bord du lit, et croisa ses bras sur sa poitrine.

— Nous parlerons de tout ça demain.

Voyant qu'elle évitait ses questions, Bryson insista :

— Vous travaillez pour le Mossad... pourtant vous venez de la plaine de la Bekaa et vous parlez avec un accent arabe. Vous êtes israélienne ou libanaise ?

Elle baissa les yeux et répondit doucement :

— Ni l'un ni l'autre. Ou plutôt les deux à la fois. Mon père était israélien, et ma mère est libanaise.

— Votre père est mort ?

Elle hocha la tête.

— C'était un athlète. Un athlète de haut niveau. Il a été tué par les terroristes palestiniens lors de l'attentat des jeux Olympiques de Munich.

— C'était en 1972. Vous deviez être tout bébé à cette époque.

Elle garda la tête baissée et rougit.

— J'avais à peine deux ans.

— Vous ne l'avez donc jamais connu.

Elle releva la tête, ses yeux noisette étincelants.

— Ma mère l'a gardé vivant pour moi ! Elle n'arrêtait pas de me raconter des histoires sur lui, de me montrer des photos.

— Vous avez dû grandir dans la haine des Palestiniens.

— Non. Les Palestiniens sont de braves gens. Ils ont été déplacés, arrachés de leur pays. Je méprise les fanatiques qui croient que tuer des innocents fait avancer leur cause. Qu'ils s'appellent Septembre Noir ou Fraction Armée Rouge ; qu'ils soient arabes ou israéliens. Je hais les extrémistes de tout bord. Quand j'avais à peine vingt ans, j'ai épousé un soldat de l'armée israélienne. Yaron et moi étions très amoureux, comme seuls les jeunes de notre âge peuvent l'être. C'est lorsqu'il a été tué au Liban que j'ai décidé de rejoindre le Mossad. Pour combattre les fanatiques.

— Vous ne trouvez pas que c'est aussi une bande de fanatiques au Mossad ?

— La plupart oui. Mais pas tous. Depuis que je travaille en indépendante pour eux, je choisis mes missions. De cette façon, je suis sûre de travailler pour une cause à laquelle je crois. Je refuse beaucoup d'opérations.

— Ils doivent vous tenir en haute estime pour vous laisser une telle latitude.

Elle inclina la tête d'un air modeste.

— Ils connaissent mes talents d'agent en matière d'infiltration et l'étendue de mes contacts. Je suis parfois la seule à être assez folle pour accepter certaines missions.

— Pourquoi avez-vous accepté celle sur le *Spanish Armada* ?

Elle le regarda en penchant la tête sur le côté, l'air surpris.

— Pourquoi ? Parce que c'est là que les fanatiques achètent leurs armes pour pouvoir tuer des innocents. Le Mossad savait que des agents du Jihad islamiste allaient faire leurs courses là-bas – c'est la grande orgie ! Ils m'ont envoyée à bord, il y a deux mois.

— Et sans moi, vous y seriez encore...

— Et vous ? Vous m'avez dit que vous étiez de la CIA, mais ce n'est pas le cas, n'est-ce pas ?

— Qu'est-ce qui vous fait dire ça ?

Elle toucha le bout de son nez avec son index.

— Il y a une drôle d'odeur, répondit-elle avec un petit sourire.

— Chez moi ? demanda Bryson, amusé.

— Plutôt chez vos ennemis, vos poursuivants. Cette équipe de tueurs, par exemple... cela va à l'encontre de tous les protocoles habituels. Soit vous êtes un indépendant comme moi, soit vous travaillez pour une autre agence de services secrets. Mais certainement pas pour la CIA.

— Vous avez raison, reconnut-il. Je ne suis pas de la CIA, pas exactement. Mais je travaille pour eux.

— En free-lance ?

— On peut dire ça comme ça.

— Mais cela fait un moment que vous êtes sur le circuit. Toutes ces cicatrices sur votre corps...

— C'est vrai. J'y ai passé pas mal de temps. Puis j'ai été remercié. Aujourd'hui, on me remet en piste pour une dernière mission.

— Et qui est...

Il marqua une hésitation. Jusqu'à quel point pouvait-il lui faire confiance ?

— Une mission de contre-espionnage, en quelque sorte.

— « En quelque sorte... » « On peut dire ça comme ça... » Si vous ne voulez rien me dire, pas de problème – ses yeux étincelaient de colère contenue –. Nous allons prendre chacun notre avion demain matin et on ne se reverra plus jamais. Lorsque nous serons rentrés chez nous, nous devrons nous acquitter de la paperasse. Chacun devra faire un rapport sur l'autre, donner des explications détaillées sur ce que nous savons et cela n'ira pas plus loin. Ils mèneront une enquête, qui sera abandonnée. Le dossier sera classé et ira rejoindre les archives que détient le Mossad sur la CIA ; un petit ajout aux autres dossiers, une simple goutte dans l'océan.

— Laïla, je vous suis extrêmement reconnaissant...

— Non, l'interrompit-elle. Je me fiche de votre gratitude. Vous m'avez mal comprise. Vous ne savez rien de moi. J'ai de bonnes raisons de faire ce que je fais... des raisons personnelles, si vous préférez. Nous suivons chacun une filière de trafic d'armes ; vers des endroits différents, des destinataires différents, mais nos pistes en ce moment se croisent, fusionnent. Pour moi, une chose est sûre, c'est que ceux qui veulent votre peau ne sont pas des guignols. Leurs moyens logistiques et leurs accès à l'information sont trop importants. Pour moi, il s'agit d'une autre agence de services secrets.

Bryson hocha la tête. Elle avait vu juste.

— Je suis désolée, poursuivit-elle, mais je ne veux pas vous mentir. Avec l'acoustique dans l'église, j'ai tout entendu de ce que vous avez dit à l'Italien. Il aurait fallu que je me bouche les oreilles pour ne rien entendre. Si je voulais vous doubler, je ne vous le dirais pas.

Bryson acquiesça de nouveau. Elle avait encore une fois raison.

— Vous ne comprenez tout de même pas le frioulan ?

— J'ai reconnu des noms. Vous avez parlé d'Anatoli Prichnikov, une

célébrité dans notre secteur d'activité. Ainsi que Jacques Arnaud —
moins célèbre, peut-être, mais un pourvoyeur d'armes à nombre
d'ennemis d'Israël. C'est lui qui alimente les guerres au Moyen-Orient
et se fait de beaux bénéfices au passage. Je connais cet homme, je
l'exècre. Et j'ai peut-être un moyen de l'approcher.

— Vous pouvez être plus claire ?

— J'ignore quelle est votre prochaine destination... mais je peux vous
confirmer qu'un des agents d'Arnaud était bel et bien sur le bateau, venu
vendre des armes à Calacanis.

— Le type aux longs cheveux, avec le costume croisé ?

— Lui-même. Il se fait appeler Jean-Marc Bertrand. Il se rend souvent
à Chantilly.

— A Chantilly ?

— C'est là que se trouve le château d'Arnaud. Il y donne souvent des
fêtes, avec un faste digne d'un monarque.

Laïla se leva, se rendit un court instant dans la salle de bains et revint
dans la chambre, finissant de se sécher le visage avec une serviette. Sans
fard ni maquillage, elle était encore plus belle. Un nez aquilin mais délicat, des lèvres pleines, le tout dominé par ses grands yeux noisette, qui
étaient à la fois chaleureux et intenses, pétillants de malice et
d'intelligence.

— Vous savez des choses sur Jacques Arnaud ? demanda Bryson.

Elle hocha la tête.

— J'en sais pas mal sur lui et son petit monde. Le Mossad a eu
Arnaud dans le collimateur pendant un certain temps. J'ai été plusieurs
fois invitée à ses fêtes.

— Sous quelle couverture ?

Elle retira le couvre-lit.

— En tant qu'attachée commerciale de l'ambassade d'Israël à Paris.
Quelqu'un qu'il est toujours bon de courtiser. Jacques Arnaud ne
s'embarrasse pas de préjugés. Il vend aussi bien aux Israéliens qu'à leurs
ennemis.

— Vous pensez pouvoir me mener jusqu'à lui ?

Elle se retourna lentement, les yeux écarquillés et secoua la tête.

— Ce serait une très mauvaise idée.

— Pourquoi pas ?

— Parce que je ne veux pas compromettre davantage le succès de ma
mission.

— Mais vous venez de dire que nous étions sur la même piste.

— Ce n'est pas ce que j'ai dit. J'ai dit que nos pistes se croisaient. Ce
qui est très différent.

— Et votre piste ne vous mène pas à Jacques Arnaud ?

— Peut-être, reconnut-elle. Mais peut-être pas.

— En tout cas, cela pourrait être très instructif de vous rendre à Chantilly.

— En votre compagnie, je suppose, répliqua-t-elle avec malice.

— C'est précisément ce que je vous demande. Avec vos contacts diplomatiques dans le carnet mondain d'Arnaud, il me sera plus facile d'entrer dans la place.

— Je préfère travailler seule.

— Une femme aussi belle que vous, avec ce statut social... il ne paraît pas très plausible que vous vous rendiez à ce genre de fêtes sans cavalier.

Elle rougit de nouveau.

— Vous me flattez.

— C'est juste pour vous amadouer, Laïla, rétorqua Bryson.

— Tous les moyens sont bons pour vous.

— Presque.

Elle esquissa un sourire en secouant la tête.

— Je n'aurais jamais le feu vert de Tel-Aviv.

— Alors ne leur demandez pas.

Elle hésita, baissa la tête.

— Ce devra être une alliance purement temporaire, que je pourrai résilier à tout moment.

— Faites-moi juste entrer dans le château. Vous pourrez m'abandonner sitôt passé le pont-levis, si vous voulez ! Une chose encore, une seule : pour quelle raison exacte le Mossad avait-il Arnaud dans le collimateur ?

Elle le regarda d'un air surpris, comme si la réponse était une évidence :

— Parce que l'année dernière, Arnaud est devenu l'un des plus grands fournisseurs d'armes de la planète pour les terroristes. Il se trouve que le type qui vous a rejoint lorsque vous étiez en rendez-vous avec Calacanis – un dénommé Jenrette, je crois – était monté à bord avec Bertrand, l'envoyé d'Arnaud. Je pensais que ce Jenrette achetait pour les terroristes... j'ai donc trouvé bizarre que vous ayez un entretien avec lui. Je dois dire que pendant un bon moment, je me suis demandé ce que vous fabriquiez au juste.

Bryson resta silencieux, les pensées se bousculant dans sa tête. Jenrette, l'agent du Directorat, connu sous le nom de Vance Gifford, était monté à bord avec l'homme de Jacques Arnaud... Arnaud vendait des armes aux terroristes ; le Directorat était acheteur. Cela voulait-il dire, par extension logique, que le Directorat promouvait le terrorisme sur la planète ?

— Il faut à tout prix que j'approche Jacques Arnaud, articula Bryson à voix basse.

Laïla secoua la tête en souriant d'un air triste.

— Cela ne nous mènera peut-être à rien. Et ce serait un moindre mal. Il faut savoir que ces gens sont dangereux ; rien ne les arrête.

— Je suis prêt à prendre le risque, répondit Bryson. Arnaud est ma seule piste.

*

L'équipe de tueurs professionnels suivit les cris. On leur avait demandé de ratisser le secteur, ce qui voulait dire d'explorer les ruelles pavées tout autour du parvis de la cathédrale. A présent qu'il était établi que leur cible s'était échappée, ils devaient retrouver tous les membres de l'équipe. Les morts avaient été emmenés dans des véhicules et conduits à un *mortuorio* coopérateur qui fournirait de faux papiers, ainsi que de fausses autorisations d'inhumer ; les corps seraient enterrés dans une fosse commune. Les proches seraient dédommagés grassement et ne poseraient pas de questions. C'était le *modus operandi* standard.

Lorsque les blessés et les morts furent retrouvés, il manquait deux personnes à l'appel : les deux frères du Frioul, cette région reculée de l'Italie, à l'extrême nord-est. Une rapide inspection des rues ne donna rien ; aucun SOS n'avait été reçu. Les deux frères ne répondaient pas aux appels radio. Ils étaient sans doute morts, mais ce n'était pas une certitude... la procédure dans ce genre d'opération exigeait que l'on récupère les blessés ou qu'on les exécute sur place. Que ce soit l'un ou l'autre, il fallait retrouver les deux frères.

L'équipe de nettoyage apprit finalement que des plaintes étouffées se faisaient entendre dans une petite ruelle. On suivit les bruits jusqu'à une église désaffectée, fermée au public. Sitôt qu'ils eurent ouvert les portes, ils découvrirent le premier frère, puis le second, quelques minutes plus tard. Ils étaient ligotés, bâillonnés, quoique l'un des bâillons avait du jeu, ce qui avait permis à l'Italien de faire entendre ses cris et d'être ainsi repéré par l'équipe de nettoyage.

— Nom de Dieu, vous en avez mis un temps ! pesta le premier frère en espagnol, dans son bâillon défait. On aurait pu mourir dix fois ! Paolo a perdu beaucoup de sang !

— On ne peut autoriser une chose pareille, répondit l'un des nettoyeurs – il sortit son pistolet et tira deux balles dans la tête du Frioulan, le tuant sur le coup –, nous ne pouvons accepter de brebis galeuses dans notre équipe.

L'homme partit trouver le second frère, recroquevillé en fœtus plus loin dans l'église, pâle et tremblant, baignant dans son sang. On voyait dans le regard du blessé qu'il savait à quoi s'en tenir – des yeux fixes, grands ouverts. Paolo ne poussa pas même un gémissement avant que ne partent les deux coups.

X

Chantilly, France.

Le splendide château de Saint-Meurice se trouvait à trente-cinq kilomètres de Paris, un grand manoir du XVIIe siècle dont la magnificence était mise en valeur par un savant jeu de lumières. Ses jardins à la française rivalisaient de beauté avec le château et l'entouraient comme un grand décor de verdure. Le château de Saint-Meurice était en effet un vaste théâtre où riches et puissants, faisant leur entrée en scène en une chorégraphie minutieusement orchestrée, échangeaient les badineries d'usage d'une comédie maintes fois répétée. Acteurs et public étaient, toutefois, une seule et unique entité. Chacun était là pour impressionner l'autre, tous les participants jouant leurs rôles dans les limites d'airain d'un code ancestral.

Même si la fête de ce soir était organisée à l'occasion du sommet européen des ministres du Commerce, une ramification de la conférence annuelle du G 7, on trouvait au château de Saint-Meurice la même population que d'habitude. De fêtes en fêtes, les acteurs restaient sensiblement les mêmes. Tout le gratin de Paris et de ses environs était présent, du moins tous ceux qui comptaient. Parés de leurs plus beaux atours, qui en smoking, qui en robe de soirée, les femmes scintillantes sous leurs bijoux enfermés d'ordinaire dans des coffres, ils arrivaient dans un ballet de Rolls-Royce ou de Mercedes rutilantes. Il y avait des comtes et des comtesses, des barons et des baronnes, des vicomtes et des vicomtesses ; Des seigneurs du monde économique, des célébrités du monde des médias et du cinéma, de hauts responsables du Quai d'Orsay comme des membres du club très fermé où la haute société tutoyait la haute finance.

Dans l'allée d'honneur menant au sommet du perron, bordée de centaines de bougies, dont les flammes dansaient doucement sous la brise, avançaient des hommes élégants aux cheveux argent, et d'autres, moins raffinés, courtauds et déplumés, dont l'apparence vulgaire en disait long sur leur puissance et leur influence – certains d'entre eux étaient venus avec une pin-up au bras, tout fiers d'exhiber ce chatoiement glamour trottant à côté d'eux, perché sur de hauts talons.

Bryson portait un smoking loué au Cor de Chasse, Laïla avait passé une robe de soie noire Dior sans bretelles au décolleté saisissant. Autour de son cou, un simple collier de perles dont l'élégance discrète mettait en valeur la beauté de son visage. Bryson s'était souvent retrouvé dans ce genre de mondanités au cours sa vie précédente ; il s'y était toujours senti davantage observateur que participant, même s'il veillait à se fondre parfaitement dans cette foule – comme c'était le cas aujourd'hui encore. La stature et la prestance des grands lui venaient naturellement, mais il ne s'agissait que d'emprunts.

Laïla, en revanche, semblait parfaitement à son aise. Quelques touches subtiles de maquillage – un peu de mascara ici, un peu de rouge à lèvres là – accentuaient sa beauté naturelle, son teint de miel, ses grands yeux noisette. Ses cheveux châtains étaient remontés sur sa tête, laissant pendre quelques mèches pour mettre en valeur son cou de cygne ; le décolleté, osé mais en rien vulgaire, soulignait ses seins magnifiques. Elle pouvait passer pour une Israélienne comme pour une Arabe puisqu'elle était en fait les deux. Elle avait le sourire facile, un rire cristallin, des yeux cajoleurs et réservés à la fois.

Elle était saluée par diverses personnes, toutes semblaient la connaître et l'accueillaient comme une diplomate influente mandatée par le ministère des Relations étrangères de Tel-Aviv, ayant des contacts et des pouvoirs mystérieux. On la reconnaissait, sans la connaître vraiment – la situation idéale pour un agent infiltré. Elle avait passé un appel, la veille, à une connaissance du Quai d'Orsay, un homme qui avait des liens étroits avec Jacques Arnaud, le seigneur de Saint-Meurice, et qui était invité à toutes les réceptions du châtelain. L'homme en question, l'un des fidèles chargés de remplir le carnet mondain du marchand d'armes, était *enchanté* d'apprendre que Laïla était à Paris pour quelques jours, et *mortifié* d'entendre qu'elle n'avait pas été invitée à la fête... il devait s'agir *forcément* d'un regrettable oubli ; Laïla devait *absolument* venir au château ; M. Arnaud serait *offensé, horrifié* même, s'il ne pouvait la compter parmi ses convives. Evidemment, elle pouvait venir accompagnée ; tout le monde savait que la belle Laïla était rarement seule.

Bryson et Laïla avaient parlé jusque tard dans la nuit, mettant au point la meilleure stratégie pour leur passage au château. C'était une opération extrêmement risquée, après la destruction du *Spanish Armada*. Certes, il n'y avait eu aucun survivant au naufrage, personne donc pour les reconnaître... mais les gens puissants comme Calacanis et ses invités sur le bateau, ne sombraient pas en mer dans un déluge de flammes sans que retentissent nombre de sirènes d'alarme dans les conseils d'administration et autres bureaux de direction à travers la planète. Des personnes influentes, réalisant des affaires aussi infâmes que juteuses, seraient sur le pied de guerre. Jacques Arnaud, qui venait de perdre l'un de ses principaux contacts, allait forcément être entouré d'une garde rapprochée. La destruction du cargo de Calacanis était peut-être la première phase d'une grande campagne lancée contre les trafiquants d'armes du globe ? En tant que premier fabricant d'armes de France, Arnaud était une cible potentielle pour toutes sortes de gens ; il devait veiller à sa sécurité ; après l'explosion du *Spanish Armada*, Arnaud allait donc se montrer encore plus méfiant que d'ordinaire.

Laïla était une blonde aux yeux verts sur le cargo ; elle avait donc radicalement changé d'apparence. Pour Bryson une complète métamorphose était obligatoire. Il ne pouvait prendre le risque d'être reconnu... Si les images du système de vidéosurveillance de bord avaient été envoyées par satellite avant le naufrage, son portrait avait circulé dans tous les services de sécurité concernés.

Bryson avait donc acheté des postiches et des accessoires de grimage dans une boutique du quartier de l'Opéra. Le lendemain, il était un autre homme ; ses cheveux étaient devenus gris argent, avec les variations de tons caractéristiques d'une chevelure blonde ayant grisonné. Les magiciens du Directorat lui avaient appris tous les arcanes du déguisement ; des inserts de joues arrondissaient son visage ; ses yeux étaient soulignés de poches en latex, de fausses rides avaient été creusées aux canthus et aux coins de la bouche. La subtilité était le maître mot. Un changement mineur pouvait avoir un effet majeur, sans susciter la suspicion. Il paraissait plus vieux de vingt ans, un gentleman se fondant à merveille dans la faune élégante qui fréquentait le château de Saint-Meurice. Il était devenu James Collier, un financier spécialiste des investissements à haut risque, originaire de Santa Fe, au Nouveau-Mexique. Comme ce milieu fermé de la haute finance était notoirement discret, Bryson ne dirait pas grand-chose de ses activités du moment, et détournerait les questions avec politesse et humour.

Bryson et Laïla étaient descendus dans un petit hôtel de la rue Trousseau. Ni l'un, ni l'autre n'avait jamais séjourné dans cet établissement ; Le lieu avait été choisi pour son caractère parfaitement anodin. Ils étaient arrivés à Paris chacun par des voies différentes – Bryson via Francfort, Laïla via Madrid. Il y avait eu un certain cafouillage en ce qui concernait les arrangements pour dormir, ce qui était inévitable. Ils voyageaient comme couple, ce qui signifiait lit commun ou tout au moins une seule chambre. Bryson avait toutefois demandé que l'hôtel leur réserve une suite avec deux chambres séparées. Une demande quelque peu inhabituelle, mais qui traduisait une volonté de garantir l'intimité de chacun, une préservation désuète des usages. En vérité, Bryson redoutait les tentations de la chair. Laïla était une femme très belle, très désirable et Bryson était seul depuis trop longtemps. Pas question de risquer de déstabiliser une relation de travail déjà fragile. A moins qu'il ne s'agisse de se protéger lui, de peur de perdre toute retenue ? C'était peut-être ça la véritable raison... Garder ses distances tant qu'Elena restait un point d'interrogation dans sa vie...

Laïla le guidait parmi les convives, souriant à une connaissance, en saluant une autre, et lui faisait la conversation :

— On raconte que ce château à été construit au dix-septième par l'un des ministres de Louis XIV. Il était si beau que le roi en prit ombrage ; il a jeté le ministre en prison, séquestré son architecte et son paysagiste et confisqué tout le mobilier. Fou de jalousie, il a alors lancé la construction du château de Versailles, avec la ferme intention de n'être égalé par personne.

Bryson hochait la tête en souriant, jouant l'invité fortuné, appréciant le faste et le décorum. Pendant que Laïla parlait, il sondait la foule des yeux, à l'affût d'un visage famillier, d'un regard suspect. Il avait joué ce rôle un nombre incalculable de fois, mais aujourd'hui la situation était plus éprouvante pour les nerfs : il marchait en terre inconnue ; son plan d'attaque, était, par conséquent, très vague, laissant une large place à l'improvisation ; il ne pouvait se fier qu'à son instinct.

Quelle était la nature de la relation – si elle existait – entre Jacques Arnaud et le Directorat ? L'équipe de tueurs envoyée à ses trousses travaillait pour l'émissaire d'Arnaud sur le *Spanish Armada*. Les tueurs – les deux frères frioulans – étaient des employés du Directorat, ce qui indiquait qu'Arnaud était en affaires avec le Directorat à un certain niveau. Plus révélateur encore, un membre du Directorat – Vance Gifford, alias Jenrette – se trouvait à bord du cargo et était arrivé en compagnie de l'envoyé d'Arnaud.

Ce n'étaient que des éléments disparates, mais placés ensemble, le motif de la mosaïque commençait à être lisible. Jacques Arnaud était bel et bien l'une des entités obscures dirigeant le Directorat.

Il lui fallait à présent une preuve, tangible et irréfutable.

Elle était là quelque part dans cette propriété, mais où ?

Selon Laïla, le Mossad pensait que la société d'Arnaud était impliquée dans une vaste opération de blanchiment d'argent, dont une bonne part provenait de la mafia russe. Les services secrets israéliens avaient découvert qu'Arnaud recevait et passait nombre d'appels pour affaires depuis le château, mais toutes leurs tentatives pour écouter sa ligne téléphonique avaient échoué. Ses communications restaient indéchiffrables, protégées par un cryptage complexe. Tout cela laissait deviner que quelque part dans les murs de Saint-Meurice se trouvait une salle de télécommunications sophistiquée, ou tout au moins des brouilleurs capables de coder et de décoder les transmissions électroniques – appels téléphoniques, fax et e-mails.

Tout en se faufilant parmi la foule de convives, Bryson remarqua les dizaines de tableaux de maître qui ornaient les murs des salles de réception. Une idée germa alors dans son esprit...

Dans une petite pièce à l'étage, deux hommes en costume-cravate étaient plongés dans une semi-obscurité, leurs visages éclairés par la lueur bleuâtre et vaporeuse d'une batterie de moniteurs vidéo. L'acier chromé, le métal anodisé, les faisceaux de fibres optiques et les tubes cathodiques paraissaient déplacés au milieu de ces murs de pierre vénérables, comme une œuvre d'art moderne installée dans un vieux musée. Chaque écran montrait un angle de vue différent des pièces du rez-de-chaussée. Des caméras miniatures, dissimulées dans les murs, les appliques et les boiseries, transmettaient, à l'insu des invités, des images en haute définition aux deux hommes de la sécurité rivés devant leurs moniteurs. La précision des images était telle que les espions pouvaient zoomer sur n'importe quel convive et faire un gros plan du visage. Les images, traitées numériquement, étaient comparées à d'autres images conservées dans une vaste banque de données, nommée le Network. Toute personne suspecte pouvait être identifiée et discrètement raccompagnée jusqu'aux portes, le cas échéant.

Des doigts manipulèrent des manettes ; un visage fut agrandi sur l'un des écrans et observé attentivement par les deux vigiles. Il s'agissait d'un homme au cheveux gris argent, au visage joufflu, la peau ridée par le soleil, dont le nom – figurant sur la liste des invités fournie aux agents de sécurité – était James Collier, originaire de Santa Fe.

Les gardes ne reconnurent pas Bryson – le grimage était parfait. Ils n'avaient jamais vu ce visage et c'était justement ce détail qui avait attiré leur attention... L'individu était une quantité inconnue. Et pour les hommes chargés de la sécurité de Jacques Arnaud, l'inconnu était, par définition, une source potentielle de danger.

*

Gisèle, l'épouse de Jacques Arnaud, était une femme de grande taille à l'allure aristocratique, avec un nez aquilin et des cheveux bruns, parsemés de mèches grises. Ses cheveux étaient plantés trop haut sur son front, son visage anormalement lisse – signes de séjours réguliers dans une « clinique » helvète. Bryson l'aperçut dans un coin de la bibliothèque, en compagnie d'une petite cour suspendue à ses lèvres. Il la reconnut car elle apparaissait souvent dans les pages *people* de *Paris-Match* – un magazine dont il avait feuilleté plusieurs années de parution à la Bibliothèque nationale pour préparer sa mission.

Ses auditeurs semblaient éblouis par son intelligence, chacun de ses traits d'humour était accueilli par de grands rires. Prenant deux flûtes de champagne qu'un serveur leur proposait – une pour lui, l'autre pour Laïla – Bryson tendit le doigt vers une toile accrochée au-dessus de Mme Arnaud. Puis il marcha vers l'œuvre d'art, pour être sûr d'être à portée d'oreille de la maîtresse des lieux, et lança d'une voix assez forte :

— Regardez cette merveille ! Je n'ai jamais vu Napoléon ainsi !

Extraordinaire ! Napoléon en empereur romain, dans une pose frontale, comme une statue, une icône vivante.

La manœuvre fonctionna ; l'heureuse propriétaire de l'œuvre ne put s'empêcher de tourner la tête vers Bryson ; la conversation promettait d'être bien plus intéressante, puisqu'elle portait sur une pièce de sa collection. Gratifiant Bryson d'un sourire gracieux, elle lui dit dans un anglais irréprochable :

— Et vous avez vu ce regard hynoptique ? Seul Ingres sait donner cette intensité, ne trouvez-vous pas ?

Bryson lui retourna son sourire, son regard s'illuminant, comme s'il avait enfin trouvé quelqu'un avec qui partager sa passion. Il s'inclina et lui tendit la main.

— Vous devez être Mme Arnaud. James Collier. Vous nous offrez une soirée exquise.

— Veuillez m'excuser, dit-elle à l'intention de sa petite cour, qu'elle congédia gentiment. – Elle s'approcha de Laïla et de Bryson. – Je vois que vous êtes un admirateur d'Ingres, Mr. Collier.

— Il serait plus honnête de dire que je suis un admirateur de *vos* Ingres, Mme Arnaud. On reconnaît dans votre collection la sagacité de la grande experte. Permettez-moi de vous présenter Laïla Sharett, de l'ambassade d'Israël.

— Nous nous sommes déjà rencontrées, répondit la première dame du château. Je suis ravie de vous revoir – elle serra la main à Laïla, tout en continuant à regarder Bryson.

Dans sa jeunesse, Gisèle Arnaud avait dû être une femme d'une beauté saisissante. Aujourd'hui encore, à soixante-dix ans, elle restait avenante. Elle avait ce don unique de courtisane de faire croire à son interlocuteur qu'il était l'homme le plus fascinant de la pièce, que nul autre personne n'existait hormis lui.

— Mon mari trouve Ingres *ennuyeux*. Ce n'est pas un connaisseur, à l'inverse de vous.

Bryson ne voulait pas profiter de l'occasion pour être présenté à Jacques Arnaud. Au contraire, il préférait ne pas attirer l'attention du fabricant d'armes.

— C'est parce que Ingres ne vous a pas eue pour modèle, répliqua-t-il.

Elle fit une moue, mais Bryson vit qu'elle était flattée en son for intérieur.

— Allons ! Je détesterais qu'Ingres fasse un portrait de moi !

— C'est vrai qu'il lui fallait une éternité pour achever un tableau. Quand on pense à cette pauvre Mme Moitessier qui a dû garder la pose pendant douze ans !

— Et il l'a transformée en méduse, avec des tentacules à la place des doigts !

— Mais quel portrait ! Quelle merveille !

— Un peu étouffant, à mon goût.

— On dit qu'il utilisait une *camera lucida* pour réaliser certaines de ses compositions – on peut presque dire qu'il espionnait ses sujets avant de les fixer sur la toile.

— J'ignorais ce détail.

— Malgré toute l'admiration que je porte à ses peintures, c'est avec ses dessins qu'il est au sommet de son art, ne trouvez-vous pas ?

Bryson savait que la collection privée des Arnaud comportait quelques dessins d'Ingres, exposés dans des pièces plus retirées du château.

— Je suis entièrement de votre avis ! s'exclama Gisèle Arnaud. Même s'il considérait ses dessins comme un travail purement alimentaire.

— Je sais, je sais... pendant qu'il était sans le sou à Rome, il gagnait son pain en tirant le portrait des visiteurs et des touristes. Certains des plus grands dessins ont été ainsi réalisés par des artistes cherchant juste à faire bouillir leur marmite. Il n'empêche qu'Ingres, avec ses dessins, est au summum de son art. Son utilisation des blancs, des espaces en négatif, son art de capturer la lumière... ce sont des chefs-d'œuvre absolus.

Mme Arnaud baissa la voix et dit sur le ton de la confidence :

— Il se trouve que nous avons ici quelques dessins d'Ingres... Ils sont dans la salle de billard.

*

La ruse avait fonctionné. Mme Arnaud avait invité Bryson et Laïla à pénétrer dans les parties privées du château. Elle avait proposé de leur montrer elle-même les dessins, mais Bryson avait décliné l'offre de leur hôtesse, ne voulant pas l'arracher à ses invités ; mais si cela ne la dérangeait pas, ils pouvaient peut-être aller admirer ces œuvres tout seuls ?

Un peu plus tard, Bryson traversait, en compagnie de Laïla, le dédale des salles privées – des pièces moins fastueuses dont les murs étaient décorés d'œuvres exécutées par des peintres français de second plan. Il s'orientait sans peine ; les plans de tous les châteaux du territoire ayant une importance historique étaient conservés à la Bibliothèque nationale et Bryson avait pu examiner par le menu ceux concernant Saint-Meurice. Il était peu probable que les Arnaud aient bouleversé l'infrastructure du château ; la seule inconnue restait l'utilisation des pièces, la localisation des chambres à coucher et des bureaux, en particulier le cabinet privé du châtelain.

Bryson et Laïla déambulaient dans les couloirs, bras dessus bras dessous, comme deux amoureux. A l'approche d'une bifurcation, ils entendirent des bruits étouffés, des voix d'hommes.

Ils se figèrent. Les voix se firent plus distinctes. Les hommes parlaient français, mais l'un d'eux avait un fort accent, sans doute russe, probablement d'Odessa.

— ... il faut retourner à la fête, disait le Français.

Le Russe répondit quelque chose que Bryson ne put distinguer. Puis le Français répliqua :

— Après Lille, le scandale va être énorme. Et la voie sera libre.

Faisant signe à Laïla de rester en arrière, Bryson se plaqua contre la paroi et marcha lentement vers l'angle du mur, l'oreille tendue. Les voix ne semblaient pas se rapprocher. Il sortit de la poche de son smoking un objet qui ressemblait à un stylo en argent. Il tira, à son extrémité, une fibre optique télescopique sur une longueur de quarante centimètres. Il tordit le bout du câble et l'approcha du mur, de sorte que l'extrémité incurvée dépasse l'angle du couloir. Collant son œil au minuscule oculaire, Bryson put observer les deux hommes à leur insu grâce à ce mini-périscope. L'un d'eux était Jacques Arnaud ; il portait un costume élégant, de grosses lunettes noires et avait le crâne chauve. Il parlait avec un grand type longiligne au visage rubicond ; Bryson mit un certain temps avant de le reconnaître. C'était Anatoli Prichnikov.

Prichnikov ! Le magnat qui tirait les ficelles dans les coulisses du Kremlin, à en croire la rumeur.

En faisant pivoter la fibre optique, Bryson découvrit un autre homme, beaucoup plus près, assis juste à l'angle : un garde, armé, posté à l'entrée du couloir. Il déplaça encore son périscope ; il y avait un autre garde, assis à mi-distance, devant une grande porte d'acier.

Le bureau d'Arnaud !

Il n'y avait pas de fenêtre dans cette aile du château ; ce n'était pas un lieu propice pour installer des bureaux. Mais le premier souci du maître des lieux était la sécurité, pas la vue sur le parc.

Les deux hommes conclurent leur entretien et, par chance, se dirigèrent vers l'autre bout du couloir. Bryson et Laïla n'avaient pas besoin de battre en retraite.

Bryson rentra la fibre optique dans son logement et se tourna vers Laïla en hochant la tête. La jeune femme comprit ; ils avaient localisé leur cible, l'endroit où Jacques Arnaud menait ses affaires dans l'enceinte du château.

Toujours sans un bruit, Bryson rebroussa chemin et se dirigea vers une pièce qu'il avait repérée à l'aller : un petit salon, sombre, à peine meublé, de toute évidence rarement fréquenté. Il s'arrêta devant la porte et consulta l'écran en radium de sa montre Philippe Patek. Lorsqu'une minute entière se fut écoulée, il fit un signe à Laïla et disparut dans la pièce, attendant dans l'ombre.

Laïla se mit à avancer dans le couloir, en direction du bureau privé d'Arnaud, titubant comme si elle était ivre. Soudain, elle poussa un rire, et lâcha à voix haute, pour être entendue du garde, juste derrière l'angle du mur :

— Il doit bien y avoir des toilettes quelque part ! Ça devient urgent !

Elle tourna au coin du couloir, et tomba nez à nez avec le vigile, assis dans une chaise ancienne, finement ciselée. L'homme se redressa, l'air hostile.

— Puis-je vous aider ? demanda-t-il en français, d'un ton qui lui ordonnait de ne pas faire un pas de plus.

L'homme avait à peine trente ans, les cheveux coupés court, de gros sourcils, un visage rond et joufflu avec une barbe naissante. Sur sa petite bouche rouge, une moue querelleuse.

Laïla gloussa et continua de marcher vers lui.

— Est-ce que vous pouvez m'aider ? Faut voir... répliqua-t-elle d'un air provocant. Qu'est-ce que nous avons là ? Un homme, un vrai, enfin... Pas comme tous ces pédés en bas, toutes ces folles et ces vieux croûtons !

Le garde se radoucit, son air mauvais s'effaça... cette femme ne représentait pas un danger pour la sécurité de son patron. Une rougeur apparut sur ses joues. A l'évidence, il n'était pas insensible aux formes voluptueuses de Laïla, en particulier au décolleté plongeant de sa robe noire.

— Je suis désolé, mademoiselle, répondit-il avec une certaine gaucherie, mais je dois vous demander de rester où vous êtes. Il est interdit d'aller plus loin.

Laïla lui lança un sourire malicieux, appuyant sa main contre le mur de pierre.

— Pourquoi diable voudrais-je aller plus loin ? souffla-t-elle, en se rapprochant encore de lui. J'ai l'impression que j'ai trouvé mon bonheur ici.

Elle fit glisser sa main contre les pierres, se rapprochant encore de l'homme, en se cambrant pour mettre en valeur ses seins.

Le jeune garde eut un sourire nerveux. Il jeta un regard inquiet vers l'autre sentinelle qui semblait ne lui prêter aucune attention.

— Mademoiselle, je vous en prie...

Elle baissa la voix.

— Peut-être pourriez-vous *m'aider*... à trouver une salle de bains ?

— Au bout du couloir, par où vous êtes venue, répondit-il tentant de garder un ton professionnel, sans y parvenir. Il y a des toilettes.

Laïla parla encore plus bas, d'une voix vibrante et suggestive.

— Je n'arrête pas de me perdre dans ce dédale. Vous ne voudriez pas me montrer le chemin ?

Le garde jeta un nouveau coup d'œil vers son collègue, qui était trop loin pour remarquer ce qui se passait.

— Peut-être même, ajouta-t-elle en haussant les sourcils, me faire une petite visite guidée ? Cela ne prendra pas si longtemps, n'est-ce pas ?

Le visage cramoisi, le garde se leva de sa chaise avec maladresse.

— C'est d'accord, mademoiselle.

De nombreuses possibilités s'offraient au garde, selon les estimations de Laïla. Si, par malchance, l'homme décidait de l'emmener dans la pièce où se trouvait Bryson, il devrait être mis aussitôt hors d'état de nuire – l'effet de surprise, combiné à la dextérité de Bryson, lui faciliterait la tâche.

Mais le garde choisit un autre lieu : un fumoir, confortablement meublé. Il était, visiblement, très excité. Il lança à Laïla un sourire de prédateur au moment de refermer la porte derrière lui.

Il était temps de passer à la seconde phase du plan. Elle se tourna vers lui, avec un regard chargé de désir...

En silence, Bryson s'élança dans le couloir, tourna à l'angle et ralentit le pas, en se dirigeant d'un air flâneur vers le dernier vigile posté devant le bureau d'Arnaud, inoccupé selon toute vraisemblance.

Ce fut au tour de Bryson de feindre d'avoir trop bu, mais dans un dessein tout à fait différent. La sentinelle releva les yeux et regarda Bryson s'approcher d'un pas chancelant.

— Monsieur... lança le garde d'une voix brusque, quelque chose à mi-chemin entre la politesse et l'avertissement.

En arrivant à la hauteur de l'homme, Bryson sortit son Zippo en or, et secoua la tête de dépit.

— C'est le comble ! Vous n'allez pas me croire ! J'ai pensé à prendre mon briquet, mais ce sont ces satanées cigarettes que j'ai oubliées !

— *Sir* ?

Bryson poursuivit en français :

— Vous n'auriez pas une cigarette ? – Il agitait toujours son Zippo en secouant la tête. – Vous êtes français, vous devez avoir ça sur vous, tous les Français fument.

Lorsque le garde plongea la main dans sa poche de veste pour sortir son paquet, Bryson tourna la molette de son briquet. Ce ne fut pas une flamme qui sortit du Zippo, mais un jet de gaz paralysant. Avant même que le garde ait eu le temps d'atteindre son arme, tout son corps se figea ; quelques secondes plus tard, il s'effondrait au sol, inconscient.

Bryson opéra rapidement. Il replaça la sentinelle sur son siège comme un mannequin, croisant ses bras sur sa poitrine. Les paupières de l'homme étaient fermées – inutile de tenter de les rouvrir. De loin, le garde semblerait à son poste ; en s'approchant, on penserait que l'homme faisait un petit somme.

Le gaz paralysant n'était pas le seul gadget que Bryson s'était procuré à Paris ; il avait sur lui toute une panoplie d'accessoires, dont un scanner de fréquences infrarouges et radio ainsi qu'un détecteur de codes de serrures électroniques. Une rapide inspection de la porte d'acier lui confirma qu'il n'aurait besoin pas besoin d'appareillage sophistiqué. Lorsque Arnaud s'absentait longtemps, il devait sans aucun doute protéger l'endroit sous alarme électronique. Mais ce soir, ayant quitté son bureau momentanément, il avait simplement claqué la porte derrière lui. Même si la porte se verrouillait automatiquement, le système n'était pas plus compliqué qu'une serrure conventionnelle avec pêne et gâche. Bryson sortit un passe-partout à air comprimé, un outil qu'il trouvait, après des années d'usage, plus efficace et plus rapide que le passe-partout classique. Il inséra les tiges de fer dans le canon de la serrure et fit quelques va-et-vient avec le piston jusqu'à ce que les pannes crochètent les crans. La lourde porte s'ouvrit.

Il alluma sa lampe-stylo et explora la pièce enténébrée, supris par son caractère nu et spartiate. Il n'y avait ni classeurs, ni meuble de rangement, ni coffre-fort. Un coin salon – un canapé, deux fauteuils, une table basse – et une table d'acajou, faisant office de bureau. Sur la table, rien, hormis une lampe sur potence articulée et deux téléphones.

Deux téléphones...

Le téléphone sous brouilleur était là ! Un boîtier gris anthracite de trente centimètres de côté, à première vue un simple téléphone de bureau muni d'un couvercle. Mais Bryson le reconnut aussitôt. Il en avait vu des dizaines, mais rarement des modèles aussi plats et compacts : la dernière génération des téléphones satellite cryptés, le capot contenant à la fois l'antenne et l'émetteur radio. Dans l'appareil, une puce avec l'algorithme de codage, générant un cryptage à phase non linéaire avec corrélateur en temps réel et clés de sécurité multiples de 128 bits. Intercepter les communications ne servait pas à grand-chose, puisque la clé de sécurité n'était pas transmise avec le message codé. Quiconque écoutait ce message entendait une embrouillamini de voix déformées et cryptées. La puissance du téléphone par satellite permettait un usage dans les régions les plus reculées de la planète.

Bryson démonta le téléphone en toute hâte. Il avait fermé la porte derrière lui et le garde était endormi pour au moins une demi-heure... mais Arnaud pouvait toujours revenir d'un moment à l'autre. S'il arrivait et découvrait qu'il manquait un garde et que l'autre dormait à son poste, il pourrait peut-être attribuer ce laisser-aller à l'ambiance de fête et de décontraction qui régnait dans tout le château... encore fallait-il que Laïla retienne son jeune étalon suffisamment longtemps. Mais Bryson ne doutait pas des talents de Laïla sur ce point.

Il devait travailler vite sans se poser de questions.

Etalées sur la table d'acajou comme sur une paillasse de dissection, les entrailles électroniques du téléphone s'offraient au regard de Bryson. Il retira le circuit imprimé de son logement, et l'approcha de la lampe pour l'examiner en détail.

La puce de cryptage était là... une chose noire relativement volumineuse, comme toutes celles de son espèce, puisque ces microprocesseurs étaient produits à très peu d'exemplaires, destinés à ne relier entre eux qu'une petite poignée de conspirateurs tout en leur assurant une confidentialité maximum. Le simple fait qu'Arnaud possède un tel équipement prouvait qu'il appartenait à un réseau international très fermé et très porté sur le secret. Pouvait-il être l'un des mystérieux dirigeants du Directorat ?

Bryson sortit de sa veste un objet ressemblant à un poste transistor. Dans la fente, il inséra la puce de cryptage et alluma l'appareil. L'indicateur lumineux passa du vert au rouge puis, dix secondes plus tard, repassa au vert. Un signal avait été envoyé dans la puce, capturant les données. Bryson tendit l'oreille, au cas où il y aurait des voix ou des bruits de pas dans le couloir ; mais non, tout était normal... Satisfait, Bryson éjecta la puce de l'appareil et la replaça dans son logement. En quelques minutes, il avait remonté le téléphone satellite. Toutes les spécifications de la « clé » étaient enregistrées dans le lecteur de puces, de longues séquences de nombres binaires et d'instructions algorithmiques. Le code changeait à chaque nouvelle communication, sans jamais se répéter. C'était une version high-tech d'un générateur aléatoire de chiffres. Bryson avait à présent piraté chacune des combinaisons possibles. Utiliser ces informations pour une application pratique était un travail de titan, mais cette tâche incomberait aux spécialistes des services de décryptage.

Quelques instants plus tard, Bryson s'éloignait dans le couloir pour rejoindre la fête. Le garde était toujours endormi. Lorsqu'il se réveillerait, dans une dizaine de minutes, la mémoire lui reviendrait rapidement... mais il y avait fort à parier qu'il ne dirait rien à personne ni ne sonnerait l'alarme. Révéler à ses supérieurs qu'il s'était fait avoir par un seul homme revenait à mettre un terme définitif à sa carrière.

*

Dans le fumoir, le jeune garde se tenait debout, le pantalon sur les chevilles, la chemise déboutonnée et ouverte, attendant la gratification finale. Laïla caressait son abdomen nu, lui embrassait le cou. Elle avait fait durer les choses le plus longtemps possible. Jetant un coup d'œil à sa montre en or, elle évalua le temps qui s'était écoulé. Selon leur plan, il était temps de...

Un claquement de talons sur les dalles du couloir.

Bryson ! Il était pile à l'heure.

Laïla se baissa pour ramasser son petit sac à main, puis fit une petite bise sur la joue du garde.

— Allons ! lança-t-elle en français, tout en se dirigeant vers la porte. – Le garde la regarda bouche bée, son visage rouge comme une pivoine, les yeux enflammés de désir. – Les plus grands plaisirs sont ceux inassouvis, murmura-t-elle en quittant la pièce. Jamais je ne t'oublierai, mon joli.

Et elle referma la porte.

Le sac de Laïla était plus lourd qu'à son arrivée ; il contenait à présent le Beretta du garde. Malgré sa colère et sa frustration, le jeune homme ne piperait mot de sa mésaventure ; cela revenait à confesser une grave faute professionnelle, un manquement impardonnable à ses devoirs...

Laïla se regarda dans son miroir de poche, réappliqua une couche de rouge à lèvres et rejoignit à son tour la fête ; elle aperçut Bryson dans la grande salle de banquet qui venait juste d'arriver.

*

Un quatuor de cordes jouait de la musique de chambre dans la salle de réception, tandis que résonnaient les synthétiseurs et les rythmes syncopés d'un groupe de rock dans le salon voisin. Les deux musiques créaient un méli-mélo bizarre, les triolets délicats du XVIIIe mangés par les accords voraces du XXIe.

Bryson passa son bras autour de la taille de Laïla et lui souffla à l'oreille.

— J'espère que vous vous êtes bien amusée.

— Très drôle, murmura-t-elle. Je vous aurais bien volontiers laissé la place. Et vous, mission accomplie ?

Alors que Bryson s'apprêtait à répondre, il aperçut le crâne chauve d'Arnaud à l'autre bout de la salle. Il semblait en grande conversation avec une personne en costume. Au vu de l'oreillette qui ornait sa tempe, il s'agissait d'un membre de la sécurité. Arnaud hocha la tête, jeta un regard circulaire dans la salle. Puis un troisième larron rejoignit les deux hommes en toute hâte ; à en juger par ses gestes et son air affolé, il avait quelque chose de très urgent à dire. Il y eut un bref échange de points de vue, puis Bryson vit le regard d'Arnaud se tourner dans sa direction. On avait remarqué quelque chose d'anormal, les erreurs des gardes avaient été rapportées, une sonnette d'alarme avait été tirée... car c'était bien Bryson qu'Arnaud regardait avec insistance. Peut-être l'industriel français avait-il été alerté par les caméras de surveillance placées aux abords de son bureau privé ? Bryson savait évidemment qu'il y aurait des caméras... Mais c'était un risque à courir. Dans sa situation, il se devait de tenter le tout pour le tout.

La réponse vint quelques secondes plus tard, lorsque les deux hommes de la sécurité qui s'entretenaient avec Arnaud se mirent à marcher dans sa direction, se frayant chacun un chemin parmi la foule. Dans leur hâte, les gardes bousculèrent plusieurs invités. Puis un troisième homme apparut dans la pièce ; leur intention devint évidente : bloquer les trois seules sorties de la vaste salle. Bryson et Laïla ne pourraient plus s'échapper.

Les caméras de surveillance avaient donc suivi leurs faits et gestes à travers tout le château. L'intrusion de Bryson dans le bureau d'Arnaud avait été observée ; ou plutôt, sa sortie du bureau, à en juger par le temps de réaction du service de sécurité.

Bryson et Laïla étaient à présent encerclés.

La jeune femme serra soudain très fort la main de Bryson. Un signal. Elle aussi avait remarqué ce qui se tramait. Leurs possibilités étaient fortement réduites. Leurs poursuivants ne sortiraient leurs armes qu'en dernier recours ; les hommes d'Arnaud tenteraient d'arrêter Bryson et Laïla discrètement. Il fallait sauver les apparences autant que faire se pouvait, et éviter tout scandale. Mais Bryson ne se faisait guère d'illusions. Ils tireraient au besoin... On apporterait des explications après coup, on inventerait une jolie petite histoire pour cacher la vérité.

Bryson regardait tour à tour les hommes d'Arnaud fondre vers lui, ne ralentissant le pas que lorsqu'ils étaient gênés par des invités se trouvant sur le passage, faisant leur possible pour exaucer les vœux de discrétion du maître des lieux. Bryson sentit Laïla lui glisser quelque chose dans la main... son sac à main... pourquoi ? Il avait remarqué le renflement étrange de la paroi de cuir ; elle avait dû subtiliser, dans le fumoir, le pistolet du garde. Mais Bryson avait déjà une arme sur lui...

De guerre lasse, Bryson prit le sac à main que lui tendait la jeune femme et l'ouvrit ; c'est alors qu'il comprit les raisons de son insistance. Il passa le sac dans son dos, sortit la grenade, un reste de l'arsenal volé sur le *Spanish Armada*, arracha la goupille et la jeta au sol. La grenade roula à bonne distance sur les dalles avant de se mettre à dégager une fumée grise. En quelques secondes, un brouillard épais se diffusa dans la salle, accompagné par une odeur âcre de soufre.

Des cris fusèrent immédiatement parmi l'assistance. On cria « au feu ! » et « sauve qui peut ! » Les gardes d'Arnaud étaient à quelques mètres d'eux lorsque la foule fut prise de panique. Les premiers cris furent rejoints par d'autres, hommes ou femmes, la folie gagna tout le monde, l'hystérie envahit toute la salle aussi vite que les volutes de fumée. Les invités, si dignes et élégants, se transformèrent en lemmings terrifiés, se ruant vers les sorties. Les alarmes se mirent à sonner, sans doute déclenchées par les détecteurs de fumée. La musique dans les deux salles s'étaient tues ; le quatuor et le groupe rock avaient rejoint le flot humain. Profitant de la bousculade, Bryson et Laïla avaient disparu dans la foule, échappant aux hommes d'Arnaud.

Les invités hurlaient, s'accrochant les uns aux autres, jouant des coudes pour être les premiers à l'extérieur. Alors qu'ils sortaient du château avec la foule mugissante, Bryson prit le bras de Laïla et l'entraîna vers les haies ornementales du parc. Derrière l'une d'elles, Bryson avait caché une moto. Il sauta sur la selle de la grosse BMW, démarra le moteur d'un coup de kick, et fit signe à Laïla de monter derrière lui.

Quelques instants plus tard, ils s'arrachaient dans un vrombissement à la confusion et la folie qui avaient gagné Saint-Meurice, dépassant le flot de limousines emportant leurs passagers affolés. Trois minutes plus tard, ils roulaient sur l'A-1 en direction de Paris, dépassant une à une toutes les voitures.

Mais ils n'étaient pas seuls.

Une puissante berline noire suivait le train, se rapprochait de plus en plus. Trente mètres, vingt, dix... et Bryson vit, dans le rétroviseur, que la voiture ne se contentait pas de se rapprocher, mais faisait des embardées à droite et à gauche. Ce n'était pas un véhicule fou. Ces mouvements bizarres étaient parfaitement délibérés.

Ils étaient destinés à renverser la moto.

Bryson ouvrit les gaz au maximum, allant chercher les derniers chevaux de l'engin, et repéra une sortie ; il changea brutalement de voie et obliqua vers la bretelle. La berline noire suivit le mouvement, coupant l'autoroute sous un concert de klaxons furieux. Bryson sentait les mains de Laïla accrochées à ses épaules, resserrant leur étreinte. Il grimaça ; une écharde de douleur lui traversa le torse. Sa blessure à l'épaule était encore très sensible.

Bryson gravit la rampe de sortie, la voiture dans son sillage, à moins de cinq mètres d'eux, se rapprochant encore.

— Accrochez-vous ! cria-t-il.

Les mains de Laïla se crispèrent encore. Bryson lâcha un cri de douleur.

Il vira brusquement sur la gauche, exécutant un cent quatre-vingts degrés dans un rayon si court que la moto faillit se coucher au sol ; il parvint cependant à rétablir l'équilibre et fonça de nouveau vers la bretelle de sortie, en roulant sur l'étroit bas-côté, laissant la berline piégée dans la circulation quittant l'autoroute.

Il roulaient à présent sur l'autoroute en sens inverse, empruntant la bande d'arrêt d'urgence. On leur lançait des appels de phares, des coups de klaxon rageurs. Bryson surveillait ses arrières dans le rétroviseur. Ils avaient semé la voiture noire ; elle n'avait pu faire demi-tour sur la rampe et avait dû quitter l'autoroute.

L'accélérateur à fond, le moteur de la BMW hurlait dans la nuit. Ils semblaient décoller de terre, survoler le bitume noir de l'autoroute, à contre-courant.

Mais ils n'étaient pas encore sortis d'affaire. Un phare solitaire apparut devant eux, se faufilant entre les paires d'yeux des autres véhicules ; Un autre envoyé de Saint-Meurice !

Il y eut un hurlement de freins, d'autres klaxons. Le motocycliste avait fait demi-tour et les prenait à son tour en chasse ! Dans le rétroviseur, Bryson le voyait gagner du terrain. Même s'il ne pouvait reconnaître la marque de l'engin, au son du moteur, il savait que la moto était plus puissante que sa BMW de location et capable de grandes vitesses.

Soudain, Bryson sentit quelque chose les heurter. C'était l'autre motocycliste qui cognait leur roue arrière, tentant de les faire tomber ! A cause du bruit de son propre moteur, il ne l'avait pas entendu arriver ; en revanche, il entendit, tout près de son oreille, le cri de terreur de Laïla.

— Ça va ? demanda-t-il.

— Oui ! hurla-t-elle en retour. Mais ne traînez pas !

Il tenta de gagner un peu de vitesse, malheureusement la moto était à son maximum.

Un autre choc fit dévier la moto de sa route. Derrière l'accotement une grande pâture s'étendait, parsemée de mangeoires où l'on mettait du maïs ou du foin pour les bêtes. Bryson redressa la BMW et obliqua vers le pré, son poursuivant dans son sillage – pas de coups de feu ; l'homme avait besoin de ses deux mains pour tenir le guidon !

Cesser d'être la proie pour devenir le chasseur.

Encore l'une des maximes de Ted Waller.

A la fin, c'est à toi de décider qui est le gibier et qui est le prédateur. La proie ne peut survivre qu'en devenant le prédateur.

Bryson fit demi-tour, contre toute attente, creusant de profondes ornières dans sa volte-face, puis fondit sur son poursuivant.

L'autre motocycliste, pris de court par ce brusque revirement de situation, tenta de dévier de sa trajectoire, mais il était trop tard. Bryson le heurta de plein fouet et le conducteur fut éjecté de sa machine.

Bryson serra les freins, les roues soulevant un nuage de poussière, et arrêta la moto. Laïla sauta aussitôt à terre ; Bryson l'imita, abandonnant la BMW dans l'herbe.

L'autre motocycliste s'enfuyait en courant, tout en tentant de sortir son arme dans sa course ; mais Laïla avait déjà dégainé la sienne. Elle fit feu avec le Beretta, trois coups de feu rapprochés.

Dans un cri, l'homme s'écroula au sol, mais il était parvenu à sortir son arme et riposta. Il visa mal ; les balles fouettant le sol autour de Bryson et de Laïla. La jeune femme tira à nouveau ; Bryson fit de même, atteignant leur ennemi à la poitrine.

L'inconnu fut projeté en arrière, et retomba au sol, mort.

Bryson accourut et retourna l'homme pour fouiller ses poches.

Il trouva un portefeuille. Il n'y avait rien de bien surprenant à cela ; leur poursuivant, dans sa hâte, n'avait pas eu le temps de se débarrasser de ses papiers d'identité...

Ce qu'il découvrit dans ce portefeuille, en revanche, laissa Bryson muet d'étonnement. Un choc à couper le souffle.

Les voies tortueuses de la bureaucratie, pour une fois, étaient de son côté ! On pouvait falsifier des documents, mais Bryson était un expert pour repérer de faux papiers... ceux-ci étaient authentiques, sans l'ombre d'un doute. Il examina la carte avec minutie, à la lueur de la lune, la retournant en tout sens, sous tous les angles, observant les filigranes, les sceaux divers...

— Qu'est-ce que c'est ? demanda Laïla.

Il lui tendit la carte sans rien dire. Elle comprit aussitôt.

— Oh ! Seigneur ! souffla-t-elle.

Leur poursuivant n'était pas un simple vigile, pas même un citoyen français employé d'Arnaud.

C'était un Américain, membre de l'antenne de la CIA à Paris.

XI

La secrétaire travaillait pour la CIA depuis dix-sept ans. Elle aurait pu compter sur les doigts d'une main le nombre de fois où quelqu'un avait osé passer son barrage pour s'engouffrer dans le bureau d'Harry Dunne, son patron. Même lorsque le grand chef de la CIA passait voir son directeur adjoint sans annoncer sa visite (ce qui était rarissime puisque c'était d'ordinaire Harry qui se déplaçait) et que l'affaire était d'une urgence première, le directeur laissait au moins le temps à la secrétaire de prévenir son patron par l'interphone.

Mais l'homme en question avait ignoré ses protestations et ses mises en garde ; elle avait eu beau lui dire que Mr. Dunne n'était pas dans son bureau, il avait fait l'Inconcevable ; il lui était passé sous le nez et avait marché droit vers le bureau. Marjorie connaissait la procédure à suivre dans ce genre de situation ; elle enfonça le bouton d'appel d'urgence caché à côté de son siège, pour appeler le sevice de sécurité, et seulement ensuite, elle prévint Harry Dunne par l'interphone que, malgré tous ses efforts, un intrus arrivait dans son bureau.

*

Bryson n'avait que deux solutions : rendre les armes ou chercher la confrontation... il préférait de loin la seconde option, la seule qui avait une chance de provoquer des révélations spontanées, de battre en brèche les remparts du mensonge et de faire jaillir des vérités. Laïla lui avait déconseillé de se rendre à la CIA, soutenant que la survie passait avant l'obtention d'informations, si importantes fussent-elles. Mais Bryson n'avait pas le choix : pour pénétrer le mensonge, découvrir la vérité sur Elena et sur lui-même, il devait affronter Dunne en combat singulier.

Laïla était restée en France, pour demander à ses contacts de déployer leurs antennes afin de collecter des renseignements sur Jacques Arnaud et sur ses récentes activités. Bryson ne lui avait rien dit du Directorat ; il valait mieux, encore aujourd'hui, laisser ce sujet dans l'ombre. Elle lui avait dit au revoir à l'aéroport Charles-de-Gaulle, surprenant Bryson par l'ardeur de son étreinte ; son baiser n'était pas celui que l'on fait à un simple ami sur le départ et elle avait détourné la tête sitôt après, une rougeur d'embarras aux joues.

Harry Dunne se tenait devant la baie vitrée, en bras de chemise, une cigarette à la main, plantée sur un long fume-cigarette en ivoire. Fumer dans l'enceinte de la CIA était contraire au règlement interne de la maison, mais étant directeur adjoint, personne ne risquait de le réprimander. Il se retourna lorsque Bryson pénétra dans le bureau, Marjorie dans ses talons.

— Mr. Dunne, je suis vraiment désolée, j'ai tout fait pour empêcher cet individu d'entrer, lança la secrétaire dans tous ses états. J'ai appelé la sécurité.

Pendant un instant, Dunne examina Bryson sans rien dire, son visage anguleux, fripé en une mimique renfrognée, ses petits yeux injectés de sang luisant d'une colère sourde. Bryson avait pris soin de se déguiser, afin de tromper les caméras de surveillance vidéo. Puis le directeur adjoint secoua la tête en soufflant un nuage de fumée, suivi d'une quinte de toux.

— Inutile, Margie, annulez la sécurité. Je me débrouillerai très bien tout seul.

Bouche bée, la secrétaire regarda tour à tour son patron et l'intrus ; elle se raidit, tourna les talons et quitta la pièce en refermant la porte derrière elle.

Dunne fit un pas vers Bryson, visiblement mécontent.

— Tout ce que la sécurité pourrait faire, ce serait de m'empêcher de vous tuer de mes propres mains, lança-t-il. Et je ne suis pas sûr de vouloir que l'on me retienne. A quel petit jeu jouez-vous, Bryson ? Vous nous prenez pour des idiots ou quoi ? Vous vous imaginez peut-être que nous ne sommes pas au courant de vos activités, jour par jour ? Finalement, le proverbe n'est pas si faux : « Qui a trahi, trahira encore. » Dunne écrasa sa cigarette dans un cendrier débordant de mégots.

— J'ignore comment vous êtes parvenu à entrer dans ce bâtiment, avec tous nos systèmes de sécurité, mais la vidéosurveillance nous dira ça bientôt.

Bryson était surpris par la colère de l'homme. Il ne savait plus que penser. La fureur était bien la dernière réaction qu'il s'attendait à voir chez Harry Dunne. La peur, l'agressivité en réaction d'autodéfense, la fanfaronnade... mais pas la colère. Entre ses dents serrées, il lâcha :

— Vous avez envoyé des hommes pour me tuer. Des sbires de votre bureau de Paris.

Dunne renifla d'un air de mépris en sortant une nouvelle cigarette de son paquet ; il la planta sur son tube d'ivoire, l'alluma et jeta l'allumette dans le cendrier.

— Vous pourriez trouver mieux, cher professeur, rétorqua Dunne en secouant la tête. – Il se tourna vers la baie vitrée où s'étendait le paysage verdoyant de Virginie. – Les faits parlent d'eux-mêmes. Nous vous avons envoyé pour enquêter sur le Directorat. Et au lieu de ça, tout ce que vous trouvez à faire, c'est de fiche en l'air l'une de nos meilleures voies de pénétration. Et puis vous vous évanouissez dans la nature ! Comme un tueur à gages, après son contrat. – Il se retourna vers Bryson et souffla vers son visage un nuage de fumée. – Nous vous prenions pour un *ex*-membre du Directorat. A l'évidence, nous avons commis une grosse erreur de jugement.

— Mais de quoi parlez-vous à la fin !

— J'aimerais vous passer au détecteur de mensonge, mais c'est la première chose que vos petits copains du Directorat vous ont appris, comment tromper la machine.

Dégoûté, Bryson jeta une carte bleue plastifiée sur le bureau encombré de Dunne. La carte de la CIA que Bryson avait trouvée dans la poche du motocycliste qui l'avait pris en chasse à sa sortie du château de Jacques Arnaud.

— Vous savez où j'ai trouvé ça ?

Dunne ramassa l'objet, examina aussitôt l'hologramme : il l'approcha de la lumière, l'inclina pour faire apparaître le sceau de la CIA en trois dimensions, repéra les fines bandes magnétiques enchâssées dans le plastique. C'était une carte comme il y en avait des centaines à la CIA – *exclusivement* à la CIA – un badge d'identification high-tech, à haute sécurité, une pièce quasiment infalsifiable et irreproductible. Dunne glissa la carte dans un lecteur magnétique. Sur l'écran de son ordinateur, un visage apparut, agrémenté de renseignements sur l'employé en question. Ce n'était pas le visage de Bryson, mais grâce à son grimage, la ressemblance était presque parfaite.

— L'antenne de Paris... Où diable avez vous eu cette carte ? demanda Dunne.

— Vous êtes prêt à m'écouter à présent ?

Dunne était perplexe. Il souffla deux jets de fumée par ses narines et se rassit sur son siège. Avec impatience, il écrasa sa cigarette consumée à moitié.

— Laissez-moi au moins faire venir Finneran.

— Finneran ?

— Vous l'avez rencontré à la base de Blue Ridge. C'est mon aide de camp.

— Pas question.

— Il est ma mémoire vivante, nom de Dieu !

— Pas question, je vous dis. C'est entre vous et moi et vos mouchards.

Dunne haussa les épaules. Il piocha une nouvelle cigarette, mais au lieu de l'enfoncer sur l'embout d'ivoire, il se mit à la tripoter entre ses doigts jaunis par la nicotine. Sous la manche de chemise de Dunne, Bryson distinguait les renflements d'une série de patches.

A mesure que Bryson lui narrait les événements des derniers jours, le visage de Dunne s'assombrit. Lorsque le directeur adjoint de la CIA prit la parole, sa voix était presque un murmure.

— Deux millions de dollars de récompense sur votre tête, *avant même* que vous ayez mis le pied sur le bateau de Calacanis. De toute évidence, on était au courant que vous aviez repris du service.

— Vous oubliez qu'ils ont tenté de m'éliminer déjà à Washington. Ils semblaient savoir que j'allais revenir là-bas, pour jeter un coup d'œil sur l'ancien QG du Directorat. Tout cela prouve qu'il y a une fuite dans la tuyauterie, ici même, dans ce bâtiment, annonça Bryson en faisant un geste circulaire du doigt.

— Nom de Dieu ! aboya le directeur adjoint, en déchiquetant sa cigarette et jetant les débris dans le cendrier. Toute l'opération est secrète, le seul élément écrit, c'est votre nom enregistré dans le fichier de la Sécurité pour vous permettre d'entrer et de sortir de ce bâtiment.

— Si le Directorat pirate vos fichiers, c'est amplement suffisant.

— Allons ! Ce n'est même pas votre vrai nom ! Vous êtes Jonas Barrett – c'est cet alias qu'a la Sécurité. Un sacré manquement aux règles sacro-saintes de la maison, soit dit en passant. Ici, on ne ment jamais à la Sécurité ; on ne ment pas à Maman.

— Il doit y avoir des pièces comptables, des réservations de matériel...

— Enterrées six pieds sous terre, tous les échanges écrits cryptés par un code maison, tout est classé top secret. Ecoutez Bryson, j'ai couvert mes arrières, qu'est-ce que vous croyez ? J'ai pris un gros risque en vous approchant, je peux vous le dire. J'ignore les pressions qu'ils vous ont fait subir, ou dans quelles conditions ils vous ont viré. Ce n'est pas en regardant au microscope la carte d'identité d'un type que l'on sait ce qu'il a dans la tête... ce n'est pas parce qu'ils vous ont envoyé dans cette jolie université que...

— Pour l'amour du ciel ! tonna Bryson, vous croyez vraiment que j'ai voulu tout ça ? Vos débiles se sont pointés et m'ont arraché à ma petite vie bien rangée. Je commençais juste à cicatriser, et vous avez rouvert la blessure ! Je ne suis pas ici pour me justifier... vous savez parfaitement ce qui s'est passé. Ce que je veux savoir, c'est à quoi joue la CIA ! Pourquoi elle m'a pris en chasse à Paris pour m'abattre. J'espère que vous avez une explication qui se tient, ou tout au moins un mensonge convaincant.

Le visage de Dunne vira au pourpre.

— Je vais ignorer cette dernière pique, Bryson, répliqua-t-il d'une voix sourde. Essayons de poser tout ça à plat, voulez-vous ? D'après ce que vous me dites, ce type du Directorat – ce Vance Gifford que vous auriez rencontré à Kowloon – vous a reconnu...

— Oui, et selon les frères Sangiovanni, j'ai été aussi identifié par le représentant d'Arnaud sur le bateau. C'est un fait indiscutable. A partir de là, il n'est pas difficile de comprendre ce qui s'est passé à Saint-

Jacques-de-Compostelle. Mais je vous parle de Chantilly, de ce qui s'est passé sur l'autoroute ! Ce type de la CIA qui m'a filé le train et que j'ai pu démasquer parce que ce crétin a eu la bonne idée de garder ses papiers sur lui ! S'il y en avait un, c'est qu'il y en avait d'autres, vous le savez aussi bien que moi. Qu'est-ce que vous allez me répondre ? Que vous avez perdu le contrôle de la boutique ? Soit c'est ça, soit vous menez un double jeu, et j'exige de savoir la vérité, *maintenant !*

— Non ! s'écria Dunne de sa voix rauque, aussitôt pris d'une quinte de toux. Ce ne peut être les seules explications possibles !

— Qu'est-ce que vous essayez de me dire ?

Dunne fit à son tour un geste circulaire du doigt, désignant les mouchards dissimulés dans la pièce.

— Ce que je dis, répondit-il en se renfrognant, c'est que je veux vérifier certaines choses. Je pense que nous devrions poursuivre cette discussion plus tard et ailleurs.

Les rides de son visage parurent plus nombreuses, ses joues plus creuses et sombres ; pour la première fois, il y avait une lueur de terreur dans les yeux de Dunne.

*

Le Rosamund Cleary Extended Care Facility était, pour dire les choses simplement, une maison de retraite. Une construction élégante de brique, entourée de deux hectares de parc arboré, dans le comté de Dutchess, au nord de l'Etat de New York. Malgré ce nom biscornu, c'était un établissement de luxe et bien entretenu, la dernière demeure pour de riches privilégiés qui nécessitaient un suivi médical que la famille ou les proches ne pouvaient assumer. Durant les douze dernières années, la clinique avait été le foyer de Felicia Munroe, la femme qui, avec son mari Peter, avait recueilli le jeune Nicholas Bryson après la mort de ses parents dans un accident d'automobile.

Bryson avait aimé tendrement cette femme, avait toujours eu des liens étroits et affectueux avec elle, mais il ne l'avait jamais considérée comme sa mère. L'accident était survenu trop tard dans sa vie pour qu'il pût effacer le passé. Elle était toujours restée la tante Felicia, la femme aimante de l'oncle Pete, qui lui-même avait été un grand ami du père de Nicholas. Les Munroe avaient pris soin du garçon, l'avaient accueilli sous leur toit, et payé ses études jusqu'à l'université, une générosité pour laquelle Bryson leur serait reconnaissant toute sa vie.

Peter Munroe avait rencontré George Bryson au Club des officiers à Bahrein. George Bryson, colonel à l'époque, était responsable de la construction d'un nouveau camp militaire et Munroe, un ingénieur civil représentant une grande entreprise de BTP qui voulait décrocher le contrat. Bryson et Munroe avaient rapidement sympathisé en partageant des mètres de bière – la spécialité du club dans ce pays où l'alcool était prohibé. Et pourtant, une fois l'appel d'offres achevé, le colonel Bryson avait déconseillé de faire affaire avec la société de Munroe. Il n'avait pas le choix, en réalité. Une autre entreprise de BTP avait proposé un devis bien plus bas. Munroe prit la nouvelle avec bonhomie et invita Bryson à boire un verre ; il se contrefichait du contrat, disait-il. Ce pays de malheur lui avait offert le plus beau des cadeaux : un ami. Ce ne fut que plus tard – trop tard en fait – que Bryson père découvrit pourquoi la société avait proposé des tarifs aussi bas. Elle tentait à présent de facturer à l'armée des millions de dollars de dépassement de budget. Lorsque Bryson présenta ses excuses à Munroe, celui-ci les accepta de bonne grâce.

— La corruption fait partie du jeu dans notre métier. Si j'avais vraiment voulu décrocher ce chantier, j'aurais menti aussi. J'ai été un peu trop naïf.

L'amitié entre George Bryson et Pete Munroe était scellée à jamais.

Mais était-ce bien la vérité ? Y avait-il autre chose ? Harry Dunne lui avait-il tout dit ? Bryson avait la preuve qu'un agent de la CIA avait tenté de le tuer en France... Il ne pouvait être sûr de rien, à présent. Si Dunne était mêlé de près ou de loin à cette histoire, quel crédit porter au reste de ses propos ? Bryson regrettait de n'être pas venu trouver tante Felicia dès le début, avant même d'embarquer sur le *Spanish Armada*, pour lui poser des questions avant d'accepter de faire le sale boulot de Dunne. Bryson avait rendu visite deux fois à Felicia, en compagnie d'Elena, mais cela faisait plusieurs années qu'il ne l'avait pas vue.

Les propos que Dunne lui avait tenus à la base de Blue Ridge, des paroles qui avaient bouleversé son existence, résonnaient encore dans sa tête. Bryson ne risquait pas de les oublier de sitôt.

— ... *vous croyez vraiment qu'il s'agissait d'un accident ? Vous aviez quinze ans à l'époque ; vous étiez déjà un élève brillant, un bon athlète, le fleuron de la jeunesse américaine... Vos parents périssent brutalement. Et vous voilà recueilli par votre parrain...*

— *L'oncle Pete... Pete Munroe.*

— *Un nom d'emprunt, pas celui de sa naissance. C'est lui qui a choisi l'université où vous avez suivi vos études, ainsi que nombre de choses dans votre vie. Tout cela pour s'assurer que vous tomberiez entre leurs mains – celles du Directorat...*

Bryson trouva tante Felicia assise devant la télévision dans un salon décoré de tapis persans et de gros meubles anciens en acajou. Quelques autres vieilles personnes avaient trouvé place dans la pièce, certaines lisaient ou faisaient du crochet, la plupart dormaient. Felicia Munroe semblait fascinée par le tournoi de golf que diffusait la chaîne.

— Tante Felicia ? articula Bryson, le cœur battant.

Elle se retourna pour le regarder ; pendant un instant, une lueur éclaira son regard comme si elle le reconnaissait, mais ses yeux redevinrent vagues et son visage prit un air étonné.

— Oui, qu'est-ce que c'est ? répondit-elle d'un ton sec.

— Tante Felicia. C'est moi, Nick. Tu te souviens de moi ?

Elle le contempla en plissant les yeux, perplexe. La sénilité dont il avait remarqué les signes annonciateurs lors de sa dernière visite avait gagné tout son esprit. Après un long moment de gêne, elle esquissa un pâle sourire.

— C'est *toi* ? souffla-t-elle.

— Tu te souviens ? J'ai vécu chez toi... tu t'occupais de moi et...

— Tu es revenu ? murmura-t-elle, semblant reprendre enfin pied avec la réalité. – Des larmes brillaient dans ses yeux. – Doux Jésus, comme tu m'as manqué.

Bryson sentit son cœur se serrer.

— George chéri, poursuivit-elle d'une voix aiguë de petit oiseau. Mon cher, très cher George... Cela a été si long.

Pendant un moment, Bryson resta interdit, puis il comprit. Bryson avait à peu près l'âge de son père, le général George Bryson, au moment de sa mort. Dans l'esprit confus de Felicia – un esprit où étaient gravés à jamais des souvenirs vieux de cinquante ans –, Bryson *était* George. La ressemblance, en effet, était frappante. Au fil des années, Bryson devenait le sosie de son père.

Puis la vieille femme sembla soudain se lasser de son visiteur et reporta son attention sur le poste de télévision. Bryson resta planté derrière elle, mal à l'aise, ne sachant trop que faire. Au bout d'une petite minute, Felicia sembla prendre de nouveau conscience de sa présence et se retourna vers lui.

— Eh bien, bonjour, commença-t-elle, avec hésitation – il y avait une expression soucieuse sur son visage, un air chagrin qui se mua rapidement en peur –. Mais tu... tu es mort ! Je croyais que tu étais mort !

Bryson se contenta de continuer à la regarder sans répondre, ne voulant pas rompre l'illusion. *Laisse-la croire ce qu'elle veut ; cela lui déliera peut-être la langue...*

— Tu es mort dans ce terrible accident, poursuivit-elle, tous ses traits tendus. Oui, tu étais mort. Cet accident terrible, terrible... Toi et Martha, tous les deux, morts... Quelle tragédie. Et tu as laissé ce pauvre Nickie orphelin. J'ai pleuré pendant trois jours, impossible de m'arrêter. Pete, comme toujours, s'est montré plus fort que moi... il m'a aidé à surmonter ça – les larmes perlèrent de nouveau aux coins de ses yeux et commencèrent à rouler sur ses joues –. Il m'a caché tant de choses sur cette nuit de cauchemar, reprit-elle d'une voix si mélodieuse qu'on eût dit qu'elle chantonnait. Tant de choses... qu'il ne pouvait pas me dire, qu'il ne *voulait* pas me dire... Comme il a dû souffrir, comme la culpabilité a dû le ronger de l'intérieur. Pendant des années, il a refusé de me parler du drame, de ce qu'il avait fait.

Un frisson parcourut la colonne vertébrale de Bryson.

— Et il n'a jamais rien dit à ton petit Nickie, tu sais. Quel fardeau à porter, quel horrible fardeau !

Elle secoua la tête, se tamponna les yeux avec les poignets à volant de son chemisier, puis se tourna vers la télévision.

Bryson se dirigea vers le téléviseur, l'éteignit et se planta devant sa tante. Même si la mémoire proche avait été détruite par les effets de la sénilité – peut-être était-ce un Alzheimer –, nombre de vieux souvenirs semblaient restés intacts.

— Felicia, commença-t-il d'une voix douce. J'ai besoin que tu me parles de Pete, de Pete Munroe, ton mari.

Le regard insistant de Bryson sembla la mettre mal à l'aise ; elle s'abîma un moment dans la contemplation des motifs des tapis persans.

— Il me faisait boire un grog au whisky quand j'avais un rhume, tu sais, reprit-elle finalement – elle soupira d'aise, perdue dans ses souvenirs –. Miel, jus de citron et un doigt de bourbon. Pas plus d'un doigt... Cela vous requinquait en un rien de temps.

— Felicia, t'a-t-il déjà parlé d'une organisation appelée le Directorat ?

Elle le regarda, les yeux dans le vague.

— Un rhume mal soigné peut durer une semaine. Mais en le prenant à temps, il passera en sept jours ! – elle gloussa, en levant son index – : Pete disait toujours ça...

— T'a-t-il déjà parlé de mon père ?

— Oh, c'était un grand orateur. Il racontait des tas d'histoires drôles.

A l'autre bout du salon télé, l'un des pensionnaires venait d'avoir un petit accident et deux aides-soignantes apparurent avec des serpillières. Les deux employées bavardaient en russe. Bryson entendit une phrase, prononcée plus fort que les autres. *Ya nye znayu* – je ne sais pas. L'accent était moscovite.

Felicia Munroe l'avait entendue aussi et répéta en gloussant.

— *Ya nye znayu !* Charabia ! Charabia !

— Ce n'est pas vraiment du charabia, tante Felicia, précisa Bryson.

— Du charabia, je te dis, s'entêta-t-elle. Exactement le genre de galimatias que Pete répétait dans son sommeil. *Ya nye znayu.* C'est absurde ! A chaque fois qu'il parlait dans son sommeil, il parlait dans cette drôle de langue ; il détestait que je le taquine à ce sujet.

— Il parlait comme ça dans son sommeil ? répéta Bryson, son cœur tambourinant dans sa poitrine.

— Oh, c'était pas un cadeau de dormir à côté de lui ! – pendant un moment, Felicia sembla recouvrer sa lucidité –. Il n'arrêtait pas de parler en dormant.

L'oncle Pete parlait russe dans son sommeil, c'est-à-dire au moment où l'inconscient reprenait les rênes de l'esprit. Harry Dunne disait donc vrai ? Pete Munroe serait un associé de Gennadi Rosovski, alias Ted Waller ? N'y avait-il pas une autre explication possible ? Bryson était en pleine confusion.

Mais Felicia continuait de parler.

— En particulier après ta mort, George. Il s'en voulait tellement... Il se retournait et se retournait, et puis se mettait à crier dans son sommeil, en parlant toujours comme ça, dans ce *charabia* !

*

Le parc de Rock Creek à Washington, sur la partie nord de Beach Drive, était le lieu idéal pour un rendez-vous avec Harry Dunne, aux petites heures du matin. Dunne avait invité Bryson à décider du lieu pour la rencontre, non pas eu égard à l'expérience de terrain de Bryson – après tout, Harry Dunne en tant qu'agent d'opération de la CIA comptait le double d'années de service –, mais par courtoisie envers un invité de marque.

Le fait que le directeur adjoint de la CIA lui demande d'organiser un rendez-vous hors des murs de l'agence avait tout d'abord inquiété Bryson. Il était difficile de croire que Dunne, le numéro deux de la célèbre agence de services secrets, craignît d'être espionné dans son propre bureau ; ce simple fait laissait présager que la CIA avait été infiltrée par le Directorat – que les anciens grands manitous de Bryson étaient parvenus à étendre leurs tentacules dans les plus hautes sphères de l'agence. Quelles que soient les informations que Dunne avait pu rassembler, son souhait de poursuivre l'entretien dans un endroit neutre et sûr prouvait que quelque chose de grave se tramait dans la maison mère.

Mais Bryson ne voulait juger que sur pièces. *N'aie confiance en personne*, disait toujours Ted Waller – des paroles à l'ironie amère... Waller était devenu le plus grand traître de la terre. Bryson ne baisserait pas la garde ; il ne ferait confiance à personne et Dunne encore moins que les autres.

Bryson arriva au lieu du rendez-vous une bonne heure avant l'heure prévue. Il était à peine quatre heures du matin, le ciel était noir, l'air froid et humide. Quelques rares voitures dans les rues : des travailleurs de nuit rentrant chez eux, une fois la relève arrivée. Le travail ne s'arrêtait jamais dans les ministères.

Le silence était curieux, d'une texture inhabituelle. Bryson entendait le craquement des brindilles cédant sous ses pas, tandis qu'il explorait les sous-bois entourant le lieu du rendez-vous – des bruits d'ordinaire masqués par la rumeur ambiante de la circulation. Il portait des chaussures à semelles de crêpe, un modèle qu'il affectionnait en mission pour ses qualités de discrétion phonique.

Bryson surveillait les alentours, cherchant les points dangereux. Le bois surplombait une prairie, jouxtant un petit parking à l'extrémité duquel se trouvaient des toilettes publiques aux airs de bunker, à moitié enterrées dans le sol ; c'était là qu'il devait retrouver Dunne. On annonçait de la pluie ; même si la prévision météo s'était révélée fausse, il était préférable de choisir un endroit couvert. Les murs de béton fourni-raient une bonne protection contre quelque embuscade extérieure.

Mais Bryson était bien décidé à empêcher toute attaque de ce type. Il fit un tour complet de la pelouse, à travers les sous-bois, cherchant à repérer des traces de pas récentes, des branches brisées de façon sus-pecte, ou encore quelque appareil de surveillance installé dans la nuit. Une seconde inspection lui permit de repérer tous les accès possibles ; rien ne devait être laissé au hasard. Après deux nouvelles révolutions, chacune en partant d'un point différent et couvrant de nouvelles zones d'approche, Bryson fut assuré qu'aucune attaque ne se tramait. Cela n'excluait pas la possibilité d'un raid surprise ultérieur, mais grâce à cette inspection minutieuse, il serait en mesure de repérer le plus subtil changement dans le paysage.

A cinq heures précises, une berline noire fédérale quitta la Beach Drive pour se garer sur le parking. C'était une Lincoln Continental, un modèle ordinaire à l'exception des plaques d'immatriculation officielles. Protégé par un rideau de verdure, Bryson observa aux jumelles l'arrivée du véhicule. Au volant, le chauffeur habituel de Dunne, un Noir longi-ligne en livrée bleu marine. Dunne était assis à l'arrière, un dossier entre les mains. Apparemment, il n'y avait personne d'autre dans la voiture.

La limousine s'arrêta devant les toilettes. Le chauffeur sortit de l'habitacle pour ouvrir la porte à son patron ; mais Dunne, toujours aussi impatient, était déjà à moitié sorti de voiture. Il avait l'air renfrogné, comme à son habitude. Il jeta un coup d'œil à droite, à gauche, descendit la volée de marches, son visage coloré de vert par les tubes fluorescents, puis disparut dans la petite construction.

Bryson resta à couvert. Il observa le chauffeur, dans l'attente de quelque mouvement suspect – un appel téléphonique discret au moyen d'un portable dissimulé dans une poche, un petit signe lancé à un véhi-cule passant dans la rue, voire la sortie d'une arme. Mais le chauffeur resta tranquillement assis derrière son volant, affichant la patience qui faisait si cruellement défaut à son patron.

Après une bonne dizaine de minutes, certain que Dunne devait bouillir sur place, Bryson quitta le bois, empruntant un chemin qui le dissimulait aux regards indiscrets, contourna les toilettes publiques pour arriver par-derrière. Il piqua un sprint soudain et fonça vers le bâtiment, sûr de ne pas avoir été repéré. Il franchit le talus qui entourait les toi-lettes publiques et se dirigea vers l'entrée.

Les tubes fluo clignotèrent à son arrivée. L'endroit empestait l'urine et les excréments, avec une odeur astringente de désinfectant qui ne par-venait à masquer la puanteur ambiante. Bryson écouta à la porte jusqu'à entendre le bruit caractéristique de Dunne – une quinte de toux. Il se glissa rapidement à l'intérieur et referma la lourde porte d'acier derrière lui, prenant soin de la verrouiller avec le cadenas qu'il avait apporté à cet effet.

Dunne se tenait devant un urinoir. Il tourna la tête lentement à l'arrivée de Bryson.

— C'est gentil de passer me voir, marmonna-t-il. Je comprends pourquoi le Directorat vous a viré. La ponctualité n'est pas votre fort !

Bryson ignora la pique. Dunne savait exactement pourquoi Bryson avait dix minutes de retard. Dunne remonta sa braguette, tira la chasse et se dirigea vers les lavabos. Ils se regardaient chacun dans le miroir.

— J'ai de mauvaises nouvelles, annonça Dunne en se lavant les mains, sa voix se réverbérant dans la pièce carrelée. La carte est authentique.

— La carte ?

— La carte de la CIA que vous avez trouvée sur le motocycliste à Chantilly. Ce n'est pas un faux. Le type était bel et bien employé par l'antenne de Paris depuis plus d'un an, comme agent *d'ultime recours* – autrement dit, lorsqu'il y a vraiment du sale boulot à faire.

— Epluchez les dossiers du personnel, trouvez les types qui ont signé son autorisation de mission, jusqu'à celui qui l'a recruté !

Dunne fit de nouveau la moue, avec une expression de dégoût.

— Pourquoi n'y ai-je pas pensé plus tôt ! lança-t-il avec ironie. – Il secoua ses mains pour les égoutter. Il n'y avait pas de serviettes et Dunne refusait d'utiliser les sèche-mains à soufflerie. De guerre lasse, il les essuya sur son pantalon. Il sortit de sa poche un paquet de Marlboro écrasé et en extirpa à grand-peine une cigarette toute ratatinée. Il la planta au coin de sa bouche, sans l'allumer et poursuivit : – J'ai lancé un ordre de recherche priorité sigma sur toutes nos banques de données. Rien.

— Comment ça « rien » ? Vous avez des dossiers complets sur chacun de vos employés, depuis le directeur jusqu'à la dame-pipi du sous-sol.

Dunne grimaça, sa cigarette éteinte pendant au bout de sa lèvre inférieure.

— Et vous n'êtes pas du genre à laisser des zones d'ombre chez vos employés. Alors ne me dites pas que vous n'avez rien trouvé dans les fichiers du personnel.

— Non. La vérité, c'est que ce type n'a pas de fichier chez nous. Pour l'ordinateur central de Langley, cet employé n'existe pas.

— Allons ! Il y a forcément des traces : couverture sociale, police d'assurance, versements de salaires. Vous submergez tous vos employés par une montagne de paperasse. Et vous voulez me faire croire que ce type n'a jamais reçu de bulletin de salaire ?

— Nom de Dieu, il faut que je vous le dise combien de fois ? Ce type n'existe pas ! Il est inconnu au bataillon... Quand des agents font pour nous du boulot pas reluisant, on n'aime guère garder des traces de leur passage. Les dossiers sont enterrés, les ordres de versement classés top secret après paiements. On a déjà eu le cas. Cela signifie donc que quelqu'un sait comment fonctionne la maison, et qu'il a su dissimuler toute trace de ce gars. Ce type est un fantôme : il est là et pas là, à la fois.

— Que faut-il en conclure, alors ? demanda Bryson d'une voix sourde.

Dunne resta silencieux un moment. Il toussa puis répondit :

— Il faut en conclure, mon cher ami, que la CIA n'est peut-être pas l'organisation idéale pour enquêter sur le Directorat. En particulier si le Directorat a placé ses taupes à Langley, ce qui semble bien être le cas.

Les paroles de Dunne, bien qu'elles n'eussent rien d'inattendu, sonnèrent comme un coup de tonnerre, à cause du ton irrémédiable et définitif du directeur adjoint. Bryson hocha la tête.

— Ce n'est pas une chose facile à digérer pour vous.

Dunne inclina la tête de côté en signe d'acquiescement.

— Pas exactement, concéda-t-il. – L'homme était ébranlé au plus profond de lui, même s'il voulait le cacher. – Je ne veux pas croire pour autant que le Directorat a fait main basse sur toute mon équipe. Toutefois, je n'occuperais pas ce poste si je m'étais contenté de me nourrir d'illusions. Je n'ai jamais fréquenté l'une de vos universités huppées ; j'ai bossé comme un dingue pour entrer à St John. Je ne parle pas une dizaine de langues comme vous ; juste l'anglais, et encore, pas à la perfection. Mais ce que j'avais pour moi, et ce que j'ai toujours j'espère, c'est une chose assez rare dans le monde des services secrets, une sorte de bon sens paysan. Voyez ce qui s'est passé dans ce pays depuis les quarante dernières années... la baie des Cochons, le Vietnam, le canal de Panama ou Dieu sait quel nouvelle crise politique que va sortir le *Washington Post* ce matin... Tout ça à cause de ces soi-disant « sages », de la « fine fleur » de la société, ces fils à papa qui ont usé leurs fonds de culottes dans les universités chics du pays et qui en sont sortis bardés de diplômes... ce sont eux qui nous mettent dans cette merde. Ils ont eu l'éducation, mais ils n'ont pas cette chose primordiale : le bon sens. Moi, je *sens* les choses, je sens les problèmes arriver, c'est une sorte d'instinct chez moi. Et je ne passe pas devant les cimetières en sifflotant. Alors oui, je peux envisager la possibilité – et ce n'est qu'une possibilité – que quelqu'un de mon équipe soit mouillé dans l'affaire. Je vais jouer franc jeu avec vous, Bryson... il se trouve qu'il me reste une carte à abattre, et je le ferai s'il le faut.

— Et quelle est cette carte ?

— Vous savez comment le *Washington Post* l'a surnommé... le « dernier homme honnête de Washington ». Cela en dit long sur l'état de corruption de cette ville !

— Richard Lanchester, reprit Bryson, se souvenant de cette légende accolée au nom du responsable de la sécurité du président des Etats-Unis et chef du Conseil de sécurité de la Maison-Blanche – on disait l'homme d'une intégrité d'airain –. Pourquoi est-il votre dernière carte ?

— Parce qu'une fois que j'aurai envoyé Lanchester au front, il sera hors de contrôle. Il est peut-être le seul à la Maison-Blanche à pouvoir régler cette affaire, découvrir les réseaux corrompus... mais une fois que je l'aurai mis sur la piste, le problème ne se limitera plus au seul microcosme des services secrets. Ce sera une guerre ouverte dans tous les domaines, et franchement, je ne sais pas si le gouvernement y survivra.

— Seigneur ! souffla Bryson. Vous pensez que le Directorat soit allé si haut ?

— C'est ce que me dit mon instinct de paysan.

— En attendant, je suis parmi ceux qui sont dans la ligne de mire. A partir de maintenant, je ne veux avoir affaire qu'à vous, en direct – pas d'intermédiaires, pas d'e-mails qui peuvent être espionnés, pas de fax que l'on peut intercepter. Je veux pouvoir vous joindre sur une ligne protégée à Langley, via un routeur verrouillé et par faisceau isolé et indépendant.

Le haut fonctionnaire de la CIA opina du chef en silence.

— Je veux aussi une série de mots de passe, pour pouvoir être certain que vous ne parlez pas sous la contrainte, ou que votre voix a été imitée. Je veux être sûr que c'est vous, en chair et en os, et que vous parlez librement. Une chose encore : toutes les communications doivent se passer directement entre vous et moi – je ne veux pas même de votre secrétaire dans le processus.

Dunne haussa les épaules.

— Entendu. Mais vous en faites trop. Je réponds de Marjorie comme de moi-même.

— Désolé, mais je ne veux aucune exception à la règle. Elena m'a parlé un jour d'une loi appelée la loi de Metcalf, qui dit que la perméabilité d'un réseau croît suivant le carré du nombre de nœuds. Les nœuds, dans le cas présent, ce sont les gens qui sont au courant de l'opération.

— Elena... répéta Dunne avec sarcasme. C'est vrai qu'elle en connaît un rayon dans le domaine de la traîtrise, n'est-ce pas Bryson ?

La pique fit mouche, malgré tout ce qui était arrivé, malgré sa propre aigreur devant sa disparition soudaine et inexpliquée.

— C'est vrai, lâcha Bryson. C'est justement pour cette raison que vous devez m'aider à la retrouver...

— Je ne vous ai pas embauché pour sauver votre mariage, l'interrompit Dunne. Mais pour sauver le monde !

— Nom de Dieu, elle sait quelque chose, c'est obligatoire. Peut-être même beaucoup plus qu'on ne l'imagine.

— Possible, et si elle est impliquée...

— Si elle est impliquée, c'est au premier chef. Mais si elle s'est laissé duper, comme moi...

— Attention aux illusions, Bryson, je vous l'ai dit...

— Si elle s'est laissé duper comme moi, répéta Bryson avec détermination, le peu qu'elle sait reste d'une valeur inestimable !

— Et bien sûr, elle ne demandera qu'à trier le bon grain de l'ivraie avec vous... Pourquoi ? Par nostalgie ? En souvenir du bon vieux temps ?

— Il faut la retrouver ! s'emporta Bryson avant de reprendre d'une voix plus calme... Il le faut... nom de Dieu, je la connais. Je saurai dire si elle ment, si elle essaie de cacher la vérité, si elle tente de noyer le poisson.

— Vous êtes un doux rêveur, répliqua Dunne avec détachement. – Une quinte de toux le prit. Une toux rêche et douloureuse. – Ainsi, vous prétendez la connaître. Vous en êtes certain, n'est-ce pas ? Tout comme vous pensiez connaître Ted Waller, alias Gennadi Rosovski. Ou Piotr Aksionov – alias « l'oncle Pete »... Est-ce que votre petite visite à la maison de retraite vous a éclairé ?

Bryson ne put cacher son étonnement.

— Allez au diable ! lança-t-il.

— Revenez sur terre, Bryson. J'ai évidemment mis sous surveillance cet établissement depuis que j'ai appris l'existence du Directorat. Vous me prenez pour un bleu ou quoi ? La pauvre vieille a l'esprit si embrouillé que mes hommes n'ont jamais pu tirer grand-chose d'elle ; impossible de savoir si elle disait la vérité sur son mari, ou si elle en savait long sur la question. Mais il y avait une chance pour qu'une ancienne connaissance de son mari lui rende visite. J'ai donc placé autour d'elle un cordon de sécurité...

— Conneries ! rétorqua Bryson. Vous n'avez pas les moyens de garder une équipe là-bas vingt-quatre heures sur vingt-quatre, sept jours sur sept, jusqu'à la fin de ses jours !

— Bien sûr que non ! répliqua Dunne avec impatience. L'une des responsables sur place touche une coquette somme de la part du « vieux cousin Harry », un membre de la famille très protecteur à l'égard de Felicia. Sitôt que quelqu'un appelle Felicia, demande une visite, ou même débarque à l'improviste, la dame en question, une dénommée Shirley, me passe un coup de fil. Elle sait mes intentions altruistes. Trop d'escrocs ou d'importuns pourraient tenter de profiter de l'esprit dérangé de ma vieille cousine. Shirley sait toujours où me joindre. Je suis donc au courant de toutes les visites. Jamais de surprises. Il faut savoir se débrouiller avec les moyens du bord, tâcher de surveiller un maximum de personnes... Pour l'instant, c'est un zéro pointé sur toute la ligne ; tout le monde semble s'être évanoui dans la nature sans laisser de traces. Et maintenant, qu'est-ce que l'on fait ? On va rester dans ce trou à merde toute la sainte journée ?

— L'endroit ne me plaît pas plus qu'à vous, mais le lieu est isolé, à l'abri des regards et sûr.

— Nom de Dieu ! s'impatienta Dunne. Vous allez me dire, à la fin, pourquoi vous avez été rendre visite à Jacques Arnaud ?

— Comme je vous l'ai dit, son émissaire, son agent sur le bateau de Calacanis, travaillait à la fois pour le Directorat et pour Anatoli Prichnikov en Russie. Arnaud doit être un nœud clé dans le réseau.

— Mais pourquoi aller chez lui ? Vous vouliez l'approcher ?

Bryson resta un instant silencieux. Les mots de Ted Waller – Gennadi

Rosovki – lui revenaient en mémoire, comme à l'accoutumée : *Dans le métier, il faut apprendre à dire aux gens le strict minimum, uniquement l'indispensable. Et cela s'applique à moi aussi.* Bryson n'avait pas parlé à Dunne de la puce de codage qu'il avait copiée chez Arnaud. Et il ne comptait pas le lui dire – pas encore.

— L'idée m'a traversé l'esprit, mentit-il. Du moins pour observer ceux qui gravitaient autour de lui.

— Et alors ?

— Alors rien. Un coup d'épée dans l'eau.

Ne jamais abattre toutes ses cartes.

Dunne ouvrit sa vieille serviette de cuir et prit une chemise bordée d'un liséré rouge. Il en sortit un paquet de photographies 18x24.

— Nous avons enquêté sur les noms que vous nous aviez donnés... on a tout épluché, jusqu'aux mots de passe personnels. Ça ne fut pas une sinécure... vos amis du Directorat sont intelligents et minutieux... Ils changent de noms de couverture régulièrement et les choisissent via des algorithmes informatiques – toute cette technologie qui me dépasse ! Les agents du Directorat sont régulièrement « réinitialisés », leur dossier déterré, leur biographie récrite in extenso, leurs réseaux de contacts démembrés et réorganisés. Ce fut une pêche fastidieuse, mais nous avons pu sortir quelques poissons...

Il lui tendit la première photographie noir et blanc.

Bryson secoua la tête.

— Connais pas.

Dunne fronça les sourcils, lui montra le cliché suivant.

— Non, cela ne me dit rien non plus.

Dunne secoua la tête, passa à la troisième photographie.

— Cela ne prend pas, s'emporta Bryson. Vous me montrez des gens bidon. Juste pour me piéger, n'est-ce pas ?

Dunne esquissa un sourire. Il toussa aussitôt.

— Vous êtes toujours en train de me mettre à l'épreuve, pas vrai ?

Dunne ne répondit pas et lui montra un autre cliché.

— Connais pas... non... attendez une minute... – Sur la photo, Bryson reconnut un agent. – Celui-là je sais qui c'est. C'est ce Hollandais, celui qui se fait appeler Prospero.

Dunne hocha la tête comme si Bryson venait enfin de donner une bonne réponse à un quiz-show.

— Il s'agit de Jan Vansina, un haut responsable de la Croix-Rouge à Genève. Il est directeur de la coordination de l'aide d'urgence internationale. Une couverture idéale pour voyager aux quatre coins de la planète, en particulier dans des régions en crise ; cela lui permet de se rendre dans des pays d'ordinaire fermés aux étrangers – la Corée du Nord, l'Irak, la Libye et j'en passe... Vous aviez de bons rapports avec cet individu ?

— Je lui ai sauvé la vie au Yémen. Je l'ai averti d'une embuscade, alors que la procédure exigeait que je taise ce que je savais, qu'il y aille de sa vie ou non.

— Vous n'êtes donc pas du genre à suivre les ordres.

— Pas quand ils sont stupides. Prospero était un type impressionnant. On a travaillé ensemble une fois, pour tendre un piège à un cadre de l'OTAN agent double. Qu'est-ce que Vansina fait ici ? On dirait un cliché pris par une caméra de surveillance.

— Nos hommes l'ont surpris en Suisse, à la Banque Privée de Genève, en train d'effectuer un virement express pour un total de cinq milliards et demi de dollars, via divers comptes savamment imbriqués.

— Du blanchiment d'argent, en d'autres termes.

— Mais pas pour lui-même. Il servait apparemment d'intermédiaire pour le compte d'une grande organisation.

— Vous n'avez pas eu tous ces renseignements par cette simple image vidéo.

— Nous avons nos informateurs dans tout le secteur bancaire helvétique.

— Des sources fiables ?

— Pas toutes à cent pour cent. Mais dans ce cas présent, il s'agissait de quelqu'un de sacrément bien informé. Un ancien du Directorat nous envoyant des informations vérifiables en échange de l'annulation d'une longue peine d'emprisonnement. – Dunne consulta sa montre. – Ce genre de troc fonctionne toujours.

Bryson hocha la tête.

— Vous pensez que Vansina est toujours dans la partie ?

— Ce cliché date de deux jours, répondit Dunne d'un ton détaché. – Il décrocha de sa ceinture son bip et appuya sur un bouton. – Je suis désolé, j'aurais dû avertir Solomon, mon chauffeur, voilà déjà vingt minutes. Nous avions décidé que je lui envoyais un message à votre arrivée, s'il ne vous avait pas vu entrer. Ce qui a été le cas, puisque vous avez fait une apparition à la Houdini.

— Pourquoi avertir votre chauffeur ? Pour lui dire que tout allait bien, que je ne vous avais pas sauté dessus, c'est ça ? – l'agacement s'immisça dans sa voix –. Vous n'avez décidément aucune confiance en moi.

— Solomon aime bien garder un œil sur moi.

— Deux précautions valent mieux qu'une ! railla Bryson.

Un coup retentit sur la porte des toilettes.

— Vous l'avez fermée ?

Bryson hocha la tête.

— Je ne suis pas le seul adepte de la prudence, à ce que je vois ! répliqua Dunne avec ironie. Laissez-moi dire à mon papa-poule de chauffeur que tout va bien.

Une voix étouffée, de l'autre côté de la porte, se fit entendre :

— Il vaudrait mieux que vous sortiez, patron.

— Pas de panique, Solomon. Je vais bien.

— Ce n'est pas la question, patron. C'est autre chose.

— Qu'est-ce qui se passe ?

— On vient d'avoir un appel, juste après que vous m'avez bipé. Sur le téléphone de la voiture – celui qui est censé sonner seulement lorsque la sécurité de l'Etat est en jeu.

— Nom de Dieu, lâcha Dunne. Bryson, si vous voulez bien ouvrir...

Bryson s'approcha de la porte, sortit son arme d'une main et déverrouilla le cadenas. Il se plaqua contre le mur, hors de vue, l'arme levée.

Dunne regarda le manège de Bryson avec un étonnement non dissimulé. La porte s'ouvrit ; il s'agissait bien du grand Afro-Américain qu'il avait aperçu derrière le volant de la voiture. Solomon paraissait gêné, mal à l'aise.

— Je suis désolé de vous déranger, mais cela semble vraiment important.

Il regardait son patron, ses mains vides le long du corps. Personne à côté de lui ou derrière lui. L'homme n'avait pas vu Bryson, plaqué contre le mur, hors de son champ de vision.

Dunne hocha la tête, l'air sinistre, et se dirigea vers la limousine, avec son chauffeur dans les talons.

Soudain, le chauffeur fit volte-face et se rua dans les toilettes, plongeant, avec une agilité inattendue, par la porte ouverte en direction de Bryson un gros pistolet Magnum dans la main droite.

— Qu'est-ce que... s'écria Dunne en se retournant avec étonnement.

La détonation retentit comme un coup de tonnerre dans la petite pièce ; des éclats de ciment volèrent en tout sens, égratignant la peau de Bryson au moment où il fit un écart sur sa droite, évitant de justesse la balle. Il y eut d'autres coups de feu, percutant les murs, le sol, à quelques centimètres de sa tête. La soudaineté de l'attaque prit de court Bryson ; toute son attention était occupée à éviter les tirs, l'empêchant momentanément de riposter. Le chauffeur tirait comme un forcené, son visage déformé par une fureur animale. Bryson se redressa enfin, brandit son arme, lorsqu'il y eut une nouvelle détonation, plus assourdissante encore que les précédentes... Une cavité rubis apparut sur la poitrine du chauffeur, accompagnée d'une gerbe de sang ; l'homme tomba face contre terre, mort.

Harry Dunne se tenait à cinq mètres de là, son 45 Smith & Wesson bleu acier levé, le canon encore pointé sur son chauffeur, une volute de fumée s'échappant à son extrémité. Dunne paraissait interdit, presque abattu. Finalement, le directeur adjoint de la CIA rompit le silence.

— Seigneur, articula-t-il avant de se plier en deux, pris d'une violente quinte de toux. Dieu tout-puissant...

XII

Dans le Bureau ovale, une lumière argentée et sinistre donnait des teintes de plomb à une réunion qui ne manquait pas de morosité. La nuit tombait après une longue journée grise. Au centre du salon où il aimait à organiser ses réunions les plus sérieuses, le président Malcolm Stephenson Davis était assis sur un petit canapé blanc. De part et d'autre, les directeurs de la CIA, du FBI et de la NSA s'étaient installés sur des chaises ; immédiatement à la droite du président se tenait son délégué spécial à la sécurité nationale, Richard Lanchester. Un tel échantillon de hauts fonctionnaires ne se rencontrait que très rarement en dehors des sessions officielles du Conseil des ministres, de la cellule de la Maison-Blanche ou du Conseil national de sécurité. Mais le caractère tout à fait inhabituel de cette réunion de crise en soulignait d'autant plus la gravité.

La raison de leur présence était claire pour tous. Peu après neuf heures, une déflagration violente dans la station Dupont Circle du métro de Washington avait fait vingt-trois morts et plus d'une centaine de blessés ; la liste des victimes s'allongeait de minute en minute. Pourtant habituée aux tragédies, aux attentats terroristes, aux massacres à l'arme à feu dans les écoles, la nation tout entière était en état de choc. Cette fois-ci, le drame s'était produit en plein cœur de la capitale – à un kilomètre et demi de la Maison-Blanche, comme ne cessaient de le répéter les commentateurs de CNN.

La bombe, dissimulée dans une mallette d'ordinateur portable, avait explosé en pleine heure d'affluence. La complexité de l'engin, dont les caractéristiques techniques n'avaient pas été révélées au public, semblait montrer du doigt le grand terrorisme international. A cette époque où les médias diffusaient de l'information vingt-quatre heures sur vingt-quatre et où les communications Internet se propageaient à la vitesse de la lumière, les répercussions du drame semblaient s'aggraver d'instant en instant.

Les spectateurs se délectaient des détails les plus horribles : la femme enceinte et ses filles jumelles de deux ans, tuées sur le coup ; le couple de retraités d'Iowa City qui économisait depuis des années pour s'offrir un voyage à Washington ; le voyage de classe d'une école primaire, dont les élèves n'avaient pas plus de neuf ans.

— C'est pire qu'un cauchemar, articula le président d'une voix sombre. C'est une honte nationale.

Autour de lui, les hommes acquiesçaient en silence.

— Il faut que je m'adresse aux citoyens pour les rassurer, reprit-il. Je ferai un discours ce soir, si nous avons le temps de le mettre en place, ou demain au plus tard. Mais bon Dieu, je n'ai pas la moindre idée de ce que je vais pouvoir leur dire !

— Monsieur le Président, intervint Chuck Faber, le directeur du FBI, je peux vous assurer qu'à l'heure où je vous parle, pas moins de soixante-quinze agents spéciaux sont sur l'affaire. Ils passent toute la ville au peigne fin et coordonnent les équipes de la police locale et des secours. Notre service d'analyses des matériaux, nos experts en explosifs sont...

— Ça va, coupa sèchement le président, je me doute bien que cette affaire vous excite, vous et vos gars. Sans vouloir mettre en doute les capacités intrinsèques du Bureau, j'ai l'impression que vous êtes effectivement très forts pour gérer les événements terroristes *après* les faits. Ce que j'aimerais savoir, c'est pourquoi vous êtes incapables de les prévenir.

Le directeur du FBI rougit. Chuck Faber s'était bâti une réputation sans faille en tant que procureur du district de Philadelphie, puis en tant que procureur général de l'Etat de Pennsylvanie. Il rêvait de prendre en main le bureau de la Justice fédérale, et briguait le fauteuil de l'actuel procureur général des Etats-Unis, qu'il trouvait bien moins qualifié pour ce poste que lui. Dans le grand jeu de la bureaucratie, Faber était sans doute le tacticien le plus brillant de la réunion. Il était célèbre pour ses coups de gueule, mais néanmoins trop rodé en politique pour affronter directement le président.

— Monsieur le Président, malgré tout le respect que j'ai pour vous, je pense que vous êtes un peu injuste avec les hommes et les femmes qui travaillent au FBI.

C'était la voix calme et posée de Richard Lanchester, un homme élancé, au corps athlétique, avec des cheveux argentés et des traits distingués, qui portait des costumes anglais taillés sur mesure. Les journalistes correspondants à la Maison-Blanche – pour qui le summum de la mode se résumait aux extravagances européennes de Giorgio Armani – décrivaient souvent, et à tort, les vêtements de Lanchester comme étant « démodés » ou même « négligés ».

Lanchester, lui, ne prêtait que peu d'attention aux ragots qui paraissaient dans les quotidiens ou qui étaient rapportés par la télévision. Il tenait à garder ses distances avec les médias, puisqu'il était farouchement opposé aux « fuites » – même si tous les ministères de Washington semblaient être devenus de vastes passoires. Malgré cela, il était estimé des

journalistes, peut-être parce qu'il refusait justement de collaborer avec
eux pour s'attirer leurs bonnes grâces. L'étiquette que lui avait collée
Time Magazine, « le dernier homme honnête de Washington », avait été
reprise si souvent dans la presse et les émissions politiques du dimanche
matin que la formule avait fini par revêtir un caractère mythique, digne
d'un héros d'Homère.

— La vérité, poursuivit Lanchester, c'est que leurs efforts de prévention tendent à passer inaperçus. Il est, par définition, impossible de
connaître avec certitude ce qui aurait pu se produire sans le travail du
FBI en amont.

Le directeur du FBI hocha la tête d'un air renfrogné.

— Pourtant, des informations circulent selon lesquelles nous avions
les moyens d'empêcher ce drame ! tonna le président. Est-ce vrai ou
non ?

Un silence gêné s'ensuivit. Puis le lieutenant général John Corelli,
directeur de la NSA, se décida finalement à prendre la parole.

— Le problème, monsieur le Président, c'est que la cible est passée
entre nos mailles. Comme vous le savez, notre charte, tout comme celle
de la CIA, nous interdit d'intervenir sur le territoire national, et il
s'agissait en l'occurrence d'une opération sur le sol américain.

— Et les formalités légales nous ôtent tous nos moyens, ajouta le directeur du FBI. Le juge, par exemple, veut savoir pourquoi nous voulons
des écoutes téléphoniques avant de nous donner son feu vert. Mais si
nous savions ce que nous allons obtenir par ces écoutes, nous n'en aurions pas besoin !

— Et cette légende selon laquelle la NSA surveille en permanence les
conversations téléphoniques, les fax, les signaux radio... ?

— C'est bel et bien une légende, monsieur le Président, répondit le
directeur de la NSA. Même avec les moyens considérables dont nous
disposons à Fort Meade, nous ne pouvons pas scanner les conversations
téléphoniques du monde entier. De plus, il nous est interdit de surveiller
le réseau téléphonique américain.

— Encore heureux, murmura Dick Lanchester.

Le directeur du FBI se tourna pour dévisager Lanchester, son visage
empreint de mépris à l'état pur.

— Vraiment ? dit-il. Je suppose que vous vous réjouissez aussi que
l'on nous interdise de décoder les communications cryptées, que ce soit
au téléphone, par fax ou sur Internet...

— Vous avez peut-être oublié, Chuck, un petit détail de notre
constitution qui s'appelle le Quatrième Amendement, répliqua sèchement Lanchester. La protection du citoyen contre toute action de l'Etat
injustifiée portant atteinte à sa vie privée...

— Et le droit du citoyen à prendre le métro sans se retrouver haché
menu ? intervint le directeur de la CIA, James Exum. Je doute fort que
les Pères de la Constitution aient envisagé la téléphonie digitale.

— Il n'empêche, dit Lanchester, que les Américains tiennent par-dessus tout à préserver leur vie privée.

— Dick, répondit le président d'une voix calme et ferme, ce débat est clos et appartient déjà au passé. Il a fait long feu. Le projet de loi pour créer une agence de surveillance internationale, destinée à nous protéger de ce genre de problèmes, va être ratifié par le Sénat d'un jour à l'autre. Et il est grand temps !

Lanchester secoua la tête.

— Cette agence internationale va effectivement décupler le pouvoir du gouvernement fédéral, lâcha-t-il d'un air désolé.

— Absolument pas, lui répondit le directeur de la NSA d'un ton cassant. Ça va seulement mettre quelques chances de notre côté. Enfin, rendez-vous compte que la NSA ne peut écouter les conversations téléphoniques des Américains sans l'autorisation d'un juge ! Nos homologues anglais du GCHQ sont eux aussi menottés par l'interdiction d'installer des écoutes sur le territoire britannique. Vous semblez oublier, Richard, que si les Alliés n'avaient pas intercepté les messages ennemis pendant la Seconde Guerre mondiale, l'Allemagne aurait bien pu nous vaincre.

— Nous ne sommes pas en temps de guerre.

— C'est là où vous vous trompez, répondit le directeur de la CIA. Nous sommes en pleine guerre mondiale, une guerre contre les terroristes, et pour l'instant, ce sont les méchants qui gagnent. Vous n'allez tout de même pas nous demander de les laisser faire au nom de...

Sur une petite table à côté du président, un téléphone émit un bourdonnement grave. Tous les hommes présents dans la pièce savaient que le téléphone du président ne sonnait qu'en cas d'extrême urgence, sur ordre du président Davis lui-même. Il décrocha.

— Allô ?

Son visage pâlit et se figea. Le président posa le combiné et affronta le regard des autres.

— C'était la Maison-Blanche, dit-il gravement. Un avion de ligne américain s'est écrasé à cinq kilomètres de l'aéroport Kennedy.

— Quoi ? s'écrièrent les autres à l'unisson.

— Il a explosé en plein vol, murmura le président Davis, les yeux fermés. A peine une minute après le décollage. Destination Rome. Cent soixante-dix personnes, avec les membres de l'équipage. Tous morts.

Il enfouit son visage dans ses paumes et se frotta les yeux. Quand ses mains retombèrent, ses yeux brillaient de larmes, mais il y avait en eux une expression féroce et acharnée. D'une voix vibrante, Davis articula :

— Je ne resterai pas, dans les manuels d'histoire, comme le président des Etats-Unis qui aura laissé le champ libre aux terroristes. Il faut faire quelque chose, nom de Dieu !

XIII

La grande tour de verre de la rue de la Corraterie, au sud de la place Bel-Air, en plein cœur du quartier commercial et financier de Genève, brillait par cet après-midi ensoleillé d'un bleu outremer profond. Au vingt-septième étage, dans la petite salle d'attente luxueuse de la Banque Privée de Genève, Bryson et Laïla patientaient. Avec ses lambris en acajou, ses tapis persans et ses antiquités raffinées, la banque formait un îlot d'élégance surannée, perché au sommet de l'un des gratte-ciel les plus futuristes de Genève. Si l'entreprise avait voulu projeter un message subliminal de courtoisie à l'ancienne tout en revendiquant son caractère résolument moderne, le cadre n'aurait pu être mieux choisi.

Bryson était arrivé à l'aéroport de Genève-Cointrin, avait laissé ses bagages à l'hôtel Le Richemond, puis avait cueilli Laïla à la descente du train express Paris-Vintimille quelques heures plus tard, gare Cornavin. Leurs retrouvailles furent chaleureuses, comme si leur séparation datait de la veille. Derrière les manières discrètes de Laïla, on devinait une excitation vibrante : elle avait bien travaillé, et si elle n'avait découvert que quelques petites pépites, c'étaient, à son avis, des pépites d'or pur. Mais les explications seraient pour plus tard... ils se rendirent tout de suite à l'hôtel, où ils avaient réservé des chambres séparées. Le temps pour Laïla de passer un tailleur et de se recoiffer, et ils étaient en route pour la rue de la Corraterie, où Bryson avait rendez-vous avec un banquier suisse.

L'attente fut de courte durée ; après tout, ils étaient en Suisse, où la ponctualité fait figure de loi divine. Une femme imposante d'une cinquantaine d'années, les cheveux gris tirés en chignon, vint les chercher dans le hall à l'heure exacte du rendez-vous.

Elle appela Bryson par son nouveau pseudonyme, fourni par la CIA.

— Vous devez être monsieur Mason, dit-elle d'une voix hautaine.

Son ton n'était pas celui réservé aux clients privilégiés de la banque ; elle savait que ce Mr. Mason était un émissaire du gouvernement américain, et représentait donc une source de tracas. Elle dévisagea Laïla :

— Vous êtes... ?

— Anat Chafetz, du Mossad, intervint Bryson, utilisant l'un de ses noms de couverture fournis par le Mossad.

— Vous avez tous les deux rendez-vous avec M. Bécot ? J'avais cru comprendre qu'il n'attendait que Mr. Mason.

L'assistante était, à l'évidence, chagrinée.

— Je vous assure que M. Bécot tiendra à nous recevoir tous les deux, répondit Bryson avec la même hauteur.

Elle fit un brusque signe d'assentiment.

— Un moment, je vous prie, lança-t-elle en s'éclipsant.

Une minute plus tard, elle était de retour.

— Veuillez me suivre, s'il vous plaît.

Jean-Luc Bécot était un homme de petite taille, portant des lunettes. La précision et l'économie de ses gestes révélaient la précision de son caractère. Il avait les cheveux gris argenté coupés ras, des lunettes à monture dorée et portait un costume gris trois-pièces. Il leur serra la main avec une méfiance polie et leur proposa du café.

Un autre assistant, un jeune homme vêtu d'une veste bleue, entra un instant plus tard, portant trois minuscules tasses à expresso sur un plateau en argent. Il posa sans bruit les deux premières tasses sur la table basse devant Laïla et Bryson, puis plaça la troisième sur le plateau en verre du bureau derrière lequel trônait Jean-Luc Bécot.

La pièce était aménagée avec autant d'opulence que tout le reste de la banque – le même mélange d'antiquités raffinées et de tapis d'Orient. Une immense baie vitrée occupait tout un pan de mur, offrant un panorama de Genève à couper le souffle.

— Bien, annonça Bécot. Je suis sûr que vous savez à quel point je suis occupé ; vous me permettrez donc d'aller droit au but. Vous avez fait allusion à des irrégularités financières dans la gestion de l'un de nos comptes. Laissez-moi vous rassurer : la Banque Privée de Genève ne tolère aucun écart. J'ai bien peur que vous ne vous soyez déplacé pour rien.

Bryson écoutait les remarques préliminaires du banquier, avec un sourire patient, les mains jointes, se tapotant le bout des doigts. Quand le laïus fut terminé, Bryson se redressa :

— Monsieur Bécot, le fait même que vous ayez accepté de me rencontrer prouve que vous, ou l'un de vos associés, avez contacté le bureau central de la CIA à Langley, en Virginie, pour vérifier mes références.

Il attendit un instant avant de continuer. Le visage du banquier confirmait silencieusement son hypothèse. Bryson se doutait que son appel, quelques heures auparavant, avait dû semer la panique dans la maison ; la CIA envoyait un agent pour interroger un banquier suisse à propos de l'un de ses comptes : à l'heure qu'il était, la Banque Privée de Genève tout entière devait être sur le pied de guerre. Ils avaient dû donner des coups de téléphone affolés, préparer une ligne de défense en toute hâte...

En d'autres temps, un banquier suisse digne de ce nom aurait tout simplement refusé de recevoir un agent des services secrets américains, car le secret bancaire passait avant tout. Mais cette époque était révolue, et même si le blanchiment d'argent se poursuivait à grande échelle dans tout le pays, les Suisses s'étaient inclinés devant la pression politique internationale. Ils se montraient beaucoup plus coopératifs, ou du moins tenaient à en donner l'apparence.

— Vous savez, reprit Bryson, ce que signifie ma présence ici ; nous nous trouvons devant une situation assez grave, un problème qui implique directement votre banque, et qui menace de la mêler à de pénibles tracas judiciaires. Je suis sûr que vous voulez éviter ça à tout prix.

Bécot eut un petit sourire méchant et coincé.

— Vos menaces ne sont d'aucun effet, monsieur... monsieur Mason. Pas plus que la présence avec vous d'un membre du Mossad ; si vous espériez nous impressionner, vous êtes bien naïf...

— Monsieur Bécot, parlons franc, reprit Bryson, du ton de l'officier judiciaire international qui a toutes les cartes en main. Selon la Convention de Diligence de 1987, ni vous, ni votre banque ne pourrez prétendre ignorer l'utilisation de l'un de vos comptes à des fins criminelles de blanchiment d'argent. Les conséquences légales en sont assez graves, comme vous le savez. Deux représentants de services secrets de deux grandes puissances mondiales vous demandent votre concours dans le cadre d'une enquête internationale menée contre le blanchiment d'argent. Soit vous coopérez, comme la loi le requiert, soit vous refusez... auquel cas, nous serons obligés d'informer le gouvernement de Lausanne de nos soupçons à propos de vos activités.

Le banquier observa Bryson d'un air impassible. Il n'avait pas touché à son café.

— Quelle est la nature exacte de votre enquête, monsieur Mason ?

Bryson le sentit prêt à vaciller : le moment était venu de porter le coup de grâce.

— Nous nous intéressons aux transactions du compte numéro 246322 de la Banque Privée de Genève, au nom d'un certain Jan Vansina.

Bécot eut un moment d'hésitation. Le nom, sinon le numéro de compte, lui disait visiblement quelque chose.

— Nous ne divulguons jamais l'identité de nos clients...

Bryson jeta un coup d'œil en guise de signal à Laïla. Celle-ci dit immédiatement :

— Des versements conséquents sont transférés sur ce compte, depuis une *anstalt* fictive au Liechtenstein, comme vous le savez. Ces mêmes fonds sont ensuite renvoyés, toujours par informatique, vers toute une batterie d'autres comptes : des entreprises fantômes basées aux îles de Man et de Jersey, aux îles Caïmans, à Aguilla, aux Antilles néerlandaises. De là, l'argent est redistribué et renvoyé vers les Bahamas et San Marino...

— Le transfert de fonds n'est pas un crime ! s'emporta Bécot.

— Sauf quand il s'agit de blanchir l'argent de la pègre, répliqua-t-elle tout aussi sèchement.

Bryson lui avait raconté les quelques détails fournis par Harry Dunne à propos du compte de Vansina ; tout le reste n'était que broderie. Bryson fut impressionné par les talents d'improvisation de Laïla.

— Dans ce cas précis, reprit-elle, ces fonds ont servi à approvisionner en armes des terroristes notoires du monde entier.

— Vous n'avez rien. Tout ça me semble de l'esbroufe, répliqua le Suisse.

— De l'esbroufe ? répéta Laïla. Il s'agit, monsieur Bécot, d'une enquête criminelle internationale à l'initiative simultanée de Washington et Tel-Aviv, ce qui devrait suffire à prouver à quel point en haut lieu, on prend cette affaire au sérieux. Mais je vois que nous perdons notre temps.

Elle se leva ; Bryson fit de même.

— De toute évidence, nous ne nous adressons pas au bon niveau hiérarchique, dit-elle à Bryson. Soit M. Bécot n'a pas l'autorité nécessaire pour prendre ce genre de décisions, soit il tente de dissimuler sa propre implication criminelle. Je suis certaine que le directeur de la banque, M. Etienne Broussard, aura une attitude tout à fait différente...

— Qu'est-ce que vous voulez ? coupa le banquier, le désespoir se lisant sur son visage.

Bryson resta debout.

— Nous voulons simplement que vous téléphoniez à M. Vansina, le détenteur du compte, pour le convoquer ici, tout de suite.

— Mais M. Vansina ne peut être joint directement ! C'est lui qui nous contacte à chaque fois ! C'est une règle stipulée dans le contrat ! Et de toute façon, je n'ai aucun moyen de le joindre !

— Faux. Il y a toujours un moyen, dit Bryson. Si vous faites votre métier correctement, vous devez avoir des photocopies de son passeport et autres pièces d'identité, les adresses et les numéros de téléphone de son domicile et de son bureau...

— Je ne peux pas faire ça ! cria Bécot.

— Allons, monsieur Mason, nous perdons notre temps ici. Je pense que le supérieur de M. Bécot comprendra la gravité de la situation, intervint Laïla. Une fois que notre requête sera passée par les liaisons diplomatiques, puis par les tribunaux de Washington, de Tel-Aviv et de Lausanne, la Banque Privée de Genève sera publiquement accusée de complicité dans le financement du terrorisme international, de blanchiment d'argent et...

— C'est bon ! Asseyez-vous ! lâcha le banquier en abandonnant sa solennité. J'appelle Vansina.

*

Bryson s'était posté dans la petite pièce de contrôle du système de vidéosurveillance de la banque ; il transpirait à grosses gouttes. Son plan consistait à rester caché là pendant que Laïla rencontrerait Vansina, se faisant toujours passer pour un officier du Mossad chargé d'enquêter sur le transfert de fonds illicites. Elle interrogerait Vansina, en tirerait tout ce qu'elle pourrait, puis Bryson ferait irruption, profitant de l'effet de surprise.

Bryson n'avait pas pipé mot à Laïla du Directorat, ni de son implication personnelle avec l'organisation. Tout ce qu'elle savait, c'était que Bryson était sur la piste de trafiquants d'armes. Elle ne connaissait qu'un fragment de la vérité, et n'avait pas besoin d'en savoir plus. En temps voulu, Bryson lui donnerait des explications complètes, mais cela pouvait attendre encore un peu.

Bryson voulait se cacher dans les parages immédiats du bureau de Bécot ; n'importe quelle pièce aurait fait l'affaire – un bureau, un placard à balais... Un heureux hasard lui avait fait découvrir ce poste de surveillance. De là, il pouvait observer les allées et venues aux portes de l'immeuble ainsi que dans les cabines d'ascenseur. Deux caméras supplémentaires balayaient le hall, au vingt-septième étage, entre la cage d'ascenseur et la salle d'attente. Il y avait également des vues des couloirs principaux de l'étage. Pas de caméras dans le bureau de Bécot, ni dans aucun autre bureau de la banque, mais au moins pourrait-il surveiller l'arrivée de Vansina, ainsi que ses faits et gestes dans l'ascenseur. Vansina était un homme de terrain extrêmement talentueux et ne laissait rien au hasard. Bien entendu, il se douterait de la présence de caméras de surveillance dans les cabines d'ascenseur, car c'était chose courante dans les bâtiments administratifs modernes. Mais il présumerait également – tout comme l'aurait fait Bryson – que ceux qui observaient les moniteurs étaient de simples employés de la sécurité, mal payés et blasés, qui ne réagiraient qu'à des signes de danger très évidents. Vansina profiterait peut-être de l'intimité relative de la cabine pour réajuster l'étui d'une arme, ou un micro fixé à sa poitrine. Mais ce n'était qu'une éventualité ; il pouvait ne faire aucun geste suspect.

Bécot avait téléphoné à Vansina en présence de Bryson et de Laïla. La jeune femme était ensuite restée aux côtés du banquier pour s'assurer qu'il ne tenterait pas d'appeler Vansina, ou de prévenir quiconque du problème.

Comme l'avait prévu Bryson, Vansina réagit rapidement. En effet, l'agent du Directorat entra dans l'immeuble à peine vingt minutes plus tard. Il était menu, un peu voûté, avec une grand barbe soigneusement entretenue et des lunettes cerclées de métal à verres teintés. Entre sa présence physique peu impressionnante, et sa couverture de directeur du secours d'urgence de la Croix-Rouge, il était difficile d'imaginer qu'il pût être un assassin aussi rusé. C'était en fait son atout majeur : on le sous-estimait constamment. Un observateur neutre aurait pu trouver Vansina

sympathique, et même inoffensif. Mais Bryson connaissait Vansina...
C'était un homme puissant et impitoyable, un être rusé doté d'une
grande intelligence. Il était l'un des rares sur terre à ne pas le sous-estimer.

Vansina pénétra dans l'ascenseur avec une jeune femme qui descendit
au vingt-cinquième étage, le laissant seul quelques instants. Bryson ne
put déchiffrer sur son visage ni appréhension ni tension. Si l'appel urgent de son banquier privé avait éveillé ses soupçons, son expression
n'en laissait rien paraître.

Bryson le vit sortir de l'ascenseur et s'adresser à la réceptionniste. Il
fut immédiatement reçu. L'assistante au chignon l'accompagna le long
du couloir, puis ils entrèrent dans le bureau de Bécot et disparurent de
l'écran.

Peu importait : Bryson connaissait la suite du scénario, l'ayant lui-
même conçu. Il ne lui restait plus qu'à attendre que Laïla lui donne le signal de son entrée en scène. Un appel sur son téléphone portable... deux
sonneries, puis un raccroché.

L'interrogatoire durerait entre cinq et dix minutes... tout dépendrait du
degré d'agressivité de Vansina. Bryson regarda sa montre, les yeux rivés
sur l'aiguille des secondes... il attendit encore.

Cinq minutes passèrent lentement... elles semblèrent durer une
éternité. Ils avaient convenu de deux signaux, à utiliser en cas d'urgence.
Le premier consistait à appeler Bryson comme prévu, mais à laisser sonner au-delà des deux sonneries – il saurait alors qu'il y avait un problème. Le second consistait à ouvrir la porte du bureau de Bécot, un signal visuel que Bryson apercevrait aussitôt sur l'écran de surveillance.
Mais aucun appel au secours ne vint.

Bryson tentait de rester concentré sur l'action présente, mais il ne put
empêcher les souvenirs du passé de remonter à sa mémoire, du temps où
Vansina s'appelait Prospero. Qu'avait dit Dunne ? Vansina jouait les
intermédiaires, probablement pour le compte du Directorat. Blanchir de
l'argent était une nécessité quotidienne pour tout service de renseignement, mais en général il ne s'agissait que de petites sommes, impossibles
à tracer, versées aux agents et contacts. Mais cinq milliards de dollars...
cela dépassait largement l'échelle habituelle. Une telle somme devait
forcément servir à une opération de grande ampleur. Si les informations
de Dunne étaient fiables – et il semblait peu vraisemblable que le directeur adjoint de la CIA ait voulu l'induire en erreur, en particulier depuis qu'il avait abattu son propre chauffeur pour le protéger –, le
Directorat finançait, et même orchestrait, des opérations terroristes.
Mais lesquelles, et pourquoi ? Quel pouvait bien être leur but ? Peut-être
la copie de la puce de cryptage de Jacques Arnaud livrerait-elle la réponse... mais à qui pouvait-il confier cette preuve cruciale, à qui pouvait-
il faire confiance ?

Si Jan Vansina était directement impliqué dans la gestion de fonds occultes, Bryson doutait fort que le Hollandais agisse en tant qu'intermédiaire aveugle. Vansina était bien trop capable, bien trop expérimenté, pour agir en toute innocence. Vansina *devait savoir*. Il était même possible qu'il soit devenu l'un des dirigeants du Directorat.

Soudain, la porte du réduit bascula sur ses gonds, inondant de lumière la petite pièce. Bryson fut un instant aveuglé, incapable de voir qui était là.

Quelques secondes plus tard, il distingua une silhouette, puis un visage. C'était Jan Vansina, la mine sinistre, les yeux brûlants de colère. De sa main droite, il braquait un pistolet sur Bryson ; sa main gauche serrait une mallette.

— Coleridge, dit Vansina... Un revenant.

— Prospero, articula Bryson, troublé.

Pris au dépourvu par cette intrusion, il fit un geste vers l'étui de son pistolet, sous sa veste, puis s'immobilisa quand il entendit Vansina déclencher le cliquetis de la sécurité.

— Pas un geste ! aboya Vansina. Je n'hésiterais pas à tirer, comme tu le sais.

Bryson regarda droit devant lui et baissa lentement sa main. Vansina n'aurait en effet aucun remords à l'abattre de sang-froid ; la seule question était pourquoi il ne l'avait pas encore fait.

— Parfait, *Bryson*, continua Vansina. Tu voulais me parler... eh bien, parlons.

— Où est la femme ?

— En sécurité. Ligotée et enfermée dans un placard. Elle est musclée et rusée, mais elle a eu le tort de croire que ça allait être... comment dites-vous déjà... du gâteau ? Je dois avouer que ses papiers du Mossad font tout à fait authentiques. Excellente couverture, tous les deux.

— Ils sont authentiques. Elle est du Mossad.

— De plus en plus intéressant, Bryson. Je vois que tu t'es fait de nouvelles alliances. Les temps changent, les amis aussi. Tiens, c'est pour toi.

Il lança la mallette vers Bryson, qui décida en une fraction de seconde de ne pas l'éviter, et l'attrapa.

— Bien joué, lança Vansina d'un air jovial. Maintenant, tiens-la droit devant toi, avec les deux mains.

Bryson fit la grimace. Le Hollandais était toujours aussi malin.

— Maintenant, allons bavarder un peu, dit Vansina. Avance tout droit, la mallette bien devant toi. Un seul geste brusque, et je tire. Tu la laisses tomber, je tire. Tu sais que je ne plaisante pas.

Bryson s'exécuta, se maudissant en silence. Il était tombé dans le piège de Vansina : il avait encore sous-estimé ce vieux renard. Comment avait-il pu venir à bout de Laïla ? Il n'y avait pas eu de coups de feu... peut-être avait-il un silencieux ? Laïla était-elle morte ? Cette question déchirante le remplissait d'angoisse. Elle était sa partenaire, et bien que

Bryson eût souvent tenté de la dissuader de continuer à faire équipe avec lui, il se sentait malgré tout responsable de ce qui lui arrivait. Peut-être Vansina disait-il vrai ; peut-être l'avait-il réellement ligotée et enfermée. Bryson continua à marcher. Derrière lui, Vansina l'encourageait en agitant le canon de son arme : ils longèrent le couloir et pénétrèrent dans une salle de réunion vide. Les lumières étaient éteintes, mais la pièce était inondée de soleil. A travers la baie vitrée, la vue de Genève était encore plus spectaculaire que depuis le bureau de Bécot. On distinguait clairement le parc Mon Repos et le célèbre panache du Jet d'eau, pourtant pas un murmure des bruits de la ville ne filtrait dans la pièce.

Avec cette mallette qu'il tenait à deux mains, il ne pouvait prendre le revolver sous sa veste. S'il la lâchait pour saisir son arme, cette petite seconde de délai suffirait à Vansina pour lui mettre une balle dans la tête.

— Assis, ordonna le Hollandais.

Bryson s'installa au bout de la table et posa la mallette devant lui, la serrant toujours à deux mains.

— Maintenant, pose la main gauche à plat sur la table, et ensuite la main droite, dans cet ordre... Pas de mouvements brusques... tu connais la chanson.

Bryson obéit, posant les mains à plat de part et d'autre de la mallette. Vansina s'installa à l'autre bout de la table, dos à la baie vitrée, son arme toujours braquée sur Bryson.

— Bouge une main pour te gratter le nez, je tire. Bouge une main pour prendre une cigarette dans la poche de ta veste, je tire. Ce sont les règles de base, Bryson – tu les connais aussi bien que moi. Avant de commencer, une petite question : Elena est-elle au courant ?

Ebahi, Bryson tenta de comprendre le sens de ces paroles. *Elena était-elle au courant ?*

— De quoi parles-tu ? souffla-t-il.

— Elle est au courant, oui ou non ?

— Au courant de *quoi* ? Où est-elle ? Tu lui as parlé ?

— Je t'en prie, Bryson, ne fais pas semblant d'être inquiet pour elle...

— *Où est-elle ?* coupa Bryson.

Le barbu n'hésita qu'une fraction de seconde avant de répondre.

— Ici, c'est moi qui pose les questions, Bryson. Depuis quand fais-tu partie des Prométhéens ?

— Les Prométhéens ? répéta stupidement Bryson.

— Ça suffit ! On ne joue plus ! Depuis quand travailles-tu pour eux, Bryson ? As-tu toujours joué double jeu, même quand tu étais un agent actif ? Ou bien t'es-tu lassé de ta vie de professeur d'université ? Le goût de l'aventure t'a repris ? Ce que j'aimerais connaître, c'est le motif... l'appât. Ont-ils fait appel à ton idéalisme dépassé ? A un certain goût du pouvoir ? Tu vois, nous avons tant de choses à nous dire, Bryson.

— Et pourtant tu continues à braquer une arme sur moi comme si tu avais complètement oublié ce qui s'est passé au Yémen.

Vansina secoua la tête et parut amusé.

— Tu fais encore figure de légende dans l'organisation, Bryson. On raconte toujours des histoires sur tes exploits de terrain, tes talents linguistiques. Tu étais un atout pour eux...

— Jusqu'à ce que Ted Waller me flanque à la porte. Mais peut-être devrais-je dire Gennadi Rosovski ?

Vansina resta longtemps sans rien dire, incapable de dissimuler sa stupéfaction.

— Nous avons tous beaucoup de noms différents, dit-il enfin. Des identités multiples. Pour rester sain d'esprit, il faut savoir faire le tri, garder des frontières claires. Mais il semble que tu n'y arrives plus. D'abord tu crois une chose, ensuite une autre. Tu ne sais plus où s'arrête la réalité et où commence la fiction. Ted Waller est un héros, Bryson, un homme au-dessus de nous tous.

— Ainsi, il continue encore à t'abuser ! Tu crois toujours en lui, et à tous ses mensonges ! Tu n'as donc pas compris, Prospero ? Nous étions de simples marionnettes ! Des robots, programmés par nos maîtres ! Nous agissions en aveugle, sans comprendre ce que nous faisions, ni pour qui nous travaillions !

— Il y a des cercles à l'intérieur des cercles, dit Vansina d'un ton grave. Il y a des choses dont nous n'avons pas même idée. Le monde a changé, et nous aussi nous devons changer, nous adapter aux nouvelles réalités. Que t'a-t-on raconté, Bryson ? Quels nouveaux mensonges t'a-t-on fait gober ?

— Les « nouvelles réalités »... répéta Bryson d'une voix confuse.

Il était encore abasourdi au point d'en perdre la parole, quand il aperçut soudain la forme noire qui assombrissait la baie vitrée, comme un gros insecte jaillissant de nulle part. Il ne reconnut l'hélicoptère qu'au moment où la rafale de balles s'abattit sur la baie vitrée. Sous les salves de la mitrailleuse, le verre vola en une tempête d'éclats cristallins.

Bryson plongea à terre, et trouva refuge sous la table de réunion. Mais Vansina, qui était à l'autre bout, et donc plus près de la fenêtre, n'en eut pas le temps. Ses bras se soulevèrent, comme un oiseau tentant de s'envoler, puis son corps entier se mit à danser, marionnette trépidante et grotesque. Les balles transpercèrent sa tête et sa poitrine, le sang gicla de son corps convulsé comme autant de minuscules geysers. Son visage ensanglanté se tordit en un hurlement affreux, un cri déchirant entièrement recouvert par le vacarme assourdissant de l'hélicoptère et le tonnerre des rafales de balles. Le vent s'engouffra dans la pièce, la longue table en acajou éclata, déchiquetée par un millier d'impacts, la moquette criblée hachée menu. A l'abri sous l'épais plateau de la table, Bryson vit Vansina s'élever dans les airs puis s'écrouler au sol, éclaboussant la moquette grise d'une pluie écarlate. Il resta étalé par terre, les membres écartés dans une position peu naturelle, les yeux des trous rouges et béants, son visage et sa barbe réduits en une bouillie sanglante.

L'arrière de son crâne avait complètement disparu. Puis, aussi soudainement qu'il était venu, l'hélicoptère s'évanouit dans le ciel. La cacophonie avait pris fin. On n'entendait plus que la faible rumeur de la circulation, une centaine de mètres plus bas, et la plainte du vent à travers les stalactites des baies fracassées, s'engouffrant dans un cercueil de verre au silence sinistre.

XIV

Bryson sortit de la salle de réunion en courant, laissant derrière lui un spectacle cauchemardesque de sang, de balles de mitrailleuse et de verre cassé. Il traversa un couloir encombré de spectateurs horrifiés. Des cris et des hurlements fusaient en suisse allemand, en français et en anglais.

— Oh Seigneur !

— Qu'est-ce qui s'est passé ? Des snipers ? Un attentat ?

— Ils sont rentrés dans l'immeuble ?

— Appelez la police, et une ambulance, *vite* !

— Il est mort – oh mon Dieu, il est en bouillie !

Les pensées de Bryson étaient pour Laïla. *Faites qu'elle n'ait rien...* Et si l'hélicoptère avait fait le tour de l'immeuble pour repérer ses cibles à travers les baies vitrées du vingt-septième étage ?

Puis il se rassura : *Non, c'était Jan Vansina la cible de cette attaque. C'était lui qu'ils voulaient, pas moi.* C'était la seule explication. Il repassa dans sa tête les images kaléidoscopiques du massacre, les triant, essayant de se rappeler les angles de tir. Oui, c'était certain. Ceux qui manipulaient la mitrailleuse et autres armes depuis l'hélicoptère avaient *délibérément visé Jan Vansina.* Il ne s'agissait pas d'un attentat au hasard, ni d'une expédition punitive pour tuer tous ceux qui seraient présents dans la salle de réunion. Les coups de feu provenaient de trois angles différents, mais ils visaient tous avec précision l'agent du Directorat.

Mais pourquoi ?

Et qui ? Le Directorat n'irait tout de même pas jusqu'à éliminer ses propres agents... Redoutaient-ils que pendant ces retrouvailles entre anciens collègues, Vansina et lui n'échangent des informations ?

Non, c'était trop tiré par les cheveux, trop absurde. Les raisons et la logique de l'attaque restaient obscures. Mais Bryson était convaincu qu'il n'y avait pas eu erreur sur la personne ; celui qui était mort était bel et bien la cible de ce raid.

Toutes ces réflexions traversèrent son esprit en quelques secondes. Il arriva devant le bureau de Bécot, ouvrit la porte à la volée : personne.

Laïla et le banquier avaient disparu. En se retournant pour quitter la pièce, il aperçut la tasse à café en porcelaine, renversée sous la table basse, et les papiers en désordre sur le bureau... les signes d'un départ précipité, ou des traces de lutte...

Des bruits étouffés se firent entendre, semblant provenir de l'intérieur même de la pièce ou des environs immédiats : des coups frappés contre le mur, des cris. Il fit une rapide inspection des lieux, repéra la porte d'un placard et se précipita pour l'ouvrir. Laïla et Jean-Luc Bécot étaient ligotés et bâillonnés. Des bandes de polyuréthane, solides comme du cuir, entravaient leurs poignets et leur chevilles. Les lunettes du banquier étaient tombées par terre, leur monture métallique tordue ; sa cravate était de travers, sa chemise déchirée, et ses cheveux en bataille. Il poussait des cris de fureur dans le bâillon qui lui obstruait la bouche, les yeux exorbités de colère. A ses côtés, Laïla était encore plus solidement ligotée et bâillonnée. Son tailleur Chanel gris était déchiré, et l'un de ses escarpins avait perdu son talon. Son visage était meurtri et ensanglanté : elle s'était visiblement débattue avec énergie, mais n'avait pas fait le poids face au redoutable Prospero.

Une misérable brute ! Bryson étouffait de rage contenue contre le mort. Il retira le bâillon de la bouche de Laïla, puis de celle du banquier, et les deux captifs aspirèrent aussitôt d'énormes bouffées d'air, se remplissant les poumons d'oxygène. Bécot poussa un cri étranglé.

— Sauvés par le gong, hoqueta Laïla.

— Il vous a laissé la vie sauve à tous les deux, remarqua Bryson, qui s'activait pour les délivrer.

Il cherchait un couteau ou un quelconque ustensile pour couper les solides bandelettes de plastique. Ne trouvant rien, il courut jusqu'au bureau du banquier, aperçut un coupe-papier en argent, mais le rejeta aussitôt, la lame n'ayant aucun tranchant. Dans le tiroir d'un secrétaire, il dénicha enfin une paire de ciseaux... il retourna vers le placard et acheva de délivrer les deux prisonniers.

— Appelez la sécurité, lança le banquier entre deux halètements.

Bryson entendait déjà les sirènes des véhicules de secours résonner au loin.

— Je crois que la police est déjà en route, dit-il.

Prenant Laïla par le bras, il l'aida à se relever, et l'entraîna hors de la pièce.

Elle marqua un temps d'arrêt devant la salle de réunion, où s'était rassemblée une petite foule.

— Venez, souffla Bryson. On n'a pas le temps !

Mais elle tendit le cou et vit le corps de Jan Vansina, effondré parmi les éclats de verre, au pied la fenêtre brisée.

— Oh mon Dieu, lâcha-t-elle dans un frisson d'épouvante.

*

Ils ne cessèrent de courir qu'une fois atteinte la foule de la place Bel-Air.

— Il faut partir tout de suite, dit Bryson. Chacun de notre côté... il ne faut pas qu'on nous voie ensemble, plus maintenant.

— Mais partir où ?

— Peu importe. Il faut quitter Genève, quitter la Suisse.

— Mais enfin, on ne peut pas...

Elle s'arrêta en plein milieu de sa phrase, voyant l'attention de Bryson attirée par la vitrine d'un kiosque à journaux. C'était la *Tribune de Genève*.

— Oh non, dit Bryson en s'approchant.

Il prit un exemplaire sur le sommet d'une pile, les yeux rivés sur le gros titre qui s'étalait en lettres noires au-dessus d'une photo d'apocalypse.

LA TERREUR FRAPPE LA FRANCE : UN EUROSTAR DÉRAILLE À LILLE

De notre correspondant à Lille :

L'explosion d'une bombe de forte puissance a déchiqueté et fait dérailler un train Eurostar tôt ce matin, à une dizaine de kilomètres à l'est de Lille. Des centaines de voyageurs français, britanniques, néerlandais et belges, pour la plupart en déplacement d'affaires, y ont trouvé la mort. Les secouristes, assistés de volontaires, ont travaillé d'arrache-pied tout au long de la journée pour retrouver d'éventuels survivants parmi les décombres, mais les autorités françaises annoncent d'ores et déjà un bilan provisoire de plus de 700 morts. Sur les lieux du drame, un représentant de l'Etat, qui a préféré rester anonyme, envisage la possibilité d'un attentat terroriste.

Selon les informations mises à notre disposition par la SNCF, l'Eurostar 9007-ERS, à destination de Londres, a quitté la gare du Nord à 7 h 16, transportant à son bord environ 770 passagers. Vers 8 heures, alors que le train composé de 18 wagons entrait dans le département du Pas-de-Calais, une série de violentes déflagrations, apparemment provoquées par des explosifs enterrés sous les rails, se sont simultanément produites à l'avant et à l'arrière du train. Bien que l'incident n'ait pas encore été revendiqué, la Sûreté a déjà réuni une liste de suspects potentiels. Plusieurs sources anonymes parmi les responsables du service français chargé de la sécurité du territoire ont confirmé la rumeur, selon laquelle les gouvernements français et britannique auraient reçu au cours des derniers jours des avertissements répétés concernant la menace d'un attentat sur le train Eurostar. Un porte-parole de la compagnie Eurostar n'a ni confirmé ni nié les informations recueillies par *La Tribune de Genève*, indiquant que les services de renseignement des deux pays connaissaient l'organisation terroriste en question, mais n'avaient pas l'autorisation légale de mettre les futurs auteurs du drame sur écoutes téléphoniques.

« C'est un véritable scandale, a déclaré Françoise Chouet, députée à l'Assemblée nationale. Nous avions les moyens techniques d'empêcher cet affreux carnage, et les services de police sont paralysés par la législation. » Au Parlement de Londres, Lord Miles Parmore a renouvelé son appel à la ratification du Traité International de Surveillance et de Sécurité. « Si les gouvernements français et britannique avaient effectivement le pouvoir d'empêcher ce sabotage, et qu'ils n'ont pas bougé le petit doigt, alors c'est un acte criminel de notre part. Une honte nationale et internationale », a-t-il déclaré.

Richard Lanchester, conseiller à la sécurité nationale de la Maison-Blanche, participant au sommet des pays membres de l'OTAN à Genève, a fait une déclaration déplorant le « massacre des innocents », dans laquelle il a ajouté : « En ce moment de deuil, il est de notre devoir de faire tout ce qui est en notre pouvoir pour qu'un tel drame ne se reproduise jamais. C'est avec tristesse et bien des regrets que l'administration Davis se joint à ses amis et alliés français et britanniques pour demander la ratification mondiale du Traité International de Surveillance et de Sécurité. »

Lille.
Le sang de Bryson se glaça.

Il se rappelait les paroles de conspirateurs entendues devant le bureau de Jacques Arnaud. L'une de ces voix était celle du marchand d'armes lui-même, l'autre celle d'Anatoli Prichnikov, le magnat russe.

— Après Lille, le scandale va être énorme. Et la voie sera libre.

Après Lille...

Deux des hommes d'affaires les plus puissants du monde, l'un marchand d'armes, l'autre un nabab qui avait sans doute la mainmise sur la moitié de l'industrie de la défense russe – il faudrait qu'il se procure un rapport complet sur cette question –, savaient ce qui se tramait à Lille, qu'un attentat allait tuer plus de sept cents personnes...

Tout portait donc à croire qu'ils avaient participé à son organisation.

Et puisqu'ils étaient tous deux des membres haut placés du Directorat, cela signifiait que Directorat était bel et bien derrière l'attentat de Lille.

Mais dans quel but ? La violence gratuite ne faisait pas partie de ses méthodes habituelles ; au contraire, Waller et les autres maîtres étaient fiers de leur génie tactique. Tout n'était que stratégie, chaque pion servait un plan final. Y compris le meurtre des parents de Bryson et le vaste leurre qu'était devenue sa vie. L'élimination de quelques agents pouvait être ordonnée s'ils présentaient une simple gêne, un obstacle ou une menace à leurs desseins. Mais le massacre pur et simple de sept cents voyageurs innocents était d'un tout autre ordre ; il fallait qu'il poursuivent un plan d'une ampleur hors du commun pour en venir à cette extrémité.

...andale va être énorme.

Effectivement, l'attentat de l'Eurostar avaient provoqué un tollé, d'autant plus que le drame aurait pu être évité.

Un drame *évitable*.

Voilà le mot clé. Le Directorat avait délibérément provoqué ce scandale pour rassembler les forces en faveur de la lutte antiterroriste. Mais la guerre contre le terrorisme pouvait entraîner beaucoup de choses. Un traité international contre les organisations terroristes n'aurait probablement qu'un effet symbolique. Mais la signature d'un tel accord obligerait les pays signataires à renforcer leurs défenses nationales, et à acheter un surcroît d'armes pour assurer leur sécurité.

Arnaud et Prichnikov, ces marchands de mort, avaient investi dans le chaos mondial, car le chaos dopait le marché ; il assurait la promotion de leurs produits, accroissait la demande... Ces deux magnats étaient probablement responsables de l'attentat de Lille, et de...

De quoi encore ? Debout au milieu de la rue, Bryson oubliait jusqu'à l'existence de la foule des passants. Laïla s'était penchée pour lire par-dessus son épaule... elle lui disait quelque chose, mais il ne l'entendait pas. Des informations stockées dans les archives de sa mémoire remontaient à la surface. Des événements tragiques qu'il avait récemment lus dans les journaux ou vus aux informations télévisées, des drames terribles qui sur le moment avaient semblé sans lien avec sa propre existence, sa propre mission.

Quelques jours plus tôt, une explosion meurtrière dans le métro de Washington, le matin, à l'heure de pointe, avait fait des dizaines de morts... et plus tard dans la même journée – il se rappelait avoir noté la malheureuse coïncidence –, un avion de ligne d'une compagnie américaine, à destination de Rome, avait explosé juste après avoir décollé de l'aéroport Kennedy. Il y avait eu au moins cent cinquante morts.

L'opinion publique avait réagi avec colère et violence. Le président avait lancé un appel à la signature du traité international de sécurité, qui jusqu'à présent n'avait pas recueilli la majorité au Sénat. Après ce qui s'était passé à Lille, les pays européens se joindraient sûrement aux Américains pour exiger des mesures d'urgence : il fallait reprendre les rênes d'un monde devenu hors de contrôle.

Le contrôle.

Et si le Directorat n'avait d'autre but ultime ? Si c'était le motif secret de leur folie apparente ? Un service de renseignement indépendant, un petit acteur autrefois inconnu mais puissant, œuvrant en coulisses dans le monde de l'espionnage, tentant un putsch planétaire, là où tous les autres s'étaient cassé les dents ?

Hélas, toutes ces théories n'étaient que spéculations vaporeuses, fondées sur des hypothèses hasardeuses ; du domaine de l'intangible, de la supputation et de l'indémontrable. Par contre, une réponse à la question initiale de Dunne – celle-là même qui l'avait incité à tirer Bryson de sa retraite dorée – commençait à se profiler. Le moment était venu d'avoir un tête-à-tête avec Harry Dunne, de lui soumettre des hypothèses, un début de scénario. S'il attendait d'avoir tous les éléments en main sur les activités du Directorat, il y aurait d'autres drames du genre de Lille... pas question de leur laisser le champ libre... La CIA n'avait pas besoin de voir mourir sept cents autres personnes pour passer à l'action.

Et pourtant...

Pourtant, la pièce maîtresse du puzzle lui échappait encore.

Elena est-elle au courant ? lui avait demandé Vansina. Ce qui sous-entendait que le Directorat ne savait ni où elle se trouvait, ni de quel côté elle était. Plus que jamais, il fallait la retrouver. Cette simple question – *Est-elle au courant ?* – impliquait qu'elle devait savoir quelque chose d'important. Quelque chose qui expliquerait sa disparition subite, et qui pourrait révéler le motif général du tableau, les véritables enjeux du Directorat.

— Vous savez quelque chose...

Il reconnut la voix de Laïla : c'était une affirmation, et non une question.

Elle lui parlait déjà depuis un long moment... Il se tourna vers elle. N'avait-elle pas entendu Arnaud parler de Lille, au château ? Apparemment pas.

— J'ai une petite idée, dit-il.

— A propos de quoi ?

— Il faut que je passe un coup de fil. – Il lui tendit le journal. – Je reviens tout de suite.

— Un coup de fil ? A qui ?

— J'en ai pour quelques minutes, Laïla.

— Que me cachez-vous ? dit-elle d'une voix plus forte. Après quel lièvre courez-vous au juste ?

Dans ses beaux yeux noisette, luisait autre chose que de l'incompréhension : il y avait de la colère, de la peine aussi. Tout cela était justifié. Bryson avait profité de ses talents et ne lui avait toujours rien dit... C'était pire que blessant, c'était intolérable, surtout pour un agent comme elle, aussi accompli et compétent.

Il hésita un instant avant de parler.

— Laissez-moi passer ce coup de fil. Ensuite, je vous dirai tout : mais je vous préviens, j'en sais bien moins que vous ne le croyez.

Elle posa sa main sur son bras en un geste rapide et affectueux qui disait beaucoup de choses : merci, je comprends, je suis avec vous. En retour, il se pencha pour l'embrasser sur la joue : pas un baiser de séduction mais un geste de contact humain, qui exprimait de la gratitude pour son courage et son soutien.

Il traversa rapidement la place Bel-Air et s'enfonça dans une petite rue ; il trouva un bureau de tabac qui vendait des cartes téléphoniques. Il en acheta une, et se dirigea vers une cabine téléphonique. Il composa le

011, le 0, suivi d'une série de cinq chiffres. Il attendit une tonalité basse, puis composa enfin un numéro.

C'était la ligne protégée que lui avait donnée Harry Dunne : elle sonnait directement dans son bureau à la CIA, et à son domicile. Dunne lui avait promis que lui et lui seul décrocherait.

Le téléphone sonna une fois.

— Bryson, répondit une voix.

Bryson, qui était sur le point de parler, retint son souffle. La voix n'était pas familière : ce n'était pas celle de Dunne.

— Qui est à l'appareil ? demanda-t-il.

— Graham Finneran. Je crois que vous savez qui je suis.

Dunne avait parlé de Finneran à Bryson lors de leur dernier entretien dans les locaux de la CIA. C'était l'assistant personnel de Dunne, l'un de ses adjoints qui étaient présents au centre de Blue Ridge et l'un des rares en qui il avait confiance.

— Que se passe-t-il ? demanda Bryson avec méfiance.

— Bryson... Je... Harry est à l'hôpital. Il est très malade.

— Malade ?

— Vous savez qu'il est atteint d'un cancer, au stade terminal – il n'en parle jamais, mais tout le monde le voit... Hier, il s'est effondré. On l'a transporté d'urgence à l'hôpital.

— Vous voulez dire qu'il est mort ?

— Non... Dieu merci, non... mais pour être tout à fait honnête, je ne sais pas combien de temps il lui reste. Il m'a parlé en détail de votre... projet. Je sais que ça l'inquiétait, et franchement...

— Quel hôpital ?

Finneran eut à peine une seconde d'hésitation, mais c'était une seconde de trop.

— Je ne sais pas si je peux vous le dire...

Bryson raccrocha. Son cœur battait à se rompre, son sang rugissait dans ses tympans. Tous ses instincts lui avaient commandé de raccrocher au plus vite. Quelque chose clochait... Dunne lui avait promis que personne d'autre ne décrocherait ce téléphone ; un protocole était un verset des Saintes Écritures pour un agent de la CIA ; il ne reviendrait jamais dessus, même sur son lit de mort... Dunne savait trop bien comment réagirait Bryson dans le cas contraire...

Non. Graham Finneran – pour autant que ce fût réellement Graham Finneran, car Bryson ne pouvait reconnaître sa voix de toute façon – n'aurait jamais répondu au téléphone en temps normal. Dunne ne le lui aurait pas permis.

Quelque chose tournait mal... et ce n'était pas que la santé d'Harry Dunne.

Le Directorat avait-il enfin atteint son principal adversaire au sein de la CIA ? Avaient-ils réussi à neutraliser le dernier obstacle officiel à leur pouvoir grandissant ?

Bryson retourna en toute hâte sur la place Bel-Air. Laïla l'attendait toujours près du kiosque à journaux.

— Il faut que je parte pour Bruxelles, dit-il.

— Quoi ? Pourquoi Bruxelles ? Qu'est-ce qui vous prend ?

— Il y a quelqu'un là-bas qu'il faut que je voie.

Elle le regarda d'un air interrogateur, presque suppliant.

— Venez avec moi. Je connais une pension, dans le quartier de Marolles. C'est un vieil hôtel un peu délabré, et le quartier n'est pas spécialement agréable. Mais c'est anonyme, et on y sera en sécurité... personne ne pensera à nous chercher là.

— Mais pourquoi Bruxelles ?

— C'est ma dernière chance, Laïla. Il y a là-bas quelqu'un qui peut m'aider... une personne très haut placée... quelqu'un que pas mal de gens considèrent comme le dernier honnête homme de Washington.

XV

Le siège de la Systematix Corporation était composé de sept grands bâtiments de verre et d'acier, plantés au beau milieu d'un parc paysager de dix hectares, à la sortie de Seattle. Chacun des bâtiments avait son propre restaurant et sa salle de gymnastique : les employés de la firme, connus pour leur discrétion et leur loyauté, avaient peu de raisons de vouloir sortir de leur lieu de travail. Cette petite communauté aux liens resserrés était recrutée dans les meilleurs centres de formation du monde, et généreusement récompensée pour ses efforts. Les employés de Seattle avaient d'autres milliers des collègues qu'ils ne rencontreraient sans doute jamais. Systematix avait des branches dans le monde entier, et détenait en outre des parts de marché dans bien d'autres entreprises, mais l'étendue réelle de son pouvoir restait le sujet de spéculations fiévreuses.

— Ça nous change du Kansas ! lança Tony Gupta d'un air jovial à Adam Parker, son patron.

Gupta était le chef du département technologie d'InfoMed. Les deux hommes, escortés par une assistante, se dirigeaient vers la salle de réunion. Parker esquissa un pâle sourire. Il était le PDG d'une entreprise au capital de neuf cents millions de dollars, mais cela ne l'empêchait pas d'être un peu intimidé en pénétrant dans le légendaire complexe Systematix.

— Tu es déjà venu ici ? demanda Parker.

Cet homme aux traits burinés, avec des cheveux poivre et sel, participait régulièrement à des marathons, jusqu'à ce qu'une blessure au genou le contraigne à abandonner sa passion. Il pratiquait aujourd'hui la natation et l'aviron ; malgré son genou, c'était un joueur de tennis acharné, qui démoralisait la plupart de ses adversaires en quelques matches. Il avait un sens inné de la compétition, et cette qualité lui avait permis de développer son entreprise spécialisée dans l'informatique médicale et l'architecture des bases de données. Mais il savait reconnaître plus fort que lui.

— Oui, une fois, répondit Gupta. Il y a des années de ça, j'avais postulé pour un poste de concepteur de logiciels. J'ai raté l'entretien, il y avait une question-piège idiote. Mais rien que pour en arriver là, j'ai dû signer trois clauses de confidentialité. Ils étaient obsédés par le secret professionnel.

Gupta réajusta sa cravate, qui était trop serrée. Il n'avait pas l'habitude d'en porter, mais c'était là une occasion tout à fait hors du commun. Chez Systematix, on n'appréciait guère la fausse décontraction vestimentaire en vogue dans les autres entreprises de la Nouvelle Economie.

Parker ne voyait pas d'un très bon œil la transaction en cours, et l'avait fait savoir à Gupta, son collaborateur de confiance.

— Le CA ne va pas me laisser le choix, maugréa-t-il. On va être obligés d'accepter le marché. Tu en es conscient ?

Gupta jeta un coup d'œil vers leur escorte, une jeune femme blonde et svelte, et lança un regard en coin à son patron.

— Attendons de voir ce que le grand homme va nous dire, répondit-il.

Quelques instants plus tard, ils prirent place avec douze autres personnes dans une salle du dernier étage du plus grand bâtiment. De là, la vue sur les collines environnantes était splendide. Ils se trouvaient dans le véritable centre névralgique de cette société apparemment si diffuse et décentralisée. La majeure partie de l'assemblée, composée des responsables d'InfoMed, n'avait jamais eu l'occasion de rencontrer en personne le père fondateur et PDG de Systematix, le mystérieux Gregson Manning. Au cours de cette année, Manning avait racheté des dizaines d'entreprises comme celle de Parker – toutes payées *cash*.

Gupta l'avait appelé « le grand homme » : c'était dit, certes, avec malice, mais sans ironie. Gregson Manning était réellement un personnage digne de respect, presque tous en convenaient. C'était l'un des hommes les plus riches de la planète, parti de rien pour créer cette vaste entreprise qui avait conçu une grande partie des infrastructures d'Internet. L'histoire de sa vie était connue de tous : il avait quitté CalTech à l'âge de dix-huit ans pour partager une maison avec des copains mordus d'informatique, et avait démarré Systematix dans le garage. A présent, il était difficile de trouver une seule entreprise dans le monde qui n'employait pas les technologies Systematix, à au moins une étape de ses activités. Comme l'avait écrit le magazine *Forbes*, Systematix était un secteur industriel à elle seule.

Manning s'était également révélé être un grand philanthrope, même si sa générosité était fort controversée. Il avait fait don de centaines de milliers de dollars pour financer le raccordement d'écoles en difficulté à Internet et favoriser de nouveaux programmes éducatifs par l'emploi des technologies de pointe. Une rumeur prétendait même que Manning aurait fait des dons anonymes de plusieurs milliards de dollars en faveur des enfants les plus défavorisés, sous la forme de bourses de l'enseignement supérieur.

La presse financière, évidemment, l'adulait. Malgré sa fortune considérable, il projetait une image modeste et sans prétention – on le décrivait comme un être réservé plutôt que renfermé. Le *Barron's* l'avait surnommé le « bon papy » de l'ère informatique.

Mais Parker n'arrivait pas à se défaire de son malaise. L'idée, certes, de renoncer au contrôle de sa propre entreprise lui laissait un goût amer – InfoMed était en quelque sorte son enfant chéri, et cela le peinait de la voir réduite à une minuscule composante dans un conglomérat énorme. Mais il y avait autre chose... C'était quasiment un choc de cultures. Dans le fond, Parker était un simple homme d'affaires. Ses principaux conseillers et investisseurs l'étaient aussi. Ils parlaient tous la même langue, celle de la finance : la langue des retours sur capitaux investis, des plus-values et des bénéfices. Ce n'était pas de la haute théorie ; c'était du pur et simple commerce. Mais l'esprit de Manning ne fonctionnait pas ainsi. Il pensait et parlait en termes grandiloquents de forces historiques et de tendances globales. Le fait que Systematix fût une entreprise immense et extrêmement profitable semblait être presque un détail pour lui.

— De toute façon, tu n'as jamais aimé les visionnaires, avait dit Gupta à Parker, après l'une de leurs réunions fleuves où ils tentaient de mettre au point une nouvelle stratégie pour leur entreprise – et sans doute avait-il un peu raison.

— Je suis très heureux que vous soyez tous là, annonça Gregson Manning à ses visiteurs, en leur serrant vigoureusement la main.

Manning était grand, mince et bien bâti, avec des cheveux noirs et brillants. C'était un bel homme, la mâchoire carrée, les épaules larges, doté d'un air indéniablement aristocratique. Ses traits étaient délicats, son nez droit et aquilin, sa peau lisse et sans stigmates. Toute sa personne rayonnait de santé, de confiance en soi ; l'homme n'était pas dépourvu d'un certain charisme, comme dut le reconnaître Parker. Il portait un pantalon de toile, une chemise blanche avec le col ouvert et un blazer en cachemire. Son sourire chaleureux révélait une dentition blanche et parfaite.

— Si je suis ici avec vous, c'est que je respecte le travail accompli par InfoMed, et si vous êtes ici... Manning ne finit pas sa phrase, mais son sourire s'élargit encore.

— ... C'est que nous apprécions la prime de quarante pour cent que vous nous offrez sur nos actions, finit en riant Alex Garfield, un homme ventru et ébouriffé, président du conseil d'administration d'InfoMed.

Garfield, un investisseur à l'imagination étriquée, avait injecté d'importantes – et bienvenues – sommes d'argent liquide dans les débuts d'InfoMed. Son intérêt pour l'entreprise se limitait aux conditions dans lesquelles il pouvait revendre ses actions. Adam Parker n'avait aucune admiration pour lui, mais au moins avec ce genre d'individu il savait sur quel pied danser.

Les yeux de Manning pétillèrent de satisfaction.

— Nos intérêts convergent, de toute évidence.

— Mr. Manning, intervint Parker, quelques points me tracassent encore. Dans le cadre de telles négociations financières, ce sont peut-être des peccadilles, mais j'aimerais néanmoins en faire état.

— Je vous en prie, dit Manning en penchant la tête.

— En rachetant InfoMed, vous faites l'acquisition d'une vaste base de données médicales, mais aussi de sept cents fidèles employés. J'aimerais avoir une idée de ce qui les attend. Systematix est l'une de ces entreprises sur lesquelles on sait, en définitive, peu de chose. C'est une société hautement contrôlée et verrouillée, et une grande partie de ses activités reste assez mystérieuse. Cette obsession du secret a de quoi inquiéter, surtout lorsqu'on n'est pas dans la confidence.

— Une obsession du secret ? répéta Manning, dont le sourire s'évanouissait sur ses lèvres. Je crois que c'est précisément le contraire. Et je serais le premier à déplorer que nos grands buts vous paraissent mystérieux.

— Personne ici n'a la moindre idée de la façon dont fonctionne votre société, répliqua Parker, irrité.

En regardant autour de lui, il sentit l'admiration sans bornes que ses collègues portaient à Manning. Ses questions n'étaient évidemment pas les bienvenues ; mais il n'aurait sans doute pas d'autre occasion de les poser.

Manning fixait Parker des yeux, un regard direct mais dépourvu d'hostilité.

— Mes amis, je ne crois pas à tout le tralala de l'organisation traditionnelle de l'entreprise, avec ses cloisonnements, ses barrières et ses organigrammes compliqués. La clé de notre succès à Systematix – et un succès non négligeable, sans me vanter – a été d'abandonner dès le début ces vieilles habitudes.

— Mais n'importe quelle structure commerciale a forcément une logique, insista Parker, qui sentait peser sur lui des regards hostiles.

Même Tony Gupta se pencha vers lui et posa une main sur son bras en forme d'avertissement. Mais Parker n'avait pas l'habitude qu'on lui cloue le bec, et ce n'était pas aujourd'hui qu'il allait se laisser faire.

— Répartition des activités, intégration des filiales et tout le tremblement, c'est à ça que servent les organigrammes, je regrette de vous le dire. J'aimerais simplement savoir à quelle sauce nous allons être mangés.

Manning s'adressa à lui comme à un enfant un peu lent d'esprit.

— Qui a inventé l'entreprise moderne ? Des hommes comme John D. Rockefeller, avec la Standard Oil, ou encore Alfred Sloan avec la General Motors. Puis avec l'essor économique de l'après-guerre, il y a eu Robert McNamara avec Ford, Harold Geneen avec ITT, Reginald Jones avec la General Electric. C'était la grande époque du management multiplexe, des strates hiérarchiques. Les directeurs étaient secondés par des légions d'assistants, de planificateurs, de vérificateurs et de stratèges. Ces structures rigides étaient destinées à conserver et à gérer intra-muros cette matière précieuse entre toutes, *l'information*. Mais que se passe-t-il si l'information devient aussi facilement disponible que l'air ou l'eau ? Toute cette organisation pachydermique devient obsolète. Tout ça doit disparaître.

Parker se rappela une citation de Manning lue dans le *Barron's*... le but de Systematix, disait-il, était de « remplacer les portes par des fenêtres ». Parker dut admettre que le personnage était fascinant, d'une force de conviction rare. Mais Parker continuait à se tortiller sur sa chaise, incapable de dissiper son malaise. *Tout ça doit disparaître.*

— Pour être remplacé par quoi ?

— Si la méthode ancienne était la hiérarchie verticale, la nouvelle consiste à créer des réseaux horizontaux qui franchissent les cloisons structurelles. Notre but est de construire un réseau d'entreprises avec lesquelles nous *collaborerons*, plutôt que de les diriger. Les frontières sont tombées. La logique des réseaux nous pousse vers des systèmes informatiques autonomes et autocontrôlés. Le monitorage constant élimine les facteurs de risque à l'intérieur de la structure, comme à l'extérieur.

Les lueurs du soleil couchant, derrière Gregson Manning, l'entouraient d'une aura flamboyante, ne faisant que renforcer le caractère hiératique du personnage.

— Vous qui êtes un chef d'entreprise, regardez vers l'avenir et dites-moi ce que vous voyez. Des marchés de capitaux atomisés. Un marché du travail complètement dispersé. Des structures pyramidales remplacées par des collaborations fluides, autogérées. Tout cela nous demande d'exploiter au maximum la connectivité, et pas seulement au niveau interne. A l'extérieur aussi : nous devons arriver à des stratégies communes avec nos partenaires, étendre le contrôle au-delà de nos possessions immédiates. Les voies de la communication sont combinatoires. La transparence doit régner à tous les niveaux. Mais je ne fais qu'exprimer une vision commune, une intuition que nous avons tous eue, je crois, à propos du futur du capitalisme.

Parker était troublé par les propos de Manning.

— A vous entendre, on dirait que Systematix n'est déjà plus une entreprise.

— Appelez ça comme vous voudrez. Quand les frontières deviennent totalement perméables, la notion même de société commerciale, en tant que système clos et fermé, disparaît. Nous sortons d'une ère de management difficile à défendre. La propriété fragmentée, les risques continuellement dispersés ont fait long feu. Le poète Robert Frost pensait que les bonnes clôtures faisaient les bons voisins. Eh bien, je ne suis pas d'accord. La porosité, les murs transparents, les murs déplaçables : voilà ce que réclame le monde d'aujourd'hui. Pour réussir, il faut savoir traverser les murs... – Manning marqua une pause, puis ajouta – : Et c'est nettement plus facile quand il n'y en a pas.

Alex Garfield se tourna vers son PDG :

— Je ne prétends pas avoir tout compris, Adam, mais les performances de Systematix parlent d'elles-mêmes. Les compétences de Mr. Manning ne peuvent être mises en doute. Ce qu'il est en train de dire c'est qu'il ne croit pas à une entreprise formée de cellules hermétiques. C'est sa façon à lui de voir l'intégration des filiales.

— Les murs doivent tomber, reprit Manning en se redressant sur sa chaise. Voilà la réalité qui se cache derrière tous les discours rhétoriques de la nouvelle ingénierie. On revient presque aux premiers principes de la Révolution industrielle. La Révolution industrielle a découpé le travail en tâches ; nous, nous essayons de transformer les tâches en *processus commerciaux*, et ce, dans un contexte de transparence totale.

Parker, guère convaincu, poursuivit sur sa lancée.

— Mais tous ces investissements que vous avez faits récemment, dans les technologies de réseaux et tout le reste... j'ai du mal à comprendre la logique derrière tout ça. Et puis il y a ce rapport de la commission fédérale des communications qui dit que Systematix est sur le point de lancer un nouvel escadron de satellites en orbite basse. Pourquoi ? La largeur de bande disponible est déjà immense. Pourquoi des *satellites* ?

Manning fit un signe approbateur de la tête, comme si la question lui plaisait.

— Peut-être est-il temps d'élever notre point de vue !

Dans la salle, il y eut des rires et des murmures d'assentiment.

— Je n'ai parlé jusqu'ici que du cadre de l'entreprise, continua Manning. Mais il faut aussi penser à la sphère plus intime de notre vie privée. Tout à l'heure, vous avez prononcé le mot « secret ». Les lois considèrent la vie privée du citoyen comme le domaine intime et inaliénable de la liberté individuelle. – L'expression de Manning devint grave. – Mais pour beaucoup, ce domaine intime est celui du viol, du harcèlement sexuel, et non de la liberté individuelle. A la femme violée par des cambrioleurs sous la menace d'un couteau, à l'homme dont la maison a été prise d'assaut par des maraudeurs armés... parlez donc du droit inaliénable à la vie privée ! L'information dans sa forme la plus développée nous offre la liberté de *ne pas être* victimes – ni de la violence, ni d'abus sexuels, ni d'un quelconque fléau. Et si Systematix peut aider la société à évoluer vers ce but, alors nous nous approcherons de quelque chose d'inconnu jusqu'alors dans l'histoire de l'humanité, un Graal nommé la *sécurité totale*. A divers degrés, la surveillance joue déjà un rôle important dans nos existences, et je suis fier d'y avoir contribué – en installant des caméras dans les ascenseurs, dans le métro, dans les parcs, chez les nounous, et partout ailleurs. Et également des systèmes de surveillance véritablement sophistiqués, sortes de boutons « panique » accessibles en permanence, mais qui restent un luxe réservé aux plus riches. Mon credo, c'est de démocratiser tout ça. Ayons tout le monde à l'œil ! Jane Jacobs a parlé de mettre « des yeux dans la rue »... on peut même aller plus loin... Le village global reste encore une vue de l'esprit, mais c'est à nous de le construire, et ce, grâce à la technologie.

— Ça me semble un pouvoir bien lourd à porter pour une seule entreprise.

— Sauf si ce pouvoir n'est pas un pouvoir localisé, mais un réseau de points de contrôle recouvrant la société entière. En attendant, je crois qu'il faut que vous élargissiez votre point de vue sur cette question. Une fois que la sécurité générale se fera ressentir partout sur la planète, nous serons de nouveau maîtres de nos propres vies.

Un coup à la porte interrompit le discours de Manning : son secrétaire particulier apparut, l'air soucieux.

— Oui, Daniel ? demanda Manning, surpris par son intrusion.

— On vous demande au téléphone, Mr. Manning.

— Désolé, ce n'est pas le moment, répondit le grand homme en souriant.

Le jeune assistant toussota discrètement.

— C'est le Bureau ovale, Mr. Manning. Le président dit que c'est urgent.

Manning se retourna vers l'assemblée.

— Dans ce cas, excusez-moi. Je reviens tout de suite.

*

Le grand bureau hexagonal de Manning était inondé de soleil, mais l'air y était toujours frais. Manning s'installa dans son fauteuil et enfonça la touche haut-parleur du téléphone.

— Je vous écoute, monsieur le Président, dit-il.

— Ecoutez, Greg, je ne vous aurais pas dérangé si ce n'était pas important. Nous avons besoin d'un service. Une logique commence à se dessiner dans les attentats terroristes, mais on a raté le coche avec Lille. Une bonne dizaine d'hommes d'affaires américains sont morts dans la collision de l'Eurostar. Mais aucun de nos satellites n'était braqué dessus à ce moment-là. Le gouvernement français nous casse les pieds depuis des années pour qu'on cesse de survoler leur territoire, d'espionner la vie privée de leurs citoyens, alors on ferme souvent les yeux de nos engins sur cette partie du continent. Du moins c'est ce que me disent les experts. Pour moi c'est de l'hébreu. Mais ils me disent que les satellites Systematix, eux, étaient en position. Ils auraient les images dont on a besoin.

— Monsieur le Président, vous savez que nos satellites ne sont pas autorisés à pratiquer de la reconnaissance photo. Ils sont strictement réservés aux télécommunications et à la téléphonie digitale.

— Je sais, c'est ce que vous avez dit aux types de Corelli...

— Mais c'est votre propre administration qui a décidé de réglementer les systèmes de surveillance non gouvernementaux.

Manning parlait, mais son regard s'échappait vers une photo trônant sur son bureau : c'était sa fille, avec ses cheveux couleur de sable, son sourire rêveur et étourdi qui semblait s'amuser d'une blague secrète.

— Je fais mon *mea culpa*, Greg ! Je peux même me mettre à genoux, si vous voulez. Mais bon Dieu, c'est du sérieux ! Il nous faut ces photos. Rendez-moi ce service, Greg. Je n'ai pas oublié ce que vous avez fait pour moi par le passé, et je n'oublierai pas ça non plus.

Manning laissa passer quelques secondes de silence.

— Dites à vos gars de la NSA d'appeler Partovi, à mon bureau. On vous donnera tout ce qu'on a.

— J'apprécie beaucoup votre geste, dit le président d'une voix vibrante.

— Cette affaire me préoccupe autant que vous, répondit Manning, ses yeux à nouveau fixés sur la photo de la petite fille blonde. – Il l'avait appelée Ariel ; un nom prédestiné puisque la fillette avait été sa petite fée. – Nous devons tous nous serrer les coudes, n'est-ce pas ?

— Bien sûr, répondit le président, mal à l'aise dans son rôle de quêteur. Bien sûr. Je savais que je pouvais compter sur vous.

— On est tous embarqués sur le même bateau, monsieur le Président.

Le rire d'Ariel était mélodieux comme le tintement d'une boîte à musique, se rappela Manning... son esprit, d'ordinaire si concentré sur l'instant présent, se laissa emporter sur le fil des souvenirs.

— Au revoir, Gregson. Et merci.

Manning coupa le haut-parleur... jamais il n'avait senti cette panique chez le président Malcolm Davis. C'était fou comme un simple revers du destin pouvait vous changer un homme...

XVI

La pension était située dans un quartier miteux de Bruxelles, Marolles, le refuge des pauvres et des exclus. Ici, les bâtiments du XVIIe siècle devenus insalubres s'écroulaient petit à petit. Les habitants de ces logements de fortune étaient des immigrés du Bassin méditerranéen, pour la plupart originaires du Maghreb. La propriétaire de la pension La Samaritaine, une Arabe solide et méfiante, était perchée d'un air sinistre derrière le comptoir de la pièce sombre et malodorante qui faisait office de réception. Sa clientèle habituelle était constituée de migrants, de petits escrocs et de sans-papiers : cet homme à l'allure trop respectable, qui débarquait en plein milieu de la nuit avec des bagages minimes et des vêtements soignés, lui paraissait particulièrement incongru, et donc suspect.

Bryson était arrivé par le train. Entre la gare du Nord et l'hôtel, il s'était arrêté dans un snack-bar pour avaler des moules-frites molles et insipides, arrosées d'une Pilsener lavasse. Il demanda à la propriétaire peu avenante le numéro de la chambre de son amie, qui devait être arrivée un peu avant lui. Elle leva des sourcils lourds d'insinuation et lui révéla le numéro avec un sourire teinté de mépris.

Laïla était arrivée quelques heures plus tôt par l'avion. Elle avait pris une place de dernière minute sur un vol Sabena à destination de l'aéroport de Zaventem. Il était minuit passé... elle devait être aussi épuisée que lui ; mais il vit un rayon de lumière filtrer sous la porte de la jeune femme ; il frappa. La chambre de Laïla était aussi triste et minable que la sienne.

Elle sortit une bouteille qu'elle avait achetée près du Vieux Marché, et leur versa deux whiskies secs.

— Alors, qui est ce mystérieux « honnête homme » que vous tenez tant à voir ? – Elle ajouta avec malice : – Ce n'est certainement pas quelqu'un de la CIA, il faudrait un miracle pour dénicher quelqu'un d'honnête à Langley !

Sur son visage, les blessures de la lutte avec Vansina prenaient des teintes sinistres, du bleu au violet.

Bryson avala une gorgée de whisky et s'installa dans un fauteuil bringuebalant.

— Non, répondit-il, ce n'est personne de l'Agence.

— Alors qui est-ce ?

Il fit un geste négatif de la tête.

— Pas encore, Laïla.

— Comment ça, *pas encore* ?

— Je vous expliquerai en temps voulu. Mais pas maintenant.

Laïla s'était installée, en face de Bryson, dans un deuxième fauteuil en tout aussi piteux état. Elle posa brusquement son verre sur une table basse au plaquage décollé.

— Vous continuez à me cacher la vérité. Vous ne respectez pas notre accord.

— Il n'y a aucun d'accord entre nous, Laïla.

— Vous croyez que je vais vous suivre aveuglément dans une mission dont je ne sais rien ?

Il y avait de la colère dans sa voix – et ce n'était pas uniquement dû à l'alcool ou à la fatigue.

— Non, bien sûr que non, répondit-il d'une voix lasse. Ce serait plutôt le contraire... Non seulement, je ne vous ai pas demandé votre aide, mais en plus j'ai tout fait pour vous dissuader de me suivre. Votre concours n'est pas en question... vous m'avez été d'une aide précieuse, inestimable... mais je ne peux vous demander de risquer votre vie comme je risque la mienne. Je ne veux pas de cette responsabilité. Cette mission, c'est ma bataille à moi. Mais si dans l'histoire, vous en tirez quelques bénéfices personnels, si les informations auxquelles nous arrivons peuvent aussi vous être utiles, alors tant mieux.

— Quel cœur de pierre !

— C'est bien possible. Mais c'est comme ça.

— Vous avez aussi un côté doux et tendre, je le sais.

Bryson ne répondit rien.

— Quelque chose me dit que vous avez été marié.

— Ah oui ? Qu'est-ce qui vous fait penser ça ?

— J'ai raison, n'est-ce pas ?

— Oui, admit-il. Et qu'est-ce qui vous fait dire ça ?

— Je le vois à votre façon d'être avec moi, avec les femmes en général. Vous êtes méfiant, bien sûr – vous ne savez rien de moi, après tout – mais dans le même temps, vous êtes à l'aise avec moi, je me trompe ?

Amusé, Bryson sourit sans un mot.

— La plupart des hommes dans notre... branche, poursuivit-elle, ne savent pas comment se comporter avec les agents femmes. Soit ils nous traitent comme de simples partenaires, des êtres asexués, soit comme des conquêtes potentielles. Vous, vous avez l'air de savoir que les choses sont plus complexes, et qu'une femme, autant qu'un homme, peut être les deux à la fois, ou tout autre chose.

— Vous êtes bien énigmatique.

— Désolée. J'essaie juste de vous dire que... que je suis une femme, et vous un homme...

Elle leva son verre en un salut mystérieux.

Il voyait où elle voulait en venir, mais il n'en laissa rien paraître. Laïla était une femme hors du commun, et à vrai dire, plus il passait de temps à ses côtés, plus il était attiré. Mais ç'aurait été de l'égoïsme pur que de vouloir pousser les choses plus loin, en lui donnant des fausses espérances, en la laissant croire à un engagement qu'il n'avait pas l'intention de tenir – qu'il était *incapable* de tenir, tant qu'il ne saurait pas ce qui s'était réellement passé entre Elena et lui. Même si le plaisir physique était considérable, il ne serait que passager, éphémère, et n'aurait d'autres conséquences que de compliquer leur relation, de tout embrouiller entre eux.

— Vous semblez parler par expérience, dit-il. Tous ces hommes qui ne savent pas s'y prendre avec les agents femmes... Votre mari, ce soldat israélien... il faisait partie du lot ?

— A cette époque, je n'étais pas la même personne. Je n'étais pas encore une femme, j'étais une jeune fille, à moitié formée.

— C'est sa mort qui vous a métamorphosée ? demanda Bryson avec douceur.

— Et la mort de mon père, même si je ne l'ai jamais connu.

Pensive, Laïla leva son verre et but une autre gorgée.

Bryson hocha la tête, d'un air compréhensif.

— Yaron, mon mari, était posté à Kiryat Shmona pendant l'*intifada*, expliqua-t-elle en baissant les yeux. Il devait défendre le village. Un jour, les troupes israéliennes ont bombardé une base terroriste hezbollah, dans la plaine de la Bekaa, près de l'endroit où j'ai passé mon enfance. Par accident, ils ont tué une femme et ses cinq enfants. C'était un cauchemar. En représailles, le Hezbollah a évidemment tiré ses roquettes Katioucha sur Kiryat Shmona. Yaron aidait les villageois à se réfugier dans les abris antibombes. Il a été touché par une roquette. Yaron était si gravement brûlé que j'ai failli ne pas pouvoir reconnaître sa dépouille...

Elle leva des yeux brillants de larmes.

— Alors dites-moi, qui était du côté du bien ? Le Hezbollah, dont le seul but semble être de massacrer le plus d'Israéliens possible, ou l'armée israélienne, qui est prête à tuer des innocents pour détruire un camp hezbollah ?

— Cette mère avec ses cinq enfants, vous la connaissiez ? demanda doucement Bryson.

Laïla hocha la tête en silence, puis elle se mordit la lèvre inférieure et ne put retenir ses larmes.

— C'était ma sœur... ma sœur aînée. Mes petites nièces, mes petits neveux.

Pendant un temps, elle fut incapable de parler.

— Vous voyez, reprit-elle enfin, ce ne sont pas toujours ceux qui lancent les roquettes qui ont tort. Parfois les coupables sont ceux qui les leur ont fournies. Ou ceux qui décident des attaques, à l'abri dans leur bunker. Des hommes comme Jacques Arnaud, qui contrôle la moitié de l'Assemblée nationale, et qui s'enrichit en vendant aux terroristes, aux fous, et à tous les fanatiques de ce monde. Alors quand vous aurez décidé de me faire confiance, quand vous me direz enfin dans quel but vous risquez votre vie, et ce que vous espérez trouver... vous saurez désormais à qui vous avez affaire. – Elle se leva et l'embrassa sur la joue. – Et maintenant au lit. Je tombe de sommeil.

*

Bryson retourna dans sa chambre, son cerveau en ébullition. Il fallait à tout prix contacter Richard Lanchester au plus vite : dès le lendemain matin, il commencerait à passer des coups de fil pour essayer de joindre le conseiller à la sécurité. Bryson avait encore si peu d'informations, et si peu de temps... Depuis la disparition mystérieuse d'Harry Dunne, Lanchester était le seul membre du gouvernement à avoir l'ouverture d'esprit nécessaire pour mesurer le danger que représentait le Directorat et les moyens de stopper son avancée insidieuse dans les antichambres du pouvoir. Bryson ne connaissait l'homme que par sa biographie sommaire : Lanchester avait engrangé des millions à Wall Street avant d'abandonner, vers la quarantaine, le milieu des affaires, pour se consacrer à la fonction publique. Il avait dirigé avec succès la campagne présidentielle de son ami Malcolm Davis, et en retour, s'était vu attribuer le poste de conseiller à la Sécurité nationale, où il s'était rapidement distingué. Sa probité et son intelligence faisaient de lui une anomalie au royaume de la corruption et de la complaisance ; outre son esprit brillant, on vantait sa modestie, son amabilité et son sens de l'équité.

Selon l'article paru à la suite de l'attentat de Lille, Lanchester se trouvait à Bruxelles en visite officielle au SHAPE, le siège suprême des forces alliées européennes, où il serait reçu par le secrétaire général de l'OTAN.

Il allait être très difficile d'entrer en contact avec Lanchester, surtout aux abords du siège de l'OTAN.

Il y avait peut-être toutefois un moyen.

*

Bryson s'éveilla vers cinq heures du matin, après une courte nuit agitée, ponctuée par le bourdonnement incessant de la circulation et les cris des noctambules. Il prit une douche froide, l'eau chaude refusant apparemment de monter dans sa chambre, puis établit un plan d'action.

Il s'habilla rapidement, sortit dans la rue et trouva un kiosque à jour-

naux ouvert la nuit, ayant un large choix de titres de presse et de maga-
zines internationaux, en majorité européens. Comme il s'y attendait, la
plupart d'entre eux, que ce soit l'*International Herald Tribune*, le *Lon-
don Times*, *Le Monde*, *Le Figaro* ou *Die Welt*, publiaient des rapports
détaillés de l'attentat de l'Eurostar. Nombre d'articles mentionnaient Richard Lanchester, sur lequel on retrouvait parfois, de journal en journal,
la même citation quant à son intégrité morale ; certains avaient accolé à
l'article principal une interview détaillée du conseiller de la Maison-
Blanche. Bryson acheta un assortiment de journaux, entra dans un bar,
commanda plusieurs espressos et se mit à éplucher les articles, en les
annotant au stylo.

A côté du nom de Lanchester revenait souvent celui de son porte-parole, Howard Lewin, qui était aussi le porte-parole du Conseil national
de sécurité. Lewin était également à Bruxelles, accompagnant son patron
et la délégation américaine dans leur visite au siège de l'OTAN.

Howard Lewin était chargé des relations avec la presse : il devait donc
être disponible à tout moment pour répondre aux questions urgentes des
journalistes... De retour dans sa chambre d'hôtel, Bryson réussit à
joindre le porte-parole à son premier coup de fil.

— Mr. Lewin, je ne crois pas que nous ayons déjà eu l'occasion de
nous parler, commença Bryson d'un ton pressé et expéditif. Je suis Jim
Goddard, chef du bureau européen du *Washington Post* ; je suis désolé
de vous déranger à une heure pareille, mais j'ai une petite bombe entre
les mains, et j'aimerais que vous éclairiez ma lanterne...

Lewin fut tout de suite très attentif.

— Bien sûr, euh... Jim, c'est bien ça ? Que se passe-t-il ?

— Je voulais vous prévenir. Nous sommes sur le point de faire notre
première avec un article sur Richard Lanchester. Gros titres, pleine page
et tout le tralala. Et j'ai bien peur que ça ne vous fasse pas très plaisir, à
vous et à vos gars. Pour tout dire, ça pourrait bien mettre un point final à
la belle carrière de Lanchester. C'est un truc terrible. Le résultat de trois
mois d'enquête.

— De quoi s'agit-il, bon Dieu ?

— Je dois vous dire, Mr. Lewin, que mes supérieurs me mettent
sérieusement la pression pour ne pas lâcher un mot de l'affaire avant la
parution et de tout publier tel quel. Mais personnellement, l'article me
semble être de la dynamite, non seulement pour Lanchester, mais aussi
pour la sécurité nationale, et je... – Bryson laissa sa phrase en suspens, et
attendit quelques instants avant de poursuivre, pour donner à son
interlocuteur le temps de s'imprégner de ses paroles. Puis il tendit sa
perche. Le porte-parole n'avait d'autre choix que de la saisir. – Je voulais simplement lui laisser une chance, à votre patron, au moins de répondre... et qui sait, peut-être de retarder l'heure du grand boum... Je ne
veux pas que mes sentiments personnels, l'admiration que j'ai pour lui,
nuisent à mes responsabilités de journaliste... J'ai sans doute tort de

vous appeler, mais je me suis dit, si j'arrive à avoir le grand homme en personne au bout du fil, je pourrai peut-être rajuster un peu le tir...

— Enfin, vous vous rendez compte de l'heure qu'il est, ici, à Bruxelles ? bégaya Lewin. Un ultimatum de dernière minute... que voulez-vous que je fasse... C'est de la folie de la part du *Post,* de la folie furieuse...

— Ecoutez, Mr. Lewin, vous êtes seul juge... mais qu'une chose soit claire. Je vous aurai laissé une chance de désamorcer la bombe... si vous la négligez, ce sera par votre seule faute. Un instant, s'il vous plaît...

Il hurla à travers la pièce en direction d'un collègue fictif :

— Non, pas celle-là ! Le *portrait* de Lanchester, espèce d'idiot, le gros plan !

Puis il reprit le combiné.

— Dites à votre patron qu'il a dix minutes pour m'appeler à ce numéro de portable, sinon on publie tout le truc, y compris la phrase : « Contacté par notre rédaction, Mr. Lanchester n'a pas souhaité s'exprimer sur le sujet. » Dites à Lanchester – et je ne saurais trop vous conseiller de lui répéter ça mot pour mot – que le gros de l'article concerne ses relations avec un certain officiel soviétique du nom de *Gennadi Rosovski.* Vous avez bien noté ?

— Gennadi *comment* ?

— Gennadi Rosovski, répéta Bryson.

Il donna le numéro de son portable, un numéro américain, qui ne trahissait donc en rien sa présence à Bruxelles.

— Vous avez dix minutes.

Quatre-vingt-dix secondes plus tard, son portable sonna.

Bryson reconnut immédiatement la voix de baryton, avec son accent huppé de la côte Est.

— Richard Lanchester à l'appareil, annonça le conseiller de la Maison-Blanche, d'un ton qui frisait la panique. J'aimerais bien savoir ce qui se passe.

— J'imagine que votre porte-parole vous a fait un topo.

— Il m'a parlé d'un Russe que je ne connais ni d'Eve ni d'Adam, Gennadi quelque chose, et c'est tout. Qu'est-ce que vous me voulez, Goddard ?

— Je suis sûr que vous connaissez le vrai nom de Ted Waller, Lanchester.

— Mais qui diable est Ted Waller ? Je ne comprends rien...

— Il faut que nous parlions, Mr. Lanchester. Et tout de suite.

— Alors allez-y, parlez, je vous écoute ! Quel jeu de massacre prépare encore le *Post* ? Je ne vous connais pas Goddard, mais vous vous doutez sûrement que j'ai le numéro personnel de votre directrice de publication, avec qui j'ai souvent l'occasion de dîner... et je n'hésiterai pas une seule seconde à appeler !

— Il faut que je vous parle en personne, pas au téléphone. Je suis à

Bruxelles : je peux être à Mons, au siège du SHAPE, dans une heure. Je veux que vous préveniez la sécurité à l'entrée, pour que je puisse entrer... ensuite on pourra avoir un petit tête-à-tête tous les deux.

— Vous êtes à Bruxelles ? Mais je croyais que vous appeliez de Washington ! Nom de Dieu, qu'est-ce que...

— Je serai là dans une heure, Lanchester. En attendant, je vous conseille de ne pas toucher à votre téléphone.

*

Il frappa doucement à la porte de Laïla. Elle lui ouvrit aussitôt : elle était déjà habillée, et devait sortir de la douche, car elle sentait bon le savon et le shampooing.

— Je suis passée devant votre porte, tout à l'heure, dit-elle en le laissant entrer. Je vous ai entendu parler au téléphone. Non, ne vous fatiguez pas, je sais, je ne vous pose même pas la question : vous me le direz « quand le moment sera venu ».

Il s'installa dans le même fauteuil fatigué que la veille.

— Je crois que c'est maintenant, Laïla.

Il sentit immédiatement un poids quitter sa poitrine : une sensation quasi physique, comme s'il pouvait enfin respirer à fond après avoir été si longtemps privé d'oxygène.

— Je vais tout vous dire, parce que j'ai besoin de votre aide, et parce que je sais qu'ils vont essayer de me supprimer.

— Qui ça *ils*... – Elle posa la main sur son bras. – De quoi parlez-vous ?

Bryson lui expliqua la situation, choisissant ses mots avec soin. Il lui raconta des choses qu'il n'avait dites à personne, sauf au directeur adjoint de la CIA, Harry Dunne, qui avait maintenant disparu. Il lui confia que sa seule mission était d'infiltrer, puis de détruire, une organisation de l'ombre, connue, par une poignée d'initiés, sous le nom de Directorat. Il lui parla de sa tentative de dernier espoir, celle de rallier Richard Lanchester à sa cause.

Les yeux écarquillés, Laïla l'écouta, enregistrant chacune de ses paroles ; puis elle se leva et marcha de long en large.

— Je ne suis pas sûre d'avoir tout compris. Cette agence de services secrets n'est pas américaine... elle est internationale, multilatérale ?

— D'une certaine façon... A l'époque où je travaillais pour eux, leur siège était à Washington, mais ils semblent avoir déménagé. Je n'ai aucune idée d'où ils peuvent être à l'heure actuelle.

— Vous voulez dire qu'ils ont tout simplement *disparu* ?

— A peu près, oui.

— Mais c'est impossible ! Une agence de renseignement fonctionne comme n'importe quelle autre administration, avec des numéros de téléphone, de fax, des ordinateurs, sans parler du personnel de bureau ! C'est comme si on essayait de, comment dit-on en anglais, de cacher un éléphant dans un couloir !

— Le Directorat, tel que je l'ai connu, était plutôt svelte, pas un gramme de superflu, et agile avec ça. Très doué pour le camouflage sous toutes ses formes. A l'instar de la CIA qui fait passer ses propriétés pour d'innocents locaux d'entreprises, ou des Soviétiques avec leurs villages Potemkine, où des centres de recherches d'armes bactériologiques sont maquillés en usines de lessive ou même en université.

Elle secoua la tête, incrédule.

— Vous voulez dire qu'ils jouent jeu égal avec la CIA ? Avec le MI-6 ? Le Mossad ? La Sûreté ? Qu'ils ont des moyens comparables ?

— Non, ce n'est pas du tout ça. On laisse entendre aux agents qu'ils ont à effectuer des missions que les agences plus officielles n'ont pas le droit d'entreprendre, soit à cause de leur charte interne, soit à cause de la politique du gouvernement.

Elle acquiesça sans sourire.

— Mais comment peuvent-ils garder leur existence secrète ? Comment est-ce possible ? Les gens bavardent, les secrétaires ont des amies... les commissions du Congrès n'ont pas les yeux dans leurs poches...

Elle s'avança vers la coiffeuse, visiblement perturbée, fouilla avec nervosité dans son petit sac à main, cherchant quelque chose ; elle en sortit finalement un rouge à lèvres. Elle appliqua une touche de couleur sur sa bouche, tamponna l'excédent avec un mouchoir, et rangea le tube.

— C'est justement ça, le génie de la chose, répondit Bryson. Un cloisonnement du travail poussé à l'extrême et un recrutement soigné. Les membres sont triés sur le volet, recrutés partout dans le monde ; leurs profils sont choisis pour s'adapter particulièrement à ce genre de travail, et pour maintenir la loi du silence. La structure compartimentée de l'organisation empêche tout employé d'avoir des rapports prolongés avec ses collègues ; chaque agent n'a qu'un seul maître et mentor. Moi j'ai eu comme maître une légende vivante de la maison : Ted Waller, l'un des pères fondateurs. Il était devenu une idole pour moi, un exemple, ajouta-t-il avec regret.

— Mais le président des Etats-Unis doit tout de même être au courant !

— A vrai dire, je n'en sais rien. Mais je crois que l'existence du Directorat a toujours été cachée au maître de la Maison-Blanche. En partie pour le protéger des sales affaires, lui épargner les détails sordides, pour qu'il puisse nier être au courant avec une certaine crédibilité. C'est une procédure courante dans tous les services secrets du monde. Mais c'est aussi, j'en suis sûr, parce que les pontes des agences de renseignement considèrent le président comme un simple locataire de la Maison-Blanche. Un locataire parmi d'autres. Il signe un bail de quatre ans, ou de huit ans s'il a de la chance, il achète un nouveau service de porcelaine, refait la décoration, embauche des gens, les vire, fait quelques discours, et *pff!* il est parti. Mais les barbouzes, elles, sont toujours là. Le véritable Washington, c'est elles.

— Et à votre avis, la seule personne susceptible d'être au courant est le président du Conseil de Contrôle des Services de Renseignement, c'est bien ça ? Le groupe qui se réunit en secret pour superviser les activités de la NSA, de la CIA et de toutes les autres agences d'espionnage américaines ?

— Exact.

— Et le président de ce groupe est Richard Lanchester.

— Tout juste.

Elle agita la tête et ajouta :

— C'est pour ça que vous tenez tellement à le rencontrer.

— Exact.

— Mais pourquoi ? s'écria-t-elle. Pour lui dire quoi ?

— Pour lui dire ce que je sais sur le Directorat, ce que je soupçonne de leurs projets. C'était ça la grande question, la raison pour laquelle j'ai repris du service : qui contrôle le Directorat maintenant ? Que fomentent-ils vraiment ?

— Et vous pensez détenir les réponses ?

Laïla paraissait revêche, presque agressive.

— Non, bien sûr. J'ai simplement des théories, qui s'appuient sur des faits.

— Quels faits ? Vous n'avez rien !

— De quel côté êtes-vous, Laïla ?

— Je suis avec vous ! cria-t-elle. J'essaie de vous protéger, et je crois que vous commettez une grave erreur.

— Une erreur ?

— Vous allez vous présenter devant ce Lanchester avec des... des bribes de rien du tout, des accusations délirantes – il vous renverra sur-le-champ. Il va vous prendre pour un mythomane en plein délire !

— C'est bien possible, reconnut Bryson. Mais ce sera à moi de le convaincre du contraire, et je crois que j'en suis capable.

— Et qu'est-ce qui vous fait penser que ce type est digne de confiance ?

— Je n'ai pas le choix.

— Il pourrait être un ennemi, faire partie des traîtres ! Comment pouvez-vous en être sûr ?

— Je ne suis plus sûr de rien, Laïla. J'ai l'impression d'être dans un labyrinthe. Je suis perdu. Je ne sais plus où je suis, ni même *qui* je suis maintenant.

— Comment pouvez-vous croire aveuglément à tout ce que vous dit ce type de la CIA ? Et s'il était de leur côté, s'il était l'un des traîtres, lui aussi ?

— Je ne suis sûr de rien, je vous dis ! Ce n'est pas une question de certitude, mais de probabilités. C'est un pari que je prends.

— Alors quand il vous dit que vos parents ont été assassinés, vous le croyez ?

— Ma belle-mère, enfin, la personne qui s'est occupée de moi après leur mort, me l'a plus ou moins confirmé, bien qu'elle n'ait plus toute sa tête aujourd'hui... la maladie d'Alzheimer, sans doute. Le fait est que les seuls à savoir la vérité sont ceux que je veux à tout prix retrouver : Ted Waller et Elena.

— Elena est votre ex-femme.

— Pas officiellement. Nous n'avons jamais divorcé. Elle a disparu : disons que nous sommes séparés.

— Elle vous a abandonné !

Bryson soupira.

— Je ne sais pas ce qui s'est passé. Mais j'aimerais bien le savoir. J'ai besoin de comprendre.

— Elle a disparu, comme ça, d'un coup ? Sans jamais donner signe de vie ? Vous vous êtes réveillé un matin et elle était partie ?

— C'est ça.

Laïla secoua la tête d'un air désapprobateur.

— Et pourtant, vous l'aimez encore.

Il acquiesça.

— C'est... tellement difficile de savoir ce que je dois penser d'elle, ce que je dois croire. M'a-t-elle aimé réellement, ou était-ce simplement un travail pour elle ? Pourquoi est-elle partie ? Par désespoir ? Par peur ? Parce qu'on l'a obligée à le faire ? Quelle est la vérité ? Où est-elle ?

Sa mission secrète à Bucarest avait-elle finalement agi contre lui ? Elena avait-elle été contactée par ceux qui recherchaient ses parents ? Avait-elle dû prendre la fuite, pour sauver sa vie ? Mais dans ce cas, pourquoi ne lui avait-elle pas laissé un mot d'explications ? Autre hypothèse : avait-elle découvert qu'il lui avait menti à propos de ce fameux week-end ? Savait-elle qu'il n'avait pas été à Barcelone ? Elle avait pu se sentir trahie, trompée ; et cela aurait suffi à la convaincre de s'enfuir sans même avoir une explication avec lui ?

— Et vous croyez vraiment découvrir cette vérité en courant à travers le monde à la recherche d'agents du Directorat ? C'est de la folie !

— Laïla, une fois que j'aurai trouvé le nid, ils seront finis. Ils savent tout ce que j'ai sur eux. Une connaissance détaillée de plus de vingt ans d'activités, qui transgressent à peu près toutes les lois nationales et internationales.

— Et vous allez faire votre petit exposé à Richard Lanchester dans l'espoir qu'il les dénonce et mette fin à tout ça ?

— S'il est aussi droit et bon qu'on le dit, c'est précisément ce qu'il va faire.

— Et s'il ne l'est pas ?

Bryson ne répondit pas.

— Vous allez prendre une arme avec vous, poursuivit-elle.

— Evidemment.

— Où est-elle ? Elle n'est pas sur vous.

Il leva les yeux, surpris. Elle avait vraiment le coup d'œil...

— Dans ma valise. J'ai dû la démonter pour pouvoir passer la sécurité à l'aéroport.

— Alors tenez, dit-elle en sortant de son sac à main le 45 Heckler & Koch USP compact.

— Merci, mais je prendrai le Beretta, dit-il en souriant. A moins, bien sûr, que vous n'ayez encore votre petit Desert Eagle calibre 50...

— Non, Nick. Désolée.

— *Nick* ?

Il sentit son cœur résonner dans sa poitrine. Elle connaissait son véritable nom – alors qu'il ne le lui avait jamais donné. Bon sang, que savait-elle d'autre ?

De l'autre côté de la pièce, elle braquait son arme sur lui. Il lui fallut quelques secondes pour se rendre compte de ce qui lui arrivait. Il était paralysé sur sa chaise, ses réflexes habituels endormis par l'incrédulité.

Dans les yeux de Laïla, il y avait du regret.

— Je ne peux pas vous laisser rencontrer Lanchester, Nick. Je suis vraiment désolée, mais ce n'est pas possible.

— Laïla, qu'est-ce qui vous prend ?

— Je fais mon travail. Vous ne nous avez pas laissé le choix. Je ne pensais pas qu'on en arriverait là.

Il eut l'impression que la pièce s'était soudain vidée d'air. Tout son corps se glaça : le choc l'atteignit jusqu'aux entrailles.

— Non, murmura-t-il d'une voix rauque, et la pièce se mit à tourner doucement autour de lui. Pas vous. Ils vous ont eue aussi. Mais quand est-ce que...

Et il bondit de sa chaise avec la fulgurance d'un ressort comprimé à bloc et plongea vers elle ; prise par surprise, elle recula instinctivement pour parer le coup, et contre-attaquer ; l'espace d'une seconde, son attention se relâcha. Elle perdit l'équilibre, tira, et le bruit assourdissant de l'explosion détona dans la petite pièce. Bryson sentit le projectile frôler sa joue gauche, la poudre brûlante lécher son visage et sa tempe. Il entendit la cartouche percuter le sol, et presque dans le même instant, il s'élança sur elle, la renversa sur le sol et envoya l'arme sur le plancher.

Mais elle n'était plus la même personne : elle était devenue une tigresse, un prédateur aux yeux sauvages tout droit sorti d'une jungle et assoiffé de sang. Laïla se souleva sous lui, sa main devenue griffe enfoncée dans sa gorge, et décocha un coup de coude dans son plexus solaire, lui coupant le souffle.

Bryson parvint malgré tout à se relever, et envoya un coup de poing dans sa direction, mais elle l'évita en plongeant sous son épaule. Son bras droit jaillit dans son dos, entourant le cou de Bryson, sa main gauche allant agripper le biceps pour refermer la prise comme un étau. Dans un grognement animal, elle resserra l'étranglement.

Bryson s'était battu à mains nues avec quelques-uns des tueurs les plus féroces et dangereux de la planète, mais Laïla tirait dans une catégorie à part. Elle avait une force inépuisable – une machine à tuer – et se battait avec une hargne qui lui était inconnue jusqu'alors. Sans trop savoir comment, Bryson parvint à se libérer de sa prise, fit volte-face et envoya un nouveau coup de poing vers elle ; elle bondit en arrière, parant le coup, puis plongea vers lui, projetant son poing droit dans le ventre de Bryson, tout en se protégeant le visage avec la main gauche.

Bryson, le souffle coupé, voulut l'empoigner par la nuque, mais Laïla fut encore trop rapide pour lui : d'un violent coup de pied derrière le genou, elle le fit tomber. Un coup de coude encore, porté derrière la tête, et Bryson failli s'écrouler pour de bon... mais il se força à ignorer la douleur aveuglante, rassemblant toute sa puissance, faisant appel aux techniques de combat apprises des décennies auparavant, qui revenaient exciter ses neurones comme des réflexes anciens et primaires.

Il lui échappa d'une pirouette, puis fondit sur elle, de tout son poids, en lui assénant un coup de poing dans les reins. Elle poussa un hurlement, un cri aigu venu de ses entrailles, non pas de douleur mais de rage. Sautant en l'air et pivotant, elle lança sa jambe droite en un mouvement de ciseaux et frappa son abdomen avec une force inattendue. Bryson gémit sous l'impact : elle atterrit avec la jambe droite en avant et frappa son visage, où les articulations de sa main s'encastrèrent avec la force d'un marteau-pilon ; puis, le saisissant par les épaules, elle lui enfonça le genou gauche dans l'aine. Sous la douleur, Bryson se plia en deux... mais elle levait déjà son coude droit pour lui porter un coup à la colonne ; la douleur devint insoutenable... elle attrapa Bryson par la tête, et d'un mouvement de torsion, l'entraîna vers le sol.

Rassemblant ce qui lui restait d'énergie pour une offensive désespérée, Bryson tendit les bras, cherchant à attraper les jambes de Laïla, puis frappa de la tranche de sa main la zone sensible au-dessus de son genou gauche, enserra l'articulation pour tirer la jeune femme à terre avec lui ; au moment où elle perdit l'équilibre, il enfonça son genou dans son ventre et projeta son coude contre la carotide. Il y eut un craquement audible. Elle poussa un cri... Elle tendit soudain la main droite vers le sol... elle cherchait à attraper le Heckler & Koch ! Il ne devait pas lui permettre de reprendre le dessus ! Il changea légèrement de position, puis pressa son coude contre son larynx. Elle commença à suffoquer... sa main droite vola instinctivement vers la zone vulnérable, pour tenter de déloger le coude de Bryson : c'était suffisant pour lui permettre d'attraper le pistolet... il saisit l'arme par le canon et abattit la crosse sur le sommet du crâne de Laïla – un coup soigneusement calculé pour ne pas la tuer ni causer de dégâts sérieux.

La jeune femme s'effondra, les yeux mi-clos, les blancs seuls apparents. Il tâta sa gorge et trouva un pouls : elle était vivante, mais ne se réveillerait pas avant quelques heures. Il ne savait toujours pas qui elle était, ni ce qu'elle faisait... mais elle avait eu l'occasion de le tuer, au début, lorsque son arme était braquée sur lui, et elle avait hésité... Comme lui, elle était sûrement un pion, manipulée et nourrie de mensonges, recrutée pour une mission dont on lui avait soigneusement caché les réels tenants et aboutissants. Elle aussi, était une victime...

Une victime du Directorat ?

C'était vraisemblable, et même probable.

Il fallait à tout prix l'interroger, lui faire dire tout ce qu'elle savait. Mais pas maintenant : il n'avait plus le temps...

Il fouilla le minuscule placard, où elle avait suspendu quelques affaires et rangé plusieurs paires de chaussures, à la recherche d'une corde ou de n'importe quoi pour l'attacher. Alors qu'il fouillait le fond du réduit, il découvrit un objet incongru : un talon aiguille. Il s'était mystérieusement détaché d'un escarpin gris, ceux que Laïla portait à la banque, à Genève. Un objet extrêmement tranchant qui lui lacéra le doigt. En grimaçant de douleur, il ramassa le talon gris long de six centimètres et aperçut une petite lame effilée comme un rasoir dépasser de l'extrémité qui reliait le talon à la semelle. Il regarda l'objet de plus près : la lame se rétractait dans le talon, comme une lame de cutter; le talon était pourvu d'un pas de vis pour s'encastrer dans la chaussure.

Il se retourna vers Laïla. Le blanc de ses yeux était encore visible, sa mâchoire pendait mollement. Elle était toujours inconsciente.

Il examina la deuxième chaussure – équipée de la même façon. Ses escarpins était pourvus de lames de rasoir rétractables... Une astuce de génie.

Puis une image lui revint en mémoire.

Laïla, dans le placard du bureau du banquier, attachée avec des liens en polyuréthane de couleurs vives, normalement utilisés par les forces de l'ordre pour transporter des prisonniers dangereux. Jan Vansina, l'agent du Directorat, l'avait entravée de menottes en plastique – *des menottes dont elle aurait facilement pu se libérer en les coupant.*

Genève était un coup monté.

Laïla était de connivence avec Vansina et tous deux appartenaient au Directorat. Vansina avait feint de l'attaquer; elle s'était laissé faire. A tout moment, elle aurait pu se libérer.

Qu'est-ce que tout ça voulait dire ?

Au bout du couloir sombre se trouvait un petit ascenseur, pouvant contenir seulement deux personnes, qu'on mettait en marche en fermant la grille en accordéon à l'intérieur de la cabine. Heureusement, il ne semblait pas y avoir d'autres clients à l'étage. Bryson n'avait vu personne aller et venir dans les chambres voisines.

Il hissa Laïla sur son dos – bien qu'elle ne fût pas grande, elle était à présent un poids mort et pesait assez lourd... Il posa sa tête sur son épaule, passa son bras derrière ses fesses et la porta, comme une épouse enivrée, jusqu'à l'ascenseur. Bryson avait préparé une plaisanterie à propos du penchant invétéré de sa femme pour la boisson, mais il n'eut pas l'occasion de s'en servir.

Il descendit jusqu'au sous-sol de l'hôtel, où flottait une odeur de fosse septique, et déposa Laïla sur le sol de ciment. En quelques minutes, il trouva un réduit de stockage, retira seaux, balais et serpillières qui l'encombraient, et y plaça Laïla. Avec une vieille corde à linge, il attacha soigneusement ses poignets et ses chevilles, fit plusieurs nœuds serrés, enroulant la corde tout autour de ses jambes et de son torse, ajoutant des nœuds supplémentaires, puis testa leur résistance pour s'assurer qu'elle ne pourrait s'échapper. La corde était solide... et étant pieds nus, elle ne risquait pas de sortir sa botte secrète.

Bryson prit encore une dernière précaution... si jamais elle revenait à elle plus tôt que prévu et se mettait à appeler au secours. Il lui enfonça un bâillon dans sa bouche, l'arrimant solidement autour de sa tête tout en veillant à ce qu'elle puisse respirer.

Il tourna le verrou de la porte, une précaution quasi inutile puisque Bryson était certain qu'elle serait encore inconsciente à son retour.

Puis il retourna à sa chambre pour se préparer à son rendez-vous avec Richard Lanchester.

*

Dans une pièce sombre, de l'autre côté de la planète, trois hommes étaient penchés sur l'écran d'un moniteur de contrôle, leurs visages tendus baignant dans la lumière verdâtre des diodes.

— C'est une transmission numérique, directement relayée par Mentor, l'un de nos satellites orbitant avec le groupe Intelsat, annonça l'un d'eux.

L'urgence contenue dans la réponse révélait les longues heures de stress qui venaient de s'écouler :

— Ce logiciel d'identification des voix... c'est vraiment fiable ?

— A quatre-vingt-dix-neuf, virgule neuf cent quatre-vingt-dix-sept pour cent, répondit la première voix. Extrêmement fiable.

— L'identification est validée, remarqua le troisième. L'appel a été lancé à partir d'un portable GSM au sol, dont les coordonnées indiquent Bruxelles, en Belgique. Le destinataire était basé à Mons.

Le troisième manipula un bouton : la voix qui émergea du haut-parleur était étonnamment distincte.

— *... je ne comprends rien...*

— *Il faut que nous parlions, Mr. Lanchester. Et tout de suite.*

— *Alors allez-y, parlez, je vous écoute ! Quel jeu de massacre prépare encore le* Post *? Je ne vous connais pas Goddard, mais vous vous doutez sûrement que j'ai le numéro personnel de votre directrice de publica-*

tion, avec qui j'ai souvent l'occasion de dîner... et je n'hésiterai pas une seule seconde à appeler !

— Il faut que je vous parle en personne, pas au téléphone. Je suis à Bruxelles : je peux être à Mons, au siège du SHAPE, dans une heure. Je veux que vous préveniez la sécurité à l'entrée, pour que je puisse entrer... ensuite on pourra avoir un petit tête-à-tête tous les deux.

— *Vous êtes à Bruxelles ? Mais je croyais que vous appeliez de Washington ! Nom de Dieu, qu'est-ce que...*

— *Je serai là dans une heure, Lanchester. En attendant, je vous conseille de ne pas toucher à votre téléphone.*

— Donnez l'ordre d'interception, lança l'un des hommes de veille.

— Cette décision doit être prise à un autre niveau, répliqua l'un de ses compagnons, visiblement son supérieur. Prométhée préférera peut-être continuer à recueillir des informations sur les activités de la cible, sur ce que la cible sait de nous.

— Mais s'ils se donnent rendez-vous dans un bâtiment protégé... comment pouvons-nous espérer savoir ce qui se dit ?

— Nom de Dieu, McCabe ! Tu connais un endroit qu'on n'est pas capables d'infiltrer ? Transmets ce fichier son. Prométhée décidera de la suite des événements.

Troisième partie

XVII

Le conseiller de la Maison-Blanche était installé en face de Bryson, de l'autre côté d'une table de réunion en acajou patiné. Des rides de tension barraient son grand front. Pendant plus de vingt minutes, Richard Lanchester avait écouté Bryson, captivé par son récit ; il acquiesçait, prenait des notes, ne l'interrompait qu'en de rares occasions, pour demander quelques éclaircissements. Chacune de ses questions était pertinente, incisive : il levait les ambiguïtés et les confusions pour atteindre directement le cœur du problème. Bryson était impressionné par l'intelligence et la vivacité d'esprit de cet homme, qui l'écoutait attentivement. Bryson lui fit un rapport complet, s'adressant à lui comme à un supérieur chargé d'entendre le bilan d'une mission, tout comme il le faisait avec Waller autrefois : il exposait les faits avec calme, objectivité, évaluant en toute rigueur les probabilités, évitant les conjectures sans fondement. Il mettait ses révélations en perspective, tentait de discerner un schéma général – une tâche difficile.

Les deux hommes se trouvaient dans un local hautement sécurisé au cœur du quartier général de l'OTAN, une pièce surnommée « la bulle ». Le sol et les murs étaient faits d'un seul bloc, entourés d'une épaisse couche de caoutchouc qui les isolait des parois extérieures en béton, et empêchait effectivement la moindre vibration sonore de s'échapper. Des tests étaient effectués quotidiennement pour s'assurer que la bulle restait à l'abri des micros ou de tout autre système d'écoute. Des officiers de la sécurité scannaient la pièce et ses environs immédiats tous les jours. Il n'y avait aucune fenêtre, pour éviter que l'on puisse déchiffrer les vibrations sonores des voix humaines par écho micro-onde ou rayon laser. La bulle était également dotée, en dernier recours, d'un ingénieux système de protection : un corrélateur spectral, branché vingt-quatre heures sur vingt-quatre, était capable de détecter toute surveillance faisant appel à un analyseur de spectre, et un corrélateur acoustique, employant la reconnaissance automatique des motifs sonores, pouvait repérer tout appareil d'écoute se trouvant dans les environs. Enfin, un générateur de bruit acoustique était toujours en activité : il engendrait une couche de bruit rose, neutralisant l'action d'éventuels micros mouchards et autres transmetteurs audio dissimulés dans les parois ou les prises électriques. Lanchester avait insisté pour que leur rencontre ait lieu à l'intérieur des murs hautement protégés de la bulle : c'était la preuve qu'il prenait très au sérieux les informations qu'avait à lui communiquer Bryson.

Lorsque Bryson eut terminé, Lanchester releva la tête, visiblement troublé.

— Ce que vous venez de me dire est totalement grotesque, du grand délire... et pourtant cela sonne vrai... parce que des bribes de votre récit confirment, çà et là, exactement le peu que je sais.

— Mais vous connaissez forcément l'existence du Directorat ! Vous êtes le président du Conseil de Contrôle des Services de Renseignement ; je pensais que vous seriez déjà au courant de tout.

Lanchester ôta ses lunettes à monture invisible et les nettoya pensivement avec un mouchoir.

— L'existence du Directorat est l'un des secrets les mieux gardés du gouvernement. Peu après mon arrivée au CCSR, on m'en a touché deux mots : celui qui m'a fait le compte rendu était l'une de ces fourmis du monde du renseignement, l'un de ces types anonymes et inconnus, qui opèrent dans l'ombre mais qui sont le pouvoir permanent de Washington. Et je dois dire qu'au départ, je pensais qu'il avait une araignée au plafond. C'était l'histoire la plus rocambolesque que j'avais jamais entendue. Une agence de renseignement clandestine, qui fonctionnait à l'abri des regards et des contrôles de l'Etat, sans rien demander à personne : c'était ridicule ! Si j'avais osé suggérer cette éventualité devant le président il m'aurait expédié tout droit en maison de repos – et non sans raison.

— Que trouvez-vous de si rocambolesque dans mon histoire ? La véritable nature du Directorat, la duperie à l'intérieur de la duperie ?

— Non, pas vraiment. En fait, Harry Dunne m'a parlé du Directorat, voilà quelques mois : à l'époque il n'avait apparemment découvert qu'une partie de la vérité. Il pensait que les fondateurs et les dirigeants actuels du Directorat venaient tous du GRU, que Ted Waller était en fait un dénommé Gennadi Rosovski. Ce qu'il m'a confié était troublant, extrêmement surprenant, et par nature, ces renseignements devaient rester hautement confidentiels. Si ces faiblesses dans la sécurité nationale étaient rendues publiques, c'est le gouvernement tout entier qui se trouverait déstabilisé.

— Pourtant, vous avez dû entendre ses déclarations d'une oreille plus que sceptique.

— Certes. Mais je ne lui ai pas ri au nez non plus... les références de Dunne sont trop sérieuses pour qu'on se permette de ne pas porter un certain crédit à ses propos. Mais franchement, une supercherie d'une telle envergure, c'est difficile à admettre... Ce qui me dérange vraiment, c'est votre analyse de la situation, les activités actuelles du Directorat...

— Dunne ne vous en a pas informé ?

Lanchester secoua lentement la tête, en un geste à peine perceptible.

— Je n'ai pas eu de nouvelles depuis des semaines. S'il travaillait sur ce genre de dossier, il aurait normalement dû me tenir au courant. Peut-être qu'il attendait d'en savoir plus, d'amasser des preuves plus substantielles et irréfutables.

— Vous devez avoir les moyens de le joindre, de le retrouver.

— Je ne suis pas magicien. Mais je vais passer quelques coups de fil, voir ce qu'il en est... on ne disparaît pas comme ça du septième étage de la CIA. S'il a été pris en otage, ou s'il est mort, je finirai bien par le savoir, Nick. Oui, je pense être capable de le retrouver.

— La dernière fois qu'on s'est vus, il s'inquiétait d'une possible infiltration de l'Agence. Il avait peur que le Directorat ne soit en train d'en prendre le contrôle.

Lanchester acquiesça.

— Le badge que vous avez retrouvé sur cet homme qui a essayé de vous tuer, à Chantilly, en dit long là-dessus. Evidemment, ces papiers ont pu être volés : il peut aussi s'agir d'un agent devenu véreux, ayant loué ses services sur place. Mais je suis obligé de reconnaître que Dunne et vous avez raison. On ne peut exclure la possibilité que la CIA ait été infiltrée, à un degré inquiétant. Je retourne à Washington dans quelques heures... j'appellerai Langley pour parler au directeur en personne. Mais je dois être franc avec vous, Nick, au risque de vous paraître brutal. Au final, qu'est-ce que nous avons ? Une conversation entendue dans le château d'un marchand d'armes français, impliquant sa participation, ainsi que celle d'Anatoli Prichnikov, dans l'attentat de Lille. Je ne doute pas que ce soit vrai, mais qu'est-ce qui le prouve ?

— La parole d'un homme qui a été agent de renseignement pendant pratiquement deux décennies, répondit Bryson d'une voix sourde.

— Un agent à la solde de cette même agence bizarre, dont nous savons à présent qu'elle est une force hostile opérant contre nos intérêts sur le sol américain. Désolé de me montrer brusque, Nick, mais ça se résume à ça. Vous êtes passé à l'ennemi. Je ne doute pas une seconde de votre sincérité, mais vous savez aussi bien que moi comment notre gouvernement traite les transfuges. Nom de Dieu, regardez ce qu'on a fait à ce pauvre Nosenko. Il a trahi le KGB pour nous prévenir que les Russes étaient derrière l'assassinat de Kennedy, et qu'une taupe de haut niveau avait infiltré la CIA. Eh bien, on l'a enfermé dans une cellule, et on l'a interrogé pendant des années entières. Angleton, le chef, à l'époque, du service de contre-espionnage de la CIA, était persuadé qu'il s'agissait d'un coup monté par les Soviétiques, qu'ils essayaient de nous manipuler, de nous induire en erreur... il n'a rien voulu savoir. Non seulement il n'a jamais cru ce que lui disait Nosenko, le transfuge le plus important du KGB qu'on ait jamais eu sous la main – malgré toutes les fois qu'on l'a passé au détecteur de mensonge – mais en plus, il l'a harcelé, torturé, jusqu'à le briser tout entier. Et Nosenko, lui, avait des noms précis d'agents, de contacts, des rapports de missions. Vous, ce sont des rumeurs, des bribes de conversations entendues par-ci par-là, des supputations.

— Je vous ai donné plus d'informations qu'il ne faut pour agir, répliqua sèchement Bryson.

— Nick, écoutez-moi. Ecoutez-moi bien, et essayez de comprendre. Imaginons que j'aille voir le président pour lui dire qu'il existe une sorte de pieuvre, une organisation nébuleuse, sans visage, dont je suis incapable de prouver l'existence, dont je ne connais ni le fonctionnement, ni le dessein... mais que je *pressens* dangereuse... Il aura une crise de fou rire, puis il me renverra du Bureau ovale... ou pire encore.

— Pas avec votre crédibilité.

— Ma crédibilité, comme vous dites, est fondée sur mon refus d'être alarmiste, mon insistance à voir la marchandise avant de discuter. Si quelqu'un d'autre osait prendre la parole sur ce sujet au Conseil National de Sécurité ou au Bureau ovale et avancer de telles allégations sans fondements, je serais le premier à voir tout rouge.

— Mais vous, vous *savez*...

— Je ne sais rien du tout. Des soupçons, des intuitions, des motifs qu'on croit deviner, tout ça n'est pas du savoir. Dans le jargon des lois internationales, ça ne constitue pas des faits probants. C'est tout à fait insuffisant pour...

— Que proposez-vous ? Ne rien faire, c'est ça, s'emporta Bryson.

— Je n'ai pas dit ça. Ecoutez, Nick, je crois aux lois. On me reproche sans arrêt d'être trop scrupuleux, c'est entendu. Mais ça ne veut pas dire que je vais rester assis dans mon fauteuil pendant que des fanatiques prennent le monde en otage. Ce que je dis, c'est qu'il m'en faut plus. Il me faut des preuves. Je suis prêt à mobiliser toutes les instances gouvernementales possibles, mais d'abord il faut que vous me rameniez du concret.

— Mais bon sang, on n'a pas le temps !

— Bryson, *écoutez-moi* à la fin ! – Il y avait une nouvelle intensité dans le regard de Lanchester. – Il m'en faut plus. Des faits précis. Je veux connaître leurs plans ! Je compte sur vous. On compte tous sur vous.

*

— *Je compte sur vous. On compte tous sur vous.*

A des milliers de kilomètres de là, dans la petite pièce sombre, la voix de Lanchester sortait des enceintes de la table d'écoute.

« *Dites-moi comment je peux vous aider ? Quels moyens dois-je mettre à votre disposition ?* »

L'homme qui écoutait prit un combiné téléphonique et enfonça une touche. Un instant plus tard, il parlait à voix basse.

— Il a bien pris contact. Comme on l'avait prévu.

— Ça correspond à son profil, répondit une voix à l'autre bout du fil. Il frappe le plus haut possible. La seule chose qui m'étonne, c'est qu'il n'ait pas essayé le chantage ou les menaces. Je veux savoir exactement avec qui et pour qui il travaille.

— Compris. On n'a, malheureusement, aucune idée de sa prochaine destination.

— Pas de soucis. De nos jours, le monde est tout petit. Il ne pourra pas s'enfuir. Il n'a nulle part où aller.

*

Bryson abandonna la voiture de location à quelques rues du quartier de Marolles, et continua vers l'hôtel à pied, guettant la moindre anomalie dans l'environnement, le moindre passant incongru. Il ne remarqua rien d'anormal, mais pourtant, il demeurait inquiet. On l'avait manipulé et trompé trop souvent. Richard Lanchester avait accepté de l'écouter, mais il n'avait pas voulu engager d'actions. Devait-il le soupçonner lui aussi ? La paranoïa se nourrit d'elle-même... la folie guettait Bryson... Non, mieux valait considérer Lanchester comme un homme honnête, se dire qu'il était réellement inquiet, mais qu'il avait besoin de faits concrets pour pouvoir donner l'ordre d'agir. C'était un pas en arrière, mais en même temps un pas en avant... puisqu'il avait gagné à sa cause un allié puissant... sinon un allié, du moins un interlocuteur attentif.

Ayant dépassé la propriétaire maussade derrière son bureau, Bryson prit l'escalier qui descendait à la cave. La porte du réduit était toujours verrouillée de l'extérieur : Bryson fut soulagé. Mais il s'attendait à tout de la part de Laïla... il tira son arme de sa ceinture, se positionna sur le côté pendant qu'il tournait sans bruit le verrou, puis ouvrit la porte d'un coup sec.

Elle ne bondit pas sur lui comme une diablesse... C'est un silence complet qui l'accueillit.

Depuis le seuil, il vit que la petite pièce était vide. Les cordes à linge, tranchées net, jonchaient le sol.

Elle était partie.

*

Elle n'avait pu s'échapper sans aide extérieure. Impossible de défaire les nœuds toute seule ou de trancher la corde : elle n'avait ni lame ni outils...

Maintenant c'était certain : *elle avait des complices dans les environs.*

Ses collègues étaient encore dans les parages en ce moment même : ils savaient où il logeait, et si Laïla avait un instant hésité avant de tirer sur lui, il n'en serait pas de même avec eux. Il était donc hors de question de retourner à sa chambre : c'était trop risqué.

Bryson fit, en pensée, l'inventaire de sa valise, restée à l'étage. Au cours des vingt années de travail, il avait appris à voyager léger, et à s'attendre à ce que sa chambre d'hôtel soit fouillée. D'habitude, il disposait ses affaires de manière à savoir immédiatement si elles avaient été dérangées – une précaution qui lui avait souvent été fort utile. Sachant que le contenu de sa valise pouvait être pillé, il n'y laissait jamais rien d'irremplaçable. Il avait également appris à classer les objets de valeur en deux grandes catégories : ceux qui avaient une valeur marchande, et ceux qui avaient une valeur stratégique. Les objets de la première catégorie attiraient surtout les petits malfrats, les femmes de chambre et autres voleurs à la tire : argent, bijoux, et tout petit appareil électronique qui paraissait coûteux. La deuxième catégorie – qui comprenait les passeports (vrai et faux), papiers d'identité, permis et autres documents, pellicules photo, cassettes vidéo et disquettes informatiques – était très souvent délaissée par les voleurs ordinaires. En revanche, une fois perdus, ces objets s'avéraient irremplaçables.

C'est pourquoi Bryson avait plutôt tendance à laisser de l'argent liquide dans sa valise, mais à prendre ses faux passeports sur lui. Fidèle à son habitude, il avait donc dans ses poches tous ses papiers, son arme et la copie de la clé de cryptage du téléphone privé de Jacques Arnaud, une puce minuscule qui l'accompagnait depuis un certain temps maintenant. Même s'il ne remettait plus jamais les pieds dans sa chambre d'hôtel, il s'en sortirait. Il aurait besoin d'argent, mais c'était un problème relativement facile à résoudre. Il pouvait donc continuer.

Mais pour aller où ? Infiltrer le Directorat était maintenant hors de question. Ils connaissaient à présent ses intentions... La seule stratégie possible était l'attaque de front : essayer de retrouver Elena en utilisant son statut d'ex-mari comme appât.

Les grosses têtes du Directorat ignoraient ce qu'il savait sur eux, ou ce qu'Elena avait pu lui raconter.

Même si son amour avait été factice – une simple comédie pour pouvoir accomplir sa mission –, même si elle était chargée de le manipuler, de le tromper, Elena avait pu lui dire des choses, par inadvertance ou même intentionnellement. Même si leur mariage n'avait été qu'une mascarade, il avait tout de même été son mari : il y avait forcément eu entre eux des moments de réelle intimité, des moments où ils avaient été seuls, en tête-à-tête...

Cette duperie pouvait à présent s'inverser et se retourner contre eux. Pourquoi pas ? S'il laissait entendre qu'Elena lui avait dit des choses, volontairement ou non, qu'il savait, à présent, des secrets sur eux – des informations qui étaient conservées quelque part, bien à l'abri, comme éléments futurs de négociation, et confiées à un avocat chargé d'avertir la presse en cas de décès ?

Il tenait là quelque chose d'intéressant... Un mari savait forcément des choses sur sa femme que nul autre ne connaissait. Par essence, ils ne pouvaient savoir ce qu'elle avait pu lui révéler... Bryson allait donc se servir de cette incertitude, de cette ambiguïté ; et la transformer en un joli miroir aux alouettes.

Il ne savait encore précisément comment procéder... il connaissait quelques agents, qui opéraient à Amsterdam, à Copenhague, à Berlin et à Londres, ou encore en Sierra Leone et en Corée du Nord. Il pourrait commencer par les contacter, un à un, – du moins ceux dont les noms et les contacts fonctionnaient encore – et les utiliser comme relais pour faire passer le message vers Ted Waller.

Pour cela, il lui faudrait de l'argent, mais ce n'était pas un réel problème. Bryson avait toujours ses comptes secrets au Luxembourg et aux îles Caïmans, auxquels il n'avait pas encore touché ; faire des réserves en cas de coups durs était une seconde nature pour les agents du Directorat, une condition darwinienne de survie. Il ferait les transferts nécessaires, se procurerait les fonds pour se déplacer à son gré, puisqu'il ne pouvait plus s'en remettre aux bons soins de la CIA.

Puis il contacterait ses anciens collègues, se servant d'eux pour transmettre sa menace. Et ses exigences : un rendez-vous avec Elena. Faute d'obtenir satisfaction, il rendrait publiques les informations qu'il avait jusqu'à présent gardées en réserve. Du chantage pur et simple. Ted Waller comprendrait très bien, pour avoir lui-même usé de ce stratagème mille fois.

Bryson referma la porte du réduit et se mit à la recherche d'une autre sortie, pour ne pas repasser devant la réception. Après avoir tourné quelques minutes dans les sous-sols sombres, il trouva une petite sortie de service peu utilisée : une porte en fer, mangée de rouille, presque impossible à ouvrir. Il se battit avec la poignée jusqu'à ce qu'elle se décoince enfin. La porte, une fois ouverte, donnait sur une petite allée, jonchée de détritus, à peine praticable.

Il rejoignit une petite rue servant de parking aux habitants des immeubles du quartier, qui le mena vers un axe principal ; il put enfin se fondre dans la foule des piétons. Bryson s'arrêta dans le premier grand magasin qu'il trouva, un endroit miteux où il renouvela sa tenue de A à Z, abandonnant ses anciens vêtements dans la cabine d'essayage, à la stupéfaction du vendeur. Il acheta également un sac à dos, un assortiment d'autres vêtements et un petit sac de voyage bon marché, pour l'avion.

Alors qu'il était à la recherche d'une agence de quelque grande banque internationale, Bryson passa devant la vitrine d'un magasin d'électroménager, où trônaient des rangées de télévisions, toutes réglées sur la même chaîne. L'image lui parut immédiatement familière : il reconnut les grands monuments de la ville de Genève... il devait s'agir d'une publicité de l'office du tourisme suisse. Mais non, c'étaient les informations... et ce qu'il vit ensuite le fit chanceler sur ses jambes.

Cela se passait à l'Hôpital cantonal de Genève. La caméra avançait à travers des couloirs ; on découvrait la salle des urgences, encombrée de corps étendus sur des brancards et de cadavres enveloppés dans des sacs plastique. La caméra fit un panoramique sur une scène d'horreur : des tas de corps empilés attendant que des chariots viennent les emporter. A l'écran, un titre au synthétiseur s'afficha : *Genève, hier.*

Hier ? Quelle catastrophe avait-elle bien pu s'abattre aussi rapidement ?

Bryson s'éloigna du magasin, trouva un kiosque à journaux et vit les gros titres : GENÈVE. ÉPIDÉMIE DE CHARBON. ATTENTAT.

Bryson saisit un *International Herald Tribune*, et lut le titre qui s'étalait sur la couverture en police trente-six points : LES VICTIMES DU CHARBON CONTINUENT À REMPLIR LES HOPITAUX GENEVOIS – LES AUTORITÉS INTERNATIONALES CHERCHENT DES RÉPONSES – ON PRÉVOIT PLUS DE 1 000 MORTS.

Chancelant, Bryson lut la suite avec horreur.

> *De notre correspondant à Genève :*
>
> Une éruption soudaine et violente de cas de charbon s'est transformée en épidémie ; les hôpitaux et les cliniques ne désemplissent pas. Plus de 3 000 personnes ont contracté la maladie, et quelque 650 ont déjà trouvé la mort. Les autorités médicales ont mis en place des procédures d'urgence pour adapter leurs locaux et recevoir les malades ; une nouvelle vague est annoncée dans les prochaines 48 heures. La mairie de Genève vient d'ordonner la fermeture de toutes les écoles, des entreprises et des administrations, et conseille aux touristes et aux voyageurs d'affaires d'éviter Genève jusqu'à ce que les causes de l'infection soient déterminées. Le maire de la ville, Alain Prisette, a exprimé sa douleur et son sentiment d'horreur, tout en demandant instamment aux habitants et aux visiteurs de garder leur calme.
>
> Les patients ont commencé à affluer dans les hôpitaux et les cliniques de la ville dès hier matin, quelques heures avant l'aube, tous souffrant de sévères symptômes grippaux. A 5 heures du matin, une douzaine de cas de charbon étaient diagnostiqués à l'Hôpital cantonal ; vers midi, le nombre de cas se chiffrait en milliers.
>
> Les autorités sanitaires et municipales travaillent sans relâche pour déterminer les causes de l'épidémie. Sur place, les autorités ont refusé de commenter des rapports affirmant que la maladie a pu être répandue par un camion équipé d'un système de vaporisation aérosol, qui aurait sillonné la ville en diffusant un nuage de spores mortelles.
>
> Le taux de mortalité pour les patients atteints de charbon avoisine les 90 %. Après exposition au bacille malin, le patient développe de graves difficultés respiratoires, puis est pris de convulsions entraînant généralement la mort dans les 36 heures.
>
> Bien qu'il soit possible de traiter les cas de charbon contractés par

inhalation en administrant des doses massives de pénicilline, les autorités médicales suisses demandent au personnel hospitalier de prendre des mesures de protection pour éviter d'être eux-mêmes contaminés – les spores du charbon pouvant rester présentes dans l'air pendant des dizaines d'années.

Alors que la police helvète enquête pour déterminer la source de l'épidémie, le ministère de la Santé publique estime qu'à la fin de la semaine, le nombre de victimes sera de plusieurs dizaines de milliers.

Ici, tout le monde se pose la même question : pourquoi ? Pourquoi avoir pris Genève pour cible ? Le bruit court que la présence en ville d'importantes organisations internationales, en particulier de l'Organisation Mondiale de la Santé, n'est pas étrangère à ce choix. Le maire de Genève s'est refusé à tout commentaire quant à l'hypothèse que l'épidémie ait pu être provoquée par un groupe terroriste usant d'armes bactériologiques, et qu'il s'agisse d'un attentat planifié depuis des semaines, voire des mois.

Bryson leva les yeux du journal, le visage blême. Si les faits rapportés dans cet article étaient exacts, comme tout portait à le croire, cet attentat à l'arme bactériologique avait été perpétré alors qu'il était encore présent à Genève – ou très peu de temps après son départ.

Un jet américain désintégré en plein vol... l'Eurostar à Lille... une bombe explosant dans le métro de Washington à l'heure de pointe... Une logique terroriste se cachait derrière ces attentats... la fréquence qui augmentait, les points communs de plus en plus évidents. Ils étaient tous destinés à semer le chaos, à occasionner de nombreuses victimes civiles et à provoquer une psychose générale. C'était un schéma terroriste classique, à un détail près.

Aucun de ces attentats n'avait été revendiqué.

D'ordinaire, bien que ce ne fût pas une règle absolue, les terroristes revendiquaient leur responsabilité, justifiaient leurs actions – sans quoi l'incident n'avait aucune raison d'être, à part la démoralisation générale.

Puisque le Directorat semblait être l'auteur de l'attentat de Lille, il n'était pas du tout impossible qu'il soit aussi responsable des événements de Genève. C'était même très probable.

Mais pourquoi ?

Quel était leur objectif ? Qu'espéraient-ils accomplir ? Pourquoi un groupe de civils extrêmement puissants conspirait-il pour semer une vague de terreur à divers endroits du globe ? Dans quel but ?

Bryson n'acceptait plus la théorie selon laquelle des vendeurs d'armes tenteraient d'accroître artificiellement la demande pour leur marchandise. Des mitraillettes Uzi ne pouvaient rien contre le charbon. Il y avait autre chose là-dessous : un autre motif, une logique différente. Mais laquelle ?

Il venait juste de quitter Genève... il s'était trouvé tout près de Lille quelques jours avant le drame... Dans les deux cas, *il était sur les lieux du crime*. Certes, il s'était rendu à Genève parce que Jan Vansina, agent du Directorat, se trouvait là-bas. Et il s'était rendu à Chantilly – non loin de Lille – pour enquêter sur les activités de Jacques Arnaud.

Etait-il tombé dans un guet-apens ? Des attentats terroristes avaient eu lieu, comme par hasard, dans des endroits où il avait séjourné – sa présence dans les parages était-elle liée à ces événements ?

Bryson songea à Harry Dunne, à son insistance pour que Bryson aille rencontrer Vansina à Genève. C'était Dunne qui l'avait encouragé à se rendre là-bas : il pouvait donc avoir eu un rôle dans ce piège... Mais Chantilly ? Dunne n'était pas même au courant...

En revanche, Laïla l'était. C'était Laïla qui lui avait appris l'existence du château d'Arnaud à Chantilly. Elle avait hésité à l'y amener – ou avait feint l'hésitation – mais c'était bel et bien elle qui l'avait appâté, comme on agite une cape rouge devant le taureau.

Harry Dunne l'avait poussé à partir à Genève... Laïla l'avait subtilement incité à se rendre à Chantilly... Dans les deux endroits, des attaques terroristes avaient eu lieu. Etait-il possible que Dunne et Laïla aient travaillé ensemble, pour le compte du Directorat, qu'ils l'aient manipulé pour qu'il paraisse responsable de ces attentats meurtriers ?

Seigneur, où était la vérité ?

Bryson s'apprêtait à refermer le journal pour l'emporter quand il remarqua un petit encart, illustré d'une tout aussi petite photo. C'était la photo qui avait d'abord attiré son attention.

Bryson reconnut immédiatement le visage en question : il s'agissait de l'homme rougeaud qu'il avait vu émerger du bureau privé de Jacques Arnaud, à Chantilly. Anatoli Prichnikov, PDG de Nortek, le gigantesque conglomérat russe.

ARNAUD ANNONCE SA FUSION AVEC NORTEK, lut-il. Jacques Arnaud associait son empire tentaculaire à celui du groupe russe, qui regroupait lui-même de nombreuses entreprises anciennement dirigées par les forces militaires soviétiques.

La nature de leur collaboration n'était pas précisée, mais l'article notait la présence croissante de Nortek dans le marché européen, et citait son rôle influent dans la vague de fusions déferlant sur le secteur de l'industrie électronique. Un schéma commençait vaguement à apparaître... mais lequel ? Une coalition mondiale de grandes corporations, toutes négociant – ou pouvant négocier – dans le secteur de la défense ?

Et tout cela était contrôlé par le Directorat, si les informations de Bryson étaient exactes. Devait-il en déduire que le Directorat tentait de s'emparer du contrôle de la défense des grandes puissances mondiales ? Etait-ce cela qu'Harry Dunne redoutait tellement ?

Dunne l'avait-il manœuvré pour le duper et lui faire porter le chapeau ? Ou bien était-ce lui – s'il était encore en vie – le dindon de la farce ?

Désormais, Bryson savait où chercher les réponses à ses questions.

*

Bryson fit quelques achats dans un magasin d'accessoires de théâtre de la rue d'Argent, à quelques pas du théâtre de la Monnaie. Puis il entra dans l'agence d'une banque internationale, où il fit transférer des sommes depuis son compte luxembourgeois. Avant la fin de l'après-midi, une fois les frais de transaction déduits, il était en possession de près de cent mille dollars, principalement en coupures américaines, mais aussi en diverses monnaies d'usage en Europe.

Il s'arrêta dans une agence de voyages, et s'inscrivit en dernière minute pour un voyage organisé. Il dénicha un magasin de sport et fit quelques emplettes avant le départ.

*

Le lendemain matin, à l'aéroport de Zaventem, un avion Aeroflot décrépit décollait, emportant à son bord un groupe de routards bruyants et chahuteurs. Ils avaient tous profité de la promotion spéciale sur un voyage organisé en Russie, « Les Nuits de Moscou » – quatre jours et trois nuits à Moscou, puis le train de nuit pour Saint-Pétersbourg, où ils passeraient trois jours et deux nuits supplémentaires. L'hébergement était de type économique, autrement dit sordide, et tous les repas étaient compris, ce qui n'était pas forcément un plus.

L'un des participants avait visiblement dépassé la quarantaine : il portait un treillis vert, une casquette de base-ball et avait une grosse barbe châtain foncé. Il voyageait seul, mais se joignit spontanément à l'euphorie générale. Ses nouveaux amis apprirent qu'il se nommait Mitch Borowsky, qu'il était comptable québécois, avait bourlingué à travers le monde entier, et, de passage à Bruxelles, avait subitement eu envie de faire un tour à Moscou. Il avait eu la chance de tomber sur l'une des dernières places restantes à bord de l'avion. Cela s'était fait totalement sur un coup de tête, expliqua-t-il à ses nouveaux camarades, mais Mitch Borowsky était comme ça. Il aimait improviser.

XVIII

Il était dix heures et demie à la Maison-Blanche ; au rez-de-chaussée, dans la « Chambre des Cartes », se déroulait un « impromptu » – une réunion extraordinaire des directeurs d'agences de services secrets et de leurs adjoints. C'était au cours de ces réunions improvisées que l'on gérait les crises, les urgences, que l'on étouffait des incendies – ou, au contraire, que l'on allumait des bûchers. C'étaient les décisions collectives prises ici qui généraient l'essentiel de la politique du gouvernement.

La soudaineté des événements nécessitait des réactions rapides, et le consensus ne pouvait être obtenu que dans un cadre informel, qui ne s'encombrait pas des lenteurs de la bureaucratie, des querelles politiques internes aux différents cabinets, et des sempiternels appels à la prudence proférés par des bataillons d'analystes frileux. Pour réussir dans la branche exécutive de l'Etat, il s'agissait d'appliquer une seule et unique règle d'or : ne jamais se présenter devant le commandant en chef de toutes les armées avec un problème, mais avec une solution ; et c'était pendant ces réunions impromptues – qui se déroulaient soit à la Maison-Blanche même, soit dans le bâtiment voisin de l'administration – que l'on trouvait lesdites solutions.

Huit chaises entouraient la longue table d'acajou, et devant chacune d'elles était posé un bloc-notes neuf. Un canapé en damas rose s'appuyait contre un mur, relique orpheline d'une époque plus raffinée ; au-dessus, dans un cadre, était exposée la dernière carte stratégique consultée par le président Roosevelt, qui dirigeait, lors de la Seconde Guerre mondiale, les actions de l'armée américaine depuis cette pièce. Une date y était inscrite à la main : 3 AVRIL 1945. Roosevelt était mort un petit peu plus d'une semaine plus tard. Ce centre de commandement autrefois top secret avait été par la suite délaissé et transformé en débarras. Ce n'était qu'avec l'arrivée de l'administration actuelle que la petite pièce sans fenêtres avait repris du service. Mais malgré tout, ce cadre chargé d'histoire donnait une certaine solennité à la réunion.

Richard Lanchester, installé au bout de la table, dévisageait ses collègues avec curiosité.

— Je n'ai toujours pas compris l'ordre du jour. Le message que j[e] reçu faisait état d'une urgence, mais contenait très peu d'information[s] concrètes.

Le directeur de la NSA, John Corelli, fut le premier à prendre la parole.

— J'aurais pourtant cru que vous étiez le mieux placé parmi nous pour apprécier ce qui vient de se passer. Il a pris contact.

— Pardon? Qui a pris contact?

Lanchester leva un sourcil. Il était arrivé de Bruxelles par un vol de nuit, et avait à peine eu le temps de se doucher et de se raser avant l'annonce de la réunion. Son visage était creusé par la fatigue.

Morton Culler, l'officier supérieur de la NSA, un vétéran de l'agence qui y travaillait depuis vingt ans, échangea un regard avec son supérieur. Culler avait des cheveux clairsemés lissés au gel et des yeux d'ardoise, impassibles derrière les verres épais de ses lunettes de style aviateur.

— Nous parlons de Nicholas Bryson, Mr. Lanchester. De la visite qu'il vous a faite à Bruxelles.

— Bryson, répéta Lanchester, le visage imperturbable. Vous connaissez Bryson?

— Evidemment, répondit Culler. Tout s'est passé exactement comme on l'avait prévu. Ça correspond à son profil. Il frappe le plus haut possible. Il a essayé de vous faire chanter? Il vous a menacé?

— Ça ne s'est pas du tout passé comme ça, protesta Lanchester.

— Alors comment expliquez-vous que vous ayez accepté de le rencontrer en tête-à-tête?

— Tout les gens comme moi, qui ont une vie publique, s'entourent d'une protection digne d'un empereur : une armada de secrétaires, des bataillons d'attachés de presse et de fonctionnaires de tout poil. C'est vrai, il a franchi ce barrage par la ruse. Mais il a su retenir mon attention en me révélant des choses sur un sujet dont nous sommes très peu à connaître l'existence.

— Et vous avez réussi à savoir ce qu'il nous voulait?

Lanchester hésita.

— Il a parlé du Directorat.

— Il a donc reconnu son appartenance à l'organisation, formula soigneusement James Exum, le directeur de la CIA.

— Au contraire. Il prétend que le Directorat représente une menace mondiale. Il nous reproche de n'être pas encore intervenus contre eux. Il a fait allusion à une opération de trahison de grande envergure, à une organisation souterraine supranationale. C'était tout à fait insensé, en grande partie. Et pourtant...

Lanchester marqua un silence.

— Et pourtant? relança Exum.

— Franchement, là-dedans, il y avait des éléments qui semblaient concorder. A un tel point que cela m'a fichu la frousse.

re dans cet art-là, Mr. Lanchester, répliqua Culler.
...oires. Un génie de la manipulation.

...ion que vous êtes drôlement bien renseigné sur son
...Lanchester. Pourquoi ne pas en faire profiter les autres ?

...précisément ce que nous avons l'intention de faire, répondit
... – Il fit un signe de la tête vers deux visages inconnus dans la
...le. – Je vous présente Terence Martin et Gordon Wollenstein, du
groupe de recherche inter-agences que nous avons mis en place. Je leur
ai demandé de nous faire à tous un compte rendu.

Terence Martin, grand, la trentaine, avait des manières sèches et un léger accent du Maine. A la raideur de sa démarche, on devinait aisément
son passé militaire.

— Nicholas Bryson. Fils de feu George Bryson, général de l'armée
des Etats-Unis. Bryson père a servi dans le quarante-deuxième Bataillon
d'infanterie, en Corée du Nord, puis au Vietnam, pendant la phase initiale de notre engagement. Bardé de médailles gagnées au combat. On
retrouve des rapports élogieux, tant au niveau de ses aptitudes sur le terrain que des évaluations de ses supérieurs, tout au long de son parcours.
Nicholas, son unique enfant, est né il y a quarante-deux ans. A cette
époque, George Bryson se déplaçait sans cesse, occupant des postes en
divers points de la planète. Son épouse, Nina Bryson, une pianiste émérite, donnait des cours de musique. Une personne discrète et sans prétention, qui suivait docilement son mari. Le jeune Nicholas a passé son enfance dans une douzaine de pays différents. A un moment donné, il a déménagé huit fois en l'espace de quatre ans : Wiesbaden, Bangkok,
Marrakech, Madrid, Riyad, Taipei, re-Madrid, et enfin Okinawa.

— On dirait un aller simple pour la solitude, dit Lanchester, secouant
la tête. On doit facilement perdre ses repères dans ce kaléidoscope de
cultures différentes. Ensuite on se renferme sur soi-même, dans sa petite
coquille, et on se coupe du monde extérieur.

— Mais dans ce cas précis... c'est justement là l'intéressant, reprit
poliment Gordon Wollenstein.

Rouquin, le teint coloré, le visage marqué de plis profonds, il ne
portait pas de cravate, et avait un air légèrement négligé. Seul son
comportement attentif et discret laissait deviner qu'il était expert en psy-
chologie. A l'université de Berkeley, sa thèse de doctorat, portant sur les
toutes dernières techniques en matière de profils psychologiques, avait
aussitôt retenu l'attention de certains responsables des services de
renseignement américains.

— Cet enfant, dès qu'il s'installe quelque part, poursuivit le rouquin,
est aussitôt obligé de plier bagage et de repartir, abruptement, sans
prévenir. Et pourtant, partout où il est envoyé, il acquiert une maîtrise
parfaite de la culture, des coutumes et de la langue du pays. Pas la culture de la base militaire, des expatriés américains, mais celle des habitants du pays où il se trouve, celle des autochtones. Sans doute grâce

au contact avec les domestiques de ses parents. Quatre mois après arrivée à Bangkok, à l'âge de huit ans, Nicholas Bryson parlait couramment le thaï, sans accent. Peu après son déménagement à Hanovre, aucun de ses camarades allemands n'aurait pu deviner qu'il était américain. Même chose pour l'italien. Le chinois. L'arabe. Même le basque, vous vous rendez compte ! Et pas seulement les langues officielles, mais aussi les dialectes locaux – il maîtrise aussi bien la langue des présentateurs télé que celle des gamins de la rue. Comme s'il avait passé toute sa vie dans le pays. Ce gamin était une véritable éponge, un caméléon, avec des capacités d'adaptation étonnantes.

— Ses notes aux examens étaient remarquables : il était toujours en tête de sa classe, nota Terence Martin, qui distribuait des relevés de notes aux autres membres de la réunion. Une intelligence extraordinaire, des performances sportives tout aussi étonnantes. Pas tout à fait un phénomène de la nature, mais presque. Toutefois, il est clair qu'il lui est arrivé quelque chose au cours de son adolescence.

— La faculté d'adaptation a aussi ses revers, reprit Wollenstein. On note une *interchangeabilité des codes,* comme nous disons dans notre jargon, chez les multilingues, chez des sujets qui dès l'enfance pensent et s'expriment sans effort en plusieurs langues. Ce qui est plus problématique, c'est la faculté d'adopter puis d'abandonner différents systèmes de valeurs. D'échanger un code de l'honneur pour un autre. Et si, à force de s'adapter partout, on perdait toute attache ? Nous pensons que Bryson s'est transformé après la mort de ses parents, lorsqu'il avait quinze ans. Une fois ce lien avec les valeurs parentales rompu, il est devenu la proie d'autres influences. Des intérêts ennemis des nôtres ont su profiter de sa révolte adolescente et le manipuler pour le rendre vraiment très dangereux. Un homme aux mille visages. Un homme qui a pu nourrir une rancune contre l'autorité qui gouvernait autrefois sa vie. Son père a passé toute son existence au service de sa patrie. Peut-être que d'une façon irrationnelle, il croit que le gouvernement des Etats-Unis est responsable de la mort de son père. Nicholas Bryson est quelqu'un qu'il vaut mieux ne pas avoir comme ennemi.

Martin s'éclaircit la gorge.

— Hélas, nous n'avons jamais eu le luxe de choisir nos ennemis.

— Et dans ce cas, il semble que ce soit lui qui nous ait choisis. – Wollenstein fit une pause. – Un homme dont les facultés d'adaptation à son environnement sont si poussées qu'elle semblent flirter avec la schizophrénie. C'est de la pure spéculation, je l'avoue. Mais mon équipe et moi sommes persuadés que l'identité multiple est la clé pour comprendre Nicholas Bryson. Nous n'avons plus affaire à un individu normal, avec ses traits de caractère et ses habitudes, mais à un consortium de personnalités, si vous me permettez l'expression.

— Il est essentiel que vous compreniez bien ce que Gordon vient de nous dire, conclut Martin. Toutes ces informations tendent à prouver

...idu devenu extrêmement dangereux. Nous savons ... une sorte d'organisation appelée le Directorat. ... de ses identités de travail est « Coleridge ». Nous ... a reçu un entraînement intensif...

... le coupa net.

... vous ai déjà dit qu'il m'avait lui-même parlé du Directorat. Il ... dit qu'il voulait les détruire.

— Une manœuvre classique de désinformation, lança Corelli. Le Directorat, à peu de chose près, c'est lui.

Terence Martin décacheta une grande enveloppe de papier kraft et en sortit des tirages photographiques qu'il distribua à l'assemblée.

— Certaines sont plus floues que d'autres. Ce que vous avez devant les yeux, ce sont des images satellite à très haute résolution. J'attire votre attention sur la photo 34-12-A. – Sur l'image, on distinguait Nicholas Bryson à bord d'un vaste navire porte-conteneurs. – L'analyse spectroscopique met en évidence qu'il a entre les mains un récipient en quartz contenant ce qu'on appelle du « mercure rouge ». Un explosif extrêmement puissant. Inventé par les Russes. Une vraie horreur.

— Demandez ce qu'en pensent les braves citoyens de Barcelone, intervint Corelli. Ils en ont fait l'expérience lors du récent attentat.

— Le cliché 34-12-B est assez flou, mais je pense que vous arriverez à distinguer l'essentiel, poursuivit Martin. Il a été pris depuis une caméra de sécurité, gare de Lille.

Il montra une deuxième image, une vue aérienne du paysage à dix kilomètres à l'est de Lille. C'était une vision d'horreur et de destruction : des rails enchevêtrés, des wagons dispersés, comme des jouets dont un enfant se serait lassé.

— Là encore, l'expertise médicolégale confirme que l'explosif employé était du mercure rouge. A peine dix centimètres cubes ont dû suffire.

Martin distribua une troisième image : Bryson à Genève.

— On arrive tout juste à le distinguer dans la foule, devant le Temple de la Fusterie.

— On pensait qu'il devait avoir une cagnotte dans l'une des banques genevoises, dit Morton Culler. Mais en fait, il était là pour tout autre chose. Nous nous en sommes rendu compte il y a quelques heures seulement.

— En apprenant la nouvelle de l'attentat au charbon à Genève, continua Martin. Et précisément dans le quartier de la vieille ville où nous l'avons photographié. Il a dû travailler avec des acolytes, mais ils n'étaient pas forcément dans le secret. En tout cas, c'est lui qui a tout orchestré, nous en sommes sûrs.

Lanchester se tassa sur sa chaise, le visage tendu.

— Qu'est-ce que vous essayez de me dire ?

— Je vous laisse tirer vos propres conclusions, répondit Corelli. Mais pour moi, ce type est l'archange de la terreur mondiale.

— A la solde de qui ?

Bien que le regard de Lanchester fût perdu dans le vide, sa voix était insistante.

— C'est bien là la grande question, n'est-ce pas ? fit Exum, avec la fausse langueur de son accent du Sud. John et moi ne sommes pas tout à fait d'accord là-dessus.

John Corelli lança un regard vers Martin, qui comprit le signal.

— Mr. Corelli m'a convoqué ici en ma capacité limitée de consultant, dit-il. Mais je ne vous dissimulerai pas mon avis sur la question. Aussi impressionnant que soit ce Bryson, il est impossible qu'il agisse seul. Mon conseil, c'est de le suivre à la trace, comme un frelon jusqu'au nid. – Il esquissa un sourire, découvrant une rangée de petites dents blanc cassé. – Il ne nous restera ensuite qu'à donner un bon coup de lance-flammes.

— Cher John, l'avis général est d'attendre qu'on en apprenne plus, expliqua Exum, d'un ton de grande courtoisie.

Il se pencha vers la table et ramassa la photo de la catastrophe de l'Eurostar.

— Quant à ma réponse, la voilà – sa voix se fit soudain dure – : Il serait trop dangereux d'attendre plus longtemps. Désolé, mais on n'est pas à *La Tête et les Jambes*. Nous ne pouvons pas laisser arriver un nouveau massacre en attendant que les gars de la NSA finissent leurs mots croisés. Et je crois que sur ce point, le président et moi sommes sur la même longueur d'onde.

— Mais si Bryson est notre seul indice sur la piste d'une conspiration plus large... commença Corelli.

Exum ricana.

— C'est ça ! Si vous trouviez le sept horizontal, vous auriez le dix vertical. – Il secoua la tête d'un air solennel. – John, Terence, j'ai le plus grand respect pour votre sens de la stratégie. Mais vous et vos petits génies, vous oubliez une chose très simple. *On n'a plus le temps pour ça.*

Lanchester se tourna vers Morton Culler, l'as de la NSA.

— Qu'est-ce que vous en dites ?

— Exum a raison, lâcha Culler. Soyons clairs. Il faut interpeller Bryson au plus vite. Et si son interpellation pose la moindre difficulté, il faudra l'éliminer. Nous devons faire partir l'escadron Alpha, avec des consignes très précises. On n'a pas affaire à un type qui a de simples arriérés de paiement à la bibliothèque du quartier. On est en face du responsable de plusieurs massacres atroces, un tueur qui semble avoir d'autres projets plus ambitieux encore dans sa musette. Et tant qu'il sera vivant et en liberté dans la nature, personne ne doit relâcher sa vigilance.

Lanchester se tortilla sur sa chaise, mal à l'aise.

— L'escadron Alpha, répéta-t-il à voix basse. Je croyais qu'il n'existait pas.

— Il n'existe pas, en effet, répliqua Culler. Officiellement, du moins.

Lanchester posa ses deux mains à plat sur la table de réunion.

— Messieurs, j'aimerais savoir si vous êtes vraiment sûrs de votre analyse, commença-t-il. Parce que je suis le seul dans cette pièce à avoir rencontré Bryson en tête-à-tête. Et je dois vous dire que ce n'est pas du tout l'impression qu'il m'a faite. Au contraire, il m'a paru être un homme d'honneur – Lanchester marqua une pause, et pendant un instant, un silence total régna dans la pièce –. Mais je ne suis pas infaillible. On m'a déjà abusé.

— Nous allons procéder à la mobilisation immédiate de l'escadron Alpha, annonça Morton Culler, en cherchant des yeux les signes d'assentiment de ses collègues.

Chacun ayant exposé ses désaccords, on arrivait maintenant à un consensus. Tous comprenaient la signification de cet ordre. L'escadron Alpha était composé de tueurs professionnels, aussi qualifiés pour le tir de précision que le combat à mains nues. Les envoyer à la recherche de quelqu'un équivalait dans les faits à signer son arrêt de mort.

— Bon Dieu. Mort ou vif, dit Lanchester d'une voix sans joie. On se croirait au Far West.

— Nous sommes tous conscients de heurter votre sensibilité, Mr. Lanchester, répliqua Culler avec une note de sarcasme dans la voix. Mais c'est la seule façon de gérer cette crise. Trop de vies humaines en dépendent. Il n'aurait pas hésité à vous tuer aussi, s'il avait jugé que cela pouvait lui servir. Et qui sait ? Il peut encore essayer.

Lanchester approuva, l'air pensif.

— Ce n'est pas une décision que l'on peut prendre à la légère. Il est possible que mon jugement ait été faussé par la dimension personnelle de notre rencontre... Mais je me demande si...

— Vous avez pris la bonne décision, Mr. Lanchester, l'interrompit Culler. Espérons simplement qu'il ne soit pas trop tard.

XIX

La boîte de nuit était cachée dans une minuscule *pereulok*, une allée qui partait du Tverski Bul'var, près du boulevard circulaire de Moscou. Elle se faisait volontairement discrète, comme un bar clandestin dans les Etats-Unis des années vingt. Mais à la différence des établissements clandestins de la Prohibition, le Blackbird ne se cachait pas des brigades de répression des fraudes, mais de la masse, du commun des mortels. Car le Blackbird se voulait une oasis de luxe et de luxure pour une élite triée sur le volet : les riches, les beaux et les malfrats armés jusqu'aux dents.

Le cabaret avait élu domicile dans un bâtiment délabré, en brique, aux airs d'usine désaffectée... ce qui était le cas, puisque avant la Révolution, Singer y fabriquait des machines à coudre. Les fenêtres étaient noircies, et l'unique porte d'entrée, peinte en noir, était en bois – mais blindée en acier. Sur le battant, en lettres cyrilliques écaillées, étaient écrits deux mots : *Chveiniye Machini*, machines à coudre. Le seul indice révélateur était la longue rangée de Mercedes anthracite garées dans la ruelle, un spectacle incongru, comme si on les avait déposées là par erreur.

Peu après son arrivée à l'aéroport Cheremetievo-2, et après un passage rapide à l'hôtel Intourist en compagnie de ses compagnons de route échevelés, histoire de sauver les apparences, Bryson avait contacté un vieil ami. Une demi-heure plus tard, une Mercedes bleu nuit apparaissait devant l'entrée de l'Intourist, et un chauffeur en uniforme le priait de prendre place dans la voiture. Sur la banquette arrière, une enveloppe cachetée avait été déposée à son intention.

La nuit tombait, mais sur la Tverskaïa Ulitsa, la circulation était intense et les conducteurs frénétiques. Ils viraient abruptement d'une voie à l'autre, au mépris absolu du code de la route, n'hésitant pas à rouler sur le trottoir pour doubler les véhicules plus lents. La folie et le chaos s'étaient abattus sur la Russie depuis la dernière visite de Bryson. Même si une grande partie de l'ancienne architecture était toujours là – les immeubles staliniens, aux allures de gâteaux de mariage gothiques, le

pachydermique Central des Postes et Télégraphe, une poignée
d'anciennes boutiques, parmi lesquelles le grand magasin alimentaire
Yelisievski, et l'Aragvi, autrefois le seul restaurant fréquentable de la
ville -- à côté de ces reliques, on constatait des changements incroyables.
Des magasins de luxe illuminaient les trottoirs d'un boulevard qui, sous
le règne communiste, avait été la sinistre avenue Gorki : Versace, Van
Cleef & Arpels, Vacheron Constantin, Tiffany. Pourtant, en dépit de ce
faste arrogant, les signes d'une misère considérable et profonde étaient
évidents. C'était tout un système social qui s'était effondré. Des soldats
faisaient ouvertement la manche sur les trottoirs, des babouchki vendaient de l'alcool de contrebande, des fruits ou des légumes à chaque
coin de rue, ou bien proposaient des séances de voyance pour quelques
roubles. Les prostituées décolorées s'affichaient partout, plus effrontées
que jamais.

Bryson quitta la berline et son chauffeur, sortit la petite carte en plastique trouvée dans l'enveloppe, et l'inséra, la bande magnétique vers
l'extérieur, dans une fente semblable à celle des distributeurs automatiques, aménagée au milieu de la vieille porte en bois. Celle-ci s'ouvrit
avec un bourdonnement électrique ; Bryson se retrouva dans le noir complet. Une fois la première porte refermée derrière lui, il chercha à tâtons
la deuxième, comme le lui avait recommandé, dans un anglais très ap-
proximatif, son chauffeur. Il referma la main sur une froide poignée métallique, tira dessus, et se retrouva propulsé dans un monde étrange aux
couleurs bigarrées.

Des faisceaux rouges, bleus et violets flottaient sur des nuages de fumée blanche, éclaboussaient des colonnes grecques d'albâtre, des mou-
lages de statues romaines, des comptoirs de bar en marbre noir flanqués
de hauts tabourets métalliques. Au-dessus, depuis les hauteurs en-
ténébrées de l'ancienne usine, des spots tournoyaient. La musique, d'un
genre tout à fait nouveau pour Bryson, une sorte d'hybride techno-pop
russe, lui creva les tympans. L'odeur du cannabis se mêlait à celle, tout
aussi forte, du parfum français de luxe et de l'after-shave russe bon marché.

Il paya l'entrée, l'équivalent de deux cent cinquante dollars américains, puis se fraya un chemin dans une foule dense et mouvante. Des
mafieux décorés de chaînes et de grosses montres en or, en grande
conversation avec leur portable malgré la musique assourdissante,
étaient entourés de leurs poules et d'autres femmes, soit des prostituées,
soit des filles qui s'en donnaient l'apparence, avec des décolletés et des
jupes courtes qui ne laissaient rien à l'imagination. Des gardes du corps
solidement charpentés, têtes rasées, lançaient des regards mauvais tous
azimuts ; les agents de sécurité de la maison rôdaient un peu plus loin, en
costume de ninja, treillis noir et matraque. Tout en haut, une galerie
d'acier et de verre surplombait la foule grouillante traversée de convul-
sions : perchés là, des spectateurs observaient à travers le plancher de

verre les ébats sous leurs pieds, comme s'il s'agissait d'un terrarium plein de créatures exotiques venues d'un autre monde.

Bryson grimpa jusqu'en haut de l'escalier métallique en spirale qui menait à la galerie, et se retrouva dans un décor tout à fait différent. Ici, la principale attraction était les strip-teaseuses, blondes platine pour la plupart, à quelques exceptions ébène, leurs poitrines démesurées visiblement siliconées. Elles dansaient sous la lumière vive des spots disséminés dans toute la galerie.

Une hôtesse, en tenue vaporeuse et transparente, équipée d'un casque téléphonique, l'arrêta avec quelques phrases rapides en russe. Bryson répondit sans un mot, en lui glissant quelques billets de vingt dollars, puis se laissa escorter jusqu'à une banquette en cuir noir et en acier.

Dès qu'il eut pris place, un serveur apporta plusieurs plateaux de *zakouski*, les hors-d'œuvre russes : langue de bœuf au vinaigre, sauce au raifort, caviar rouge, caviar noir, blinis, champignons en gelée, cornichons et hareng. Bryson avait faim, mais rien dans cet assortiment ne le faisait saliver. Le serveur réapparut avec une bouteille de Dom Pérignon ; « avec les compliments de votre hôte », expliqua-t-il. Bryson resta seul à observer la foule pendant quelques instants, puis il aperçut la silhouette élégante et élancée de Youri Tarnapolski se glisser vers sa table, les deux bras tendus en un geste de bienvenue exubérant. Tarnapolski parut sortir de nulle part, mais Bryson comprit ensuite que l'ancien agent du KGB, toujours aussi rusé, était entré dans la galerie en passant par les cuisines.

— Bienvenu en Russie, mon cher Coleridge ! exulta Youri Tarnapolski.

Bryson se leva, et les deux hommes s'embrassèrent.

Malgré l'endroit improbable qu'il avait choisi pour leur rendez-vous, Tarnapolski avait le goût du luxe et du raffinement. Comme de coutume, l'ancien membre du KGB était impeccablement habillé – un costume anglais fabriqué sur mesure, orné d'un foulard de soie. Sept longues années s'étaient écoulées depuis leur dernière collaboration. Tarnapolski avait maintenant la cinquantaine bien tassée, mais son visage lisse et hâlé n'avait pas une ride. Le Russe avait toujours aimé soigner son apparence... il semblait avoir eu toutefois recours dernièrement à la magie de la chirurgie esthétique.

— Vous paraissez plus jeune que jamais, dit Bryson.

— Oh, vous savez, tout s'achète, répliqua Tarnapolski, amusé et ironique, comme toujours.

Il fit un geste et le garçon leur servit le Dom Pérignon, ainsi que de petits verres de vin géorgien, un Tsinandali blanc et un Khvanchkara rouge. Tarnapolski levait son verre pour porter un toast quand une danseuse s'approcha de la table ; Youri glissa quelques gros billets tout frais dans son string et la dirigea poliment vers une table voisine, occupée par des hommes d'affaires en costume sombre.

Bryson et Tarnapolski avaient travaillé ensemble sur quelques missions extrêmement délicates, et, pour le Russe, hautement lucratives – l'opération Vector était la dernière en date. Des équipes d'experts mandatées par l'ONU avaient été incapables de prouver que Moscou, comme le prétendait la rumeur, fabriquait illégalement des armes biologiques. A chaque fois que les inspecteurs faisaient des « visites surprises » aux laboratoires Vector, ils faisaient chou blanc. Ces visites ne prenaient évidemment personne par surprise. Les responsables du Directorat avaient donc donné ordre à Bryson de dénicher des preuves matérielles de ces travaux illicites en matière de guerre bactériologique : pour cela, il lui fallait s'introduire dans le laboratoire principal des usines Vector, situé à Novossibirsk. Malgré toute l'ingéniosité de Bryson, ce n'était pas une mince affaire. Il dut donc rechercher un collaborateur sur le terrain, et quelqu'un lui parla de Youri Tarnapolski. Celui-ci avait récemment pris sa retraite du KGB, pour travailler dans le secteur privé – autrement dit, il vendait ses services au plus offrant.

Et Tarnapolski avait bien mérité chaque kopeck de ses honoraires exorbitants. Il avait obtenu pour Bryson les plans des bâtiments du laboratoire, s'était même arrangé pour distraire le vigile qui surveillait la rue, avec une « alerte aux cambrioleurs » organisée au domicile du président du conseil de la ville. Grâce à ses papiers du KGB, il avait intimidé et neutralisé les membres de la sécurité interne de Vector, et permis ainsi à Bryson de pénétrer dans le troisième niveau du laboratoire, celui des conteneurs réfrigérés, où se trouvaient les éprouvettes qu'il cherchait. Puis Tarnapolski s'était débrouillé pour faire sortir les précieuses ampoules du pays par un circuit tortueux, dissimulées dans une cargaison de viande d'agneau surgelée à destination de Cuba. Bryson et le Directorat avaient ainsi pu démontrer, là où des dizaines d'inspecteurs de l'ONU avaient échoué, que l'entreprise Vector, et donc la Russie, fabriquait effectivement des armes bactériologiques. Ils en avaient la preuve sous la forme de sept ampoules renfermant un concentré de spores de charbon, issues d'une souche particulièrement rare et meurtrière.

A l'époque, Bryson avait été fier du succès de la mission, de l'ingéniosité de toute l'opération... Ted Waller l'avait d'ailleurs chaleureusement félicité. Mais le drame de Genève, touchée par l'épidémie soudaine d'une forme rare de charbon – précisément la même souche que celle dérobée à Novossibirsk –, avait tout remis en cause. A présent, Bryson était écœuré de s'être fait si facilement berner. C'était clair comme de l'eau de roche : les ampoules qu'il avait volées des années auparavant à Vector avaient servi pour l'attentat de Genève.

Tarnapolski eut un large sourire.

— Comment trouvez-vous nos beautés noires du Cameroun ? demanda-t-il.

— Inutile de vous dire que ma présence ici doit rester secrète, annonça Bryson, qui avait du mal à se faire entendre dans la cacophonie ambiante.

Tarnapolski haussa les épaules, comme pour dire « cela va de soi ».

— Mon cher, nous avons tous nos petits secrets. Moi aussi, j'en ai quelques-uns, comme vous l'imaginez. Mais si vous êtes venu à Moscou, ce n'est certainement pas pour faire du tourisme, à l'inverse de vos petits camarades...

Bryson expliqua la nature délicate de l'opération et la raison pour laquelle il désirait embaucher Tarnapolski. Mais dès qu'il eut prononcé le nom de Prichnikov, le visage de l'ex-agent du KGB se durcit.

— Coleridge, mon cher, je ne suis pas du genre à examiner les dents du cheval qu'on m'offre en cadeau. Comme vous le savez, je n'ai eu qu'à me féliciter de nos collaborations passées.

Il lui lança un regard sombre, presque tragique, avant de continuer.

— Le Premier ministre lui-même me ferait moins peur. On raconte beaucoup de choses sur Prichnikov. Ce n'est pas un homme d'affaires à l'américaine. Quand on est licencié de chez Anatoli Prichnikov, on ne pointe pas aux Assedic. On a plus de chances de finir dans les silos de l'une de ses cimenteries. Ou bien dans les bâtons de rouge à lèvres fabriqués par ses industries du cosmétique. Savez-vous comment on appelle un bandit qui a réussi, à force d'extorsion et de corruption, à faire main basse sur un secteur entier de l'industrie ? – Il esquissa un faible sourire et répondit à sa propre question. – Un président-directeur général.

Bryson opina du chef.

— Une cible difficile mérite un salaire en conséquence, reconnut-il.

Tarnapolski se déplaça sur la banquette pour s'approcher de Bryson.

— Coleridge, mon cher ami, Anatoli Prichnikov est un type dangereux, très dangereux. Je suis certain qu'il a des hommes à lui ici même ; la boîte entière lui appartient peut-être.

— Je comprends, Youri. Mais je crois me souvenir que vous n'êtes pas du genre à vous défiler devant la difficulté. Peut-être pouvons-nous trouver un compromis qui nous convienne à tous les deux.

Pendant les heures qui suivirent, qu'ils passèrent d'abord au Blackbird puis dans l'immense appartement de Tarnapolski, rue Sadovo-Samotechnaïa, les deux hommes planchèrent sur un accord financier, puis ils mirent au point des arrangements extrêmement complexes. Pour le déroulement de l'opération, ils devaient faire appel à deux autres hommes, qui seraient fournis par Tarnapolski.

— Avant de remonter jusqu'à Prichnikov, du sang va certainement couler, prévint Tarnapolski. Et il est bien possible que ce soit le nôtre...

*

Au petit matin, Bryson et Tarnapolski avaient échafaudé un plan. Ils renonçaient à approcher directement Prichnikov – l'homme était trop bien protégé, trop dangereux. Après quelques coups de fil discrets à d'anciens collègues du KGB, Tarnapolski trouva le talon d'Achille du géant : son bras droit, un petit homme chétif du nom de Dmitri Labov. Ce lieutenant de longue date était surnommé, dans le milieu, *chelovek kotori sekreti*, celui qui garde les secrets.

Labov lui-même ne serait pas une cible facile... Après enquête, Tarnapolski avait appris qu'un chauffeur venait prendre Labov, tous les jours, en voiture, pour l'emmener de sa résidence hautement surveillée à son bureau tout aussi sécurisé de la Nortek. Celui-ci était situé en banlieue de Moscou, près de l'ancien Palais des expositions des exploits économiques de l'URSS, Perspective Mira.

La limousine de Labov était une Bentley, équipée d'un blindage à l'épreuve des balles et des bombes – même si par expérience, Bryson savait qu'il n'existait aucune protection fiable à cent pour cent. Le véhicule accusait près de deux tonnes de plus que la normale. C'était quasiment un char d'assaut, un véhicule blindé de catégorie IV, le niveau de protection le plus élevé au monde, capable de résister aux munitions militaires les plus puissantes – y compris les redoutables 7.62 de l'OTAN.

Lors de ses expéditions à Mexico et en Amérique du Sud, Bryson s'était familiarisé avec ce genre de blindages. Ils associaient généralement une couche d'un centimètre d'aluminium 2024-T3 à un composite synthétique hautement résistant, par exemple de l'aramide avec du polyéthylène à très haute densité moléculaire. A l'intérieur des portières en acier 19 mm était placée une plaque comportant vingt-quatre feuilles de plastique extra-résistant doublé de fibre de verre, épaisse d'un centimètre et demi et capable d'arrêter une balle de calibre 30 tirée à bout portant. Les vitres étaient en verre laminé à film de polycarbonate ; le réservoir était équipé d'un système d'autoconfinement, empêchant toute explosion, au cas où une balle le toucherait directement ; une batterie sèche continuerait à faire tourner le moteur même après verrouillage du réservoir. Des pneus spéciaux conçus pour rouler à plat permettaient au chauffeur de prendre la fuite à des vitesses élevées même si les pneus étaient percés par des balles.

La Bentley de Labov avait été modifiée spécialement pour Moscou, où les gangs utilisait des AK-47. Elle devait être également conçue pour résister aux grenades et autres petites bombes, voire aux munitions perforantes, aux balles blindées à haute vélocité.

Mais il y avait toujours des points vulnérables, toujours...

A commencer par le chauffeur, qui n'avait sans doute pas suivi un entraînement spécifique. Pour des raisons obscures, les ploutocrates russes préféraient utiliser leurs propres assistants comme chauffeurs et ne faisaient pas confiance aux chauffeurs professionnels ; mais ils se donnaient rarement la peine de les former à ce métier, estimant sans doute que pour être un bon chauffeur de maître, il fallait simplement être un bon conducteur – ce qui était nécessaire, mais loin d'être suffisant.

Puis il y avait un deuxième point faible... Celui sur lequel Bryson avait bâti son plan...

*

Tous les matins, à sept heures pile, Dmitri Labov quittait son appartement, situé tout près du boulevard Arbat, dans un luxueux immeuble XIXe récemment rénové, autrefois réservé aux huiles du Comité central et membres du Politburo. Cette résidence privée, qui accueillait maintenant les riches et les mafieux de la nouvelle Russie, était dotée d'un système de sécurité renforcé.

L'immuabilité de cet emploi du temps, que Tarnapolski avait réussi à connaître, associée à l'arrogance carnavalesque du service de sécurité était un exemple typique de l'amateurisme du syndicat du crime en matière de protection des personnes. On retrouvait ce comportement dans toutes les mafias du monde. Les professionnels de la sécurité, eux, connaissaient l'importance de maintenir un emploi du temps variable pour leurs protégés, de ne jamais être prévisible, quels que soient l'heure ou le lieu.

Conformément aux informations de Tarnapolski, la Bentley de Labov sortit du parking souterrain de l'immeuble à l'heure dite, et se dirigea vers la Perspective Kalinin. Dans une Volga qui n'attirait pas l'attention, Bryson et Tarnapolski les suivirent à distance sur le Boulevard circulaire jusqu'à la Perspective Mira. Peu de temps après avoir dépassé l'obélisque Spoutnik, dont la silhouette en titane se découpait majestueusement dans le ciel, la voiture tourna à gauche, prit la Eizensteina Ulitsa, puis continua pendant quelques centaines de mètres pour arriver à une ancienne demeure seigneuriale reconvertie en siège de la société Nortek. Là, la voiture de Labov entra dans un deuxième parking souterrain.

Elle y resta toute la journée.

Le seul élément relativement imprévisible dans l'emploi du temps de Labov était l'heure de son retour à la maison. Il avait une femme et trois enfants, et était réputé arriver tous les soirs à temps pour dîner avec eux, sauf en cas d'urgence au bureau ou si Prichnikov le rappelait. La plupart du temps, en tout cas, sa limousine quittait le garage de la Nortek entre dix-neuf heures et dix-neuf heures quinze.

Ce soir-là, Labov avait visiblement l'intention de dîner en famille. A dix-neuf heures cinq, sa Bentley émergea du garage souterrain. Dans une camionnette blanc sale, garée de l'autre côté de la rue, Bryson et Tarnapolski l'attendaient. Le Russe envoya immédiatement un appel radio à un troisième collègue. Le timing allait être serré, mais leur plan était encore réalisable. L'important était d'opérer pendant les heures de pointe.

Tarnapolski avait passé des années, au début de sa carrière, à filer des dissidents du régime et de petits malfrats à travers tout Moscou, et il connaissait la ville comme sa poche. C'était donc lui qui conduisait, suivant la Bentley à une distance prudente, ne se rapprochant que lorsque la circulation était assez dense pour le couvrir.

Quand la Bentley s'engagea sur la Perspective Kalinin, elle se retrouva dans un embouteillage monstre. Un gros camion était arrêté en plein milieu de la route : sa remorque s'était mise en travers, bouchant toutes les voies et paralysant la circulation dans les deux sens. Un concert de klaxons protestait contre cette obstruction, les conducteurs vociféraient des insultes à la fenêtre de leur portière, mais en pure perte : la circulation était bloquée.

La camionnette blanche maculée de boue fut arrêtée juste devant la Bentley. D'autres voitures les entouraient de toute part. C'était le complice de Tarnapolski qui avait abandonné là son camion à dix-huit roues, en emportant les clés, sous prétexte de chercher de l'aide. La circulation n'allait pas se débloquer avant un bon moment.

A l'intérieur de la camionnette, Bryson, vêtu d'un jean, d'un col roulé noir et de gants en cuir, ouvrit la trappe ménagée dans le plancher. Il y avait assez de hauteur sous le véhicule pour ramper à plat ventre jusque sous la Bentley de Labov. Même dans le cas, peu probable, où les voitures avanceraient de quelques mètres, la Bentley ne pourrait pas bouger, puisqu'elle était bloquée par la camionnette de livraison.

Se déplaçant rapidement, le cœur battant, Bryson rampa sous le châssis de la Bentley et repéra l'endroit précis qu'il cherchait. Bien que le châssis fût protégé d'une plaque d'acier et d'aluminium renforcé, il y avait une ouverture, au niveau du filtre de l'arrivée d'air... C'était cela, le deuxième point faible : même dans une voiture blindée, les passagers devaient pouvoir continuer à respirer... En un instant, il colla un boîtier sur l'orifice, au moyen d'un adhésif en aluminium – c'était un dispositif de fabrication artisanale, commandable à distance, que Tarnapolski avait pu se procurer grâce à ses contacts dans l'industrie florissante de la sécurité privée, à Moscou. Bryson s'assura que l'appareil tenait bien en place, puis il se glissa à reculons, ni vu ni connu, jusqu'à la trappe toujours ouverte de la camionnette. Il se hissa à l'intérieur et referma la trappe derrière lui.

— *Nou, kharacho ?* demanda Tarnapolski. Tout va bien ?

— *Ladno*, répondit Bryson. C'est bon.

Tarnapolski appela le conducteur du camion dont la remorque barrait la rue, et lui donna l'ordre de retourner à son véhicule et de démarrer. Les sirènes de police commençaient juste à retentir dans le lointain.

*

La circulation reprit quelques minutes plus tard. Le concert de klaxons cessa, ainsi que les invectives des conducteurs. La Bentley démarra en rugissant, faisant hurler le moteur, et doubla la camionnette de livraison en reprenant sa route le long de la Perspective Kalinin. Puis elle tourna à gauche, comme tous les soirs, retraçant en sens inverse le trajet du matin, et se retrouva dans la petite rue calme aux abords de l'immeuble de Labov.

C'est à ce moment-là que Bryson appuya sur le bouton de l'émetteur... la réaction ne se fit pas attendre. L'habitacle de la limousine se remplit instantanément d'un épais gaz lacrymogène blanc. La Bentley zigzagua dans la rue déserte avant de s'arrêter le long du trottoir ; le conducteur avait de toute évidence perdu ses moyens. Les portières avant et arrière de la limousine s'ouvrirent tout à coup, libérant Labov et son conducteur, toussant et crachant, les yeux en feu. Le chauffeur avait sorti une arme – un geste parfaitement inutile contre du gaz. Youri Tarnapolski arrêta la camionnette à la hauteur de la Bentley ; les deux hommes sautèrent de la cabine. Bryson tira aussitôt un projectile vers le chauffeur, qui tomba à terre sur le coup. Il s'agissait d'une fléchette tranquillisante de courte durée, qui l'endormirait tout de même pendant quelques heures : ensuite, l'effet amnésique du narcotique supprimerait pratiquement tous ses souvenirs des événements de la soirée. Bryson courut ensuite vers Labov, qui s'était écroulé sur le trottoir, à bout de souffle et temporairement aveuglé. Pendant ce temps, Tarnapolski traîna le chauffeur jusqu'au siège conducteur de la Bentley. Puis il sortit une bouteille de mauvaise vodka, versa une bonne quantité dans la bouche de l'homme, arrosa son uniforme, et abandonna la bouteille à moitié pleine sur le siège voisin.

Bryson jeta un rapide coup d'œil circulaire, s'assurant qu'il n'y avait pas de témoins, puis il força Labov, le traînant à moitié, à avancer jusqu'à la camionnette de livraison. C'était un véhicule rustique et trapu, comme il y en avait des centaines dans le quartier, qui ne serait jamais identifié, puisque ses plaques d'immatriculation, couvertes de boue, étaient quasiment illisibles.

*

Il était à peine vingt heures quand Dmitri Labov se retrouva attaché à une chaise en métal, au milieu d'un entrepôt désert dans le quartier de Cheryomuchki, non loin du marché des grossistes en fruits et légumes. La ville avait confisqué l'entrepôt à un clan de Tatars qui vendait ses produits au noir à des restaurants, sans reverser le tribut obligatoire aux autorités.

Labov était petit – une paire de lunettes, des cheveux couleur paille clairsemés, un visage rond et grassouillet. Debout devant lui, Bryson s'exprimait dans un russe parfait, teinté d'un léger accent de Saint-Pétersbourg qu'il avait hérité de son professeur de russe au Directorat.

— Votre dîner va refroidir. Nous aimerions vous ramener chez vous avant que votre femme ne panique. A vrai dire, si vous jouez franc jeu et acceptez de collaborer avec nous, personne n'aura besoin de savoir que vous avez été enlevé.

— Quoi ? lâcha Labov. Qui vous croyez duper ? Tout le monde est déjà au courant ! Mon chauffeur...

— Votre chauffeur est endormi au volant de la limousine, le long du trottoir. Même si la *militsiya* passe, elle se dira qu'il est endormi, ou soûl, comme pratiquement la moitié de la population de Moscou.

— Si vous avez l'intention de me droguer, allez-y, lança Labov, d'un air de défi. Si vous voulez me torturer, allez-y. Ou alors tuez-moi tout de suite, si vous avez les tripes pour ça. Savez-vous qui je suis ?

— Evidemment, dit Bryson. C'est bien pour cette raison que vous êtes ici.

— Avez-vous la moindre idée des conséquences de votre acte ? Des foudres auxquelles vous vous exposez ?

Bryson hocha la tête en silence.

— La colère d'Anatoli Prichnikov est sans bornes ! Elle ne connaît nulle frontière !

— Mr. Labov, vous me comprenez mal. Je n'aimerais pas vous faire du mal. Ni à vous, ni à votre épouse, Macha, ni à la petite dernière Irouchka. De toute façon, je n'aurai pas à le faire... il ne restera pas grand-chose d'eux après le passage de Prichnikov.

— Qu'est-ce que vous racontez ? s'exclama Labov, soudain très rouge.

— Laissez-moi vous expliquer, répondit patiemment Bryson. Demain matin, je vous conduirai en personne au siège de la société Nortek. Vous risquez d'être encore un peu patraque, à cause des tranquillisants, mais je vous aiderai à entrer dans le bâtiment. Et puis je partirai. Mais tout ça aura été enregistré par les caméras de sécurité. Votre patron sera bien curieux de savoir qui je suis, et ce que vous faisiez en ma compagnie. Vous lui direz, évidemment, que vous avez refusé de parler – Bryson marqua une pause –. Mais pensez-vous qu'il vous croira ?

Hors de lui, Labov se mit à hurler.

— J'ai été son assistant pendant plus de vingt ans ! J'ai toujours été fidèle, toujours !

— Je n'en doute pas un seul instant. Mais Anatoli Prichnikov peut-il se permettre de courir le risque ? Je vous pose la question, à vous qui le connaissez mieux que personne. Vous savez comment il est, la méfiance, chez lui, est une seconde nature...

Labov se mit à trembler.

— Supposons que Prichnikov considère qu'il y ait une infime probabilité pour que vous l'ayez trahi, pendant combien de temps, à votre avis, va-t-il vous laisser en vie ?

Labov secoua la tête, les yeux agrandis par la terreur.

— Je vais vous le dire... Il vous laisserait vivre juste assez longtemps pour découvrir que vos êtres les plus chers ont connu une mort atroce... le temps que vous et tous les autres employés de Nortek vous rappeliez le prix à payer pour la trahison – et la faiblesse.

Youri Tarnapolski, qui était resté à l'écart jusque-là, occupé à se gratter pensivement le menton, intervint :

— Souvenez-vous du pauvre Maksimov...

— Maksimov était un traître !

— Pas d'après Maksimov, répondit gentiment Tarnapolski, qui jouait à présent avec son arme de service, astiquant le canon avec un mouchoir blanc.

— Saviez-vous qu'Olga et lui avaient un jeune fils ? Tout de même, Prichnikov pourrait épargner les enfants... ils n'y sont pour rien...

— Ça suffit ! Taisez-vous ! bredouilla Labov, le visage pâle, le souffle court. Je ne sais pas autant de choses que ça... Il y en a beaucoup que j'ignore.

— Je vous en prie, avertit Bryson, ne cherchez pas à noyer le poisson, c'est une perte de temps pour nous, et pour vous aussi... et plus votre absence se prolonge, plus il vous sera difficile de trouver des excuses crédibles... Ce qui m'intéresse, c'est l'alliance entre Prichnikov et Jacques Arnaud.

— Il y a tellement d'accords entre eux, tellement d'arrangements... Et ça va en s'accélérant. Ils complotent plus que jamais...

— Pourquoi ?

— Je crois qu'il prépare un grand coup.

— Quoi donc ?

— Un jour, je l'ai entendu parler à Arnaud sur sa ligne sécurisée. Il a dit quelque chose à propos du « groupe Prométhée ».

Le nom résonna dans la tête de Bryson. Il l'avait entendu quelque part... Oui ! Jan Vansina avait employé la même expression, à Genève, lorsqu'il lui avait demandé s'il faisait partie des « Prométhéens ».

— Parlez-moi de ce groupe Prométhée, insista-t-il avec urgence.

— Les Prométhéens... vous ne pouvez vous imaginer. Personne ne peut s'imaginer. Moi-même, je suis à peine au courant. Ils sont puissants... terriblement puissants. Je ne saurais dire si Prichnikov est à leurs ordres ou si c'est lui qui les dirige.

— Qui sont-ils ?

— Des gens importants. Des gens très puissants.

— Vous l'avez déjà dit. *Qui sont-ils ?*

— Ils sont partout et nulle part. Leurs noms n'apparaissent pas dans la presse, ni sur les en-têtes officiels, ni dans les organigrammes des entreprises. Mais Tolya, je veux dire Prichnikov, il en fait partie, j'en suis certain.

— Arnaud aussi, souffla Bryson.

— Oui.

— Qui d'autre ?

Labov fit « non » de la tête, d'un air de défi.

— Si vous me tuez, Prichnikov ne s'en prendra pas à ma famille, lança-t-il avec logique. Pourquoi ne me tuez-vous pas ?

Depuis son coin, Tarnapolski lui jeta un sourire narquois.

— Vous savez dans quel état ils ont trouvé le fils de Maksimov ?

Il s'approcha de Labov, menaçant, continuant à polir son revolver avec son mouchoir.

Labov se balançait d'avant en arrière comme un enfant qui refuse d'écouter. S'il avait eu les mains libres, il se serait certainement bouché les oreilles.

— Le Maître de Jade ! lâcha-t-il en tremblant de tous ses membres. Tolya est en affaires avec... avec celui qu'on appelle le Maître de Jade !

Tarnapolski lança un regard à Bryson. Ils connaissaient tous deux l'homme en question. Le « Maître de Jade » était un puissant général de l'armée chinoise, l'Armée de Libération du Peuple. Le général Tsai, basé à Shenzhen, était un militaire corrompu et avait facilité l'établissement de plusieurs multinationales dans l'immense marché chinois – en échange, bien sûr, de quelques substantielles gratifications. Le général Tsai était également connu à travers le monde pour sa collection d'objets précieux, en particulier des pièces de jade datant de la Chine impériale ; au lieu d'argent, il acceptait quelquefois de recevoir en cadeau une statue de jade si elle était de grande valeur.

Labov surprit leur échange de regards.

— J'ignore ce que vous avez en tête, lança-t-il avec mépris. Mais tout va changer... le train est déjà en marche, et vous ne risquez pas de l'arrêter.

Bryson se tourna à nouveau vers Labov, d'un air interrogateur.

— Que voulez-vous dire ? Qu'est-ce qui va changer ?

— Il ne reste que quelques jours, quelques jours seulement, répondit Labov, d'un air énigmatique. Quelques jours pour se préparer.

— Pour se préparer à quoi ?

— La machinerie est presque en place. Le pouvoir va changer de mains ! Tout va se réaliser.

Tarnapolski finit d'astiquer son revolver, rangea le mouchoir dans sa poche et pointa son arme à une dizaine de centimètres du visage de Labov.

— Vous faites allusion à un coup d'Etat ?

— Mais Prichnikov détient déjà le pouvoir en Russie, en tirant les ficelles en coulisses ! répliqua Bryson. Pourquoi diable voudrait-il organiser un coup d'Etat pour quelque chose qu'il a déjà ?

Labov eut un rire condescendant.

— Un coup d'Etat ! Vous ne comprenez décidément rien à rien ! Votre esprit est si étroit ! Nous les Russes, on a toujours su renoncer à notre liberté en échange de la protection et de la sécurité. Et vous aussi, c'est ce que vous allez faire. Tous, jusqu'au dernier. A présent, les forces sont trop grandes. Le grand jour est imminent !

— Mais nom de Dieu, de quoi vous parlez ? tonna Bryson. Prichnikov et ses collègues visent au-delà du monde économique, c'est ça ? Ils veulent faire main basse sur les gouvernements ? L'argent et le pouvoir leur ont donc tourné la tête à ce point ?

— Nous apprécierions quelques éclaircissements, cher ami, annonça Tarnapolski, en baissant son revolver à présent inutile.

— Les *gouvernements* ? Mais c'est complètement dépassé ! Regardez le gouvernement russe : a-t-il du pouvoir ? Non, aucun ! Il est démuni, paralysé. Ce sont les multinationales qui font les lois ! Lénine avait peut-être raison, après tout : aujourd'hui, ce sont bel et bien les capitalistes qui contrôlent le monde !

Soudain, à la vitesse d'un cobra, la main gauche de Labov avança brusquement de quelques centimètres – le maximum que lui permettaient ses liens. C'était juste assez pour saisir le revolver de Tarnapolski, qui pendait à côté de lui. Tarnapolski réagit rapidement : il attrapa la main de Labov et la tordit pour lui faire lâcher prise. Pendant un instant, l'arme se retrouva à l'envers, braquée droit sur le visage de Labov. Celui-ci contempla le canon comme hypnotisé, avec un sourire doux et étrange. Puis, au moment où Tarnapolski allait lui arracher l'arme des mains, Labov la pointa entre ses deux yeux et appuya sur la gâchette.

XX

Le suicide du fidèle bras droit d'Anatoli Prichnikov était un sinistre coup de théâtre. Labov avait certes été un prédateur redoutable, au sein de la Nortek, ses armes de prédilection étant le fax et le téléphone, mais ce n'était pas un assassin, et il avait inutilement versé son sang. Pire encore, sa mort entraînait des complications, des changements de programme dans le plan que Bryson avait soigneusement dressé.

Le chauffeur de Labov reviendrait à lui dans moins d'une heure; même s'il se rappelait l'incident du gaz lacrymogène envahissant l'habitacle de la Bentley, ses souvenirs seraient flous et décousus. Il se réveillerait, découvrirait son uniforme imprégné de vodka, la bouteille abandonnée à côté de lui et le passager dont il avait la charge, envolé : la panique allait le gagner. Sans doute allait-il téléphoner chez Labov; il fallait donc aussi s'occuper de cet aspect du problème.

Parmi les papiers contenus dans le portefeuille de Dmitri Labov, Tarnapolski avait retrouvé le numéro du domicile du défunt. Avec son portable – Moscou, avait remarqué Bryson, était à présent envahi par les portables –, Tarnapolski donna un bref coup de téléphone à Macha, l'épouse de Labov.

— *Gospozha* Labov, commença-t-il, du ton obséquieux d'un petit employé, c'est Sacha, du bureau. Désolé de vous déranger, mais Dmitri me fait dire qu'il sera un peu en retard. Il a reçu un appel urgent de la France et il est encore en ligne, il vous prie de l'excuser. – A voix basse, il continua sur le ton de la confidence : – Ce n'est pas plus mal, parce que son chauffeur a encore tâté de la bouteille. – Il poussa un soupir exaspéré. – Cela veut dire qu'il va falloir que j'en trouve un autre pour ce soir... Mes respects *Gospozha* Labov.

Et il raccrocha avant que la femme n'ait pu poser la moindre question. Le mensonge passerait : de tels contretemps étaient fréquents dans la branche où travaillait Labov. Quand le chauffeur affolé appellerait l'épouse de Labov, elle ne serait que colère et irritation et ne prêterait que peu d'attention à ses propos.

Tout cela était relativement simple. Le suicide de Labov, en revanche, serait plus difficile à faire passer. Bryson et Tarnapolski n'avaient pas beaucoup de possibilités ; l'ex-agent du KGB refusait tout net de téléphoner au siège de la Nortek : tous les appels, entrants et sortants, étant sans doute sur écoute, il ne voulait pas leur laisser un enregistrement de sa voix. Ils durent donc improviser, en peu de temps, une explication plausible qui ne déclencherait pas une enquête trop approfondie. C'est Tarnapolski qui eut l'idée de la petite mise en scène : cacher un savant assortiment d'objets compromettants dans les poches de Labov et dans sa mallette... à savoir, un paquet de Vigor – des préservatifs de fabrication russe –, diverses cartes de visites sales et cornées, provenant de clubs moscovites peu respectables, célèbres pour les jeux sexuels qui se déroulaient dans leurs salons privés – Tarnapolski en avait toute une collection – et puis la cerise sur le gâteau... un tube de pommade à moitié entamé, utilisée pour traiter les manifestations classiques de diverses maladies sexuellement transmissibles. Ce genre de comportement était à des années-lumière de celui d'un employé aussi correct et zélé que Labov ; mais justement, seul un homme de ce genre pouvait préférer le suicide plutôt que de supporter l'idée d'être éclaboussé par l'infamie d'un scandale sordide. L'alcool, le sexe bon marché... tels étaient les vices du commun des mortels.

*

Et maintenant c'était la course... contre la montre, contre la probabilité que Prichnikov n'apprenne que la Nortek avait été pénétrée. Tant de détails pouvaient se retourner contre eux... La limousine de Labov avec son chauffeur inconscient pouvait être reconnue par un *militsiyoner* perspicace, et par suite susceptible d'avertir la Nortek. La femme de Labov pouvait décider de rappeler le bureau, pour une raison ou pour une autre. Les risques étaient énormes, et Prichnikov serait prompt à réagir. Bryson devait quitter la Russie au plus vite.

Au volant de son Audi, Tarnapolski fonça vers l'aéroport Vnukovo, à trente kilomètres au sud-ouest de Moscou. C'était l'un des aéroports nationaux de la Russie, qui desservait toutes les régions mais particulièrement le Sud. Tarnapolski avait négocié avec une nouvelle compagnie privée un vol de nuit en urgence vers Bakou, pour l'un de ses riches clients, qui avait des intérêts financiers importants en Azerbaïdjan. Il n'avait pas donné de détails, évidemment, mais il avait laissé entendre qu'il était question de grèves subites, d'un directeur d'usine pris en otage... Etant donné le caractère impromptu de la réservation, une quantité substantielle d'argent liquide fut exigée. Bryson l'avait, et il était prêt à payer. Il avait ensuite fallu soudoyer la douane, pour qu'elle ne fasse pas de zèle... cela aussi lui coûta une petite fortune.

— Youri, demanda Bryson, à quoi joue Prichnikov ?
— J'imagine que vous faites allusion au Maître de Jade, c'est ça ?

— Oui. Je sais que vous connaissez bien l'armée chinoise, l'ALP... vous avez servi dans la section des affaires chinoises du KGB... Qu'est-ce que Prichnikov peut bien espérer obtenir de cette alliance avec le général Tsai ?

— Souvenez-vous de ce qu'a dit Labov, mon cher. Les gouvernements ont perdu tout pouvoir. Ce sont les sociétés qui font la loi, maintenant. Pour un titan ambitieux comme Prichnikov, qui veut contrôler la moitié des marchés mondiaux, le Maître de Jade est l'un des associés les plus intéressants qui soient. C'est un haut membre de l'état-major de l'ALP, le responsable de la transformation de cette armée en l'une des plus grandes sociétés du monde, et c'est lui qui gère tous ses contrats commerciaux.

— Par exemple ?

— L'armée chinoise contrôle un réseau pyramidal étonnamment complexe d'entreprises. Ça va des constructeurs automobiles aux compagnies aériennes, des usines pharmaceutiques aux télécommunications. La liste de leurs biens immobiliers est impressionnante : l'ALP possède des hôtels partout en Asie, y compris la fierté de Pékin, le Palace Hotel. Ils sont propriétaires et gérants de la plupart des aéroports chinois.

— Mais je pensais que le gouvernement chinois avait pris des mesures sévères contre les militaires, que le Premier ministre chinois avait décrété que l'armée devait liquider toutes ses entreprises.

— Oh, Pékin a essayé de les y contraindre, mais le génie était déjà sorti de sa lampe. Comme on dit en Amérique, on ne peut pas remettre le dentifrice qui est sorti du tube... Peut-être serait-il plus exact de parler de boîte de Pandore. En tout cas, il était trop tard. L'Armée de Libération du Peuple est de loin la force la plus puissante de Chine.

— Mais les Chinois ont réduit le budget de la défense plusieurs fois d'affilée, ces dernières années.

Tarnapolski lâcha un rire.

— Pour trouver de l'argent, il leur suffit de vendre quelques armes de destruction massive à des nations belliqueuses. C'est la grande braderie, le vide-grenier planétaire. Mon cher Coleridge, la puissance économique de l'ALP dépasse l'entendement. Aujourd'hui, ils ont compris l'importance stratégique des télécommunications. Ils lancent leurs propres satellites, ils sont propriétaires de la plus grande société de télécommunications chinoise ; ils travaillent avec tous les géants de l'Ouest – Lucent, Motorola, Qualcomm, Systematix, Nortel – pour développer des réseaux immenses de téléphonie mobile, des systèmes informatiques. On dit que l'ALP contrôle tout le ciel au-dessus de la Chine. Et le seul propriétaire, le seul véritable patron, l'homme derrière tout cela... c'est le Maître de Jade. Le général Tsai.

L'Audi de Tarnapolski s'arrêta devant la piste d'envol ; Bryson aperçut un petit avion, un Yakovlev 112 flambant neuf, qui l'attendait sur le tarmac. C'était un avion à quatre places avec un seul moteur – un engin minuscule, certainement le plus petit parmi toute la flotte de la compagnie.

Tarnapolski remarqua sa surprise.

— J'ai fait de mon mieux, Coleridge. Ils ont des appareils bien plus grands et plus luxueux – des YAK 40, des Antonov 26 – mais ils étaient tous déjà pris.

— Ça ira très bien, Youri. Je vous remercie. J'ai une grande dette envers vous.

— Disons que c'est un cadeau pour sceller notre collaboration...

Bryson tendit l'oreille. Il entendit un crissement de pneus au loin ; quand il se retourna, il vit un énorme Hummer, noir et étincelant, qui arrivait droit vers eux sur la piste.

— Nom de Dieu, qu'est-ce que c'est ? s'exclama Tarnapolski.

Le Hummer s'arrêta dans un hurlement de freins ; les portes s'ouvrirent et trois hommes vêtus de noir sautèrent de l'engin, portant des masques noirs et des tenues de commando en kevlar.

— Baissez-vous ! cria Bryson. Merde ! On n'a pas d'armes !

Tarnapolski plongea vers le plancher de l'Audi et ouvrit un tiroir monté sous le siège avant. Il contenait plusieurs armes et des tas de munitions. Youri tendit à Bryson un Makarov 9 mm automatique, puis sortit du tas une grosse mitraillette Kalachnikov Bizon, une arme des unités russes. Soudain, une pluie de balles s'abattit sur eux, et le pare-brise de l'Audi se fissura d'étoiles blanches. Bryson comprit que le verre offrait une résistance au moins partielle aux balles. Il s'accroupit.

— La voiture n'est pas blindée ?

— Un peu, répondit l'homme du KGB en épaulant son arme et prenant une profonde inspiration. Niveau Un. Utilisez les portières.

Bryson acquiesça : il avait compris. Les portières étaient renforcées soit de fibre de verre, soit d'un composite synthétique ; il pouvait donc les utiliser comme boucliers.

Une nouvelle rafale de munitions et, à travers la vitre latérale, ils virent le commando se ranger en position de tir.

— Cadeau spécial de Prichnikov, murmura Tarnapolski, d'une voix à peine audible.

— La femme de Labov a téléphoné ! lâcha Bryson.

Mais comment Prichnikov les avait-il si vite retrouvés ? La réponse était peut-être toute simple : le chemin le plus rapide pour quitter la Russie passait par les airs, et quiconque avait commis l'erreur de supprimer le bras droit de Prichnikov avait intérêt à quitter le pays sans délai... Il n'y avait que quelques aéroports autour de Moscou, et seulement deux d'entre eux étaient en mesure d'accueillir des avions privés. Une réservation urgente, faite à la dernière minute... Prichnikov avait parié sur les probabilités et avait gagné.

Tarnapolski ouvrit brusquement sa portière, sauta à terre, se recroquevilla derrière le battant et lâcha une rafale de balles.

— *Yob tvoyu mat !* grogna-t-il, va niquer ta mère.

L'un des tireurs tomba au sol, touché par Tarnapolski.

— Joli coup, dit Bryson.

Une rangée d'impacts explosa sur le pare-brise devenu opaque, et le visage de Bryson fut arrosé de minuscules éclats de verre. Il ouvrit la portière de son côté, se positionna derrière elle et ouvrit le feu sur les deux membres restants du commando. Au même instant, Tarnapolski déclencha une nouvelle rafale, et un deuxième tireur s'écrasa lui aussi sur le tarmac.

Il n'en restait plus qu'un, mais où était-il ?

Bryson et Tarnapolski balayèrent des yeux le champ sombre de chaque côté de la voiture, guettant le moindre mouvement. Les lumières de l'aéroport éclairaient la piste mais pas les prés alentour, où devait se dissimuler le troisième homme, allongé, prêt à tirer.

Tarnapolski tira une volée de balles sur quelque chose qui semblait bouger, mais il n'y eut pas de réponse. Il se redressa et pivota pour braquer la Bizon vers la zone enténébrée du côté opposé de la piste d'atterrissage, près de Bryson.

Où pouvait-il bien être ?

Les hommes de main de Prichnikov étaient sans doute équipés de chaussures à semelles souples, qui leur permettaient de se déplacer furtivement. Serrant le Makarov à deux mains, Bryson décrivit lentement un arc de cercle, en commençant sur la droite pour progresser en sens inverse des aiguilles d'une montre.

Quand il vit le minuscule point rouge lumineux qui dansait derrière la tête de Tarnapolski, il était déjà trop tard...

— Attention ! cria-t-il.

Mais la balle explosive avait déjà atteint la tête de Youri Tarnapolski, lui arrachant le visage en ressortant.

— *Oh mon Dieu !* s'écria Bryson en se retournant. Il aperçut un reflet, un mouvement infime, près de l'avion. Le troisième tireur s'était positionné derrière l'appareil, pour s'en servir comme bouclier. Bryson redressa le Makarov, respira lentement, visa soigneusement et tira un coup, un seul.

Il y eut un cri au loin, le fracas d'une arme sur le tarmac. Le troisième membre du commando, celui qui avait tué Youri Ivanovitch Tarnapolski, était mort.

Lançant un dernier regard vers le cadavre de son ami, Bryson sauta de la voiture et courut vers l'avion. D'autres soldats devaient être en route, en plus grand nombre : sa seule chance de survie était de monter à bord de l'avion, et de le piloter lui-même.

Il courut jusqu'au Yakovlev 112, grimpa sur l'aile et sauta sur le siège du pilote en fermant l'écoutille derrière lui. Il attacha sa ceinture et ferma les yeux. Et maintenant ? Le pilotage de l'avion en lui-même ne lui posait aucun problème : il avait suffisamment d'heures de vol à son actif, et à l'époque du Directorat, il avait assuré de nombreux décollages en urgence. Le problème était plutôt de savoir combien de temps il allait pouvoir voler dans l'espace aérien russe sans autorisation de la tour de contrôle. Mais avait-il vraiment le choix ? S'il retournait à la voiture de Tarnapolski, il se jetait dans la gueule des loups de Prichnikov...

Il prit une profonde inspiration et tourna la clé dans le contact. Le moteur démarra tout de suite. Il vérifia le tableau de bord et commença à rouler doucement vers le bout de la piste.

Il ne pouvait ignorer totalement la tour de contrôle. Décoller sans prendre contact avec l'aiguilleur du ciel était non seulement dangereux, voire suicidaire, mais surtout, serait interprété par l'armée de l'air russe comme une provocation délibérée. Des mesures coercitives seraient aussitôt prises.

Il ouvrit le micro et parla en anglais, la langue employée par les contrôleurs aériens du monde entier.

— Yakovlev 112 à tour de contrôle, RossTran trois neuf neuf Foxtrot demande autorisation de décoller. Numéro Un en piste trois, départ immédiat. Vol à destination de Bakou.

La réponse vint quelques secondes plus tard sous la forme d'une voix sèche malgré les grésillements :

— *Chto ?* Pardon ? Répétez, je n'ai pas compris.

— RossTran trois neuf neuf Foxtrot, répéta Bryson. Prêt à décoller piste trois, départ immédiat.

— Vous n'avez pas de plan de vol, RossTran trois neuf neuf !

Bryson continua, imperturbable :

— RossTran trois neuf neuf à tour de contrôle, départ immédiat. Altitude de croisière dix mille pieds. Fréquence de départ : un, un, huit, point cinq, cinq. Radio de bord à quatre six trois sept.

— Arrêtez, RossTran, je répète, arrêtez ! Vous n'avez pas l'autorisation de décoller !

— Tour de contrôle, j'ai à bord des membres haut placés de la société Nortek, en déplacement d'urgence à Bakou, répondit-il, avec l'arrogance du sous-fifre typique de Prichnikov qui se sait au-dessus de la loi. Le plan de vol devrait être dans vos fichiers. Vous avez mon numéro de série ; vous n'avez qu'à appeler Dmitri Labov pour vérifier.

— RossTran...

— Anatoli Prichnikov sera extrêmement mécontent de savoir que vous avez fait obstacle à la bonne marche de ses affaires. Peut-être, camarade contrôleur aérien, vais-je être contraint de vous demander votre nom et votre matricule.

Il y eut une pause, quelques secondes de silence radio.

— C'est bon, allez-y, répondit la voix avec agacement. A vos risques et périls.

Bryson enfonça la manette des gaz et s'élança sur la piste. L'avion décolla.

XXI

Mgr Lorenzo Battaglia – conservateur en chef du musée Chiaramonti, l'un des nombreux musées des *Monumenti, Musei e Gallerie Pontifici*, de la cité du Vatican – n'avait pas vu Giles Hesketh-Haywood depuis de nombreuses années, mais il n'était toutefois pas absolument fou de joie de le retrouver.

Leur rencontre avait lieu dans la magnifique salle de réception aux murs damassés de la *Galleria Lapidaria*. Mgr Battaglia était conservateur au Vatican depuis vingt ans, et son érudition était reconnue dans le monde entier. Giles Hesketh-Haywood, cet Anglais d'un raffinement extrême qui lui rendait visite, lui était toujours apparu comme un être assez ridicule, et même comique, avec ses grandes lunettes en écaille de tortue, ses cravates en soie qui s'échappaient de leur petit nœud en une cascade flamboyante, ses vestes à carreaux multicolores, ses boutons de manchettes en or, en forme de fer à cheval, sa vieille pipe en terre de bruyère négligemment fourrée dans la poche de poitrine, son accent précieux, son odeur de tabac blond qui le précédait de vingt pas... Un charme ostensible, presque poisseux. Hesketh-Haywood avait tout du vieil aristocrate *si merveilleusement anglais* par certains côtés, mais son commerce était peu recommandable. Il se prétendait marchand d'antiquités, mais n'était en fait qu'un vulgaire trafiquant au service d'une clientèle aisée.

Hesketh-Haywood, moitié amateur d'art, moitié escroc, était le genre d'homme qui disparaissait pendant des années puis que l'on retrouvait un jour sur le yacht d'un émir. Il entretenait un savant flou artistique sur son passé, mais Mgr Battaglia connaissait toutes les rumeurs qui couraient à son sujet : les Hesketh-Haywood faisaient partie du gratin de l'aristocratie, mais la famille avait connu de sérieux revers sous l'ère travailliste de l'après-guerre. Giles avait été élevé parmi les rejetons des autres familles richissimes, mais à la fin de ses études, les Hesketh-Haywood ne possédaient pour toute fortune qu'une montagne de dettes. Giles était une fripouille, un escroc, un garçon plein de charme et totalement dénué de scrupules... Il avait commencé sa carrière en faisant sortir clandestinement d'Italie des antiquités archéologiques en soudoyant sans aucun doute les employés des douanes. C'était de la pure et simple contrebande... mais quelques pièces extraordinaires passaient de temps en temps entre ses mains... mieux valait ne pas demander comment elles se trouvaient en sa possession. On tolérait ce genre de personnages dans le monde de l'art à cause de ces quelques occasions où ils rendaient service. Un jour, justement, il avait mené pour le compte de Mgr Battaglia l'une de ces inavouables « transactions » – mais la reconnaissance dont Battaglia lui avait fait preuve à l'époque était aujourd'hui très émoussée. Hesketh-Haywood venait de lui demander une faveur incroyable – effrayante.

Mgr Battaglia ferma les yeux un moment, puis se pencha vers son visiteur d'un air sévère :

— Ce que vous me demandez là est impossible, Giles. Ce n'est pas une petite « plaisanterie ». C'est un scandale pur et simple.

Mgr Battaglia n'avait jamais vu Hesketh-Haywood perdre de son assurance...

— Un « scandale », monseigneur ? reprit l'Anglais avec son effronterie légendaire, ses yeux de hibou agrandis par les verres de ses lunettes, pétillants de malice. Mais il y a tant de scandales de nos jours... Le scandale est partout, sous toutes les formes. Le fait, par exemple, qu'un conservateur du Vatican, expert de renommée internationale dans les arts et les objets de l'Antiquité, et homme d'Eglise de surcroît, entretienne une maîtresse sur la Via Sebastiano Veniero, n'est-ce pas aussi scandaleux ? J'en connais certains qui se montreraient moins tolérants que nous pour ce genre de choses...

L'Anglais se laissa aller au fond de sa chaise et pointa son index long et maigre.

— Mais c'est *l'argent*, plus encore que les femmes, qui peut causer le plus grand scandale. La jeune et adorable Alessandra profite toujours de son confortable domaine, j'en suis sûr. Quand je dis confortable... certains diraient même *somptueux*, surtout compte tenu du salaire somme toute relativement modeste du conservateur du Vatican qui entretient la belle. – Hesketh-Haywood soupira, secoua la tête avec satisfaction. – Mais je suis heureux d'avoir apporté ma contribution au confort de cette charmante créature.

Mgr Battaglia se sentit rougir. Une veine se mit à battre sur sa tempe.

— Peut-être pourrions-nous trouver un arrangement, articula-t-il finalement.

*

Ces lunettes rondes à verres épais commençaient à lui donner mal à la tête, mais Bryson avait obtenu ce qu'il était venu chercher à Rome... Il était épuisé ; il avait dû poser son petit avion sur un terrain d'atterrissage de Kiev, loin de l'espace aérien russe, et prendre successivement deux avions sur des lignes régulières pour rallier Rome. Comme prévu, Mgr Battaglia avait tout de suite répondu à son appel... le prélat était trop curieux de voir ce que Giles Hesketh-Haywood avait à lui proposer.

Giles Hesketh-Haywood, l'un des nombreux avatars de Bryson, lui avait souvent été utile tout au long de sa carrière.

En tant qu'amateur d'art et trafiquant d'antiquités orientales, ses voyages en Sicile, en Egypte, au Soudan, en Libye et ailleurs paraissaient tout à fait naturels. Pour éviter que l'on ne s'interroge sur les véritables raisons de sa présence dans un pays, il détournait les soupçons des autorités vers des leurres – un subterfuge vieux comme Hérode. Comme les douaniers le soupçonnaient d'être un contrebandier d'art, ils n'imaginaient pas une seconde qu'il puisse être un espion. Et la plupart d'entre eux, de surcroît, étaient trop heureux d'accepter ses pots-de-vin, se disant qu'après tout, s'ils les refusaient, d'autres certainement les accepteraient.

Un petit article parut dès le lendemain matin dans *L'Osservatore Romano,* le journal officiel du Vatican qui vendait plus de cinq millions d'exemplaires dans le monde entier. L'article titrait : *OGGETTO SPARITO DAI MUSEI VATICANI ?* UNE PIÈCE DE COLLECTION VOLÉE AUX MUSÉES DU VATICAN ?

Selon l'article, les conservateurs des musées du Vatican avaient découvert, au cours de leur inventaire annuel, que manquait dans leurs collections un jeu d'échecs en jade, une pièce rarissime datant de la dynastie Song. Le jeu en question avait été rapporté de Chine par Marco Polo au début du XIVe siècle, et offert au doge de Venise. En 1549, le pape Paul III avait disputé une partie contre le légendaire champion d'échecs Paulo Boi, et avait été battu. Le jeu avait finalement été acheté par César Borgia, qui le réservait à son usage personnel. Plus tard, il fut offert à l'un des Médicis, le pape Léon, qui l'adorait ; le jeu apparaît même en arrière-plan dans l'un de ses portraits de l'époque.

L'article reprenait les mots d'un porte-parole du musée du Vatican qui niait avec véhémence cette disparition. Mais dans le même temps, le musée refusait d'apporter la preuve qu'il possédait encore la pièce en question. On trouvait un commentaire lapidaire et indigné de Mgr Lorenzo Battaglia, conservateur en chef. Les catalogues des musées du Vatican, disait-il, recensaient des centaines de milliers de pièces... Devant l'immensité de ces richesses, il était inévitable que, de temps en temps, quelques objets soient momentanément égarés. Il n'y avait par conséquent aucune raison de conclure immédiatement à un vol.

Tout en buvant un café crème dans sa chambre de l'hôtel Hassler, Nick Bryson lisait l'article avec une certaine satisfaction. Il n'en avait pas tant demandé au prélat... Après tout, il avait raison de démentir la version du vol : le légendaire jeu d'échecs en jade datant de la dynastie Song reposait en toute sécurité dans les caves du Vatican. Comme la plupart des immenses possessions de l'Etat pontifical, la pièce n'avait pratiquement jamais été exposée – sa dernière apparition en public datait de quarante ans. Le jeu n'avait pas été volé... mais quiconque lirait l'article serait immédiatement convaincu du contraire.

Et Bryson savait que ce fait ne laisserait pas certaines personnes indifférentes...

Il décrocha le téléphone et appela à Pékin une vieille connaissance, un diplomate chinois nommé Jiang Yingchao, aujourd'hui haut fonctionnaire au ministère des Affaires étrangères. Jiang avait eu des « relations d'affaires » avec Giles Hesketh-Haywood, dix ans auparavant ; Yingchao reconnut immédiatement la voix nasillarde.

— Mon ami anglais ! Quel plaisir de vous entendre après un si long silence.

— Vous savez que je ne voudrais en aucune façon abuser de notre amitié, répondit Bryson. Mais il me semble que notre dernière transaction a été... utile à votre carrière. Non pas que vous en ayez eu besoin, bien sûr : vous avez su gravir les échelons du corps diplomatique d'une façon tout à fait prodigieuse.

Giles n'avait nul besoin de le rappeler à son ami : Yingchao n'était encore qu'un petit attaché culturel à l'ambassade chinoise de Bonn quand on l'avait présenté à Giles Hesketh-Haywood. Peu après avoir déjeuné ensemble, Giles avait trouvé pour Jiang, comme il l'avait promis, une miniature ancienne d'une extrême valeur à un prix bien inférieur à sa cote officielle. Avec cette miniature, un cheval en terre cuite datant de la dynastie Han, Jiang avait pu faire un présent exceptionnel à l'ambassadeur, un sésame qui lui ouvrit sans aucun doute les portes de la réussite. Pendant des années, Hesketh-Haywood avait fourni à son ami diplomate nombre d'objets d'une valeur inestimable, comme des bronzes anciens et un vase de la dynastie Qing.

— Et qu'avez-vous fait durant toutes ces années ? demanda le diplomate.

Bryson, l'air chagrin, poussa un long soupir.

— Je suis sûr que vous avez lu cet article absolument outrageant dans *L'Osservatore Romano* ? dit-il.

— Non, de quel article parlez-vous ?

— Oh, Seigneur, je préfère, d'ailleurs, ne pas en parler. Quoi qu'il en soit, un objet *extraordinaire* est tombé *par hasard* entre mes mains ; je me dis qu'un homme aussi introduit que vous pourrait connaître quelqu'un susceptible d'être intéressé. Certes, j'ai une liste *énorme* d'acheteurs potentiels, mais en souvenir du bon vieux temps, j'ai pensé vous en accorder la primeur...

Il commença à décrire la pièce de jade, mais Jiang l'interrompit aussitôt :

— Je vous rappelle, dit-il d'un ton sec. Donnez-moi votre numéro.

Une demi-heure plus tard, Jiang l'appelait d'une ligne confidentielle.

Il avait lu l'article entre-temps et, tout excité, avait passé quelques coups de fil.

— Vous imaginez bien, mon cher ami, qu'un objet de cette valeur ne se trouve pas sous le sabot d'un cheval, expliqua Giles. L'insouciance que montrent certaines grandes institutions vis-à-vis de leurs trésors est absolument consternante, vous ne trouvez pas ? Absolument consternante.

— Oui, oui, l'interrompit Jiang avec impatience. Ce serait certainement très intéressant à voir. Si nous parlons bien de la même chose... la pièce d'échecs en jade de la dynastie Song...

— Ce n'est qu'une hypothèse, mon cher Jiang. Vous le comprenez, bien sûr. J'ai seulement dit que s'il arrivait qu'une pièce aussi admirable soit disponible, vous aimeriez peut-être le faire savoir. Avec la plus grande discrétion, cela va de soi...

Le message était clair : c'était comme s'il avait agité un chiffon rouge sous le nez d'un taureau.

— Oui, oui, je pense à quelqu'un, bien sûr... Il y a un général, vous savez, qui est connu pour faire collection de pièces en jade sculptées, en particulier celles datant de la dynastie Song. C'est pour lui une véritable passion. Vous connaissez peut-être le surnom qu'on lui donne, c'est presque devenu son pseudonyme : le Maître de Jade.

— Non, je ne crois pas, Jiang. Vous pensez que cette pièce pourrait lui plaire ?

— Le général Tsai désire vivement rapatrier les trésors impériaux qui ont été volés, les rendre à la mère patrie. C'est un ardent nationaliste, vous savez.

— C'est ce que je crois comprendre... J'aurais besoin de savoir très vite si le général est intéressé ou non, parce que je comptais donner l'ordre au standard de l'hôtel de bloquer tous mes appels – ces horribles émirs d'Oman et du Koweït n'arrêtent pas de me supplier.

— Non ! s'exclama Jiang. Donnez-moi deux heures ! Cette pièce doit être rendue à la Chine !

Bryson n'eut pas longtemps à attendre. Le diplomate rappela moins d'une heure après. Oui, le général était intéressé.

— Etant donné le caractère exceptionnel de cet objet, annonça Bryson d'un ton ferme, j'exige absolument de rencontrer mon client.

Il se savait libre d'imposer ses conditions pour l'entrevue avec le général Tsai.

— Mais... mais certainement, balbutia Yingchao. Le... client le souhaite également. Il veut avoir toutes les garanties de l'authenticité de l'article.

— Cela va de soi. Tous les certificats de provenance seront fournis.

— Je n'en doute pas.

— La rencontre doit avoir lieu sans délai. Je ne peux accepter aucun retard.

— Ce n'est pas un problème. Le Maître de Jade est à Shenzhen et il brûle d'impatience de vous voir.

— Parfait. Je vais prendre le premier vol pour Shenzhen, pour que nous puissions avoir un entretien préliminaire, le général et moi.

— Qu'entendez-vous par « entretien préliminaire » ?

— Nous passerons d'abord une heure ou deux ensemble à bavarder, le général et moi ; je lui montrerai des photos du jeu d'échecs, et s'il me semble que nous avons trouvé un terrain d'entente, nous aborderons l'étape suivante.

— Vous n'aurez pas la pièce avec vous ?

— Oh, non, bien sûr que non ! Un client de ce rang pourrait me causer trop de tort s'il me dénonçait. On ne saurait être trop prudent par les temps qui courent. Vous connaissez ma devise : ne jamais traiter avec des inconnus – Bryson émit un petit rire entendu –. Après notre rencontre nous ne serons plus des étrangers, bien sûr. Si tout va bien, si je sens de bonnes vibrations, nous pourrons discuter de la livraison, de ces sordides histoires d'argent et autres détails matériels...

— Le général va insister pour examiner la pièce de jade, Giles.

— Bien entendu, il en aura le loisir, mais pas tout de suite. Oh non... La Chine est *terra incognita* pour moi, je ne sais pas comment elle fonctionne. Je m'y sens un peu trop vulnérable. Votre mystérieux général pourrait décider de confisquer la pièce et de se débarrasser de moi en m'envoyant dans une de vos fermes de culture de choux ou de je ne sais quoi.

— Le général est un homme de parole, objecta Yingchao sévèrement.

— Mon instinct m'a merveilleusement aidé pendant vingt ans, mon cher. Je m'en voudrais de ne pas en tenir compte pour ce nouveau rendez-vous. On n'est jamais trop précautionneux avec vous autres impénétrables Orientaux. – Il étouffa un rire ; à l'autre bout du fil, un silence de mort régnait. – Et vous me connaissez, Jiang... avec une larme de saké, je ne sais plus qui je suis !

*

Vêtu d'un costume à carreaux en cachemire et soie et d'un gilet jaune en agneau, Giles Hesketh-Haywood débarqua comme à la parade à l'aéroport Huangtian de Shenzhen et fut accueilli par un émissaire du général Tsai qui portait l'uniforme réglementaire vert foncé de l'Armée de Libération du Peuple, avec la casquette « Mao » ornée d'une étoile en émail rouge. L'émissaire, un homme d'âge moyen au visage impassible et qui ne se présenta pas, fit rapidement passer Bryson à travers les bureaux des douanes et des services d'immigration. La voie avait été préparée ; le personnel de l'aéroport se montra respectueux et ne demanda pas à faire l'inspection des bagages.

Cette tâche était réservée aux hommes du général Tsai. Une fois franchis les bureaux d'immigration, ils poussèrent Bryson sans dire un mot dans une pièce où deux autres soldats en uniforme les attendaient. L'un d'eux vida sa valise sans cérémonie, ouvrant et vérifiant tout ce qu'elle contenait. Pendant ce temps, l'autre commença à le fouiller méthodiquement, de la tête aux pieds, allant même jusqu'à découper les semelles intérieures de ses coûteuses chaussures anglaises. Bryson n'était guère surpris par la fouille, mais il émit les quelques cris aigus d'indignation qu'on pouvait attendre de la part du personnage plein de préciosité qu'il interprétait.

Il n'était pas inquiet. Prévoyant qu'il serait fouillé avant d'être autorisé à rencontrer le général, Bryson n'avait pris avec lui ni arme à feu, ni aucun objet suspect. Pas question que l'on puisse mettre en doute la bonne foi de Giles Hesketh-Haywood...

Mais, dissimulée dans sa ceinture de cuir raffinée, il y avait une arme si bien cachée que le risque valait d'être couru. Entre deux bandes du cuir italien le plus fin, il avait caché une longue lame de métal flexible d'environ deux centimètres de large, faite d'un alliage d'aluminium et de vanadium, tranchante comme un rasoir. Il n'y avait qu'à détacher une pression pour la dégager d'un coup sec. Il fallait un minimum d'adresse pour ne pas se blesser, mais bien utilisée elle pouvait entailler la peau jusqu'à l'os comme un rien. Et si cela ne suffisait pas, Bryson pouvait compter, comme de coutume, sur ses dons d'improvisation pour se confectionner des armes de fortune. Il espérait, toutefois, ne pas en être réduit à cette extrémité. Les soldats lui ordonnèrent de retirer sa ceinture. Bryson la tâta discrètement avant de la leur donner, on ne sentait rien.

Une limousine noire, une Daimler dernier modèle, attendait devant les portes de l'aéroport. Le chauffeur, vêtu lui aussi de l'uniforme de l'ALP, avait un visage lisse et inexpressif, le menton baissé sur sa poitrine dans une attitude d'humilité.

L'émissaire au visage sévère ouvrit la portière côté passager pour faire monter Bryson, mit la valise dans le coffre, et s'assit à l'avant. Il ne dit pas un mot ; la Daimler quitta l'aéroport et prit la direction de Shenzhen.

Bryson était déjà venu à Shenzhen, des années auparavant, mais il ne put reconnaître la ville. Là où, à peine vingt ans plus tôt, on trouvait un paisible village de pêcheurs, une métropole bruyante et tumultueuse avait jailli, traversée de routes construites à la hâte, parsemée de tours d'habitation mal bâties et d'usines aux fumées pestilentielles. Des gratte-ciel, des centrales électriques et des zones industrielles avaient surgi à la place des rizières et des terres agricoles du delta de la Rivière des Perles. La ligne chaotique de la ville était hérissée de grues, le ciel d'un gris sale n'était plus qu'une masse épaisse de pollution. La population grouillante de quelque quatre millions d'habitants installée le long des berges puantes de la rivière Shenzhen était en majorité composée de *mingongs*, des ouvriers agricoles qui avaient quitté leurs provinces rurales, attirés par les mirages de la cité.

Shenzhen était une mégapole bouillonnante, une ville champignon, qui s'agitait frénétiquement vingt-quatre heures sur vingt-quatre, vrombissant à plein régime, dopée par le mot le plus honni autrefois par la Chine communiste : le capitalisme. Mais c'était le capitalisme sous sa forme la plus arrogante et cruelle, une ville frontalière gagnée par une hystérie dangereuse où le crime et la prostitution sévissaient au grand jour. La consommation effrénée, l'opulence tapageuse, les panneaux publicitaires chatoyants, les néons rutilants, les boutiques élégantes de Louis Vuitton, de Dior, n'étaient rien d'autre qu'un vernis. Il dissimulait une sinistre réalité, celle des *mingongs* survivant au jour le jour, celle des bidonvilles sans installations sanitaires, cloaques où s'entassaient des milliers de travailleurs immigrés, comme des poulets de batterie...

La circulation était dense, encombrée par des voitures dernier cri et des taxis d'un rouge étincelant. Les immeubles étaient neufs, hauts, modernes. Les rues brillaient de lettres scintillantes, toutes en chinois avec parfois quelques rares enseignes lumineuses en caractères anglais – ici, un M pour McDonald's ; là, un KFC pour Kentucky Fried Chicken. Partout des couleurs criardes, des restaurants voyants, et des boutiques d'articles électroniques – caméras vidéo, ordinateurs, télévisions, lecteurs de DVD. Des armées de marchands ambulants proposaient aux chalands du porc et des canards grillés ou des crabes vivants.

La foule était compacte, au coude à coude, tout le monde ou presque avait à la main un téléphone portable. Mais à l'inverse d'Hong Kong, situé à quarante kilomètres au sud, on ne voyait pas de personnes âgées pratiquant le tai-chi dans les parcs. En fait, il n'y avait aucune personne âgée dans la ville. Le séjour le plus long dans la Zone d'Economie Spéciale était de quinze ans, et seuls les gens en bonne santé y étaient bienvenus.

L'émissaire assis sur le siège avant se retourna et commença à parler en chinois.

— *Ni laiguo Shenzhen ma ?*

— Pardon ? fit Bryson.

— *Ni budong Zhongguo hua ma ?*

— Désolé, je ne parle pas la langue, dit Bryson d'une voix traînante. L'émissaire lui avait demandé s'il parlait chinois, s'il était déjà venu ; cherchait-on à le tester ? La tactique était grossière.

— Anglais ?

— Oui, et c'est la seule langue que je parle, répondit Bryson.

— C'est la première fois que vous venez ici ?

— Oui. La ville est charmante. J'aurais aimé venir plus tôt.

— Pourquoi venez-vous voir le général ? Le visage de l'émissaire était devenu franchement hostile.

— Pour affaires, répondit Bryson brièvement. C'est bien ce dont s'occupe le général ?

— Le général dirige la section de l'Armée de Libération du Peuple de la région de Guandong, rectifia l'émissaire.

— Eh bien ! Il doit y avoir pas mal d'affaires à faire dans le coin.

Le chauffeur grommela quelque chose, l'émissaire se tut et se retourna.

La Daimler avançait lentement au milieu d'un encombrement gigantesque, dans une incroyable cacophonie – éclats de voix hystériques, coups de klaxon de camions répétés à l'infini... Parvenus devant l'hôtel Shangri-La, la circulation fut complètement bloquée. Le chauffeur alluma la sirène et le gyrophare rouge et fit grimper la voiture sur le trottoir grouillant de gens, en hurlant des ordres d'une voix stridente à travers un haut-parleur, provoquant la panique parmi les piétons qui s'enfuyaient devant le capot comme autant de pigeons. Une fois que la Daimler eut dépassé le bouchon, elle rejoignit le trafic.

Enfin ils parvinrent à un poste de contrôle, l'entrée d'un secteur hautement industrialisé placé sous la tutelle de l'armée. La résidence principale du général Tsai devait se trouver dans les parages ainsi que son état-major, selon toute vraisemblance. Un soldat avec un bloc de papier à la main se pencha vers l'émissaire et lui fit signe de descendre de voiture. Une fois l'homme sorti de l'habitacle, la Daimler poursuivit sa route, longeant des immeubles d'un gris sale, pour déboucher dans une vaste zone de hangars.

Instantanément, Bryson se mit sur ses gardes. On ne le conduisait pas chez le général. Mais alors où l'emmenait-on ?

— *Neng bu neng gaosong wo, ni song wo qu nar ?* ânonna-t-il avec un fort accent anglais. – Cela vous dérangerait de me dire où vous m'emmenez ?

Le chauffeur ne répondit pas.

Bryson éleva la voix, s'exprimant soudain avec aisance et sans accent :

— Nous ne sommes plus dans les quartiers du général, *siji !*

— Le général ne reçoit pas chez lui. Il ne tient pas à se faire remarquer, répondit le chauffeur d'un ton désinvolte, presque insolent.

Il ne montrait aucun signe de respect lorsqu'il parlait de son supérieur et n'employait pas le mot *shifu* – « Maître » – pour se référer au général Tsai. C'était pour le moins curieux de la part d'un Chinois.

— Tout le monde sait que le général Tsai mène grand train. Je vous conseille de faire demi-tour.

— Le général pense que le vrai pouvoir s'exerce de façon invisible. Il préfère rester derrière la scène.

Ils s'étaient arrêtés devant un grand entrepôt, au milieu de Jeeps et de Hummer peints en camouflage. Sans faire demi-tour ni couper le moteur, le chauffeur continua :

— Vous connaissez l'histoire de ce grand empereur du dix-huitième siècle, Qian Xing ? Il pensait qu'un chef devait avoir un contact direct avec ceux qu'il gouvernait. Alors il a décidé de voyager à travers la Chine déguisé en homme du peuple...

A ces mots, Bryson se raidit et dévisagea le chauffeur. Il pesta intérieurement. Le chauffeur était le général Tsai en personne !

Tout à coup la Daimler se trouva entourée de soldats ; le général lâcha quelques ordres en cantonais. La portière de la voiture s'ouvrit et Bryson fut brutalement poussé dehors. Deux soldats lui saisirent les bras et le maintinrent fermement.

— *Zhanzhu !* Ne bougez pas ! aboya l'un des soldats, obligeant d'une main Bryson à garder ses bras le long du corps. *Shou fang xia ! Bie dong !*

La vitre du côté du général s'abaissa ; il esquissa un sourire.

— C'était très instructif de parler avec vous, Mr. Bryson. Votre connaissance de notre langue s'est subitement révélée au cours de notre conversation. Je me demande donc bien ce que vous pouvez encore nous cacher... Il est temps d'affronter avec dignité votre destin, à savoir celui de votre mort inéluctable.

Seigneur ! Ils connaissent ma véritable identité ! Comment ? Depuis quand ?

Bryson réfléchit à toute vitesse. Qui avait pu la révéler ? Ou plus exactement, qui savait qu'Hesketh-Haywood n'était qu'une couverture ? Qui savait qu'il allait venir à Shenzhen ? Pas Youri Tarnapolski. Alors qui ?

On avait faxé des photos de lui, on avait peut-être fait des rapprochements. Non, ça ne tenait pas debout ! Il fallait qu'il y ait, parmi les proches du général, quelqu'un qui soit capable de le reconnaître, de voir au travers de sa défroque d'aristocrate anglais. Quelqu'un, donc, qui l'avait connu autrefois. Il ne trouvait pas d'autre explication...

Le général Tsai donna un coup d'accélérateur et s'éloigna, envoyant un nuage de fumée à la figure de Bryson ; on l'entraîna aussitôt vers l'entrée de l'entrepôt, un pistolet plaqué dans son dos. Il évalua rapidement ses chances de s'en sortir : elles n'étaient pas brillantes. Il devait libérer une de ses mains, la droite de préférence, pour pouvoir retirer en un éclair la lame de vanadium de sa ceinture. Mais pour ce faire, il lui fallait provoquer une diversion, profiter d'un moment d'inattention. L'avertissement du général ne laissait guère place au doute : il allait bel et bien être confronté à sa « mort inéluctable » : les soldats avaient ordre de l'abattre s'il esquissait le moindre geste pour se libérer... Bryson ne tenait pas, pour l'heure, à vérifier leur sens de la discipline.

Mais pourquoi l'emmenaient-ils à l'intérieur du hangar ? D'un coup d'œil, il mesura l'immensité du bâtiment qui servait manifestement d'entrepôt à des engins motorisés. A l'une des extrémités se trouvait un énorme monte-charge assez grand pour recevoir un char ou un Hummer. L'air était âcre, empestait l'huile et le gasoil. Des camions, des chars, et autres gros véhicules militaires étaient alignés en rangs serrés sur toute la longueur du hangar. On aurait pu se croire sur le stand d'exposition d'un grand fabricant de véhicules utilitaires, si les murs et le sol n'avaient été noircis par les projections d'huile et les gaz d'échappement.

Que se passait-il ? Pourquoi le conduisaient-ils ici alors qu'ils auraient facilement pu l'exécuter dehors, sans avoir à redouter le moindre témoin gênant ?

C'est alors que Bryson comprit...

Un homme apparut en face de lui, un homme armé jusqu'aux dents. Un homme qu'il connaissait.

Son nom était Ang Wu.

Parmi tous les adversaires que Bryson avait affrontés, c'était l'un des rares qui l'aient inquiété, à tous les points de vue. Ang Wu, officier renégat de l'armée chinoise, était attaché au Bomtec, la branche commerciale de l'Armée de Libération du Peuple. Ang Wu avait été le représentant local de l'ALP au Sri Lanka ; les Chinois avaient envoyé des armes par bateau aux deux parties adverses, semant la discorde et la défiance, attisant ainsi l'hostilité latente qui couvait dans la région. Aux alentours de Colombo, Bryson et la troupe de mercenaires qu'il avait rassemblée avaient détourné une caravane qui transportait des munitions sous la direction d'Ang Wu. Au cours d'une fusillade, Bryson avait touché Ang Wu au ventre. Son ennemi avait été emmené en hélicoptère, probablement à Pékin.

Mais l'histoire s'arrêtait-elle bien là ? N'y avait-il pas un sens caché derrière cette opération, une stratégie secrète dans laquelle Bryson n'aurait été encore une fois qu'un pion ? Quel avait été le véritable enjeu de sa mission ?

A présent Ang Wu se tenait devant Bryson, sur l'épaule, une AK-47 de fabrication chinoise en bandoulière, sur chaque hanche, un étui de revolver, autour de la taille, enroulées comme des serpents, des bandes de cartouches de mitraillette, et contre ses flancs et ses chevilles des couteaux luisant dans leur fourreau...

Bryson sentit que les soldats resserraient encore leur pression sur ses épaules. S'il faisait le moindre mouvement, il serait abattu avant même d'avoir pu approcher la main de sa ceinture. *Oh, Seigneur !*

Son vieil ennemi avait l'air satisfait.

— Il y a tant de façons de mourir, lança Ang Wu. J'ai toujours su que nous nous retrouverions. J'attendais ce jour avec impatience.

D'un geste souple, il sortit de son étui l'un de ses pistolets, un semi-automatique de fabrication chinoise, et sembla prendre plaisir à sentir son contact dans sa paume, son pouvoir de donner la mort.

— Le général Tsai me fait ce cadeau pour récompenser mes années de bons et loyaux services. C'est un cadeau tout simple : le droit de vous tuer moi-même. C'est m'offrir là un plaisir très... comment dire... intime et personnel.

Un sourire glacial découvrit une rangée de dents très blanches.

— Il y a dix ans, à Colombo, vous m'avez arraché la rate. Vous saviez ça ? Alors nous allons commencer par là. Votre rate.

Le gigantesque hangar était soudain devenu un tunnel étroit, avec lui à un bout et Ang Wu à l'autre. Il n'y avait plus qu'eux deux. Bryson prit une longue respiration :

— Ce n'est pas ce que j'appelle un combat loyal, dit-il d'un ton exagérément calme.

Le Chinois sourit et pointa le revolver vers le coin inférieur gauche du torse de Bryson. Lorsqu'il dégagea du pouce le cran de sûreté, Bryson se jeta en avant, tentant d'échapper à l'emprise de ses gardiens, quand...

Il y eut un tout petit bruit, à peine celui d'une bouteille qu'on débouche... et une marque rouge, comme un rubis, apparut au milieu du front d'Ang Wu. Il tomba très doucement ; on eût dit un ivrogne sombrant dans le coma.

— *Aiya !* cria l'un des gardes en se retournant vivement, juste à temps pour recevoir lui aussi une balle dans le front.

L'autre soldat poussa un cri de terreur, voulut saisir son arme et s'écroula à son tour au sol, la figure à moitié arrachée.

Soudain libéré, Bryson se jeta par terre en pivotant sur lui-même et leva les yeux. Sur une passerelle en acier, six mètres plus haut, un homme grand et massif vêtu d'un costume bleu marine sortait de derrière un pilier de béton – dans sa main un 357 Magnum muni d'un silencieux, d'où s'échappait encore un filet de fumée. Son visage était dans l'ombre, mais Bryson aurait pu reconnaître ce pas lourd n'importe où...

L'homme corpulent jeta le Magnum en direction de Bryson.

— Attrape !

Abasourdi, Bryson saisit l'arme au vol.

— Heureux de voir que tes réflexes ne sont pas encore complètement rouillés, railla Ted Waller en descendant les marches raides et étroites, le souffle court. – Il regarda Bryson d'un air insondable, presque amusé. – Viens, le plus dur reste à faire.

XXII

Le sénateur James Cassidy lut le gros titre du *Washington Times,* et comprit, en parcourant l'article, qu'on y parlait de sa femme, de son arrestation pour usage de drogue, et d'une possible obstruction à la bonne marche de la justice... il n'alla pas plus loin. C'était donc remonté à la surface, cela éclatait enfin au grand jour – cette source d'angoisse et de tourments qu'il avait réussi jusqu'à présent à soustraire à l'œil inquisiteur et cruel des médias... Le secret était aujourd'hui déterré. Mais par quel prodige ?

En arrivant à son bureau à six heures du matin, une heure tout à fait inhabituelle pour Cassidy, il y avait trouvé les membres de son équipe au grand complet, le teint gris et l'air aussi tendu que lui. Roger Fry attaqua, comme à son habitude, bille en tête :

— Le *Washington Times* veut votre peau depuis des années. Mais on a reçu une centaine d'appels de la part des autres journaux. Ils veulent aussi avoir votre femme. Ça tire de tous les côtés, Jim. Je ne peux pas les arrêter. Il faudrait être Superman pour ça.

— Est-ce que c'est vrai ? demanda Mandy Greene, son attachée de presse.

Mandy avait quarante ans, elle travaillait avec lui depuis six ans, mais la tension et l'inquiétude l'avaient vieillie d'un seul coup. Cassidy ne l'avait jamais vue perdre son sang-froid, mais ce matin elle avait les yeux rouges et bouffis.

Le sénateur échangea un regard avec son chef de cabinet : il était clair que Roger n'avait rien dit aux autres.

— Que disent-ils exactement ?

Mandy ramassa le journal puis le jeta rageusement à travers la pièce.

— Qu'il y a quatre ans votre femme a été prise en train d'acheter de la cocaïne. Que vous avez fait jouer vos relations, demandé des passe-droits, et obtenu sa libération immédiate et l'annulation des poursuites. « Obstruction à la justice », voilà le bruit qu'ils font courir.

Le sénateur Cassidy hocha la tête sans mot dire. Il s'assit dans son grand fauteuil de cuir et, le faisant pivoter, resta un long moment le dos tourné à son équipe, contemplant par la fenêtre le jour gris et nuageux qui se levait sur Washington. La veille, le journaliste les avait appelés à plusieurs reprises, Claire et lui, mais ils n'avaient pas répondu. Inquiet, il avait mal dormi.

Claire se trouvait, à l'époque, dans leur maison de campagne à Wayland, dans le Massachusetts. Elle avait des problèmes, comme beaucoup d'épouses d'hommes politiques. Mais il savait comment cela avait commencé : l'accident de ski soi-disant bénin qui l'avait amenée à subir une opération du dos... puis cela avait été les piqûres de codéine pour soulager la douleur de l'opération... Très vite elle était devenue dépendante. Les médecins refusèrent de renouveler sa prescription et l'inscrivirent à une association de malades qui proposait une assistance psychologique pour apprendre à gérer la douleur. Mais les narcotiques avaient procuré à Claire une sorte de cocon douillet, un rempart contre l'angoisse et les contraintes de la vie publique, une compensation à une vie personnelle qui ne lui apportait plus le réconfort dont elle avait besoin. Cassidy se reprochait de n'avoir pas été là, à ses côtés, pour la soutenir. Il avait fini par se rendre compte à quel point le monde de la politique avait pu lui paraître détestable, un monde qui considérait les épouses comme quantité négligeable, au mieux comme des faire-valoir, alors que Claire, si jolie, si douée, si aimante, n'avait pas été préparée à vivre dans l'ombre de son mari... Cassidy, de son côté, avait une vie sociale trop remplie ; il y avait tant de confrères à cajoler, à flatter, à bousculer et à pousser dans la bonne direction. Claire se retrouvait seule à la maison : elle avait fait l'expérience de la douleur, une douleur qui n'était plus uniquement physique. Entre la solitude ou l'accident, il ne savait quelle blessure la faisait le plus souffrir, mais une chose était sûre : son hospitalisation n'avait fait que précipiter sa chute dans la dépression et sa dépendance à la drogue.

Désespérée de ne plus avoir d'ordonnance pour ses narcotiques, en manque de cette espèce de soulagement qu'elle savait momentané mais qui rendait les choses supportables, elle se rendit dans un parc de la Huitième Rue à Washington, dans l'espoir de se procurer une dose d'héroïne. L'homme qu'elle y rencontra était chaleureux, compréhensif, détendu. Il lui donna deux petits sachets de poudre. Elle le paya avec des gros billets flambant neufs qu'elle venait de retirer d'un distributeur.

Alors, en un éclair, l'homme lui montra sa plaque de policier et l'emmena au poste. En découvrant son identité, le commissaire appela Henry Kaminer, l'assistant du procureur, chez lui. Et Henry Kaminer appela son camarade de promotion à la Faculté de droit, Jim Cassidy, qui était justement président de la Commission de la magistrature du Sénat. C'était ainsi qu'il avait tout découvert. Cassidy se souvenait encore du ton embarrassé de Kaminer au téléphone, des quelques mots un peu contraints qu'il avait prononcés, avant la bouleversante révélation. Ç'avait été l'un des pires moments de sa vie.

Le visage aux traits tirés de Claire emplissait son esprit et les vers d'un poème qu'il avait lu autrefois résonnaient dans sa tête : *ce n'étaient pas des cris de joie, mais des appels au secours.* Comment avait-il pu être aussi aveugle à ce qui se passait dans sa propre maison, à l'intérieur même de son couple ? Etait-il possible que sa vie publique lui fasse à ce point perdre contact avec sa vie privée ? Et Claire était là, sous ses yeux ; *ce n'étaient pas des cris de joie, mais des appels au secours.*

Cassidy fit tourner son fauteuil pour regarder son équipe en face.

— Elle n'était pas coupable, dit-il, glacial. Elle avait simplement besoin d'aide, nom de Dieu ! Elle avait besoin d'un traitement. Et elle l'a eu. Six mois de désintoxication. Dans le plus grand secret. Personne ne devait le savoir. Elle ne voulait pas de ces regards compatissants et compréhensifs, de cette attention toute particulière qu'on vous porte en tant que femme de sénateur.

— Mais votre carrière... commença Greene.

— Ma fichue carrière est la première cause de sa maladie ! Claire avait des rêves, elle aussi. Elle rêvait d'avoir une vraie vie de famille, avec des enfants et un père pour les aimer, un mari qui ferait de sa femme et de ses enfants sa seule priorité, comme tout homme doit le faire. Elle rêvait d'avoir une vie normale, ça n'était pourtant pas la mer à boire... Elle voulait un foyer, voilà tout. Elle a renoncé à ses rêves pour que je puisse devenir – quel surnom le *Wall Street Journal* m'a-t-il donné l'année dernière ? – le « Polonius du Potomac ».

Sa voix était pleine d'amertume.

— Mais comment a-t-elle pu compromettre tout ce pourquoi vous avez travaillé, votre travail à tous les deux ?

Malgré elle, Mandy Greene ne pouvait s'empêcher d'exprimer sa colère et sa déception.

Cassidy hocha doucement la tête :

— Claire était désespérée de savoir que tout le monde allait la considérer comme la femme qui avait failli briser la carrière d'un sénateur. Vous ne comprendrez jamais l'enfer qu'elle a traversé. Mais elle a réussi. En un sens nous avons réussi tous les deux. Et bon sang, nous sommes arrivés de l'autre côté ! Jusqu'à aujourd'hui. Jusqu'à ceci – son regard se dirigea vers le standard électronique dont les douze lignes clignotaient en émettant un bourdonnement ininterrompu –. Mais comment, Roger, comment l'ont-ils appris ?

— Je n'en suis pas encore sûr, répondit Roger Fry. Mais ils ont des informations incroyablement précises : une copie informatique du procès-verbal de l'arrestation, récupérée Dieu sait comment, puisque officiellement il avait été effacé ; le coupon de retrait d'argent assez considérable que Claire avait fait ce soir-là ; des enregistrements d'appels téléphoniques, dont une série de communications affolées entre votre maison et celle d'Henry Kaminer la nuit de l'arrestation, d'autres communications encore, entre Kaminer et le commissaire, entre le policier qui l'a arrêtée et le commissariat ; et même les récipissés des factures que vous avez payées à Silver Lake pour la désintoxication de Claire.

L'air sinistre, Cassidy se força à sourire.

— Personne n'aurait pu faire ça tout seul. Les secrets des dossiers les plus intimes, les plus personnels, ont été violés. C'est justement contre ça que je fais campagne. Contre l'idée d'une société de surveillance.

— Vous pouvez dire adieu à tout ça, répliqua Mandy brutalement, retrouvant enfin une attitude professionnelle. On dira que vous faites campagne pour la protection de la vie privée du citoyen parce que vous avez un cadavre dans votre placard. Vous le savez mieux que personne.

Roger Fry se mit à marcher de long en large dans le bureau.

— C'est une sale affaire, Jim, inutile de se voiler la face. Je crois, toutefois, que nous pouvons nous en tirer. Ça va être très difficile, mais les gens du Massachusetts savent que vous êtes quelqu'un de bien, et vos confrères, qu'ils vous aiment ou pas, savent aussi que vous êtes un type loyal. Le temps guérit tout, en politique comme ailleurs.

— Je n'aurai pas cette patience, Roger, répondit Cassidy en regardant de nouveau le paysage à travers la fenêtre.

— Je sais que pour le moment on est dans le pétrin, poursuivit Fry. Ils vont tout faire pour vous briser. Mais vous êtes fort, montrez-leur.

— Vous n'avez pas l'air de comprendre. – Cassidy parlait gravement mais sans animosité. – Il ne s'agit pas de moi, il s'agit de Claire. Tous les articles de journaux commencent par « Claire Cassidy, la femme du sénateur James Cassidy... etc. » Ça peut continuer ainsi pendant des jours, des semaines, qui sait ? Je ne peux pas lui imposer cela. Je ne peux pas l'obliger à affronter cela. Elle n'y survivrait pas. Il n'y a qu'un moyen de faire cesser cette histoire, de les faire taire tous, que ce soit à la télévision ou dans la presse à scandale. – Il secoua la tête, imita le ton de voix moqueur d'un présentateur de journal TV : – *Le sénateur Cassidy refuse l'enquête sénatoriale... le sénateur Cassidy se bat pour conserver son siège... le sénateur Cassidy nie ses fautes... le sénateur Cassidy en disgrâce, le président du Conseil de la magistrature du Sénat aurait-il outrepassé ses fonctions ? Un sénateur marié à une droguée.* Voilà les prochaines nouvelles à la une, et ça peut continuer indéfiniment. Et maintenant : *Le sénateur Cassidy démissionne de ses fonctions à la suite de graves accusations.* Ça peut faire un gros titre, certes, mais pendant pas plus de deux jours... Les malheurs de Jim et Claire Cassidy, simples citoyens, seront vite oubliés au profit d'une nouvelle vague de famine en Somalie. Il y a cinq ans, j'ai promis à ma femme que nous tirerions un trait sur tout ça, quoi qu'il nous en coûte. Le moment est venu de tenir ma promesse.

— Jim, insista Fry en tentant de garder son calme, il est trop tôt pour prendre des décisions radicales. Il y a trop d'inconnues... Je vous supplie d'attendre.

— Trop d'inconnues ? ricana le sénateur. Mais de toute ma vie je n'ai jamais été aussi sûr de moi ! – Il se tourna vers Mandy Greene : – Mandy, l'heure est venue de justifier votre salaire. Nous allons rédiger ensemble un communiqué de presse. Immédiatement.

XXIII

Bryson restait figé sur place, le souffle coupé. Il était abasourdi, incapable de réfléchir. C'était comme si la foudre avait traversé son cerveau, lui faisant perdre conscience, ne lui laissant que des bribes de raison. Tout ça était dément, absurde. Il retint un cri.

Ted Waller!

Gennadi Rosovski!

Le grand manipulateur, le virtuose de l'ombre, celui qui avait fait de sa vie tout entière une vaste et gigantesque duperie.

Bryson empoigna le pistolet qu'il venait d'attraper, refermant un à un ses doigts sur la crosse, comme s'il s'agissait d'une extension de son propre corps. Il le pointa en direction de Ted Waller... d'accord, il pouvait tuer Ted Waller d'une seule balle, bien ajustée... mais *ça ne lui suffirait pas, plus maintenant!*

Les questions qui le torturaient resteraient sans réponse, cela ne satisferait pas son besoin de vengeance à l'égard de tous ceux, mystificateurs et manipulateurs, qui avaient fait de sa vie un leurre. Malgré tout, Bryson gardait le pistolet braqué vers le visage de son ancien mentor, submergé de rage mais rongé de questions, *de tant de questions!*

D'une voix faible, étranglée, il posa la première qui lui vint à l'esprit :

— Qui es-tu ?

Il déverrouilla le cran de sécurité, passa le pistolet en mode automatique. D'une simple pression de l'index, il pourrait tirer dix balles dans la tête de Ted Waller ; cet imposteur dégringolerait de son perchoir pour venir s'écraser sur le sol, six mètres plus bas. Mais Waller, fin tireur toutefois, ne braquait pas d'arme sur lui. Son vieux maître obèse restait immobile, un sourire énigmatique sur le visage.

Sa voix résonna dans le hangar.

— Jouons à Vrai ou Faux, dit-il en invoquant l'un de ses vieux exercices pédagogiques.

— Va te faire foutre ! lança Bryson, la voix tremblant de rage contenue. Ton nom est Gennadi Rosovski.

— Vrai, répondit Waller, le visage impassible.

— Tu as suivi les cours de l'Institut des langues étrangères à Moscou.

— Vrai. – Un sourire passa fugitivement sur son visage. – *Pravil'no. Otchilno* – c'est exact. Bravo.

— Tu appartiens au GRU.

— C'est vrai et c'est faux. Pour être précis, le verbe doit être au passé. *J'appartenais* au GRU.

La voix de Bryson éleva le ton :

— Et quand tu me disais qu'on allait sauver le monde, c'était de la foutaise, de la merde ! Tu as toujours travaillé pour l'autre camp !

— Faux ! répondit Waller d'une voix forte et claire.

— Assez menti, espèce de salaud ! J'en ai marre des mensonges !

— C'est vrai. Cela a assez duré.

— Va au diable... et d'abord, qu'est-ce que tu fais là ?

— Sans vouloir singer le général Tsai, je dirais : quand l'élève est prêt, le maître apparaît.

— Je n'ai pas de temps à perdre avec tes conneries bouddhiques ! tonna Bryson.

Bryson entendit des pas précipités, des cliquettements d'armes, et fit volte-face. Deux soldats en uniforme avaient surgi dans le hangar, fusil au poing. Bryson esquiva plusieurs coups de feu, et dans le même temps, il entendit des détonations au-dessus de sa tête, là où se trouvait Waller. Les deux gardes furent atteints. Ils titubèrent et s'effondrèrent. Bryson plongea, enjamba le cadavre d'Ang Wu. Il retourna le corps flasque, s'empara de sa mitraillette, passa rapidement la bandoulière autour de son cou, et, lâchant le pistolet de Waller, il la braqua vers les autres soldats qu'il s'attendait à voir arriver. Mais il n'y en avait pas.

Alors il retira d'un coup sec le pistolet qu'Ang Wu tenait encore dans sa main et le fourra dans la poche extérieure de son costume ridicule d'Hesketh-Haywood. Ang Wu portait sur ses hanches deux couteaux de chasse dans leur fourreau. Bryson s'en empara et les fixa soigneusement à sa ceinture. Sa ceinture ! Il se souvint brusquement de la lame en alliage... Mais il disposait à présent d'une artillerie autrement efficace.

— Par ici ! lança Waller, en disparaissant derrière la colonne en béton. Le hangar est cerné !

— Où vas-tu ? cria Bryson.

— Des collègues nous ont préparé le terrain. Monte, Nick !

Que pouvait-il faire d'autre ? Quelle que soit la réelle identité de Ted Waller, il disait sans doute vrai : le hangar était bel et bien encerclé par les gardes de l'armée chinoise. S'il existait une autre issue à ce niveau, elle les conduirait droit vers ses ennemis – ses ennemis *du moment*. Bryson grimpa les marches métalliques menant à l'étage supérieur. Arrivé sur la passerelle, il aperçut Waller qui s'engageait dans un escalier, au bout d'une rangée de véhicules militaires. En se faufilant entre les rangs serrés de Jeeps, de Hummer et de camions militaires, Bryson courut vers la cage d'escalier... Waller grimpait les marches, avec cette grâce presque aérienne qui l'avait toujours étonné pour un homme de sa corpulence. Bryson restait néanmoins plus rapide, et il rattrapa Waller après quelques secondes d'ascension.

— Sur le toit, chuchota Waller. C'est la seule sortie possible.

— Le toit ?

— Pas le choix. Ils vont débouler d'un instant à l'autre, si ce n'est déjà fait – Waller était à bout de souffle –. Il y a un monte-charge pour monter là-haut, mais il est d'une lenteur d'escargot !

Au niveau du troisième étage, ils entendirent des cris et des bruits de pas précipités en contrebas.

— Je n'en peux plus, lâcha Waller. Je n'aurais pas dû manger autant de pâté hier soir... Passe devant.

Bryson monta en flèche l'escalier, jusqu'au dernier étage. Il émergea dans la nuit, sur un immense toit en terrasse, couvert de tanks et de camions.

Et maintenant ? Qu'est-ce qui était au programme, sauter du haut du toit, franchir d'un bond le gouffre de six mètres qui les séparait du hangar suivant ?

— Brûlons les ponts, lança Waller hors d'haleine en débouchant de l'escalier.

Bryson comprit aussitôt l'allusion... Barrer le chemin à leurs poursuivants... mais comment ? Avec quoi ? Il n'y avait pas de porte à fermer ou à barricader...

En revanche, il y avait des véhicules par centaines, par milliers... Bryson courut vers l'engin le plus proche, essaya d'ouvrir la portière : fermée à clé. Merde ! Il passa au suivant : verrouillé aussi. Pas le temps d'insister.

Il se précipita vers une rangée de Jeeps ; il sortit de son étui un des couteaux d'Ang Wu, déchira la capote, introduisit sa main dans l'habitacle et ouvrit la portière de l'intérieur. La clé était sur le contact, ce qui était logique. Dans un entrepôt de cette taille, enlever les clés des véhicules aurait été un cauchemar logistique. Waller se tenait à l'écart, et parlait dans un téléphone portable. Bryson mit le contact, démarra le moteur et lança la Jeep à fond de train vers la bouche d'escalier. En approchant, il vit qu'elle était trop large pour passer par l'ouverture... c'était encore mieux... Dans un grand bruit la Jeep s'encastra entre les parois de béton, l'avant s'engouffrant dans l'ouverture, pour s'immobiliser deux mètres plus loin sur les premières marches. Bryson parvint à forcer la portière et à s'extraire du véhicule.

Mais le répit ne serait que de courte durée. En s'y mettant à plusieurs, les soldats pouvaient dégager la Jeep. Cela ne suffisait pas ! Au milieu des rangées voisines de véhicules, il trouva ce qu'il cherchait : un baril de deux cents litres d'essence. Il le bascula et le fit rouler vers la Jeep qui bouchait la sortie. Il dégagea le bouchon de bonde en plastique et le dévissa. Le carburant commença à se répandre sur le sol en ciment, formant une mare autour du véhicule. Il poussa le bidon un peu plus loin, en le soulevant sur un côté pour que l'essence s'écoule encore plus vite – un torrent ambré coulait à présent autour des pneus, se répandait sous la Jeep et dévalait les marches. L'odeur était suffocante. Bryson venait juste de finir de vider le bidon lorsqu'il entendit des bruits de pas précipités : les gardes montaient l'escalier.

Pas de temps à perdre !

Vite, il défit sa cravate, la trempa dans la flaque d'essence, la tassa dans la bonde du bidon vidé. Il n'y avait plus de liquide, mais de la vapeur d'essence – ou plus exactement un mélange d'air et de vapeur d'essence. Les proportions n'étaient peut-être pas parfaites, mais il savait de par sa vieille expérience que ça suffirait. Il sortit le briquet doré de Giles Hesketh-Haywood et approcha la flamme de la torche improvisée. La mèche s'enflamma en émettant un ronflement grave ; Bryson lança le bidon par-dessus la Jeep vers la cage d'escalier, et s'éloigna à toute vitesse.

Il y eut une énorme explosion, un bruit assourdissant. Une boule de feu emplit la cage d'escalier, la transformant en un brasier furieux. Voyant les flammes, Waller se mit lui aussi à courir. Quelques secondes plus tard, il y eut une autre déflagration, gigantesque – le réservoir de la Jeep avait explosé. La lumière était éblouissante : des vagues de feu écumantes, crachant des tourbillons de fumée noire. Bryson s'arrêta au milieu du toit ; Waller l'y rejoignit, le visage cramoisi et dégoulinant de sueur.

— Joli coup, haleta-t-il en levant les yeux vers le ciel.

Du brasier leur parvenaient des cris, des hurlements... mais le vacarme fut rapidement couvert par un bruit plus puissant encore : le grondement des pales d'hélicoptère. Un hélicoptère blindé et camouflé vrombissait au-dessus de leurs têtes, cherchait un espace vide entre les véhicules pour atterrir et amorçait sa descente.

Bryson était bouche bée.

— Nom de Dieu...

L'hélicoptère était un Apache AH-64, portant le sigle de l'armée américaine sur les flancs et sur la queue son numéro de série.

Waller courut vers l'appareil en rentrant la tête dans les épaules – un réflexe instinctif parfaitement inutile. Bryson hésita un instant avant de suivre son ancien maître dans le ventre du gros hélicoptère. Le pilote était vêtu d'un treillis de l'armée américaine. Comment était-ce possible ? Si le Directorat était un rejeton du GRU, comment Waller s'était-il arrangé pour avoir un hélicoptère de combat de l'US Army ?

Alors qu'il grimpait à bord de l'appareil, Waller se retourna vers Bryson, l'air affolé ; il désignait quelque chose derrière lui. Bryson se retourna, aperçut une dizaine de soldats jaillir du monte-charge à une trentaine de mètres de là. Il finit de se hisser dans l'hélicoptère et sentit brusquement une douleur aiguë dans son dos, un choc violent dans le côté droit, à la hauteur des côtes. Il avait été touché ! La douleur était immense, inouïe. Il poussa un hurlement, ses jambes se dérobèrent sous lui... Waller l'agrippa par le bras et le tira à l'intérieur tandis que l'hélicoptère s'élevait dans les airs. Bryson vit la troupe amassée au-dessous d'eux, les flammes couleur d'ambre, les colonnes de fumée noire.

Bryson avait souvent été blessé par balle, mais cette fois c'était plus douloureux que jamais. La souffrance grandissait au lieu de s'atténuer : un nerf avait été touché. Il perdait des flots de sang, il en était sûr. Comme venant de très loin, il entendit Waller qui disait :

— ... un hélicoptère de l'armée américaine, ils n'oseront pas nous tirer dessus... incident international... le général Tsai n'est pas assez fou pour...

La voix de Waller disparaissait par intermittence, comme à travers un poste de radio mal réglé. Bryson était tantôt glacé, tantôt brûlant de fièvre.

Il entendit :

— ... Ça va, Nicky ?

Puis :

« ... il y a une infirmerie à l'aéroport de Hong Kong... le vol est long et on n'a pas de temps à perdre... »

Et encore :

« ... les médecins du dix-huitième siècle n'avaient peut-être pas tort, Nicky. C'est probablement très sain de se faire faire une saignée de temps en temps... »

Il perdait conscience par moments, des flots d'images glissaient devant ses yeux. Il sentit confusément que l'hélicoptère se posait, qu'on le mettait sur une civière...

On le porta en hâte à l'intérieur d'un bâtiment moderne, le long d'un immense couloir. Une femme vêtue de blanc, infirmière ou doctoresse, le soigna, le déshabilla jusqu'à la taille, recousit la plaie... Il eut la sensation qu'on lui enfonçait un fer rouge dans la chair, puis le narcotique fit son effet et le plongea dans un sommeil de plomb.

*

— Coincer ce type, voilà ce que je veux !

Adam Parker écumait de rage et ne se souciait guère de la présence de Joel Tannenbaum, son avocat de longue date. Ils s'étaient retrouvés pour déjeuner, comme ils en avaient l'habitude une fois par mois, chez Patroon, un bistrot chic de la Quarante-Septième Rue. Les murs étaient lambrissés de bois sombre, décorés de gravures de Kip. Parker avait réservé un salon privé où les deux hommes pouvaient fumer le cigare en sirotant leurs martinis. Parker s'enorgueillissait de sa forme physique, mais chaque fois qu'il venait à Manhattan, il descendait dans des endroits comme celui-là, reliques du temps jadis et de ses petits excès.

Tannenbaum attaqua sa côte de veau grillée. Il avait collaboré à la *Revue Juridique de l'Université de Columbia*, dirigé le service du contentieux chez Swarthmore & Barthelme, mais sous ces références impressionnantes et ses nobles fonctions, il était resté le gamin des rues, le gosse sans éducation qui avait grandi dans le Bronx et rendait coup pour coup.

— Des types comme ça ne se font jamais prendre. Ils ne feront qu'une bouchée de toi. Désolé, Adam, mais je ne vais pas te raconter d'histoires. Tu connais la blague de la souris qui voulait s'envoyer un éléphant ? Crois-moi, n'essaie pas de grimper sur le dos de Dumbo.

— Fiche-moi la paix, dit Parker. On a déjà fait des magouilles ensemble. Je te demande juste de rédiger quelques papiers. Une injonction.

— Disant quoi ?

— Leur enjoignant de ne pas mêler les données venant d'InfoMed avec leurs autres sources – nous avons des accords de confidentialité à honorer. Dis-leur que nous avons la preuve qu'ils violent ces accords, etc., etc...

— Adam, tu es vraiment gonflé.

— OK, d'accord, mais je veux leur mettre des bâtons dans les roues. Pas question de leur dire *amen*. Ils croient pouvoir m'avaler en une bouchée, et ils vont tomber sur un os qui va leur rester en travers de la gorge.

— Dumbo l'éléphant ne s'en rendra même pas compte. Ils ont des bataillons d'avocats dans leur équipe. Ils vont te recracher ça en deux minutes.

— Rien ne prend deux minutes quand il s'agit de la loi.

— Alors cinq.

— C'est David contre Goliath. Je ne rendrai pas les armes sans avoir combattu.

— Suis-je censé être touché par cette envolée lyrique ?

— Au prix où sont tes honoraires, tu me dois bien ça !

Tannenbaum eut un rire amer.

— Adam, je te connais depuis... combien de temps... quinze ans ? Tu as été mon témoin...

— Le mariage a duré huit mois. J'aurais dû demander qu'on me rende mon cadeau !

— Certains l'ont fait, crois-moi.

Tannenbaum avala une petite gorgée de martini.

— Je t'ai coupé... vas-y, continue.

— Adam, tu es un petit con arrogant, agressif, un tueur sans une once d'humilité, un monsieur Je-Sais-Tout sans la moindre conscience de ses limites. C'est probablement pour ça que tu t'en es si bien sorti jusqu'à présent... Mais là... Pour la première fois de ta vie, tu t'attaques à plus gros que toi.

— Je t'emmerde.

— Je suis avocat. Mon boulot c'est justement d'emmerder les autres. – Tannenbaum haussa les épaules. – Tout ce que je te dis, c'est de combattre dans ta catégorie, Adam.

— C'est ça qu'on t'a appris à Columbia ?

— J'aurais bien voulu... Tu n'as pas réellement besoin de moi dans cette affaire, tu es, en fait, venu me demander conseil. Alors écoute au moins ce que j'essaie de te dire. Tous les cabinets d'avocats qui se respectent sont plus ou moins en affaires avec Systematix ou l'une de ses filiales. Regarde autour de toi... Tous ces déjeuners, remboursés par la boîte, dans les meilleurs restos de la ville... au bout de la chaîne, qui paye ? Le client, le vendeur ou le consommateur préféré de tous : Systematix.

— Ils se prennent pour quoi ? l'Esso de l'information ?

— N'essaie même pas de faire des comparaisons. A côté de Systematix, la Standard Oil est une entreprise familiale. Mais personne ne les embête. Comme tu le dis toujours, la vie est injuste, c'est ainsi. En fait, tout se passe comme si le ministère de la Justice était une de leurs filiales. Cette société a des tentacules partout.

— Tu te fiches de moi.

— Sur la tombe de ma mère...

— Ta mère vit à Flatbush.

— Il n'empêche que c'est la vérité. Systematix a acheté ta compagnie. Tu as pris leur argent... et maintenant tu veux cracher dans la soupe ? C'est ridicule !

— Ils vont regretter d'avoir voulu baiser Adam Parker. Si tu ne fais pas les papiers, je trouverai quelqu'un d'autre. C'est vrai que j'ai pris l'argent, mais je n'avais pas vraiment le choix. Cela a été une prise d'assaut en règle.

— Adam. Tu ne peux te battre contre ces gens. Tu me connais, je ne suis pas du genre timoré. Mais là... quand je te dis que cette affaire n'est pas comme les autres, je pèse mes mots. Ces gens ont leurs propres lois.

Parker finit son martini et fit signe au serveur de lui en apporter un autre.

— Je suis peut-être un petit con, un Je-Sais-Tout arrogant, mais je ne suis pas un pigeon, répliqua Parker sans se laisser décourager. Et je vais te dire un truc. Ces connards de Systematix vont se souvenir de moi.

*

— Votre chambre habituelle est prête, Mr. Parker, annonça le réceptionniste dès qu'il le vit entrer au Saint Moritz ce soir-là.

La direction de l'hôtel savait que Parker appréciait qu'on se souvienne de ses préférences. C'était l'un de ses petits plaisirs de client.

Il profitait également de ses rares séjours à Manhattan pour s'offrir des plaisirs plus exotiques. Ce matin-là, il avait téléphoné à *Madame de*

Sévigny, comme elle aimait se faire appeler, qui lui avait promis « deux *jeunes filles,* nos deux meilleures recrues ». Madame de Sévigny ne faisait pas de publicité : tous ses clients – pour la plupart des hommes riches et puissants originaires d'autres Etats – devaient lui avoir été présentés dans les règles. Pour sa part, elle leur garantissait une discrétion absolue. Ses filles savaient que leur vie ne vaudrait pas cher si cette discrétion n'était pas respectée. En échange de leur obéissance fidèle aux règles établies par Madame de Sévigny, elles pouvaient en deux ans se constituer un confortable pécule. Madame de Sévigny avait un médecin attitré, qui pratiquait régulièrement des analyses sanguines et des examens gynécologiques sur les *jeunes filles,* garantissant ainsi que leur santé et leur hygiène étaient irréprochables. Elles suivaient un programme strict d'exercices physiques et un régime diététique dignes de gymnastes professionnelles ; avant que ses soldats de charme ne se rendent à leurs rendez-vous, Madame de Sévigny procédait elle-même à la revue de détail. Il était indispensable que les sourcils soient épilés, la peau exfoliée et nourrie d'une crème adoucissante, les pieds poncés, les cils maquillés, les jambes épilées, les ongles vernis. Le moindre orifice du corps devait être oint et parfumé. « La beauté naturelle est un Graal si difficile à atteindre », soupirait Madame de Sévigny en faisant passer à ses *jeunes filles* un ultime examen.

A dix heures du soir précises, la réception de l'hôtel appela Parker pour annoncer l'arrivée des demoiselles. Dans sa suite luxueuse, Parker, qui se prélassait dans un canapé revêtu d'un peignoir de bain immaculé, sentit une agréable chaleur monter en lui. Cette histoire de rachat par Systematix l'avait tellement mis sur les nerfs qu'il avait bien besoin de se détendre. Cela faisait si longtemps... Parker était toujours très précis dans ses demandes... Il était inutile d'y aller par quatre chemins avec Madame de Sévigny, comme le disait ce vieux magnat du semi-conducteur qui lui avait fait connaître les prestations spéciales de la dame maquerelle. Ce qu'il s'était réservé pour ce soir aurait dépassé l'entendement de son épouse – c'était une femme solide et *saine* à qui l'on ne demandait pas ce genre de chose... Mais il n'aurait pas été étonné que le fabricant de semi-conducteurs, lui, en sache long sur ces raffinements.

Quelques minutes plus tard, on frappait à la porte.

— Je m'appelle Yvette, murmura une brune splendide et sculpturale.

— Et moi Eva, ajouta la seconde, une blonde au corps de rêve. On vous plaît ?

Parker eut un large sourire.

— Beaucoup, dit-il. Mais il me semble que Madame de Sévigny avait parlé d'une Yvette et d'une Erica.

— Erica est tombée malade, expliqua Eva. Elle m'a envoyée à sa place et m'a priée de vous transmettre ses regrets. Nous sommes comme des sœurs. J'espère que vous ne serez pas déçu.

— Je suis sûr que non, répondit Parker, la bouche sèche d'impatience, en jetant un coup d'œil sur la petite mallette grise que portait Yvette.

— Puis-je vous offrir quelque chose ?

Après avoir échangé un regard, les deux filles secouèrent la tête.

— Nous commençons ?

— Faites, je vous en prie, dit Parker.

Une heure plus tard, Parker était attaché à la colonne de lit en cuivre, et gémissait de plaisir tandis que les filles fouettaient et caressaient à tour de rôle son corps rougi. C'étaient de grandes professionnelles : quand il était trop près de l'orgasme, elles reportaient son attention ailleurs, massaient ses bras et sa poitrine de leurs doigts, tour à tour plus doux et plus cruels qu'il ne l'avait rêvé. A présent, Yvette parcourait son corps de ses seins doux et fermes, l'effleurait de son entrejambe humide, tandis qu'Eva préparait la cire chaude.

La cire d'abeille parfumée coula bientôt sur sa peau, dispensant une chaleur intensément érotique, à la fois douloureuse et excitante.

— Oui, cria-t-il en haletant, au bord de l'extase, le torse ruisselant de sueur. Oui !

Enfin Yvette le chevaucha, prenant en elle son membre viril, l'enveloppant dans sa tiédeur intime. Les liens de soie étaient assez lâches pour lui permettre de se redresser ; Eva se glissa derrière lui, caressant ses épaules, sa gorge.

— Et pour finir, la dernière gâterie, lui murmura la blonde à son oreille.

Il eut à peine le temps de voir le fil de fer tranchant comme une lame qu'elle passait en un éclair autour de son cou.

— Mon Dieu, gémit-il, avant que le fil ne traverse les cartilages, les chairs, les vaisseaux, tranchant les carotides, la trachée et l'œsophage, puis il se tut tout à fait.

Yvette, les yeux fermés, perdue dans son propre plaisir, sentit la verge perdre de sa vigueur. Elle ouvrit les yeux, entrevit la tête inclinée de l'homme, et l'autre fille, celle qui s'appelait Eva, un fil d'acier dans les mains. Etait-ce un nouvel accessoire ?

— Et maintenant, à ton tour, souffla Eva.

Elle referma la boucle de métal sur le cou d'Yvette. Ce n'est qu'à ce moment que la jeune femme aperçut le sang sur cou de l'homme, coulant sur son torse comme une cravate écarlate ; la seconde suivante, elle était aveugle, sourde et muette pour l'éternité.

XXIV

Bryson s'éveilla lentement, le corps douloureux, des élancements dans tout le crâne. Il était assis sur un siège inclinable dans un petit avion d'affaires, une couverture posée sur lui, un oreiller de plume derrière la tête. Les hublots étaient noirs. Le bruit et les vibrations indiquaient qu'ils étaient en vol. La cabine était vide, à l'exception de deux autres passagers : un homme d'une quarantaine d'années portant l'uniforme bleu marine des stewards, les cheveux blonds coupés en brosse, qui somnolait dans l'ombre à l'arrière de la cabine ; et Waller, assis dans un gros fauteuil de cuir de l'autre côté du couloir central, occupé à lire un livre, sous un petit rond de lumière.

— *Nu, vot eti vot, tovaritch Rosovski, dobri vecher,* lança Bryson en russe. *Chto vyi chitayete ?*

Sa voix était empâtée, il avait l'impression d'avoir été drogué.

Waller leva les yeux, esquissa un léger sourire.

— Il y a des années que je n'ai pas parlé cette langue, Nick. Je dois être complètement rouillé. – Il referma son livre. – Mais pour répondre à ta question, je relis Dostoïevski. Les frères K. Juste pour confirmer mon souvenir que c'est vraiment un très mauvais écrivain. Une intrigue à sensations, une leçon de morale pesante, et un style digne de *Détective.*

— Où sommes-nous ?

— Quelque part au-dessus de la France, je suppose.

— Si tu m'as drogué, j'espère que tu as obtenu ce que tu voulais.

— Ah Nick, soupira Waller, je sais que tu ne me croiras pas, mais la seule drogue qu'on t'ait donnée était un brave analgésique. Une chance qu'il y ait eu à Chek Lap Kok une clinique pour les étrangers, à peu près propre et bien équipée. Mais tu as une vilaine petite blessure. Apparemment la deuxième en quelques semaines, la première n'étant qu'une éraflure à l'épaule gauche. Tu as toujours guéri rapidement, mais tu te fais vieux, tu sais ! C'est un sport de jeune homme, comme le football américain. Je te l'ai déjà dit, il y a cinq ans, lorsque je t'ai mis au vert.

— Comment m'as-tu trouvé ?

Waller haussa les épaules, se laissa aller au fond de son fauteuil.

— Nous avons nos sources, informatiques et humaines. Comme tu le sais.

— C'était plutôt osé de faire venir un hélicoptère de l'armée américaine dans l'espace aérien chinois.

— Pas spécialement. Sauf si tu crois vraiment au baratin d'Harry Dunne, qui nous présente comme des fous dangereux.

— Tu prétends que ce n'est pas vrai ?

— Je ne prétends rien du tout, Nick.

— Tu as déjà admis être d'origine russe. Gennadi Rosovski, né à Vladivostok. Tu as été entraîné par les meilleurs espions soviétiques, spécialistes de la langue anglaise, de la culture et du mode de vie américains, pour devenir un *paminyatchik*, un agent double au service du GRU, c'est bien la vérité ? Et tu es un prodige des échecs. Youri Tarnapolski me l'a confirmé. Même dans ta jeunesse tu étais célèbre : certains t'appelaient le Sorcier.

— Tu me flattes.

Bryson regarda son vieux maître qui étendait ses jambes et croisait avec nonchalance ses mains derrière la nuque. Waller – c'était sous ce nom que Bryson le connaissait, si tant est que l'on pût connaître un homme comme lui – semblait parfaitement tranquille.

— Au fond de moi, reprit Waller, j'ai toujours su qu'il y avait un petit risque, hypothétique, pour que mon passé au GRU ressurgisse – quand et comment, ça je l'ignorais – et tombe entre les mains des services secrets américains. Un peu comme ces cadavres qui, parfois, ressortent de leurs tombes après une inondation. Mais qui aurait pu le prévoir ? Personne. Pas même nous. Tout le monde se moque de la CIA qui n'a pas su annoncer l'éclatement de l'Union Soviétique – et comme tu le sais, je ne porte pas dans mon cœur ces gratte-papier ! – mais j'ai toujours trouvé cela injuste... Mikhaïl Gorbatchev lui-même ne l'avait pas vu venir !

— Vas-tu te décider à répondre à la seule vraie question qui compte ?

— Faudrait-il encore que tu me la poses.

— Es-tu, oui ou non, un *paminyatchik,* une taupe du GRU ?

— « Le suis-je, ou l'ai-je été ? », pour paraphraser ce bouffon de sénateur McCarthy ? Je *l'étais.* Je ne le suis *plus.* Est-ce assez clair ?

— Clair, mais vague.

— J'ai changé de camp.

— Pour venir de notre côté.

— Evidemment. J'étais un type en situation irrégulière ici, et je cherchais à régulariser.

— Quand ?

— En 1956. J'étais arrivé en 1949, à quatorze ans, quand le rêve n'avait pas encore été brisé. Vers le milieu des années cinquante, j'ai compris et j'ai coupé les ponts avec Moscou. J'en avais assez vu et assez appris sur le camarade Staline pour balayer mes illusions de jeunesse sur l'avenir radieux d'un monde communiste. Après la baie des Cochons, je me suis rendu compte – et je n'ai pas été le seul – de la bêtise, la folie et la lâcheté fondamentales de la CIA. C'est alors que Jim Angleton et moi, quelques autres, nous avons fondé le Directorat.

Bryson réfléchit un moment en secouant la tête.

— Quand un agent du GRU retourne sa veste, il y a des conséquences. Ses chefs à Moscou sont très mécontents, les représailles sont implacables et immédiates. Et pourtant, tu soutiens que ta véritable identité est restée secrète pendant des décennies. J'ai du mal à le croire.

— Je te comprends tout à fait. Mais tu imagines que je leur ai envoyé une lettre du type « Cher Ivan, vous pouvez cesser de me verser un salaire, les autres d'en face vont s'en charger » ? Evidemment pas. Tu penses bien que j'ai pris quelques précautions. Mon supérieur était un homme gourmand, et très imprudent. Il aimait bien vivre, et pour garder son train de vie, il forçait pas mal sur les notes de frais.

— Traduction : il détournait les fonds.

— Exactement. A cette époque, la peine pour ce genre de malversations, c'était soit le goulag, soit une balle dans la nuque dans la cour de la Loubianka. Avec ce que je savais et ce que je feignais de savoir, j'ai fait pression sur lui et l'ai obligé à rayer mon nom des registres. Je disparaissais, il restait en vie, et tout le monde était content.

— Donc la version d'Harry Dunne n'était pas une invention ?

— Pas à cent pour cent. C'était un ingénieux mélange de vérités, de semi-vérités, et de contrevérités – la clé des mensonges réussis.

— Qu'est-ce qui n'est pas vrai dans son histoire ?

— Que t'a-t-il dit au juste ?

Le cœur de Bryson se mit à battre. L'adrénaline monta en lui, luttant contre le narcotique qui circulait dans son sang.

— Que le Directorat avait été fondé au début des années soixante par un petit groupe d'extrémistes du GRU, des stratèges brillants qu'on surnommait les *Chakhmatisti,* les joueurs d'échecs. Ils se sont inspirés du célèbre stratagème russe des années vingt, le Trust, et ont mis sur pied une opération d'infiltration en territoire américain, la ruse la plus osée du vingtième siècle, qui dépassait largement les ambitions du Trust. Il était dirigé par un petit groupe de cerveaux, le Consortium, tandis que tous les agents et autres membres qui ne faisaient pas partie de ce petit club étaient persuadés de travailler pour un groupe d'espionnage américain ultra-secret... un système qui a fonctionné grâce à un cloisonnement poussé à l'extrême et à une religion du secret absolu qui plaçaient les employés dans l'impossibilité de révéler quoi que ce soit à qui que ce soit.

Waller écoutait Bryson les yeux fermés, un petit sourire aux lèvres.

— Et, toujours selon Dunne, poursuivit Bryson, on n'aurait jamais découvert la véritable appartenance du Directorat s'il n'y avait eu l'éclatement de l'Union Soviétique – quelques documents se sont trouvés éparpillés, relatant des opérations qui n'étaient connues ni du

KGB ni du GRU, quelques noms sont sortis des placards... et puis le schéma général a été confirmé par des transfuges de second rang.

Le sourire de Waller s'élargit. Il ouvrit les yeux.

— Tu as presque réussi à m'y faire croire, Nick. Hélas, Harry Dunne n'y est pas du tout. Il aurait dû écrire des romans, il a beaucoup d'imagination. Son histoire est un peu tordue, mais tout à fait convaincante.

— Quelle est la part de fiction ?

— Je commence par quoi ? lâcha Waller en poussant un soupir contrarié.

— Pourquoi pas par la vérité nom de Dieu ! explosa Bryson, incapable de supporter plus longtemps ces minauderies. Pour autant que tu la connaisses encore ! Commence déjà par mes parents...

— Comment ça, tes parents ?

— J'ai parlé avec Felicia Munroe, Ted ! Mes parents ont été assassinés par tes petits copains ! Pour que je me retrouve sous la coupe exclusive de Pete Munroe, pour que je puisse entrer au Directorat.

— En assassinant tes parents ? Allons, Nick.

— Tu nies peut-être que Pete Munroe était d'origine russe, comme toi ? D'ailleurs Felicia m'a confirmé, à sa manière, la version de Dunne concernant cet « accident ».

— Et quelle est cette version ?

— Que c'est mon « oncle Pete » qui les a tués... et qu'ensuite il a été rongé par le remords.

— La pauvre vieille est gâteuse, Nicky. Qui peut comprendre ce qu'elle raconte...

— Tu ne vas pas t'en tirer comme ça, Ted. Elle a dit que Pete parlait russe dans son sommeil. Et selon Dunne le vrai nom de Pete Munroe était Piotr Aksionov.

— C'est vrai.

— Tu vois !

— Il était effectivement d'origine russe, Nick. C'est moi qui l'ai recruté. Un anticommuniste enragé : il avait perdu toute sa famille dans les purges des années trente. *Mais il n'a pas tué tes parents !*

— Alors, qui ?

— Personne, nom de Dieu ! – Waller contempla le petit rond de lumière qui éclaboussait la tablette du fauteuil. – Il y a des choses que je ne t'ai jamais dites, Nick, à cause de notre politique du cloisonnement... des choses qu'il était préférable que tu ignores... mais je suis sûr que tu en connais les grandes lignes. Le Directorat est un organisme supranational créé par un petit groupe comprenant quelques membres éclairés des services d'espionnage américains et anglais, ainsi que quelques transfuges soviétiques triés sur le volet et dont la loyauté est au-dessus de tout soupçon. Parmi eux, ton serviteur.

— C'était quand ?

— En 1962, peu après le fiasco de la baie des Cochons. Nous étions déterminés à veiller à ce qu'une telle honte ne se reproduise plus jamais. L'idée venait de moi, si tu me permets une vantardise au passage, mais mon cher ami James Jesus Angleton de la CIA a été mon premier et plus ardent supporter. Il avait vu, comme moi, que les services secrets américains étaient en pleine décadence, dirigés par une bande d'amateurs et d'incapables, qui se surnommaient les Old Boys. En fait un ramassis de fils à papa, issus des grandes écoles... patriotes peut-être, mais ridiculement prétentieux, persuadés de tout savoir. La même clique de technocrates qui a lâché l'Europe de l'Est aux mains de Staline par simple manque de tripes. Une bande de juristes distingués qui n'avaient pas les *couilles* de faire les choses comme il aurait fallu, qui manquaient de combativité, de *gnac*. Des types qui, à l'inverse de moi, ne comprennent rien à Moscou...

« Peu de temps après la baie des Cochons, rappelle-toi, un officier du KGB du nom d'Anatoli Golitsine s'est enfui à l'Ouest et a tout déballé à Angleton : la CIA était une vraie taupinière, infiltrée, corrompue jusqu'à la moelle. Et il valait mieux ne pas parler de l'Angleterre, avec Kim Philby et consorts... Ça a convaincu Angleton. Non seulement il a créé la caisse noire pour fonder le Directorat et mis sur pied des filières pour alimenter des fonds secrets, mais il a aussi donné son accord pour une organisation multicellulaire. Il m'a aidé à concevoir cette structure de poupées russes, la décentralisation et la division interne, pour assurer le maximum d'opacité. Il a compris l'importance de cacher à tout le monde notre existence, sauf aux dirigeants des gouvernements que nous servions. Ce n'était qu'en restant clandestine que cette nouvelle organisation pouvait espérer éviter les marécages de l'infiltration, de la désinformation, et des magouilles dans lesquels les services d'espionnage des deux ennemis de la guerre froide s'étaient lamentablement enlisés.

— Tu n'espères tout de même pas me faire avaler qu'Harry Dunne s'est trompé à ce point-là, qu'il est si mal informé sur les origines réelles du Directorat...

— Absolument pas. Il n'était pas mal informé du tout. Harry Dunne était en mission. Il a conçu un homme de paille. Un *argumentum ad logicam,* une brillante contrefaçon, d'apparence plausible, et entrelardée de bribes de vérité. Une sorte de jardin imaginaire peuplé de vrais crapauds.

— Dans quel but ?

Waller poussa un soupir d'exaspération. Sans le laisser répondre, Bryson continua :

— Aurais-tu le culot de nier que tu as essayé de m'éliminer ?

Waller hocha lentement la tête, d'un air presque affligé.

— Il y en a d'autres que je pourrais essayer de tromper, Nick. Mais pas toi, tu es beaucoup trop malin.

— Dans le parking, à Washington, après que je suis allé 1324 K Street, et ai découvert que vous aviez fait vos valises. C'est toi qui étais derrière ça, n'est-ce pas ?

— Oui, c'était un homme à nous. Ce n'est pas facile de trouver un bon agent de nos jours... Cela ne m'a pas étonné que tu retournes la situation. Je n'en attendais pas moins de toi.

Mais Bryson, sans se laisser attendrir, le regarda d'un air furieux.

— Tu as ordonné mon élimination parce que tu avais peur que je dise la vérité !

— Pas du tout. Mais ton comportement nous inquiétait. Tout semblait indiquer que tu avais mal tourné, que tu avais rejoint les rangs d'Harry Dunne, et que tu t'étais retourné contre tes anciens employeurs. Le cœur de l'homme est aussi impénétrable. Ta mise sur la touche anticipée t'avait peut-être rendu amer ? Dunne t'avait peut-être tourné la tête avec ses mensonges ? Nous n'avions aucun moyen de le savoir... nous devions prendre des mesures de sécurité. Tu en savais trop à notre sujet... malgré tout ce cloisonnement... *beaucoup trop*. C'est vrai, on t'a déclaré « élément irrécupérable ».

— Seigneur !

— Pourtant je suis resté sceptique tout du long. Je te connais peut-être mieux que personne, et je refusais de croire à cette thèse, aux affirmations des analystes, du moins sans une vérification sur le terrain. J'ai donc envoyé une de nos meilleures nouvelles recrues sur le bateau de Calacanis, pour surveiller tes faits et gestes, jusqu'à ce que je puisse être sûr de la vérité, quelle qu'elle soit. Elle était là pour t'épier, ne pas te lâcher d'une semelle, et me faire son rapport.

— Laïla...

Waller hocha la tête.

— Elle devait me filer le train ?

— Exact.

— Alors elle a fait du zèle... A Bruxelles, elle a essayé de me tuer !

Bryson chercha sur le visage de Waller les stigmates du mensonge, mais celui-ci restait, comme toujours, imperturbable.

— Elle a agi de sa propre initiative, contre mes ordres. Je ne nie pas le fait, Nick. Mais il faut considérer la chronologie des événements.

— C'est pathétique. Tu es prêt à raconter n'importe quoi pour dissimuler les trous dans ton histoire !

— Ecoute-moi, bon sang ! Accorde au moins cette faveur à celui qui t'a sauvé la vie. Sa mission consistait aussi à te protéger, Nick. A te présumer innocent jusqu'à preuve du contraire. Quand elle s'est rendu compte que tu allais être pris au piège sur le bateau de Calacanis, elle t'a mis en garde.

— Alors, comment expliques-tu Bruxelles ?

— Cela a été un geste impulsif, regrettable. Un mouvement de défense. Elle voulait protéger le Directorat et notre mission. Quand elle a su que tu voulais rencontrer Richard Lanchester pour faire sauter le Directorat, elle a tenté de t'en dissuader. Mais comme tu persistais, elle a paniqué. Elle a décidé de prendre les choses en main. Elle a cru qu'elle n'aurait pas le temps d'entrer en contact avec moi pour prendre mes instructions, qu'elle devait agir tout de suite. C'était une mauvaise initiative, une erreur de calcul. C'était regrettable et irréfléchi ; c'est une jeune femme très impulsive. Personne n'est parfait. Elle est rapide et efficace, c'est une des meilleures recrues de Tel-Aviv, et elle est belle. Une rare combinaison, qui incite à passer l'éponge. Elle va bien, à propos. Merci de le demander.

Bryson ignora la pique.

— Que ce soit bien clair : tu dis qu'elle n'avait pas *l'ordre* de me tuer ?

— Encore une fois, sa mission était de te surveiller et de faire un rapport, de te protéger le cas échéant, pas de te tuer. Mais à Saint-Jacques-de-Compostelle il est devenu évident que d'autres avaient donné des ordres pour t'éliminer. Calacanis était mort, ses forces de sécurité décimées. Etant donné le déroulement rapide des événements, il était peu vraisemblable qu'il ait eu le temps de donner l'ordre. J'en ai donc déduit que tu jouais le jeu de quelqu'un, à ton insu. La question était de savoir qui tirait les ficelles...

— Ted, j'ai vu de mes propres yeux certains des tueurs envoyés contre moi... Je les ai *reconnus*. Une blonde, qui venait de Khartoum, les deux frères de Cividale que j'avais embauchés pour l'opération Vector. C'étaient tous des agents du Directorat !

— Non, Nick. Les tueurs de Saint-Jacques-de-Compostelle ont agi en indépendants. Ils vendaient leurs services aux plus offrants, ils ne travaillaient pas que pour nous... et s'ils ont été embauchés pour cette mission en Espagne, c'est justement parce qu'ils te connaissaient. On leur a probablement dit que tu étais un traître, que tu allais les donner... L'instinct de survie est un puissant moteur, en toute circonstance.

— Exact, plus une prime de deux millions de dollars sur ma tête.

— Pour l'amour du ciel, tu opérais sous une couverture inventée par le Directorat ! Si j'avais voulu, on t'aurait coincé en une seconde. Pensais-tu réellement que nous n'avions pas le grand « John T. Coleridge » dans nos tablettes ?

— Alors, qui a engagé ces tueurs ?

— Il y a plusieurs réponses possibles. A ce moment-là tu fouinais vraiment partout : tu as même cuisiné de vieilles connaissances du KGB pour vérifier mon identité. Tu crois qu'ils ne parlent pas ? Ou plutôt qu'ils ne se vendent pas au plus offrant, ces mercenaires de l'info ?

— Tu ne vas pas prétendre que c'est un coup de la CIA ? Harry Dunne ne pouvait pas m'envoyer faire son sale travail et, dans le même temps, ordonner qu'on me tue.

— Certes. Mais tout porte à croire qu'une équipe suivait l'opération du *Spanish Armada* ; lorsque le navire a été détruit, elle a décidé que tu étais un ennemi à abattre et lancé un ordre d'élimination.

— Qui a pris cette décision ? Dunne gardait l'opération secrète, elle n'était mentionnée nulle part ; seul mon pseudonyme de Jonas Barrett était consigné dans les registres de la Sécurité.

— Les dépenses, les notes de frais, peut-être ?

— Codées et enterrées. Tout est classé top secret.

— Langley est une vraie passoire, tu le sais. C'est ainsi depuis toujours. C'est grâce à ça que nous existons.

— Richard Lanchester a accepté de me voir dès que j'ai prononcé ton nom. Il m'a clairement laissé entendre qu'il connaissait l'histoire du Directorat – celle que m'a racontée Harry Dunne. Lanchester mentirait aussi ?

— C'est un homme brillant, mais vaniteux, et les vaniteux se laissent facilement embobiner. Dunne lui a peut-être présenté les choses aussi habilement qu'à toi.

— Il veut que je pousse plus loin les recherches.

— Evidemment ! Tu aurais demandé la même chose à sa place. Tu as dû lui fiche une peur bleue.

La tête de Bryson se mit à tourner. Il était pris de vertige. Il y avait trop de pièces qui ne concordaient pas ! Trop d'inconnues, trop de mystères.

— Prospero – Jan Vansina – m'a demandé si Elena « savait quelque chose ». De quoi parlait-il ?

— J'ai bien peur qu'Elena n'ait commencé à devenir suspecte au moment même où nous nous demandions si tu étais passé à l'ennemi. Vansina voulait savoir si elle était complice. J'ai continué, quant à moi, à soutenir que nous nous trompions à ton sujet et les derniers événements m'ont donné raison.

— Et pour la série d'opérations que tu as lancées ou supervisées... au Sri Lanka, au Pérou, en Libye, en Irak ? Dunne dit qu'elles étaient toutes destinées à saboter les intérêts américains à l'étranger... mais tout était enfoui sous une telle chape de plomb que même les intéressés n'y ont vu que du feu. Quand on est soi-même au milieu de l'échiquier, on ne voit pas le jeu dans sa totalité.

— Balivernes.

— Et la Tunisie ? Abou était bien un agent de la CIA, n'est-ce pas ?

— Je n'en sais rien, Nicky.

— Tout se passe comme si cette opération d'infiltration, mise sur pied officiellement pour déjouer un coup d'Etat, n'avait d'autre but que de griller un agent clé de la CIA. Eliminer une taupe infiltrée dans un réseau de terroristes islamiques. Un beau gâchis. Une main détruisant le travail de l'autre !

— Foutaises.

— Et les Comores, en 1978 ? Tu nous a envoyés pour empêcher un putsch d'un groupe de mercenaires ; mais d'après Dunne, les types étaient des agents de la CIA envoyés là-bas pour libérer des otages américains et anglais. Où est la vérité ?

— Lis les rapports. Les otages ont été libérés plus tard, après notre opération. Epluche les dossiers, si tu peux les trouver. Examine le déroulement des faits. Ces gars-là n'étaient pas des agents de la CIA, ils étaient engagés par la faction nationaliste. Potasse un peu ton sujet, avant de parler à tort et à travers !

— Va te faire foutre ! J'y étais ! Et j'étais à bord du *Spanish Armada*, officiellement pour négocier la vente des plans d'un nouveau missile anti-tank. Calacanis a tout de suite su qui pouvait être acheteur – et c'était un homme à toi ! Un agent du Directorat... un certain Vance Gifford, soi-disant, mais peu importe son vrai nom... Calacanis m'a dit lui-même qu'une organisation de Washington achetait des armes à tour de bras...

— Notre QG n'est plus à Washington, Nick. Nous avons dû déménager. On nous avait infiltrés.

— Alors pourquoi diable ton agent avait-il tellement envie d'acheter ces plans ? Pour ta collection personnelle ?

— Nicky...

— Et pourquoi est-il arrivé sur le navire en compagnie de Jean-Luc Bertrand, l'émissaire de Jacques Arnaud ? Et tu veux me faire croire que tu n'achetais pas d'armes ?

— Gifford faisait son boulot, Nick.

— Son boulot, c'était quoi, exactement ? Au dire de Calacanis, Gifford n'avait pas de limitation de budget.

— Dans notre monde, tu le sais mieux que personne, on ne peut inspecter la marchandise sans acheter. Les amateurs sont vite repérés et refoulés.

— Et Prospero – Jan Vansina – avec son transfert de cinq millions de dollars à Genève ? C'était encore une ruse pour s'infiltrer quelque part ?

— Qui t'a dit ça... Dunne ?

Bryson ne répondit pas. Il regarda fixement son ancien maître, le cœur battant. Sa cage thoracique lui faisait mal. Visiblement, l'analgésique commençait à perdre de son effet.

Ted Waller continuait, d'un ton ironique.

— Il t'a raconté ça dehors, n'est-ce pas ? Il ne voulait pas parler dans son bureau... Il craignait qu'on ait placé des mouchards...

Bryson ne répondait toujours pas.

— Tu crois que le directeur adjoint de la CIA, poursuivit Waller, n'a pas les moyens de faire le ménage dans son propre bureau, Nick ?

— Les micros peuvent être enveloppés dans du plastique. On ne peut les détecter, sauf en abattant les murs pierre à pierre !

Waller eut un reniflement sarcastique.

— C'était de la mise en scène, Nicky. Du théâtre. Pour te convaincre – apparemment avec succès – qu'il était un brave type, que les forces du mal s'étaient liguées contre lui... les forces en question étant la CIA tout entière. Dont il est le numéro deux. – Waller secoua tristement la tête. – Allons donc.

— J'ai trouvé sur le corps d'un des types qui ont essayé de me liquider à Chantilly une carte de membre de la CIA.

— Laisse-moi deviner la suite. Il l'a fait vérifier et il t'a dit que c'était une fausse.

— Pas du tout.

— Alors il n'a pu retrouver le moindre fichier. Il a lancé une recherche code Sigma et découvert que ladite carte avait été attribuée à une recrue de dernière minute, puis que la piste s'arrêtait là. Plus rien, impossible de connaître son simple nom...

— C'est assez bien trouvé. Les agents recrutés in extremis ne laissent aucune trace, effectivement. Dunne a reconnu devant moi que la CIA n'était pas la mieux placée pour enquêter sur le Directorat.

— Tiens donc ! Et du coup, cela t'a inspiré confiance ! Je veux dire que tu as eu encore plus confiance en lui, en l'individu, pas vrai ?

— Tu prétends qu'au moment même où il me donnait l'ordre d'enquêter sur les activités du Directorat, il cherchait à m'éliminer ? Ce n'est pas seulement illogique, c'est de la démence !

— Diriger une opération complexe, c'est avancer sur un terrain mouvant. Tu veux savoir ce que je crois ? Quand il a vu que tu avais survécu à l'attaque, il s'est rendu compte qu'on pouvait te reprogrammer, te lancer sur une autre piste... Mais il est temps de redresser ton siège et de boucler ta ceinture, comme on dit. Nous allons atterrir.

La voix de Waller semblait provenir de très loin ; Bryson ne l'entendait plus. Tout se perdait dans un trou noir... Lorsqu'il reprit conscience, il était baigné par une lumière vive. Il se trouvait dans une pièce toute blanche avec des tubes d'acier partout... Il était couché dans un lit, plaqué contre le matelas par des draps épais. La lumière lui faisait mal aux yeux ; sa gorge le brûlait et ses lèvres étaient sèches, gercées.

Des silhouettes se détachaient contre la lumière. L'une d'entre elles était, sans équivoque, Waller ; l'autre était beaucoup plus mince et menue, probablement une infirmière. Il entendit la voix de baryton de Waller résonner :

— ... il revient à lui. Bonjour, Nicky.

Bryson répondit par un grognement, tenta en vain de déglutir.

— Il doit avoir soif, annonça une voix féminine qu'il connaissait bien... Quelqu'un peut-il lui donner à boire ?

C'était impossible. Bryson cligna des yeux, plissa les paupières pour faire le point malgré sa vue brouillée. Il réussit à distinguer le visage de Waller, puis celui de...

Son cœur se mit tambouriner dans sa poitrine. Il plissa les yeux de nouveau. Il devait rêver... Il regarda encore... non, pas de doute possible.

Il parvint à articuler :

— C'est toi, Elena ?

Quatrième partie

XXV

— Nicholas... dit-elle en s'approchant de lui.

Il la vit plus nettement. C'était bien Elena, toujours aussi belle... bien qu'elle ait changé : son visage avait minci, était devenu plus anguleux et ses yeux en paraissaient encore plus grands. Elle semblait inquiète, et même un peu effrayée, mais elle parla d'un ton neutre.

— Il y a si longtemps. Tu as vieilli.

Bryson hocha la tête et articula d'une voix éraillée.

— Merci du compliment.

Quelqu'un, une infirmière, lui tendit un verre d'eau. Il le vida d'un trait et rendit le gobelet. L'infirmière le remplit et le lui tendit à nouveau. Il but avidement, avec reconnaissance. Elena s'assit à côté du lit, au plus près de lui.

— Nous devons parler, dit-elle avec une soudaine solennité.

— Oui, répondit-il. – Sa gorge le brûlait, parler lui faisait mal. – Il y a... il y a tant à dire, Elena. Je ne sais pas par où commencer.

— Mais nous avons si peu de temps, dit-elle.

Elle parlait sur un ton brusque, précis.

Nous avons si peu de temps, la voix d'Elena résonnait comme un écho dans sa tête. Pas le temps ? Pendant cinq ans je n'ai rien eu d'autre que du temps, du temps pour réfléchir, du temps pour souffrir.

Elle continua :

— Nous voulons savoir tout ce que tu as appris, tout ce que tu sais. Comment nous pourrions infiltrer le groupe Prométhée. Comment nous pourrions déchiffrer les cryptogrammes.

Il la regarda, stupéfait. Avait-il bien entendu ? Elle lui posait des questions sur les cryptogrammes, sur une entité nommée « le groupe Prométhée »... Elle avait disparu de sa vie pendant cinq ans et elle voulait parler de cryptogrammes ?

— Je veux savoir où tu es partie, dit Bryson d'une voix rauque. Pourquoi tu as disparu.

— Nicholas, dit-elle brutalement, tu as dit à Ted que tu avais récupéré la clé de codage du téléphone crypté de Jacques Arnaud. Où est-elle ?

— J'ai... J'ai dit ça ? Quand... ?

— Dans l'avion, répondit Waller. Tu as oublié ? Tu as dit que tu avais un disque ou une puce. Tu l'as pris, ou recopié, dans le bureau d'Arnaud, je ne sais pas... ça n'était pas très clair. Et, non, on ne t'avait pas drogué... Quoique je doive reconnaître que par moments tu avais tendance à délirer comme un junky.

— Où suis-je ?

— En France, dans une annexe du Directorat, en Dordogne. On t'a mis sous perfusion pour te réhydrater et te donner des antibiotiques qui empêcheront tes blessures de s'infecter.

— Une annexe...

— C'est devenu notre QG. Nous avons dû déménager pour préserver la sécurité de l'opération. Il y avait eu des fuites à Washington. Nous avons quitté le pays pour continuer le travail.

— Qu'est-ce que vous me voulez ?

— Nous voulons savoir ce que tu sais, quoi que ce soit, et tout de suite, répondit Elena. Si nos calculs sont exacts, nous n'avons que quelques jours devant nous, peut-être quelques heures.

— Avant quoi ?

— Avant que Prométhée ne gagne.

— Qui est Prométhée ?

— La bonne question serait : qu'est-ce que Prométhée, et nous n'en savons rien. C'est pour ça qu'il nous faut absolument cette puce de codage.

Bryson explosa de colère :

— Et moi je veux savoir ce qui s'est passé ! – Il suffoqua, il eut l'impression que sa gorge se déchirait. – Ce qui s'est passé avec toi, Elena ! Où tu es allée, pourquoi tu es partie !

Il voyait aux contractions de sa mâchoire qu'elle était déterminée à ne pas se laisser détourner de son but. Une femme inflexible.

— Nick, nous parlerons de nos histoires personnelles une autre fois. Nous avons très peu de temps...

Bryson l'interrompit.

— Qu'est-ce que j'étais pour toi ? Notre mariage, notre vie ensemble... qu'est-ce que ça signifiait pour toi ? Même si c'est de l'histoire ancienne, même si c'est du passé, tu me dois au moins une explication... Que s'est-il passé ? Pourquoi devais-tu partir ?

— Non, Nick...

— Je sais que ça a un rapport avec Bucarest !

Sa lèvre inférieure se mit à trembler, ses yeux s'embuèrent de larmes. Bryson s'adoucit.

— C'est vrai, n'est-ce pas ? Quoi qu'on ait pu te raconter, tu dois savoir que ce que j'ai fait, je l'ai fait pour toi !

La voix d'Elena vacilla :

— Nick, je t'en prie, j'essaie de rester calme et tu ne me facilites pas la tâche...

— Que crois-tu qu'il soit arrivé à Bucarest ? Quels mensonges t'ont-ils raconté ?

Elle ne put se contenir plus longtemps.

— Des mensonges ? Ne me parle pas de mensonges. C'est toi qui m'as menti ! Tu m'as menti effrontément, les yeux dans les yeux !

— Je vous laisse un moment, annonça Waller. Vous avez besoin d'intimité.

Il quitta la pièce, et l'infirmière le suivit, les laissant seuls.

La tête de Bryson lui faisait mal, sa gorge brûlait tellement qu'il avait l'impression qu'elle était tout en sang à l'intérieur. Malgré la douleur il continuait à parler, il voulait à tout prix parvenir à communiquer, à trouver la vérité...

— Oui, je t'ai menti. C'est la plus grande erreur que j'aie jamais commise. Tu m'as posé des questions sur mon week-end à Barcelone, et je t'ai menti. Et tu le sais... tu le savais. Tu le savais depuis le début, n'est-ce pas ?

Elle acquiesça de la tête, des larmes coulaient sur ses joues.

— Mais si tu savais que je mentais, tu devais savoir aussi pourquoi je le faisais. Tu devais savoir que c'est parce que je t'aimais que je suis allé à Bucarest.

Elle leva vers lui des yeux ruisselants :

— Je ne savais pas ce que tu faisais, Nick.

Il souffrait pour elle, pour l'intimité qu'ils avaient partagée et perdue. Il avait envie de la prendre dans ses bras, et en même temps il aurait voulu la prendre par le collet et la secouer, la forcer à dire la vérité.

— Mais à présent tu le sais, non ?

— Je... je ne sais pas, je ne suis sûre de rien, Nick ! J'étais terrifiée et je me sentais tellement blessée, tellement trahie par toi... je craignais pour ma vie, pour celle de mes parents... je me disais qu'il ne me restait qu'à disparaître. Je savais que tu es très doué pour retrouver les gens, alors j'ai veillé à ne laisser aucune trace.

— Waller a toujours su où tu étais.

Elle leva les yeux vers le plafond ; il suivit son regard jusqu'à un petit point rouge : une caméra de surveillance. S'ils se trouvaient effectivement dans une annexe du Directorat il devait y avoir des caméras partout. Waller était-il en train de les regarder, de les écouter ? Peut-être... Quelle importance, au fond ?

Elena ne cessait de croiser et décroiser ses doigts.

— C'était quelques jours après que tu aies annoncé que tu partais passer le week-end à Barcelone... J'étais en train d'étudier la « moisson » de la journée, l'ensemble des messages interceptés, lorsque je suis tombée sur un rapport disant qu'un agent du Directorat était apparu inopinément en Roumanie, à Bucarest.

— Oh, Seigneur !

— Ça faisait partie de mon travail, j'ai donc suivi la piste et j'ai découvert qu'il s'agissait de toi. J'étais... bouleversée, parce que tu étais censé être à Barcelone. Je savais que ce n'était pas de l'intox pour couvrir une mission... cela t'arrivait si rarement d'avoir un week-end libre, et tu avais annoncé ouvertement tes projets. Alors... tu me connais, tu sais combien je suis émotive, comme tout peut prendre une importance démesurée chez moi... je suis donc allée voir Ted et je lui ai dit ce que j'avais découvert. Je l'ai vraiment supplié d'être franc avec moi. Il a tout de suite compris qu'il avait affaire à une femme affolée, une épouse jalouse, et pourtant il n'a pas essayé de t'arranger le coup. Ça m'a soulagée et inquiétée à la fois. S'il t'avait couvert, j'aurais été furieuse, terriblement en colère. Mais le fait qu'il n'en fasse rien me prouvait que lui non plus n'avait pas d'explication... que cette information le surprenait tout autant que moi. Et ça m'inquiétait encore plus. Ted lui-même ignorait que tu étais à Bucarest !

Bryson mit sa main devant les yeux et secoua la tête. Seigneur, il avait été sous surveillance tout le temps. Il avait pris tant de soin à effacer toute trace, à retourner chaque pierre suspecte. Comment était-ce possible ? Qu'est-ce que ça voulait dire ?

— A-t-il mené une enquête ? Est-ce que toi tu l'as fait ? demanda-t-il.

— On l'a fait tous les deux, chacun de notre côté... J'ai téléchargé une photosatellite de toi, à Bucarest, ce qui concrétisait mon information... ce qui, en quelque sorte, lui donnait une réalité plus horrible. Puis, une autre source, une source indépendante, un agent dont le nom de code était Titan, m'a confirmé le renseignement avec plus de précisions. J'étais atterrée. Titan m'a dit que tu devais rencontrer secrètement Radu Dragan, le chef du groupe de vengeurs de l'ex-Securitate.

— Oh Seigneur, non ! gémit Bryson. Tu as dû imaginer... à cause de ma discrétion... tu as dû imaginer que je faisais quelque chose en sous-main, quelque chose de honteux que je devais cacher, même à toi !

— Ted m'avait avoué que ta rencontre avec Dragan avait eu lieu à l'insu du Directorat ! Tu devais être en train de conclure un marché, quelque chose dont tu n'étais pas fier, que tu devais cacher. Mais je t'ai donné une chance. Un jour, je te l'ai demandé... sans détour.

— Tu ne m'avais jamais posé de questions, jusqu'alors, sur ce que je faisais à l'extérieur.

— Tu savais donc à quel point ta réponse m'était importante. Et pourtant tu as continué à me mentir ! Jusqu'au bout !

— Elena, ma chérie, c'était pour te protéger ! Je ne voulais pas t'inquiéter... je sais que si je t'avais mise au courant tu t'y serais opposée. Et si, en voyant ton inquiétude, j'avais cédé et tout raconté, tu ne m'aurais pas cru !

Elena secoua la tête.

— C'est vrai. Mais quand Titan m'a dit que tu avais conclu un marché avec Dragan, que tu avais donné l'endroit où avaient trouvé refuge mes parents en échange de concessions généreuses...

— Mais c'était un mensonge !

— Mais je ne le savais pas à l'époque !

— Comment as-tu pu me croire capable de les trahir ? Comment as-tu pu croire une chose pareille ?

Elena se mit à crier.

— Parce que tu m'avais menti, Nicholas ! J'avais toutes les raisons d'y croire ! Tu m'avais menti !

— Quelle idée as-tu dû avoir de moi...

— Je suis allée voir Ted et lui ai demandé de me faire sortir du pays. De me cacher quelque part, en sécurité ! Dans un endroit où tu ne me trouverais jamais. Et je voulais que mes parents s'en aillent eux aussi, sur-le-champ, ce qui représentait une dépense énorme à cause de toutes les mesures de sécurité qui avaient été mises en place... Ted a reconnu que ça valait mieux. J'étais blessée jusque... jusqu'au plus profond de moi par ta trahison, et je voulais désespérément protéger mes parents. Ted m'a fait venir ici, dans cette annexe en Dordogne, et a installé Maman et Papa à une heure d'ici.

— Waller a cru que j'avais fait ça ?

— Tout ce qu'il savait, c'est que tu lui avais menti à lui aussi, que tu agissais sans instructions de sa part.

— Mais il ne m'en a jamais parlé, il n'y a même jamais fait allusion !

— Ça t'étonne ? Tu sais bien qu'il est secret comme une tombe. En plus, je l'ai supplié de ne rien te dire, de ne pas te prévenir.

— Mais tu ne sais pas ce que j'ai fait ? s'écria Bryson. Tu l'ignores encore, n'est-ce pas ? Oui, c'est vrai, j'ai traité avec les Nettoyeurs... mais c'était pour protéger tes parents. Je leur ai fait peur, je leur ai fait comprendre que si on touchait à un seul de leurs cheveux, toute la famille de Dragan serait exterminée. Que j'en faisais une affaire personnelle ! Je savais que seule la menace d'une vendetta pouvait l'intimider.

Elena se mit à pleurer.

— Pendant des années... les cinq années qui ont suivi... je me suis interrogée. Papa est mort voilà deux ans, et Maman l'année dernière. Sans lui, elle n'avait plus le goût de vivre. Oh mon Dieu, Nicholas, je pensais que tu étais devenu un monstre.

Il tendit les bras vers elle pour l'enlacer, alors qu'il pouvait à peine se redresser. Elle s'effondra en pleurant sur sa poitrine bandée, sur sa blessure. La douleur fut si violente que son crâne parut sur le point d'exploser. Mais il referma les bras sur elle, la caressant doucement, la réconfortant. Elle semblait si fragile, avec ses grands yeux rougis de larmes.

— Comment ai-je pu faire ça, gémit-elle. Comment ai-je pu croire ça de toi, croire que tu aies fait ça... ?

— Parce que je ne t'ai pas assez fait confiance, parce que je t'ai menti... Mais Elena, il ne s'agit pas d'un simple malentendu... ce Titan t'a délibérément abusée, avec méthode. Pourquoi ? Dans quel but ?

— C'est sûrement Prométhée. Ils savent que nous les poursuivons, que nous nous rapprochons. Ils ont dû saisir l'occasion de mettre le ver dans le fruit, de semer le doute et la zizanie dans nos rangs. De nous monter les uns contre les autres, le mari contre la femme en l'occurrence. Ils envoyaient de faux rapports pour exploiter notre vulnérabilité, pour nous affaiblir.

— « Prométhée »... Waller et toi n'arrêtez pas d'y faire allusion. Mais vous devez savoir quelque chose sur eux, avoir quelque idée de leurs objectifs.

Elena lui caressa le visage, plongea son regard dans ses yeux.

— Comme tu m'as manqué, mon chéri.

Elle se redressa, prit sa main dans les siennes, puis, lentement, se leva. La jeune femme se mit à marcher de long en large tout en parlant, comme c'était son habitude quand elle avait à démêler un problème particulièrement épineux. C'était comme si l'activité physique, le mouvement répétitif, l'aidait à se concentrer.

— Nous avons pour la première fois entendu prononcer le mot « Prométhée » voilà deux ans à peine, expliqua-t-elle avec un calme soudain. Il s'agit d'une sorte d'organisation internationale, un cartel peut-être, et, d'après ce que nous avons compris, Prométhée regroupe un consortium d'entreprises technologiques et de fournisseurs de l'armée, et ses agents occupent des postes élevés dans tous les gouvernements du monde.

Bryson hocha la tête.

— Les sociétés de Jacques Arnaud travaillant pour la Défense, les fournisseurs de l'ALP du général Tsai, l'empire industriel d'Anatoli Prichnikov couvrant toute l'ex-Union Soviétique. Une alliance de sociétés à l'échelle planétaire.

Elle le regarda avec intérêt, s'arrêta de marcher.

— Oui. Ce sont les trois principaux composants de Prométhée. Mais il semble qu'il y ait de nombreux autres partenaires, qui tous agissent de concert.

— Comment ? Pour faire quoi ?

— Des rachats d'entreprises, des fusions, des regroupements d'actions... et la machine s'emballe en ce moment.

— Des fusions, des rachats, tout ça dans le secteur de la Défense ?

— Oui. Avec un net penchant pour les télécommunications, les satellites et l'informatique. Mais ce n'est pas la simple genèse d'un empire industriel... on est bien loin de ça... Car au cours des cinq derniers mois il y a eu une vague d'attentats terroristes sans précédent, Washington, New York, Genève, Lille...

— Prichnikov et Arnaud étaient au courant pour Lille, répliqua Bryson. J'ai surpris une conversation entre eux quelques jours avant le drame. « La voie sera libre », disaient-ils. « Lorsque ce sera au tour de Lille cela va être terrible. »

— « La voie sera libre », répéta-t-elle d'un air pensif. Les pontes de l'industrie de l'armement préparant le chaos pour faire monter en flèche la valeur de leurs stocks... – Elle secoua la tête. – Non, ça ne colle pas. Le meilleur moyen d'accroître la demande en armes est de fomenter une guerre, pas des attaques terroristes isolées, individuelles. C'est d'ailleurs peut-être l'explication qui se cache derrière la vague d'armement massif qui a touché l'Europe dans les années trente et conduit à la Seconde Guerre mondiale. Des cartels d'armement internationaux auraient aidé l'émergence du parti nazi en Allemagne en sachant qu'à la fin il y aurait une guerre mondiale.

— Mais les temps ont changé...

— Réfléchis, Nicholas. Des hommes ayant des postes clés dans l'armement en Russie, en Chine et en France – et sûrement ailleurs – et qui ont les moyens de dresser leurs pays les uns contre les autres, agitent le spectre d'une guerre à venir, en les persuadant de la nécessité de renforcer leur défense nationale... C'est comme ça que cela devrait se passer.

— Il y a bien d'autres moyens d'inciter un peuple à réclamer le renforcement de son armée.

— Mais quand on tient les rênes du pouvoir, qu'est-ce qui empêche de s'en servir? Non, il ne s'agit pas d'une course à l'armement mondial. Ce n'est pas du tout ce schéma-là. Ce sont des attentats isolés. Des actes de terrorisme individuels, non revendiqués. Tous se produisant à un rythme accéléré. Mais dans quel but?

— Le terrorisme est une forme de guerre, répondit lentement Bryson. Une guerre avec d'autres moyens. Une guerre psychologique dont le but est de démoraliser les gens...

— Mais il faut au moins deux adversaires pour faire la guerre.

— Il y a d'un côté les terroristes, et de l'autre ceux qui les combattent. Elle secoua la tête.

— Ça ne colle toujours pas. « Ceux qui les combattent », c'est trop vague.

— Le terrorisme est comme une pièce de théâtre. Il est pratiqué par un acteur à destination d'un public.

— Alors le résultat final souhaité ne serait pas la destruction proprement dite, mais le bruit fait autour de cette destruction.

— Exactement.

— Le battage médiatique fait autour d'un événement sert presque toujours à attirer l'attention des Etats sur une certaine cause, un certain groupe. Mais on ne connaît pas de responsable à cette récente vague d'attentats, ni cause, ni groupe. Nous devons donc étudier ces événements par l'extérieur, par leur impact sur le public, dans l'espoir de découvrir le fil rouge. Qu'ont en commun ces actes terroristes?

— Qu'on aurait pu les empêcher, lâcha Bryson abruptement.

Elena se tourna vers lui avec un curieux sourire.

— Qu'est-ce qui te fait dire ça ?

— Regarde les comptes rendus des journaux, de la télévision, de la radio. Chaque fois, après chaque accident, les éditoriaux étaient assortis d'un commentaire – attribué en général à un membre du gouvernement dont on taisait le nom – disant que si les mesures de prévention adéquates avaient été prises, on aurait certainement pu prévenir la tragédie.

— « Des mesures de prévention », répéta-t-elle.

— Le traité ! Le Traité International de Surveillance et de Sécurité qui vient d'être signé par la plupart des pays.

— Ce traité crée une sorte d'agence internationale de surveillance, n'est-ce pas ? Une sorte de super-FBI ?

— Exactement.

— Ce qui impliquerait un investissement de milliards de dollars en équipements satellites, équipements policiers, etc... Potentiellement très lucratifs pour les grosses compagnies... comme celles d'Arnaud, de Prichnikov, de Tsai... C'est peut-être ça. Un traité international qui servirait d'alibi, de couverture pour accroître massivement les moyens de défense. Pour que nous soyons tous bien armés, protégés contre les terroristes – le terrorisme symbolisant la nouvelle menace contre la paix depuis la fin de la guerre froide... Et aujourd'hui tous les membres du Conseil de sécurité des Nations Unies l'ont signé et ratifié, c'est bien ça ?

— Tous, sauf un. La Grande-Bretagne. Elle va le faire d'un jour à l'autre maintenant. Le principal partisan du traité est Lord Miles Parmore.

— Oui, oui. C'est un... comment dites-vous... un fort en gueule qui remue beaucoup d'air... mais il a organisé le soutien au traité avec beaucoup d'efficacité. Il ne faut jamais sous-estimer les arrivistes. Souviens-toi du Reichstag en 1933.

Bryson secoua la tête.

— Ce n'est pas de cette manière que procèdent les hommes de Prométhée. Lord Parmore a été remarquablement efficace, mais je ne crois pas qu'il soit une lumière. A mon avis, la haute autorité vient d'ailleurs. Comme dit notre patron : « Suivez les jambes et cherchez la tête. »

— Tu veux dire qu'il y a à Londres des manipulateurs qui dirigent en coulisses les débats parlementaires ?

— C'est certain.

— Mais qui ? Si nous arrivions à le savoir...

— Je vais aller là-bas, rencontrer Parmore, l'interroger, fouiner le plus possible.

— Mais es-tu en mesure de partir ? Dans ton état de santé ?

— Enlève-moi ces satanés tubes, tu verras que je vais très bien.

Elle resta un moment silencieuse.

— Nicholas, en temps normal, je jouerais l'épouse surprotectrice, j'insisterais pour que tu restes au lit, pour que tu te reposes. Mais si vraiment tu t'en sens capable... Alors vas-y, fonce... Il nous reste si peu de temps...

— Je peux aller à Londres. Je veux y aller. Par le premier vol possible.

— Je vais demander à ce que l'avion privé soit prêt à décoller d'ici six heures, en admettant que Ted n'en ait pas besoin.

— Parfait. La piste est près d'ici ?

— Tout près. – Elle hocha la tête, s'arrêta tout à coup. – A présent, je comprends mieux l'affaire Cassidy. Tout s'éclaire...

— Cassidy ? Le sénateur Cassidy ?

— Exactement.

— Qu'est-ce qu'il vient faire là ? Il a été contraint de démissionner à la suite de révélations concernant sa femme... elle aurait été surprise en train d'acheter de la drogue ou quelque chose comme ça...

— C'est un peu plus compliqué, mais en gros c'est ça. Il y a plusieurs années, sa femme était devenue toxicomane à la suite d'un traitement aux analgésiques et elle en a acheté à un officier de police en civil. Le sénateur James Cassidy, grâce à ses relations, s'est arrangé pour qu'il n'y ait pas de poursuites et puis a placé sa femme en cure de désintoxication.

— Quel rapport avec le traité ?

— D'abord, au Sénat, il était le principal opposant au traité. Il considérait que c'était la fin des libertés individuelles. A Washington, c'est celui qui criait le plus fort contre le grignotage insidieux du droit à la vie privée à l'ère de l'informatique. De nombreux commentateurs ont ironisé sur le fait qu'un sénateur aussi soucieux de ce problème se retrouve écarté de la scène politique à cause justement d'un secret dans son passé... ils insinuaient que si Cassidy était un ardent défenseur des droits du citoyen, c'est qu'il avait lui-même quelque chose à cacher.

— Ce n'est peut-être pas faux...

— Là n'est pas la question. Le problème, c'est que, en quelques mois, c'est le neuvième membre du Congrès qui démissionne ou qui annonce qu'il ne se représentera pas pour un nouveau mandat.

— Les temps sont durs pour les hommes politiques, voilà tout.

— Certes. Mais tu me connais... il faut toujours que je fouine, que je cherche des points communs là où personne n'en voit... une déformation professionnelle... Bref, j'ai remarqué que parmi les neuf, il y en avait cinq qui avaient démissionné à cause de soupçons qui pesaient sur eux. Et ces cinq-là étaient des opposants déclarés au traité international de surveillance. Ce n'est évidemment pas une coïncidence, inutile d'être un spécialiste de la cryptographie pour s'en rendre compte. On avait fouillé dans leur vie privée, et étalé la récolte au grand jour – traitement psychiatrique, usage abusif d'antidépresseurs, location de cassettes pornographiques, chèque à l'ordre d'une clinique d'avortement...

— Ça prouve que les partisans du traité ne reculent devant rien.

— C'est plus grave que ça. Il s'agit de partisans qui ont accès aux fichiers les plus intimes...

— Des gens du FBI sans moralité ?

— En général le FBI ne dispose pas d'informations pareilles sur les citoyens, tu le sais ! En tout cas plus depuis la présidence de J. Edgar Hoover. A la rigueur, quand ils doivent mener une enquête approfondie sur un criminel, c'est tout.

— Alors qui ?

— Je me suis mise à creuser davantage pour savoir s'il n'y aurait pas une éminence grise orchestrant en secret ces révélations scandaleuses. Qu'est-ce que ces sénateurs et députés avaient en commun ? J'ai fouillé dans leurs vies, dans tous les domaines, j'ai même été chercher sur Internet des informations bancaires... comme tu sais, on peut en savoir beaucoup à partir d'un simple numéro de sécurité sociale... Et un fait curieux est apparu. Deux de ces hommes politiques calomniés avaient contracté des emprunts auprès d'une banque de Washington, la First Washington Mutual. C'est alors que j'ai découvert le point commun : tous les cinq étaient clients de la First Washington.

— Alors, soit la banque est en partie complice du chantage, soit quelqu'un s'est débrouillé pour avoir accès aux fichiers de la banque.

— Exact. Dossiers bancaires, chèques, transferts d'argent... tout ça peut conduire jusqu'aux dossiers d'assurance-vie, et par suite aux dossiers médicaux.

— Harry Dunne, murmura Bryson.

— Encore un membre de Prométhée. Le directeur adjoint de la CIA.

— Dunne serait...

— En tout cas nous le supposons, dit-elle hâtivement. Continue. Et alors, Dunne ?

— C'est Dunne qui m'a sorti de ma retraite, arraché à ma vie tranquille et littéralement forcé à enquêter sur le Directorat. A ce moment-là tu étais déjà sur la piste de Prométhée... Dunne voulait savoir ce que tu avais découvert, probablement pour te neutraliser. Parce que la CIA est derrière ce traité – accroître leur surveillance sur toute la planète est leur dada.

— Oui, c'est bien possible. Pour de multiples raisons ; entre autres, et non la moindre, c'est que la CIA a besoin de retrouver une fonction, une raison d'exister depuis que la guerre froide est terminée. Je suis sur la piste de Prométhée, mais je n'ai pas encore réussi à comprendre clairement son fonctionnement. Avec les ordinateurs du Directorat, je pirate les transmissions de Prométhée. Nous avons identifié certains de ses membres, comme Arnaud, Prichnikov, Tsai et Dunne. Nous sommes aussi capables d'enregistrer leurs communications. Mais tout est codé, bien sûr. Nous pouvons voir *l'enveloppe* des transmissions, mais pas *le contenu*. C'est comme une sorte d'hologramme – il faut deux « espaces de données » pour pouvoir faire apparaître le message en clair. Je me bats avec ça depuis un bon moment, sans succès. Mais si tu as des infos sur leurs codes ou quoi que ce soit...

Bryson se redressa sur son lit. Il se sentait mieux ; il avait des fourmis dans les jambes ; l'inactivité lui pesait.

— Passe-moi mon portable, tu veux ? Il est là sur la table.

— Mais Nicholas, il ne va pas fonctionner ici... on est au sous-sol et l'émetteur...

— Passe-le-moi.

Elle lui donna son petit GSM argenté. Il le retourna et retira quelque chose du compartiment de la batterie. C'était une petite chose noire.

— Tiens. Ça t'aidera peut-être.

Elle la prit.

— C'est... une puce, une puce de silicium... ?

— Une puce de codage, pour être plus précis, répondit-il. Une copie de celle du téléphone d'Arnaud.

XXVI

Elle lui fit emprunter un long passage souterrain qui allait de l'infirmerie à une autre aile de l'annexe. Le sol était dallé de pierres polies, les murs étaient blancs, les parois insonorisées. Il n'y avait pas de fenêtres, aucune entrée de lumière du jour. Ils auraient pu se trouver n'importe où dans le monde.

— Cette annexe a été construite par le Directorat il y a une dizaine d'années pour servir de base d'opérations pour l'Europe, lui expliqua-t-elle. Je travaille ici depuis... depuis que j'ai quitté les Etats-Unis.

Elle ne dit pas : *depuis que je t'ai quitté*, mais c'était sous-entendu.

— Quand il est apparu que notre base américaine avait été infiltrée... sans doute à la suite de notre enquête sur Prométhée... Waller a décidé de transférer la totalité des bureaux de Washington ici, ce qui a nécessité l'agrandissement du bâtiment. Comme tu t'en rendras compte, c'est très peu visible de l'extérieur. On dirait seulement un petit centre de recherches construit à flanc de montagne.

— Je n'ai que ta parole pour croire que nous sommes en Dordogne, répondit Bryson.

Il marchait bien, mais sa blessure au côté lui lançait des aiguillons de douleur dans le dos à chaque pas.

— Tu verras par toi-même lorsque je t'emmènerai faire un tour dehors. Il faudra probablement un peu de temps pour utiliser la puce.

Ils arrivèrent devant une porte en fer brossé à doubles battants. Elena composa un code sur un petit boîtier, puis posa le pouce sur un détecteur d'empreintes digitales. Les portes s'ouvrirent en s'escamotant dans les parois. L'air, à l'intérieur, était frais et sec.

Les murs de la pièce au plafond bas étaient couverts de rayonnages chargés de super-ordinateurs, de consoles, de moniteurs.

— Nous estimons que c'est le centre de calcul le plus puissant du monde, annonça Elena. Nous avons des Crays avec une puissance de traitement de quadrillions d'opérations par seconde, des IBM-SP en série, des ordinateurs à chemins logiques multiples, un simulateur SGI

Onyx. On a de grosses capacités de stockage avec cent vingt giga-octets en ligne et vingt téra-octets en hardware sur serveur magnétique.

— Tu m'embrouilles, chérie.

Elena était si excitée qu'elle avait peine à se contenir. Elle était, ici, dans son élément – une Alice roumaine qui avait fait ses études de mathématiques sur un tableau noir et avec de vieux ordinateurs des années soixante-dix, qui se retrouvait soudain au Pays des merveilles. Elle avait toujours été ainsi, depuis que Bryson la connaissait... passionnée par son travail, émerveillée par la technologie qui rendait tout possible.

— Et tu oublies les deux cents mètres de câbles en fibres optiques, Elena. – C'était Chris Edgecomb, le grand et svelte Guyanais aux yeux verts et à la peau couleur café. – Seigneur ! A chaque fois que je vous vois, vous êtes encore un peu plus amoché ! – Chris prit Bryson dans ses bras, le serra fort. – Mais l'important, c'est qu'ils vous ont ramené.

Bryson grimaça de douleur, mais sourit, heureux de revoir le spécialiste des ordinateurs après si longtemps.

— Je n'arrive pas à me passer de vous...

— C'est votre femme qui doit être contente de vous revoir.

— Je ne crois pas que « contente » soit un mot assez fort, répondit Elena.

— Saint Christophe vous protège quand même, bon an mal an, railla Chris. Quoi que vous fassiez. Je ne vais pas vous demander où vous étiez passé ni ce que vous avez fait, bien sûr... Mais c'est bon de vous revoir. J'ai donné un coup de main à Elena pour la partie technique ; mais impossible de casser le code des messages de Prométhée. De la crypto en béton. Et pourtant nous avons de sacrés joujoux, ici ! Une connexion haut débit aux systèmes de distribution Internet ainsi qu'un satellite de communication numérique d'une puissance de plusieurs gigabits dans la bande de fréquence K et Ka, en orbite stationnaire, capable de transmettre des données à un débit identique à celui obtenu par fibres optiques.

Elena inséra la puce de cryptage dans l'un des ports d'une machine Digital Alpha.

— Tu vois, sur cette bande il y a cinq mois de communications codées entre les Prométhéens, expliqua-t-elle. Nous avons réussi à les intercepter avec de simples écoutes téléphoniques et des balayages satellite, mais nous n'avons pas réussi à les décrypter. Impossible de les lire, de les écouter – de les comprendre ! Le cryptage est trop poussé. Si cette puce est vraiment une copie sans bogue de la clé de sécurité de l'algorithme de codage de Prométhée, nous avons peut-être une chance de décrocher le jackpot.

— Au bout de combien de temps le sauras-tu ? demanda Bryson.

— Peut-être dans une heure, ou bien pas avant demain... peut-être moins, ça dépend de nombreux facteurs, dont le niveau de complexité de la clé. Tu peux comparer ça à une clé d'immeuble... soit c'est un passe, capable d'ouvrir toutes les portes, soit elle n'ouvre que la porte d'un seul appartement. Nous verrons bien. De toute façon, c'est exactement ce qui nous faisait défaut pour entrer dans la citadelle Prométhée.

— Je vous appellerai quand j'aurai quelque chose, annonça Chris. En attendant, je crois que Ted Waller veut vous voir tous les deux.

*

Le bureau de Waller, vaste mais sans fenêtre, était à l'identique de celui qu'il occupait au 1324 K Street; les mêmes tapis kurdes du XVIIe siècle, les mêmes gravures anglaises représentant des chiens tenant des pièces de gibier dans leurs gueules.

Waller était assis derrière son vieux bureau en chêne massif.

— Nicky, Elena, j'ai une petite information qui pourrait vous intéresser... Elena, je ne crois pas que tu connaisses l'un de nos meilleurs agents d'opération, l'un des plus doués et plus redoutables de notre équipe, qui nous honore d'une de ses trop rares visites.

Le fauteuil à haut dossier qui faisait face au bureau de Waller pivota lentement. C'était Laïla.

— Ah, oui, dit Elena froidement en serrant la main de Laïla. J'ai beaucoup entendu parler de vous.

— Et moi de vous, répondit Laïla sans plus de chaleur. – Elle ne se leva pas pour la saluer. – Bonjour, Nick.

Bryson fit un signe de tête.

— La dernière fois que nous nous sommes vus, vous vouliez me tuer.

— C'est vrai, fit Laïla en rougissant. Mais ça n'avait rien de personnel, vous le savez bien.

— Bien sûr.

— En tout cas, j'ai pensé que vous aimeriez savoir que notre ami Jacques Arnaud semble avoir décidé de se retirer du jeu, annonça Laïla avec un regard clair et assuré.

— Comment ça? demanda Bryson.

— Il est en train de prendre des dispositions pour liquider toutes ses sociétés. Cet homme a peur. Il ne s'agit ni d'une retraite en ordre, ni d'un report vers un autre secteur d'activités. D'un point de vue financier, c'est une hérésie. Le marchand de mort se met au vert.

— Mais ça n'a pas de sens! dit Bryson. Je ne saisis pas la raison... et vous?

Laïla esquissa un sourire.

— C'est pour ça que nous avons des analystes comme Elena. Pour trouver du sens aux informations que les agents comme vous et moi ont tant de mal à recueillir sur le terrain.

Elena était restée silencieuse, l'air pensif. Tout à coup ses yeux s'illuminèrent.

— Quelle est votre source d'information, Laïla?

— Un des plus grands rivaux d'Arnaud. Un homme à peu près aussi estimable et pas moins amoral qu'Arnaud lui-même... un frère du côté obscur... qui pourtant le hait avec la même animosité que celle de Caïn pour Abel. Il s'appelle Alain Poirier. Je suis sûre que ce nom ne vous est pas inconnu.

— Alors c'est par la bouche de son grand rival que vous avez appris la prochaine dissolution des sociétés d'Arnaud, dit Elena.

— C'est à peu près ça, dit Laïla. Formulé en anglais courant. Une info qui serait, j'en conviens, autrement impressionnante si elle était écrite dans le langage occulte des algorithmes. Votre travail nécessite des techniques bien plus compliquées et insondables que les miennes.

Waller observait la joute des deux femmes comme s'il avait été à Wimbledon.

— En fait, répliqua Elena, mes méthodes sont fondées sur un principe très banal : toujours considérer la source du renseignement. Par exemple, vous pensez que Poirier est un ennemi d'Arnaud. C'est une hypothèse bien naturelle : ils se sont présentés eux-mêmes sous ce jour. Mais en fait ils y ont mis un peu trop d'application.

— Que voulez-vous dire ? demanda Laïla d'un ton glacial.

— Je pense qu'en poussant plus loin vos recherches vous découvrirez que Poirier et Arnaud sont en réalité des partenaires. Ils sont les patrons de toute une série de grands groupes ayant des liens entre eux et largement implantés dans le monde entier. Leur rivalité est une ruse pure et simple.

Laïla plissa les yeux d'un air méfiant.

— Vous voulez dire que mon information ne vaut rien ?

— Pas du tout, dit Elena. Que vous ayez été abusée, reconnue et identifiée est un renseignement de première importance. De toute évidence Arnaud espère que nous allons croire ce que vous nous avez dit. Nous devons donc analyser non pas la fausse rumeur elle-même, mais sa volonté de la propager.

Laïla réfléchit en silence.

— Vous avez peut-être mis dans le mille, concéda-t-elle de mauvaise grâce.

— Si Arnaud veut que nous cessions de nous intéresser à lui, dit Bryson, nous pouvons logiquement en déduire qu'il fait partie d'une entreprise qui doit rester discrète pour réussir. Ils veulent que nous baissions la garde, pour semer le trouble. Quelque chose se prépare, pour bientôt. Rien ne doit nous échapper à présent. Bon Dieu, nous avons affaire à des forces qui ont atteint un niveau jamais vu de pouvoir et de connaissance. Notre seul espoir, c'est qu'ils nous sous-estiment.

— Ma crainte, répliqua Laïla d'un air piteux, c'est qu'ils soient réellement plus forts que nous...

*

Waller avait quitté le quartier général du Directorat pour se rendre à une réunion d'urgence à Paris ; Elena et Nick devaient attendre son retour. Ils passèrent le temps en faisant une longue excursion. Ils descendirent la montagne, traversèrent les haies de romarin, et marchèrent le long des berges de la Dordogne. Ils étaient bel et bien en France, comme Bryson s'en était rendu compte en émergeant des couloirs souterrains de l'annexe. Par l'entrée principale on pénétrait dans une vieille maison en pierre de taille construite à flanc de coteau. Les observateurs et les promeneurs ne voyaient là qu'une villa assez grande pour y loger les bureaux et les installations nécessaires à un groupe de recherches américain – encore des scientifiques venant en France se dorer la pilule aux frais de l'Etat, devait-on se dire ! Cela justifiait les allées et venues dans la propriété, les avions qui atterrissaient et décollaient de l'aérodrome local. Personne ne pouvait deviner la taille réelle du bâtiment, savoir qu'il s'enfonçait aussi profondément dans la montagne.

Bryson marchait avec plus de précautions que d'ordinaire. Il protégeait sa blessure, et grimaçait parfois de douleur. Ils descendirent les pentes escarpées en suivant une ancienne voie de pèlerinage qui traversait des plantations de noyers bordant la Dordogne, cette rivière dont le cours passait par Souillac et allait jusqu'à Bordeaux. Ces terres appartenaient à des paysans robustes, gardiens austères des traditions de la campagne française, même si nombre de ces fermes de pierre étaient devenues au fil des années des résidences secondaires d'Anglais qui ne pouvaient s'offrir des vacances en Provence ou en Toscane. Plus haut sur les collines, paressaient les vignobles qui produisaient un bon vin de pays. Au loin, le paysage verdoyant du nord de Cahors était parsemé de villages médiévaux où les petits restaurants servaient le dimanche une solide cuisine du terroir aux grandes familles de paysans. Bryson et Elena cheminaient à travers bois, là où les célèbres truffes se cachaient sous les racines des vieux arbres, leur emplacement farouchement gardé secret. Un savoir qui se transmettait de père en fils, comme un trésor de famille – même les propriétaires de la terre n'étaient pas dans la confidence.

— C'est Ted qui a eu l'idée de nous réimplanter ici, expliqua Elena tandis qu'ils marchaient main dans la main. Pas étonnant qu'un gastronome comme lui ait pu tomber amoureux de cette région, avec ses chèvres, son huile de noix et ses truffes. Mais c'est aussi très commode. Nous sommes vraiment à l'abri des regards, la couverture est crédible, l'aérodrome à proximité. Il y a aussi des autoroutes qui permettent d'aller rapidement dans toutes les directions... au nord vers Paris, à l'est vers la Suisse et l'Italie, au sud vers la Méditerranée, à l'ouest vers Bordeaux et l'Atlantique. Mes parents adoraient vivre ici.

Sa voix s'adoucit, se fit pensive.

— Le pays leur manquait, bien sûr, mais c'était un endroit merveilleux pour finir leurs jours.

Elle montra du doigt au loin un hameau de petites maisons en pierre.

— Nous avons vécu dans l'une de ces petites maisons là-bas.

— Nous ?

— J'habitais avec eux, je prenais soin d'eux.

— J'en suis heureux pour toi. Je t'avais perdu, mais eux t'avaient retrouvée.

Elle sourit, pressa sa main.

— Tu sais, le vieux dicton dit vrai : *Mai raut, mai dragut.*

— L'absence nourrit les cœurs, traduisit-il. Et qu'est-ce que tu disais encore... *celor ce duc mai mult dorul, le pare mai dulor odorul ?* L'absence aiguise l'amour, mais la présence le renforce, c'est ça ?

— Nicholas, ça a été très dur pour moi, tu sais. Vraiment dur.

— Pour moi aussi. Encore plus.

— J'ai dû reconstruire ma vie sans toi. Mais la douleur, le sentiment de perte, ne se sont jamais atténués. C'était pareil pour toi ?

— Je pense que cela a été encore plus douloureux pour moi, à cause de mon désarroi. J'étais dans le flou le plus total... pourquoi avais-tu disparu, où étais-tu allée, qu'est-ce que tu pensais...

— Oh, *iubito ! Te ador !* Nous étions tous deux des victimes... victimes et otages d'un monde de méfiance et de suspicion.

— On m'avait dit que tu étais chargée de me surveiller, que c'était pour ça que tu étais avec moi.

— *Chargée de te surveiller ?* Nous sommes tombés amoureux, voilà la vérité, et c'était totalement imprévu. Comment pourrais-je te prouver que je n'étais pas en mission... J'étais amoureuse de toi, Nicholas. Je le suis toujours.

Il lui parla des affabulations d'Harry Dunne, lui raconta l'histoire de ce jeune homme choisi pour ses qualités d'athlète et ses dons pour les langues, dont on avait tué les parents pour mieux pouvoir l'embrigader, faire de lui un pion docile...

— Les membres de Prométhée sont très intelligents, dit-elle. Avec une organisation aussi cloisonnée que la nôtre, il n'est pas difficile d'élaborer un mensonge plausible. Puis ils nous ont fait croire que tu étais un opposant, que tu essayais de nous détruire... de sorte qu'il t'était impossible de savoir s'ils te disaient la vérité.

— Mais tu es au courant pour Waller ?

— A quel sujet ?

— A propos de ses... Bryson hésita. De ses antécédents.

Elle hocha la tête.

— Tu veux parler de la Russie. Oui, il m'a mise au courant. Mais il n'y a pas longtemps... cela date de quelques jours. Sans doute parce qu'il avait l'intention de te ramener, et qu'il savait que nous allions en parler.

Son téléphone sonna.

— Oui ? – Son visage s'illumina. – Merci, Chris. On arrive ! – Elle raccrocha et se tourna vers Bryson. – On tient quelque chose.

*

Chris Edgecomb tendit à Elena une pile de dossiers à liserés rouges, débordant de feuilles imprimées.

— Eh ben mon vieux, quand ce code casse, ce sont les grandes eaux ! On a fait fumer cinq imprimantes à laser ultrarapides pour sortir tout ce truc. Ce qui nous a un peu ralentis c'est le module de transcription papier... convertir des paroles en mots écrits nécessite une grosse puissance de calcul et beaucoup de temps, même avec la rapidité de nos processeurs. Et on est encore loin d'avoir fini... J'ai essayé de sucrer ce qui semblait inutile, mais j'ai décidé finalement de tout garder et de vous laisser le choix de ce qui est important ou pas.

— Merci, Chris, répondit Elena en prenant les dossiers.

Elle posa la pile sur la longue table de la salle de réunion qui jouxtait la salle des ordinateurs.

— Je vais vous faire apporter du café, ajouta Edgecomb. Quelque chose me dit que vous allez en avoir besoin.

Bryson et Elena se partagèrent les dossiers et commencèrent à les étudier soigneusement. Le décryptage qui s'avéra de loin le plus intéressant fut celui des conversations téléphoniques entre les dirigeants. Il y en avait beaucoup, dont certaines très longues. On trouvait également quelques conversations à plusieurs. Assurés du cryptage inviolable des appels, les partenaires se parlaient librement. Quelques-uns – les plus prudents, comme Arnaud et Prichnikov – restaient plus réservés. Ils utilisaient un langage codé, procédaient par allusions que seul l'autre pouvait comprendre. C'est ici qu'Elena, avec sa science des structures de discours, sa capacité à lire entre les lignes, à déceler les non-dits dans les mots les plus anodins, fut d'un concours inestimable. Elle marqua plusieurs feuillets avec de petits *post-it*. Bryson, de son côté, avec sa connaissance plus intime des participants et de leurs parcours, pouvait discerner d'autres allusions, d'autres références cachées.

A peine avaient-ils commencé à parcourir les papiers que Bryson s'exclama :

— Je crois que cette fois on les tient ! Il ne s'agit plus seulement de rumeurs. Ici, par exemple, Prichnikov parle de l'épidémie de charbon à Genève, trois semaines avant les faits !

— Mais manifestement ce ne sont pas eux qui mènent la danse, précisa Elena. Ils font référence à un autre homme... deux autres en fait, peut-être des Américains.

— Qui ?

— Jusqu'ici ils ne disent pas les noms. Il y a une allusion au fuseau horaire de la côte Ouest, donc l'un d'entre eux se trouve en Californie ou quelque part sur la côte Pacifique des Etats-Unis.

— Et Londres ? Aucune idée de qui mène le jeu là-bas ?

— Non...

Chris Edgecomb surgit tout à coup dans la pièce, en brandissant quelques feuilles de papier.

— Ça vient de sortir ! lança-t-il, très excité. Cela ressemble à des transferts de fonds par la First Washington Mutual Bancorp... ça peut peut-être vous intéresser. Il tendit à Elena plusieurs feuilles de papier, couvertes de colonnes de chiffres.

— C'est cette banque qui a de nombreux membres du Congrès comme clients, n'est-ce pas ? dit Bryson. Celle que tu soupçonnais d'avoir participé aux chantages en communiquant des informations personnelles sur les opposants au traité ?

— Oui, dit Elena. Ce sont des ordres de transfert internes.

Edgecomb approuva.

— A voir les cycles, la fréquence... c'est évident.

— Qu'est-ce que c'est ? demanda Bryson.

— C'est une séquence de codes d'autorisation caractéristiques d'une société entièrement sous tutelle. Autrement dit, une piste.

— Ce qui veut dire ?

— Cette banque de Washington est la propriété d'une autre institution financière, plus grande.

— C'est courant, dit Bryson.

— Oui, mais manifestement ils ne veulent pas que ça se sache... cette appartenance est tenue secrète, soigneusement dissimulée.

— Est-il possible de connaître le nom du mystérieux propriétaire ? demanda Bryson.

Elena hocha la tête distraitement. Elle étudiait attentivement les colonnes de chiffres.

— Chris, ce nombre récurrent, ici, ce doit être le code source. Tu crois qu'on pourrait retrouver...

— J'ai pris un peu d'avance sur toi, Elena, répondit-il. C'est le code d'une banque basée à New York, la Meredith Waterman. Ça te dit quelque chose ?

— Nom de Dieu, lâcha-t-elle. C'est l'une des plus anciennes et des plus respectables banques de Wall Street. A côté d'elle, Morgan Stanley ou Brown Brothers Harriman sont des bébés. Je ne comprends pas... pourquoi la Meredith Waterman s'impliquerait-elle dans une histoire de chantage pour soutenir le Traité International de Surveillance et de Sécurité... ?

— La Meredith Waterman est sans doute aux mains d'intérêts privés, dit Bryson.

— Et alors ?

— Peut-être n'est-elle qu'une société de placement de fonds... une sorte de façade. En d'autres termes, elle est peut-être utilisée par une autre firme, ou par un individu ou un groupe d'individus, par exemple le groupe Prométhée, pour dissimuler leurs véritables activités. Il serait donc très édifiant d'avoir la liste de tous les partenaires passés et présents de la Meredith Waterman, et peut-être aussi celle des actionnaires majoritaires...

— Ça doit pouvoir se faire sans trop de problèmes, répondit Edge-comb. Même les sociétés privées sont strictement régies par la SEC et la FDIC[1] ; elles sont contraintes de fournir tout un tas de renseignements auxquels nous devrions avoir accès.

— Quelques-uns de ces noms pourraient démontrer que Prométhée est propriétaire, dit Bryson.

Edgewood fit un signe de tête et sortit de la pièce.

— Richard Lanchester était un associé de la Meredith Waterman... annonça brusquement Bryson.

— Quoi ?

— Cela me revient maintenant... Avant de quitter Wall Street et d'entrer dans la politique, c'était une star de l'investissement bancaire. Le golden boy de la Meredith Waterman. C'est comme ça qu'il a fait fortune.

— Lanchester ? Mais... tu m'as dit qu'il avait compati avec toi, qu'il t'avait aidé...

— Il m'a écouté avec sympathie, c'est vrai. Il avait l'air sincèrement inquiet. Il m'a écouté, mais en réalité il n'a rien fait.

— Il voulait que tu lui apportes d'autres preuves.

— Une simple variante de la méthode Dunne... se servir de moi comme appât.

— Tu crois que Richard Lanchester pourrait faire partie de Prométhée ?

— C'est fort possible.

Elena recommença à étudier la transcription papier des messages du groupe Prométhée ; elle releva soudain les yeux.

— Ecoute ça, dit-elle. Le passation de pouvoirs sera accomplie quarante-huit heures après que les Anglais auront ratifié le traité...

— Qui dit ça ? demanda Bryson.

— Je... je ne sais pas. L'appel vient de Washington, il est acheminé par une voie stérile. Le correspondant anonyme parle à Prichnikov.

— On pourrait avoir une identification vocale ?

— Peut-être. Il faudrait que j'entende l'enregistrement, que je détermine si la voix a été altérée, et si oui, jusqu'à quel point.

— Quarante-huit heures... la « passation de pouvoirs »... *de* qui, *vers* qui. Et *quel pouvoir* ? Nom de Dieu, il faut que j'aille à Londres tout de suite. Quand le jet doit-il décoller ?

Elena consulta sa montre.

---

1. SEC : *Securities and Exchange Commission* : équivalent américain de notre COB (la Commission des opérations de Bourse).

FDIC : *Federal Deposit Insurance Corporation* : organisme d'assurance bancaire garantissant le remboursement des dépôts des épargnants en cas de faillite. *(N.d.T.)*

— Dans trois heures et vingt minutes.

— C'est trop long. Si nous prenions une voiture...

— Non, ça prendrait trop de temps. Je te propose d'aller à l'aérodrome, de mentionner le nom de Ted Waller, de faire jouer tous nos violons, et de s'arranger pour qu'ils avancent l'horaire...

— C'est exactement ce que disait Dmitri Labov.

— Qui ça ?

— L'adjoint de Prichnikov. Il disait « la machinerie est presque en place. *Le pouvoir va changer de mains* ! Tout va se réaliser ». Pour lui, c'était une question de jours...

— L'heure « H » est pour bientôt. Seigneur, Nick, tu as raison, il n'y a pas une minute à perdre.

Elle se leva ; juste à ce moment les lumières de la pièce vacillèrent, quelques secondes à peine.

— Que se passe-t-il ? demanda-t-elle.

— Il y a un générateur de secours quelque part ?

— Oui bien sûr, il doit y en avoir un.

— Il vient de se mettre en marche.

— Mais il ne doit le faire qu'en cas d'urgence, dit-elle, troublée. Il ne s'est rien passé, que je sache.

— Sauve-toi ! cria Bryson. Sors d'ici !

— Quoi ?

— Cours, Elena, Sors d'ici... tout de suite ! On vient de bidouiller quelque chose dans le réseau électrique... Où est la sortie la plus proche ?

Elena se retourna, indiqua une porte sur la gauche.

— Vite, Elena, allons-y ! Je parie que les portes se ferment automatiquement, pour bloquer les intrus qu'ils soient dehors comme dedans. J'en suis sûr !

Il s'élança dans le couloir ; Elena ramassa rapidement quelques disquettes sur la table et courut derrière lui.

— Par où ? cria-t-il.

— Les portes en face ! Tout droit !

Elle ouvrit le chemin. En quelques secondes, ils étaient parvenus devant une porte métallique à doubles battants marquée SORTIE DE SECOURS ; une barre de sécurité de couleur rouge, sans doute reliée à une alarme, permettait de les ouvrir par simple pression. Bryson se jeta contre la barre ; les doubles portes s'ouvrirent sur la nuit noire ; une sirène se mit à retentir. Un flot d'air froid leur fouetta le visage. A un mètre d'eux, une grosse grille qui, mue par une commande automatique, était en train de se refermer lentement.

— Fonce ! hurla Bryson, en se jetant dans la brèche qui se rétrécissait inexorablement.

Il se retourna, agrippa Elena et la tira à lui. Elle passa tout juste dans l'interstice, avant que la grille ne se referme totalement. Ils se retrouvèrent sur le flanc de la colline à côté de la vieille maison de pierre. La herse électrique était invisible de l'extérieur, dissimulée par une haie épaisse.

Bryson et Elena se mirent à dévaler le coteau en courant droit devant eux, le plus loin possible du centre de recherche.

— Il y a une voiture dans le coin ? demanda Bryson.

— Oui. Un 4x4 garé juste devant la maison, répondit-elle. Là-bas !

Un Land Rover Defender 90 luisait sous le clair de lune à cinquante mètres de là. Bryson y courut, sauta sur le siège avant. La clé n'était pas sur le contact. Nom de Dieu, où était-elle ? Dans un endroit aussi tranquille, on la laissait sûrement dans la voiture. Elena grimpa sur le siège à côté de lui.

— Sous le tapis, annonça-t-elle.

Bryson se baissa, tâta le tapis de caoutchouc, sentit la clé. Il mit le contact, fit démarrer le moteur. Le Land Rover se mit à vrombir.

— Nick, qu'est-ce qui se passe ? cria Elena tandis que la voiture, dans une embardée, s'éloignait de la villa à toute vitesse.

Mais avant qu'il ait eu le temps de répondre, il y eut un éclair de lumière éblouissant, accompagné d'un grondement caverneux qui semblait monter du plus profond de la montagne. Quelques secondes plus tard, ce fut l'explosion. Un coup de tonnerre d'une violence terrifiante, un bruit assourdissant les assaillant de toute part. Bryson quitta la route et fonça à travers les taillis, sentant une vague de chaleur fouetter son dos comme une avalanche de braises.

Elena, cramponnée aux ridelles, se retourna.

— Oh, mon Dieu, Nick. L'annexe... le centre de recherches... tout est détruit ! Oh, Seigneur, Nick, regarde ça !

Mais Bryson ne voulait pas se retourner. Il n'osait pas. Ils devaient continuer. Il n'y avait pas une seconde à perdre. Les pneus écrasaient les broussailles, de plus en plus vite, et dans sa tête, une pensée, une seule : *Mon amour... tu es sauvée.*

Tu es vivante et tu es avec moi.

Pour le moment.

Oh mon Dieu, faites que cela dure...

XXVII

Ils arrivèrent tous deux à Londres à dix heures du soir, trop tard pour faire quoi que ce soit. Ils passèrent la nuit dans un hôtel de Russell Square, ensemble dans le même lit pour la première fois depuis cinq ans. Ils étaient comme des étrangers, dans un sens, mais chacun trouva le corps de l'autre immédiatement familier. C'était à la fois rassurant et excitant. Pour la première fois depuis cinq longues années, ils firent l'amour, passionnément, avec un sentiment d'urgence. Ils s'endormirent mêlés l'un à l'autre, épuisés à la fois par l'amour physique et par l'énorme tension qu'ils venaient de subir.

Au matin, ils parlèrent du cauchemar dont ils avaient été témoins, passant les détails au crible, essayant de comprendre.

— Quand tu as appelé l'aérodrome pour réserver l'avion, demanda Bryson, tu as utilisé une ligne sécurisée, n'est-ce pas ?

L'inquiétude tendait son visage... elle secoua lentement la tête.

— L'aérodrome n'était pas équipé de brouilleur, ça n'aurait servi à rien. Mais les appels passés depuis l'annexe étaient considérés comme sûrs, puisque notre centre de communications internes était protégé de toute interférence extérieure. Certes, quand nous appelions Londres, Paris, ou Munich, par exemple, nous utilisions des lignes sécurisées... mais seulement pour préserver nos interlocuteurs.

— Mais les appels longue distance – deux cents kilomètres ou plus – sont d'ordinaire acheminés par poteau télégraphique jusqu'aux tours-relais à micro-ondes, et ce sont les transmissions par micro-ondes que la surveillance par satellite peut intercepter, c'est bien ça ?

— Exact. Les lignes terrestres peuvent être espionnées, mais pas par satellite. Il faut utiliser des moyens traditionnels... des dérivations à fils, ce genre de chose... Et pour ça, il faut savoir exactement d'où partent les appels.

— A l'évidence, Prométhée connaissait en détail le fonctionnement de l'annexe de Dordogne, constata Bryson. Malgré toutes les précautions de Waller, les allées et venues au centre, les départs et les arrivées dans l'aérodrome, ont dû être observés, notés. Et l'aérodrome était une proie facile pour une écoute téléphonique classique.

— Waller ! Dieu merci il était déjà parti... Nous devons absolument avertir Waller.

— Il doit être déjà au courant. Mais ce pauvre Chris Edgecomb...

Elle se couvrit les yeux de la main.

— Oh, mon Dieu, Chris ! Et Laïla !

— Et tous les autres ! Je les avais perdus de vue pour la plupart, mais toi, tu devais avoir beaucoup d'amis parmi eux.

Elle hocha la tête en silence, elle avait les yeux pleins de larmes.

Après un moment de silence, Bryson reprit.

— Ils ont dû se brancher sur le réseau électrique et installer des explosifs... du plastique... un peu partout dans le bâtiment et en dessous. Ils n'auraient jamais pu y parvenir sans une aide intra-muros ; ils ont dû convaincre certaines personnes de changer de camp... Le Directorat était sur le point de découvrir les plans du groupe Prométhée, il fallait donc le neutraliser. Ils ont voulu m'utiliser... moi et quelques autres, j'en suis certain... et en voyant que ces tentatives ne débouchaient sur rien, ils se sont décidés pour une approche plus directe.

Il ferma les yeux.

— Quel que soit le plan que fomentent les Prométhéens, il doit s'agir d'une chose de toute première importance pour eux.

Une rencontre directe avec le plus ardent défenseur du traité, Lord Miles Parmore, était de ce fait vouée à l'échec : elle n'aurait servi qu'à tirer la sonnette d'alarme dans leurs rangs. Ce genre de personnage était sur ses gardes, bien rodé au mensonge, un expert de la désinformation ; Bryson et Elena avaient toutes les chances de se retrouver embarqués sur une fausse piste... Plus grave encore, Bryson sentait intuitivement que Lord Parmore n'était pas leur homme. C'était une figure de proue, une icône médiatique, surveillée de trop près pour pouvoir tirer les ficelles en coulisses. Il ne pouvait en aucun cas être l'une des têtes pensantes de Prométhée. Le véritable chef devait être un proche de Parmore, travaillant avec lui, dans l'ombre. Mais comment le trouver ?

Les instigateurs de Prométhée étaient beaucoup trop intelligents, trop avisés, pour se montrer en pleine lumière. Leurs fichiers étaient certainement falsifiés, effacés. Un examen, aussi minutieux fût-il, ne parviendrait pas à révéler l'identité des mandarins de l'ombre, des manipulateurs. Les seuls indices se trouvaient dans l'existence même de lacunes, dans tout ce qui faisait défaut – les fichiers manquants ou volontairement supprimés. Mais autant chercher une aiguille dans une meule de foin, comme disait le proverbe.

Devant l'ampleur de la tâche, Bryson jugea préférable de creuser plus profond, de fouiller dans le passé. Par expérience, il savait que c'était souvent là qu'on trouvait la vérité, dans de vieux fichiers, de vieux livres

– des dossiers auxquels on accédait rarement, parce que trop dispersés, trop difficiles à falsifier convenablement.

C'était une possibilité, une simple hypothèse de travail, mais c'est avec cet espoir qu'ils se rendirent, ce matin-là, à la Bibliothèque d'Angleterre de Saint Pancras. Elle s'étendait sur une place arborée non loin de Euston Road et ses briques orangées chatoyaient dans le soleil matinal. Bryson et Elena traversèrent l'esplanade, passèrent devant la grande statue de Newton, œuvre de Sir Eduardo Paolozzi, et pénétrèrent dans le vaste hall d'entrée. Bryson scrutait les visages des gens qu'il croisait, attentif à déceler la moindre anomalie dans leur attitude. Tous les réseaux de Prométhée avaient été mis en état d'alerte... ils étaient peut-être même au courant de sa présence à Londres, bien que, pour l'instant, rien ne le laissât paraître. A l'intérieur de la bibliothèque, un large escalier en traversin les mena à la grande salle de lecture, où s'offraient au regard des rangées de tables en chêne portant chacune une lampe de bureau. Ils passèrent les portes discrètement dissimulées dans la boiserie qui menaient aux petits salons de lecture individuels. Le salon privé qu'ils avaient réservé était confortable, les chaises de chêne au dossier arrondi et les bureaux recouverts de cuir vert donnaient l'impression d'être dans un club.

En une heure, ils avaient déjà rassemblé presque tous les livres dont ils avaient besoin, en commençant par une sélection des débats officiels du Parlement – de gros volumes noirs solidement reliés. La plupart n'avaient pas été ouverts depuis des années, et dégageaient une odeur de moisi quand on tournait les pages. Nick et Elena les parcoururent en concentrant leur intérêt sur un seul sujet. Y avait-il déjà eu des débats pour défendre les libertés civiles, d'autres décisions ordonnant la surveillance des individus ? Chacun d'eux prenait des notes sur un carnet : les références inexpliquées, les noms, les lieux... C'étaient des zones où les traces de ciseaux du contrefacteur pourraient être visibles.

Ce fut Elena qui prononça la première le nom de *Rupert Vere*. Un homme mesuré, d'apparence discrète, et en même temps fin tacticien – l'incarnation de l'homme politique modéré – mais aussi, ainsi que les articles le démontraient au fil des années, un maître des ruses procédurales. Etait-ce lui ? Cette intuition valait-elle la peine qu'on s'y arrête ?

Rupert Vere, membre du Parlement issu de Chelsea, était le ministre des Affaires étrangères de Grande-Bretagne.

Bryson suivit le tracé compliqué de la carrière du parlementaire de Chelsea à travers les modestes journaux de la presse régionale, qui, moins préoccupés de la signification politique des événements, relataient plus volontiers des anecdotes. C'était un travail minutieux et quelque peu abrutissant, que d'examiner une centaine de petits articles dans des dizaines de gazettes locales, sur un papier souvent jauni et fragile. Par moments, Bryson perdait patience : comment pouvaient-ils espérer trouver les clés d'une conspiration planétaire dans la feuille de chou d'un village ?

Mais il s'entêta. Tous les deux s'obstinèrent. Elena fit l'analogie avec son travail de décryptage : au milieu du bruit de fond, du déluge de bits inutiles, il pouvait y avoir un signal... si seulement ils pouvaient tomber dessus. Rupert Vere était sorti premier du Brasenose College, à Oxford ; il s'était fait une réputation de paresseux, ce qui était vraisemblablement une ruse. Il avait aussi un talent indéniable pour cultiver les amitiés. Un chroniqueur du *Guardian* avait écrit : « ... son charisme va bien au-delà de la simple reconnaissance de sa compétence ». Un personnage se dessinait peu à peu : pendant des années, le ministre des Affaires étrangères avait travaillé dans l'ombre pour ouvrir la voie au traité, invoquant des dettes politiques, courtisant amis et alliés. Et durant tout ce temps, ses déclarations publiques restaient modérées, ses liens avec les instigateurs du traité demeuraient invisibles.

Finalement, c'est une petite information d'apparence banale qui attira l'attention de Bryson. Dans les pages jaunies de l'*Evening Standard*, il y avait un compte rendu des courses d'aviron qui s'étaient tenues en 1965, à Pangbourne sur la Tamise, et où concouraient les équipes des écoles secondaires de tout le pays. Dans une petite brève, le journal décrivait les équipages. Vere, semblait-il, ramait pour Malborough ; il était le sixième rameur. C'était une simple description des courses, l'article semblait parfaitement insignifiant.

> Au Championnat d'aviron juniors, à Pangbourne, certaines équipes de quatre sans barreur ou de doubles se sont distinguées. En particulier le Q-S-B de la catégorie 18 ans de la Sir William Borlase School qui enregistra le temps le plus rapide de la journée (10 mn 28 sec), mais était suivi de très près par les formations de la catégorie 16 ans où l'équipe de double scull du Saint George's College (10 mn 35 sec) avec Matthews et Loake, a remporté la course, talonnée par Westminster. Dans les deux compétitions des 14 ans, les équipes de double scull de l'Hereford Cathedral School s'avérèrent les meilleures (12 mn 11 sec, et 13 mn 22 sec). Il y eut aussi quelques participants de grande classe parmi les skiffs de 16 ans. En tête, Rupert Vere (11 mn 50 sec) avait 13 secondes d'avance sur son coéquipier de Malborough, Miles Parmore, tandis que David Houghton (13 mn 5 sec) finissait troisième avec presque trente secondes d'avance sur ses poursuivants. Faisant preuve d'un vrai talent, Parrish, de Saint George (12 mn 6 sec) et Kellman de Dragon School (12 mn 10 sec) ont dominé la poule des 16 ans, finissant quatrième et cinquième au classement général. Quant à la course des plus jeunes, elle se déroulait sur une distance de 1 500 m ; le gagnant des 13 ans, Dawson de Marlborough (8 mn 51 sec) a décroché une très honorable deuxième place, ex æquo, dans la course des 14 ans qui avait eu lieu le matin, et a terminé cinquième au classement général.

Bryson relut l'article et en trouva bientôt deux autres semblables. Vere avait fait de l'aviron pour Marlborough, dans la même équipe que Miles Parmore.

Oui. Le ministre des Affaires étrangères, membre du Parlement, et l'un des premiers défenseurs du traité, avait été le coéquipier de Lord Miles Parmore... ils étaient amis de longue date.

Etait-ce Vere leur homme ?

*

Le nouveau palais de Westminster, appelé le plus souvent le palais du Parlement, est, par son mélange d'ancien et de moderne, la quintessence des institutions britanniques. Un palais royal avait toujours existé à cet emplacement, depuis Canute le roi viking. Mais c'est au XIe siècle qu'Edouard le Confesseur et Guillaume le Conquérant agrandirent le vieux rêve de magnificence et de splendeur royales. Même si le bâtiment avait été restauré au fil des siècles avec un réel souci de continuité historique, les fractures du destin avaient laissé dans les pierres de profondes séquelles. Quand Westminster fut reconstruit, au milieu du XIXe siècle, il représenta alors l'apothéose du style néogothique, un monument élevé à la gloire de ses architectes – une Antiquité réinventée de toutes pièces. Après la destruction de la Chambre des communes par le blitz pendant la Seconde Guerre mondiale, le palais sera de nouveau reconstruit. Soigneusement restauré, avec une interprétation encore plus subjective du style néogothique... la copie d'une copie.

Bien que s'élevant dans l'un des quartiers les plus encombrés de Londres, Parliament Square, le palais du Parlement restait à l'écart de l'agitation urbaine, protégé par quatre hectares de jardins. Le « nouveau palais » était une véritable ruche, totalisant près de mille deux cents pièces et au moins cinq kilomètres de couloirs. Les parties fréquentées par les lords et députés, et visitées par les touristes, étaient, certes, de dimensions impressionnantes, mais le bâtiment était bien plus vaste encore, un dédale dont les plans, pour des raisons de sécurité, étaient difficiles à obtenir. On pouvait, toutefois, en trouver quelques exemplaires dans les archives des monuments historiques. Bryson s'était donné deux heures pour en apprendre les détails et les mémoriser – une succession de rectangles de diverses tailles, classés et sériés dans sa tête pour former un plan d'ensemble qu'il pouvait consulter à son gré. Il savait exactement comment la bibliothèque des Pairs était reliée à la Chambre du Prince. Il connaissait la distance qui séparait la résidence du président de la Chambre des communes et celle de l'huissier d'armes, savait combien de temps il fallait pour aller du hall de la Chambre des communes à la première des salles du Conseil. A une époque dépourvue de chauffage central, il était essentiel d'avoir quelques pièces protégées du mur extérieur par des espaces vides qui servaient d'isolation. Plus encore, toute construction de grande importance ayant constamment besoin d'être réparée et entretenue, il fallait des couloirs pour permettre aux travailleurs d'exécuter leurs tâches sans troubler la majesté des espaces publics. A l'image du fonctionnement complexe des institutions anglaises qu'il abritait, Westminster était un labyrinthe d'antichambres et de couloirs secrets dont le plan d'ensemble devait rester inconnu du peuple.

Pendant ce temps, Elena étudiait par le menu la vie de Rupert Vere. Un autre détail avait retenu son attention : à l'âge de seize ans, Vere avait gagné un concours de mots croisés organisé par le *Sunday Times*. Il était donc joueur, ce qui semblait être un indice supplémentaire, même si la partie en cours n'avait rien de ludique.

A cinq heures du matin, un homme avec des lunettes noires, vêtu d'un blouson de cuir et portant un sac à dos, faisait le tour du palais du Parlement, comme un touriste noctambule essayant de soigner sa gueule de bois par une promenade matinale. C'était, tout au moins, l'impression que Bryson voulait donner... Il s'arrêta devant la statue noire de Cromwell, près de la porte St. Stephen, et lut l'écriteau : LES PAQUETS DÉPASSANT LE FORMAT A4, AUTRES QUE LES FLEURS, DOIVENT ÊTRE LIVRÉS PAR LA PORTE DU BLACK ROD'S GARDEN. Il passa devant l'Entrée des Pairs, notant sa position par rapport aux autres, puis traversa le petit bosquet de marronniers, tout en repérant l'emplacement de chaque caméra de surveillance, toutes placées en hauteur et enchâssées dans leur boîtier blanc. Bryson avait appris que la police londonienne avait à sa disposition tout un réseau de caméras... il y en avait trois cents fixées sur des poteaux ou des immeubles, disséminées dans toute la ville. Elles portaient chacune un numéro, et en entrant ce numéro dans une console, on obtenait une vue précise et en couleur. On pouvait faire pivoter les caméras, et zoomer, même suivre une poursuite de police en passant d'une caméra à l'autre, ou un motocycliste, ou un piéton, tout cela à l'insu du citoyen. Mieux valait ne pas traîner dans le secteur... il risquait sinon de se faire repérer.

Il s'engagea dans le bâtiment principal qui comportait quatre niveaux, superposant la construction réelle à ses représentations mentales... Il lui fallait absolument convertir les chiffres abstraits en perceptions concrètes, transformer les données en sensations physiques, afin de pouvoir y recourir instantanément, instinctivement, sans calculs ni réflexion. C'était l'un des premiers enseignements de Waller, et parmi les plus précieux. *Quand tu es sur le terrain, les seules cartes utiles sont dans ta tête.*

La tour St. Stephen, avec le célèbre Big Ben, située au nord du Parlement, faisait quatre-vingt-seize mètres de hauteur. A l'opposé du bâtiment, la tour Victoria était plus large mais presque aussi haute. Entre les tours, la toiture était couverte d'échafaudages : les travaux de réfection étaient incessants. Il obliqua vers la Tamise et photographia mentalement les deux ailes extrêmes du bâtiment qui aboutissaient directement sur la rivière. Au pied des galeries s'étendait une terrasse de quelques mètres de largeur, mais les tours de chaque côté tombaient à pic dans le fleuve. Sur l'autre rive, Bryson vit quelques bateaux à l'ancre. Certains servaient aux croisières touristiques, d'autres à l'entretien. Sur l'un d'eux on pouvait lire ESSENCE ET GRAISSAGE. Il en prit note.

Son plan d'action arrêté, Bryson revint à l'hôtel et se changea ; Elena et lui passèrent encore deux fois en revue chaque détail... Pourtant ses inquiétudes refusaient de se dissiper. Le plan comportait trop d'éléments aléatoires... la probabilité que survienne un problème grandissait géométriquement avec le nombre d'inconnues. Mais il n'avait plus le choix.

*

A la Chambre des communes, vêtu d'un élégant costume croisé et portant des lunettes à monture d'écaille, Bryson – ou plutôt, comme son passeport en faisait foi, Nigel Hibreth – monta l'escalier qui menait à la galerie des visiteurs, et s'assit. Il s'était composé un personnage falot et sans intérêt, avec des cheveux blond-roux séparés par une raie, une moustache bien nette. Il était l'image même du fonctionnaire moyen, jusqu'à son parfum – Blenheim de Penhaligon, vendu à Wellington Street. Une petite touche de plus, apparemment anodine, mais finalement aussi efficace que la teinture, les lunettes et la fausse moustache. C'est encore Waller qui le premier lui avait fait comprendre l'importance cruciale du facteur olfactif dans le déguisement. Quand Bryson avait une mission en Asie, il s'abstenait de consommer de la viande et des produits laitiers pendant plusieurs semaines : les Asiatiques, nourris de poisson et de soja, reconnaissent les Occidentaux à leur odeur « carnée », due à leur alimentation riche en viande qui imprègne leur peau. Bryson modifia ainsi plusieurs fois son régime alimentaire avant de partir en opération dans des pays arabes. L'ajout du parfum était plus banal, mais c'était souvent à des signes indéfinissables qu'on décelait les étrangers.

« Nigel Hilbreth » était sagement assis, une petite mallette noire à ses pieds, et observait les débats parlementaires qui se déroulaient en dessous de lui, dans une ambiance particulièrement tendue. Assis sur de longues banquettes recouvertes de cuir vert, les députés se montraient d'une attention inhabituelle ; leurs documents étaient éclairés par une rangée de petites lampes oscillant au-dessus de leurs têtes au bout de longs fils descendant du plafond cathédrale. C'était la solution disgracieuse d'un problème qui ne pouvait être résolu avec élégance. Les députés de la majorité étaient assis sur le banc de droite, ceux de l'opposition leur faisaient face sur celui de gauche. Les galeries, en bois sombre sculpté, formaient un balcon au-dessus d'eux.

Bien qu'arrivé en cours de session extraordinaire, Bryson savait exactement de quoi ils débattaient : c'était le sujet au premier plan des préoccupations des gouvernements du monde entier en ce moment : le Traité de surveillance et de sécurité. Dans le cas présent, cependant, l'événement qui avait précipité la réunion était l'horrible attentat perpétré par une faction dissidente du Sinn Féin – une bombe avait explosé dans le magasin Harrods à l'heure de pointe, faisant des centaines de blessés. *Ce drame aussi avait-il été secrètement fomenté et organisé par le groupe Prométhée ?*

C'était la première fois que Bryson voyait Rupert Vere, le ministre des Affaires étrangères, en chair et en os. C'était un homme au visage ratatiné, paraissant plus vieux que ses cinquante-six ans... mais ses petits yeux avides ne perdaient rien de ce qui se passait autour de lui. Bryson jeta un coup d'œil à sa montre – encore un détail subtil, c'était un vieux modèle de chez McCallister & Son.

Une demi-heure plus tôt, Bryson, avec le ton condescendant d'un fonctionnaire de Whitehall, avait demandé à un huissier de faire parvenir un message au ministre des Affaires étrangères – laissant supposer qu'il s'agissait d'une affaire officielle et assez urgente. Un de ses assistants allait le lui remettre d'une minute à l'autre... Bryson était curieux de voir la réaction de Vere quand il ouvrirait le message et lirait son contenu. Le billet – un petit couplet simple et presque enfantin qu'Elena, qui adorait les devinettes, avait composé – était rédigé comme une charade :

Mon premier n'est pas un amateur, mon deuxième m'appartient au pluriel, et j'aimerais boire mon troisième avec vous.

Intrigué ? Voyons-nous dans votre bureau pendant la suspension de séance.

C'est Elena qui avait eu l'idée de mettre sous forme d'énigme le seul mot qui ne pouvait le laisser indifférent.

Tandis qu'un membre de l'opposition vitupérait contre le traité et ses atteintes aux libertés individuelles, on remit une enveloppe à Rupert Vere. Il l'ouvrit, parcourut le billet, et, levant la tête vers la galerie des spectateurs, regarda droit en direction de Bryson. Ses yeux était à la fois scrutateurs et inexpressifs, mais Bryson se rendit vite compte que Vere ne regardait personne en particulier. Il se força à conserver un air calme et légèrement ennuyé, mais ce n'était pas facile. Il ne devait surtout pas attirer l'attention, sinon il était fait : c'était le b.a.-ba de l'opération. Les sentinelles du groupe Prométhée savaient sûrement à quoi il ressemblait. Il y avait, toutefois, de fortes chances qu'on ne leur ait pas parlé d'Elena, ou, s'ils étaient au courant, qu'ils pensent qu'elle avait été tuée dans la destruction du quartier général du Directorat, en Dordogne.

C'était donc Elena qui rencontrerait Vere. La suspension de séance avait lieu dans dix minutes. Ce qui allait se passer serait déterminant.

*

Par tradition, les membres du gouvernement avaient des bureaux à Whitehall ou dans des rues voisines. Rupert Vere était à la tête du ministère des Affaires étrangères et du Commonwealth, et ses quartiers officiels se trouvaient sur King Charles Street. Mais Bryson savait qu'en raison des longues séances au Parlement, le ministre avait la jouissance d'un appartement sous les combles du palais de Westminster. Il n'était qu'à cinq minutes à pied de la Chambre des communes, ce qui permettait des rencontres discrètes pour traiter de sujets délicats et urgents.

Vere allait-il faire ce qu'on lui demandait, ou leur réservait-il une mauvaise surprise ? Il y avait de fortes chances pour que sa réaction première soit la curiosité ; il serait donc tenté de se rendre à son bureau sous les combles. Mais au cas où il se mettrait à paniquer ou déciderait, pour une raison ou une autre, de se sauver, Bryson devait le prendre en filature. L'ayant identifié, il le repéra à la sortie de la Chambre des communes, au milieu de la foule des députés, et le suivit dans l'escalier de pierre menant aux salles des commissions, sous le regard martial des bustes d'anciens Premiers ministres ; il le vit ensuite se diriger vers son bureau, mais dut s'arrêter pour ne pas attirer l'attention.

La secrétaire particulière de Rupert Vere s'appelait Belinda Headlam, une femme d'une soixantaine d'années, assez forte, et dont les cheveux gris étaient serrés en chignon.

— Cette dame dit que vous l'attendez, chuchota-t-elle quand Vere entra dans l'antichambre. Elle vous aurait laissé un message...

— Euh, oui, c'est exact, répondit Vere, avant d'apercevoir Elena assise sur un canapé de cuir.

Elle s'était préparée pour lui plaire : elle portait un tailleur bleu marine décolleté mais pas trop, ses cheveux bruns étaient coiffés en arrière, ses lèvres étaient d'un rouge pourpre. Elle était ravissante et en même temps elle avait un air froid de professionnel. Vere leva les sourcils et esquissa un sourire gourmand.

— Je ne crois pas avoir le plaisir de vous connaître, dit-il. Mais vous avez toute mon attention. Votre message était, pour le moins, intriguant...

Il la pria de le suivre dans son bureau, petit, sombre, mais meublé avec goût, situé sous les combles du vaste édifice du Parlement. Il s'installa derrière son bureau et, indiquant un fauteuil de cuir, lui fit signe de s'asseoir.

Pendant quelques instants, Vere fit mine de parcourir son courrier. Mais Elena avait conscience de son regard qui la jaugeait, moins comme une adversaire que comme une éventuelle conquête.

— Vous devez jouer aux « mots cachés », vous aussi, dit-il enfin. La réponse est « Prométhée », n'est-ce pas ? Assez difficile, cette énigme. – Il fit une pause, la fixant des yeux d'un air pénétrant. – A qui ai-je l'honneur, mademoiselle... ?

— Goldoni, répondit-elle.

Comme elle n'avait jamais complètement perdu son accent, elle s'était donné un nom étranger. Elle le regarda avec attention, mais ne put deviner ses pensées. Plutôt que de faire semblant de ne pas comprendre à quoi elle faisait allusion, il avait immédiatement prononcé le mot Prométhée – et il l'avait dit sans crainte, sans émotion, sans agressivité. S'il jouait la comédie, il était bon acteur, mais cela ne la surprenait pas outre mesure : il n'aurait pas pu faire une telle carrière sans un certain talent pour la dissimulation.

— Je présume que votre bureau est sécurisé, dit Elena – il la regarda d'un air surpris, mais elle continua – : vous savez qui m'envoie. Vous devez excuser la façon peu orthodoxe dont je suis entrée en contact avec vous, mais les circonstances m'y ont contrainte ; c'est la raison même de ma visite. L'affaire est grave ; les voies de communication standards ont peut-être été piratées.

— Je vous demande pardon ? dit-il d'un air hautain.

— Vous ne devez plus utiliser les codes actuels, insista Elena en l'observant avec attention. C'est extrêmement important, surtout à présent que le plan Prométhée va entrer en action. Je reprendrai bientôt contact avec vous pour vous dire quand les canaux seront de nouveau sécurisés.

Le sourire protecteur de Vere disparut. Il toussa pour s'éclaircir la gorge et se leva.

— Vous êtes complètement folle, dit-il. Et maintenant, si vous voulez bien m'excuser...

— *Non !* l'interrompit Elena. Tous les systèmes de cryptage ont été cassés. On ne peut plus s'y fier ! Nous sommes en train de changer tous les codes. Vous devez attendre les instructions.

Tout les manières charmeuses de Vere s'étaient évanouies. Son visage se durcit.

— Sortez immédiatement ! ordonna-t-il d'une voix forte et cinglante. – Y avait-il de la peur dans sa voix ? Feignait-il d'être en colère pour masquer sa terreur ? – Je vais vous signaler aux gardes ! Et je vous conseille de ne jamais remettre les pieds ici !

Vere tendit la main pour presser le bouton de communication interne, mais avant qu'il ait pu l'atteindre, la porte de son bureau s'ouvrit. Un homme svelte, vêtu de tweed, entra et referma la porte derrière lui. Elena le reconnut immédiatement grâce aux recherches qu'elle venait de faire : c'était l'assistant de Vere, Simon Dawson, l'un des membres les plus importants de son cabinet, celui qui était chargé de la rédaction des projets politiques.

— Désolé Rupes, dit-il d'un ton traînant. Je n'ai pas pu m'empêcher d'entendre. Cette jeune femme te cause des soucis ?

Ses cheveux brun clair, ses bonnes joues rouges et sa silhouette dégingandée donnaient à Dawson une allure de vieil écolier.

Vere était visiblement soulagé.

— En fait, oui, Simon, répondit-il. Elle me bassine avec des histoires à dormir debout... un truc nommé Prométhée, des crypto-machins, un plan qui va entrer en action, de la folie pure ! Il faut alerter de toute urgence la police, cette femme est un danger public.

Elena se leva, son regard allait de l'un à l'autre. Il y avait quelque chose qui clochait. Dawson avait refermé la lourde porte derrière lui. Pourquoi donc ? Ça n'avait pas de sens...

A moins que...

Dawson sortit d'une poche de sa veste un petit Browning muni d'un silencieux.

— Nom de Dieu, Simon, qu'est-ce que tu fiches avec un pistolet ? demanda Vere. Ça n'est pas nécessaire, vraiment. Je suis sûr que cette femme comprend très bien qu'elle doit partir immédiatement, n'est-ce pas ?

Elle vit que le visage de Vere reflétait tour à tour la perplexité, la consternation et la peur.

Les longs doigts fuselés de Dawson étaient tranquillement posés sur la gâchette, trahissant une longue habitude. Le cœur d'Elena battait dans sa poitrine, ses yeux parcouraient désespérément la pièce, dans l'espoir de trouver une échappatoire, un moyen de diversion.

Dawson la regarda fixement ; elle soutint son regard avec hardiesse, le défiant presque de tirer. Tout à coup, Dawson appuya sur la gâchette. Figée de terreur, elle regarda le pistolet soubresauter dans sa main, écouta le bruit étouffé du coup de feu... puis aperçut une corolle cramoisie grandir sur la chemise immaculée du ministre des Affaires étrangères. Rupert Vere s'effondra sur son tapis persan.

Simon Dawson ! Seigneur ! C'était l'un des noms qu'elle avait vus dans l'article de journal sur la course à Pangbourne, le nom d'un jeune camarade d'école ; visiblement, il était devenu le protégé de Vere.

Ils avaient fait fausse route !

C'était Dawson le chef.

Il se tourna vers elle avec un petit sourire glacial.

— Voilà qui est désolant, n'est-ce pas ? Devoir interrompre brutalement une carrière aussi brillante. Mais vous ne m'avez guère laissé le choix... Vous lui en avez dit beaucoup trop. C'est un homme intelligent et il aurait fait des rapprochements, et ça, c'était impossible. Vous le comprenez fort bien, n'est-ce pas ?

Il se rapprocha d'elle, vint si près qu'elle pouvait sentir la chaleur humide de son haleine.

— Rupes était peut-être un peu mou, mais il n'était pas idiot. Où vouliez-vous en venir, en lui parlant de Prométhée ? Vraiment, ça ne se fait pas. Mais parlons de vous, voulez-vous ?

Simon Dawson. Pourquoi étaient-ils passés à côté ? Le raisonnement qui les avait fait éliminer Miles Parmore aurait dû éliminer aussi Rupert

Vere : il était bien trop en vue. Le véritable meneur de jeu était cet adjoint inconnu, qui travaillait sous les ordres d'un supérieur distrait.

— Alors vous ne lui avez jamais rien dit, dit Elena, à moitié pour elle-même.

— A Rupes ? Il n'avait pas besoin de savoir. Il m'a toujours cru sur parole. Mais personne n'avait son charisme. Il nous fallait un faire-valoir de charme. Il nous *fallait* – à l'imparfait. Nous n'avons plus besoin de lui, à présent.

Elle recula.

— Parce que l'Angleterre a signé le traité, c'est ça ?

— Exactement. Il y a dix minutes à peine. Mais qui êtes-vous ? Nous n'avons pas été réellement présentés.

Le Browning était toujours dans la main droite de Dawson. Il sortit de sa poche de poitrine un boîtier métallique plat, apparemment un assistant personnel électronique.

— Voyons ce que le fichier va nous raconter, murmura Dawson.

Il dirigea l'appareil vers Elena. Le visage de la jeune femme apparut instantanément sur l'écran à cristaux liquides. Puis l'image se mit à clignoter, des centaines de visages se succédant à toute allure formèrent une sorte de tache indistincte, jusqu'à concordance des données anthropométriques.

— Elena Petrescu, lut-il sur l'écran, quand l'image se stabilisa. Née en 1969 à Bucarest, Roumanie. Fille unique d'Andrei et Simona Petrescu, Andrei étant à l'époque le meilleur spécialiste en cryptographie du pays. Voilà qui est très intéressant. Toute la famille a quitté clandestinement Bucarest juste avant le coup d'Etat de 1989 avec l'aide de... Nicholas Bryson.

Il leva les yeux.

— Vous êtes *mariée* à Nicholas Bryson. A présent tout s'éclaire... Employés par le Directorat, tous les deux. Séparés depuis cinq ans... L'année précédant votre départ vous avez acheté... trois tests de grossesse – vous espériez donc être enceinte... A l'évidence, ça n'a pas marché... Des rendez-vous hebdomadaires avec un psychothérapeute – je me demande pourquoi. Vous trouviez difficile d'être une dissidente dans un pays étranger, ou de travailler dans une agence aussi secrète que le Directorat ? Ou bien était-ce l'angoisse de voir votre mariage s'écrouler ?

Le ton curieusement désinvolte avec lequel il prononçait ses paroles était terrifiant... Dawson ne semblait même plus faire attention au Browning qu'il avait dans la main.

— Votre plan est grillé, il faut que vous le sachiez, dit-elle.

— Aucune importance, répondit Dawson sèchement.

— Ça m'étonnerait. Vous étiez paniqué à l'idée que Rupert Vere soit au courant et avertisse le MI-5... à tel point que vous l'avez tué.

— La CIA, les MI-6 et le MI-5, et toutes les autres agences de renseignement à trois initiales ont été neutralisés. Nous avons mis un peu plus longtemps pour le Directorat – peut-être à cause de ce cloisonnement paranoïaque – et paradoxalement, c'est votre religion du secret qui nous a permis de vous paralyser... Il vous en a fallu du temps pour vous rendre compte que vous étiez périmés, que vous n'aviez plus aucune utilité ! La NSA est submergée, aujourd'hui, par le volume des communications – e-mails, téléphones cellulaires, connexions Internet. La NSA est une relique de la guerre froide – elle se comporte encore comme si l'Union Soviétique n'avait pas été démantelée ! Quand on pense qu'il fut un temps où la NSA était le fleuron de l'espionnage américain, la plus grande agence, la plus performante ! La mondialisation du cryptage a bel et bien mis fin à son règne. Et la CIA, ces abrutis qui nous ont fait bombarder par erreur l'ambassade de Chine à Belgrade, et qui ne savaient même pas que l'Inde possédait l'arme nucléaire ! Quelle incompétence ! Moins on leur en dit, mieux ça vaut. Les agences d'espionnage font partie du passé. Pas étonnant que vous vouliez tous tellement empêcher l'ascension de Prométhée ; vous êtes comme des dinosaures fulminant contre l'inéluctabilité de l'évolution ! Mais dès la fin du week-end votre fin sera connue du monde entier. Un nouvel ordre universel sera scellé, et le bien-être de l'humanité sera enfin assuré, comme il ne l'a jamais été auparavant.

Dawson se souvint de son Browning et le pointa en direction d'Elena :

— Il faut parfois accepter de sacrifier quelques brebis pour sauver le troupeau... je vois déjà la une du *Telegraph* – VERE, LE SECRÉTAIRE D'ÉTAT AUX AFFAIRES ÉTRANGÈRES, ASSASSINÉ PAR UNE KAMIKAZE. Ou bien celle du *Sun*, quelque chose comme ELLE TIRE SUR LE MINISTRE, PUIS SE TUE. Ils insinueront probablement de sordides relations sexuelles. Le pistolet et la traînée de poudre vous désigneront sans doute possible comme la meurtrière.

Tout en parlant, il dévissait le silencieux. Puis, avec une agilité féline, il fondit sur Elena en deux foulées, plaça le pistolet dans sa main, serrant ses doigts autour de la poignée, puis plia son bras de force pour presser le canon contre sa tempe. Elena se débattit avec l'énergie du désespoir ; tant qu'à mourir, autant lui gâcher sa petite mise en scène... Elle hurla à s'en déchirer les poumons. Une force étrangère s'était emparée d'elle, comme si son désir de vivre lui communiquait une vigueur nouvelle. Elle se tordait, se défendait bec et ongles... une voix se fit entendre, semblant venir de très loin...

C'était la voix de Nick.

— Dawson, qu'est-ce que vous faites ? Elle est *avec nous* ! cria-t-il.

Une porte s'ouvrit, donnant sur un réduit... Bryson en sortit, déguisé en fonctionnaire de Whitehall, avec une moumoute, une moustache et des lunettes. Il fallait le regarder de très près pour trouver la moindre ressemblance avec le vrai Nicholas Bryson. Les épaules de sa veste étaient mouchetées d'esquilles de bois et de poussière, preuve qu'il était arrivé par un passage secret.

— C'est Jacques Arnaud lui-même qui nous l'a envoyée ! lança Bryson d'un ton menaçant.

— Quoi ! Bon Dieu, qui êtes-vous ? s'exclama Dawson. Il se tourna vers l'intrus, moitié stupéfait et moitié hésitant. Il relâcha un instant son étreinte et Elena se jeta sur le côté. D'un geste brusque, elle réussit à lui arracher le pistolet. Elle le lança à Bryson qui l'attrapa au vol, et le pointa vers Dawson.

— Ne bougez pas, dit-il d'un ton sec. Ou il y aura un autre cadavre par terre.

Dawson fronçant les sourcils regarda tour à tour Bryson et Elena d'un air mauvais.

— A présent nous avons quelques questions à vous poser, annonça Bryson en s'avançant vers Dawson, le pistolet toujours braqué sur lui. Et vous seriez bien avisé de ne pas jouer les cachottiers.

Dawson secoua la tête d'un air dégoûté et recula lentement.

— Vous croyez peut-être me faire peur ? Il y a plus de dix ans que Prométhée est en action. Il est bien plus fort qu'un individu, bien plus même qu'une nation entière.

— Plus un geste ! cria Bryson.

— Allez-y tuez-moi, répliqua Dawson qui continuait à reculer en se rapprochant d'Elena, ça ne changera rien, ça n'arrêtera pas le processus. C'est avec ce pistolet que j'ai tué le très cher ami que vous voyez là, si vous commettez l'erreur de me tuer, vous aurez deux homicides sur les bras. Pour votre gouverne, sachez que ce bureau est équipé de mouchards. Dès que votre amie est entrée dans le bureau de Rupes et que j'ai compris ce qu'elle venait faire, j'ai appelé la brigade Alpha, qui est une division de Grosvenor Square. Je suis sûr que vous savez ce qu'est la brigade Alpha.

Bryson écarquilla les yeux.

— Ils vont arriver d'un moment à l'autre. Ils sont probablement déjà entrés dans le palais ! cria-t-il.

Il bondit soudain sur Elena, la saisissant par le cou, refermant ses doigts sur sa gorge... Elena poussa des cris étouffés.

Le pistolet n'étant plus équipé du silencieux, le coup de feu fit un bruit de tonnerre. Sur le front de Dawson, à la racine des cheveux, le sang se mit à couler. Le visage étrangement immobile, il s'écroula face en avant.

— Vite, dit Bryson. Prends son Palm Pilot, son portefeuille, tout ce que tu trouveras sur lui.

Le visage plissé de dégoût, Elena fouilla le mort, prit les clés, le portefeuille, l'assistant personnel, et divers bouts de papier qui encombraient ses poches, puis suivit Bryson dans le réduit d'où il venait de surgir et comprit pourquoi il était apparu couvert d'esquilles de bois.

*

Belinda Headlam était depuis longtemps au service du ministre des Affaires étrangères; elle avait appris, par expérience, l'importance absolue de la discrétion. Elle savait qu'il traitait des affaires extrêmement délicates dans ce bureau et elle le soupçonnait d'y avoir aussi secrètement des rendez-vous galants. L'année dernière, la jeune femme du ministère de l'Agriculture lui avait semblé légèrement cramoisie et un peu désordonnée dans sa mise quand Belinda avait fait irruption dans le bureau à la suite d'une sommation urgente du Premier ministre. Vere avait été un peu sec avec elle les jours suivants, comme s'il avait été gêné par son intrusion et qu'il lui en tenait rigueur. Mais c'était du passé et elle s'était efforcée d'oublier cet incident... Tous les hommes avaient leurs faiblesses... et Rupert Vere n'échappait pas à la règle.

Cependant le ministre était un homme éminent, l'un des membres les plus compétents du gouvernement, comme le répétait souvent la première page de l'*Express*; elle était fière qu'il l'ait choisie pour être sa secrétaire particulière.

Mais cette fois il y avait un problème, ça ne faisait pas de doute... Belinda Headlam se tordait les mains, ne sachant que faire, et décida finalement qu'elle ne pouvait pas tergiverser plus longtemps. Le bureau privé du ministre était insonorisé – il avait bien insisté sur ce point – mais ce bruit, si étouffé soit-il, ressemblait vraiment à un coup de feu. Etait-ce possible? Et si c'était *réellement* un coup de feu... elle ne pouvait rester là sans rien faire... Et si le ministre était blessé et avait besoin d'aide? Et puis il y avait le fait que son assistant, Simon Dawson, s'était joint à eux, et que ça ne lui ressemblait pas de rester aussi longtemps. Pire encore, il y avait quelque chose de bizarre chez cette femme maquillée qui lui avait fait porter un message. Belinda savait que c'était le type de femme qui plaisait à son patron, mais celle-ci ne semblait pas être venue pour ce genre... d'affaires.

Il y avait quelque chose de louche.

La secrétaire se leva et frappa plusieurs petits coups sur la porte du bureau. Elle attendit quelques secondes, frappa de nouveau, puis entrouvrit la porte...

— Je suis vraiment désolée monsieur le ministre, commença-t-elle, penaude...

Puis elle poussa un cri d'horreur.

Ce qu'elle avait sous les yeux était tellement épouvantable qu'elle mit presque une minute avant de penser à appeler la sécurité.

*

Le sergent Robby Sullivan, membre de la division de police assignée au palais de Westminster, restait mince et musclé grâce à une heure de jogging tous les matins, au grand dam de ses collègues qui, eux, au fil des années, s'accordaient un peu d'embonpoint. Comme si, parce qu'ils avaient la brioche, ils ne prenaient pas leur travail au sérieux ! Il y avait sept ans que Robby faisait partie de la Division de Westminster ; il était chargé de surveiller les halls du Parlement, de faire sortir les intrus et plus généralement de faire régner l'ordre. Même s'il n'avait jusqu'alors guère rencontré d'incidents notables, des années d'exercice sous la menace d'attentats de l'IRA l'avaient entraîné à faire face aux situations de crise.

Mais rien ne l'avait préparé au spectacle que lui réservait le bureau du ministre. Avec son rouquin d'assistant, l'agent Eric Belson, ils avaient appelé Scotland Yard par radio, pour avoir immédiatement du renfort ; entre-temps ils avaient scellé les bureaux de Vere et avaient placé un policier en faction devant tous les escaliers. D'après le récit de Mrs Headlam, un assassin courait en liberté dans le palais – une femme qui plus est. Mais la façon dont elle avait pu sortir du bureau sans passer devant elle restait une énigme. Il n'était pas question de la laisser leur échapper – pas pendant son service. Il avait participé à bien des manœuvres, connaissait toutes les ruses et les mesures à prendre. Mais cette fois-ci c'était pour de vrai... comme le lui confirmait la montée d'adrénaline dans son corps.

*

L'air, à l'intérieur du passage secret, était lourd et sentait le moisi. Il y avait sans doute des années que personne ne l'avait emprunté. Bryson et Elena avançaient dans l'obscurité, le plus silencieusement possible. Quelquefois ils étaient obligés de ramper, parfois ils pouvaient se tenir presque debout et progressaient le dos voûté. Bryson avait toujours sa mallette ; elle le gênait, mais pouvait s'avérer extrêmement utile. La seule lumière venait du jour qui filtrait parfois entre les pierres. Les vieux parquets de bois craquaient de façon inquiétante tandis que le corridor longeait les bureaux privés, les espaces publics ou les réserves. Les voix qui leur parvenaient de l'autre côté du mur étaient plus ou moins étouffées, suivant l'épaisseur des parois. Soudain Bryson se figea, entendant un bruit particulier. Elena le regarda d'un air interrogateur ; il mit un doigt sur ses lèvres tout en jetant un coup d'œil à travers une fissure.

Il aperçut les bottes, puis les treillis de Marines américains. La brigade secrète Alpha était arrivée et s'était dispersée pour fouiller le palais. Le comité d'accueil. D'ordinaire, les Marines étaient assignés à l'ambassade américaine de Grosvenor Square, mélangés au contingent régulier qui protégeait le bâtiment et le corps diplomatique. Leur présence à Westminster était très inquiétante : cette brigade très surentraînée n'était appelée que sur l'ordre des plus hautes sphères du pouvoir. Il fallait l'autorisation du président des Etats-Unis en personne... Quel que soit le terrifiant programme de Prométhée – Bryson avait entendu une partie du discours enflammé de Dawson, annonçant la venue d'une nouvelle ère de l'espionnage –, celui-ci avait forcément été établi avec la complicité de la Maison-Blanche, à son insu ou non.

Quelle folie ! Il ne s'agissait pas d'un simple changement de têtes dans quelque administration, pas même d'un changement de gouvernement... Les tueurs de Prométhée étaient les mercenaires officiels d'un nouvel ordre mondial, les archanges d'une révolution historique. Mais de quoi s'agissait-il ?

Juste devant eux, le passage était obstrué par un conduit d'aération. A tâtons, Bryson trouva les charnières d'une porte d'accès pour l'entretien. Des panneaux de filtres à air y étaient solidement encastrés. Bryson sortit de la mallette un long tournevis plat et démonta les cadres pour dégager le passage. Elena et Bryson pénétrèrent à l'intérieur du conduit qui descendait en pente douce vers un espace fermé par un treillis à ailettes, que des pulsations régulières d'air froid faisaient vibrer.

— Ça mène au-dessus de la Porte du Chancelier, précisa Bryson, sa voix se réverbérant en écho sur les parois d'acier, puis à la tour Victoria. Nous allons devoir improviser.

Si important que soit le détachement de la brigade Alpha, il ne pouvait suffire à fouiller le labyrinthique palais de Westminster qui regroupait, sur quatre hectares, les deux assemblées du Parlement... Il y aurait certainement d'autres hommes en civil à leurs trousses, non moins dangereux : des agents secrets du groupe Prométhée. Ils pouvaient être n'importe où. Le cerveau de Bryson était un magma de cartes et de plans ; il fallait vite mettre de l'ordre dans ce chaos ! Pour avoir une chance de sortir vivant de cette souricière, il devait se fier à son intuition et à son expérience sur le terrain. C'étaient ses seules armes.

Leurs poursuivants allaient passer au crible toutes les issues possibles du bureau de Vere. Cela orienterait leurs recherches. Ils feraient des hypothèses, ils décideraient du chemin à suivre selon une simple évalutaion des probabilités. La fenêtre était évidemment une sortie possible, mais elle était très haute et il n'y avait pas trace de corde ou de matériel d'escalade. La secrétaire de Vere jurerait qu'elle n'avait vu passer personne, mais il était possible qu'elle se soit absentée, qu'elle ait quitté son bureau pour un moment, sans oser l'avouer. Ils ne pouvaient exclure cette possibilité.

Ça laissait à leurs poursuivants une voie de plus à explorer, mais il ne leur faudrait pas longtemps pour s'apercevoir que le panneau de contreplaqué au fond du réduit était mobile, même si Bryson l'avait soigneusement remis en place. Ça signifiait que plusieurs tueurs de la brigade Alpha ou de Prométhée étaient sans doute déjà à leur poursuite dans le passage secret. Leur seul espoir de salut : les perdre dans le dédale des couloirs.

Mais quelques secondes après qu'ils furent sortis du conduit d'aération, Bryson entendit des pas si proches qu'ils ne pouvaient provenir que du passage, et non du dehors. Des craquements de bois, des frottements assourdis. Oui. On les suivait bel et bien dans le passage secret.

Elena le saisit par l'épaule, et chuchota à son oreille :

— Ecoute !

Il hocha la tête pour signifier : *J'entends.*

Ses pensées allaient très vite. Il avait le Browning de Dawson – avec Dieu seul savait combien de balles dans le chargeur – et dans la mallette quelques outils et accessoires qui lui seraient d'une piètre utilité dans un combat au corps à corps. Mais il n'y aurait pas même de combat rapproché, pas de lutte corps à corps... Si on les trouvait, on leur tirerait dessus, que l'arme soit ou non équipée d'un silencieux, et sans sommations...

Bryson s'arrêta net devant un autre rai de lumière qui filtrait à travers une fissure de la paroi, et jeta un coup d'œil. Il aperçut une buanderie éclairée au néon, le sol couvert d'un vieux lino verdâtre. En regardant plus attentivement il distingua des rayonnages à un bout de la pièce, remplis de produits ménagers. La pièce paraissait vide malgré la lumière allumée. Il explora à tâtons le mur jusqu'à sentir la planche de contreplaqué qui devait fermer le fond d'un placard de la buanderie. Avec un petit tournevis qu'il trouva dans sa mallette, il dévissa le panneau et le retira. Le bois gémit et grinça. Une lumière indirecte passa à travers l'ouverture. Ils purent distinguer les contours du placard étroit, éclairé par le filet de lumière qui filtrait entre le linoléum et le bas de la porte.

Ils s'accroupirent et se glissèrent dans la petite ouverture menant au placard encombré, Bryson en tête. Il y eut soudain un grand fracas : Elena avait heurté un seau, et un manche à balai avait cogné contre le mur. Ils s'immobilisèrent. Bryson leva la main pour faire signe de ne pas bouger. Ils écoutèrent en silence. Le cœur de Bryson battait à tout rompre.

Après une minute qui lui parut interminable, Bryson fut assuré que le bruit n'avait pas attiré l'attention... Lentement, avec d'infinies précautions, il poussa la porte du placard. La buanderie était vide, en effet, malgré la lumière allumée. Quelqu'un était là, peu de temps auparavant, certainement une femme de ménage, et ce quelqu'un pouvait revenir à tout moment.

Ils traversèrent la pièce sans bruit, jusqu'à une porte qui devait donner dans un couloir. Elle était entrebâillée. Bryson la poussa juste assez pour y passer la tête et regarda des deux côtés. Personne. Il se retourna et chuchota à l'adresse d'Elena :

— Attends ici, je vais voir si la voie est libre. Je te ferai signe pour sortir.

Il passa devant un distributeur automatique, puis devant un vieux seau marron dans lequel trempait une serpillière, et soudain une silhouette apparut. Il s'arrêta net, posa la main sur le Browning qu'il avait glissé dans sa ceinture.

Mais ce n'était qu'une vieille femme de ménage, poussant péniblement son chariot métallique. Soulagé, Bryson s'avança vers elle, se préparant mentalement à répondre au cas où elle lui poserait des questions. En même temps, la vieille dame pouvait leur être utile... il aurait été dommage de passer à côté d'un éventuel coup de pouce du destin...

— Excusez-moi, commença Bryson en s'approchant de la vieille femme, tout en frottant ses épaules pour les débarrasser de la poussière.

— Vous êtes perdu, c'est ça ? répondit la femme de ménage. Je peux vous aider ?

Elle avait un visage doux et tout ridé, de fins cheveux blancs clairsemés. Elle paraissait trop vieille pour faire un travail aussi pénible... elle avait l'air tellement fatiguée que Bryson eut pitié d'elle. Mais son regard était étonnamment vif.

Perdu ? C'était normal qu'elle pose cette question : vêtu comme il l'était, Bryson paraissait tout à fait incongru dans ce couloir de service. Est-ce qu'on savait déjà que deux fugitifs – ou plus – rôdaient dans le palais ? Il réfléchit rapidement :

— Je suis de Scotland Yard, répondit-il avec un accent populaire parfait. On a un petit problème de sécurité dans le secteur. Vous êtes peut-être au courant ?

— Oui, répondit la vieille femme d'un air las. Mais je ne pose pas de questions. C'est pas mon boulot. – Elle alla pousser le chariot contre le mur. – Y a des tas de bruits qui courent.

Elle s'essuya le front avec un mouchoir qui avait été rouge et revint vers lui en claudiquant :

— Mais ça vous ennuierait de répondre à une question ?

— Pas du tout. Laquelle ? demanda Bryson avec inquiétude.

La vieille femme de ménage le regarda d'un air interrogateur tout en se rapprochant de lui et chuchota à voix basse :

— Comment se fait-il que tu sois toujours vivant ?

Elle sortit soudain un gros pistolet des plis de sa blouse, le braqua vers Bryson et pressa sur la gâchette. En un éclair, Bryson frappa violemment son avant-bras avec la mallette doublée de kevlar. Le pistolet tomba par terre avec fracas et glissa sur le lino, hors de sa portée.

Dans un cri aigu, la vieille sorcière bondit sur lui, le visage contorsionné, les doigts crispés comme des griffes, des instruments de mort. Elle le projeta au sol juste au moment où il allait saisir son propre revolver. La blessure de Bryson se réveilla aussitôt... *Satanée petite vieille !* pensa-t-il tout en réalisant – tandis qu'elle tentait de lui arracher les yeux – qu'elle n'était pas vieille du tout, qu'elle était jeune, forte, et féroce comme une lionne. Elle parvint à enfoncer son pouce dans son orbite, une douleur intense, aveuglante ; dans le même temps, elle lui donnait un coup de genou dans l'entrejambe, touchant les testicules. Bryson hurla de douleur et de rage, et, rassemblant ses forces, la jeta par terre. Son œil droit était ensanglanté mais il pouvait encore voir... et ce qu'il vit lui vrilla le ventre d'épouvante. Elle brandissait une lame brillante, un long poignard effilé. La lame était humide, comme si elle avait été trempée dans une matière visqueuse – du poison, sans doute de la toxiférine ! –, ce qui faisait de ce stylet une arme redoutable. La moindre écorchure entraînerait une paralysie immédiate et la mort par étouffement.

Bryson sentit l'odeur acide du poison lorsque la lame effleura son visage : il avait rejeté la tête en arrière in extremis. La femme, folle de fureur, s'était redressée et se jetait de nouveau sur lui ; encore une fois Bryson évita le coup... de justesse. Un bouton de sa chemise fut arraché et partit dans les airs. Il plongea vers elle les deux bras en avant, toutes ses forces bandées, n'osant prendre le risque de baisser la garde pour saisir son arme. Le poignard le frôla encore, mais, d'une détente rapide de son bras gauche – un mouvement irraisonné qui le faisait aller au-devant de l'instrument de mort, plutôt que de le fuir –, il attrapa la main qui tenait le poignard. La harpie parut décontenancée.

Mais cela ne dura qu'un instant. En temps normal, Bryson aurait eu le dessus sur la femme... mais il n'était pas au mieux de sa forme, loin de là... Il était encore très affaibli par la blessure reçue à Shenzhen. Trop peu de temps de convalescence... Et son adversaire avait une maîtrise de mouvements hors pair. Tout en luttant pour dégager son poignet, la longue lame empoisonnée vibrant au bout de son poing serré, elle lança de nouveau son pied gauche, équipé d'une chaussure à bout ferré, dans ses parties génitales. Bryson gémit sous l'onde de douleur qui irradiait dans ses testicules. Il eut envie de vomir. Il la repoussa, la plaqua par terre. La perruque blanche de la vieille femme tomba, révélant des cheveux noirs épais et les bords d'un masque en latex.

Ils continuèrent à lutter, leurs corps emmêlés. Elle hurlait, folle de rage. Elle était d'une force rare, se débattait comme une bête enragée. Elle voulut lui envoyer un autre coup de pied, mais Bryson avait anticipé son geste et il roula sur elle de tout son poids pour lui bloquer les jambes tout en maintenant à distance la main qui pointait vers lui la lame empoisonnée. A la moindre inattention, c'était l'éraflure... et la mort. Elle se débattait comme une furie, mais Bryson concentrait toutes ses forces, physiques et mentales, à tenter de lui retourner le poignet et à diriger le poignard vers son cou. Elle résistait avec une énergie peu commune, mais ça ne suffisait pas : Bryson était plus fort qu'elle. Centimètre par centimètre, il approcha la lame vibrante du cou dénudé de l'enragée. Ses yeux, protégés par des paupières de latex, s'agrandirent de terreur quand la lame perça lentement sa chair.

L'effet fut immédiat. Les lèvres de la femme se tordirent en un horrible rictus, laissant échapper un filet de bave moussante ; elle s'effondra mollement et se mit à tressauter de tous ses membres, suffoquant, ouvrant et fermant la bouche comme un poisson hors de l'eau. Puis, la paralysie fut totale et elle cessa de respirer ; seuls quelques muscles restèrent animés de spasmes.

Bryson retira la lame de la main crispée de la morte, récupéra l'étui en cuir dans les plis de sa blouse, y glissa le poignard, et rangea l'arme dans la poche de sa veste. Il retint sa respiration, posa la main sur le sang gluant qui couvrait son œil droit. Il entendit un cri : Elena sortit précipitamment de la buanderie, prit son visage entre ses mains, et le scruta, paniquée.

— Mon Dieu, mon chéri ! murmura-t-elle. Mais c'est moins grave qu'il n'y paraît. C'était du poison ?

— De la toxiférine.

— Elle pouvait te tuer comme un rien !

— Elle était très forte, et très habile...

— Tu crois qu'elle était de la brigade Alpha ?

— Plutôt de Prométhée. Les unités d'Alpha sont composées de Marines ou de commandos de l'armée. Elle devait être étrangère ; une tueuse recrutée en Bulgarie ou dans l'ancienne Allemagne de l'Est – une ex de l'un des services secrets du défunt bloc de l'Est.

— C'était terrible pour moi de rester là-derrière et ne rien pouvoir faire !

— Tu aurais été blessée ; et elle aurait pu se servir de toi pour m'avoir. Non, je suis heureux que tu sois restée à l'écart.

— Oh, Nicholas, je suis tellement inutile... Je ne sais pas me battre, je ne sais pas tirer... je ne sers à rien ! *Draga mea*, il faut qu'on s'en aille d'ici. Ils veulent nous tuer tous les deux !

Bryson hocha la tête et déglutit :

— Je crois que nous devrions nous séparer...

— Non !

— Elena, maintenant ils savent que nous sommes deux, un homme et une femme. Ils sont trop nombreux, ils sont partout ! Le ministre des Affaires étrangères a été assassiné... toutes les forces de police sont en alerte, et pas seulement Prométhée et les cowboys de la brigade Alpha.

— Il doit y avoir un millier de personnes dans ce bâtiment. On peut s'en servir comme bouclier...

— Les tueurs préfèrent qu'il y ait la foule, surtout lorsqu'ils savent à quoi ressemblent leurs cibles. Ces gens-là ne s'encombrent pas de considérations altruistes.

— Je ne peux pas ! C'est au-dessus de mes forces... toute seule je ne peux pas me battre, tu le sais bien ! Je peux t'aider de bien des façons, mais ne me demande pas ça... je t'en prie !

Bryson hocha la tête ; elle était terrifiée... il ne pouvait pas la faire partir toute seule de son côté dans un tel état de panique.

— D'accord. Mais nous allons devoir passer par les réserves, les couloirs de service, ce genre de choses. Les passages secrets et les conduites d'aération ne sont plus sûrs... ils doivent grouiller d'agents à présent. Il faut, à tout prix, atteindre l'aile Est si on veux avoir une chance de s'échapper.

Bryson s'approcha de la fenêtre de la buanderie, se tenant légèrement en retrait pour ne pas être vu du dehors... ce qu'il vit lui confirma que la situation était encore plus grave qu'il ne l'avait imaginé. Il compta six hommes en treillis – des membres de la brigade Alpha. Deux d'entre eux patrouillaient dans la cour, deux autres contrôlaient les sorties, et il y en avait encore deux sur le toit avec des jumelles, surveillant les alentours...

Il se tourna vers Elena.

— Voilà qui bouscule nos plans... Nous allons devoir aller dans le couloir et trouver un monte-charge.

— Pour aller au rez-de-chaussée ?

Il secoua la tête :

— Il sera plein de flics... en plus des autres affreux. On va descendre au deuxième ou au troisième étage, et chercher un autre moyen de sortir.

Il retourna près de la porte et tendit l'oreille quelques instants. Le silence. Personne n'était passé pendant sa lutte avec la fausse femme de ménage. Apparemment cet endroit était peu fréquenté. Mais le fait que les gens de Prométhée y avaient posé leurs filets, s'attendant à ce que l'un ou l'autre, ou les deux, passent par là et se prennent dans leurs mailles, leur apprenait deux choses : un, que cet endroit se trouvait près d'un nœud de circulation du bâtiment, un carrefour où convergeaient plusieurs voies menant à une sortie ; deux, qu'il y avait d'autres soldats de Prométhée dans le coin. Il était donc urgent de quitter le secteur au plus vite.

Bryson entrouvrit la porte, jeta un coup d'œil de chaque côté. La voie était libre. Il fit signe à Elena de le suivre. Ils coururent dans le couloir désert ; arrivés à une intersection, Bryson s'arrêta, regarda à droite, à gauche, repéra un ascenseur. Il s'y précipita, Elena dans ses talons. C'était un ascenseur à l'ancienne – une porte percée d'une petite fenêtre en losange et une grille manuelle à l'intérieur de la cabine. C'était bon signe : cela signifiait qu'il n'aurait probablement pas besoin d'une clé pour le faire fonctionner, puisque l'appareil avait été fabriqué avant ces nouvelles dispositions de sécurité. Bryson appuya sur le bouton d'appel et la cabine, faiblement éclairée, monta lentement dans des grincements métalliques. L'ascenseur était vide. Il ouvrit la porte, referma la grille en accordéon et appuya sur le bouton du troisième étage.

Il ferma les yeux un moment, pour se remémorer les plans du palais du Parlement. L'ascenseur devait déboucher sur un couloir de service, emprunté par les équipes de nettoyage et d'entretien, mais il ne savait pas exactement où ce couloir menait. Le plan du palais était excessivement compliqué. Bryson était parvenu à mémoriser tous les axes principaux, mais pas la totalité des petites routes secondaires.

L'ascenseur s'arrêta au deuxième étage. Bryson jeta un coup d'œil dehors : l'endroit était désert, autant qu'il pouvait en juger. Il poussa la porte et ils sortirent de la cabine. Sur la droite, il aperçut une vieille porte peinte en vert, avec une barre transversale à hauteur de hanche – une issue de secours. Il poussa la barre et la porte s'ouvrit sans difficulté : ils se retrouvèrent dans un couloir dallé de marbre, flanqué d'une série de portes en acajou portant chacune un numéro doré. Ce n'était pas une partie publique du palais, elle n'était pas non plus assez vaste pour recevoir les membres du Parlement, et il n'y avait ni noms ni titres de fonction sur les portes... il devait donc s'agir de bureaux administratifs – greffiers, intendants, rapporteurs, secrétaires et consorts. Le couloir était long et faiblement éclairé. Des gens, probablement des fonctionnaires, passaient sans se hâter d'un bureau à l'autre. Personne ne semblait faire attention à eux... Bryson ne discerna rien de suspect dans leur attitude. Il décida donc de suivre son instinct – il ne pouvait se fier qu'à lui de toute façon – et s'engagea dans le couloir.

Il s'arrêta un instant, essayant de s'orienter. L'aile Est se trouvait sur leur droite ; c'est par là qu'ils devaient se diriger. Une femme élégante venait vers eux ; le bruit de ses hauts talons résonnait dans le hall. Par réflexe, il l'observa, tentant de lire dans ses pensées ; elle passa à côté d'eux en leur jetant un regard oblique. Bryson se souvint tout à coup que son costume de respectable fonctionnaire, après sa bagarre avec la vieille harpie, était en piteux état et qu'il avait un œil en sang, peut-être même noir et tuméfié – curieuse mise. Et Elena était tout aussi dépenaillée que lui... Tous deux formaient un couple parfaitement incongru en ce lieu ; leur apparence ne pouvait qu'attirer l'attention, ce qui était justement à éviter. N'ayant pas le temps de trouver des toilettes pour s'arranger un peu, il leur fallait faire confiance à la chance et à leur rapidité de mouvement. Mais Bryson n'avait jamais aimé compter sur la chance : elle n'était jamais là quand on en avait réellement besoin. Jamais.

Il continua à marcher rapidement dans le couloir, la tête penchée comme s'il était plongé dans ses pensées. Il tenait fermement la main d'Elena. Çà et là, une porte de bureau était ouverte ; ils apercevaient à l'intérieur des gens qui bavardaient tranquillement... Si d'aventure, on les voyait passer, au moins personne ne remarquerait son visage meurtri.

Mais il y avait quelque chose de bizarre... un sentiment d'angoisse l'envahit soudain. Il sentit ses poils se dresser dans sa nuque. L'ambiance sonore était *factice* ! Les téléphones ne sonnaient pas de tout côté. Au contraire, les sonneries semblaient passer successivement et en ordre d'un bureau à l'autre. Il ne parvenait pas à s'expliquer clairement en quoi cela le troublait... c'était peut-être son imagination qui lui jouait des tours... Mais les gens qui semblaient en pleine conversation se taisaient à leur approche... La paranoïa le guettait peut-être...

Il avait travaillé pendant quinze ans sur le terrain et il avait appris que la meilleure arme d'un agent était son intuition. Il fallait tenir compte de ses impressions, même si d'autres les auraient jugées trompeuses ou dénuées de fondement.

On les observait.

Mais si c'était le cas, pourquoi ne se passait-il rien ?

Bryson pressa le pas, en tirant Elena par la main. Il ne craignait plus de se faire remarquer, ça n'avait plus aucune importance.

Au bout du couloir, à cinquante mètres devant eux, il repéra une petite fenêtre à vitraux, d'inspiration médiévale. Il savait que de ce côté toutes les fenêtres surplombaient la Tamise.

— Droit devant et puis à gauche, souffla-t-il à Elena.

Elle pressa sa main en signe de réponse. En quelques secondes ils furent au bout du couloir et tournèrent à gauche. Elena chuchota :

— Regarde... une salle de réunion... elle est probablement vide. Si on entrait ?

— Excellente idée.

Il ne voulait pas se retourner pour voir s'ils étaient suivis, mais il n'entendait pas de bruits de pas... Devant eux, se dressait une grande porte à doubles battants en chêne, nombrilée d'une plaque en verre poli portant les mots COMMISSION N° 12. S'ils réussissaient à s'y cacher, ils avaient peut-être une chance de semer leurs éventuels poursuivants, ou tout au moins de les égarer un certain temps. La poignée tourna sans difficulté ; la porte n'était pas fermée à clé, mais les deux grands lustres en cristal étaient éteints et la pièce immense était vide. C'était un amphithéâtre, avec des chaises garnies de cuir rangées en gradins autour d'un parquet luisant d'encaustique. Au centre de la pièce se trouvait une longue table de réunion en bois recouverte de cuir vert, avec, de chaque côté, deux longues rangées de banquettes, réservées aux membres de la commission. La lumière tombait d'une grande fenêtre à vitraux, chaque vantail garni d'un store qui protégeait la pièce des rayons du soleil qui se mirait dans la Tamise en contrebas. Même vide, la pièce restait solennelle et majestueuse. Le plafond voûté s'élevait à plus de dix mètres au-dessus de leurs têtes. Les murs étaient lambrissés de bois sombre jusqu'à mi-hauteur, et plus haut, un riche papier peint prenait le relais, d'inspiration gothique. Plusieurs grandes toiles du XIXe étaient accrochées aux murs : des scènes classiques de bataille, des portraits de rois dirigeant des troupes sur la mer, des épées dressées, l'abbaye de Westminster remplie d'une foule pleurant devant un cercueil recouvert du drapeau anglais. Les rares concessions à la modernité détonnaient comme d'horribles fautes de goût : des micros accrochés à de longs fils pendaient du plafond, et un moniteur de télévision, scellé dans un mur, avec une pancarte : CHAMBRE DES COMMUNES.

— Nicholas, nous ne pourrons pas nous cacher ici, dit Elena calmement. En tout cas, pas longtemps. Tu penses aux... fenêtres ?

Il hocha la tête, et posa sa mallette.

— Nous sommes au troisième étage.

— Quelle chute !

— C'est un peu risqué, convint-il. Mais ça pourrait être pire.

— Nick, si tu insistes, si tu crois vraiment que nous n'avons pas le choix, je sauterai. Mais s'il y a d'autres moyens...

Ils entendirent un bruit qui venait du couloir. Les portes s'ouvrirent brutalement et Bryson s'aplatit par terre en entraînant Elena. Deux hommes entrèrent, deux silhouettes sombres, puis encore deux autres. Bryson vit tout de suite qu'il s'agissait de policiers, vêtus de l'uniforme bleu de la police de Londres !

Il comprit aussi qu'Elena et lui avaient été repérés.

— Ne bougez plus ! cria l'un des policiers. Police !

Les hommes, contrairement aux habitudes de la police britannique, étaient armés et pointèrent leurs pistolets dans leur direction.

— Restez là ! hurla un autre.

Elena poussa un cri.

Bryson sortit son Browning mais ne tira pas. Il fit un rapide calcul : quatre policiers, quatre pistolets. Il n'était pas impossible de les avoir, en se servant des chaises comme boucliers, comme obstacles.

Mais étaient-ils vraiment de la police ? Il n'en était pas sûr. Ils avaient l'air décidé, l'expression de leurs visages était implacable. Mais ils ne tiraient pas. Les tueurs de Prométhée n'auraient probablement pas hésité. Et eux ?

— Les voilà ces enfoirés ! Les assassins ! cria l'un des policiers.

— Jette ton arme, ordonna celui qui semblait être le chef. Jette-la immédiatement. Vous n'avez nulle part où aller.

Bryson regarda autour de lui, constata qu'ils étaient effectivement coincés. Ils étaient faits comme des rats. Les quatre policiers continuaient à avancer dans la pièce, se rapprochaient de plus en plus en s'écartant les uns des autres pour encercler Bryson et Elena.

— Jette ton arme ! répéta l'homme. Jette-la, salopard. Debout, mains en l'air. Allez, debout !

Elena jeta un regard désespéré vers Bryson, ne sachant que faire. Bryson étudiait les possibilités qui s'offraient à lui. Se rendre équivaudrait à se livrer à une autorité suspecte, à des policiers qui n'étaient peut-être pas de la police, qui pouvaient être des hommes de Prométhée déguisés.

Et si c'étaient de vrais policiers ? Il ne pouvait pas les tuer. Mais, dans ce cas, ces hommes croyaient appréhender un couple de meurtriers, un homme et une femme qui venaient d'assassiner le ministre des Affaires étrangères. Ils les mettraient en garde à vue et les interrogeraient pendant des heures – des heures qu'ils ne pouvaient se permettre de gaspiller. Sans aucune certitude d'être relâchés.

Non, ils ne pouvaient pas se rendre ! Et pourtant, résister était de la folie, équivalait à un suicide !

Il prit une profonde inspiration, ferma les yeux un moment, puis les rouvrit, et se leva.

— D'accord, lâcha Bryson. C'est bon. Vous nous avez eus.

XXVIII

L'un des hommes semblait être le chef : un grand type, costaud, bien habillé, avec un badge où il était écrit SULLIVAN.

— Très bien. Lâchez votre arme et levez les mains en l'air, et il n'y aura pas de blessé, annonça Sullivan. Nous sommes quatre et vous n'êtes que deux, mais j'imagine que vous avez déjà fait le calcul.

Bryson leva son pistolet, sans le diriger vers qui que ce soit. *Etaient-ils vraiment ce qu'il prétendaient être ?* C'était, pour Bryson, son seul souci du moment.

— Entendu, répondit Bryson en tentant de garder son calme. Mais avant toute chose, je veux voir vos plaques. Tout de suite.

— La ferme Dugland ! meugla l'un des policiers. La voilà ma plaque de flic ! – il agita le canon de son arme –. Tu arrives à lire ?

Mais Sullivan intervint :

— C'est d'accord. Lorsqu'on vous aura passé les menottes, vous aurez tout le temps du monde de regarder nos plaques...

— Non, répondit Bryson. – Il redressa légèrement son Browning, le dirigeant toujours sur personne. – Je me montrerai coopératif dès que je saurai qui vous êtes. Des équipes de mercenaires et de tueurs rôdent dans les couloirs du Parlement, en violation directe avec une bonne dizaines de lois britanniques. Sitôt que je serais assuré que vous ne faites pas partie du lot, je lâcherai mon arme.

— Descendons ce connard ! grogna l'un des adjoints de Sullivan.

— On ne tire que lorsque j'en donne l'ordre ! répliqua le sergent. – Il se tourna vers Bryson. – Je vais vous montrer ma plaque, mais je vous préviens... Je sais que vous avez tué le ministre des Affaires étrangères et que vous êtes donc assez dingue pour oser tirer sur des policiers. Si vous vous avisez d'approcher votre doigt de la gâchette, ce sera votre dernier geste avant de quitter ce monde, alors ne faites pas le malin, compris ?

— Compris. Sortez votre plaque avec la main gauche, *lentement*, et montrez-la-moi, paume ouverte.

— Entendu, répondit Sullivan en suivant les instructions de Bryson.

Le portefeuille de cuir s'ouvrit dans sa main gauche.

— Parfait, faites-la glisser vers moi... *pas de gestes vifs, en douceur*. Ne cherchez pas à me surprendre, sinon je serai obligé de tirer en état de légitime défense.

Sullivan, d'un mouvement de poignet, lança le portefeuille par terre. Il glissa sur le sol et s'arrêta aux pieds de Bryson. Au moment où il se baissa pour ramasser la plaque, Bryson sentit l'un des hommes – celui qui était impatient de tirer – s'approcher par la gauche. Bryson se retourna, son arme pointée vers le visage de l'agent.

— En arrière, espèce d'idiot ! Je suis sérieux. Si j'ai abattu un ministre de sang-froid, comme vous semblez le penser, dites-vous bien que je ne vais pas hésiter à faire un carton sur un flic... votre chef a raison.

L'excité de la gâchette se figea, recula de quelques pas, mais garda son arme braquée sur Bryson.

— Voilà qui est mieux, lâcha Bryson en voyant le policier obtempérer.

Il s'accroupit lentement pour récupérer le portefeuille, tout en gardant le canon pointé sur les policiers, mettant en joue tour à tour l'un et l'autre. Il ramassa la pochette de cuir et jeta un coup d'œil sur la plaque argentée, rivetée sur le volet droit, portant le logo de la police de Londres. Sur le volet gauche, sous plastique, se trouvait une carte blanche avec la photo du sergent Robert Sullivan en uniforme, avec son numéro de matricule, son grade et sa signature. Elle paraissait authentique au premier regard, mais les orfèvres de Prométhée pouvait copier n'importe quel document officiel. Le nom, Sullivan, correspondait à celui inscrit sur le badge, et le numéro de matricule était identique à celui figurant sur l'épaulette du pull bleu marine. Sullivan était présenté comme un membre de la brigade des Opérations spéciales ; cela signifiait que lui, et sans doute ses compères, étaient autorisés à porter des armes. Il était possible que Prométhée ait vérifié tous ces détails, certes. On ne pouvait tirer grand-chose de l'examen de ces papiers d'identité, mis à part le fait qu'ils avaient le mérite d'exister et qu'après une rapide inspection, ils ne paraissaient pas suspects. Une équipe de tueurs, rassemblée ainsi à la va-vite, ne présenterait pas une telle minutie dans le détail... pour l'instant, Bryson ne repérait aucune erreur.

Son intuition lui disait qu'il s'agissait de véritables policiers – la concordance des détails, le comportement, et plus significatif encore, le fait qu'ils n'avaient pas tiré. Ils auraient pu très bien les abattre sitôt entrés, mais ils n'en avaient rien fait. C'est surtout ce point qui convainquit Bryson et l'incita à déposer son arme. Il leva les mains en l'air, Elena l'imita.

— Très bien, maintenant tout doux. Dirigez-vous vers ce mur... tous les deux... et posez les mains dessus, bien à plat, ordonna Sullivan.

Bryson et Elena se dirigèrent vers la paroi et firent ce qu'on leur demandait. Bryson surveillait les policiers, dans la crainte du moindre comportement suspect. Ils avaient baissé leurs armes – ce qui était un

point positif... Deux policiers s'approchèrent, les menottèrent rapidement, puis entreprirent de les fouiller. Un autre ramassa l'arme de Bryson laissée à terre.

— Je suis le sergent Sullivan. Vous êtes tous les deux en état
d'arrestation pour le meurtre du ministre des Affaires étrangères Rupert
Vere et de son directeur de cabinet Simon Dawson.

Sullivan passa un appel radio pour donner sa position et appeler du
renfort.

— Je comprends que vous deviez suivre la procédure légale, commença Bryson, mais une étude balistique révélera que c'est Dawson qui
a tué Rupert Vere.

— Il aurait tué son propre ministre ? Ça ne tient pas debout !

— Dawson était un agent d'une organisation criminelle qui a un intérêt tout particulier à voir ratifié le Traité de surveillance et de sécurité. Il
était bien trop précautionneux, c'est certain, pour laisser en évidence la
moindre preuve attestant son lien avec ce syndicat du crime, mais il en
existe quelque part, c'est obligatoire : des relevés de téléphone trafiqués,
des visiteurs admis au Parlement venus incognito s'entretenir avec lui...

Soudain, les grandes portes cintrées s'ouvrirent à la volée ; deux
hommes en uniforme, larges comme des armoires à glace et armés de
mitraillettes, firent irruption dans la pièce.

— Ministère de la Défense. Forces spéciales ! lança le plus costaud
des deux d'une voix de baryton enrouée.

Sullivan se retourna, surpris.

— Nous n'avons pas été prévenus de votre participation à l'opération.

— Ni nous de la vôtre. On va prendre le relais, annonça l'homme – il
avait des cheveux gris acier coupés en brosse et des yeux d'un bleu de
glace.

— C'est inutile, répondit Sullivan. – Sa voix était calme, mais sa
détermination était évidente. – Nous avons la situation en main.

Bryson se tourna vers les policiers, les mains menottées. Les mitraillettes étaient de fabrication tchèque ; ce n'était pas le genre d'arme que
fournissait le ministère de la Défense à ses hommes.

— Non, s'écria-t-il. C'est un piège ! Ils ne sont pas ce qu'ils pré-
tendent être !

Troublé, Sullivan regarda tour à tour Bryson et le grand type à la
mitraillette.

— Vous dites faire partie du ministère de la Défense ?

— Affirmatif, répliqua l'homme avec brusquerie. Nous sommes chargés de récupérer le prisonnier.

— A terre ! cria Bryson. Ce sont des tueurs !

Elena plongea au sol, Bryson l'imita ; une rangée de chaises les séparaient des intrus – frêle barrière.

Mais il était trop tard. Avant même qu'il eût achevé sa phrase, les tirs
de mitraillettes résonnèrent dans la pièce. Les rafales fauchèrent les

quatre policiers, truffant leurs corps de plomb. Les balles perdues ricochèrent sur le sol, transpercèrent les lambris d'acajou. Pris de court, leurs pistolets rangés dans leur étui, les policiers étaient des cibles faciles. Deux d'entre eux parvinrent à sortir leurs armes, mais quelques instants trop tard... Ils titubaient sur place, le corps désarticulé comme des pantins, dansant un menuet pathétique pour éviter, en vain, les balles, avant de s'écrouler au sol, sanglants et lardés de métal.

— Mon Dieu ! Mon Dieu ! cria Elena.

Horrifié, Bryson assista au carnage, impuissant.

L'odeur âcre de la poudre et du sang emplissait la pièce. Le tueur de Prométhée à la coupe en brosse consulta sa montre.

Bryson comprit la situation. Les Prométhéens ne pouvaient prendre le risque de laisser Bryson et Elena être arrêtés : Que savaient-ils au juste ? Que pouvaient-ils raconter ? Comment évaluer les risques pour l'organisation ? Les mercenaires devaient donc les interroger eux-mêmes et les exécuter ensuite. Voilà pourquoi Bryson et Elena étaient encore en vie. C'était la seule explication.

Le grand type aux cheveux gris parla de sa voix de basse. Son accent qui semblait, à la première écoute, britannique, était plutôt hollandais, se rendit compte Bryson.

— Nous allons passer quelques heures ensemble, annonça-t-il. On va bien s'amuser. La chimie a fait pas mal de progrès pour délier les langues ces dernières années.

Bryson, toujours à terre, tentait discrètement de se défaire de ses menottes, mais sans clé, ses efforts étaient pure perte. Il jeta un regard circulaire autour de lui ; les policiers gisaient au sol, leurs corps parsemés de balles, à deux mètres de lui. Impossible d'espérer récupérer une clé sur leur dépouille sans se faire remarquer ; ils étaient pris au piège ; et s'il restaient dans cette souricière, c'étaient les drogues qui les attendaient, administrées avec compétence, sous des doses qui feraient exploser leurs synapses... leurs cerveaux n'y résisteraient pas. Les séquelles seraient irréversibles...

Non, rectifia-t-il en pensée. *Après les drogues, c'est la mort qui nous attend.*

*

Robby Sullivan avait senti un choc violent dans sa cage thoracique, comme s'il avait reçu un coup de sabot d'un cheval furieux ; l'instant suivant, il était par terre, le devant de sa chemise imbibé de sang. Il n'arrivait plus à respirer. Une balle avait dû perforer un poumon, parce qu'il avait l'impression de se noyer lentement... Son souffle était faible, laborieux. Pendant tout ce temps, son esprit était en effervescence, tentant d'analyser la situation. Qu'est-ce qui se passait ? Le couple qui s'était rendu semblait indemne, mais ses fidèles collègues, de braves types avec femmes et enfants, avaient été sauvagement abattus. Ils avaient tous été préparés à une telle éventualité, mais dans les faits, leur travail au palais de Wesminster était des plus paisibles. Ce qui était arrivé à ces hommes était cauchemardesque, inconcevable ! *Et moi aussi, je n'en ai plus pour longtemps.* Mais Robby Sullivan voulait comprendre ce qui lui était arrivé, avant de quitter ce monde : ces deux soldats étaient-ils venus délivrer les assassins ? Mais alors pourquoi l'homme menotté avait-il tenté de les prévenir du danger ? Le sergent contempla le plafond, sa vue vacillante, passant alternativement du net au flou ; il se sentait faiblir d'instant en instant. Combien de temps lui restait-il avant de s'évanouir ?

Il n'avait pu sortir son arme à temps, mais qui aurait pensé que des soldats du ministère de la Défense allaient leur tirer dessus ? Ces types n'étaient pas envoyés par la Défense, bien sûr. Les uniformes... ils ne provenaient pas de l'armée... ils avaient quelque chose de bizarre... L'homme aux menottes avait raison... Il disait peut-être vrai alors... lorsqu'il clamait son innocence ? Tout devenait trop compliqué, mais une chose était claire : l'homme s'était rendu sans heurts, ses protestations étaient plausibles ; et les intrus avec leurs mitraillettes étaient sans conteste des tueurs de sang-froid... Sullivan savait sa fin toute proche... quelques minutes encore et il ferait le grand saut ; alors il pria le Tout-Puissant pour qu'il lui donne une chance de réparer son erreur ; lentement, perdu dans un brouillard, il chercha à tâtons son arme...

*

— Vous êtes recherché sur toute la planète, j'imagine que vous le savez, annonça le Hollandais, avec détachement.

Elena pleurait, ses mains menottées plaquées sur son visage.

— Non, je vous en prie... non.

Bryson vit que le deuxième homme, un type au visage écrasé de boxeur, avait changé de position ; il s'était rapproché, sa mitraillette dans une main, une seringue hypodermique dans l'autre.

— L'assassinat d'un membre du gouvernement britannique est un crime très grave. Mais nous voulons simplement bavarder un peu avec vous... savoir pourquoi vous vous acharnez à vous mêler de ce qui ne vous regarde pas, à nous causer tous ces problèmes.

Bryson, avec son ouïe fine, perçut un frottement étouffé à deux mètres de là. Il jeta un coup d'œil furtif en direction de la source du bruit et vit que le sergent Sullivan bougeait sa main, tentant d'attraper son arme.

Bryson reporta son regard sur le tueur aux cheveux gris, et le toisa d'un air de défi. *Détourne son attention. Il ne faut pas qu'il voie ce que j'ai vu.*

— Le Directorat n'existe plus, je suis sûr que vous le savez, poursuivit l'homme aux cheveux gris. Vous n'avez plus de soutien, plus de logistique... plus de ressources. Vous êtes seuls, et vous vous battez contre des titans.

Occupe-le! Ne le laisse pas regarder sur le côté!

— Nous sommes loin d'être seuls, répondit Bryson avec hargne, ses yeux étincelants de colère. Bien avant que vous ayez détruit le Directorat, nous avons fait passer le mot. Vous et vos amis conspirateurs sont déjà repérés; quoi que vous puissiez tenter, vous êtes d'ores et déjà finis.

Le doigt du sergent glissait le long du canon; encore quelques centimètres et il atteindrait la gâchette!

L'homme à la coupe en brosse continua, ignorant la remarque de Bryson.

— Il est inutile de faire couler encore du sang, expliqua-t-il, feignant d'être un homme de raison. Nous voulons simplement avoir une conversation franche avec vous, honnête et franche. C'est tout.

Bryson n'osa pas regarder de nouveau vers Sullivan, mais il entendit un petit cliquetis : du métal frottant sur le sol. *Attire son attention ailleurs! Parle! Parle! Raconte n'importe quoi! Il ne faut pas qu'il remarque ce qui se passe!* Bryson éleva soudain la voix :

— Est-ce que tout cela valait ce carnage? Cette barbarie? Ces bombes? Fallait-il vraiment faire sauter cet avion en plein vol, avec ces centaines d'innocents à bord, hommes, femmes et enfants?

— Nous considérons qu'il vaut mieux sacrifier quelques victimes sur l'autel du plus grand nombre. La vie de quelques centaines n'est rien comparée à celle de millions, que dis-je de *milliards*. La protection de générations de... – La voix du tueur de Prométhée s'éteignit et son visage se renfrogna d'un air chargé de soupçon. Il inclina la tête de côté, tendit l'oreille. – Tomas! appela-t-il soudain.

Les deux coups de feu furent assourdissants, une double détonation, l'une juste après l'autre. Le policier avait réussi! Il avait levé son arme et, rassemblant ses dernières forces, mentales et physiques, pour chasser la léthargie qui le gagnait, il avait pressé la gâchette, à deux reprises – deux tirs parfaits. Une gerbe rouge jaillit du crâne du tueur au moment où la balle de gros calibre traversait l'os pariétal pour ressortir par la nuque, le figeant dans son mouvement de rotation, avec sur son visage une expression mêlée de fureur et de surprise. Son acolyte tituba un moment sur place avant de s'écrouler sur ses genoux – la balle lui avait transpercé la gorge, ayant sectionné à l'évidence la moelle épinière et une artère carotide.

Elena avait roulé sur le côté, effrayée par les déflagrations, ne sachant d'où venaient les tirs. Lorsque le silence revint dans la pièce, elle attendit quelques secondes puis releva la tête; cette fois elle ne poussa pas un cri – le choc l'avait rendue muette, l'esprit tétanisé par tant de violence. Les yeux écarquillés, luisant de larmes, elle murmura une prière, les mains jointes.

Le sergent Sullivan avait à présent un souffle rauque, un souffle de mort. Il était gravement blessé au torse, une plaie béante. Après un rapide examen, Bryson sut que le policier n'avait que quelques instants à vivre.

— Je ne sais pas... qui vous êtes, articula le policier. Mais vous n'êtes pas ce qu'on croyait...

— Nous ne sommes pas des tueurs ! lança Elena. Vous le savez. Je sais que vous le savez ! – D'une voix tremblante, elle ajouta – : Vous nous avez sauvé la vie.

Bryson entendit un bruit métallique résonner au sol. Sullivan venait de lui lancer son trousseau de clés.

Vite. Combien de temps avant que d'autres n'arrivent, attirés par les coups de feu ! Deux minutes ? Une ? Quelques secondes ?

Bryson tendit les bras, ramassa le trousseau et repéra rapidement la clé des menottes. Avec quelques contorsions, Bryson parvint à insérer la petite clé dans les menottes d'Elena. Quelques instants plus tard, Elena était libre. Elle prit la clé et délivra rapidement Bryson. L'une des radios des policers crachotait...

— *Nom de Dieu, qu'est-ce qui se passe ?* demandait une voix grésillante.

— Filez ! souffla le sergent d'une voix presque inaudible.

Bryson courut vers la fenêtre.

— On ne peut l'abandonner ici, protesta-t-elle... pas après ce qu'il a fait pour nous.

— Il ne répond pas à sa radio, répliqua Bryson en décrochant le grand store et le jetant au sol. – Il tira aussitôt sur la targette qui maintenait fermé le vantail. – Ils ne vont pas tarder à le localiser ; ils pourront lui venir en aide. – *Mais il n'y a plus rien à faire pour ce malheureux,* songea-t-il. – Viens vite !

Elena se précipita vers la fenêtre et s'arc-bouta sur une autre targette qui céda enfin. Bryson se retourna et contempla Sullivan qui gisait au sol, à présent silencieux et inerte. *Ce policier s'est révélé un héros. Les hommes comme lui se comptent sur les doigts de la main.* Bryson tira sur le vantail de toutes ses forces. La fenêtre semblait n'avoir pas été ouverte depuis des lustres. Mais au deuxième essai, le battant céda et une bouffée d'air froid pénétra dans la salle de réunion.

La façade Est du palais de Westminster donnait directement sur la Tamise, longeant la berge du fleuve sur près de trois cents mètres. Une grande terrasse s'étendait au pied du bâtiment, sur presque toute sa longueur, parsemée de chaises et de tables où les membres du Parlement venait se détendre et prendre le thé ; mais de part et d'autre de la terrasse, deux avancées du palais tombaient quasiment à pic dans le fleuve, séparées de l'eau par une toute petite digue et une clôture. Bryson et Elena se trouvaient justement dans l'une de ces ailes ; la Tamise était juste sous eux, presque à l'aplomb de leur fenêtre.

Elena se retourna vers Bryson, d'un air effrayé ; mais au grand étonnement de celui-ci, elle annonça :

— J'y vais la première. Quand j'étais jeune, je sautais bien du plus haut plongeoir de la piscine de Bucarest... Cela ne doit pas être si terrible.

Bryson esquissa un sourire.

— Protège ta tête et ton cou. L'idéal c'est de faire la bombe, enfouis ta tête dans tes bras. Et saute le plus loin possible pour être sûre de toucher l'eau.

Elle hocha la tête, en se mordillant la lèvre inférieure.

— Je le vois... le bateau, dit-il.

Elle tourna la tête et aquiesça de nouveau.

— Voilà au moins une chose où j'aurais été utile, répliqua-t-elle avec un pâle sourire. La compagnie des croisières sur la Tamise était ravie de louer un hors-bord pour mon patron, un riche député excentrique qui voulait épater sa dernière maîtresse en date, en l'emmenant directement du Parlement jusqu'au *Millennium Dome* en un temps record. Cela c'était la partie la plus facile. Mais leurs bateaux sont amarrés au quai de Westminster ; pour les convaincre d'en laisser un juste devant le palais, il a fallu que je graisse la patte à un tas de gens. Je te dis ça au cas où tu te demanderais où est passé l'argent.

Bryson était admiratif.

— Tu as été géniale.

Le bateau dansait sur l'eau à une dizaine de mètres sur la gauche, amarré à la clôture métallique devant la terrasse. Elena grimpa sur le rebord de la fenêtre. Bryson observa les alentours, pas de tireurs d'élite embusqués sur cette partie du toit, pas de patrouille sur la terrasse – rien de bien étonnant... il était peu problable que l'on tente de s'échapper par ce chemin. Les hommes avaient été postés en des points stratégiques mûrement réfléchis, là où ils avaient le plus de chances de trouver leurs cibles.

Elena s'avança jusqu'au bord de l'appui de la fenêtre, et prit une profonde inspiration. Elle serra fort l'épaule de Bryson, puis sauta dans le vide. Dans sa chute, elle se replia en boule et heurta l'eau, quinze mètres plus bas, en soulevant une grande gerbe d'écume. Bryson attendit de la voir remonter à la surface, saine et sauve, avant de s'élancer à son tour.

L'eau était glacée et boueuse, le courant puissant ; en retrouvant l'air libre, il vit qu'Elena, en bonne nageuse, avait déjà presque rejoint le bateau. Il n'était pas monté à bord qu'Elena démarrait déjà le moteur. Il la rejoignit en hâte au poste de conduite ; quelques instants plus tard, il fendaient l'eau, s'éloignant du palais de Westminster et de ses équipes de tueurs.

*

Quelques heures plus tard, ils étaient de retour à leur chambre d'hôtel sur Russell Square. Bryson avait fait quelques courses, suivant une liste très précise qu'avait dressée Elena, et était revenu avec le matériel qu'elle avait demandé : l'ordinateur portable le plus puissant du marché, équipé d'un port infrarouge, d'un modem à haut débit, et un assortiment de câbles informatiques.

Elle releva les yeux de l'ordinateur qui était connecté, par l'intermédiaire de la prise téléphone, à Internet.

— J'aimerais bien boire quelque chose, chéri.

Bryson lui servit un whisky, sec, qu'il trouva dans le mini-bar et s'en prit un pour lui.

— Tu as téléchargé quelque chose ? demanda-t-il.

Elle opina du chef et but une belle rasade d'alcool.

— Un logiciel de recherche de mots de passe. Dawson a pris ses précautions : son agenda est protégé par un code. Tant que je n'ai pas trouvé le mot de passe, ce truc ne nous sert à rien. Mais une fois qu'on l'aura, je suis prête à parier qu'on pourra aller se servir dans ses fichiers comme dans un libre-service.

Bryson ramassa le portefeuille de Dawson.

— Et là-dedans, rien d'intéressant ?

— Juste des cartes de crédit, un peu d'argent, des papiers sans intérêt... j'ai vérifié. – Elle reporta son attention sur son écran. – On l'a peut-être... – Elle entra un mot de passe dans le Palm Pilot de Dawson. Quelques instants plus tard, son visage s'éclaira – : On y est !

Bryson leva son verre.

— Tu es une femme remarquable.

Elle secoua la tête.

— Je suis une femme qui aime son travail. C'est toi, Nicholas, la personne remarquable. Je n'ai jamais connu d'homme comme toi.

— C'est que tu n'as pas dû en rencontrer beaucoup.

— J'ai eu mon quota, répondit-elle avec un sourire. Peut-être même plus. Mais personne comme toi, personne d'aussi courageux et aussi... entêté. Tu ne t'es jamais avoué vaincu avec moi.

— Ce n'est pas tout à fait vrai. Pendant un temps, au plus profond de ma dépression, quand j'abusais un peu trop de cette chose – il montra son verre et trinqua avec Elena – peut-être que j'ai baissé les bras. J'étais tellement en colère... blessé, totalement perdu. Mais je ne parvenais pas à croire que... à comprendre...

— Comprendre quoi ?

— Les raisons pour lesquelles tu m'avais quitté. Il fallait que je sache. Je n'aurais jamais eu de paix... je devais connaître la vérité, même si cela pouvait me briser le cœur.

— Tu n'as jamais posé la question à Waller ?

— J'ai préféré m'abstenir... S'il pouvait – ou voulait – me dire quoi que ce soit à ton sujet, il l'aurait fait.

Elle eut un regard vague, l'air troublé, puis elle se mit à pianoter sur l'écran de l'assistant personnel avec le petit stylet noir ad hoc.

— Je me suis, moi aussi, posé mille questions... commença-t-elle avant de s'interrompre. Oh ! Mon Dieu...

— Quoi ?

— Il y a une note dans son fichier de rendez-vous : « Tel H. Dunne ».

Bryson se redressa soudain.

— Harry Dunne. Nom de Dieu. Il y a un numéro de téléphone ?

— Non. Juste « Tel H. Dunne ».

— C'était prévu pour quand ?

— Cela date de trois jours !

— *Quoi ?* Seigneur, bien sûr... il est toujours là, toujours joignable pour ceux à qui il veut parler. Est-ce que ce truc a un fichier d'adresses, un annuaire personnel ?

— Il a toutes les options ; il y a une quantité impressionnante de données. - Elle tapota de nouveau une portion de l'écran avec le stylet – · Merde !

— Quoi encore ?

— C'est crypté. L'annuaire et le carnet d'adresses, ainsi qu'un autre fichier appelé : « Tranferts ».

— Merde !

— Bah ! On a, finalement, une certaine chance dans notre malheur.

— Ah bon ?

— On ne code que les informations importantes ; nous savons donc qu'il y a là des choses intéressantes. C'est toujours dans la pièce fermée à clé que se trouve le trésor.

— C'est une façon de voir les choses.

— Le problème, dans notre cas, ce sont nos moyens limités. Mon portable est un modèle dernier cri, mais il n'a pas le millième de la puissance de calcul des super-ordinateurs que nous avions en Dordogne. L'algorithme de codage du Palm de Dawson est un DES[1] à clé de 56 bits... Il n'utilise pas de clé à 128 bits, Dieu merci, mais cela reste du solide.

— Tu peux le casser ?

— Avec du temps...

— Du temps ? Tu chiffres cela en quoi... en heures ?

— En jours, voire en semaines avec cet ordinateur, et seulement parce que je connais ces systèmes de cryptage par cœur.

— Mais nous n'avons pas des *jours* devant nous !

Elle resta silencieuse un long moment.

— Je sais, répondit-elle enfin. Je peux peut-être improviser quelque chose... partager le travail sur différents sites de piratage sur Internet, leur demander d'éplucher des milliards de combinaisons chacun de leur côté. Et voir si cette tactique donne quelque chose. C'est appliquer gran-

---

1. *Data Encryption Standard (N.d.T.).*

deur nature le vieux dicton qui dit qu'avec un nombre infini de singes devant des machines à écrire, on obtient du Shakespeare.

— Cela semble tiré par les cheveux.

— Pour être honnête, je ne me fais guère d'illusions.

Trois heures plus tard, lorsque Bryson revint dans la chambre avec un repas indien à emporter, il trouva une Elena lasse et maussade.

— La pêche n'a pas été miraculeuse ?

Elle secoua la tête, une cigarette au coin de la bouche. Il ne l'avait pas vue fumer depuis leur fuite de Roumanie. Elle éjecta du lecteur l'une des disquettes qu'elle avait récupérées au centre de Dordogne, contenant les informations décodées de Prométhée ; elle écrasa sa cigarette et se dirigea vers la salle de bains. Elle revint dans la chambre, une serviette humide plaquée sur son front.

— J'ai mal à la tête, déclara-t-elle en se laissant tomber dans un fauteuil. D'avoir trop pensé.

— Fais une pause.

Bryson posa les sacs de nourriture, fit le tour du fauteuil et se mit à lui masser la nuque.

— Oh ! que c'est bon... murmura-t-elle – après un silence, elle ajouta : – il faut contacter Waller.

— Je peux essayer l'un des circuits relais d'urgence, mais j'ignore jusqu'à quel point le Directorat a été infiltré. Je ne sais même pas si l'appel arrivera jusqu'à lui.

— Cela vaut le coup d'essayer.

— Certes, mais à condition que cela ne compromette pas notre propre sécurité. Waller comprendrait ça ; il approuverait même entièrement.

— Oui... notre sécurité, marmonna-t-elle.

— Qu'est-ce qu'il y a ?

— C'est le mot « sécurité » ; cela me fait penser aux mots de passe, aux algorithmes de cryptage.

— C'est normal.

— Et cela me fait penser aussi à Dawson. Un homme aussi affairé et précautionneux garde forcément une trace de tous ses mots de passe. Parce qu'un type comme lui n'utilise pas qu'un seul mot de passe... ce serait trop dangereux...

— Et sous quelle forme garderait-il une trace, selon toi ?

— Il doit y avoir une liste quelque part.

— Avec l'expérience, je me suis rendu compte que le maillon le plus faible dans le système informatique d'une société, c'est toujours la secrétaire qui garde le mot de passe scotché dans le tiroir de son bureau parce qu'elle n'arrive jamais à le mémoriser.

— Je crains que Dawson n'ait été plus futé que ça. Mais la clé de sécurité est une longue série de chiffres – réellement impossible à mémoriser. Il doit donc l'avoir écrit quelque part... tu peux me repasser son Palm Pilot ?

Bryson alla chercher l'assistant électronique et le lui donna. Elle l'alluma et tapota sur l'écran avec le stylet. Pour la première fois depuis des heures, un sourire éclaira le visage d'Elena.

— Il y a une liste là... Avec un nom bizarre : « *Tesserae* ».

— Si je me souviens de mon latin, c'est le pluriel de *tessera*, ce qui signifie en gros « mot de passe ». La liste est en clair ?

— Non. Cryptée, mais c'est un cryptage élémentaire... un logiciel grand public, appelé SIC – sécurisation des informations confidentielles. Un simple système de protection de mots de passe. C'est du gâteau que de le casser. C'est comme si pour protéger ta maison, tu fermais la porte d'entrée à clé mais que tu laissais la porte du garage ouverte. Je peux me servir du même logiciel de recherche de mots de passe que j'ai téléchargé tout à l'heure. Ce sera un jeu d'enfant.

Son énergie et son enthousiasme naturels avaient repris le dessus ; Elena retourna aussitôt derrière son ordinateur. Dix minutes plus tard, elle annonçait sa victoire. Elle avait enfin accès à toutes les informations que Dawson s'était donné tant de mal à protéger.

— Seigneur, Nick. Dans le fichier nommé « Transferts » il y a tous les virements envoyés à une série de comptes en banque de Londres. Les montants oscillent entre cinquante mille et cent mille livres ; parfois même c'est le triple de ça !

— Qui sont les destinataires ?

— Si tu voyais les noms ! C'est le gratin du Parlement – des membres de la Chambre des communes, tous bords confondus : travaillistes, démocrates libéraux, conservateurs et même des unionistes de l'Ulster. Il a consigné les noms, les dates des reçus, les montants, et même parfois le lieu de rendez-vous avec ces personnes. Un fichier complet !

Le pouls de Bryson s'accéléra.

— Corruption et chantage. Les deux leviers de l'influence politique. Une vieille technique soviétique pour coincer les Occidentaux... ils vous payent une coquette somme pour vos services comme consultant, un travail parfaitement légal de prime abord, et vous voilà à leur merci... Ils vous tiennent parce qu'ils ont les preuves que de l'argent soviétique a été versé sur votre compte en banque personnel. Dawson a donc, non seulement, fait chanter des membres du Parlement, mais il a gardé toutes les preuves, au cas où l'un d'entre eux aurait voulu le lâcher. Voilà comment Simon Dawson exerçait son pouvoir... Voilà comment il est devenu celui qui tirait les ficelles en coulisses, derrière Rupert Vere, son patron, au ministère des Affaires étrangères. Il était sans doute également derrière Lord Parmore, ainsi que derrière une bonne dizaine d'autres personnages influents du Parlement. Simon Dawson était le *trésorier* de l'ombre. Si tu veux influencer un débat politique aussi important et crucial que celui portant sur le traité de surveillance, l'argent graisse bien des engrenages récalcitrants. Rémunérations et pots-de-vin, pour ceux dont le vote est à vendre.

— Apparemment, la majeure partie des membres influents du Parlement était à vendre.

— Je veux croire que pour certains les pressions ne se sont pas limitées à une question pécuniaire. Si nous avions épluché la presse britannique l'année dernière, je suis persuadé que nous aurions trouvé une situation semblable à celle du Congrès américain : fuite d'informations compromettantes, divulgation de secrets intimes, toute la panoplie des faiblesses humaines. Je parie que les adversaires les plus farouches du traité ont été contraints de partir, tout comme le sénateur Cassidy a été éjecté de son siège aux Etats-Unis. Les autres ont été mis en garde, achetés, en échange d'une jolie carotte, à savoir une généreuse participation financière pour leur prochaine campagne.

— Avec de l'argent blanchi, précisa Elena. Intraçabilité totale.

— Il n'y a réellement aucun moyen de découvrir l'origine de ces fonds ?

Elle glissa dans l'ordinateur l'une des disquettes du centre de Dordogne.

— Le dossier de Dawson est si complet qu'il y figure même le code des banques ayant versé l'argent. Il n'y a pas les noms des banques, juste les codes.

— Tu veux les comparer avec les données de Chris Edgecomb que tu as téléchargées ?

Le visage d'Elena s'assombrit en entendant ce nom qui lui rappelait cette nuit de cauchemar. Elle resta silencieuse, mais scruta les colonnes de chiffres qui s'affichaient sur son écran.

— Il y en a un qui correspond.

— Laisse-moi deviner... le code de la Meredith Waterman ?

— Exact. La banque qui possède en secret la First Washington Mutual Bancorp. La société où Richard Lanchester a fait fortune...

Bryson prit une courte inspiration.

— Un vieil et respectable établissement financier joue les convoyeurs de fonds pour acheter des parlementaires à Washington et à Londres.

— Et peut-être d'autres représentants de pays influents de la planète... Paris, Moscou, Berlin...

— C'est certain. La Meredith Waterman, *de facto*, possède le Congrès et le Parlement britannique.

— Tu as dit que Lanchester a fait fortune dans cette société.

— Exact, mais il paraît qu'il a tout laissé tomber pour mener une carrière politique à Washington. Qu'il a coupé tous les ponts, financiers et humains.

— On m'a appris, enfant, à ne jamais croire ce que je lisais dans les journaux de Bucarest. Il faut toujours se méfier des versions officielles...

— Une leçon salutaire, il faut bien l'avouer. Tu penses que Lanchester a toujours de l'influence à la Meredith Waterman, que c'est ainsi qu'il a pu se servir de son ancienne banque pour convoyer les fonds nécessaires à ses pots-de-vin ?

— La Meredith Waterman est une banque privée, un partenariat d'après mes informations. Elle appartient à un groupe d'une dizaine d'associés. Lanchester pourrait faire encore partie du lot...

— Non. Impossible. Une fois qu'il a commencé à travailler avec le gouvernement, il devait abandonner tout ça, démissionner du conseil d'administration et laisser son argent là-bas. Quand on travaille à la Maison-Blanche, on est tenu de révéler tous ses biens personnels.

— Non, Nick. Il doit le faire auprès du FBI, pas au niveau public. Il n'est jamais passé devant une commission du Sénat pour confirmer ce fait. Réfléchis à ce que cela signifie. Peut-être est-ce la raison pour laquelle il a refusé la proposition du président qui lui offrait le siège de secrétaire d'Etat ! Ce n'est peut-être pas du tout par modestie, mais par souci de discrétion, pour éviter d'attirer trop les regards sur lui. Il a peut-être des choses à cacher, quelques vieux squelettes dans son placard.

— C'est vrai qu'un simple membre du Conseil national de sécurité n'est pas examiné au microscope comme le secrétaire d'Etat, reconnut Bryson. Mais les hauts fonctionnaires de la Maison-Blanche sont tout de même surveillés de près, quel que soit leur rang... leurs faits et gestes sont scrutés à la loupe... on craint toujours des dérapages, des enrichissements personnels avec les deniers de l'Etat.

Elena s'impatientait ; elle était une mathématicienne pétrie d'abstractions... elle avançait une théorie que Bryson s'évertuait à démonter pour des détails.

— Il faut considérer le problème du point de vue de Lanchester. Durant ces derniers mois, j'ai suivi de près ce qui s'est passé avec le Traité international de surveillance et de sécurité. Dans notre secteur, nous sommes intéressés au premier chef, n'est-ce pas ?

Il hocha la tête.

— Une fois que ce traité sera ratifié, poursuivit-elle, il va falloir créer une organisation au-dessus des nations pour assurer son application, un organe de pouvoir à la compétence planétaire, avec des moyens quasi illimités. Et qui, selon toi, va diriger cette super-CIA ? Ces dernières semaines, si tu avais épluché les journaux, tu aurais trouvé quelques noms de prétendants au trône – discrètement cités dans l'article, toujours au conditionnel avec un grand « C ». Le terme générique pour l'heureux gagnant est « le Tsar », un nom qui me fiche toujours la chair de poule. Tu sais comment nous autres Roumains avons souffert des tsars russes.

— Et le tsar en question serait Lanchester ?

— Son nom a été avancé... ça s'appelle « préparer le terrain ».

— Mais ça ne tient pas debout – tout le monde sait qu'il est contre le traité ! Il est même, à la Maison-Blanche, parmi ses plus farouches adversaires, arguant qu'une telle super-agence de services secrets pourrait trop facilement dévier de sa fonction première et porter atteinte aux libertés fondamentales de l'individu...

— Et comment savons-nous qu'il est opposé au traité ? Des fuites,

n'est-ce pas ? C'est bien comme cela que cela fonctionne ? Mais les
fuites qui arrivent à la presse ne sont jamais le fruit du hasard... certaines
personnes ont intérêt à ce que les médias apprennent des choses, le plus
souvent pour influencer l'opinion publique. Richard Lanchester tient
peut-être à dissimuler ses ambitions, parce que, justement, il brigue le
poste ! Cela lui permettrait de l'accepter en feignant d'y aller à reculons !

— Seigneur. Il est peut-être bien possible qu'il ait créé une diversion
pour je ne sais quelle raison.

— La « raison » en question, c'est que dans le même temps, il est derrière la conspiration Prométhée ; il est donc crucial pour lui de cacher
ses réelles intentions. C'est comme ce jeu avec les gobelets et le petit
caillou. Tu remues les gobelets et les gens doivent deviner sous lequel se
trouve le caillou. C'est bel et bien une diversion, comme tu l'as dit, un
leurre. On suit tous de près la bataille politico-juridique autour du traité
et pendant ce temps, la vraie guerre fait rage. Une guerre où le vainqueur
remportera un trésor et un pouvoir pharaoniques ! Une bataille menée
par des mandarins du monde privé qui vont devenir dix fois plus riches
et plus influents.

Bryson secoua la tête. Son raisonnement se tenait. Mais qu'un
membre du Conseil national de sécurité, un haut fonctionnaire de la
Maison-Blanche, aussi offert à la scrutation qu'un poisson rouge dans
son bocal, puisse ourdir une telle conspiration paraissait peu problable.
Les risques étaient trop grands, les conséquences trop graves. Cela ne tenait pas debout. Et la question du mobile restait toujours en suspens.
L'appât du gain et du pouvoir était certes aussi vieux que la civilisation,
plus ancien encore. Mais toute cette énergie... tous ces moyens pour que
Lanchester soit nommé à un autre poste de bureaucrate ? C'était grotesque. Inconcevable.

Dans le même temps, toutefois, il était persuadé que Richard Lanchester était la clé pour atteindre Prométhée, le chaînon vital qui reliait
l'organisation occulte au reste du monde.

— Il faut y entrer, murmura-t-il d'une voix pressante.

— Où ça. Dans la Meredith Waterman ?

Bryson acquiesça en silence, perdu dans ses pensées.

— Tu veux dire physiquement ? Aller à New York ?

— Oui.

— Mais pour y faire quoi ?

— Pour découvrir la vérité. Trouver le lien exact entre Lanchester, la
Meredith Waterman et la conspiration Prométhée.

— Mais si tu dis vrai... si la Meredith Waterman est réellement un
nœud du réseau, le lieu où transite tout cet argent... l'endroit va être plus
protégé qu'une place forte. Il va y avoir des gardes, toutes les armoires
seront fermées à double tour, tous les ordinateurs protégés, les fichiers
cryptés...

— C'est justement pour cela que je veux me rendre sur place.

— Nicholas, c'est de la folie !

Il mordilla sa lèvre inférieure.

— Il faut examiner le problème sous tous les angles. Pour reprendre ta petite métaphore, si la porte est fermée, passons par la fenêtre.

— Et où est-elle, cette fenêtre ?

— Si nous voulons découvrir comment une vieille banque respectable s'est reconvertie dans le blanchiment d'argent, nous allons devoir creuser là où on ne nous attend pas. Comme tu l'as dit, l'endroit va être une véritable forteresse. Tous les dossiers actuels seront scellés, enterrés, hors d'atteinte. Il nous faut donc attaquer par l'arrière, le passé, ausculter l'ancienne Meredith Waterman, la prestigieuse banque de l'âge d'or. Il faut connaître l'« avant » pour approcher le « présent ».

— Je ne te suis pas.

— La Meredith Waterman était une institution vénérable de Wall Street, un groupe de vieux aristocrates séniles, prenant toutes les décisions, attablés autour d'une table en forme de cercueil, sous les portraits augustes des ancêtres. La question est donc de savoir *quand* – et surtout *comment* – ils ont commencé à convoyer des pots-de-vin.

Elena haussa les épaules.

— Mais où espères-tu trouver ça ?

— Dans les archives. Toutes les banques, par amour du passé, conservent leurs vieux dossiers ; le moindre document, le moindre bout de papier est sauvé de l'oubli, classé, étiqueté pour la postérité. Il y a un véritable culte du passé chez ces vieux débris, une adoration sans doute amplifiée par leur propre sentiment d'immortalité. Les nouveaux propriétaires ne se sont sans doute pas débarrassés des vieilles archives, les jugeant anodines et sans intérêt puisqu'elles dataient d'une époque antérieure à la mise en place de leurs transactions secrètes. La voilà notre fenêtre, l'endroit vulnérable de la cuirasse, là où la sécurité sera minimale ! Tu peux nous réserver deux billets d'avion ?

— Bien sûr. Destination New York, alors ?

— Tout juste.

— Pour demain ?

— Non, pour aujourd'hui. Si tu peux trouver deux places ce soir, prends-les. Peu importe la compagnie, peu importe que les places soient séparées ou non. Nous devons nous rendre à New York le plus vite possible.

Au siège social d'une vieille et vénérable banque de Wall Street, songea-t-il. *Une banque autrefois respectable qui est devenue le poumon d'acier de la conspiration Prométhée.*

XXIX

Le siège social de la célèbre banque Meredith Waterman se trouvait sur Maiden Lane, au sud de Manhattan, à quelques pâtés de maisons de Wall Street, et tout à côté du World Trade Center. A l'inverse du palace d'inspiration Renaissance de la Federal Reserve Bank, où la majeure partie des réserves d'or du pays était stockée dans ses cinq sous-sols, le bâtiment de la Meredith Waterman était d'une élégance fière et tranquille, sans ostentation. C'était une construction néoclassique de trois étages, avec un toit mansardé et une façade de brique et de pierre, datant du siècle dernier, dans le style second Empire ; le bâtiment semblait appartenir à un autre lieu, un autre temps – au Paris du temps de Napoléon III, lorsque les Français rêvaient encore de coloniser le monde.

Cernés par les gratte-ciel de la nouvelle finance, le bâtiment rayonnait d'une confiance sereine, typiquement sang bleu, car la Meredith Waterman était la plus ancienne banque privée des Etats-Unis. Elle était célèbre pour ses traditions aristocratiques et pour avoir fait la fortune des plus illustres familles du pays, et ce pendant plusieurs générations. Le nom de Meredith Waterman évoquait le confort cosy de sa grande salle du conseil lambrissée d'acajou et dans le même temps, la banque était connue aux quatre coins de la planète. Dans *Fortune, Forbes* ou le *Wall Street Journal*, on parlait du club très sélect et fermé de ses actionnaires, quatorze associés dont les aïeux avaient compté parmi les pères fondateurs de Manhattan ; la Meredith Waterman restait la dernière banque privée quasi familiale au milieu de la jungle des grandes sociétés anonymes d'investissement.

Bryson et Elena avaient passé plusieurs heures à peaufiner leur plan d'attaque. Elle avait effectué des recherches considérables sur la Meredith Waterman, en utilisant la banque de données en ligne de la Bibliothèque de New York. Très peu d'informations financières étaient disponibles sur la banque : en tant qu'établissement entièrement privé, la Meredith Waterman n'était pas tenue de divulguer le détail de ses opérations. En revanche, elle était plus loquace sur la biographie des pères fondateurs et de ses associés actuels – des renseignements sans intérêt, relevant quasiment du domaine public. Richard Lanchester n'était pas cité parmi les associés ; il avait démissionné peu après avoir été nommé conseiller du président pour les questions de sécurité nationale. Depuis lors, il semblait n'avoir plus aucun contact professionnel avec ses anciens coactionnaires.

Mais qu'en était-il de ses relations sociales et amicales datant de sa jeunesse, des liens tissés entre familles ? Elena passa tout au crible et ne trouva rien. Le cercle de relations de Lanchester ne semblait pas interférer avec ceux de ses anciens associés. Il n'avait pas même fréquenté les mêmes écoles. S'il y avait un réseau Lanchester, il n'était pas évident.

Pendant ce temps, Bryson adoptait une méthode d'investigation qui lui était plus personnelle et familière : l'observation *in situ,* et l'appel téléphonique. Il passa plusieurs heures à repérer le quartier, feignant d'être un technicien des télécoms, un vendeur de logiciels, un entrepreneur à la recherche de bureaux à louer, bavardant avec les gens qui travaillaient dans les bâtiments voisins de la Meredith Waterman. A la fin de l'après-midi, il avait recueilli une quantité honorable d'informations sur la topographie des lieux, leur système informatique et même sur l'archivage de leurs vieux dossiers.

Avant de rejoindre Elena, il fit un dernier tour du quartier et passa devant le bâtiment, prenant l'air d'un touriste visitant la ville. L'entrée principale se trouvait au sommet d'une volée de marches de granit. A l'intérieur, le hall d'accueil, de forme ovale et dallé de marbre, était éclairé comme une salle d'exposition ; au milieu trônait une grande statue de bronze. Au premier regard, l'œuvre semblait représenter une figure de la mythologie grecque. Bryson avait déjà vu ce personnage quelque part auparavant... Cela lui revint soudain : la patinoire du Rockefeller Center...

Oui. Cela semblait être la copie de la célèbre statue de bronze doré de la Lower Plaza du Rockefeller Center.

La statue de Prométhée.

*

Il était cinq heures de l'après-midi ; ils avaient achevé les préparatifs, mais selon les observations de Bryson, il valait mieux tenter d'entrer dans le bâtiment passé minuit. Il leur restait sept heures à patienter.

Une si longue attente quand le temps leur était tant compté ! C'était une denrée précieuse que l'on ne pouvait gaspiller. Il fallait contacter d'autres personnes, la plus importante d'entre elles étant Harry Dunne. Mais il restait injoignable ; tout ce que Bryson put apprendre, c'est que le directeur adjoint de la CIA était en « congé » pour des « raisons familiales » ; des rumeurs circulaient... les « raisons familiales » étaient un code pour ne pas dire « raisons médicales », pour ne pas reconnaître que Dunne était gravement malade.

Elena avait fait des recherches de son côté, mais sans plus de résultats.

— J'ai tenté l'approche frontale, expliqua-t-elle. J'ai appelé chez lui, mais la personne qui m'a répondu, la gouvernante, m'a dit qu'il était très malade et qu'elle ne savait pas où il était.

— Je suis sûre qu'elle le sait.

— Moi aussi. Mais elle a été bien briefée et elle a vite raccroché. Aucun espoir de ce côté-là.

— En revanche, il est forcément joignable... A en croire la note dans le Palm Pilot de Dawson.

— J'ai passé au peigne fin le carnet d'adresses du Palm et je n'ai pas trouvé de numéro de téléphone concernant Dunne. Pas même codé. Rien de rien.

— Et par Internet ? Les dossiers médicaux ?

— C'est plus facile à dire qu'à faire. J'ai effectué les recherches classiques, en donnant son nom et son numéro de sécu, mais j'ai fait chou blanc. J'ai même tenté une petite supercherie... j'étais pourtant certaine que ça marcherait... J'ai appelé le service du personnel de la CIA en prétendant être une secrétaire de la Maison-Blanche... j'ai dit que le président voulait envoyer des fleurs à son vieil ami Harry Dunne et qu'il me fallait l'adresse pour les lui faire parvenir.

— C'était bien vu. Et ça n'a pas marché ?

— Malheureusement non. Dunne ne voulait pas, à l'évidence, que l'on puisse le retrouver. Ils ont prétendu n'avoir aucune information. Quelles que soient ses raisons, il a installé un cordon de sécurité très efficace.

Un cordon de sécurité... le même terme que Dunne avait employé au sujet de tante Felicia...

— Il y a peut-être un autre moyen, dit-il à voix basse.

— Lequel ?

— Il y a une personne à la maison de retraite où se trouve tante Felicia, une responsable nommée Shirley, qui sait toujours où joindre Harry Dunne. Elle a toujours un numéro pour le prévenir au cas où tante Felicia aurait de la visite ou un appel.

— Ah bon ? Mais pourquoi Dunne se soucie-t-il tant de Felicia Munroe ? La dernière fois où on l'a vue, elle n'était pas très bien – sur un plan mental, je veux dire.

— C'est vrai, malheureusement. Mais Dunne pense qu'il est important de la surveiller... de garder un *cordon de sécurité* autour d'elle, comme il dit. Dunne ne se serait pas donné tout ce mal s'il ne craignait qu'elle puisse révéler certaines choses. Des choses ayant trait au rôle de Pete Munroe au sein du Directorat.

— Il en faisait partie ?

— J'ai tant de choses à te raconter, Elena, mais le temps nous manque. On discutera en chemin.

— En chemin ? Où va-t-on ?

— Au Rosamund Cleary Extended Care Facility. On va faire un tour au nord de l'Etat, dans le comté de Dutchess. Rendre une petite visite impromptue à tante Felicia.

— Quand ?

— Tout de suite.

*

Ils arrivèrent vers 18 h 30 à la maison de retraite, qui trônait au milieu de son parc paysager comme un diamant dans son écrin de verdure. L'air était frais ; il y flottait des parfums de fleurs et l'odeur sucrée de l'herbe fraîchement tondue.

Elena pénétra la première et demanda à parler à une responsable de l'établissement. Elle résidait en ville chez des amis, expliqua-t-elle... elle avait entendu dire tant de bien de la maison qu'elle n'avait pas résisté à l'envie de se rendre sur place. C'était sans doute l'endroit rêvé pour placer son vieux père. Il était très tard, certes, mais peut-être qu'une personne nommée Shirley était encore là ? Ses amis lui avaient parlé de cette dame en termes si élogieux...

Quelques minutes plus tard, Bryson entra à son tour et demanda à voir Felicia Munroe. Puisque Elena occupait Shirley, peut-être que personne ne préviendrait Dunne de sa visite... Mais au fond, cela n'avait pas une grande importance. Il était parfaitement plausible que Bryson reste préoccupé par son passé. Cela rassurerait même les Prométhéens... et leur ferait croire qu'il était sur la mauvaise piste, et, par voie de conséquence, qu'il ne représentait pas un menace immédiate.

Laissons-les penser que je suis hanté par mon passé, par ma propre histoire, que c'est une obsession chez moi...

C'est d'ailleurs vrai qu'une pensée m'obsède...

Une seule : découvrir la vérité.

Bryson priait pour que tante Felicia soit à peu près lucide à son arrivée.

Elle prenait son dîner lorsque Bryson entra dans la salle à manger ; il la trouva assise toute seule à une petite table ronde ; les autres pensionnaires dînaient seuls ou par paires à d'autres tables disséminées dans la grande pièce. Elle releva la tête à son approche, guère plus surprise que si elle lui avait parlé cinq minutes plus tôt. Le cœur de Bryson se serra.

— George ! lança-t-elle de sa voie mélodieuse. – Elle lui sourit, découvrant ses petites dents tachées de rouge à lèvres. – C'est si troublant de te voir débarquer comme ça. Tu es mort, je te le rappelle ! – elle prit un air renfrogné, comme si elle réprimandait un enfant désobéissant – : Tu n'as rien à faire ici, George !

Bryson lui retourna un sourire, l'embrassa et s'assit en face d'elle. Elle le confondait encore une fois avec son père.

— Tu as raison Felicia, répondit Bryson d'un air contrit. Mais raconte-moi encore comment je suis... mort.

Les yeux de Felicia se plissèrent.

— Ne me demande pas ça, George ! Tu sais très bien ce qui s'est passé. Ne remuons pas le passé. Pete s'en veut suffisamment comme ça, tu le sais.

Elle avala une bouchée de purée.

— Pourquoi s'en veut-il, Felicia ?

— Il aurait préféré que ça lui arrive à lui, pas à toi et à Nina. Il n'a cessé de se faire des reproches. Pourquoi fallait-il que George et Nina meurent ?

— Pourquoi devions-nous mourir ?

— Tu le sais très bien. Je n'ai pas besoin de te le dire.

— Non je ne sais pas pourquoi... Tu pourrais peut-être me raconter ?

Bryson releva la tête et aperçut Elena. Elle passa son bras autour de Felicia, puis s'assit à côté d'elle, prenant les deux mains osseuses de la vieille femme dans les siennes.

Felicia pouvait-elle reconnaître Elena ? Non. Impossible, bien sûr ; elles ne s'étaient rencontrées qu'une seule fois, et cela datait de plusieurs années. Mais il y avait quelque chose dans l'attitude d'Elena qui réconfortait Felicia. Bryson chercha le regard de la jeune femme... *Avait-elle réussi ? Que s'était-il passé ?* Mais Elena offrait toute son attention à Felicia.

— Il n'a rien à faire ici, répéta Felicia, en lançant un regard oblique vers Bryson. Il est mort, vous savez.

— Oui, je le sais, répondit Elena avec douceur. Mais dites-moi ce qui est arrivé... Cela vous fera du bien, vous ne croyez pas ?

Felicia parut troublée.

— Je m'en suis toujours voulu. Pete n'arrêtait pas de dire qu'ils n'auraient pas dû mourir... que c'est lui qui aurait dû être à leur place. George était le meilleur ami de Pete, vous savez ?

— Oui, je le sais. C'est trop douloureux pour vous d'en parler, c'est ça ? Je parle de ce qui s'est passé... de la façon dont ils ont été tués...

— Aujourd'hui, c'est mon anniversaire.

— Joyeux anniversaire, Felicia !

— Joyeux ? Comment pourrait-il être joyeux ? C'est si triste, si triste... une nuit horrible...

— Parlez-moi de cette fameuse nuit.

— C'était une nuit magnifique, toute blanche de neige ! J'avais préparé le dîner pour tout le monde, mais je m'en fichais si le repas refroidissait ! Je l'avais dit à Pete. Mais non, il ne voulait pas gâcher la fête. Il ne cessait de presser George. Plus vite ! Plus vite ! Et George ne voulait pas rouler plus vite ; il disait que sa vieille Chrysler ne tenait pas la route sur le verglas, que les freins n'étaient pas bons. Nina était inquiète... elle voulait qu'ils se garent en attendant que la neige finisse de

tomber. Mais Pete insistait, pressait tout le monde. Plus vite ! Plus vite !
– Les yeux de Felicia s'agrandirent et s'emplirent de larmes ; elle regarda Elena avec désespoir. – Et la voiture a quitté la route et George et
Nina sont morts... Mon pauvre Pete a passé un mois à l'hôpital. Et tout
ce temps, il n'a pas cessé de répéter : « C'est moi qui aurais dû mourir !
Pas eux ! Ç'aurait dû être moi ! » – Les larmes roulèrent sur les joues de
la vieille femme tandis que ce souvenir douloureux remontait à la surface de son esprit dérangé, où passé et présent se mêlaient en un indescriptible chaos. – C'étaient les meilleurs amis au monde, vous savez.

Elena passa son bras autour des frêles épaules de Felicia pour la
réconforter.

— Mais c'était un accident, souffla la jeune femme... un accident.
Tout le monde le sait.

Bryson s'approcha et serra sa vieille tante contre lui, retenant ses
larmes – une petite chose dans ses bras, fragile comme un oiseau.

— C'est fini, murmura-t-il. Là, c'est fini.

*

— Cela doit te soulager, annonça Elena, tandis qu'ils prenaient le chemin du retour dans leur Buick verte de location.

Bryson hocha la tête.

— J'avais besoin d'entendre ça... malgré les circonstances, malgré
son état de confusion mentale.

— Il y a des éléments solides dans son esprit, des choses qui ne sont
pas affectées par la maladie. Sa mémoire à long terme est intacte – c'est
souvent le cas avec Alzheimer. Elle peut ne pas se rappeler où elle se
trouve, mais se souvenir parfaitement de sa nuit de noces.

— C'est vrai. Dunne a dû compter sur son état de sénilité avancé... Il
la savait incapable de démonter les mensonges qu'il m'avait racontés.

— Elle vient pourtant de le faire...

— Certes. Mais nous avons dû faire montre de patience, de persé-
vérance et de gentillesse... des qualités que les hommes de Dunne n'ont
pas. C'est grâce à toi... C'est toi qui as cette gentillesse en toi, cet amour
de l'autre, et tante Felicia ne s'y est pas trompée. Qui pourrait croire
qu'une personne aussi douce et chaleureuse puisse être une espionne
émérite.

Elle eut un sourire.

— Tu fais allusion au numéro de téléphone ?

— Comment as-tu réussi ? Et aussi rapidement ?

— D'abord, je me suis demandé où je mettrais ce numéro si j'étais à
sa place... forcément à un endroit accessible. En outre, si Harry Dunne
s'est fait passer pour un proche de Felicia, soucieux de son bien-être, il
n'a pu en même temps demander à cette Shirley de prendre des mesures
de sécurité concernant ce numéro...

— Où était-il ? Sur son Rolodex, juste sur son bureau ?

— Presque. Il y avait une liste de numéros d'urgence scotchée sur le coin de son sous-main. Je l'ai repéré sitôt que je me suis assise ; j'ai donc laissé par « mégarde » mon sac à main à côté de ma chaise et lorsque nous sommes sorties de son bureau pour faire le tour du propriétaire, je me suis brusquement souvenue de mon oubli. Je suis retournée le récupérer. Feignant la précipitation, je l'ai renversé et tout le contenu s'est répandu sur la chaise et son bureau. En ramassant tout ça, j'ai jeté un coup d'œil sur la liste et j'ai mémorisé le numéro.

— Et s'il n'avait pas été là ?

— Plan B. J'aurais laissé mon sac où il était et j'aurais été le chercher pendant l'une de ses pauses cigarette. Notre Shirley est une grosse fumeuse.

— Il y avait un plan C ?

— Oui. Toi.

Il rit de bon cœur. Un moment de légèreté qui était le bienvenu.

— Tu me fais trop confiance.

— Je ne crois pas. Maintenant, c'est à moi de jouer. La recherche des coordonnées d'un abonné à partir de son numéro est devenue une opération simplissime de nouveau, grâce à Internet. Je n'ai pas même besoin de m'en occuper moi-même. Il me suffit d'envoyer le numéro par e-mail à l'un des sites de recherche – il y en a des centaines – et il me renverront les coordonnées dans la demi-heure. Pas même besoin de passer un coup de fil.

— Le code de région est le 804. Où est-ce ? Il y a tellement de codes de nos jours.

— Elle avait griffonné Penn à côté du numéro – pour Pennsylvanie, je présume.

— La Pennsylvanie ? Que fait-il là-bas ?

— Il est peut-être originaire de la région ? Sa maison d'enfance ?

— Il a un pur accent du New Jersey.

— De la famille alors ? Je vais demander une recherche. On sera fixés sous peu.

*

A une heure du matin, le personnel de la Meredith Waterman était réduit au strict minimum : quelques gardiens et un technicien de maintenance informatique.

La vigile, à l'air revêche, postée devant l'entrée du personnel sur le côté du bâtiment, était plongée dans la lecture d'un Harlequin ; elle n'était pas contente d'être dérangée.

— Vous n'êtes pas inscrit sur ma liste, répliqua-t-elle d'un ton de glace, son index coincé dans le livre pour ne pas perdre la page.

L'homme portant des lunettes d'aviateur et une chemisette avec le logo MCCAFFREY INFORMATIQUE – ARCHIVAGES DES SOCIÉTÉS, se contenta de hausser les épaules.

— Pas de problème. Je retourne dans le New Jersey et je leur dis que vous ne m'avez pas laissé entrer. Moins j'en fais, mieux je me porte ! Et je serai payé pareil de toute façon.

Bryson tourna les talons, préparant sa prochaine attaque, lorsque la vigile se radoucit un peu.

— Qu'est-ce que vous venez faire ?

— Comme je vous l'ai dit. La Meredith est l'une de nos clientes. On s'occupe de leur archivage hors site. On télécharge tout ça la nuit. Mais on récupère en ce moment plein d'erreurs d'adressage. C'est plutôt rare, mais ça arrive. Je dois donc aller vérifier les routeurs de la boîte.

Elle poussa un soupir exaspéré et décrocha son téléphone.

— Charlie, on a un contrat avec une certaine société McCaffrey ? Elle regarda le logo brodé sur la chemise de Bryson – McCaffrey Informatique, Archivages des Sociétés ?

Elle écouta la réponse de son interlocuteur.

— Le type dit qu'il doit aller vérifier quelque chose sur les ordinateurs des archives, parce qu'il y a des erreurs ou je ne sais trop quoi...

Elle écouta encore.

— D'accord. Merci. – Elle raccrocha et considéra Bryson avec un petit air supérieur. – Vous étiez censé appeler pour prévenir de votre visite, lâcha-t-elle avec un ton de reproche. L'ascenseur de service est sur la droite au fond du couloir. Niveau B.

Sitôt qu'il eut atteint le sous-sol, il se précipita vers l'entrée de service, dont il avait repéré la position un peu plus tôt dans l'après-midi. Elena l'y attendait, un porte-papiers à la main, vêtue du même déguisement que Bryson. Le centre des archives de la banque occupait une grande pièce en sous-sol – un faux plafond phonique, une batterie de tubes fluorescents bourdonnants, et des rayonnages d'acier supportant des enfilades mornes de boîtes d'archives grises, toutes identiques. Les classeurs étaient rangés par ordre chronologique, commençant par quelques exemplaires datant de 1860, l'année de la fondation de la banque par Earl Meredith, un négociant de textiles spécialisé dans le lin irlandais. Au fil du temps, le nombre des classeurs ne cessait de grandir, jusqu'à occuper un pan de mur entier en 1989 – la dernière année où la banque conservait ses archives papier dans ses locaux. Les archives de chaque année étaient classées par catégories : fichiers clients, fichiers du personnel, rapports de conseils d'administration et du comité directeur, résolutions, règlements administratifs, etc. Un code couleurs aidait à s'y retrouver, et la tranche des boîtes portait des codes-barres.

Leur temps était compté. Ils ne pourraient rester dans la salle plus d'une heure avant que la sécurité ne commence à se poser des questions. Ils se partagèrent les rôles ; Bryson s'occupa des documents, Elena s'installa derrière un terminal pour examiner le logiciel de gestion des archives. C'était un système dernier cri, mais sans sécurité par mot de passe. Il n'y avait aucune raison de protéger l'accès aux dossiers, puisque les employés devaient pouvoir les consulter à tout moment.

C'était un travail fastidieux, compliqué par le fait qu'ils ne savaient pas au juste ce qu'ils cherchaient. Un fichier clients ? Mais quels clients ? Des traces de transferts d'argent à l'étranger ? Mais comment distinguer le simple transfert de fonds d'un contribuable voulant tromper le fisc ou son ex-conjointe, de celui qui allait déboucher sur une série de virements via tout un réseau de banques pour aboutir dans la poche d'un sénateur ? Elena eut l'idée de se servir de l'ordinateur dans cette recherche, en entrant des mots clés pour récupérer des références de dossiers. Mais après une heure d'effort, ils étaient toujours bredouilles.

En fait, ils découvrirent des manques, des sections entières de documents avaient disparu. Après 1985, impossible de trouver des fichiers concernant les revenus ou les capitaux des associés de la banque. Comme si on avait retiré ces pièces des archives. Après une recherche informatique, Elena s'aperçut qu'il n'existait plus aucun document comptable concernant les associés de la Meredith Waterman depuis 1985.

Agacé, sentant le temps lui filer entre les doigts comme du sable, Bryson décida de concentrer ses efforts sur un seul individu : Richard Lanchester. Il examina tous les dossiers le concernant, depuis son entrée à la banque. L'histoire que racontaient ces documents était conforme à la biographie officielle : la genèse d'un surdoué de la haute finance. Il était entré à la Meredith Waterman frais émoulu d'Harvard, mais il grimpa les échelons très vite. En quelques années, il devint un commercial hors pair et fit gagner à la banque des sommes colossales. Il prit rapidement la direction du service financier. Puis il ajouta une autre corde à son arc : l'investissement et la spéculation boursière. L'argent qui tomba dans les caisses fut faramineux, à tel point qu'en comparaison toutes les autres activités de la banque ressemblaient à une quête de pièces jaunes. Richard Lanchester était devenu, en dix ans, le champion de la Meredith Waterman, l'homme qui lui avait rapporté le plus d'argent de toute son histoire.

Le jeune loup de Wall Street était devenu un poids lourd de la finance, faisant sa fortune et celle des actionnaires principaux de la banque, par son génie des affaires et sa maîtrise des marchés. Il semblait connaître tous les arcanes de la haute finance, tous les mécanismes, avoir un don de devin lorsqu'il investissait des milliards de dollars sur des produits inconnus qui allaient devenir des valeurs phares du marché, ou spéculait sur les taux d'intérêt. C'était un joueur, un parieur à grande échelle, et son casino était les places boursières du monde entier. Il ne cessait de gagner et de gagner encore ; et comme tout joueur, il pensait que la chance lui sourirait toujours.

Ce fut à la fin de l'année 1985 qu'elle lui tourna le dos.

En 1985, tout changea. Avec fascination, assis sur le béton froid de la pièce, Bryson tomba sur un rapport comptable qui décrivait un revers de fortune si abrupt, si dévastateur qu'il en paraissait à peine croyable.

L'un des immenses paris de Lanchester – le marché de l'eurodollar – tourna à la bérézina. En une nuit, Lanchester avait fait perdre à la banque trois milliards de dollars. Cette somme dépassait grandement les capacités financières de la Meredith Waterman.

La banque était insolvable. Elle avait survécu à un siècle et demi de tourmente financière, même la Grande Dépression ne l'avait pas terrassée ! Et voilà que Richard Lanchester faisait une erreur d'appréciation et la plus vieille banque des Etats-Unis faisait faillite.

— Seigneur, souffla Elena en parcourant à son tour le document. Mais personne n'est au courant !

Bryson secoua la tête, aussi étonné qu'elle.

— Non. Pas un article, par un entrefilet. Rien.

— Comment est-ce possible ?

Bryson consulta sa montre. Cela faisait près de deux heures qu'ils étaient là ; ils tiraient trop sur la corde...

Soudain, il se tourna vers elle, les yeux écarquillés :

— Je crois savoir pourquoi on n'a plus aucun dossier comptable concernant les associés après 1985, aucun revenu, aucune prise de capitaux...

— Et pourquoi ?

— Parce qu'ils ont trouvé un repreneur. Quelqu'un qui a comblé le trou.

— Comment ça ?

Bryson se leva et alla prendre le classeur étiqueté, avec une sorte d'effronterie : CESSIONS PARTS ASSOCIÉS. Il avait déjà remarqué ce dossier mais ne s'était pas donné la peine de l'ouvrir ; il y avait tant de documents à examiner et celui-ci paraissait, de prime abord, d'un intérêt très mineur. Il ouvrit la boîte d'archives. A l'intérieur une unique chemise, contenant quatorze liasses de trois feuillets agrafées.

Chaque liasse portait la même inscription : CESSION DE PARTS. Il lut la première page, le cœur battant. Même s'il savait ce qu'il allait trouver, c'était impressionnant, et même terrifiant, de le voir écrit noir sur blanc.

— Nicholas ? Qu'est-ce que c'est ?

Il lut à haute voix :

— Le soussigné accepte de céder tous ses droits, titres et intérêts à mon profit en tant qu'associé... et par suite, de renoncer à toutes prérogatives et engagements qui en découlent.

— Ça sort d'où, Nicholas ? Quel genre de document ?

— En novembre 1985, les quatorze associés de la Meredith Waterman ont cédé, par contrat, toutes leurs parts, répondit Bryson, la bouche sèche. Chacun des associés était directement et personnellement responsable de la dette de trois milliards de dollars que Lanchester avait causée. A l'évidence, ils avaient le couteau sous la gorge. Ils étaient obligés de vendre.

— Mais je ne comprends pas... ils étaient ruinés... ils n'avaient plus rien à vendre...

— Seulement le nom. Une jolie coquille vide.

— Et l'acheteur, il a quoi ?

— Il a payé quatorze millions de dollars : un million pour chaque associé. Ils pouvaient s'estimer heureux de s'en tirer à si bon compte... parce que l'acheteur se retrouvait avec une dette de trois milliards sur le dos. Mais il avait les moyens... En clause suspensive de la vente, le contrat stipulait que les associés devaient signer un serment de confidentialité – un serment à vie. Si ce serment n'était pas tenu, le versement du prix de cette vente, qui devait s'étaler sur cinq ans, serait purement et définitivement suspendu.

— C'est si... bizarre, murmura-t-elle en secouant la tête. J'ai bien compris ? En 1985 la Meredith Waterman a été vendue, en secret, à une personne, à un unique individu. Et personne n'a eu vent de l'affaire.

— Exact.

— Mais qui est cet acheteur ? Qui serait assez fou pour se lancer dans une telle opération ?

— Quelqu'un qui voulait posséder, dans l'ombre, une grande et prestigieuse banque... pour pouvoir s'en servir comme conduit. Une façade respectable pour effectuer des paiements illicites aux quatre coins de la planète.

— Mais qui ?

Bryson esquissa un petit sourire et se mit à son tour à secouer la tête d'incrédulité :

— Un milliardaire nommé Gregson Manning.

— Gregson Manning... de Systematix ?

Bryson resta un moment silencieux.

— C'est lui qui se cache derrière la conspiration Prométhée.

Un bruit se fit entendre. Bryson se raidit : des chaussures de cuir grinçant sur le sol de ciment. Il quitta des yeux les fichiers étalés sur une petite table devant eux et releva la tête ; l'homme était grand, solide, vêtu de l'uniforme bleu des vigiles. Il les regardait d'un air hostile :

— Hé ! A quoi vous jouez vous deux ? Vous êtes censés réparer les ordinateurs ? Qu'est-ce que vous trafiquez ?

XXX

Ils étaient bien loin des consoles d'ordinateurs ; le serveur informatique se trouvait à l'autre bout de la pièce. Une boîte d'archives, clairement étiquetée, était ouverte devant eux ; les quatorze contrats de cessions de parts étalés en éventail sur la table.

— Vous en avez mis du temps ! aboya Bryson. Cela fait une demi-heure que j'appelle la sécurité !

L'œil noir, le vigile les regarda d'un air suspicieux. Sa radio crachotait en sourdine à sa ceinture.

— Qu'est-ce que vous racontez ? Je n'ai reçu aucun appel.

Elena se leva et agita sous son nez son porte-papiers...

— Sans le contrat de maintenance, on ne peut rien faire ! Il est censé se trouver à la même place à chaque fois ! On a autre chose à faire que de le chercher aux quatre coins de la pièce ! Vous imaginez combien de données vont être perdues ? – elle marchait de long en large, tendant un index chargé de reproche vers la poitrine du vigile.

Bryson observa son manège, impressionné par ses talents d'actrice ; il entra dans son jeu.

— La sécurité devait avoir fermé le système, lança-t-il en secouant la tête de dépit et se levant à son tour.

— Hé, tout doux... protesta le garde en se carrant devant Elena. Je ne sais pas de quoi vous parlez et...

Les bras de Bryson jaillirent avec la vélocité d'un cobra, la main gauche empoignant l'homme à la gorge, la droite frappant de la tranche le plexus brachial à la base du cou. Le vigile s'effondra, inerte, dans les bras de Bryson. Il déposa le garde inconscient au sol, et le tira à l'abri des regards entre deux rayonnages d'archives. Il resterait KO pendant au moins une demi-heure.

*

Sitôt qu'ils eurent quitté la banque par la porte de service, ils coururent jusqu'à leur voiture, garée au coin de la rue. Sous le choc, ils roulèrent plusieurs centaines de mètres avant de pouvoir échanger une parole. Ils s'arrangeraient de la fatigue... A moins de pouvoir faire une pause pour dormir un peu, la caféine et l'adrénaline les aideraient à tenir le coup.

Il était trois heures et demie du matin, les rues étaient noires et désertes dans Lower Manhattan. Une fois arrivé aux environs de South Street Seaport, Bryson trouva une petite rue tranquille où se garer.

— C'est incroyable... articula-t-il. L'un des hommes les plus riches du pays – et même du monde – associé à l'une des figures du monde politique les plus respectées. « Le dernier homme honnête de Washington » quelque chose dans ce goût-là... Un pacte scellé depuis des années, dans le secret absolu. Manning et Lanchester ne sont jamais apparus ensemble en public, leurs noms n'ont jamais été cités dans la même phrase ; personne ne soupçonnerait le lien qui les unit.

— Il fallait sauver les apparences.

— C'était crucial, même. Pour tout un tas de raisons. Manning tenait à préserver la réputation immaculée de la Meredith Waterman ; elle lui était très utile ainsi... un joyau du Wall Street des temps bénis qu'il pouvait utiliser en secret pour acheter des chefs politiques. Une fois qu'il a eu cette couverture idéale, le camouflage de la respectabilité, il a pu, tout à son aise, verser des pots-de-vin et autres gratifications aux membres du Parlement britannique, du Congrès américain, et sans doute aussi de la Douma russe, de l'Assemblée nationale en France... Et grâce à la Meredith, il pouvait également acquérir d'autres banques, d'autres sociétés, sans que son nom apparaisse. Par exemple, la Washington Bank où la plupart des représentants et des sénateurs ont leurs comptes. Tout est là... soit la corruption, soit le chantage, en menaçant de divulguer des informations très personnelles...

— Et bien entendu, la Maison-Blanche n'y échappe pas, ajouta-t-elle. Via Lanchester.

— Manning a ainsi une grande influence sur la politique étrangère des Etats-Unis. C'est la raison pour laquelle il était vital que personne ne sache comment Manning avait racheté la Meredith. La réputation de Richard Lanchester devait rester intacte. Si on apprenait qu'il avait fait couler le plus vieil établissement financier d'Amérique, sa carrière était fichue. Au lieu de ça, il a pu entretenir sa légende de génie de la finance. Un homme brillant mais pétri de principes qui a fait fortune à Wall Street, qui est devenu si riche que plus personne ne peut le corrompre et qui a tout abandonné pour œuvrer pour le bien de son pays... Un homme au service de la nation. Comment l'Amérique pouvait-elle ne pas se sentir grandie d'avoir un homme tel que lui à côté du président ?

Il y eut un silence.

— Je me demande si c'est Manning qui a envoyé Lanchester à la Maison-Blanche ? Cela faisait peut-être partie du marché, une clause du rachat de la Meredith ?

— C'est une hypothèse intéressante. Mais il faut se souvenir que Lanchester connaissait Malcolm Davis bien avant qu'il se présente à l'élection présidentielle.

— Lanchester a été l'un de ses plus généreux supporters, je crois ? En politique, l'argent achète facilement les amitiés. Et puis c'est lui qui a tenu à organiser la campagne de Davis.

— Sans doute Manning a-t-il joué un rôle là aussi, en pavant d'or le chemin de Davis, en levant des fonds chez ses employés, ses amis, ses associés, et Dieu sait où encore... Il s'agissait de faire de Lanchester un personnage précieux, incontournable. C'est ainsi que ce type, qui avait apporté la ruine, dont l'ascension illustre risquait de se terminer en débâcle, s'est retrouvé au tout premier plan de la scène politique internationale. Une supernova lancée dans le ciel américain.

— Et il doit tout ça à Manning... Nous n'avons vraiment aucun moyen d'approcher le grand homme ?

Bryson secoua la tête.

— Mais tu connais Lanchester... insista-t-elle. Tu l'as rencontré à Genève. Il acceptera de te recevoir.

— Plus maintenant. Il en sait suffisamment sur mon compte, aujourd'hui... assez pour savoir que je représente une menace pour lui. Il n'acceptera jamais de me rencontrer.

— Sauf si tu rends cette menace plus explicite. Si tu *exiges* une rencontre.

— Pour faire quoi ? Pour accomplir quoi ? Non, une approche directe est une méthode trop grossière. A mon avis, il vaut mieux passer par Harry Dunne.

— Dunne ?

— Je connais son tempérament. Il me laissera venir à lui. Il sait ce que je sais. Il sera obligé de me recevoir.

— Ce n'est pas si évident, Nicholas. Il n'est peut-être plus en état de rencontrer qui que ce soit...

— Comment ça ?

— Le numéro de téléphone que j'ai récupéré à la maison de retraite ; il provient d'une ville nommée Franklin, en Pennsylvanie. C'est le numéro d'une petite clinique privée. Harry Dunne est peut-être parti se cacher... mais il est aussi en train de mourir.

*

Il n'y avait aucun vol direct pour Franklin ; le moyen de transport le plus rapide était la route. Elena comme Bryson étaient toutefois à bout de forces ; ils devaient absolument dormir, ne serait-ce que quelques heures. Il fallait rester alerte : le bout du tunnel était encore loin, Bryson le savait...

S'accorder trois ou quatre heures de sommeil, cependant, lui fit plus de mal que de bien. Il se réveilla groggy – ils avaient déniché un hôtel à une demi-heure de Manhattan qui semblait suffisamment discret. Dans la pièce, résonnait le pianotis d'un clavier d'ordinateur...

Elena semblait en forme ; elle s'était douchée et s'activait devant son ordinateur portable, connecté à la prise téléphone de la chambre.

Elle lui parla sans détourner les yeux de son écran, l'ayant entendu remuer dans le lit.

— Systematix est soit un pur exemple du capitalisme sauvage qui règne sur la planète, soit la société la plus terrifiante qui soit. Tout dépend du point de vue où l'on se place.

Bryson s'assit.

— Il me faut un café...

Elena désigna un gobelet sur la table de nuit.

— Je t'en ai rapporté un il y a une heure. Il doit être froid maintenant.

— Merci. Même froid, c'est parfait. Tu n'as pas dormi ?

Elle secoua la tête.

— Je me suis levée au bout d'une demi-heure. J'avais trop de choses dans la tête pour pouvoir dormir.

— Tu me racontes ?

Elle se tourna vers lui.

— Si la maîtrise de l'information est le véritable pouvoir, alors Systematix est l'entité la plus puissante que la terre ait portée. Leur leitmotiv est « la maîtrise du savoir » et cela semble être le seul principe fédérateur, le seul élément qui unifie ce vaste empire.

Bryson but une gorgée. Le café était bel et bien froid.

— Mais je croyais que Systematix était une société de logiciels... la rivale de Microsoft.

— Logiciels et ordinateurs... c'est devenu une partie infime de ses véritables activités. Ils se sont extrêmement diversifiés. Nous savons déjà qu'ils possèdent la Meredith Waterman, et par son entremise, la First Washington Mutual Bancorp. Je ne peux prouver qu'ils contrôlent les banques britanniques où les membres du Parlement déposent leurs économies, mais je le suspecte fortement.

— Qu'est-ce qui te fait croire ça ? Etant donné les précautions dont s'est entouré Manning pour dissimuler son rachat de la Meredith, il doit être difficile de trouver des indices d'une mainmise sur les banques anglaises.

— Ce sont les cabinets juridiques – ceux qu'il a sous contrat à l'étranger – qui m'ont mis la puce à l'oreille... Ces sociétés, qu'elles soient à Londres, Buenos Aires ou Rome, entretiennent des liens très étroits avec certaines banques. Voilà le lien qui me manquait.

— Je suis impressionné par tes talents.

— Et via Systematix, Manning a la majorité des parts dans l'industrie de l'armement et du matériel militaire. Récemment, il a lancé une flottille de satellites en orbite basse. Mais il y a mieux encore : Systema-

tix possède également deux des trois plus grandes sociétés de crédit des
Etats-Unis.

— Des sociétés de crédit ?

— Pense à la somme d'informations que ces établissements de prêt
ont sur toi. C'est incroyable. Des renseignements les plus personnels. Et
ce n'est pas tout... Systematix contrôle également plusieurs poids lourds
de l'assurance-santé... ainsi que les sociétés qui gèrent les fichiers
clients desdites compagnies d'assurance... ainsi que les dossiers médicaux à l'usage exclusif d'ordinaire de la sécu et des hôpitaux.

— Seigneur.

— Comme je le dis, le seul point commun à toutes ces entités, ou du
moins à la plupart, c'est l'information. Et *l'accès* à cette information.
Prends une vue d'ensemble : les fichiers des compagnies d'assurance, les
dossiers médicaux, les fichiers des banques et des sociétés de crédit... A
travers tout son réseau, Systematix a accès aux renseignements les plus intimes d'environ quatre-vingt-dix pour cent de la population américaine.

— Et c'est juste Manning...

— Pardon ?

— Manning n'est qu'un membre de Prométhée. Il ne faut pas oublier
Anatoli Prichnikov, qui a le même pouvoir en Russie. Jacques Arnaud
en France. Le général Tsai en Chine... Dieu sait jusqu'où se sont immis-
cés les tentacules de la pieuvre...

— Cela fait froid dans le dos, vraiment. Pour une fille comme moi qui
a vécu dans un pays totalitaire, avec la Securitate et des informateurs
partout prêts à te dénoncer... les possibilités sont terrifiantes.

Bryson se leva, croisa les bras sur sa poitrine. Tout son corps était
tendu ; il avait la sensation désagréable que le sol se dérobait sous ses
pieds, de plonger dans un tunnel sans fin.

— Ce que Prométhée a réussi à faire à Washington... obtenir des
informations auxquelles personne n'avait accès et les divulguer ou menacer de les divulguer... il peut le faire en n'importe quel endroit de la
planète. Le credo de Systematix est peut-être l'information, mais celui
de Prométhée est le pouvoir.

— C'est vrai, articula Elena d'une voix qui semblait provenir de très
loin. Mais pour quoi faire ? Dans quel but ?

Le pouvoir va changer de main... le grand jour est imminent...

— Je ne sais pas, répondit Bryson. Espérons que lorsque nous le saurons, il ne sera pas trop tard.

*

Peu après midi, ils se garèrent dans l'allée circulaire d'un bâtiment de
brique géorgien qui avait été autrefois un hôtel particulier. Des lettres de
cuivre discrètes, rivetées sur un muret, annonçaient : FRANKLIN HOUSE.
Elena attendit dans la voiture.

Bryson portait une blouse blanche de médecin, achetée en chemin dans une boutique de fournitures médicales ; il se présenta comme un spécialiste des soins palliatifs de l'hôpital universitaire de Pittsburgh, envoyé par la famille du patient. Bryson comptait sur l'esprit de confiance qui régnait dans la plupart des établissements médicaux et ce fut le cas... personne ne lui demanda ses papiers. Bryson affichait l'air tranquille et détaché du professionnel, tout en veillant à ne pas se départir d'une certaine solennité. La famille l'avait fait contacter par l'intermédiaire d'un collègue, lui demandant de voir s'il était possible de soulager les souffrances du moribond. Avec un air grave, il tendit à l'accueil un *post-it* rose où était écrit le numéro de téléphone d'Harry Dunne.

— Ma secrétaire a oublié d'inscrire le nom du patient, expliqua Bryson. Et, comme un idiot, j'ai oublié le fax en quittant mon bureau... Vous avez une idée de qui il peut s'agir ?

La standardiste jeta un coup d'œil sur le numéro et consulta une liste de postes internes.

— Bien sûr, docteur. Il s'agit de Mr. John McDonald, chambre 322.

*

Harry Dunne ressemblait à un cadavre sous respirateur. Son visage anguleux était creusé, comme aspiré de l'intérieur. Il avait perdu presque tous ses cheveux. Sa peau était couleur cire, marbrée de brun. Ses yeux enflés. Un tube à oxygène s'enfonçait dans ses narines. Il était sous perfusion, relié à une batterie de moniteurs qui enregistraient sa respiration, son rythme cardiaque ; un assortiment de serpents verts défilait sur les écrans, leurs courses chaotiques accompagnées par des bips de différentes tonalités.

Il y avait un téléphone, ainsi qu'un fax. Mais les deux appareils étaient silencieux.

Dunne releva la tête à l'arrivée de Bryson. Malgré son air comateux, son regard était vif ; il esquissa un sourire – un sourire de zombi.

— Vous venez me tuer, Bryson ? lança Dunne avec sarcasme. Ce serait drôle ! Ils me maintiennent en vie avec leurs saloperies de machines... Font respirer le macchabée... exactement comme la CIA. Mais c'est bientôt fini tout ça.

— Vous étiez bien caché.

— C'est parce que je ne voulais pas que l'on me trouve. Je n'ai pas de famille pour me rendre visite sur mon lit de mort et je sais comment ils procèdent à Langley quand ils apprennent que vous êtes malade... Ils s'empressent de farfouiller dans vos tiroirs, fouinent dans vos dossiers, et vous éjectent de votre bureau. Comme au bon vieux temps de l'Union Soviétique : le premier qui va en vacances à Yalta retrouve, en rentrant, ses affaires sur le trottoir du Kremlin. – Il lâcha un rire d'outre-tombe qui se mua en toux. – Je couvre toujours mes arrières.

— Pendant combien de temps encore ?

La question de Bryson était volontairement cruelle, pour provoquer une réaction. Dunne le regarda un long moment avant de répondre :

— Il y a un mois et demi, on m'a trouvé un cancer du poumon avec métastases. J'ai fait un dernier tour de chimio, et même de rayons. Cette saloperie est maintenant dans mon estomac, dans mes os... même dans mes mains et mes pieds ! Vous savez qu'ils m'ont ordonné d'arrêter de fumer ? Quelle bouffonnerie ! Il feraient mieux de me fiche la paix et de me laisser continuer mon bon vieux régime à fibres, pour tout le bien que ça me fait, leurs saloperies !

— Vous m'avez bien eu ! lâcha Bryson, sans dissimuler sa colère. Je vous tire mon chapeau... vous m'avez raconté un beau mensonge sur mon passé, sur le Directorat, ses débuts, ses objectifs... Le but de tout ça était de m'utiliser comme pion ? Pour que je fasse le sale boulot ; me faire reprendre du service pour que vous puissiez apprendre ce que nous... – Bryson marqua un temps d'arrêt ; il avait dit « nous ».... *Est-ce ainsi que je me considère, que je les considère... comme une famille, une famille qui est partie en fumée en Dordogne ?* Il reprit : – ... apprendre ce que nous savions sur Prométhée ? Parce que nous étions la seule agence de renseignement qui avait réussi à voir ce qui se tramait ?

— Et qu'avez-vous appris après tout ça ? Rien. *Nada* ! – Il sourit d'un air sinistre, puis fut prit d'une nouvelle quinte de toux. – Je suis comme Moïse. Je ne verrai jamais la Terre promise. J'ai juste indiqué le chemin, c'est tout.

— La Terre promise ? Celle de qui ? De Gregson Manning ?

— Oubliez tout ça, Bryson, répliqua Dunne en fermant les yeux, un sourire torve sur ses lèvres. Inutile de vous torturer les méninges.

Bryson jeta un coup d'œil sur la poche de perfusion suspendue à la potence métallique. Il était écrit sur le plastique : Kétamine. Un puissant analgésique, mais qui avait également d'autres utilités. En quantité suffisante, il avait des effets euphorisants sur le patient, provoquant même des délires ; le Directorat, comme la CIA, avait utilisé ce produit en guise de sérum de vérité. Bryson se dirigea vers la perfusion et tourna la manette de débit.

— Qu'est-ce que vous faites ? Ne le fermez pas ! La morphine ne me fait plus rien, ils ont dû me donner un truc plus fort.

L'accroissement du flux de l'opiacé eut un effet immédiat. Dunne se mit à rougir, à transpirer à grosses gouttes.

— Vous aimeriez bien comprendre, n'est-ce pas ?

— Comprendre quoi ?

— Vous êtes au courant pour sa fille ?

— La fille de qui ?

— De Manning.

Elena avait téléchargé la biographie de Manning.

— Il avait une fille, oui... elle a été kidnappée...

— Kidnappée ? Si ce n'était que ça... Manning était divorcé, il avait cette fillette de huit ans... elle était l'être qu'il chérissait le plus au monde... – Dunne commençait à avoir du mal à articuler. – Il était à Manhattan, encore une cérémonie en son honneur... un espèce de gala de bienfaisance. Ariel, sa fillette, était dans sa suite du Plaza, avec une fille au pair... A son retour, Manning a trouvé la fille au pair assassinée ; son enfant avait disparu.

— Seigneur...

— Des petits futés voulant se faire un peu de fric... – Son élocution se détériora encore. – Il a payé la rançon... rien... ils ont emmené la fillette dans une cabane isolée... en Pennsylvanie. – Dunne fut interrompu par une nouvelle quinte. – Manning ne voulait pas se faire avoir...

Dunne ferma les yeux.

Bryson patienta. Avait-il trop forcé sur la dose ? Il se leva, rectifia le débit... Dunne rouvrit les yeux.

— Manning avait déjà un sacré empire informatique... il proposa d'aider le FBI... de les coincer... on avait des satellites mais on n'avait pas le droit de les utiliser... Décret présidentiel 1233 ou je ne sais trop quoi...

Le regard de Dunne retrouvait sa vivacité.

— Ces connards au ministère de la Justice n'aiment pas les écoutes... les portables des kidnappeurs... Tout était bloqué par la bureaucratie... par cette putain de bureaucratie. Il fallait protéger l'intimité des criminels ! Et pendant ce temps, cette fillette de huit ans était... enterrée vivante... dans un cercueil à un mètre sous terre... en train de s'asphyxier lentement...

— Quelle horreur...

— Manning ne fut plus le même après ça. C'est alors qu'il a eu l'illumination.

— L'illumination ?

Dunne secoua la tête, avec un étrange sourire aux lèvres.

Bryson se leva brusquement.

— Où est Lanchester ? demanda-t-il. On dit qu'il est en vacances sur la côte Pacifique, quelque part au nord. Ce sont des salades. Il n'est pas parti en vacances. Sûrement pas en ce moment. Où est-il ?

— Où sont-ils tous, vous voulez dire ? Tout le groupe Prométhée, toute la bande, sauf votre serviteur... A Lakeside.

— Lakeside ?

— Dans la maison de Manning. A côté de ce lac, près de Seattle. – Sa voix devenait de plus en plus faible. Ses yeux se refermèrent. – Maintenant partez, Bryson. Je ne me sens pas très bien.

— L'objectif ? insista Bryson. Le but final ?

— C'est comme si vous vouliez arrêter à mains nues un train de marchandises, répondit Dunne. – Une nouvelle quinte de toux l'arrêta pendant près d'une minute. – C'est impossible. Il est trop tard. Vous feriez mieux de vous écarter de son chemin.

Bryson entendit des pas dans le couloir ; quelqu'un approchait : un grand Noir, longiligne – un infirmier... mais son visage lui semblait familier... *Où avait-il rencontré cet homme ?*

Bryson se leva et quitta rapidement la chambre – son sixième sens l'avertissait d'un danger imminent. Il s'éloigna d'un pas pressé, un médecin débordé de travail, se rendant en retard à un autre rendez-vous.

Arrivé à l'extrémité du couloir, Bryson se retourna et vit l'infirmier noir entrer dans la chambre de Dunne. Il avait déjà vu cet homme quelque part, Bryson en était certain à présent. De qui s'agissait-il ?

Bryson s'esquiva dans une salle de repos décorée de distributeurs de boissons et de tables en Formica. Son esprit était en effervescence... Où ? Pendant quelle mission ? Dans quel pays ? Ou bien était-ce pendant sa parenthèse universitaire, ses années Jonas Barrett ?

Quelques minutes plus tard, il passa la tête dans le couloir. Pas âme qui vive. Il se dirigea vers la chambre de Dunne, espérant entrapercevoir, au passage, l'infirmier noir.

La porte était ouverte. Il risqua un coup d'œil à l'intérieur. Personne, à l'exception de Dunne, endormi.

Non, pas endormi.

Le moniteur cardiaque émettait un bip continu et monocorde. L'électrocardiogramme, d'ordinaire sinueux, était plat. Le cœur de Dunne ne battait plus. Il était mort.

Bryson se précipita dans la chambre. Le visage du directeur adjoint de la CIA était d'une pâleur de craie ; le décès ne laissait aucun doute. En se tournant vers la perfusion, il vit que la valve réglant le débit était ouverte à fond et que la poche de Kétamine était pratiquement vide.

L'infirmier avait tué son patient.

Ils avaient été surveillés depuis le début. L'« infirmier » n'en était pas un. Il avait éliminé Dunne...

Parce qu'il avait parlé ?

Bryson sortit en toute hâte de la clinique.

*

— Chef, on a un contact visuel.

La grande salle était couverte d'écrans à haute résolution, montrant des images transmises par des satellites en orbite géostationnaire. Le PC se trouvait sur un boulevard de Sunnyval, en Californie, au-dessus d'un centre de diététique. Un camouflage parfait.

Le jeune spécialiste des transmissions tendit le doigt vers le moniteur 23 A, Son supérieur, coiffé d'un casque téléphone, s'approcha de l'écran, en plissant des yeux.

— Ici, annonça le jeune homme. Une Buick verte. Les plaques minéralogiques correspondent. Le conducteur est un homme. Le passager une femme.

— La reconnaissance faciale ?

— Positive. C'est une confirmation. Ce sont bien eux.

— Quelle direction ?

— Sud.

Le chef de service hocha la tête.

— Envoyez l'équipe 27, ordonna-t-il.

*

Bryson était au volant.

Ils devaient se rendre à Seattle au plus vite, trouver l'aéroport le plus proche, prendre un vol commercial ou un avion-taxi. Lakeside... La maison de Manning sur le lac... Près de Seattle.

Le groupe Prométhée se rassemblait là-bas, au grand complet. Il ne fallait pas rater ça.

— Cet infirmier... commença Bryson.

Il s'arrêta net. Les images remontaient soudain à sa mémoire... un bunker de béton à Rock Creek Park... le chauffeur de Dunne faisant irruption, demandant à voir son patron... *Un grand Noir longiligne.* Solomon. L'homme lui tirait dessus, les yeux pleins de haine, avec une satisfaction presque sadique... Le même homme, ensuite, gisant au sol, du sang s'écoulant de ses blessures après que son patron l'eut abattu...

La révélation vint, écœurante.

— ... c'était le chauffeur de Dunne. A l'évidence, un soldat de Prométhée.

— Mais je croyais qu'il était mort, répliqua Elena. Que Dunne l'avait tué !

— C'est ce que je croyais aussi ! J'aurais dû y penser. On a tous eu recours à ce genre d'artifices... Des sacs de sang, des petites charges explosives fonctionnant sur batterie... des amorces pyrotechniques. Un tour d'illusionniste, de farces et attrapes ! Je leur avais échappé... Dunne devait trouver quelque chose pour me faire rentrer dans le rang et...

— Attends une seconde... Tu entends ça ?

Elena tendit l'oreille.

— Quoi ?

C'était bel et bien là, un bruit de pales d'hélicoptère au loin. Il n'y avait pas d'héliport dans le secteur, ni aucune aire d'atterrissage privée.

— C'est un hélico, mais un modèle sophistiqué, très silencieux. Il doit être juste au-dessus de nous. Tu as un miroir dans ton sac ?

— Bien sûr.

— Sors-le et scrute le ciel par réflexion. Fais ça discrètement, l'air de rien, comme si tu te remaquillais.

— Tu penses qu'on nous suit ?

— Depuis plusieurs minutes, le bruit est resté constant, ni plus fort, ni plus faible. Il est au-dessus de nous depuis plusieurs kilomètres.

Elena ouvrit son sac et sortit le miroir à la fenêtre de sa portière.

— Oui, il y a quelque chose, Nicholas. Un hélicoptère.

— Merde !

Ils venaient de passer un panneau annonçant une aire de repos dans un kilomètre. Bryson accéléra, prit la file de droite, et suivit une vieille El Dorado toute cabossée sur le parking de l'aire de repos. La caisse de la voiture était percée par la rouille, le tuyau d'échappement touchait presque le sol et le capot tenait avec de la ficelle. Il observa le conducteur. Un grand chevelu mal rasé, l'œil chassieux, sortit de l'habitacle, vêtu d'un jean grunge, un béret noir et un T-shirt Grateful Dead, sous une veste de surplus de l'armée. Encore un qui force trop sur l'herbe, songea Bryson.

— Qu'est-ce que tu veux faire ? demanda Elena.

— Lancer une parade. – Bryson ramassa quelques documents dans la boîte à gants. – Suis-moi. Prends ton sac et toutes tes affaires.

Elle lui emboîta le pas, éberluée.

— Tu vois ce type qui vient de sortir de cette épave roulante ?

— Oui, et alors ?

— Mémorise son visage.

— Il est difficile à oublier...

— Je veux que tu attendes ici, jusqu'à ce qu'il ressorte.

Bryson se dirigea vers le fast-food. Le propriétaire de l'El Dorado n'était ni dans la queue, ni à une table. *Il est soit devant les distributeurs, en train de s'acheter des cigarettes ou un soda, ou parti aux toilettes...* songea Bryson. Le type n'était pas devant les distributeurs, mais il était bien aux toilettes. Bryson reconnut les vieilles Converse de l'homme sous l'une des portes des cabines. Après avoir fini son affaire, le type se dirigea vers les lavabos. C'était une petite surprise. Bryson ne s'attendait pas à ce qu'un type comme lui se soucie d'hygiène.

Il chercha son regard dans le miroir.

— Salut, lança-t-il, vous pourriez me rendre un service ?

L'homme jeta un coup d'œil suspicieux vers Bryson, puis continua à se laver les mains sans répondre.

— Quoi ? lâcha-t-il enfin, sans relever la tête.

— Je sais que ça peut paraître bizarre, mais je voudrais que vous alliez regarder dehors pour moi, voir si ma femme est là. Je crois qu'elle m'a suivi.

— Désolé, mon pote, je suis pressé.

Il secoua ses mains, cherchant du regard un distributeur de papier.

— Je suis vraiment coincé. Je ne sais plus quoi faire, insista Bryson. Je ne vous demanderais pas ça, autrement. Je suis prêt à vous dédommager. – Il sortit une liasse de billets et prit deux billets de vingt dollars. *Pas une somme trop grosse, ce serait suspect.* – Allez juste jeter un coup d'œil. Et dites-moi si vous la voyez.

— Il n'y a pas de papier pour s'essuyer ! Je déteste ces machins à air chaud.

Il secoua de nouveau ses mains au-dessus du lavabo et prit les deux billets. T'as intérêt à ce que ce ne soit pas une embrouille... sinon tu vas le regretter.

— Parole d'honneur. Il n'y a pas d'embrouilles.

— A quoi elle ressemble ?

— Une brune, la trentaine, un chemisier rouge, une jupe marron. Très jolie. Vous ne pouvez pas la rater.

— Je garderai les biffetons même si elle n'est pas là ?

— Bien entendu. Et j'espère bien qu'elle sera partie – Bryson marqua une pause puis reprit – : revenez me raconter et je double la mise.

— Je ne sais pas à quoi tu joues, mon pote, mais fais gaffe, répliqua le type en secouant la tête.

Il quitta les toilettes, traversa l'aire des distributeurs et sortit du bâtiment. Elena se tenait à proximité, regardant à droite à gauche, l'air en colère, comme le lui avait demandé Bryson.

Une minute plus tard, le fumeur de haschish était de retour dans les toilettes.

— Ouais, elle est là. Et elle n'a pas l'air contente.

— Merde, lâcha Bryson en tendant deux autres billets de vingt dollars à son informateur. Il faut que je me débarrasse de cette salope. J'en ai ma claque ! – Il ressortit sa liasse de billets, choisissant cette fois des coupures de cent dollars. Il en compta vingt et les tendit en éventail en direction de l'homme. – Elle n'arrête pas de me suivre... ma vie est un cauchemar.

Le type regarda les billets avec avidité :

— Je ne veux rien faire d'illégal, annonça-t-il, avec méfiance. Je ne veux pas avoir d'ennuis...

— Non, non... rien de tout ça... vous n'y êtes pas du tout.

Une autre personne entra dans les toilettes et jeta un regard furtif vers les deux hommes avant de se diriger vers les urinoirs. Bryson resta silencieux jusqu'à ce que l'intrus ait quitté les lieux.

— Votre voiture, c'est bien l'El Dorado, demanda Bryson.

— Oui. Un tas de boue... Et alors ?

— Vendez-la-moi. Je vous en donne deux mille dollars.

— Pas question. J'ai mis deux mille cinq cents dollars dedans, avec les nouveaux amortisseurs.

— Alors disons trois mille – Bryson tendit les clés de la Buick – et vous pouvez prendre la mienne.

— Ça sent le coup fourré...

— N'ayez aucune crainte.

— Hé, c'est une voiture de location, s'exclama-t-il en voyant le porte-clés Hertz.

— Bien sûr. Je ne suis pas complètement idiot. C'est juste quatre roues pour vous emmener où vous voulez. C'est déjà payé ; vous pouvez la lâcher n'importe où, je me charge de tout.

L'homme réfléchit un moment.

— Je ne veux pas te voir rappliquer en disant que ma bagnole est merdique et tout ça. Je t'aurai prévenu. Elle a deux cent mille kilomètres au compteur.

— Soyez rassuré. Je ne vous connais pas, je ne sais même pas votre nom. Vous ne me reverrez plus jamais. Tout ce qu'il me faut, c'est votre voiture pour échapper à ma femme. C'est tout ce qui compte.

— Mais si c'est aussi important... ça vaut bien cinq cents de plus, non ?

— D'accord, d'accord... répliqua Bryson avec une fausse irritation.

— J'ai des affaires à récupérer...

— Allez les chercher et revenez ici.

L'homme retourna à sa voiture, sortit du coffre un grand sac kaki et y jeta ses effets personnels – quelques vieux vêtements, des journaux, des livres, un walkman, et une paire d'écouteurs cassés – puis revint dans les toilettes.

— Je vous donne cent dollars de plus pour votre béret et votre veste. – Bryson retira son blazer élégant et le tendit à l'homme. – Prenez ma veste. Inutile de vous dire que vous gagnez au change. En plus, vous vendez votre voiture trois fois son prix.

— C'est une bonne voiture, répliqua-t-il d'un air renfrogné.

Bryson lui tendit le billet de cent dollars, puis un second.

— Attendez que je sois sorti du parking pour partir, d'accord ?

L'homme haussa les épaules

— Ça marche.

Bryson prit les clés de l'El Dorado et serra la main de l'homme.

L'ex-propriétaire de la voiture attendit derrière les baies vitrées, à côté des distributeurs. Il vit sa vieille El Dorado quitter lentement le parking, puis s'arrêter devant le bâtiment. La portière passager s'ouvrit ; la jolie brune au chemisier rouge courut vers la voiture et monta à bord. Quelques instants plus tard, ils avaient disparu.

Encore des tordus, songea-t-il en secouant la tête d'incrédulité. *C'est pas croyable ce qu'il peut y avoir comme dingues de nos jours.*

*

L'hélicoptère Bell 300 était en vol stationnaire à l'aplomb de l'aire de repos.

— J'ai un contact visuel direct, annonça le guetteur dans son micro.

Il était installé sur le siège passager, les yeux rivés sur une paire de jumelles, regardant l'homme en blazer bleu monter dans la Buick dernier modèle.

— Bien reçu, répliqua la voix. On va le suivre par satellite. Redonnez-moi son numéro de plaque.

Le guetteur zooma sur la Buick jusqu'à pouvoir lire les numéros.

— Faut voir comment il conduit, lança-t-il. A mon avis, il en a profité pour s'envoyer un verre ou deux. Pas étonnant qu'il ait mis autant de temps.

La voix grésillante dans les écouteurs se fit de nouveau entendre.

— Vous avez un CVD avec la femme ?

— Euh ! négatif. Il n'y a pas de femme avec lui. Il l'a peut-être laissée dans le restaurant...

*

L'homme au T-shirt Grateful Dead, dans son élégant blazer bleu, ne revenait pas de son coup de chance. D'abord il se débarrassait de sa vieille El Dorado pour trois mille cinq cents dollars, alors qu'il n'avait pas réussi à la refourguer l'année passée pour cinq cents... Et en plus, il se retrouvait au volant d'une voiture de location tous frais payés... Et pour avoir cédé sa veste kaki pourrie et son béret, et jeté un coup d'œil sur l'épouse en colère de ce pauvre type, il venait de gagner près de trois cents dollars, une somme qu'il ne gagnait pas en un mois ! Si ce dingue voulait lui donner tout cet argent pour pouvoir échapper à sa femme... et la laissait finalement remonter avec lui, ça le regardait !

Il roulait la radio à fond, à près de cent trente kilomètres-heure, lorsque soudain un gros camion apparut sur sa gauche, vint se placer à sa hauteur...

... et commença à le pousser pour le faire sortir de la route !

Qu'est-ce qu'il fait, ce con ! Le conducteur donna un coup de volant pour éviter le choc et s'arrêta sur le bas-côté. Le camion à dix-huit roues se rangea devant lui.

— Nom de Dieu ! beugla le type en sautant de voiture, levant un poing vengeur à l'intention du chauffeur. Je vais te faire la peau, connard !

Un homme descendit de la cabine, côté passager, musclé, la quarantaine, le cheveu ras. Il fit le tour de la Buick, se pencha aux fenêtres pour examiner l'intérieur, puis tapota le coffre arrière.

— Ouvre, ordonna-t-il.

— Pour qui tu te prends, le Tarzan de l'asphalte ? – Le conducteur s'arrêta net lorsqu'il vit le pistolet argenté apparaître dans la main de l'inconnu. – Oh ! merde...

— Ouvre.

Tremblant de tous ses membres, le fumeur de joints tâtonna sous le volant à la recherche de la manette d'ouverture du coffre.

— Je savais bien que j'allais me faire baiser...

L'homme à la coupe militaire inspecta le coffre, puis jeta de nouveau un coup d'œil sur la banquette arrière. Il ouvrit la portière, et tâta le gros sac de jute. Par sécurité, il tira deux balles dedans, puis deux autres balles dans les sièges avant et arrière.

Le chevelu regarda tout ça bouche bée de terreur.

Le grand tondu lui posa quelques questions pour la forme et rangea son arme.

— Va chez le coiffeur, et trouve-toi un boulot, grogna-t-il avant de remonter dans le camion.

*

— Qu'est-ce qui s'est passé ? aboya le chef de service dans le PC de Sunnyvale.

— Je... je ne sais pas trop, répondit le technicien.

— Qu'est-ce qu'il y a sur la banquette arrière ? Zoomez dessus.

— Un gros sac... un sac en toile.

— D'où est-ce que ça sort ?

— C'est la première fois que je le vois, chef.

— Repassez l'enregistrement du secteur S23-994, heure 14 h 11.

Le responsable se tourna vers le moniteur à côté de lui. Au bout de quelques instants, il aperçut l'inconnu au T-shirt noir portant le gros sac de toile traverser le parking de l'aire de repos et se diriger vers la Buick.

— C'est le même objet. Remontons et voyons d'où vient ce sac...

Il aperçurent bientôt l'homme aux longs cheveux en train de récupérer divers objets à bord d'une vieille El Dorado et de les ranger dans le sac en question.

— Merde ! OK, prenez un cliché de ce véhicule... vite, et lancez une recherche visuelle.

— C'est parti !

Trente secondes plus tard, un bip retentit ; l'El Dorado apparut sur un écran.

— Zoomez dessus !

— Le conducteur est un homme, le passager une femme, annonça le technicien. On a la confirmation visuelle. On a retrouvé nos lièvres.

*

L'El Dorado, dans un nuage de fumée noire, roulait sur la nationale.

Il est toujours là. On ne l'a pas semé, pesta Bryson intérieurement.

Un grand panneau de bois sur le côté gauche de la route annonçait CAMP CHIPPEWAH, avec un lettrage fait de branches mortes. L'entrée était une simple trouée dans la végétation, une route poussiéreuse menant à des bois.

Bryson aperçut un autre panneau, sous le premier : FERMÉ.

Les bruits des pales s'étaient rapprochés ; l'hélicoptère descendait vers eux...

Pourquoi ?

La réponse était évidente. L'endroit était suffisamment désert. L'appareil se mettait en position pour l'assaut.

Bryson donna un coup de volant et s'engagea sur la petite route. Tout au bout devait se trouver une zone boisée.

— Nicholas ? Qu'est-ce que tu fais ?

— Les frondaisons devraient nous aider à leur fausser compagnie, expliqua Bryson. On arrivera peut-être à échapper à l'hélico.

— On ne l'a donc pas semé sur l'aire de repos ?

— Juste quelques minutes.

— Il ne fait pas que nous suivre, n'est-ce pas ?

— Non, chérie. Je crois qu'ils ont d'autres projets pour nous...

Le bruit continu lui apprit que l'appareil les avait vus quitter la nationale et les avait suivis. La piste menait à une clairière, puis se transformait en chemin, apparemment non carrossable. Bryson conduisait pied au plancher. La voiture n'était pas équipée pour ce type de terrain ; le bas de caisse frottait régulièrement sur les cailloux, les branches d'arbres griffaient les deux flancs du véhicule.

Soudain, l'hélicoptère surgit devant eux, amorçant sa descente dans la clairière. Ils fonçaient droit dessus. Bryson écrasa les freins, la voiture fit des embardées, heurtant les arbres de part et d'autre de la route. Elena poussa un cri par réflexe, s'accrochant au tableau de bord.

Impossible de faire demi-tour. Il n'y a pas la place pour manœuvrer !

Au moment où la voiture abordait la clairière, parsemée de cabanes de rondins – le camp Chippewah ! – l'hélicoptère s'était immobilisé à cinq mètres au-dessus du sol, le nez incliné vers eux.

— Tire ! cria Elena.

— C'est inutile. L'appareil est blindé et je suis trop loin de toute façon.

Il jeta un coup d'œil sur l'hélicoptère, cherchant à repérer la tourelle d'une mitrailleuse, mais au lieu de ça, il aperçut un lance-roquettes. Il donna un grand coup de volant pour ne pas percuter une cabane, et la contourna de justesse.

Soudain, il y eut une violente explosion. La cabane de rondins était devenue une boule de feu. Des missiles incendiaires !

Elena cria de nouveau.

— Il nous tire dessus ! Ils veulent nous tuer !

Tous ses sens en éveil, Bryson vit l'hélicoptère, à la périphérie de son champ de vision, pivoter vers eux. Il vira brutalement sur la droite, la voiture partit en dérapage dans un nuage de poussière.

Une autre déflagration ! A un mètre de la voiture, une autre cabane transformée en brasier.

Concentre-toi ! Ne te laisse pas distraire !

Il faut sortir de cette souricière ! Mais comment ? Quitter la clairère, ne plus être à leur portée.

Bryson ne savait que faire. *Il n'y a nulle part où aller ! Rien n'arrête un missile !*

Seigneur ! Un missile le frôla de si près qu'il sentit son souffle soulever la capote ; un grand chêne explosa derrière eux. Ils étaient cernés par les flammes... les cabanes, l'herbe, les arbres, le feu était partout !

— Nom de Dieu, lâcha-t-il tout haut.

Il était au bord de la panique, submergé de terreur devant son impuissance... C'était de la folie, la folie des enfers.

C'est alors qu'il aperçut un pont. A l'autre bout de la clairière en flammes, un chemin descendait vers une rivière verte et boueuse ; un pont de bois vermoulu l'enjambait, presque une ruine. Il écrasa l'accélérateur et fonça vers le cours d'eau.

— Qu'est-ce que tu fais ? cria Elena. Le pont ne tiendra pas ! Il n'est pas fait pour les voitures !

Quelques arbres se transformèrent soudain en piliers de flammes juste devant eux, un autre missile ayant manqué de peu sa cible. Ils fondirent vers le brasier. Pendant une seconde ou deux, ils se retrouvèrent dans un enfer orange et blanc, les flammes léchant les vitres, occultant la vue, puis ils ressortirent de l'autre côté. Devant eux, le pont branlant, jeté au-dessus du flot boueux.

— Non, hurla Elena. Il ne tiendra pas !

— Descends ta vitre, vite ! cria Bryson en faisant de même. Et gonfle tes poumons !

— Quoi ?

Le bruit de l'hélicoptère se rapprochait ; une pulsation presque inaudible dans le brouaha ambiant, mais qu'il ressentait dans tout son corps.

Il accéléra encore ; la voiture traversa le parapet de bois et bondit dans le vide.

— Non ! Nicholas !

La voiture parut s'immobiliser dans les airs, comme si le temps s'était arrêté, un instant qui sembla ne pas avoir de fin, puis l'avant s'inclina vers la rivière et ce fut la chute vertigineuse. Bryson poussa un cri, se cramponnant au volant et au tableau de bord, Elena, agrippée à lui, hurlant aussi de terreur.

Le choc fut énorme. L'El Dorado plongea en piqué dans la rivière. Avant d'être entièrement submergé par les eaux opaques, Bryson entendit une explosion ; il se retourna... le pont s'écroulait dans une pluie de chevrons en flammes.

Leur monde devint noir, et boueux ; la voiture coula, l'eau brune s'engouffrait par les fenêtres, inondant l'habitacle. Bryson ne voyait pas à cinquante centimètres. Retenant son souffle, il déboucla sa ceinture de sécurité et aida Elena à dégrafer la sienne, puis il sortit de la voiture, se frayant un chemin dans les ombres glauques. La tirant derrière lui, il nagea sous la surface, profitant du courant, jusqu'à ce qu'il ne puisse plus retenir sa respiration ; ils firent surface au milieu des herbes et les roseaux.

— Ne te redresse pas, annonça-t-il à Elena, hors d'haleine.

Ils étaient environnés par de grands roseaux qui leur bouchaient la vue. Bryson entendait l'hélicoptère, tout près, sans pouvoir le voir... Il pointa son doigt vers l'eau. Elena acquiesça, emplit ses poumons d'air et ils plongèrent de nouveau sous la surface.

L'instinct de survie décuple les forces... il les incitait à nager et nager encore, à tenir, ne pas lâcher prise, pendant un temps bien plus long qu'ils n'en auraient été capables d'ordinaire. Lorsqu'ils refirent enfin surface, toujours au milieu des roseaux, le rugissement de l'hélicoptère avait perdu en intensité. Bryson leva les yeux et scruta le ciel ; l'appareil avait repris de l'altitude, sans doute pour avoir un meilleur poste d'observation sur le secteur.

Parfait. Ils ignorent si nous sommes encore pris au piège dans la voiture ou si nous avons pu nous échapper. Ils ne savent pas où nous chercher...

— On y retourne, lança Bryson.

Ils gonflèrent leurs poumons au maximum, puis plongèrent. Une sorte de rythme s'imposa de lui-même. Ils nageaient, se laissant porter par le courant, et lorsqu'ils frôlaient la syncope, ils remontaient à la surface, cherchant le couvert de la végétation.

Ils firent ainsi des longueurs interminables. Au bout d'une demi-heure d'efforts, Bryson s'aperçut que l'hélicoptère avait disparu. Il n'y avait plus de forme de vie à observer. Ayant perdu la trace de leur gibier, les chasseurs s'étaient retirés, espérant qu'ils étaient morts dans l'accident.

Elena et Bryson atteignirent un coude de la rivière avec un banc de sable. Ils purent enfin se tenir debout et reprendre souffle. Elena secoua ses cheveux trempés et poisseux, toussa à plusieurs reprises avant de pouvoir respirer de nouveau normalement. Leurs visages étaient couverts de boue ; Bryson ne put s'empêcher de rire, davantage par soulagement que par réel amusement.

— C'était à ça que ressemblait ta vie ? lança-t-elle en faisant allusion à ses années de services comme agent. – Elle toussa de nouveau. – Tu n'es pas dépaysé comme ça !

Il esquissa un sourire.

— Et encore, ce n'est rien. Tu n'as pas plongé dans les eaux des canaux d'Amsterdam. Trois mètres de profondeur. Un tiers de vase et de boue. Un tiers de bicyclettes, rouillées et tranchantes comme des rasoirs. Ça fait un mal de chien quand on se cogne dedans ! Et tu pues pendant une semaine ! Par comparaison, ce soir, c'était un bain dans une claire fontaine.

Ils grimpèrent sur la berge, leurs vêtements dégoulinant. Un vent froid soufflait, agitant les roseaux, et les glaçant jusqu'aux os. Elena se mit à claquer des dents. Bryson la serra contre lui, tentant de la réchauffer.

A un kilomètre du camp de cabanes se trouvait un bar-restaurant. Frigorifiés, couverts de boue, ils firent leur entrée dans l'établissement et commandèrent deux grands cafés. Ils bavardaient en sourdine, ignorant les regards curieux que leur jetaient le serveur et les autres clients.

Une télévision dans un coin diffusait une sitcom; le serveur pointa la télécommande et passa sur CNN.

Le visage patriarcal de Richard Lanchester apparut sur l'écran, un cliché d'archives, pris lors de ses nombreuses apparitions au Congrès. La voix du commentateur se fit entendre : « ... bruit court qu'il serait nommé à la tête de la nouvelle agence internationale de sécurité. Les réactions à Washington sont unanimement favorables. Richard Lanchester, qui prend de courtes vacances sur la côte Pacifique, ne peut nous donner son sentiment sur cette nomination... »

Elena se figea.

— C'est fait, souffla-t-elle. Ils n'ont même plus besoin de se cacher. Seigneur, que cherchent-ils ? Qu'est-ce qui se trame derrière tout ça ?

Deux heures plus tard, ils louaient un avion privé pour Seattle.

Ni l'un ni l'autre ne dormirent; ils ne cessaient de parler, d'échanger des idées, poussés par un sentiment d'urgence. Ils mettaient au point leur plan d'attaque, discutaient stratégie... mais ils n'osaient formuler à haute voix ce que l'un comme l'autre redoutait le plus; Harry Dunne avait raison : *il était trop tard.*

XXXI

La suite qu'ils occupaient au Four Seasons Olympic Hotel, à Seattle, situé à proximité de l'autoroute 5 et très fréquenté, leur paraissait bien choisie pour ne pas se faire remarquer. Ils l'avaient transformée en un véritable PC, jonché de cartes, de matériel informatique, de câbles et d'imprimantes.

La tension y était presque palpable. Ils avaient trouvé le centre névralgique de cette organisation de l'ombre baptisée Prométhée, un lieu où se tenait, ce soir-là, une rencontre au sommet. Harry Dunne avait dit vrai, tous les gros bonnets étaient là; les loueurs de limousines en ville n'avaient plus aucun véhicule disponible : il y avait un important « service » ce soir, qui exigeait un grand nombre de voitures. La plupart des loueurs se montraient discrets, mais l'un d'entre eux ne put s'empêcher de lâcher le nom de l'organisateur de la soirée : Gregson Manning. Les vols se succédaient toute la journée à l'aéroport Seattle-Tacoma, les voitures pour VIP s'alignaient, plusieurs d'entre elles protégées d'escortes armées, venant prendre l'invité à sa descente d'avion. Mais aucun nom n'était donné – confidentialité maximale.

Il en était de même pour le secret qui paraissait entourer la vie et la carrière de Gregson Manning. On avait l'impression de lire et relire dans les journaux les deux ou trois mêmes documents bibliographiques donnés en aumône par le service des relations publiques du magnat... on avait beaucoup écrit sur l'homme mais personne ne savait grand-chose.

Bryson et Elena en apprirent davantage sur sa fameuse résidence au bord d'un lac. La construction de cette forteresse électronique, la « maison intelligente », comme on l'appelait, avait duré des années, une entreprise largement couverte par la presse, suivant une savante stratégie de communication... Après avoir essayé en vain de refouler les reporters, Manning avait finalement décidé de leur ouvrir grandes les portes, pour mieux diriger leurs articles : un coup de maître. La maison était décrite en termes grandiloquents dans des guides de voyages, faisait l'objet de reportages détaillés dans *Architectural Digest* ou *Maison & Jardin*, comme dans le *New York Times Magazine* et le *Wall Stret Journal*.

Plusieurs de ces articles étaient illustrés de photos, parfois même de plans rudimentaires, évidemment incomplets, mais qui permirent à Elena et Bryson d'avoir une idée de la disposition générale des lieux et de la fonction de la plupart des pièces. La forteresse « futuriste » de cent millions de dollars était retranchée si profondément dans le flanc de la colline que la plus grande partie en était souterraine. Une piscine intérieure avait été créée, ainsi qu'un court de tennis et un cinéma « Art déco » parfaitement imité. Il y avait également des salles de réunion et une pléthore d'installations sportives – salle de gymnastique avec trampoline, piste de bowling, stand de tir, terrain de basket et un green de golf. Le gazon entourant la maison descendait jusqu'au bord du lac – détail qui avait son importance pour Bryson. Un ponton, pouvant accueillir deux bateaux, avait été construit sur le rivage. Un parking géant de béton et d'acier était enfoui sous la pelouse centrale.

Mais le plus remarquable, aux yeux de Bryson, c'était que la maison était entièrement automatisée : tout l'appareillage électronique, tous les dispositifs étaient interconnectés et commandés, localement ou à distance, à partir du siège de Systematix à Seattle. La maison était programmée pour satisfaire les moindres besoins de l'hôte et de ses invités. Chaque visiteur recevait un badge électronique où étaient enregistrés ses désirs, ses goûts et ses préférences, qu'il s'agisse d'art pictural ou de musique, de lumière ou de température. Des signaux émis par le badge étaient reçus par des centaines de capteurs. Où que les visiteurs aillent dans la maison, les lumières s'éteindraient ou brilleraient selon leurs désirs, la température se réglerait, leur musique favorite serait diffusée par un jeu d'enceintes invisibles. Des écrans vidéo, encastrés dans les murs et simulant des tableaux encadrés, diffusaient constamment des images tirées des quelque vingt millions de tableaux ou objets d'art dont Manning avait patiemment acquis les droits. Ainsi, les visiteurs pourraient ne contempler sur les murs que les œuvres qu'ils aimaient, icônes russes ou peintures de Van Gogh, Picasso, Monet, Kandinsky, Vermeer... La résolution des écrans vidéo était si fine que les hôtes croyaient admirer les œuvres originales.

En revanche, ce public ne savait pas grand-chose du système de sécurité protégeant le Xanadu « high-tech » de Gregson Manning. Tout ce que Bryson put apprendre fut que le dispositif était très puissant, que des caméras étaient cachées partout, même dans l'épaisseur des murs de pierre, et que les badges électroniques des visiteurs et du personnel ne se contentaient pas de programmer la musique et l'éclairage de leurs souhaits, mais retransmettaient au poste de contrôle le moindre de leurs déplacements intra-muros avec une précision de dix centimètres. L'ensemble du système était commandé depuis le siège de Systematix ; on prétendait l'endroit mieux gardé que la Maison-Blanche. *Pas étonnant*, songea Bryson avec cynisme, *puisque Manning a plus de pouvoir que le président !*

— Ce serait bien utile d'avoir les plans de construction de la maison, annonça Bryson, après avoir parcouru avec Elena les piles d'articles photocopiés à la bibliothèque de Seattle ou téléchargés sur Internet.

— Mais comment faire ?

— Ils devraient être conservés à l'hôtel de ville, il y en a sept tiroirs pleins, sous clé. Mais je suis à peu près sûr qu'ils ont été « perdus ». Les gens comme Manning s'arrangent en général pour que les documents « sensibles » s'égarent. Et comble de malchance, l'architecte vit à Scottsdale. Il a sans doute encore les plans originaux... mais on n'a pas le temps de prendre un avion pour l'Arizona. Il nous faut donc employer les grands moyens.

— Nicholas, dit Elena en le regardant avec inquiétude, que vas-tu faire ?

— Il faut que j'entre. C'est là qu'est le siège du complot ; la seule façon de l'arrêter, c'est d'aller sur place et de se rendre compte.

— Comment ça ?

— Voir ce qui se passe, identifier les membres – ceux dont nous ignorons les noms. Prendre des photos, enregistrer des preuves en vidéo. Tout dévoiler au grand jour. C'est le seul moyen.

— Mais, Nicholas, c'est comme si tu voulais pénétrer dans Fort Knox...

— C'est, d'une certaine manière, plus facile et plus difficile...

— Et plus dangereux...

— Oui. Plus dangereux. Surtout sans l'appui logistique du Directorat. Nous sommes tout seuls.

— Il faudrait joindre Ted Waller.

— Je n'ai aucun moyen de l'avertir ; je ne sais même pas où il est...

— S'il est toujours vivant, il va bien finir par nous contacter.

— Il sait comment faire. Les appels téléphoniques sont reçus par des répondeurs, les messages codés sont enregistrés et transmis à leur destinataire. Je vérifie régulièrement mais il n'a pas encore refait suface. Ted n'a pas son pareil pour disparaître sans laisser de traces.

— Mais pénétrer chez Manning par tes propres moyens, c'est de la folie...

— Ce sera difficile. Mais avec ton aide, et ton expérience en informatique, on a peut-être une chance. Un des articles mentionnait que le système de sécurité pouvait être commandé depuis le siège de Systematix.

— Je ne vois pas en quoi cela nous arrange. Il est probable que Systematix est encore mieux protégé que la résidence de Manning.

— Certes. Mais le point vulnérable pourrait être la jonction entre les deux. A ton avis, comment la maison est-elle connectée à la société ?

— Ils ont dû opter pour la méthode la plus sûre.

— Qui est ?

— Un câble à fibres optiques. Enterré dans le sol, reliant physiquement les deux lieux.

— On peut pirater des fibres optiques ?

Elle leva brusquement les yeux, puis un léger sourire se dessina sur son visage.

— Presque tout le monde croit que c'est impossible.

— Et toi ?

— Moi, je sais que c'est possible.

— Qu'est-ce qui te fait penser ça ?

— Nous l'avons déjà fait. Il y a quelques années, le Directorat a mis au point plusieurs techniques astucieuses.

— Tu pourrais le faire ?

— Bien sûr. Il faut se procurer un peu de matériel, mais on trouve tout ça dans n'importe quel magasin d'informatique.

Bryson l'embrassa.

— Formidable. Je dois acheter quelques accessoires et aller repérer les abords de la propriété. Mais il faut d'abord que j'appelle la Californie.

— Qui ça en Californie ?

— Une société à Palo Alto avec qui j'ai été en rapport autrefois, sous un nom de couverture. Fondée par un émigré russe, Victor Chevtchenko, un génie en optique. Il est sous contrat avec le Pentagone mais cela ne l'empêchait pas de vendre au marché noir pas mal de matériel classé secret défense... C'est ainsi que j'ai fait sa connaissance, au cours d'un grand coup de filet organisé par le Directorat. Je l'ai laissé tranquille, je n'ai pas fait de rapport sur ses activités... libre, il pouvait nous conduire à du plus gros gibier... Il m'a été très reconnaissant de mon indulgence... le moment est venu de me renvoyer l'ascenseur. Victor est l'une des très rares personnes à pouvoir me fournir l'appareil dont j'ai besoin. Si j'arrive à le contacter maintenant, il aura tout juste le temps de me l'expédier par avion pour ce soir.

*

Bryson consacra l'heure qui suivit à surveiller la maison de Manning, muni d'une paire de jumelles, discrètes mais très puissantes ; il s'était posté à la lisière de la forêt qui jouxtait le domaine, à l'abri des regards ; la propriété occupait environ trois hectares en bordure du lac.

La sécurité, dans la mesure où Bryson put en juger, était extrêmement sophistiquée. Une clôture métallique haute de deux mètres cinquante défendait l'accès, bardée de détecteurs à fibres optiques. Impossible d'escalader le treillis, ou de sectionner les mailles. Le bas de la clôture était noyé dans le ciment, interdisant le creusement d'un tunnel pour franchir l'obstacle par le dessous. Un système de capteurs de pression était enterré à une faible profondeur, pouvant détecter la présence d'un intrus ; la pression exercée par les pieds sur les capteurs modifiait le flux lumineux et déclenchait l'alarme. De plus, tout le périmètre était gardé par des caméras de surveillance placées sur des poteaux le long de la clôture. Il n'était pas question d'entrer par ce chemin.

Mais tout système de sécurité avait ses points faibles.

En premier lieu, il y avait la forêt adjacente à la propriété, dans laquelle il se trouvait. Puis, il y avait le lac, qui lui semblait offrir la meilleure voie d'approche... Bryson retourna à sa Jeep de location, cachée parmi les arbres, loin de la route la plus proche. Sur le chemin du retour, il croisa une fourgonnette blanche qui entra dans la propriété de Manning. Sur les flancs, il était écrit : Réceptions et Repas de Fêtes. Sans doute le service de traiteur pour les festivités du soir. Bryson jeta un coup d'œil sur les passagers de la fourgonnette.

Une autre possibilité lui était venue à l'esprit.

*

Il avait tant de courses à faire et si peu de temps devant lui... Bryson trouva facilement un magasin d'articles de sport spécialisé dans l'escalade – rien d'étonnant dans cette capitale de la côte Pacifique adossée aux montagnes. Par chance, il s'agissait d'une grande boutique, vendant également des articles de chasse... cela lui évita de chercher une armurerie dans toute la ville. Mais il lui fallut se rendre dans un autre magasin pour acheter du matériel de plongée... Il dénicha dans les pages jaunes l'adresse d'un fournisseur de matériel industriel de sécurité, qui avait pour clients des entreprises de construction, des sociétés de pose de lignes téléphoniques, de laveurs de vitres, etc. Il y trouva exactement ce dont il avait besoin : un treuil électrique portable, fonctionnant sur batterie, silencieux, monté dans un carter léger en aluminium, avec un câble de sécurité à retour automatique – près de soixante-dix mètres de câble d'acier galvanisé, un système de descente télécommandée et un mécanisme de freinage centrifuge.

Un fournisseur de pièces détachées pour ascenseurs avait exactement ce qu'il cherchait... de même qu'un magasin de surplus militaires où un employé lui recommanda un stand de tir tout proche. Il acheta un 45 semi-automatique à un jeune gars qui s'entraînait, et qui partagea l'irritation de Bryson pour les maudites lois sur les armes et les délais d'attente... surtout pour un brave type comme lui qui voulait seulement aller tirer quelques cartouches dans les bois pendant un week-end de camping.

Piles et fils électriques étaient disponibles dans une simple quincaillerie... mais il s'attendait à rencontrer plus de difficultés pour dénicher un bon fournisseur de matériel de théâtre. Par chance, le Hollywood Theatrical Supply, sur North Fairview Avenue, vendait et louait tous les équipements possibles et imaginables pour le théâtre et le cinéma. Les studios d'Hollywood et les sociétés de production venaient souvent tourner sur la côte Nord-Ouest et avaient grand besoin d'un fournisseur local.

La seule pièce qui manquait encore à sa panoplie était cet appareil exotique classé secret défense. Victor Chevtchenko, l'inventeur de l'oscillateur à cathode virtuelle, s'était fait tirer l'oreille pour lui en prêter un exemplaire, mais s'était laissé convaincre lorsque Bryson lui rappela qu'il n'y avait pas prescription pour les crimes portant atteinte à la sécurité de l'Etat et qu'il pouvait toujours faire un rapport. Cet argument, appuyé par le versement de cinquante mille dollars sur un compte de l'inventeur aux îles Caïmans, acheva de conclure le marché.

Lorsque Bryson retourna au Four Seasons, Elena avait elle aussi fait ses emplettes. Elle avait même téléchargé sur son ordinateur une carte au dix-millième de la forêt bordant le domaine de Manning.

Après que Bryson lui eut raconté le fruit de ses observations, Elena demanda :

— Ce n'est pas plus simple d'entrer là-bas comme un traiteur ou, peut-être, un fleuriste ?

— Je ne crois pas. J'y ai réfléchi... à mon avis, les fleuristes sont sous escorte dès leur entrée ; ils font leur travail, et on les raccompagne jusqu'à la porte. En supposant même que je puisse entrer avec eux, il me serait impossible, ensuite, de m'esquiver, de quitter les autres, sans faire sonner le branle-bas de combat dans toute la maison.

— Mais les traiteurs ? Une fois entrés, ils restent bien tout le temps que dure la soirée...

— Les traiteurs me seront peut-être utiles, mais pas de cette manière... A en croire le peu que j'ai lu sur la paranoïa de Manning, tous les employés des services de restauration doivent avoir fait l'objet d'une enquête minutieuse ; les vigiles ont leurs photos, leurs empreintes digitales, et les laissez-passer électroniques sont sans doute faits à leur arrivée. Vouloir pénétrer dans la place déguisé en traiteur est pratiquement impossible. Jamais ils n'accepteraient de laisser entrer quelqu'un dont ils ne savent rien. J'ai donc loué un bateau ; c'est la seule façon d'arriver par le rivage.

— Mais... ensuite ? La pelouse doit être sous surveillance.

— C'est évident. Mais d'après mes observations, cela reste le point d'entrée le plus fragile. Et toi, tu as appris quelque chose sur la liaison, sur ce câble reliant la maison à Systematix ?

— Je vais avoir besoin d'une camionnette, déclara-t-elle.

*

A la sortie de Seattle, le ministère de l'Agriculture met à disposition un grand dépôt pour les véhicules de l'Office des forêts. A côté du bâtiment principal, sur un parking en plein air, étaient alignés plusieurs petits camions verts portant l'écusson du service forestier. Ils étaient laissés là, presque sans aucune surveillance.

Bryson emmena Elena dans les bois jouxtant le domaine Manning.

Elle portait une chemise et un pantalon verts achetés dans un magasin de surplus de la marine – la tenue qui se rapprochait le plus de l'uniforme des employés de l'Office des forêts.

Il leur restait quatre heures avant d'entrer en action... l'heure « H » était prévue pour vingt et une heures.

Ils marchèrent en forêt le long de la clôture délimitant la propriété, en prenant soin de rester assez loin des caméras et des détecteurs à pression. Elena cherchait le câble de fibres optiques enterré qui devait partir de la maison et traverser une petite partie de la forêt nationale.

Elle savait qu'il était là. La propriété de Manning se trouvait à environ cinq kilomètres du quartier général de Systematix, le câble assurant une communication directe entre les deux. Pendant la construction de la maison, l'entrepreneur de Manning avait envoyé une demande officielle au ministère de l'Agriculture pour avoir l'autorisation d'enfouir sur son terrain dix mètres de câble optique pour rejoindre la route. Le formulaire, qui était du domaine public et facile à obtenir en ligne, comportait un détail qui avait attiré l'attention d'Elena : l'obligation d'installer un dispositif appelé répéteur optique. C'était un boîtier qui faisait fonction d'amplificateur, afin de renforcer le signal tout au long du parcours puisqu'il y avait toujours quelques pertes sur les longues distances.

Il était facile de se brancher sur un tel relais, si on connaissait un peu la question. Elena était justement une experte...

Restait à savoir où passait la ligne...

Après quelques minutes, elle appelait l'installateur qui avait posé les kilomètres de ligne :

— Mr. Manzanelli ? Mon nom est Nadya. Je travail au Service géologique fédéral. Nous prenons des échantillons de sols pour contrôler l'acidification, et nous ne voudrions pas couper accidentellement un câble à fibres optiques...

Elle précisa la section de la forêt dans laquelle elle était censée faire ses prélèvements...

— Vous plaisantez ou quoi ! répliqua l'installateur. Vous ne vous souvenez pas du ramdam que ça a fait lorsqu'on a voulu creuser une tranchée dans votre bout de forêt ?

— Je suis désolé, Mr. Manzanelli. Je ne connais pas ce dossier et...

— Ces connards du Service des Forêts n'ont jamais voulu donner le permis. Pourtant Mr. Manning était prêt à lâcher un demi-million de dollars dans l'affaire, pour les nouvelles plantations et tout le reste... mais non ! Il a fallu poser un conduit en surface tout le long de la clôture !

— C'est effectivement bien regrettable... Je suis sûre que notre nouvelle direction aurait accédé à la requête de Mr. Manning.

— Avez-vous une idée de ce que Mr. Manning verse à l'Etat, rien qu'en impôt foncier ?

— Au moins, nous ne risquons pas de couper l'une des lignes de Mr. Manning. La prochaine fois que vous le rencontrerez, dites-lui que nous apprécions tous, au Service géologique, ce qu'il a fait pour le pays.

Elena raccrocha et se tourna vers Bryson.

— Bonne nouvelle. Nous venons de gagner trois heures de boulot !

*

Peu après seize heures, Bryson fut averti, par le service fret de la Pacific Airline, qu'un colis était arrivé à son intention à l'aéroport de Seattle-Tacoma. Mais il y avait un problème : il ne lui serait livré par camion que le lendemain matin.

— Vous vous fichez de moi ? tonna Bryson au téléphone. J'en ai besoin au laboratoire de contrôle-qualité ce soir même, j'ai un contrat de cinquante mille dollars en jeu !

Quelques minutes avant six heures, Bryson, dans sa camionnette de location, se gara devant le terminal du fret. La machine de cinq cents kilos fut chargée dans la camionnette au moyen d'un treuil, avec l'assistance de trois employés qui se confondaient en excuses.

Une heure plus tard, il pénétrait avec la camionnette dans les bois voisins de la propriété Manning, à une centaine de mètres du camion vert de l'Office des forêts. Il manœuvra et plaça l'arrière du véhicule face à la clôture métallique... assez loin pour ne pas être détecté par les caméras de sécurité. Il ouvrit le hayon et positionna l'oscillateur de façon qu'il ait dans son champ tout le complexe Manning. Les nombreux arbres alentour qui abritaient la propriété et la dissimulaient aux regards indiscrets ne nuisaient en rien au bon fonctionnement de la machine. Au contraire, c'était un camouflage idéal pour l'oscillateur du savant russe.

Il prit un sac plein de petits disques, chacun connecté à une cartouche de mise à feu qui détonerait en recevant un signal émis par radio. Il rejoignit la route à travers bois, puis, tout en longeant la clôture, hors du champ des caméras et des détecteurs, il commença à lancer les disques par-dessus la barrière, un par un, tous les cinquante mètres. Les charges étaient trop petites pour attirer l'attention. Au cas où quelqu'un surveillerait les écrans de contrôle – ce qui était peu probable puisque les caméras étaient là pour assurer une détection visuelle seulement en cas d'alerte –, le vigile ne verrait qu'une petite chose floue traverser l'écran, et penserait qu'il s'agissait de quelque brindille lâchée par un oiseau, peut-être d'un insecte. Rien qui mérite une inspection sur place.

*

A l'intérieur du fourgon vert de l'Office des forêts, Elena connectait rapidement ses appareils. Son ordinateur portable était maintenant relié au répéteur optique au moyen d'un câble de six mètres qui courait, parfaitement invisible, sous le camion, puis sous la végétation jusqu'au boîtier relais. Elle avait posé une dérivation dans un premier temps, juste pour écouter et surveiller, sans rien transmettre. Elle était venue avec tout un tas de logiciels, achetés dans le commerce ou qu'elle avait écrits pour l'occasion. Elle procédait à ce qu'on appelle un « balayage furtif » du système de sécurité, afin de savoir quel type de programme de détection s'y trouvait. Elle injecta un programme destiné à surcharger le système avec une grande quantité de données – à saturer les mémoires tampons. Elle envoya alors dans le circuit un pisteur de réseau pour déterminer l'architecture du système de sécurité et connaître les modes de communication internes.

En l'espace de quelques secondes, elle « tenait la boutique », selon l'expression consacrée des hackers. Elle n'avait jamais pratiqué de piratage informatique, mais avait depuis longtemps appris les méthodes et les astuces des hackers, à l'image d'un agent sur le terrain qui savait tout des techniques des cambrioleurs et des perceurs de coffres-forts.

Une précaution qui se révélait aujourd'hui payante. Elle était dans la place.

*

Le canot de pêche en aluminium était muni d'un moteur hors-bord Evinrude de quarante chevaux. Bryson se déplaçait rapidement sur le lac, bercé par les petites vagues. Le bruit du moteur était très faible, et emporté loin de la propriété de Manning par le vent dominant. Dès qu'il aperçut la ligne de flotteurs orange qui marquait la limite des eaux privées, devant le ponton et la grande pelouse, il réduisit la vitesse puis coupa le moteur, qui toussota et s'éteignit. Il aurait pu dépasser la ligne de flotteurs, mais Bryson supposait que Manning avait mis en place un système de sécurité quelconque pour détecter l'approche d'une embarcation étrangère.

De l'endroit où il se trouvait, il distinguait déjà la maison éclairée par des projecteurs, un assemblage de béton, s'accrochant au versant de la colline. La plus grande partie étant souterraine, la demeure paraissait plus modeste qu'elle ne l'était réellement. Bryson jeta l'ancre... mieux valait garder l'embarcation à proximité, pour le voyage du retour s'il y en avait un... Il avait dit à Elena – lui avait même juré – que son plan prévoyait une voie de repli, mais ce n'était pas vrai. Le savait-elle au fond de son être ? Soit il gagnait et restait en vie, soit il perdait et était tué. Il n'y avait pas de moyen terme.

Rapidement, il rassembla son matériel. Malgré son désir de conserver une liberté de mouvement optimale, il devait s'équiper de toutes sortes d'instruments en prévision des nombreux obstacles qui l'attendaient sur son chemin. Il aurait été trop bête de rester bloqué parce qu'il avait omis de prendre le jeu complet de passe-partout. Son gilet commando était alourdi par une collection d'armes, d'habits pliés avec soin et autres objets, tous protégés dans des sacs plastique étanches.

Il appela Elena par radio.

— Comment ça marche ?

— Bien. – Sa voix était claire et forte, pleine d'espoir. – Les yeux sont ouverts.

Elle avait réussi à pénétrer le circuit de vidéosurveillance.

— Jusqu'où voient ces yeux ? demanda Bryson.

— Il y a des zones nettes, et d'autres qui le sont moins...

— Où sont les flous ?

— Le secteur des appartements privés. Le monitoring doit être local...

Elle voulait dire que, dans la partie non publique de la maison, les caméras étaient commandées non pas depuis le siège de Systematix mais depuis un poste de contrôle intra-muros. Manning, à l'évidence, tenait à conserver un semblant d'intimité.

— C'est dommage...

— Oui. Mais il y a une bonne nouvelle. Je leur ai préparé une bonne redif !

Elle avait piraté les enregistrements de la veille des caméras vidéo et avait imaginé un système pour les réinjecter dans le réseau interne, de sorte que les moniteurs de contrôle allaient diffuser des images datant de vingt-quatre heures, à l'insu des vigiles !

— Excellent ! Mais attends la fin de la première phase. A plus ! Je reprends contact après mon bain.

Il avait choisi, pour se glisser furtivement dans la maison, une tenue noire Nomex ultra-légère. Le tissu synthétique n'offrant aucune protection thermique en milieu aqueux, Bryson avait dû enfiler une combinaison de plongée. Pour l'instant, il avait trop chaud, mais l'eau glacée du lac ne tarderait pas à le rafraîchir. Sur sa veste commando, il enfila un gilet compensateur de flottabilité, qui était relié aux bouteilles d'air comprimé. Il régla les sangles à ouverture rapide et la ceinture de lest, coiffa son masque de plongée en silicone et plaça l'embout du détendeur dans sa bouche. Après une deuxième inspection rapide de son équipement, il s'agenouilla près du bord du bateau et plongea dans l'eau, tête la première.

Il y eut un *splash !* et il se retrouva flottant à la surface du lac. Il regarda autour de lui, s'orienta et commença à dégonfler son gilet. Il se laissa couler lentement sous la surface, l'eau était froide et d'une pureté cristalline. A mesure qu'il descendait, l'eau devenait de plus en plus boueuse et opaque. Il s'arrêta pour égaliser les pressions de l'air et sentit un léger claquement dans ses oreilles. Arrivé à une vingtaine de mètres de profondeur, on ne voyait plus à trois mètres. Ce n'était guère de très bon augure ; il lui faudrait progresser lentement, avec beaucoup de précautions. Comme un cosmonaute en apesanteur, il commença à nager vers le rivage.

Il tendit l'oreille, dans la crainte d'entendre le bourdonnement caractéristique d'un sonar – mais il n'y avait que le silence... ce qui était rassurant dans un sens, mais aussi inquiétant : il y avait nécessairement un système de sécurité quelque part.

C'est alors qu'il l'aperçut.

Flottant là, à moins de trois mètres de lui, se balançant dans l'eau comme quelque prédateur marin. Un filet !

Mais non un simple filet de pêcheur. Une barrière de sécurité sous-marine high-tech. Une toile entretissée de fibres optiques, formant des panneaux sensoriels sous alarme, connectés à une centrale électronique par câble optique. Il s'agissait d'un système de détection d'une exceptionnelle sophistication, utilisé d'ordinaire pour protéger les installations de la marine militaire.

Le filet de défense était relié en surface à une série de bouées et ancré au fond du lac au moyen de poids. Impossible évidemment de le traverser, ni de le couper sans déclencher l'alarme. Il dégonfla encore son gilet de flottabilité jusqu'à toucher le fond du lac et examina le filet de plus près. Il avait installé un système analogue au Sri Lanka ; avec ce genre de dispositif, les fausses alarmes n'étaient pas rares ; le filet s'usait du fait du mouvement de l'eau, des mailles cassaient, ou encore des animaux marins, poissons ou crustacés, pouvaient se faufiler à travers, être pris au piège ou même couper les câbles... C'était loin d'être un système parfait.

Mais Bryson ne pouvait courir le risque de déclencher les sirènes. Le personnel de sécurité de Manning devait être, ce soir, en état d'alerte maximale. Ils ne négligeraient aucun signal d'alarme.

Il remarqua que sa respiration était courte, sans doute le stress. Cela se traduisit aussitôt par une sensation d'essoufflement, comme s'il ne pouvait remplir ses poumons. Une bouffée de panique l'envahit... Bryson ferma les yeux pendant un moment, s'efforça de retrouver son calme... enfin sa respiration redevint normale.

Ce filet est conçu pour interdire l'accès à des bateaux ou à des engins sous-marins, songea-t-il, non à des plongeurs ni à des nageurs.

Il se mit à genoux et examina le lest qui maintenait la base du filet. Le fond du lac était fait de vase, un sédiment mou et boueux qui cédait à la moindre pression. Il y enfonça la main et se mit à creuser avec les doigts. Un nuage s'éleva autour de lui, l'eau devint un mur opaque. Très vite, et sans aucune peine, il eut creusé au-dessous du filet une tranchée dans laquelle il pouvait se glisser. Alors qu'il rampait à plat ventre sous la structure, les mouvements de l'eau firent onduler les mailles. Mais cela ne pouvait suffire à déclencher l'alarme, l'eau du lac n'était jamais immobile.

Bryson était passé de l'autre côté, dans les eaux privées de Manning. Il tendit l'oreille pour s'assurer qu'aucun sonar ne surveillait le secteur. Rien. Le silence encore.

Et si je me trompe ?

... Je le saurai bien assez tôt.

Ce n'était pas le moment de douter. Il nagea droit devant lui, chassant de son esprit toute pensée négative, jusqu'à arriver en vue des pieux moussus du ponton. Il contourna la forêt de pieux par la gauche, pour se diriger vers le hangar à bateaux dont il avait repéré l'emplacement plus tôt dans l'après-midi. L'eau devenait de moins en moins profonde ; la surface du lac se trouvait à cinquante centimètres au-dessus de lui. Il dégonfla complètement son gilet, se mit à marcher sur le fond du lac, jusqu'à ce que sa tête émerge de l'eau. Il était sous le ponton. Bryson enleva son masque, tendit l'oreille, scruta la nuit... personne en vue. Il retira son gilet, les bouteilles d'air comprimé et plaça tout son équipement de plongée sur l'une des poutrelles du ponton. Il pourrait ainsi le récupérer au besoin.

Si je survis jusque-là.

Bryson agrippa le bord du ponton et sortit de l'eau. Le hangar à bateaux l'empêchait de voir la maison... mais le dissimulait aussi à la vue des occupants... La pelouse était dans l'ombre, éclairée seulement, aux abords de la maison, par la lumière qui filtrait des hautes fenêtres cintrées. Assis sur le bord du quai, il retira sa tenue de plongée en néoprène, renfila son gilet commando, puis sortit ses armes et ustensiles de leurs sacs plastique protecteurs. Il rampa ensuite jusqu'au hangar à bateaux et se remit debout ; le garage était sombre et apparemment vide. S'il se trompait, il avait un 45 dans l'une des poches de son gilet. Il sortit l'arme et se dirigea vers la grande pelouse.

Pour l'instant, tout allait bien. Mais il était encore loin, très loin, du but. Et les dispositifs de sécurité allaient s'intensifier à mesure qu'il s'approcherait de la résidence. Il ne pouvait relâcher sa vigilance. Il couvrit son visage d'une cagoule noire et sortit d'une poche son Metascope, un système de vision infrarouge qu'il plaça devant son œil droit.

Il vit aussitôt les rayons !

La pelouse était entièrement zébrée de faisceaux détecteurs de mouvement, probablement connectés à des caméras infrarouges. Personne ne pouvait traverser la pelouse centrale sans couper un rayon. Mais les faisceaux ne descendaient pas sous une hauteur d'un mètre environ, afin d'éviter, sans doute, que des animaux ne déclenchent l'alarme.

Des chiens ?

C'était possible. Oui, il y avait probablement des chiens de garde, bien qu'il n'en ait vu ni entendu aucun.

Le Metascope était prévu pour être monté sur la tête, laissant ainsi les mains libres. Il en aurait besoin. Il fixa l'oculaire au moyen de la courroie ad hoc, l'œillère bien assujettie à sa place. Maintenant, il pouvait se lancer dans la traversée de la pelouse tout en évitant les rayons infrarouges.

Mais, au moment où il se mettait à quatre pattes pour passer sous les rayons, il entendit un son qui lui fit froid dans le dos.

Un faible gémissement, un grognement de chien. Il redressa la tête. Plusieurs chiens traversaient la pelouse au trot et leur allure s'accélérait d'instant en instant... Pas des petits chiens de compagnie. Des dobermans à la gueule effilée, dressés pour tuer.

Son estomac se serra. Nom de Dieu !

Ils galopaient à présent, perchés sur leurs longues pattes comme des chevaux, aboyant sauvagement, lèvres retroussées, tous crocs dehors... Vingt mètres, estima-t-il, mais ils se rapprochaient rapidement. Il sortit de son gilet un propulseur de fléchettes tranquillisantes ; le cœur battant, il visa et tira. Quatre petits claquements étouffés, et le pistolet à courte portée, fonctionnant avec une cartouche de dioxyde de carbone, projeta quatre seringues hypodermiques de dix centimètres. La première se perdit dans la nuit, les trois autres atteignirent leurs cibles. Sans bruit, deux chiens tombèrent au sol dans la seconde, le troisième, le plus gros, fit encore quelques pas en titubant avant de s'effondrer à son tour. Chaque projectile injectait dix millilitres d'un neuroplégique à base de Fentanyl à action instantanée.

Bryson transpirait à grosses gouttes et ne pouvait s'empêcher de trembler. Malgré toutes ses précautions, il avait failli se faire prendre de court, n'ayant sous la main ni son propulseur à fléchettes, ni son 45. Quelques secondes de plus, et il était cerné, les mâchoires puissantes l'attaquant à la gorge ou à l'entrejambe. Il resta allongé de tout son long sur le gazon humide de rosée – il attendait. Il pouvait y avoir d'autres chiens, une deuxième vague... les aboiements pouvaient avoir attiré l'attention des gardiens... C'était probable. Mais même des chiens bien dressés pouvaient se laisser abuser ; s'ils cessaient d'aboyer, les gardes penseraient qu'ils avaient simplement fait la chasse à un lapin.

Trente secondes... quarante-cinq secondes de silence. La combinaison Nomex et la cagoule noires le faisaient se fondre dans la nuit noire. Il n'y avait pas d'autres chiens dans le secteur. De toute façon, Bryson ne pouvait attendre davantage. Conformément à la réglementation en vigueur, le parking souterrain devait être équipé d'un système de ventilation, or celui-ci se trouvait juste sous la pelouse ; des grilles d'aération devaient donc être installées dans les parages... L'un des articles sur la construction de la maison faisait allusion à une petite joute entre Manning et la Direction de l'Equipement à propos de l'enclavement dudit parking, surnommé par le maître des lieux La Grotte, parce que l'on y pénétrait par une longue rampe d'accès taillée dans la roche, partant de l'autre côté de la maison. Devant l'insistance des services publics, Manning avait fait des concessions et ajouté un système de ventilation qui s'ouvrait discrètement sur la pelouse centrale.

Bryson recommença à ramper sur le gazon, se déplaçant vers la gauche, en prenant soin de rester en dessous des rayons infrarouges. Pas la moindre bouche d'aération. Il rampa encore sur trois mètres, montant la légère pente vers la maison, et enfin, sous ses doigts, le contact froid de l'acier... Il saisit la grille, prêt à la déboulonner s'il le fallait, mais celle-ci céda après quelques tractions.

L'ouverture n'était pas grande, quarante-cinq centimètres sur soixante centimètres environ, suffisante toutefois pour s'y faufiler. Restait une question : quelle était la profondeur du boyau ? Les murs intérieurs étaient en béton : on ne pouvait s'y accrocher – aucune prise possible. Bryson aurait aimé trouver un chemin d'accès plus aisé, mais il s'était préparé à cette situation. Au cours de ses vingt années d'opérations sur le terrain, il avait appris à prévoir le pire ; c'était la garantie du succès. Le col du conduit, sur lequel la grille reposait, était en acier – c'était déjà ça...

Il scruta le boyau avec son oculaire de vision nocturne : pas trace de rayons infrarouges. Il retira de sa tête le Metascope, qui commençait à lui irriter la peau, et le mit dans sa poche.

Il sortit sa radio et appela Elena.

— Je descends. Lance les effets. Allumage phase un.

XXXII

Le vigile regarda l'écran, bouche bée...

— John, regarde ça !

Ils se trouvaient dans une pièce circulaire, les murs offrant une mosaïque d'images vidéo. Chaque écran diffusait le champ couvert par chaque caméra.

Le deuxième garde pivota sur sa chaise et regarda le moniteur à deux fois, n'en croyant pas ses yeux... il n'y avait pas d'erreur. Un feu faisait bel et bien rage à la lisière de la propriété. Les caméras 16 et 17, positionnées sur la clôture du côté ouest, montraient de grandes flammes jaillissant de la forêt dans un épais nuage de fumée.

— Merde ! s'écria le second homme, c'est un sacré feu de forêt ! Encore un crétin de campeur qui a jeté un mégot par terre ! Et ça gagne vite.

— Quel est la marche à suivre ? C'est mon premier feu de forêt...

— A ton avis, abruti ? Ça tombe pourtant sous le sens... D'abord appeler les pompiers. Et puis avertir Mr. Manning.

*

A peine Bryson lui avait-il donné le mot qu'Elena pressait le bouton de son petit émetteur radio, commandant la mise à feu des cartouches fumigènes et des tubes à flammes. Les systèmes pyrotechniques, qui étaient enfouis dans les branches basses juste au-dessus de la clôture de la propriété, générèrent instantanément d'épais panaches de fumées grises et noires, simulant un feu de broussailles ; les tubes crachaient leurs flammes à trois mètres de hauteur, mais pendant seulement quelques dizaines de secondes. Bryson les avait programmés pour un déclenchement en cascade afin de donner l'illusion d'un incendie échappant à tout contrôle. C'étaient des accessoires d'effets spéciaux, utilisés au cinéma pour imiter parfaitement les feux de forêt, en toute sécurité. Bryson n'avait aucune intention de brûler les forêts domaniales – ce n'était nullement nécessaire.

*

— Brigade des sapeurs-pompiers de Seattle. J'écoute.

— Ici le service de sécurité du domaine de Gregson Manning. Venez tout de suite ! Il y a un énorme feu qui semble avoir pris dans la forêt domaniale.

— Merci, mais nous sommes déjà en route.

— Quoi ?

— Nous avons déjà été avertis.

— Ah bon ?

— Oui, monsieur. Par l'un de vos agents. La situation paraît sérieuse. Nous vous conseillons de faire évacuer la résidence.

— C'est hors de question ! Mr. Manning est en pleine réunion, de la plus haute importance... il y a des invités qui sont venus du monde entier, des gens très haut placés...

— Raison de plus... il faut vite évacuer vos invités si importants pour les mettre à l'abri, répliqua le préposé avec brusquerie. Et tout de suite !

*

En toute hâte, Bryson arrima le treuil au col du conduit de ventilation, accrocha le mousqueton du câble d'acier galvanisé au harnais intégré de son gilet commando.

Le treuil portable était équipé d'une came à friction en sortie de bobine qui permettait à l'utilisateur de régler sa vitesse de descente. Bryson pouvait ainsi plonger sous terre à une allure régulière et mesurée.

Une fois dans le conduit, il remit la grille en place, s'arrangeant pour dissimuler au mieux le boîtier noir du treuil. Il commença alors sa descente dans le boyau obscur, apparemment sans fin. Au loin, retentissaient les sirènes des pompiers... ils étaient arrivés encore plus rapidement qu'il ne l'avait imaginé. Plus il s'enfonçait sous terre, plus il approchait des zones de haute surveillance. Le feu de forêt postiche avait déclenché de multiples alarmes, éparpillant aux quatre coins du domaine les précieux effectifs du service de sécurité. L'attention des gardes serait accaparée par la menace d'un feu de forêt cernant la propriété, danger plus inquiétant et immédiat que l'hypothèse théorique d'une intrusion hostile. Tous les signaux d'alerte que Bryson pourrait déclencher accidentellement seraient attribués à l'arrivée des pompiers sur le terrain. La confusion régnerait, un affolement maîtrisé : une couverture idéale pour lui. Bryson avait veillé à placer ses cartouches fumigènes à une certaine distance du camion d'Elena afin que sa présence sur les lieux ne semble pas suspecte. Mais on pouvait toujours venir lui poser des questions... Elena saurait de toute façon se débrouiller.

La bobine du treuil continuait de se dérouler... Le conduit était d'une profondeur étonnante... Bryson vit bientôt l'indicateur rouge annonçant la fin du câble – il avait descendu près de soixante-dix mètres. Finalement, le câble s'arrêta net. Bryson baissa la tête : il restait encore près de deux mètres. Il se laissa tomber sur le sol de béton, en s'accroupissant pour amortir l'impact de la chute. Il laissa le câble pendiller en place, pour le cas où il en aurait besoin.

*

Le capitaine Matthew Kimball, chef de la brigade des sapeurs-pompiers de Seattle, un Afro-Américain aux mensurations imposantes, se planta devant le chef de la sécurité de Manning, un homme trapu nommé Charles Ramsey.

— Il n'y a aucune trace de feu, où que ce soit, annonça le capitaine.

— Pourtant, deux de mes hommes l'ont vu sur les caméras, répliqua Ramsey d'un ton de défi.

— Vous l'avez vu de vos propres yeux ce feu ?

— Non, mais...

— Est-ce que l'un de vos hommes l'a vu en direct ?

— Ça, je n'en sais rien. Mais les caméras ne mentent pas.

— Pourtant il y a erreur, grogna le capitaine, en repartant vers son équipe.

Charles Ramsey se tourna vers son adjoint, en plissant les yeux d'un air soupçonneux.

— Je veux le décompte et le nom de tous les pompiers qui ont pénétré dans la propriété, ordonna-t-il. Il y a quelque chose de louche là-dessous.

*

Bryson se retrouva dans un grand parking dont le sol de ciment avait l'éclat du marbre. Plus de cinquante véhicules se trouvaient là – rien que des pièces de collection : Duesenberg, Rolls-Royce, Bentley, Porsche... Toutes appartenant à Manning. Tout au bout du parking, il y avait un ascenseur qui menait directement à la maison d'habitation.

Bryson alluma sa radio et demanda à voix basse :

— Tout va bien ?

La voix d'Elena lui parvint, faible mais audible.

— Tout est OK. Le dernier camion de pompiers est parti. Les flammes et la fumée s'étaient dissipées bien avant qu'ils n'arrivent. Sans laisser de traces.

— Comme prévu. Dès que l'activité extérieure sera revenue à la normale, tu pourras lancer les enregistrements. – Il était trop risqué de diffuser dans le circuit de vidéosurveillance les images de la veille, tant qu'il régnait quelque agitation au-dehors... le subterfuge serait aussitôt remarqué. – Sitôt que je serai dans la maison, j'aurai besoin d'être constamment en contact radio avec toi, pour que tu puisses me guider à travers le champ de mines.

Bryson sentit un mouvement dans l'ombre, sur sa gauche, quelque chose se déplaçait entre les rangées de voitures. Il se tourna et vit un gardien vêtu de sa jaquette bleue, pistolet au poing.

— Hé ! cria le gardien.

Bryson plongea au sol, pour s'écarter de la ligne de mire. Le coup partit, la détonation fut assourdissante, résonnant dans le parking comme dans une caverne. La balle frappa le ciment à quelques centimètres de sa tête, tandis que la douille tombait sur le sol en cliquetant. En une fraction de seconde, Bryson sortit son 45 et fit feu. Le gardien tenta un mouvement d'esquive mais reçut la balle en pleine poitrine. Il hurla en se tordant de douleur ; Bryson fit feu de nouveau, l'homme s'écroula.

Bryson courut vers lui. Les yeux du gardien étaient grands ouverts, sa figure figée dans un masque de douleur. Un passe électronique était accroché au revers de son blazer. Bryson s'en empara et l'examina soigneusement. La demeure était divisée en zones protégées, chacune régie suivant un système d'accès limité. A l'entrée de ces zones, un scanner repérait tout arrivant, un peu comme les yeux électriques des portes de supermarchés qui s'ouvraient automatiquement à l'approche du client. L'ordinateur central lisait les informations contenues sur le passe électronique – l'identité du porteur, le lieu où il se trouvait, l'heure et la date – et vérifiait le niveau d'accès auquel il avait droit. Pour les personnes non autorisées, les portes resteraient closes et les alarmes se déclencheraient. Le système suivait ainsi les déplacements de chaque porteur de badge à travers toute la propriété.

Mais voler le badge d'un gardien ne suffirait pas à tromper tout le système de sécurité... soit le dispositif était doublé d'un scanner de reconnaissance anthropométrique – empreintes digitales ou palmaires, examens de la rétine, et autres –, soit la personne devait taper un code pour pouvoir entrer.

Le passe du gardien risquait de ne lui être d'aucune utilité... Bryson n'allait pas tarder à le savoir.

Il devait pénétrer dans la maison. Il courut vers la cabine – c'était le seul accès. Il fallait faire vite... s'il y avait un gardien, c'était qu'il y en avait d'autres dans les parages ; lorsqu'on s'apercevrait que le gardien ne répondait pas aux appels radio de routine, l'alerte serait donnée – une alerte qu'aucune maneuvre de diversion ne pourrait déjouer.

Les portes de l'ascenseur étaient en acier brossé ; un pavé numérique était fixé sur le mur contigu. Bryson appuya sur le bouton d'appel, mais celui-ci ne s'alluma pas. Il appuya encore : toujours aucune réponse... Il y avait un code à entrer au clavier pour commander l'ascenseur – sans doute, une série de quatre chiffres. Tant que le numéro ne serait pas entré, le bouton d'appel ne fonctionnerait pas. Le badge de sécurité qu'il avait récupéré sur le gardien ne lui servait à rien.

Bryson examina les murs aux alentours de l'ascenseur, à la recherche de caméras cachées. Il était certain qu'il y en avait, mais Elena les avait neutralisées en diffusant les images captées la veille à la même heure... Si, pour quelque raison que ce soit, la substitution n'avait pas fonctionné, elle l'aurait déjà prévenu par radio. Elena était ses yeux et ses oreilles ; il s'en remettait à ses compétences et à son adresse. Comme il l'avait toujours fait.

Il aurait pu, certes, forcer les portes de l'ascenseur... une poussée brutale avec un pied-de-biche... mais c'eût été une erreur. Les ascenseurs modernes, même ceux relevant d'une technologie rudimentaire, étaient commandés par des circuits électroniques comme la plupart des appareils actuels. Ouvrir les portes de force ferait sauter le palpeur de verrouillage, empêchant ainsi l'ascenseur de fonctionner. C'était un dispositif de sécurité commun à presque toutes les cabines construites au cours du dernier quart de siècle. Et si l'ascenseur était en panne, Bryson courait le risque d'attirer l'attention du personnel de sécurité... Même s'il avait le temps matériel de pénétrer dans la maison avant l'arrivée des gardes, il ne voulait pas que l'on puisse le suivre à la trace. La furtivité était la règle numéro un de toute opération d'infiltration.

C'était pour cette raison qu'il avait apporté avec lui un outil spécial, une clé utilisée par les réparateurs d'ascenseurs pour les interventions d'urgence. L'outil en acier chromé était long de quinze centimètres environ, large de quinze millimètres, plat et articulé à une extrémité. Il introduisit la panne entre le haut de la porte et le châssis métallique, et le fit glisser longitudinalement vers la droite. La commande d'ouverture et de fermeture des battants se trouvait à une dizaine de centimètres de profondeur, juste derrière le châssis, au-dessus du panneau droit. Il fit pivoter l'outil, jusqu'à rencontrer une résistance : la tête du palpeur. Une poussée sur la panne articulée, et le palpeur bascula dans son logement... les portes s'ouvrirent toutes seules.

Une bouffée d'air froid s'échappa du puits obscur. La cabine de l'ascenseur était immobilisée quelque part, à un étage supérieur. Bryson sortit de sa poche une mini-lampe-torche et explora le conduit. Ce qu'il vit n'avait rien d'encourageant. Il ne s'agissait pas d'un ascenseur classique à tambour, avec câbles et contrepoids. Il ne pouvait espérer escalader le conduit avec des coinceurs et autres accessoires d'alpiniste : il n'y avait pas de câbles ! Dans la cage d'acier, il n'y avait qu'un rail sur lequel coulissait la cabine par pression hydraulique. Et celui-ci était tellement oint de graisse qu'il était impossible de s'y accrocher.

Il s'était attendu au pire, et il l'avait trouvé.

*

Elena avait découvert où étaient archivés les enregistrements des caméras de surveillance. Ils étaient stockés dans une banque de données au siège de Systematix. Ce fut un jeu d'enfant de les télécharger. Dix jours de captures vidéo étaient sauvegardés ; chacun classé par date, et indexé par secteur. Il ne fut pas difficile de copier les enregistrements de la veille au soir et de falsifier la date. Elle injecta ensuite le tout dans le circuit de vidéosurveillance. Au lieu de voir ce qui se passait en direct, la sécurité observait les images de la veille, vingt-quatre heures plus tôt, à la seconde précise. Bien entendu, l'astuce fonctionnait uniquement pour les caméra 1 à 18, celles couvrant les extérieurs et les parties du bâtiment où la circulation était presque nulle.

*

Dans les poches arrière de son gilet, Bryson avait des petites « ventouses » magnétiques utilisées d'ordinaire pour inspecter les ponts, les coques de bateaux ou les plates-formes pétrolières. Il en sangla une à chacun de ses pieds et ses mains, et commença à grimper la paroi d'acier, pas à pas, soulevant tour à tour un pied, puis l'autre... la progression était lente et laborieuse. Il se souvenait de la profondeur du conduit d'aération : près de soixante-dix mètres, et c'était à partir du niveau du sol, situé bien plus bas sur le versant de la colline. Il devait se trouver au moins un entresol où l'ascenseur pouvait s'arrêter... Mais sa destination à lui, c'était l'étage principal de la maison encore au-dessus !

Enfin, il aperçut, dans le faisceau de sa lampe, le premier palier. A n'importe quel moment, l'ascenseur pouvait être appelé et fondre sur lui ; auquel cas, s'il ne lâchait pas assez vite ses ventouses de pieds pour se plaquer contre la paroi, il serait écrasé par la cabine et projeté dans le vide. Il devait rester aux aguets, prêt à réagir au premier bruit suspect.

Il lui restait encore trois mètres à grimper avant d'atteindre le rez-de-chaussée. La cabine, malheureusement, était arrêtée à ce niveau... comme il fallait s'y attendre. Bryson se posta juste sous l'ascenseur, puis pivota lentement, un membre après l'autre, pour poser les ventouses sur le plancher métallique de la cabine ; il se retrouva suspendu, les pieds oscillant dans le vide au-dessus d'un puits sans fond. Il contempla un instant cet abîme obscur. Grossière erreur : un à-pic de quatre-vingts mètres se terminant sur du béton. Si jamais l'une des ventouses lâchait, c'était la fin. Il n'était pas sujet au vertige, mais pas non plus immunisé totalement contre les accès de terreur passagère. Ce n'était pas le moment de perdre du temps, surtout lorsque l'ascenseur pouvait être appelé d'un instant à l'autre. Rassemblant tout son courage, il commença à escalader le flanc de la cabine, pris en sandwich entre la paroi et la cage d'acier, avec à peine quelques centimètres d'espace pour se mouvoir.

Seigneur, faites qu'il ne bouge pas ! Que personne ne l'appelle ! Pas maintenant... je Vous en prie !

Une fois arrivé au sommet, il reprit son souffle, retira ses ventouses et les rangea dans son gilet. Il se pencha et tira le loquet de verrouillage.

Les portes commencèrent à s'ouvrir.

Et s'il y avait quelqu'un de l'autre côté ?

Il pria pour qu'il n'y ait personne. Mais se prépara néanmoins à attaquer.

Devant lui, un hall faiblement éclairé, meublé avec goût. Il se trouvait à l'étage principal de la maison. Personne en vue. Il saisit la poutrelle supérieure du cadre de porte et se laissa glisser dans l'interstice, atterrissant sur un sol dallé de marbre.

Les lumières s'allumèrent dans l'instant – une succession d'appliques sans doute télécommandées par le passe du garde.

L'ascenseur, derrière lui, fut appelé dans les étages et disparut dans un bourdonnement.

Cette fois, il était dans les murs.

*

Dans la salle de contrôle, les deux hommes procédaient à leur ronde de surveillance par écrans interposés, une procédure fastidieuse qu'ils effectuaient un nombre incalculable de fois tout le long de la journée.

— Caméra n° 1 ?

— RAS.

— Caméra n° 2 ?

— RAS.

— Caméra n° 3 ?

— RAS... non, attends... Si, si, RAS.

— Un problème ?

— J'ai cru apercevoir un mouvement, derrière la grande baie vitrée. Mais ce n'était que la pluie.

— Caméra n° 4 ?

— Attends une seconde, Charlie. Nom de Dieu ! Il tombe vraiment des cordes ! Tout comme hier. Il faisait beau, du grand soleil, quand j'ai pris mon service. Putain de climat ! Tu m'autorises une petite pause ?

— Une pause ?

— Oui. Je suis venu avec la Mustang, et je l'ai laissée décapotée.

— Tu ne l'as pas garée au sous-sol ?

— J'étais un peu en retard, admit le gardien, contrit. Alors, je l'ai laissée sur le parking extérieur. Je voudrais juste aller mettre la capote vite fait avant que les sièges ne soient fichus.

Charles Ramsey, le chef de la sécurité, poussa un soupir agacé.

— Si tu étais arrivé à l'heure... C'est bon, vas-y, mais dépêche-toi.

*

Le cœur battant, Bryson se redressa et se retourna vers la cage d'ascenseur. Il s'approcha du gouffre et tendit le bras cherchant à tâtons la commande de fermeture des portes, conscient du vide qui s'ouvrait sous ses pieds. Une chute serait fatale. Curieusement, c'était à présent qu'il était sorti d'affaire qu'il mesurait le danger.

Le mouvement fut presque imperceptible, une simple variation de lumière à la périphérie de son champ de vision. Bryson fit volte-face ; un garde fondait sur lui, prêt à le plaquer au sol. Bryson plongea sur son assaillant, parant le coup de poing du garde, tout en lui donnant un coup de pied derrière le genou avec le fer de sa chaussure. Le garde poussa un hurlement et s'effondra ; mais il se remit presque aussitôt sur ses jambes et chercha à sortir son arme, se battant avec la pression de son étui de ceinture.

Il aurait dû avoir son arme prête à l'emploi, songea Bryson, *c'est une regrettable erreur... que l'on a faite l'un comme l'autre.*

Profitant de ce moment de flottement, Bryson lança son pied dans l'entrejambe du garde. L'homme mugit de douleur, reculant d'un pas ou deux sous le choc en direction du puits béant de l'ascenseur. Mais il avait réussi à sortir son pistolet, le braquait sur lui, se préparant à tirer... Bryson plongea sur sa gauche, surprenant le vigile, puis se rua vers lui, lui arrachant l'arme des mains d'un coup de pied.

— Fils de pute, rugit l'homme en faisant un saut en arrière, bras tendus pour rattraper le pistolet qui tournoyait dans les airs.

Il y eut sur son visage un masque d'indignation lorsque l'homme s'aperçut qu'il n'y avait plus de sol sous lui, plus rien pour arrêter sa chute... il resta un moment figé en l'air, les pieds au-dessus de la tête, puis l'indignation se mua en terreur ; il se mit à battre des bras en vain dans l'espoir de trouver une prise miraculeuse où se raccrocher, et disparut dans le puits d'acier dans un hurlement de cauchemar. Le cri dura longtemps, perdant en intensité au fil de la chute, devint presque inaudible, puis s'arrêta net lorsque le corps toucha le sol.

*

Le gardien, un jeune homme blond aux cheveux cendrés, sortit de la maison par l'entrée de service, pour rejoindre le parking extérieur. Il regarda autour de lui, stupéfait : quelques minutes plus tôt, il pleuvait à verse, comme la veille au soir, et maintenant la nuit était parfaitement claire, chaude et sèche, sans le moindre signe de pluie.

Pas la moindre trace.

Pas de flaques sur le sol, pas d'eau dégouttant des feuilles des arbres. Dix minutes plus tôt, c'était le Déluge et maintenant, tout était sec...

— Qu'est-ce que c'est que ce bordel ? s'exclama-t-il.

Il sortit sa radio et appela Ramsey au PC.

Ramsey explosa de colère, comme il s'y attendait... une volée de jurons exotiques... Lorsque enfin Ramsey retrouva son calme, il lança ses instructions...

— On a un intrus ! annonça-t-il. Ils vérifient leurs installations au siège. Quant à nous, nous allons suivre le câble optique jusqu'à l'extérieur, on verra bien si on tombe sur une dérivation.

*

La sueur coulait sur le visage de Bryson ; sa combinaison noire le démangeait. Il prit une profonde inspiration, puis se dirigea vers le puits d'ascenseur et actionna le loquet de commande des portes. Les battants d'acier se refermèrent en silence.

Il lui fallait à présent trouver le PC de la sécurité. C'était la priorité numéro un. Il pourrait ainsi connaître la disposition des lieux. Là étaient aussi les yeux de l'ennemi. Il fallait donc les rendre aveugles.

Il appela Elena sur la radio.

— Je me trouve au niveau principal, déclara-t-il à voix basse.

— Dieu soit loué ! répondit Elena.

Bryson sourit. Elle ne ressemblait à aucun des partenaires avec qui il avait travaillé. Au lieu d'afficher un calme tout professionnel, elle se montrait sensible, attentionnée, pleine d'amour.

— De quel côté pour la salle de contrôle ?

— Si tu fais face à l'ascenseur, c'est à ta gauche. Il y a bien un long couloir de chaque côté... ?

— Affirmatif.

Elle s'orientait grâce aux captures des images de la vidéosurveillance, et non avec ses plans au sol.

— Prends celui qui part sur la gauche. Au bout, encore à gauche. A ce moment-là, ça s'élargit pour former une sorte de galerie de portraits. C'est, à mon avis, le chemin le plus direct.

— OK. Compris. Comment sont les yeux ?

— Toujours fermés.

— Génial. Merci.

Il tourna à gauche et s'engagea dans le couloir au pas de course. Des faisceaux de fibres optiques passaient, sans nul doute, à travers toute la structure de la maison. Des kilomètres de câbles, connectés à des objectifs miniatures, perçant les murs et les plafonds comme autant de pointes d'aiguille. Contrairement aux anciennes caméras de surveillance, celles-ci ne pouvaient être détectées ; impossible donc de les occulter avec de la peinture ou du ruban adhésif. Sans l'habileté d'Elena qui avait substitué les images, Bryson eût été suivi à la trace. Grâce à elle, il pouvait se déplacer librement sans être vu. Le passe qu'il avait pris au gardien dans le garage souterrain ne lui avait jusque-là rendu aucun service. Il ne lui avait pas permis de pénétrer dans l'ascenseur, mais seulement d'allumer les lumières du hall... C'était une vraie balise Argos, rendant compte de tous ses déplacements... Il valait mieux s'en débarrasser. Il dégrafa le passe et le posa par terre dans le corridor, appuyé contre le mur, comme s'il avait été perdu par son propriétaire.

*

Elena posa la radio lorsqu'elle entendit des bruits de pas à côté du camion. On s'approchait avec précaution... la patrouille de l'Office des forêts allait lui poser des questions, songea-t-elle. Il allait falloir se montrer persuasive...

Elle ouvrit le hayon arrière du camion et laissa échapper un cri lorsqu'elle vit le canon du pistolet pointé sur son visage.

— En route ! hurla l'homme au blazer bleu.

— Je travaille pour le Service géologique ! protesta-t-elle.

— Ah ouais ? En piratant nos lignes ? Je ne crois pas. Les mains le long du corps et tenez-vous à carreau ! Nous avons quelques questions à vous poser.

*

Bryson était arrivé à la grande salle rectangulaire qu'Elena appelait la galerie des portraits. C'était une pièce assez bizarre, tapissée de cadres dorés comme une salle du Louvre, sauf que chacun de ces cadres était vide. Ou plutôt, chaque cadre contenait un écran plat, vaguement gris, destiné sans doute à diffuser des reproductions à haute résolution suivant les goûts du porteur de badge.

Bryson se préparait à entrer dans la galerie lorsqu'il remarqua, sur le mur, une série de petites perles noires disposées en ligne verticale. Et de proche en proche, espacées d'environ un mètre d'autres rangées analogues de ces minuscules points noirs... Il aurait pu s'agir d'un ornement au décor Renaissance, si ce n'était qu'il détonnait un peu avec les arabesques du papier mural. Bryson se tint sur le seuil de la galerie. Les points noirs commençaient à environ cinquante centimètres du sol et finissaient à près de deux mètres. Il savait, d'instinct, l'utilité de ce dispositif... pour s'en assurer, il sortit son monoculaire de vision infrarouge et le plaça sur son œil.

Aussitôt, il vit les minces filaments zébrant la pièce rectangulaire ; ils lui apparaissaient comme des fils verts brillants tendus de part et d'autre des murs... des rayons lasers émettant dans des fréquences infrarouges. Une série de capteurs, placés en colonne, sensibles à un rayonnement invisible à l'œil nu. Si les faisceaux étaient interrompus par quelqu'un – une personne non autorisée – l'alerte serait donnée. Le réseau commençait à cinquante centimètres du sol afin que le système ne puisse être déclenché par le passage d'un animal de compagnie.

La seule façon de traverser la pièce était de ramper au sol en veillant à rester toujours au-dessous des cinquante centimètres fatidiques. Il n'y avait aucune autre manière simple de procéder. Il fixa le monoculaire sur sa tête à l'aide de sa sangle, se laissa tomber à terre et se mit à ramper sur le dos en se poussant avec les pieds. Pendant tout le trajet, il regardait en l'air pour s'assurer qu'il ne coupait pas un rayon. Son vêtement en Nomex était assez lisse pour lui permettre de se mouvoir rapidement et sans à-coups. Bien que les caméras aient été neutralisées, le reste du système fonctionnait ; le moindre faux pas déclencherait les sirènes. Le plus grand danger, toutefois, ne provenait pas du tout de la technologie mais des êtres humains : il pouvait encore tomber sur un gardien faisant sa ronde, comme c'était déjà arrivé deux fois.

Bryson passa le troisième barrage de faisceaux, le quatrième, puis le cinquième sans encombre. Aucune alarme ne s'était déclenchée, jusqu'à présent.

Enfin, il se glissa sous la dernière série de rayons. Il s'arrêta, toujours sur le dos, et regarda attentivement autour de lui, pour être certain qu'il était seul. Satisfait, il se releva doucement. Il se trouvait, à présent, à proximité du poste de contrôle de la sécurité ; Elena allait le guider dans la bonne direction.

Il l'appela par radio.

— Je suis passé, murmura-t-il. Où faut-il aller maintenant ?

Pas de réponse. Il répéta, un peu plus fort.

Toujours pas de réponse. Seulement un crachouillis d'électricité statique.

— Hou hou Elena. A toi.

Rien.

— Elena, tu es là ? Il faut me guider.

Silence.

— De quel côté dois-je aller ? Réponds !

Nom de Dieu... Ce n'est pas possible ! La radio ne fonctionnait plus !

Il fit une nouvelle tentative... aucune réponse encore. Y avait-il dans cette zone un système de brouillage qui empêchait Elena de recevoir son appel ?

Ils avaient absolument besoin de communiquer ! Il n'existait pourtant aucun moyen de brouiller toutes les fréquences de radio, sans brouiller celle que l'on veut utiliser soi-même. C'était une impossibilité technique...

Alors, où était passée Elena ?

Il insista, encore et encore. Toujours pas de réponse. Rien.

Elle n'était pas là.

Quelque chose lui était-il arrivé ? C'était une possibilité qu'il n'avait pas encore prise en considération.

Un frisson glacé le traversa.

Mais il ne pouvait pas s'arrêter en chemin, perdre un temps précieux à imaginer ce qui lui était arrivé. Il fallait continuer à avancer.

Bryson n'avait nul besoin d'indications pour apprendre où se trouvaient les cuisines. Il sentait l'odeur des hors-d'œuvre lui chatouiller les narines... Une porte s'ouvrit à l'autre bout du couloir ; un serveur en pantalon noir et veste blanche apparut tenant à la main un grand plateau d'argent vide. Bryson se baissa pour ne pas être vu, et recula dans la galerie de quelques pas seulement, de crainte de déclencher une alarme. Il y avait là assez d'espace à l'abri des infrarouges pour lui permettre de changer de vêtements. Il ôta son gilet commando, et se débarrassa de sa combinaison noire. Il sortit de son gilet, bien emballé dans du plastique, un ensemble soigneusement plié, pantalon de ville noir et chemise blanche, et les enfila rapidement. Enfin, il échangea ses bottes de combat contre des chaussures de soirée noires à semelles de caoutchouc.

Il jeta un coup d'œil dans le couloir, en direction des cuisines ; il entendit des rires et des conversations badines, mêlés au bruit métallique des casseroles et autres ustensiles. Il se cacha de nouveau et attendit que la double porte de la cuisine s'ouvre... Le même garçon qu'il avait aperçu quelques minutes plus tôt tenait à présent un grand plateau rempli de hors-d'œuvre.

Bryson avança dans le couloir et se glissa à pas de loup derrière le garçon. Il savait que cet homme était une proie facile, mais il devait procéder sans faire le moindre bruit, sans attirer l'attention. Lorsqu'il fut dans son dos, il lui plaqua une main sur la bouche tout en refermant son bras sur son coude pour l'entraîner à terre, tandis qu'il saisissait de l'autre main le plateau de service. Le garçon tenta de crier mais la main de Bryson étouffa son cri. Posant doucement le plateau à terre, il enserra de sa main libre la gorge de l'homme, en exerçant une forte pression sur le faisceau de nerfs sous la mâchoire. Le garçon s'affaissa, inconscient.

Il traîna vite le corps jusqu'à la galerie, l'installa en position assise, les mains jointes, la tête baissée comme si le serveur piquait un petit somme, puis revint récupérer le plateau de victuailles.

Tire-toi de là ! A tout moment, un autre garçon pouvait entrer dans le couloir, ne pas reconnaître son visage et donner l'alarme. La salle de contrôle de la sécurité était toute proche, mais où ?

Bryson s'engagea dans un autre couloir. Les portes coulissantes s'ouvrirent à son approche, commandées par une cellule électrique. Non, pas par là ! Ce chemin menait à la grande salle à manger qui, ce soir, n'était pas utilisée. Il fit demi-tour, retourna vers les cuisines, et se dirigea vers le couloir par lequel était apparu la première fois le serveur. Une autre série de portes à commande électronique menaient au grand hall de réception. Mais avant d'y arriver, un couloir venait croiser le premier. Peut-être que... Il prit à droite, à tout hasard, marcha une cinquantaine de mètres et découvrit une porte estampillée :

SÉCURITÉ
ACCÈS INTERDIT AU PUBLIC !

Bryson prit une grande inspiration et toqua à la porte.

Pas de réponse. Il remarqua un petit bouton fixé sur le montant de la porte, il appuya une fois.

Dix secondes s'écoulèrent... au moment où il allait appuyer une seconde fois, une voix se fit entendre dans l'interphone fixé sur le chambranle :

— Oui ?

— Bonsoir. C'est le service-buffet. J'ai votre dîner, annonça Bryson d'une voix chantante.

Un silence.

— Nous n'avons rien commandé, répondit la voix avec suspicion.

— D'accord. Si vous ne voulez rien, pas de problème. Mr. Manning avait dit de s'assurer que les gens de la sécurité profitent du dîner ce soir. Je lui dirai simplement que vous n'aviez besoin de rien.

La porte s'ouvrit brusquement. L'homme en blazer bleu qui se tenait là était trapu, les cheveux teints en brun, avec de disgracieux reflets orange. Il était écrit C. Ramsey sur son badge.

— Donnez-moi ça, lança l'homme en tendant la main vers le plateau.

— Je suis désolé, mais j'ai besoin de récupérer le plateau... il y a beaucoup de monde là-bas ! Je vais vous déposer tout ça.

Bryson avança d'un pas dans la pièce ; Ramsey parut se détendre et le laissa passer.

Bryson regarda autour de lui et ne vit qu'un autre gardien, derrière les consoles. La pièce était circulaire, « high-tech » presque futuriste, les murs lisses, dépourvus de moniteurs, mais çà et là des écrans plats affichaient des vues intérieures et extérieures de la propriété.

— Il y a des filets de canard fumés, du caviar, des soufflés au fromage, du saumon fumé, des filets mignons... Vous avez un endroit pour installer tout cela ? La pièce est terriblement encombrée.

— Mettez ça n'importe où, répondit Ramsey tout en reportant son attention sur les images diffusées par le panneau mural.

Bryson déposa les victuailles sur le coin d'une console, puis se pencha vers sa cheville gauche comme s'il avait besoin de se gratter. Il sortit vite son pistolet à tranquillisant. Il y eut deux bruits secs, comme s'il avait toussé : chacun des gardiens avait été touché, l'un à la gorge, l'autre à la poitrine. Tous deux resteraient hors de combat pendant des heures.

Il se précipita sur le clavier de l'ordinateur. On pouvait se promener dans les images, zoomer sur un détail... Il localisa les caméras qui montraient des vues du grand hall de réception.

Il y avait là un banquet. La réunion du groupe Prométhée célébrant sa prise imminente du pouvoir.

Mais quel pouvoir ?

Et au profit de qui ?

Il pianota sur le clavier, ayant vite compris comment manipuler les images. D'un mouvement de souris, il pouvait faire panoramiquer une caméra, à droite à gauche, en haut en bas, et même obtenir des gros plans.

Le hall de réception était gigantesque. En hauteur, il occupait plusieurs étages, bordé de balcons donnant sur un patio. Tout autour, des dizaines de tables dressées élégamment, avec des nappes blanches, des verres de cristal, des bouquets de fleurs, des bouteilles de vin... Des dizaines de convives festoyant, presque une centaine... et des visages... partout des visages familiers... A une extrémité de la salle se dressait une grande statue en bronze doré, éblouissante : une Jeanne d'Arc de quatre mètres de haut, sur son cheval, son épée dressée, entraînant ses compatriotes à la bataille d'Orléans. Un sujet étrange, mais tout à fait à l'image de la mégalomanie de Gregson Manning qui se voyait comme un croisé d'une guerre sainte.

A l'autre bout de la salle, sur un modeste podium, se tenait Gregson Manning en personne, vêtu d'un élégant costume noir, les cheveux coiffés en arrière. Ses mains étaient refermées sur chaque côté du pupitre ; La ferveur qui l'animait était évidente, même si Bryson ne pouvait entendre ses paroles. Le mur du fond, derrière lui, méritait l'attention : il était couvert de vingt-quatre écrans géants, chacun affichant une image de Manning prononçant son discours. Le genre de décorum pompeux que l'on aurait attendu d'un Hitler ou d'un Mussolini.

Bryson déplaça la souris pour diriger la caméra sur le parterre d'invités, et ce qu'il vit le frappa de stupeur.

Tous les visages ne lui étaient pas familiers, mais ceux qu'il reconnaissait étaient de grandes figures de ce monde.

Il y avait le patron du FBI.

Le président de la Chambre des représentants du Congrès.

Le chef du Grand Etat-Major.

Plusieurs sénateurs importants des Etats-Unis.

Le secrétaire général des Nations Unies, un Ghanéen au douces manières, admiré pour sa civilité et sa sagesse politique.

Le patron du MI-6 de Grande-Bretagne.

Le chef du Fonds Monétaire International.

Le président du Niger, élu démocratiquement. Les chefs militaires et des services de sécurité d'une demi-douzaine de nations du tiers-monde, de l'Argentine à la Turquie.

Bryson en était bouche bée.

Les PDG de plusieurs multinationales spécialisées dans la haute technologie. Il en reconnut certains, d'autres lui parurent vaguement familiers. Tous étaient en tenue de cérémonie, cravate noire, les femmes en robe du soir. Ils écoutaient Manning avec une attention soutenue.

Jacques Arnaud.

Anatoli Prichnikov.

Et... Richard Lanchester.

— Seigneur ! souffla-t-il.

Il trouva le bouton de réglage du son et le tourna pour augmenter le volume.

La voix de Manning, douce comme du velours, résonna dans les haut-parleurs.

— ... une révolution en matière de surveillance planétaire. J'ai aussi le plaisir d'annoncer que le logiciel d'identification faciale, développé par Systematix, est prêt à fonctionner dans tous les endroits publics. Avec la puissance de nos satellites déjà en orbite, nous pourrons maintenant scruter les foules et identifier chaque visage grâce à une base de données internationale. Et cette prouesse technologique n'a été rendue possible qu'avec le concours de chacun d'entre vous, les représentants de qua-rante-sept nations, dont le nombre est destiné à s'accroître sans cesse... Nous travaillons tous ensemble, la main dans la main.

Manning leva les bras comme s'il allait bénir la foule.

— Et qu'en est-il des véhicules ? demanda un homme noir à l'accent africain.

— Je vous remercie de me poser cette question, Mr. Obutu, répliqua Manning. Notre maîtrise des réseaux nous permet, non seulement de reconnaître les véhicules instantanément, mais aussi d'en suivre la trace à travers les villes et les pays. Nous pouvons conserver ces informations pour une utilisation ultérieure. Je me plais à dire que nous ne nous contentons pas d'étendre le réseau, nous en rétrécissons aussi les mailles !

Il y eut une autre question, que Bryson n'entendit pas.

Manning sourit.

— Je sais que mon bon ami Rupert Smith-Davies du MI-6 sera entièrement d'accord avec moi pour dire que depuis trop longtemps la NSA comme le GCHQ sont pieds et poings liés par les lois et décrets en tout genre. Nous en étions arrivés à une situation absurde, où les Britan-niques pouvaient surveiller les Américains mais pas leur propre terri-toire, et vice versa ! Si Harry Dunne, notre coordinateur de la CIA, était parmi nous ce soir, je sais qu'il nous raconterait une ou deux anecdotes croustillantes à ce sujet avec sa verdeur inimitable.

Il y eut un éclat de rire général.

Une autre question fusa, posée par une femme à l'accent russe.

— Quand l'Agence Internationale de Sécurité sera-t-elle opération-nelle ?

Manning consulta sa montre.

— A l'instant même où le traité entrera en vigueur, c'est-à-dire dans environ treize heures. L'honorable Richard Lanchester en sera le direc-teur... – le tsar de la sécurité mondiale, pourrait-on dire. Alors, mes chers amis, sonneront les trompettes d'un nouvel ordre universel. Un ordre que nous pourrons être fiers d'avoir créé. Les citoyens du monde ne seront plus soumis aux cartels de la drogue et aux trafiquants, aux terroristes et à la délinquance. La sécurité publique passera avant les libertés civiles des pédophiles, des pornographes d'enfants et des kidnappeurs !

Les applaudissements éclatèrent, assourdissants.

— Nous ne vivrons plus, tous, dans la crainte qu'une nouvelle bombe explose à Oklahoma City ou au World Trade Center, ni qu'un autre avion de ligne soit abattu. Le gouvernement des Etats-Unis n'aura plus à mendier, auprès des juges, la permission de mettre sur écoute les téléphones des kidnappeurs, des terroristes et des barons de la drogue. A ceux qui se plaindraient – parce qu'il y aura toujours des mécontents – de l'atteinte portée à leurs libertés individuelles, nous répondrons seulement ceci : ceux qui n'enfreignent pas la loi n'ont rien à cacher !

Bryson n'entendit pas la porte de la salle de contrôle s'ouvrir. Une voix familière se fit entendre dans son dos :

— Nicky !

Il se retourna.

— Ted ! Qu'est-ce que tu fiches ici ?

— Je peux te poser la même question, Nicky. Comme je dis souvent, c'est toujours le loup que tu n'as pas vu qui te met à terre...

Bryson remarqua la tenue de Waller, smoking et nœud papillon.

Ted Waller était des leurs.

XXXIII

— Tu... tu es l'un d'entre eux ! murmura Bryson.

— Mon Dieu, Nicky ! Il y a pas le camp des gentils et le camp des méchants ! On n'est plus à la maternelle... Ce n'est pas un jeu de gamins, gendarmes et voleurs, Indiens et cow-boys !

— Espèce de salaud !

— Je t'ai toujours dit qu'il fallait savoir réviser ses alliances stratégiques ? Ennemis... alliés... tout cela fluctue, rien n'est inscrit dans le marbre. Si je t'ai enseigné une chose, c'est bien celle-là.

— A quoi tu joues ? C'était ton bébé, ta bataille, tu nous as tous enrôlés pour ça, pendant des années...

— Le Directorat n'est plus. Tu le sais, tu as assisté à sa fin.

— Tout cela aurait été une vaste supercherie ? lâcha Bryson en haussant la voix.

— Allons Nicky... Prométhée est maintenant notre meilleure chance, vraiment.

— Notre meilleure chance ?

— De plus, nos objectifs ne sont pas si différents... Le Directorat était un rêve, un rêve chéri, que nous avons eu le bonheur de vivre pendant quelques années, en dépit de tous les obstacles. Assurer un semblant de stabilité planétaire, protéger le monde des fous, des terroristes et autres malades. Comme je dis toujours, la proie ne survit qu'en devenant prédateur.

— Il ne s'agit pas d'une reconversion à la dernière minute, répliqua Bryson, en baissant la voix. Tu as ourdi tout ça pendant des années...

— Disons que j'ai soutenu l'initiative...

— Soutenu ? Attends une seconde ! Ce trou que j'ai découvert sur ce compte à l'étranger... Un milliard de dollars parti en fumée... c'était toi ! Tu n'as jamais été intéressé par l'argent... C'était pour eux ! Tu as financé la création de Prométhée ?

— J'ai placé quelque sous, comme on dit. Il y a seize ans, Greg Manning était un peu à court de liquidités, et le projet Prométhée avait besoin d'un apport d'argent frais. Disons que je suis devenu un actionnaire important.

Bryson eut la nausée, comme s'il avait reçu un coup dans l'estomac.

— Mais tout cela n'a pas de sens. Si Prométhée était l'ennemi...

— Seul le plus adapté survit, mon cher Nick. N'as-tu jamais engagé deux concurrents dans la même course ? Il faut protéger ses arrières... c'est ainsi que l'on s'assure la victoire. Avec la chute du communisme, le Directorat avait perdu sa raison d'être. J'ai regardé autour de moi et examiné les options qui s'offraient. Le monde de l'espionnage classique était condamné à disparaître. Soit c'était le Directorat, soit c'était Prométhée qui assurerait la paix dans le monde. Un seul cheval pouvait gagner la course.

— Alors, peu importe sur quel cheval tu mises, pourvu que ce soit le gagnant. Au diable les principes ! Peu importe les moyens, seul le résultat compte, n'est-ce pas ?

— Manning est l'homme le plus brillant que j'aie jamais rencontré. Son idée méritait de mûrir ; il fallait la garder sous le pied au cas où.

— Et maintenant, tu ériges en principe moral ce qui n'était rien d'autre qu'un petit calcul mesquin !

— Il faut se placer d'un point de vue social et politique. C'était la seule attitude prudente. Je te l'ai toujours dit, Nick, l'espionnage n'est pas un sport d'équipe. Je sais qu'en définitive tu reconnaîtras le bien-fondé de mon raisonnement.

— Où est Elena ? lança Bryson.

— Elena est une femme intelligente, Nick, mais, de toute évidence, elle n'avait pas imaginé pouvoir être découverte.

— Où est-elle ?

— Les hommes de Manning la détiennent quelque part dans la résidence ; je suis sûr qu'elle est traitée avec le respect qu'elle mérite... Nick, tu me forces à te poser ouvertement la question ? J'aurais préféré ne pas avoir à le faire... Vas-tu, oui ou non, te joindre à nous, suivre le chemin de la raison pour le meilleur des mondes ?

Bryson leva son pistolet et le pointa vers Waller. Son cœur tambourinait dans sa poitrine.

Pourquoi m'obliges-tu à faire ça ? pensa-t-il. *Pourquoi...* Waller regarda le pistolet sans sourciller.

— Très bien. Je vois que j'ai ma réponse. C'est vraiment dommage...

La porte s'ouvrit brusquement ; une petite patrouille de gardiens entra, toutes leurs armes pointées sur Bryson – douze contre un ! Il fit volte-face ; d'autres hommes faisaient irruption par une porte dérobée ; il fut saisi par-derrière. Il sentit le contact froid de l'acier contre sa nuque, un autre pistolet sur sa tempe droite. Il se retourna vers ses assaillants, mais beaucoup plus lentement cette fois, et vit que Ted Waller était parti.

— Les mains au-dessus de la tête, ordonna une voix. Et pas un geste. Inutile d'espérer arracher l'arme de l'un de mes hommes. Tu es un petit malin mais on a des pistolets encore plus malins !

Des pistolets électroniques, comprit Bryson. Conçus par Colt, Sandia, et une poignée de manufacturiers européens... Ils pouvaient tirer trois balles d'une seule pression sur la gâchette.

— Les mains en l'air, j'ai dit !

Bryson obéit et leva les bras. Il n'y avait rien d'autre à faire. Et sans doute aucun espoir de sauver Elena. Les armes électroniques avaient été mises au point sous la pression des forces de l'ordre. Il fallait éviter que les officiers de police ne se fassent tuer par leur propre arme, si celle-si tombait aux mains de leurs adversaires pendant une rixe. Des capteurs sur la détente reconnaissaient l'empreinte digitale de chaque utilisateur, de telle sorte que seul son propriétaire légal pouvait tirer.

Bryson fut emmené hors de la salle de contrôle, sous escorte. On lui fit emprunter un petit couloir, une arme plaquée sur sa tempe, une autre sur sa nuque. Ils l'avaient fouillé et lui avaient confisqué son 45. Un garde avait empoché l'arme avec un plaisir mal dissimulé. Il était totalement désarmé – une fouille minutieuse. Il lui restait ses mains, son instinct, son entraînement, mais tout cela ne lui servait à rien devant toute cette artillerie.

Pourquoi ne l'avaient-ils pas tué ? Qu'attendaient-ils ?

Une porte s'ouvrit, on le poussa dans une pièce analogue à celle de la galerie de portraits. L'éclairage était faible, mais il distingua des rayonnages de livres sur les murs – des volumes reliés de cuir fauve sur des étagères en acajou, garnissant les murs du sol au plafond. Une superbe bibliothèque, digne d'un manoir anglais. Le sol était parqueté, lustré à souhait.

Bryson se tenait là, tout seul, regardant les étagères, empli d'un vague sentiment d'appréhension, sentant qu'on lui réservait une surprise.

Soudain, la bibliothèque disparut : les murs se mirent à scintiller et devinrent d'un gris d'argent. Ce n'avait été qu'une illusion ! Comme les portraits dans la galerie, les livres étaient une chimère digitale. Il s'approcha pour palper les parois de la pièce : une substance grise, douce au toucher et à la fois légèrement granuleuse. Les murs s'illuminèrent de nouveau, scintillant de centaines d'images différentes !

Il ouvrit grands les yeux, horrifié. C'étaient des images de lui ! Des enregistrements vidéo...

Lui, flânant sur la plage avec Elena ; au lit, faisant l'amour avec elle ; prenant une douche, se rasant, urinant...

Lui, discutant avec Elena, l'embrassant ; criant sa colère dans le bureau de Ted Waller...

Avec Elena, en promenade à cheval...

Puis avec Laïla, dans les coursives du *Spanish Armada*, les soldats de Calacanis à leurs trousses ; avec elle encore, dans l'église abandonnée de Saint-Jacques-de-Compostelle ; puis la fouille du bureau de Jacques Arnaud à Saint-Meurice ; sa rencontre avec Lanchester ; avec Tarnapolski à Moscou...

Ses rendez-vous avec Harry Dunne.

Scène après scène... les images vidéo se succédaient, prises tantôt à distance, tantôt de près... Bryson, l'acteur principal dans chaque plan. Les moments les plus intimes, les opérations les plus secrètes. Rien, pas un seul instant des dix dernières années de son existence n'avait échappé aux caméras. Les images tournoyaient autour de lui comme un kaléidoscope, un manège d'épouvante.

Il y avait même une séquence où on le voyait descendre dans le conduit d'aération du parking et escalader le puits de l'ascenseur. *Ils l'avaient vu s'introduire dans la maison, quelques instants auparavant.* *Ils avaient tout vu !*

Bryson n'en revenait pas. La tête lui tournait, un vertige l'envahissait ; il se sentait spolié, violé, sali. Il tomba sur les genoux ivre de dégoût, et se mit à vomir encore et encore jusqu'à ne plus rien avoir dans l'estomac. Mais la nausée ne cessait pas pour autant.

Tout avait été une mise en scène. Ils savaient que Bryson allait venir, ils voulaient l'observer ; il avait donc été sous surveillance pendant tout ce temps...

— Prométhée, vous vous en souvenez, déroba le feu aux dieux et en fit don à l'humanité opprimée, dit une voix calme, apaisante, diffusée par des haut-parleurs dissimulés dans la pièce.

Bryson leva les yeux. De l'autre côté de la salle, dans une alcôve de marbre, se tenait Gregson Manning.

— On dit que vous avez un grand talent pour les langues. Vous devez sans doute connaître l'étymologie du mot Prométhée. Il signifie prévoir ou penser à l'avance. C'était donc un nom qui nous seyait à merveille. Selon la tradition classique, Prométhée a donné à l'homme la civilisation – le langage, la philosophie, les mathématiques... – et l'a fait sortir de son état de bête sauvage. Tel était le sens du don du feu : le savoir, la lumière, l'illumination. Prométhée, ce Titan, a rendu visible ce qui était dans l'ombre, a commis volontairement, et en toute connaissance de cause, un crime lorsqu'il a arraché aux cieux le feu et qu'il a enseigné aux mortels comment l'utiliser. C'était un acte de haute trahison ! Il menaçait de placer les humains sur le même plan que les dieux eux-mêmes ! Mais en agissant ainsi, il a créé la civilisation. Notre tâche, aujourd'hui, est d'assurer sa pérennité.

Bryson se rapprocha de quelques pas.

— Qu'avez-vous en tête ? dit-il. La Stasi à l'échelle mondiale ?

— La Stasi ? répéta Manning d'un ton méprisant. Exiger de la moitié de la population qu'elle espionne l'autre moitié, personne ne se fiant à personne ? Non, sûrement pas !

— Bien sûr que non, répliqua Bryson, en se rapprochant encore un peu de l'alcôve de marbre. La technologie des Allemands de l'Est n'avait pas dépassé celle de l'âge du fer... Mais vous, vous disposez de super-ordinateurs et de fibres optiques, d'objectifs miniaturisés... Vous avez la possibilité de regarder tout le monde au microscope. Vous, et tous ces gens au banquet qui ont plongé dans votre vision cauchemardesque. Le Traité de Surveillance et de Sécurité n'est qu'une couverture légale dissimulant un système de surveillance planétaire à côté duquel Big Brother est un jouet pour enfants...

— Allons, Mr. Bryson. Nous parlons du Père Noël à nos bambins alors qu'ils savent à peine tenir debout. *Attention, il sait si tu as été gentil ou méchant ; alors sois bien obéissant.* Que vous le vouliez ou non, le sens moral naît toujours du regard que nous portent les autres. L'œil tout-puissant. La bonne conduite vit dans le sillage de la transparence. Quand tout peut être montré, l'acte criminel ne peut avoir lieu. Le terrorisme appartient alors au passé. Le viol, le meurtre, la pédophilie, tout disparaît. Les carnages, les guerres, disparaissent aussi. Comme disparaîtra l'appréhension qui étreint tout homme, femme ou enfant, au moment de quitter sa maison et de s'aventurer dans nos villes ; il s'agit de pouvoir vivre notre vie comme nous le méritons, à l'abri de la peur !

— Et qui va surveiller ?

— L'ordinateur. Des systèmes informatiques unifiés au niveau planétaire, des armées d'algorithmes évolutifs, des réseaux intelligents. On n'a jamais rien eu de semblable.

— Et au centre de tout cela, le despote voyeur, Gregson Manning, dirigeant ses légions d'ordinateurs comme autant de petits voyeurs.

Manning esquissa un sourire.

— Connaissez-vous les Ibos, une peuplade du Nigeria oriental ? Ils vivent au milieu du tumulte et de la corruption du Nigeria, mais ils en sont exempts. Et vous savez pourquoi ? Parce que leur culture accorde du prix à ce qu'ils appellent la vie transparente. Ils estiment qu'un honnête homme n'a rien à cacher aux habitants de son village. Tout échange, tout acte de commerce, est mené devant témoins. Les Ibos détestent toute forme de secret, de dissimulation, et même la solitude. Leur idéal de transparence est poussé à un point tel que, si une ombre de méfiance s'installe entre deux personnes, ils ont recours à un curieux rituel connu sous le nom de *igbandu*, au cours duquel chacun boit le sang de l'autre. Un rite symbolique qui serait pour le moins indigeste à grande échelle... Le réseau Prométhée aboutit au même résultat, mais sans verser la moindre goutte de sang.

— Foutaises ! s'écria Bryson, en approchant encore de quelques pas. Cela n'a rien à voir avec nous !

— Vous n'êtes pas sans savoir qu'au cours des dix dernières années, le taux de criminalité aux Etats-Unis, surtout dans les grandes villes, a fortement chuté. Vous savez pourquoi ?

— Qu'est-ce que j'en sais ? éclata Bryson. Je suppose que vous avez encore une théorie là-dessus !

— Non, pas de théorie. Des faits... Nos éminents sociologues se creusent les méninges, élaborent théorie sur théorie, mais ne parviennent pas à expliquer ce phénomène...

— Vous ne voulez pas dire que... lâcha Bryson, doucement.

Manning hocha la tête.

— Il s'agissait d'une étude pilote pour tester les performances de notre système de surveillance urbaine. Nous étions loin, à l'époque, d'avoir nos moyens actuels... c'était un prototype... mais il faut toujours commencer petit, n'est-ce pas ?

Un pan de mur de dix mètres carrés, à sa gauche, se vida un moment de toute image, puis un plan de Manhattan apparut soudain. De petits points bleus parsemaient le réseau des rues.

— Voilà les caméras panoramiques que nous avons installées, continua Manning, en montrant les points lumineux. Tout a commencé par des dénonciations anonymes à la police... Et soudain, le nombre des arrestations s'est mystérieusement optimisé. Pour la première fois depuis des années, le crime ne paie plus à New York, semble-t-il. La police crie victoire et parle de ses nouvelles méthodes de travail, les criminologues évoquent les effets de la lutte contre la drogue, mais personne ne mentionne les caméras qui enregistrent tout, cette couverture de surveillance que nous avons déployée sur toute la ville. Personne ne dit que les voies du crime s'offrent à l'objectif de nos caméras panoramiques. Personne ne parle du projet pilote Systematix, parce que personne ne veut savoir. Commencez-vous à entrevoir ce que nous sommes en mesure de donner à l'humanité ? Pauvre homo sapiens. Il lui a d'abord fallu vivre des millénaires de maraudes, de tribalisme pillard, et lorsque les Lumières arrivent, la Révolution industrielle les écrase de son poids d'airain. L'industrialisation et l'urbanisation apportent une nouvelle vague de ruptures sociales, et avec elles le crime ordinaire se développe à une échelle inconnue jusqu'alors dans l'histoire humaine. Puis deux guerres mondiales, encore des atrocités, sur le champ de bataille et ailleurs... Et quand il n'y a pas de guerre, le combat au corps à corps règne dans les zones urbaines. Est-ce là une façon de vivre ? Est-ce là une façon de mourir ? Les membres du groupe Prométhée sont originaires de toutes les classes sociales dans tous les pays du monde, mais un point commun les unit : ils comprennent tous l'importance cruciale de la sécurité.

Bryson se rapprocha encore de quelques pas.

— Et c'est là votre conception de la liberté ?

Il faut que je continue à le faire parler.

— La vraie liberté, c'est se libérer des chaînes de la peur... Nous cherchons à créer un monde dans lequel les citoyens peuvent vivre à l'abri du sadique qui bat sa femme, du drogué pirate de la route, et autres menaces terrestres. Voilà la véritable liberté, Mr. Bryson : lorsque les gens ont le loisir de se comporter selon le meilleur d'eux-mêmes, lorsqu'ils savent qu'ils sont observés.

Encore deux ou trois pas. Continue à parler comme si de rien n'était...

— Et adieu notre vie privée... reprit Bryson.

Il n'était plus qu'à trois ou quatre mètres de l'endroit où se tenait Manning. Il jeta un coup d'œil à sa montre.

— Le vrai problème avec la vie privée, c'est que nous en avons trop. Voilà un luxe que nous ne pouvons plus nous offrir. Aujourd'hui, grâce à Systematix, nous avons mis en place un système mondial de surveillance omnipotent – des satellites en orbite autour du globe, des millions de caméras vidéo. Et même, bientôt, des micropuces implantables dans le corps humain.

— Rien de tout cela ne vous rendra votre fille, répondit Bryson avec douceur.

Manning rougit légèrement. Les murs s'assombrirent, plongeant la pièce dans une lumière sépulcrale.

— Vous ne pouvez comprendre, répliqua-t-il.

— Peut-être bien, reconnut Bryson.

D'un coup, il sauta sur Manning, les mains en avant pour le saisir à la gorge, lui déchirer les chairs... Mais c'est de l'air qu'il rencontra, du vide ! Il retomba lourdement au sol, étourdi, sa mâchoire heurtant durement les dalles de l'alcôve. Un éperon de douleur lui traversa tout le crâne. Il se retourna, cherchant Manning des yeux... et aperçut la batterie de diodes lasers qui tapissait l'intérieur de la niche. Une projection holographique en trois dimensions ! Une image animée en haute résolution, plus vraie que nature, créée par des lasers projetant leurs faisceaux combinés sur les particules microscopiques en suspension dans l'air.

C'était une illusion, une chimère... un fantôme.

Bryson entendit quelqu'un applaudir de l'autre côté de la pièce, par où il était entré quelques instants auparavant. C'était Manning, entouré de gardes, qui venait vers lui, cette fois en chair et en os...

— Eh bien ! Voilà donc le fond de vos sentiments ! lâcha Manning avec un léger sourire. Gardes !

Les vigiles se précipitèrent sur lui, pistolets en main, et il se retrouva de nouveau cerné. Il se débattit, mais ils lui ceignaient les bras et les jambes.

Manning, se préparant à quitter la pièce, s'arrêta un instant sur le seuil.

— La plupart des hommes qui font votre métier ont une fin sordide. Une balle derrière la tête, tirée par un inconnu que personne n'a vu. Ou bien, un accident sur le terrain, parmi mille périls possibles. Personne ne s'étonnera d'apprendre la mort de deux agents, un homme et une femme, abattus par la sécurité au moment où ils se préparaient à assassiner un groupe de gens importants ; une tentative suicidaire et inexplicable qui ne sera jamais éclaircie, parce que les gens comme vous vivent dans l'ombre et emportent dans la tombe leurs secrets. Maintenant, si vous voulez bien m'excuser, je dois rejoindre mes invités.

Manning sortit.

Tout en se débattant, Bryson jeta un regard sur sa montre. C'est l'heure ! Pourquoi rien ne s'était-il encore produit ? Auraient-ils aussi découvert la camionnette ?

Les canons des pistolets électroniques étaient appuyés sur son front, sa tempe et derrière sa tête. Bryson repéra son 45, glissé dans l'étui d'un garde à quelques pas de lui.

Soudain, les lumières de la pièce s'éteignirent, plongeant les occupants dans une obscurité totale. Au même instant, une série de déclics se fit entendre ; la porte de la bibliothèque se déverrouilla et s'ouvrit toute seule.

Enfin !

Bryson plongea et s'empara de son 45. Les gardes le plaquèrent aussitôt au sol.

— Un geste et tu es mort, cria l'un d'entre eux.

— Allez-y ! cria Bryson.

Il les vit braquer leurs armes sur lui, presser les gâchettes...

Et puis rien.

Rien ne se produisit. Les armes étaient enrayées. Les puces des pistolets avaient été neutralisées, grillées comme toute l'électronique de la maison.

Des cris de surprise, des hurlements retentirent, lorsque Bryson tira quelques coups en l'air avec son pistolet pour obliger les gardes à reculer. Ils obéirent comme un seul homme ; ils avaient compris qu'ils étaient maintenant impuissants et sans défense, leurs armes high-tech aussi inoffensives que des pistolets à eau.

Bryson se rua vers la porte ouverte, son 45 encore fumant à la main, et s'élança dans le couloir.

Il fallait sortir d'ici, retrouver Elena... mais où était-elle ?

Combien de temps allait-il pouvoir tenir ?

Quelques gardes le poursuivaient ; il tira sur eux, en veillant à ne pas gaspiller ses munitions ; ils reculèrent encore. Il devait rester encore une balle dans la culasse et peut-être une autre dans le chargeur, mais il n'avait pas le temps de s'en assurer... il fallait qu'il se dépêche, c'était une question de vie ou de mort. Il traversait la maison au pas de course, longeant les couloirs ornés plus tôt de tableaux de maître devenus en l'espace d'un instant des cadres mornes et gris, comme des ailes de papillons de nuit. Toutes les portes devant lui étaient ouvertes.

L'appareil du savant russe avait fonctionné à merveille ; il était aussi efficace qu'on le prétendait... L'oscillateur à cathode virtuelle avait été inventé par les scientifiques soviétiques dans les années quatre-vingt pour neutraliser les circuits électroniques des armes nucléaires américaines. Les missiles soviétiques étaient beaucoup plus sommaires, il y avait là le moyen de transformer un désavantage en avantage... Au final, les Soviétiques eurent pendant un moment une belle longueur d'avance avec ces armes à fréquence radio. L'oscillateur émettait un signal électromagnétique de forte intensité l'espace seulement d'une microseconde... mais suffisant pour griller tous les circuits électroniques, faire fondre toutes les soudures. Tous les ordinateurs, tout ce qui comportait un clavier de commande et des micropuces dans un rayon de quatre cents mètres seraient détruits. On laissait entendre qu'une arme de ce genre avait été utilisée par des terroristes pour abattre des avions de lignes en vol.

Les voitures et camions dotés de circuits intégrés ne démarraient pas, les armes intelligentes devenaient inertes, Tout le manoir high-tech de Manning était paralysé.

Mais ce n'était pas tout...

Les mini-feux allumés dans les milliers de circuits électroniques de la maison s'étaient répandus. Des centaines de foyers brûlaient partout dans la propriété, la fumée s'accumulait, gagnant toutes les pièces. C'était ainsi que le KGB avait déclenché un incendie dans l'ambassade américaine à Moscou dans les années quatre-vingt.

Des cris affolés montaient du hall de réception. *Elena était-elle là-bas ?*

Il se précipita dans cette direction et se retrouva sur un balcon dominant le grand hall. En contrebas, le feu faisait maintenant rage, les flammes léchaient les murs. La fumée avait tout envahi, les invités, pris de panique, couraient vers les issues, martelant les portes qui refusaient de s'ouvrir, hurlant de terreur. Pour une raison inconnue, défaillance de l'électronique ou mesure de sécurité, toutes les portes menant au hall s'étaient verrouillées automatiquement.

Waller était-il là ? Manning ?

Elena ?

— Elena ! cria-t-il, au milieu du fracas.

Pas de réponse.

Elle n'était pas en bas... ou alors elle ne l'avait pas entendu...

— Elena ! cria-t-il encore, à pleins poumons.

Toujours rien.

Il sentit soudain le froid d'une lame d'acier sur sa gorge, des mots arabes, portés par une haleine épicée, susurrés tout près de son oreille... Le couteau de combat pressé sur son larynx, le fil d'acier plus tranchant qu'une lame de rasoir glissant lentement dans sa chair, glacé et brûlant à la fois. Au début rien, juste une sensation clinique, désincarnée, puis vint la douleur, avec une seconde de décalage, irradiant dans tout son corps, intolérable...

Et les mots murmurés :

— La mort est toujours trop douce pour le traître.

Abou !

— Je dois finir ce que j'ai commencé en Tunisie, souffla encore l'Arabe. L'occasion est trop belle.

Bryson se figea, submergé par une montée d'adrénaline.

— Ecoute-moi... souffla Bryson d'une voix presque inaudible, cherchant à distraire son attention l'espace d'un instant.

Il referma la main sur son 45, leva l'arme dans son dos et appuya sur la gâchette.

Un clic. *Plus de munitions!*

Abou lui arracha l'arme des mains qui retomba quelques mètres plus loin, dans un tintement métallique.

Bryson avait perdu quelques précieuses secondes. La lame avait poursuivi sa course le long de sa gorge. Il passa sa main droite sous l'arme, empoignant le manche du couteau, et projeta son talon dans le genou d'Abou. L'Arabe poussa un grognement de douleur. Bryson en profita pour plonger vers le sol tout en tordant le poignet de son adversaire pour lui faire lâcher prise.

Le couteau tomba au sol.

Bryson voulut le rattraper, mais Abou fut le plus rapide. Pointe en avant, l'Arabe porta un coup d'estoc dans l'épaule de Bryson. La lame s'enfonça dans la chair.

Bryson hoqueta, terrassé de douleur, s'effondrant à genoux. Il lança son poing vers Abou; une esquive et l'Arabe se mit à sautiller autour de lui, comme un boxeur sur un ring, passant d'une jambe sur l'autre, les genoux fléchis, des mouvements gracieux, agiles, la lame rouge de sang tressautant dans sa main droite – une danse funeste. Bryson se releva en titubant, lançant son pied pour crocheter la jambe d'Abou, mais celui-ci para l'attaque, d'un petit bond de côté, attrapa la jambe au vol et fit retomber Bryson à terre.

L'Arabe semblait anticiper tous les coups. Bryson voulut saisir la jambe d'Abou, mais celui-ci d'une poussée du coude, coinça la tête de Bryson entre ses genoux et l'envoya s'écraser au sol. Bryson sentit ses dents heurter le marbre, le goût du sang dans sa bouche. Il devait avoir au moins deux dents cassées. Affaibli par sa blessure à l'épaule, les réactions de Bryson étaient trop lentes. Il attrapa la cheville de son adversaire, la coinça sous son coude et la tordit violemment. Abou hurla de douleur.

Soudain, le bras d'Abou surgit, le couteau fondant vers son cœur. Bryson esquiva, mais pas assez rapidement. La lame plongea dans son torse, se frayant un chemin entre deux côtes dans son flanc droit; un éclair de douleur fulgurant, une flamme de chalumeau le transperçant de part et part.

Bryson baissa les yeux et vit ce qui s'était passé. Il empoigna le manche du couteau et commença à tirer de toutes ses forces. Il avait l'impression qu'on lui arrachait les entrailles avec un crochet, mais il tint bon; il ressortit l'arme et la lança par-dessus la balustrade du balcon – Abou était trop redoutable avec un couteau. L'arme disparut dans les flammes, dans un tintement d'acier.

Ils étaient à présent tous les deux désarmés... Mais Bryson était au sol, blessé gravement. En outre, Abou était une force de la nature, une montagne de muscles, vive comme un cobra... Ses mouvements étaient fluides, dans une synchronisation parfaite. Bryson roula au sol pour s'éloigner d'Abou. Il reçut un coup de pied dans le ventre qui lui coupa le souffle ; il manqua de s'évanouir, mais il se remit sur ses jambes, tant bien que mal.

Le visage de l'Arabe était un masque insondable. Lorsque Bryson lança son poing, les mains d'Abou jaillirent, rapides comme l'éclair, saisirent ses poignets en appliquant un mouvement de torsion. Bryson voulut se dégager par un coup de genou à l'abdomen mais ce fut Abou qui porta le coup le premier, envoyant Bryson au sol.

Bryson tenta de se relever mais Abou se jeta sur lui, l'écrasant de tout son poids, puis se mit à sauter sur sa poitrine à pieds joints. Bryson gémissait, *entendant* ses côtes se briser à chaque impact.

Abou le retourna ensuite, face contre terre, refermant son bras sur sa gorge et enfonçant son coude dans sa nuque. Un étranglement parfait. Dans le même temps, il posa un genou à terre pour s'assurer une position bien stable. A chaque fois que Bryson tentait de se relever, Abou, d'une pression du coude, le plaquait de nouveau au sol. Bryson n'avait aucun point d'appui, aucune prise où s'accrocher. Il perdait conscience, ses forces diminuaient. Son cerveau n'était plus alimenté ; il commençait à voir des points noirs et rouges danser devant ses yeux.

Une part de lui voulait s'abandonner à la torpeur qui l'envahissait, à cette confortable défaite, mais c'était la mort qui l'attendait tout au bout. Dans un cri de rage, avec l'énergie du désespoir, il attrapa le visage d'Abou et enfonça ses doigts dans ses orbites.

Abou relâcha involontairement sa prise d'étranglement – pas beaucoup, mais assez pour que Bryson puisse lancer son poing dans l'aisselle d'Abou, touchant un nœud du plexus brachial. Le bras d'Abou devint aussitôt mou, paralysé momentanément. Bryson en profita pour attraper les testicules d'Abou et tirer un grand coup. Il s'était libéré de l'étranglement.

D'un coup d'épaule, Bryson projeta l'Arabe contre la balustrade qui surplombait le hall en feu. Ce n'était plus que l'instinct de survie qui le guidait. Son cerveau, trop longtemps privé d'oxygène, semblait dissocié de son corps. Ses mains se mouvaient par leur propre volonté. Soutenu par une rage animale, Bryson parvint à plaquer Abou contre la rambarde, poussant sa tête et ses épaules au-dessus du vide. Les deux hommes étaient emmêlés, se tirant et se poussant l'un l'autre, leur membres tétanisés, tremblant sous l'effort. Le bras droit d'Abou était toujours inerte – la paralysie durait plus longtemps que prévu. Bryson rassemblait ses dernières forces pour faire basculer l'Arabe dans le vide, mais les jambes d'Abou étaient refermées autour de sa taille, le tenant en ciseaux. Bryson était faible mais déterminé ; Abou avait perdu l'usage de son bras droit. Les forces semblaient égales. Bras tendus, Bryson poussa sur le cou d'Abou, mais celui-ci se redressa. Il exerça une nouvelle pression, rassemblant toute son énergie, ses deux membres tremblotant sous l'effort. Une lueur féroce brillait dans les yeux d'Abou. De son bras valide, il se mit à marteler de coups de poing le flanc de Bryson. Pendant quelques secondes, Bryson résista, serrant toujours la gorge d'Abou, poussant de toutes ses forces, tentant de le priver d'air, de comprimer un nerf pour le paralyser, mais sa vigueur fondait comme neige au soleil. Sa blessure au flanc lançait des échardes de douleur, épuisant ses dernières réserves. Ses mains se mirent à trembler. Bryson, dans un dernier sursaut d'énergie, poussa de tout son poids, faisant de son corps entier le prolongement de sa colère, mais cela ne suffit pas. Il était trop faible.

Abou poussa un rugissement, son visage empourpré déformé de haine et de douleur, des filets de bave jaillissant de sa bouche, et il commença à se redresser...

Une explosion retentit soudain, venant de nulle part. La balle transperça l'épaule droite de son adversaire. L'étau autour de la taille de Bryson se desserra sous l'impact et Abou bascula par-dessus la balustrade. Bryson regarda son adversaire agiter les bras de terreur dans sa chute vertigineuse, et s'empaler sur la grande statue de bronze de Jeanne d'Arc. Voyant la lame de l'épée ressortir de son ventre, Abou poussa un hurlement de bête fauve, un cri déchirant et sinistre qui s'éteignit dans un gargouillis.

Etourdi, au bord de l'évanouissement, Bryson se retourna vers l'origine du coup de feu. Elena tenait son 45. Elle baissa lentement l'arme, le regardant avec des yeux écarquillés, comme si elle avait dans les mains un désintégrateur provenant d'une autre galaxie.

Bryson marcha vers elle en titubant et s'écroula dans ses bras.

— Tu t'es échappée ? souffla-t-il.

— Les portes de la pièce où ils m'avaient enfermée se sont ouvertes.

— Le pistolet...

— Les armes électroniques sont HS, mais pas leurs balles...

— Il faut sortir d'ici, articula-t-il, à bout de souffle. Au plus vite...

— Oui, on s'en va.

Elle passa un bras autour de ses épaules, doucement, en veillant à ne pas lui faire mal, et le soutenant du mieux qu'elle pouvait, l'entraîna dans le dédale des couloirs enfumés pour rejoindre la sortie.

Epilogue

Le *New York Times*, page 1.

DES MEMBRES ÉMINENTS DE LA COMMUNAUTÉ INTERNATIONALE TUÉS DANS L'INCENDIE DE LA MAISON DE GREGSON MANNING

La catastrophe serait due à un défaut de câblage

Seattle. – Un colloque sur la nouvelle économie mondiale organisé dans la propriété de Gregson Manning, PDG de Systematix, a tourné à la tragédie hier soir. Des dizaines de représentants de la communauté internationale venus des quatre coins de la planète ont péri dans l'incendie qui a ravagé la demeure de 100 millions de dollars du magnat de l'informatique.

Le porte-parole de la brigade des sapeurs-pompiers de Seattle, au cours d'une conférence de presse dans la matinée, déclare que le feu semble s'être déclenché dans les circuits électroniques enchâssés dans les murs de la propriété entièrement informatisée de Gregson Manning, organisateur du colloque. Un dysfonctionnement des puces aurait provoqué le verrouillage des portes de la salle de réception où était organisé un banquet.

On déplore plus de cent victimes. Parmi elles, le président de la Chambre des représentants...

MANNING INTERROGÉ PAR LA POLICE

Washington. – Le président de Systematix, Gregson Manning, dont la demeure a été entièrement détruite la nuit dernière par un incendie où ont péri plus de cent responsables de la communauté internationale, a été conduit aujourd'hui au Palais de justice. Selon l'entourage du procureur général, cette arrestation, pour « atteinte à la sécurité nationale du pays » (sans autres précisions), est sans rapport avec la tragédie de la veille. Mr. Manning aurait été dans le collimateur des autorités depuis déjà plusieurs semaines.

L'audition s'est déroulée à huis clos – une procédure très rare, mais pas sans précédent. Lorsqu'il s'agit d'affaires relevant de secrets d'Etat, le procureur général a le droit d'ouvrir un tribunal de sûreté nationale, interdit au public.

Le *Wall Street Journal,* page 1.

RICHARD LANCHESTER, PRÉSIDENT DU CONSEIL NATIONAL DE SÉCURITÉ, S'EST SUICIDÉ A 61 ANS

Richard Lanchester, conseiller du président et chef du CNS, unanimement respecté par ses pairs, s'est donné la mort hier après-midi, d'après le porte-parole de la Maison-Blanche.

On le disait très affecté par la perte brutale de nombreux amis dans l'incendie de la maison de Gregson Manning, président de Systematix – une catastrophe qui a fait 102 victimes parmi les grandes figures de la communauté internationale,; il souffrait en outre de dépression nerveuse et connaissait de graves problèmes conjuguaux qui...

Un an plus tard.

Aller chercher les journaux du matin était devenu un rituel pour Elena. Pourtant elle ne les lisait plus... mais Nicholas avait gardé cette habitude, un besoin de suivre les affres et les tourments d'un monde qu'il avait laissé derrière lui. Une mauvaise habitude, aux yeux d'Elena, parce que, justement, ils avaient coupé les ponts avec la civilisation, du moins celle des armes, de la violence et du mensonge.

Mais finalement elle avait pris goût à ce rite du matin, c'était une façon plaisante de commencer la journée. Elle se levait de bonne heure, allait se baigner – leur bungalow se trouvait devant une plage de rêve, mer turquoise et isolement total –, puis prenait son cheval pour se rendre au village : quelques baraques branlantes plantées au milieu des cocotiers. En plus de l'alimentation générale, acheminée par avion sur l'île, l'épicière recevait un petit assortiment de journaux américains ; elle en gardait toujours quelques exemplaires pour la jolie jeune femme au petit accent étranger qui lui rendait visite chaque matin.

Elena repartait alors au galop sur la plage déserte, parcourant en sens inverse les trois kilomètres qui la séparaient de son bungalow. D'ordinaire, elle trouvait Nicholas installé dans le patio qu'il avait construit lui-même, attablé devant un café. Après le petit déjeuner, ils partaient sur la plage pour un autre bain... Ainsi s'écoulaient les journées. C'était le paradis sur terre.

Même après que l'unique médecin de l'île lui eut confirmé qu'elle était enceinte – ce qu'elle savait déjà d'instinct depuis plusieurs jours – Elena continua à monter à cheval, quoique avec davantage de précautions. Ils étaient ivres de bonheur, parlaient des heures de la venue de ce petit être qui allait bousculer leur vie... Leur amour se renforçait de jour en jour.

L'argent n'était pas un souci... Le gouvernement leur avait offert une coquette somme qui, placée avec sagesse, leur rapportait largement de quoi vivre. Ils évoquaient rarement les raisons qui les avaient fait venir ici, pourquoi ils avaient dû fuir, vivre sous une nouvelle identité. Il s'agissait d'un accord tacite entre eux : c'était le passé, une période douloureuse... moins ils en parlaient, mieux ça valait.

Le mini-DVD qu'Elena avait piraté chez Manning la nuit de l'incendie leur assurait toute la protection nécessaire. Non pas comme élément de chantage, au sens strict du terme, mais parce que le mini-disque contenait un ensemble de données explosives que tout le monde préférait garder secrètes. Il aurait été, d'un point de vue politique, trop déstabilisant d'annoncer que la planète tout entière avait failli tomber aux mains d'un groupe d'individus qui considérait que les gouvernements étaient obsolètes – un coup d'Etat parfait, sans le moindre coup de feu, sans le moindre sang versé, visant néanmoins à instaurer une administration supranationale de surveillance qui aurait fait passer l'URSS de Staline ou la *Bundesrepublik* d'Hitler pour des Etats libertaires.

La plupart des membres de cette conspiration avaient péri dans l'incendie du domaine de Manning – brûlés vifs... une fin horrible. Mais il en restait d'autres, qui avaient aidé et encouragé ces hommes et ces femmes... il y eut donc des arrestations, des négociations sous le manteau. Gregson Manning se trouvait dans un pénitencier de Caroline du Nord, purgeant une peine de réclusion pour agissements illicites en violation de l'article 1435 du code de la Sécurité nationale – autrement dit, pour espionnage économique; on le disait dans un quartier d'isolement, coupé de tout moyen de communication. Des membres influents du Sénat demandèrent l'abrogation du traité et une révision complète du dossier, voté, selon eux, dans l'empressement général. Certains accusèrent Richard Lanchester d'avoir exercé des pressions. Sans le soutien des Etats-Unis, la mise en application du traité devenait impossible. La vérité resterait à jamais enfouie.

Seize copies du DVD furent faites; Bryson en envoya une à la

Maison-Blanche, avec un code de priorité exclusive spécifiant qu'il devait être remis en mains propres au président ; une au procureur général des Etats-Unis ; d'autres à Londres, Moscou, Pékin, Berlin, Paris... Les chefs d'Etat devaient connaître le fléau qui avait failli déferler sur la planète, sinon le virus resterait vivant.

Sur les trois copies restantes, l'une avait été déposée chez un avocat de confiance que connaissait Bryson, une autre dans un coffre, et la troisième était ici, avec eux, cachée quelque part sur l'île. C'était leur assurance-vie ; Elena et Bryson espéraient bien ne jamais à avoir s'en servir.

Ce matin-là, une heure après avoir rapporté les journaux, Elena, au sortir d'un bain de mer miraculeux, trouva Bryson plongé en pleine lecture.

— Quand donc perdras-tu cette sale habitude ! Tu ne seras jamais totalement libre...

Les feuilles des journaux claquaient au vent.

— On dirait que tu me reproches de fumer.

— C'est presque pareil.

— Et sans doute tout aussi difficile de s'en passer. En plus, si j'arrête, tu n'aurais plus d'excuses pour faire ton petit tour du matin à cheval.

Elle eut un petit rire moqueur.

— Du lait ? Des œufs ? Je trouverais bien quelque chose.

— Nom de Dieu... articula-t-il en se penchant sur l'article.

— Qu'est-ce qui se passe ?

— C'est en tout petit, en page 16, section affaires.

— Qu'est-ce que ça dit ?

— Un tout petit entrefilet sur Systematix... on dirait quasiment un communiqué de presse...

— Mais Manning est en prison !

— Lui. Mais ses adjoints continuent de faire tourner la société. L'encart dit que la NSA vient d'acheter une flottille de satellites de surveillance fabriqués par Systematix.

— Ils essayent de minimiser l'info, mais ce n'est pas très réussi... Où vas-tu ?

Bryson s'était levé et quittait la plage à grands pas. Elle suivit le mouvement. Lorsqu'elle arriva à proximité du bungalow, elle entendit des sons et des voix, apportés par le vent. Il avait allumé la télévision – encore une autre sale habitude ! Bryson avait installé une parabole pour recevoir les journaux télévisés, sous la promesse absolue de les regarder avec parcimonie.

Il regardait CNN, mais il n'y avait rien d'intéressant, juste un reportage sur un défilé de mode.

— Ted Waller n'est pas mort dans l'incendie, tu sais, dit-il en se tournant vers elle. J'ai vu les rapports d'autopsie... tous les corps ont été identifiés. Waller ne faisait pas partie du lot.

— Je le sais. On le sait depuis un an. Où veux-tu en venir ?

— Je vois la marque de Waller derrière tout ça. Où qu'il soit, où qu'il se cache, il est impliqué là-dedans. J'en suis certain.

— Il faut toujours se fier à son instinct, comme je dis souvent, déclara une voix.

Elena poussa un cri en pointant le doigt vers le poste de télévision. Bryson se retourna d'un bond, le cœur battant. Le visage de Ted Waller emplissait l'écran.

— Qu'est-ce que... hoqueta Elena. C'est une émission... ?

— Disons la télé-réalité, répondit Waller.

— On devait nous laisser tranquilles, tonna Bryson. Quel que soit le moyen que tu as trouvé, c'est inacceptable !

Bryson, fou de rage, appuya sur la télécommande. Sur toutes les chaînes, Ted Waller le regardait, d'un air flegmatique.

— Je regrette que l'on n'ait pas eu le temps de se dire au revoir comme il faut, l'autre soir, reprit Waller sur l'écran. J'espère que tu ne m'en tiens pas rigueur.

Bouche bée, Bryson scruta le salon, tous azimuts. Des microcaméras pouvaient être implantées n'importe où, invisibles, indétectables...

— Je reprendrai contact avec toi quand le moment sera venu, Nicky. Il est encore un peu tôt. – Waller eut un regard lointain, comme s'il s'apprêtait à ajouter quelque chose... un petit sourire naquit sur ses lèvres. – Oui, on se reverra...

— Pas si je te retrouve le premier, Ted, répliqua Bryson avec acrimonie en se renfonçant dans son fauteuil. On a tout un tas de preuves en lieu sûr, des preuves que nous n'hésiterons pas à divulguer.

Sur l'écran, Waller perdit de sa superbe.

— J'ai retenu la leçon, Ted : c'est toujours le loup que tu ne vois pas qui te met à terre.

Brusquement, Waller disparut de l'écran, remplacé par un jeu télévisé.

*

Une attaque avait été portée – et contrée. Bryson fulminait, furieux de cette ingérence dans sa vie privée... et dans le même temps, malgré toutes ses années passées sur le champ de bataille, il était curieusement troublé. Elena avait peut-être remarqué cette excitation fugace, mais n'en pipa mot. Elle continua ses promenades à cheval le matin... ils passaient toujours la plus grande partie de la journée au-dehors, soit à paresser sur la plage immaculée, ou dans leur patio, entourés par les bougainvillées, à l'ombre des jeunes palmiers qui ondulaient sous la brise.

Bryson avait coupé les ponts avec sa vie passée ; Elena et lui se préparaient à accueillir un nouveau venu dans leur existence. Au soleil, les cicatrices s'estompèrent et certains jours, lorsque l'air sentait l'amande, l'iode et le citron vert, ses blessures cessaient de le faire souffrir ; il ne restait plus qu'une sensation vaguement douloureuse, comme un lointain souvenir. Dans ces moments-là, il pensait presque avoir laissé ce monde derrière lui.

Presque.

Dans la collection « Grand Format »

Cet ouvrage a été réalisé par

FIRMIN DIDOT
GROUPE CPI
Mesnil-sur-l'Estrée

pour le compte des Éditions Grasset
en octobre 2001

Imprimé en France
Dépôt légal : octobre 2001
N° d'édition : 12155 – N° d'impression : 57278
ISBN : 2-246-60071-5